W0327703

Manfred Recker

Der Architekt

Verlag read & relax

Verlag read & relax

1. Auflage
Paperbackausgabe April 2016

Copyright © 2016 by Verlag read & relax

Druck und Bindung:
Pressel Digitaler Produktionsdruck
Olgastraße 14 – 16, 73630 Remshalden
www.pressel.de, kontakt@pressel.de

FSC

Wir verarbeiten ausschließlich Papiere von
Zulieferern, die dem FSC-Zertifikat unterliegen.

© Alle Rechte, auch für ausländische Übersetzungen, verbleiben beim Autor. Der Nachdruck oder die Vervielfältigung ist nur mit der Genehmigung des Verlages gestattet. Die Verwendung oder Verbreitung durch unautorisierte Dritte in allen Medien ist untersag. Die jeweiligen Textrechte verbleiben beim publizierenden Autor, dessen Einverständnis zur Veröffentlichung vorliegt.

ISBN: 978-3-9817384-3-8

Für Nicole, Thorsten
Luca und Chiara

Dies ist eine fiktive Geschichte.

Etwaige Übereinstimmungen oder Ähnlichkeiten
mit Personen, Unternehmen, Handlungen oder
Warenzeichen, sind weder beabsichtigt noch gewollt.

Teil 1

Der Ruhestand

Irgendwo ist dein Platz auf der Welt.
Finde ihn, und du kommst zur Ruhe.

Kapitel 1

Georg Heffner fuhr vom Mühlenweg in die mit grauem Schotter befestigte Zufahrt neben dem Herrenhaus und parkte den AUDI vor dem Hauseingang. Er steckte eine gestopfte Pfeife in seine Jackentasche und stieg aus. Die Sonne am wolkenlosen Himmel fiel durch die Baumkronen der stämmigen Eichen gegenüber dem Herrenhaus und malte gelbe Punkte auf den grauen Schotter im Innenhof des Gutshofes, der hinter dem Herrenhaus U-förmig von den Stallgebäuden eingerahmt wurde. Der rotbraune Sockelanstrich der Stallgebäude, der sich vom Boden bis zur Unterkante der Fenster zog, und auch der darüber liegende weiße Putz bröckelten schon an einigen Stellen ab. Wenn der Umbau und der Erweiterungsbau für das Einkaufscenter erst mal fertig sind, wird das ein richtiges Schmuckkästchen, dachte Georg Heffner.

Georgs Blick wanderte zwischen den Stämmen der mächtigen Eichen hindurch hinunter ins Tal. Eine schmucke Einfamilienhaussiedlung grenzte an das Grundstück des Gutshofes und erstreckte sich bis hinunter an den Rand der Innenstadt. Eine leichte Brise zog durch die Baumkronen und die ersten hellgrünen Blätter bewegten sich fast unmerklich im Wind.

»Das hat alles mal zum Familienbesitz gehört«, holte ihn eine Stimme aus seinen Gedanken.

Georg Heffner drehte sich um. Der Geruch von Ammoniak und Pferdemist zog zu ihm herüber. Holger von Mühlen trat aus dem an das Herrenhaus grenzende Stallgebäude heraus und kam auf ihn zu. Der zwei Meter Hüne mit dem graumelierten Haar, das er am Hinterkopf zu einem Pferdeschwanz gebunden hatte, streckte ihm die Hand entgegen. Der Stallgeruch steckte noch in seiner verwaschenen Jeans und dem sackartigen grauen Pullover. Er wirkte eher wie ein Stallbursche, nicht wie der Eigentümer des Gutshofes. Hinter ihm trottete von Mühlens alte Hündin aus dem Stall und schaute teils gelangweilt, teils unschlüssig zu Georg Heffner auf.

Das Motorengeräusch eines LKWs schreckte Georg Heffner auf und ließ ihn einen Schritt von der Fahrbahn wegtreten. Mit lautem Scheppern der Mauerziegel auf der offenen Ladefläche ratterte ein LKW an ihnen vorbei.

»Wie weit sind die da oben?« deutete Heffner mit dem Kopf auf das Gelände hinter dem Stallgebäude und sah dabei zu dem Baron auf, der ihn um Kopfes Länge überragte.

Holger von Mühlen seufzte tief und vernehmlich. »Einige Häuser sind im Rohbau fertig. Aber der Lärm von den Baufahrzeugen nervt schon ein wenig«, sagte der Baron und sah verstohlen hoch zu den Fenstern des Herrenhauses.

Georg Heffner folgte seinem Blick. Am Fenster des Turmzimmers im zweiten Stock des dreigeschossigen Herrenhauses meinte er kurz das graue Haar der alten Baronin erkannt zu haben. Sein Blick wanderte an der Fassade des Gebäudes entlang zu den Türmen und Erkern und der steilen Dachfläche mit den kleinen Gauben darauf. Das denkmalgeschützte Haus hatte Charme und Flair und erstrahlte nach der Renovierung wieder im alten Glanz.

»Wir können ja mal hoch zur Baustelle gehen«, bot Holger von Mühlen an.

Georg Heffner folgte dem Baron den ansteigenden Schotterweg hoch zu dem nördlichen Stallgebäude. Sie folgten dem Weg, der vor dem Gebäude rechtwinklig nach links abbog. Vor ihnen erstreckte sich die ehemalige Pferdeweide, auf der nun eine kleine Wohnsiedlung entstand.

Heffner nahm die Pfeife aus der Jackentasche und betrachtete sie eine Weile. Die Ärzte werden das gar nicht gut finden. Auch Doris nicht.

»Kannst es nicht lassen?« fragte von Mühlen und deutete auf die Pfeife.

Heffner hob die Schulter und seufzte. Dann zündete er die Pfeife an.

Neun Monate war es her, als er im Büro zusammengebrochen und drei Tage später im Krankenhaus aufgewacht war. Der Herzinfarkt wäre schon schlimm genug gewesen, hatten die Ärzte gesagt. Aber noch besorgniserregender wäre, dass sein Körper gestreikt hätte. Er hätte sich fast zu Tode gearbeitet. Er müsste kürzer treten. Mit seinen dreiundsechzig Jahren in den Ruhestand gehen. Er hätte genug gearbeitet in seinem Leben, hatte auch Doris den Ärzten zugestimmt.

Georg paffte an der Pfeife und schaute hinüber zur Baustelle.

Vor drei Jahren hatte Holger von Mühlen ihn aufgesucht und um Rat gefragt. Der Gutshof warf keinen Gewinn mehr ab. Jahrelang hatte die Familie vom Verkauf von Baugrundstücken rund um den Gutshof gelebt. Aber die Flächen waren aufgebraucht. Und die kleine Pferdezucht und der Reitbetrieb, die einzige Einnahmequelle der Familie, warf kaum Gewinn ab. Die Banken saßen der Familie von Mühlen im Nacken und drängten auf Rückzahlung der Darlehen, weil die Familie ihren Zinszahlungen nicht nachgekommen war.

Georg Heffner hatte ein Sanierungskonzept erarbeitet. Der bisher land-wirtschaftlich genutzte Gutshof sollte zu einem Einkaufscenter umgebaut werden und der Familie von Mühlen auf Dauer sichere Mieteinnahmen einbringen. Neben der Nutzung des Gutshofes als künftiges Einkaufscenter hatte er für die ein Hektar große Weidefläche hinter dem Gutshof, die inmitten von Wohnhäusern lag, einen vorhabenbezogenen Bebauungsplan erstellt. Zwanzig Doppelhaushälften sollten hier auf der ehemaligen Pferdeweide entstehen. Wie Pilze schossen jetzt die Rohbauten aus der Wiese.

»Die Häuser verkaufen sich anscheinend sehr gut«, holte ihn Holger von Mühlen wieder aus seinen Gedanken. »Vielleicht hätten wir das Objekt selber als Bauträger erstellen sollen.«

Georg Heffner sah zu dem Hünen auf und schüttelte den Kopf. »Ich hätte das Bauvorhaben gerne selber gemacht, aber so habt ihr schnelles und gutes Geld für das Bauland bekommen.«

Eine Million sechshunderttausend hatte der Bauträger für das Grundstück zu zahlen, zwar in Raten, aber das Geld würde fließen. Als Weidefläche hätte die Familie von Mühlen vielleicht fünfundzwanzigtausend bekommen. Das war schon ein gewaltiger Unterschied, dachte Georg.

Von Mühlen verschränkte die Arme vor der Brust. »Die Sparkasse hat uns ja keine Wahl gelassen.«

Das stimmte allerdings. Als Georg mit Holger von Mühlen bei der Sparkasse wegen der Finanzierung des Einkaufscenters vorgesprochen hatte, wurde ihnen vom Vorstand der Sparkasse unmissverständlich klar gemacht, dass eine Finanzierung nur in Frage käme, wenn die zum Bauland umgewandelte Weide verkauft werden würde. Die Sparkasse präsentierte gleich einen Bauträger, mit dem sie eng zusammen arbeitete. Der Bauträger war Stadtrat und sorgte im Hintergrund dafür, dass der Bebauungsplan, den Georg erstellt hatte, zügig bearbeitet wurde. Die Immobilienabteilung der Sparkasse profitierte von der Vermittlungsgebühr beim Verkauf der Grundstücke und die Sparkasse selbst von den Finanzierungen der Einfamilienhäuser. Und im künftigen Einkaufscenter unten im Gutshof hatte die Sparkasse gegenüber dem Lebensmittelmarkt ein Ladenlokal zur Eröffnung einer neuen Filiale angemietet.

»Gehen wir ins Büro«, erinnerte von Mühlen Georg, dass er noch etwas mit ihm besprechen wollte.

Georg nickte und ging neben von Mühlen den Schotterweg zurück zum Herrenhaus. Als sie in die Eingangshalle traten, musste Georg sich erst an das dämmrige Licht gewöhnen. In der Tür zum Arbeitszimmer vor Kopf der Eingangshalle erkannte er Friederike von Mühlen, Holgers Frau. Sie trug eine Jeans und ein grob kariertes Hemd darüber. Ihre blonden Haare fielen ihr bis über die Schulter.

»Hast du mit Georg schon gesprochen?« fragte sie ihren Mann, der zwei Schritte vor Georg auf sie zuging.

»Das wollte ich gerade«, erklärte er und drängte seine massige Gestalt an ihr vorbei.

»Soll ich euch Kaffee bringen?« Sie schaute Georg fragend an.

»Nein danke«, antwortete Georg. »Ich habe gerade erst gefrühstückt.«

»Ich bin oben, wenn ihr mich braucht«, nickte sie ihrem Mann zu, der gerade in der Türöffnung verschwand.

Georg sah der Baroness einen Moment hinterher, wie sie mit ihrem korpulenten Körper die Treppe hochstieg. Vor zwölf Jahren hatten die beiden geheiratet. Holger hatte den Namen seiner Frau angenommen, um den künftigen Nachkommen den Adelstitel zu erhalten. Holgers Sohn Hubertus war jetzt zehn.

Georg trat in das kärglich eingerichtete Arbeitszimmer und schloss die Tür. Neben dem kleinen Schreibtisch, auf dessen Tischplatte ein altertümlicher Computer stand und die Macken im Holz das Alter des Schreibtisches erahnen ließen, stand noch ein kleines Regal, in dem ein paar Ordner untergebracht waren. Georg nahm einen der drei Stühle aus der Ecke, stellte ihn vor den Schreibtisch und setzte sich.

»Was hast du mit mir zu besprechen?« fragte er von Mühlen.

Von Mühlen verzog die Mundwinkel zu einem gequälten Lächeln. Er rutschte auf dem Schreibtischstuhl herum, der unter dem Gewicht seiner massigen Gestalt zu stöhnen schien. »Wir sind befreundet und wir haben immer offen miteinander geredet.«

Georg nickte. »Was hast du auf dem Herzen?«

Von Mühlen druckste einen Moment herum. Irgendwie passte seine mächtige Gestalt nicht hinter diesen kleinen Schreibtisch. »Wir müssen mit dem Geld aus dem Verkauf des Baugrundstückes eng haushalten. Deshalb ist es wichtig, dass der Umbau des Einkaufscenters zügig durchgeführt wird.«

Georg zog die Brauen herunter und lehnte sich zurück. »Ihr habt doch schon drei Raten aus dem Verkauf der Baugrundstücke oben auf der Weide bekommen.«

Von Mühlen nickte. »Mit der ersten Rate haben wir die Belastungen auf der Grundbesitzung getilgt. Mit der zweiten Rate haben wir den Neubau des Gestüts am Stadtrand finanziert.« Er hob die Schulter. »Wir mussten doch unsere Pferde aus dem Gutshof auslagern, damit mit dem Umbau des Einkaufscenters begonnen werden kann.«

Georg atmete tief aus. Er hatte hart kämpfen müssen, um die Baugenehmigung für das Gestüt auf der fünf Hektar großen landwirtschaftlichen Fläche am Stadtrand zu bekommen. Aber Holger hatte Recht. Die Pferde mussten aus dem Gutshof raus sein, wenn mit den Arbeiten am Einkaufscenter begonnen werden sollte.

»Die dritte Rate ist in die Renovierung des Herrenhauses geflossen«, fuhr von Mühlen fort.

Georg schüttelte den Kopf. »Ich kenne die Kosten, die für die Renovierung aufgebracht werden mussten. Die Rate war viel höher als der Aufwand für die Renovierung. Außerdem hatte ich immer davon abgeraten. Die Renovierung hätte erst nach Fertigstellung des Einkaufscenters durchgeführt werden sollen. Da hätten wir einen genauen Überblick gehabt, wie viel Mittel dann noch zur Verfügung stehen.«

Holger von Mühlen seufzte. »Du kennst doch die Familie. Meine Schwiegermutter lag mir täglich in den Ohren, das Herrenhaus muss wieder hergerichtet werden. Und die übrige Familie muss ich auch noch mit durch-füttern.«

Georg strich sich durch sein dunkelblondes Haar und blies die Wangen auf. »Als deine Schwiegermutter dir und deiner Frau den Gutshof überschrieben hat, hast du doch deinem Schwager und deiner Schwägerin ihren Erbanteil ausgezahlt.«

Von Mühlen nickte und lehnte sich müde zurück. »Meine gesamten Ersparnisse sind dabei draufgegangen.« Er hob die Schulter. »Aber du kennst sie doch.«

In den drei Jahren, die Georg eng mit Holger von Mühlen an dem Bauvorhaben gearbeitet hatte, waren ihm die Verhältnisse in der Familie nicht verborgen geblieben. Während Holger und seine Frau, eine gelernte Pferdewirtin, sich im Gestüt abrackerten, um wenigstens etwas zu verdienen, beschwerten sich sein Schwager Alexander und seine Schwägerin Charlotte darüber, dass sie nicht genügend zum Leben hätten.

Von Mühlens Schwager Alexander war Ende vierzig und hatte mal zwei Jahre lang eine Szenekneipe in der Stadt betrieben. Aber die Kneipe lief nicht und er hatte sie schließen müssen. Seitdem behauptete er, er hätte eine seltene Lungenkrankheit, über die er sich nicht auslassen wollte, und könnte deshalb nicht mehr arbeiten.

Von Mühlens Schwägerin Charlotte hatte als Krankenschwester gearbeitet, bis sie wegen einer Allergie gegen Desinfektionsmittel den Beruf aufgeben musste. Für eine andere Arbeit schien sie nicht geschaffen zu sein. Ihr Mann hatte damals ihren Erbteil durchgebracht und sich anschließend scheiden lassen.

Beide hatten Wohnungen im Herrenhaus und erwarteten eine angemessene Apanage, obwohl ihnen nichts mehr zustand. Wenigstens die alte Baronin Margarete von Mühlen war sich nicht zu fein, um im Stall zu helfen.

Langsam ausatmend setzte Georg sich auf. »Warum ist mit den Umbauarbeiten eigentlich noch nicht begonnen worden?« fragte er.

»Deshalb wollte ich ja mit dir sprechen«, druckste Holger von Mühlen herum. »Ich verstehe ja, dass du nach deinem Herzinfarkt kürzer treten musst, aber ich wollte dich bitten, ob du dich nicht ein wenig um die Baugenehmigung kümmern kannst.«

Georg runzelte die Stirn. »Ich habe den Bauantrag doch selbst eingereicht, bevor ich mein Büro an Ralf Neuhaus übergeben habe.« Georg schüttelte ungläubig den Kopf. »Die Baugenehmigung muss doch längst erteilt worden sein.«

Von Mühlen zuckte die Schulter und hob beide Hände.

»Hast du mit Neuhaus darüber gesprochen?« fragte Georg.

Von Mühlen holte tief Luft und winkte ab. »Ich habe so oft angerufen, ihn aber nie erreicht. Er ruft auch nicht zurück, obwohl ich deine frühere Sekretärin darum gebeten habe.«

Georg klopfte die Pfeife im Aschenbecher aus und steckte sie in die Jackentasche. Vor sechs Monaten hatte er den Bauantrag gestellt, und zwar so, wie er mit dem Bauordnungsamt abgestimmt worden war. Wieso war die Baugenehmigung noch nicht erteilt worden? Er wollte gerade fragen, ob von Mühlen den Grund dafür kannte, als dessen Sohn Hubertus mit der Post ins Zimmer kam. Der stämmige Zehnjährige grüßte Georg mit einem kurzen Hallo und gab seinem Vater die Post.

Von Mühlen sah die Briefe durch, legte sie auf den Tisch und riss einen Umschlag auf. »Von LEDO«, sagte er und überflog das Schreiben.

Was wollte der Lebensmittelkonzern, fragte sich Georg. LEDO war der Hauptmieter des künftigen Einkaufscenters hier im Gutshof. Er sah den besorgten Blick im Gesicht von Holger von Mühlen, der ihm das Schreiben reichte.

Georg nahm es und lehnte sich mit dem Schreiben zurück.

...fehlt uns immer noch die Baugenehmigung für das Mietobjekt am Mühlenweg. Wir möchten rechtzeitig darauf hinweisen, dass laut Mietvertrag das Objekt rechtzeitig vor dem Weihnachtsgeschäft zu übergeben ist. Die fehlende Baugenehmigung und die voraussichtliche Bauzeit für den Um- und Neubau des Mietobjektes geben uns Anlass zur Sorge. Rein formell möchten wir darauf hinweisen, dass uns bei nicht rechtzeitiger Fertigstellung und Übergabe des Mietobjekts laut Vertrag ein Rücktrittsrecht zusteht.

Kapitel 2

Marion Amoneit atmete tief aus und schloss die Bürotür hinter dem jungen Mitarbeiter der Stadtwerke. Sie hatte noch einen Aufschub bekommen. Nicht auszudenken, wenn der junge Mann ihr den Strom abgedreht hätte. Einhundert Euro hatte sie ihm gegeben. Mehr hatte sie im Moment nicht. In zwei Wochen wollte er wiederkommen, falls die Rückstände bis dahin nicht ausgeglichen wären.

Sie hatte zwar genügend Vermittlungsaufträge für ihr Maklerbüro, aber die Verhandlungen mit Interessenten zogen sich in die Länge und kamen einfach nicht zum Abschluss.

Langsam ging sie zurück in das Besprechungszimmer und strich sich dabei eine Strähne ihres blonden Haar aus der Stirn. Als sie den Raum betrat, stand Klaus mit hängenden Schultern an der kleinen Küchenzeile und hielt eine Tasse Kaffee in beiden Händen. Sie spürte einen Stich in ihrer Brust, als sie ihren Mann dort so stehen sah. Sein gestutzter Vollbart war bereits ergraut und auch in seinem Haupthaar zeigte sich das erste Grau. Er schaute zu Boden, hob langsam den Kopf, trat drei Schritte vor und setzte sich an den runden Tisch in der Mitte des Raumes.

Klaus konnte so herzhaft lachen, hatte dann ein strahlendes Leuchten in seinen Augen, das sich unweigerlich auf andere übertrug. Seine Lebensfreude, seine Herzlichkeit, all das schien er verloren zu haben.

Marion Amoneit setzte sich zu ihm an den Tisch und beobachtete, wie er die Tasse in seinen Händen drehte.

»Wie konnten wir nur so weit abrutschen? Nicht einmal die Stromrechnung können wir bezahlen«, sagte er und sah zu ihr herüber.

Marion Amoneit zuckte mit der Schulter. »Im Moment läuft einfach nichts.«

Klaus hob die Brauen. »Ach Quatsch. Wir haben genügend Aufträge. Du musst einfach aggressiver verhandeln.«

Marion schüttelte den Kopf. »Die Kunden lassen sich nicht drängen. Es gibt reichlich Angebote auf dem Markt. Sie schauen sich mehr um als früher und sind wählerischer geworden. Wenn ich Druck mache, dann springen sie mir ab.«

Klaus trank einen Schluck und stellte die Tasse auf den Tisch. »Und was ist mit unseren offenen Forderungen?«

Marion Amoneit kniff die Augen zusammen. »Forderungen? Welche meinst du?«

Klaus lehnte sich weit zurück. »Na, zum Beispiel die von Piayda.«

Marion strich verlegen durch ihr Haar. »Du weißt doch, dass Piaydas die Provision nicht zahlen wollen.« Marion Amoneit wusste, dass Klaus sich Dinge gerne so zurechtlegte, wie er sie gerne sehen wollte. Aber sie wusste auch, dass sie keine Chance haben würde, die Provision von Piaydas zu bekommen. Aber Klaus wollte das mal wieder anders sehen. Gerade jetzt, wo sie finanzielle Probleme hatten.

Klaus Amoneit presste die Lippen zusammen. »Du bist viel zu weich. Wir brauchen das Geld.«

Marion Amoneit senkte den Blick. »Wir haben keine Chance, die Provision durchzusetzen.«

Klaus Amoneit beugte sich weit vor. Seine Augen blitzten vor Zorn. »Dann ruf Neuhaus an. Er soll Druck machen. Er hat uns diesen Mist schließlich eingebrockt.«

*

Ein eigenartiges Gefühl stieg in ihm auf, als Georg Heffner sein ehemaliges Büro betrat. Fast vierzig Jahre hatte er als Architekt gearbeitet. Vor einem halben Jahr hatte er sein Architekturbüro an Ralf

Neuhaus verkauft, der das Büro samt seiner Aufträge weiterführte. Er betrat den ihm so vertrauten Empfangsraum und schaute sich um. In den vergangenen sechs Monaten hatte sich hier nichts verändert. Der Schreibtisch seiner ehemaligen Sekretärin war verwaist. Die Tür zum Zeichenraum stand offen. Als er in den Raum trat, räumte Lukas Maruhn gerade seinen Schreibtisch auf.

»Chef. Schön dass Sie mal vorbeischauen.« Der Bauzeichner lehnte sich zurück und strahlte ihn mit seinen hellblauen Augen an.

Etwas irritiert schaute Georg sich um. »Niemand mehr da?« fragte er.

Lukas Maruhn schüttelte den Kopf. »Sind schon alle weg.«

Georg schaute auf seine Armbanduhr. Dreizehn Uhr. Er würde sich nie an die freien Freitagnachmittage gewöhnen. Er selbst hatte kaum mal einen Tag gehabt, an dem er nicht gearbeitet hatte. Selbst an den Samstagen und Sonntagen hatte er Arbeit mit nach Hause genommen.

»Und Neuhaus?« fragte er.

»Der war heute noch nicht im Büro«, antwortete er und hob die Schulter. »Bei dem schönen Wetter wird er wohl auf dem Golfplatz sein.«

Georg zog sich einen Stuhl heran und setzte sich vor den Schreibtisch. »Ich war gerade bei von Mühlen. Er sagte mir, dass die Baugenehmigung für das Einkaufscenter noch nicht erteilt ist.«

Lukas Maruhn nickte. »Die Stadt wollte noch ein paar Änderungen an der Fassade.«

Georg kniff die Augen zusammen und schüttelte den Kopf. »Warum das denn?«

Maruhn hob die Schulter. »Keine Ahnung warum.«

»Und wann habt ihr die Änderungen fertig?« fragte Georg.

Maruhn deutete mit dem Kopf auf einen Stapel Ausdrucke auf dem Nachbarschreibtisch. »Die liegen schon seit ein paar Tagen dort.«

Georg legte die Stirn in Falten. »Und warum sind die Änderungen noch nicht beim Bauamt?«

Maruhn verdrehte die Augen und hob die Schulter.

Georg wollte gerade etwas erwidern, da läutete sein Handy.

»Marion hier. Ich habe deinen Wagen draußen gesehen. Hast du einen Moment Zeit zu uns ins Büro zu kommen?«

»Worum geht es denn?« fragte er.

Marion Amoneit räusperte sich. »Kannst du nicht kurz rüber kommen?«

Georg sah auf die Uhr. Doris würde nicht vor fünf von ihrer Fortbildung zurück sein. Und außerdem war er ganz gerne bei den Amoneits. »Na gut, ich bin gleich da.«

Georg wünschte Maruhn noch ein schönes Wochenende und trat auf die Straße. Die Sonne stand über den Dächern der Zechenhäuser auf der anderen Straßenseite. Die Fassaden waren in den letzten Monaten neu gestrichen worden und schimmerten in einem hellen Grau. Er wandte sich nach links und erreichte nach wenigen Schritten die kleine Kneipe, die zwischen seinem ehemaligen Büro und dem von Amoneits lag. Die Tür stand offen und er hob grüßend die Hand. Wirt Willi winkte ihm vom Tresen zu. Früher hatte er hier öfter zu Mittag gegessen. Das Essen war schmackhaft und preiswert gewesen.

Nach ein paar weiteren Schritten hatte er das Maklerbüro erreicht und trat in den Empfangsraum. Tanja Kasperski saß hinter ihrem Schreibtisch und hämmerte mit den Fingern auf der Tastatur ihres PC.

»Hallo. Noch bei der Arbeit?« fragte Georg die junge Frau.

Sie war Anfang dreißig und hatte eine zehnjährige Tochter, die sie nach ihrer Scheidung alleine aufzog. Die Agentur für Arbeit hatte ihr eine Umschulung zur Bürokauffrau finanziert und ihr die Ausbildungsstelle bei Klaus Amoneit vermittelt.

Mit hochgezogenem Kinn und zusammengepressten Lippen schaute sie auf. »Muss für den Chef noch was schreiben.«

Georg trat an den Schreibtisch. »Dann wird es wohl wichtig sein.«

Sie schaute wieder auf. Langsam lehnte sie sich zurück, blies den Kaugummi auf und ließ die Blase knallen. »Wichtig? Das müsste eigentlich überhaupt nicht geschrieben werden. Eigentlich sollte ich das auch nicht schreiben. Aber wenn ich das ablehne, dann ist hier der Teufel los.« Sie beugte sich wieder vor und sah auf den Monitor. Das lange schwarze Haar fiel ihr auf die Brust.

Georg lächelte. »Der Chef wird schon wissen, warum das so eilig ist.«

Aus den Augenwinkeln schaute sie zu ihm auf. »Der spinnt ja. Der hat sie nicht mehr alle«, murmelte sie. Mit dem Kopf deutete sie zur Tür neben ihrem Schreibtisch »Aber gehen Sie mal rein, die warten schon auf Sie.«

Georg schüttelte den Kopf und betrat das Besprechungszimmer. Marion Amoneit und ihr Mann Klaus saßen am runden Tisch in der Mitte des Raumes.

Klaus Amoneit sprang sofort auf, breitete mit einem breiten Lächeln die Arme aus und umschlang ihn. Er lockerte die Umarmung und lehnte sich zurück, Georg immer noch an den Oberarmen haltend. »Georg alter Freund. Schön dass du kommen konntest.« Er löste seine linke Hand von Georgs Oberarm und sah ihn direkt in die Augen. »Mein alter Freund. Der beste Architekt der Stadt.«

Klaus Begrüßung machte ihn verlegen. Immer musste er maßlos übertreiben. Aber so war er eben. Georg setzte sich an den Tisch und nickte Marion zu. Klaus hatte Marion vor Jahren im Urlaub kennen gelernt und sie war aus Oberfranken ins Ruhrgebiet gezogen. Mittlerweile hatten sie zwei Töchter im Teenageralter. Die hochgewachsene, stämmige Blondine fragte erst gar nicht und schenkte Georg eine Tasse Kaffee ein.

Klaus, etwas kleiner und schmächtiger als Marion, schob Georg einen Lageplan zu. »Der Meisner war gerade hier und hat sich aufgespielt. Will uns den Anbau dichtmachen.«

Georg warf einen kurzen Blick auf den Plan. »Und mit welcher Begründung?« fragte er.

»Wir hatten doch hinter der Garage noch Pachtland, über das wir die Garagen angefahren haben.« Er deutete mit dem Kopf zum Fenster. »Der Energiekonzern, dem das Pachtland gehörte, hat es an die Stadt verkauft, die das Grundstück in das neue Baugebiet einbezogen hat.«

Georg nickte. Er hatte selbst acht Einfamilienhäuser dort gebaut, von denen das letzte noch im Rohbau war und jetzt von seinem Nachfolger Ralf Neuhaus fertiggestellt wurde.

»Dadurch haben wir keine Zufahrt mehr für die Garagen«, erklärte Klaus. Er lehnte sich zurück und rümpfte die Nase. »Was sollte ich damit, wenn ich sie nicht mehr anfahren kann. Hab die Garagen und das Lager halt zu Büroräumen umgebaut.«

Georg hob die Schulter. »Und warum will Meisner euch die Räume stilllegen?«

»Ich habe keine Genehmigung dafür«, grummelte Klaus.

Georg schüttelte schmunzelnd den Kopf. »Dann stell halt einen Antrag.«

Klaus zog das Kinn hoch. »Das habe ich ihm auch gesagt. Aber der Kerl hat nur gegrinst und gesagt, dass wir dafür keine Genehmigung bekommen würden, weil wir keine PKW-Stellplätze mehr haben.«

Klaus stand auf, ging zum Fenster und schaute zum Anbau, der sich rechts vom Fenster in die Tiefe des Grundstückes zog. »Was bildet sich dieser Mistkerl ein. Nur weil er Sachbearbeiter beim Bauamt ist, meint er die Leute schikanieren zu können.«

Georg lehnte sich zurück und sah zur Decke. Meisner hatte Georgs Bauanträge immer korrekt und zügig bearbeitet. Georg hatte sich nie beklagen müssen. Trotzdem hatte er sich in Gegenwart von Meisner unbehaglich gefühlt. Der Sachbearbeiter konnte ihm nicht in die Augen schauen, und wenn er es dann doch tat, hatte Georg das Gefühl, von Meisners Augen seziert zu werden. Er war ernst, wortkarg und verschlossen gewesen. Von anderen Bauherren oder Kollegen hatte er schon gehört, dass Meisner sich bei seinen Baukontrollen ziemlich aufspielte.

Marion Amoneit legte den Kopf zur Seite. »Georg, das kriegst du doch hin.«

Georg musterte sie einen Moment. »Ihr wisst doch, dass ich nicht mehr arbeite. Sprecht doch mal mit Neuhaus.«

Klaus Amoneits Kopf fuhr herum. »Der? Der ist doch nie im Büro. Ständig nur auf Urlaubsreisen oder auf dem Golfplatz. Außerdem kann er dir nicht das Wasser reichen. Der hat doch keine Ahnung.« Amoneit verschluckte sich und hustete ein paar Mal. »Deinen Hund. Hast du den nicht von Piaydas gekauft?«

Georg nickte. »Was ist mit Piaydas?«

Klaus Amoneit streckte Georg den Zeigefinger entgegen. »Dann frag sie mal nach Ralf Neuhaus.«

Georg sah von Klaus Amoneit zu seiner Frau. »Was haben Piaydas mit Neuhaus zu tun? Wollen sie bauen?«

Marion Amoneit schüttelte den Kopf. »Wir halten uns da raus. Frag sie selber.«

Georg sog die Luft durch die Nase ein und sah dann auf den Lageplan vor ihm auf dem Tisch. Das Haus von Klaus stand direkt am Gehweg und war rechts und links an den Nachbargebäuden angebaut. Von hinten kam er nicht mehr an das Grundstück heran. Dort war bereits ein neues Einfamilienhaus entstanden. Neben Willis Kneipe war eine Zufahrt in den rückwärtigen Teil des Grundstückes. Wenn der Hauseigentümer ihm dort ein Wegerecht einräumen würde, könnte er hinter dem umgebauten Anbau noch Stellplätze schaffen. »Wie kommt ihr eigentlich mit dem Eigentümer vom Nachbarhaus zurecht?«

Klaus drehte sich um und winkte ab. »Mit dem liegen wir vor Gericht. Er behauptet, unser Regenwasserfallrohr an der Grenze wäre undicht. Die Durchfeuchtung in seinem Keller an dieser Stelle führt er darauf zurück.« Klaus schnaufte. »Der will sich nur seinen Keller auf unsere Kosten abdichten und renovieren lassen.«

Georg blies die Wangen auf. »Das sieht schlecht aus.«

»Das meinst du jetzt nicht ernst.« Marion runzelte die Stirn. »Die können uns doch nicht die hinteren Büroräume schließen.«

Georg hob die Schulter. »Wie ich Meisner kenne, wird er am Montag von seinem Chef eine Stilllegungsverfügung ausstellen lassen.«

Marion warf sich im Stuhl zurück und griff sich mit beiden Händen an den Kopf. »Das glaube ich einfach nicht.«

Georg stand auf. »So ist die Rechtslage. Da kann ich euch wenig Hoffnung machen.«

»Bleib doch bitte noch einen Moment«, bat Klaus.

Georg schaute auf die Uhr. »Doris kommt heute Nachmittag zurück.«

»Ein paar Minuten für ein Glas Wein wirst du doch noch Zeit haben.« Klaus stand auf und ging hinüber zur kleinen Teeküche, die in einer Nische des Raumes eingebaut war.

Ich wusste es, dachte Georg und setzte sich wieder. Na ja, oft genug hatte er sich auch ganz gerne von Klaus aufhalten lassen. Georg schaute zu Klaus hinüber, der eine Flasche Rotwein aus dem Schrank nahm und sie entkorkte.

Mit seinen zweiundsechzig Jahren hatte Klaus immer noch eine schlanke und sportliche Figur. Mit seinem sympathischen Lächeln und seiner überschwänglichen Art auf andere Menschen zuzugehen, fand er schnell Zugang zu seinen Gesprächspartnern. Er hatte ein Gespür dafür, wann er eine lustige Bemerkung einwerfen musste und seinem animierenden Lachen konnte man einfach nicht widerstehen. In letzter Zeit schien er aber ernster und in sich gekehrter zu sein.

»Wo war Doris denn?« fragte er als er mit dem Wein und zwei Gläser zum Tisch zurückkehrte.

»In Hamburg auf einer Fortbildung.«

Klaus stellte den Wein und die Gläser auf den Tisch, drehte sich zu Marion und nickte mit dem Kopf. »Das ist eine fleißige Frau.«

Marion spitzte die Lippen. »Was soll das denn heißen? Arbeite ich denn nicht?«

Georg lehnte sich zurück und zog seine Pfeife aus der Jackentasche. »Hört jetzt auf. Ich habe keine Lust auf eure Streitereien.« Er zündete die Pfeife an und blies den Rauch in Richtung Decke.

Klaus hob die Nase. »Ich rieche deinen Tabak immer wieder gerne.«

Marion setzte sich auf und verschränkte die Arme vor der Brust. »Tanja und ich dürfen im Büro nicht rauchen.«

Klaus zog das Kinn hoch. »Eure Zigaretten stinken auch.«

Er hatte die beiden Gläser gefüllt und hob sein Glas prostend zu Georg. Georg nahm einen kleinen Schluck. Der Wein war gut.

»Wie läuft´s mit dem Einkaufscenter auf dem Gutshof der von Mühlens?« fragte Klaus Amoneit.

Georg paffte ein paar Züge an der Pfeife. »Warum fragst du?«

Klaus Amoneit zuckte mit der Schulter. »Reine Neugier.« Sein Blick senkte sich in sein Weinglas. »Schönes Objekt. Hätten wir auch gerne vermarktet«, murmelte er.

Georg sah aus dem Fenster. Die beiden hatten bestimmt wieder einen finanziellen Engpass.

Als er damals mit der Projektentwicklung des Einkaufscenters beschäftigt war, hatte er kurz darüber nachgedacht, den Amoneits die Vermietung der Ladenlokale im Einkaufscenter zu übertragen. Aber bei den Finanzierungsgesprächen mit der Sparkasse war auch das Gespräch auf die Anmietung eines Ladenlokals durch die Sparkasse selbst aufgekommen. Da konnte Georg unmöglich im Nachhinein noch einen Makler einschalten. Die Verbindung zur Restaurantkette hatte Georg bereits aus einem früheren Bauvorhaben und zu LEDO hatte er aus vielen Bauvorhaben ein sehr intensives Geschäftsverhältnis. An die zwanzig Lebensmittelmärkte hatte er bereits für das Unternehmen gebaut. Während dieser Zeit hatte sich ein fast freundschaftliches Verhältnis zum Expansionsleiter und dem Architekten von LEDO entwickelt. Man hätte es ihm übel genommen, wenn er da einen Makler dazwischen geschaltet hätte

»Habt ihr Probleme?« wandte Georg sich wieder an Marion.

Marion rieb sich die wässerigen Augen. »Die Piaydas zahlen die Provision nicht«, schluchzte sie.

Georg lehnte sich zurück und nahm die Pfeife aus dem Mund. »Jetzt erzählt doch endlich, was es mit den Piaydas auf sich hat.«

Marion senkte den Kopf und rieb ihre gefalteten Hände. »Nachher ist man immer schlauer«, flüsterte sie.

Eine bedrückende Stille lag in dem Raum. Georg wartete immer noch auf eine Antwort und trank einen Schluck Wein. Über den Rand des Glases sah er zu Klaus Amoneit, der sein Glas absetzte und zur Decke schaute.

»Hast du das gehört?« Aufgeregt deutete er mit der Hand zur Decke.

Georg hob die Schulter. »Es hat in der Holzdecke geknackt. Was ist so aufregend daran?«

Klaus wedelte mit dem Zeigefinger. »Nein, nein. Das war nicht das Holz. Die haben mich wieder geortet.«

Georg paffte an der Pfeife, legte die Stirn in Falten und sah Klaus fragend an.

Klaus sprang auf und lief unruhig durch den Raum. »Der Nachbar von neben an hat mich mit Laserstrahlen geortet. Gleich wird er mich wieder beschießen.«

Georg sah zu Klaus und dann zu Marion, die nur mit den Schultern zuckte.

Klaus lief weiter auf und ab durch den Raum. »Die beschießen mich mit Mikrowellen. Die wollen mich umbringen.«

Georg nahm die Pfeife aus dem Mund, kniff die Augen zusammen und schüttelte den Kopf.

Klaus blieb stehen. Er nickte heftig mit dem Kopf. »Du hast richtig gehört. Der Nachbar da drüben, dieser Schlüpferküsser, will mich umbringen.«

Georg stutzte einen Moment, dann lachte er laut los.

Klaus Augen funkelten vor Zorn. »Du brauchst gar nicht zu lachen. Du hast ganz richtig gehört. Der Kerl will mich umbringen.«

Georg schluckte ein paar Mal bis er wieder sprechen konnte. »Ich habe doch nicht gelacht, weil man dich umbringen will. Der Ausdruck Schlüpferküsser ist einfach ein Brüller.« Er biss die Zähne zusammen, sonst hätte er wieder laut los gelacht.

Klaus deutete mit der Hand auf Marion. »Der Kerl bummst mit ihr. Er will mich aus dem Weg schaffen.«

Marion saß bewegungslos mit versteinertem Blick am Tisch. Blässe war in ihr Gesicht gezogen, was durch ihr blondes Haar, das bis über ihre Schulter reichte, noch verstärkt wurde. Sie schaute kurz zu Georg. Leise kamen ihre Worte. »Das stimmt doch gar nicht.«

Klaus fuchtelte mit dem Finger herum. »Du brauchst das gar nicht abzustreiten. Ich habe euch doch erwischt«, giftete er sie an.

Die Blässe in Marions Gesicht war einer leichten Röte gewichen. Ihre Augen funkelten vor Zorn. »Das stimmt einfach nicht. Und erwischt hast du uns auch nicht.«

Klaus wollte etwas erwidern, hielt aber inne. Er fasste sich an den Kopf. »Da, ich spüre es. Mein Kopf wird ganz heiß. Die beschießen mich wieder mit Mikrowellen.« Aufgeregt lief er im Raum hin und her. »Ich muss hier raus. Tut mir leid, Georg, aber ich muss in einen anderen Raum, sonst kochen die mir mein Gehirn.«

Kapitel 3

Schwer atmend stieg Detlef Meisner vom Fahrrad und lehnte es gegen die Hauswand des Wikinger Stübchens. Er führte das Fahrradschloss durch die Speichen des Hinterrades und um die Sattelstange und verriegelte das Schloss. Langsam beruhigte sich sein Atem wieder, während er auf den Feierabendverkehr auf der vierspurigen Kaiserstraße schaute.

Er hätte nicht alleine zu dem Hinterhofgebäude an der Kaiserstraße fahren sollen. Die russische Gemeinde hatte sich dort in einem ehemaligen Lager einen Treffpunkt eingerichtet. Wie eine Kneipe. Mit Getränkeausschank, Küche und Gastraum und einer notdürftigen Toilette. Die Russen hatten keine Genehmigung dafür. Die Einrichtung im Hinterhof verstieß gegen eine Reihe von Vorschriften. Vor allem der Brandschutz war nicht eingehalten worden. Amtsleiter Schneider hatte ihn beauftragt, zu überprüfen, ob die Stilllegungsverfügung, die den Russen zugestellt worden war, auch eingehalten wurde.

Als er das Hinterhofgebäude betrat war der Schankraum rappelvoll. Die Russen hatten die Verfügung einfach ignoriert. Er hatte den Wirt aufgefordert den Raum zu räumen und den Treffpunkt zu schließen. Sofort war er von den Russen umringt worden. Er konnte die Aggressivität der Russen körperlich spüren. Sie hätten ein Recht auf einen Versammlungsort. Man würde sie als Minderheit schikanieren. Er solle verschwinden und sie in Ruhe lassen. Meisner hatte versucht, ihnen die Gründe für die Stilllegung zu erklären. Dass sie eine Genehmigung beantragen müssten, die Auflagen einhalten. Aber nichts davon wollten die Russen hören. Als sie ihm immer näher rückten, der Kreis der Leute um ihn herum immer enger wurde, hatte er sich zurückgezogen. Sollte der Chef doch polizeiliche Hilfe beantragen, um den Raum zu räumen und zu versiegeln.

Er wandte sich von dem geschäftigen Treiben auf der Straße ab, atmete noch einmal tief ein und betrat das Lokal. Sein Blick wanderte über die rustikalen Eichenmöbel. Drei der sechs Tische waren besetzt. Auch an der Theke saßen ein paar Gäste. Aber keine Kollegen aus dem Rathaus. An einem Freitagnachmittag waren wohl alle nach Hause zu ihren Familien gefahren.

Meisner setzte sich auf einen Hocker an der Theke und bestellte ein Pils bei der korpulenten Wirtin hinter dem Tresen. Er musste wieder herunter kommen. Diese Aggressivität, diese stechenden und wütenden Augen. Die wollte er nicht mit nach Hause nehmen. Er trank einen kräftigen Schluck Pils, das ihm die Wirtin auf die Theke gestellt hatte und legte einen Arm auf den Tresen.

Er war froh, das jetzt das Wochenende vor ihm lag. An seinem Einfamilienhaus, das er vor drei Monaten bezogen hatte, waren noch kleine Restarbeiten zu erledigen. Die Arbeit am Haus machte ihm Spaß und würde ihn ablenken. Das war heute wirklich kein angenehmer Tag gewesen, obwohl …

Die Baukontrolle bei Klaus Amoneit hatte ihn innerlich befriedigt, gerade weil der Makler sich so aufgeregt hatte. Er hatte den großspurigen Kerl noch nie leiden können. Im Vereinsheim des Fußballvereins hatte er ein Gespräch mitbekommen. Zwei ehemalige Bergleute hatten sich darüber unterhalten, dass Amoneit sein Büro vergrößert hätte. Amoneits Büro lag in seinem Bezirk und ihm lag kein Bauantrag dafür vor. Deshalb war er am Morgen bei Klaus Amoneit vorbeigefahren und hatte sich den Schwarzbau angesehen. Am Montag würde er eine Stilllegungsverfügung erstellen und sie Klaus Amoneit zustellen lassen.

Meisner trank den Rest von seinem Pils und bestellte ein Neues. Regeln und Vorschriften einhalten konnte Amoneit noch nie. Der Makler hatte ständig Ärger mit dem Finanzamt und den Behörden.

Auch bei seinen Maklergeschäften versprach er seinen Kunden Dinge, die er nicht einhalten konnte, nur um zu einem Verkaufsabschluss zu kommen. Erst neulich war wieder ein Mann bei ihm im Büro gewesen, dem Amoneit ein Einfamilienhaus vermittelt hatte. Meisner hatte dem Mann erklären müssen, dass er ein Wochenendhaus gekauft hatte, das er auch nur als solches nutzen durfte. Der Mann war fix und fertig gewesen.

Meisner überlegte, ob er nach Hause fahren sollte, entschloss sich jedoch für ein weiteres Pils. So sehr er sich auch über sein schönes Haus freute, hatte er jedoch gemischte Gefühle, wenn er an die offenen Handwerkerrechnungen dachte. Die Baufinanzierung, die er bei Beginn der Bauarbeiten abgeschlossen hatte, lag an der Grenze seines Einkommens. Obwohl er bei der Vergabe der Arbeiten sehr auf die Baukosten geachtet hatte, hatte er sein Budget überzogen. Meisner seufzte. Eine Nachfinanzierung kam nicht in Betracht. Die Sparkasse würde sie ihm wohl auch kaum gewähren.

Meisner trank noch einen Schluck und stellte das Glas auf die Theke. Wenn alles klappte, dann würde er in der nächsten Woche das Geld für die Handwerker haben. Ein paar Leute waren ihm noch etwas schuldig, redete er sich ein. Die hatten Geld genug und er hatte ihnen mehr als nur einen Gefallen getan. Diese Leute hatten richtig gut von seinen Genehmigungen profitiert. Jetzt war er an der Reihe, auch mal etwas einzufordern.

Er trank sein Pils aus, bezahlte die Rechnung und trat hinaus auf die Straße. Trotz des späten Nachmittags lag die warme Luft wie eine Glocke über der Stadt. Er öffnete das Schloss schlang es um den Gepäckträger hinter dem Sitz und schwang sich auf das Rad. Er überquerte die Straße, radelte in die Feldstraße und bog ein Stück weiter in den Freizeitpark Backumer Tal. Er spürte die Feuchtigkeit, die sich auf seinem Rücken bildete, als er an der Tennisanlage vorbeifuhr.

Es ärgerte ihn schon, wenn seine Kollegen im Amt dumme Sprüche losließen, weil er mit dem Fahrrad zu den Außenterminen fuhr. Die Bewegung tat ihm gut, erwiderte er dann. Zwei Autos konnten sie sich nicht leisten. Seine Frau brauchte den alten Opel dringender als er. Die Einkäufe und Besorgungen, die Kinder mussten zur Schule gebracht werden, all das konnte sie mit dem Fahrrad oder zu Fuß nicht bewältigen. Das Neubaugebiet, in dem er gebaut hatte, lag am Rande eines Grüngürtels und weit ab von den Geschäften und den Schulen.

Meisner trat in die Pedalen und richtete sich auf. Sein Rücken begann zu schmerzen. Er blickte den Hang hoch zu dem Spaßbad an der östlichen Seite des Parks. Lautes Kindergeschrei drang zu ihm herüber.

»Vorsicht«, hörte er vor sich jemand rufen.

Ein älteres Ehepaar mit einem Hund an der Leine kam ihm auf dem Weg entgegen. Erschrocken machte er einen Schlenker und schaffte es gerade noch dem Paar mit dem Hund auszuweichen. Der Weg führte nun talwärts und er ließ das Rad laufen. Sein Blick wanderte hinüber zu einer kleinen Baumgruppe, die von dichten Sträuchern umwuchert wurde. Ein heller Punkt leuchtete aus dem Gebüsch wie die Reflektion des Sonnenlichts in einem Spiegel. Er spürte einen Stoß auf seiner Brust. Dann fiel er vom Rad.

Kapitel 4

Georg löste die Leine vom Halsband des Hundes. Baldacci trabte schwanzwedelnd in die Küche und machte sich über sein Futter her. Georg hängte die Leine an den Haken neben der Eingangstür und ging ins Wohnzimmer. Doris hatte den Frühstückstisch gedeckt und saß am Esstisch im Erker an der Gartenseite des Hauses.

»War er brav?« fragte sie.

Georg zog den Stuhl vor. »Ist er doch immer«, antwortete er und setzte sich zu seiner Frau an den Tisch. Aus der Küche hörte er Baldaccis raspelnde Kaugeräusche, der sich über das Trockenfutter hermachte, das er am Morgen bekam.

Der Spaziergang vor dem Frühstück und die kühle Morgenluft hatten den Schlaf aus seinem Kopf vertrieben. Doris war am Vortag erst spät zurückgekommen. Die Fortbildung des Pharmakonzerns über das neue Diabetes-Medikament hatte länger gedauert und dann war sie in ein paar Staus geraten, die wie Freitags üblich, die Autobahnen verstopften. Sie hatten noch ein Glas Wein getrunken und sich über Doris´ Fortbildung unterhalten. Das neue Medikament käme auch für Georg in Betracht, der an Altersdiabetes erkrankt war. Müde waren dann beide zu Bett gegangen.

»Und wie war dein Tag gewesen?« fragte sie, während sie sich ein Brötchen schmierte.

Georg schenkte sich Kaffee und Orangensaft ein, nahm seine Tabletten ein und spülte sie mit einem Schluck Orangensaft herunter. »Ich war gestern bei Holger von Mühlen. Die Baugenehmigung ist noch nicht erteilt worden und der Lebensmittelkonzern droht mit Rücktritt vom Mietvertrag, wenn der Umbau nicht termingerecht fertig wird.«

Doris nahm das Brötchen vom Teller. »Und was sagt Neuhaus dazu?« fragte sie und biss ein Stück ab.

Georg trank einen Schluck Kaffee. Das heiße Getränk rann seine Kehle herunter und er spürte die Wirkung des Koffeins in seinem Magen. »Der ist nicht zu erreichen. Ich war heute im Büro. Das Bauamt hätte noch Änderungswünsche, hat mir Maruhn gesagt. Ich verstehe das nicht. Ich hatte doch alles mit dem Amtsleiter abgestimmt.«

Baldacci kam aus der Küche, rollte sich unter dem Tisch zusammen und rülpste zufrieden.

»Maruhn hat die geänderten Zeichnungen schon seit ein paar Tagen fertig. Aber sie liegen immer noch im Büro«, fügte Georg hinzu.

Doris schluckte den Bissen herunter, trank einen Schluck Kaffee und schaute über den Rand der Tasse zu Georg. »Hat Neuhaus inzwischen den Kaufpreis für die Büroübernahme gezahlt?«

Georg schnitt gerade ein Brötchen auf. Er legte das Messer auf den Teller und lehnte sich zurück. »Die ersten beiden Raten sind überfällig und die letzte Rate ist am Montag fällig.«

Doris schüttelte den Kopf. Ihr kastanienbraunes Haar, das bis auf die Schulter fiel, schwang dabei mit. »Du solltest mal energisch nachhaken.«

Georg strich die Halbfettmargarine auf die Brötchenhälfte. Sie hat ja Recht, dachte er. Neuhaus wollte den Kaufpreis für die Büroübernahme aus dem Verkauf eines Hauses bezahlen, dass er von seiner Tante geerbt hatte. Der Kaufpreis musste doch längst geflossen sein. Außerdem hatte er gute Einkünfte aus den Aufträgen die er mit der Büroübernahme von ihm übernommen hatte.

»Ich war gestern auch noch bei Klaus und Marion. Ein Sachbearbeiter vom Bauamt war gestern bei ihnen. Er will ihnen die hinteren Büroräume schließen, weil sie keine Baugenehmigung dafür haben«, lenkte er von Thema ab. Es war ihm unangenehm. Doris würde ihm sonst wieder vorwerfen, dass er in eigenen Sachen nicht energisch genug war. *Für deine Bauherren verhandelst du hart, aber wenn es um deine eigenen Angelegenheiten geht, bist du viel zu nachgiebig,* pflegte sie zu sagen.

Doris schnaufte. »Klaus hat sich doch noch nie an solche Förmlichkeiten gehalten. Und jetzt sollst du wieder mal helfen.«

Georg legte eine Scheibe Käse auf das Brötchen. »Sie haben mal wieder kein Geld.«

Doris winkte ab. »Wenn sie eine dicke Provision bekommen, geben sie das Geld gleich mit vollen Händen wieder aus. Da dürfen sie sich doch nicht wundern, wenn es mal eng wird.«

Doris hatte ja Recht. Trotzdem taten sie Georg leid. Aber so waren sie nun mal. Wenn Geld da war, gingen sie groß Essen, machten spontane Urlaubsreisen oder kauften sich Dinge, die nicht unbedingt notwendig waren. Erst danach dachten sie an die Begleichung von liegengebliebenen Rechnungen.

Georg konnte das nachempfinden. Auch er hatte Zeiten gekannt, als Honorarzahlungen ausgeblieben waren und die Rechnungen ihn zu erdrücken drohten. Wenn dann plötzlich der Knoten platzte und alle ausstehenden Honorare fast zeitgleich eingingen, ein großer Betrag auf seinem Konto war, dann war es schon verlockend, sich lang ersehnte Wünsche zu erfüllen. Das war wie ein warmer Regen auf eine ausgemergelte Erde. Die Euphorie war so groß, dass es schon einer großen Portion an Disziplin bedurfte, um den Verlockungen zu widerstehen und nüchtern über die Verwendung der Gelder zu entscheiden.

Georg führte gerade das Brötchen an den Mund, als das Telefon läutete. Er schaute auf die Uhr. Es war acht Uhr und Samstagmorgen. Missmutig stand er auf und ging zur Anrichte neben der Tür. Er nahm das Schnurlostelefon aus der Halterung und meldete sich.

»Helmut hier. Entschuldige bitte die frühe Störung, aber Gaby hält das nicht mehr aus. Sie ist völlig fertig. Können wir mal zu dir kommen? Wir brauchen dringend deine Hilfe.«

Georg ging mit dem Hörer am Ohr zurück zum Tisch und setzte sich. »Worum geht es denn?«

»Das möchten wir lieber persönlich mit dir besprechen«, antwortete Helmut Piayda.

Georg seufzte. »Na gut. Um zehn?«

»Danke, Georg«, hörte er noch, dann hatte Helmut Piayda aufgelegt.

Georg legte den Hörer auf den Tisch und atmete tief aus.

»Piayda?« fragte Doris und legte das angebissene Brötchen auf den Teller.

Georg nickte und sah aus dem Fenster in den Garten. Der Rasen war in der Woche ordentlich gewachsen und musste gemäht werden. Hinter den Sträuchern an der Grundstücksgrenze lag der Garten von seiner Tochter. Sie war mit ihrem Mann Thomas und den beiden Kindern eine Woche an die Nordsee gefahren. Eigentlich hatte er vorgehabt, auch dort den Rasen zu mähen. Er verwarf den Gedanken gleich wieder und trank einen Schluck Kaffee. Im Moment hatte er das Gefühl, dass er Problemfälle geradezu anzog.

Georg biss ein Stück vom Brötchen ab, legte es zurück auf den Teller und griff missmutig zur Tageszeitung. Er wollte nicht weiter darüber nachdenken, nicht beim Frühstück an einem Samstagmorgen. Er hatte sein Leben lang nur geschuftet, kaum Zeit zur Erholung gehabt. Er wollte sein künftiges Leben genießen, stressfrei und sich nicht mehr mit den Problemen anderer beschäftigen. Georg blätterte den Lokalteil auf, als ihm die fettgedruckte Schlagzeile auffiel.

Städtischer Sachbearbeiter ermordet.

Er beugte sich vor und las weiter.

Detlef M. fuhr auf dem Weg nach Hause wie gewohnt mit seinem Fahrrad durch den Freizeitpark, als aus einer Baumgruppe auf ihn geschossen wurde. Spaziergänger ...

*

Georg stellte das Frühstücksgeschirr in die Spülmaschine, ging wieder ins Wohnzimmer und setzte sich an den Esstisch.

Doris war nach dem Frühstück in ihre Praxis gefahren. Während der beiden Tage, die sie in Hamburg auf der Fortbildungsveranstaltung des Pharmakonzerns gewesen war, hatte sich sicherlich einiges an Post angesammelt. Und ihre Arzthelferinnen hatten bestimmt auch einige Nachrichten hinterlassen. Montags war ihre Praxis besonders stark besucht. Da würde sie keine Zeit für die Post haben, hatte sie gesagt. Sie war Internistin und Fachärztin für Diabetes.

Als Georgs Körper rebelliert hatte und er völlig erschöpft zusammen gebrochen war, hatten die Ärzte neben dem Herzinfarkt auch den Diabetes Typ II bei ihm festgestellt. Seitdem drängte Doris darauf, dass er neben den Medikamenten auch Bewegung bekam. Die Spaziergänge mit Baldacci waren deshalb schon zu einem täglichen Ritual geworden.

Georg nahm die Zeitung zur Hand und überflog noch einmal den Artikel über den Mord an Meisner. Er hatte früher häufig mit dem Sachbearbeiter zu tun gehabt, war aber nie richtig warm mit ihm geworden. Früher, als Georg förderndes Mitglied des örtlichen Fußballvereins gewesen war, hatte er Meisner ein paar Mal im Vereinsheim getroffen. Meisners Sohn spielte in einer der Jugendmannschaften. Aber auch dort hatten sie sich nur mit einem Kopfnicken begrüßt. Der Sachbearbeiter saß meist stumm an der Theke und war auch zu den anderen Gästen sehr wortkarg gewesen. Er wirkte sehr in sich gekehrt, distanziert, Gesprächen aus dem Weg gehend, dabei aber immer irgendwie beobachtend und den Gesprächen der anderen lauschend.

Es klingelte an der Tür. Georg legte die Zeitung zurück und ging zur Haustür. Baldacci folgte ihm zögerlich, machte brav Sitz in der Diele und beobachtete aufmerksam die Tür. Der Hund fiepte freudig, als er Helmut und Gaby Piayda erkannt hatte. Als Georg ihm zunickte, trabte er heran, und wuselte um die Beine der beiden Gäste, bei denen er geboren und die ersten Wochen seines Lebens verbracht hatte. Als Gaby sich bückte um ihn zu streicheln, leckte Baldacci ihr mit der Zunge durchs Gesicht.

»Jetzt ist genug,« lachte Georg.

»Ach lass ihn doch«, bat Gaby. »Ist ja ein richtiger Prachtkerl geworden.«

Georg bat sie herein und schloss die Haustür hinter ihnen. »Gehen wir in mein Arbeitszimmer«, schlug Georg vor. »Da haben wir Ruhe vor ihm.«

Georg ging voran die Treppe hinunter ins Untergeschoss, wo er sein Arbeitszimmer hatte.

»Geht er noch nicht die Treppe hinunter?« fragte Helmut, als er Georg folgte.

Georg drehte sich kurz um und warf einen Blick zu Baldacci, der wedelnd vor der obersten Stufe stand und ihnen nachsah. »Das ist auch gut so«, antwortete Georg. »So haben wir wenigstens hier ein wenig Ruhe vor ihm.«

»Australian Shepherds sind halt lebhafte Tiere«, verteidigte Gaby Piayda den Hund.

Georg trat in das Arbeitszimmer. »Das kann man wohl sagen. Aber deshalb lieben wir ihn auch. Er hält mich auf Trab. Holt mich von Sofa, wenn er seinen Spaziergang einfordert.« Er deutete auf den runden

Tisch mit den sechs stoffbezogenen Stühlen in der rechten Ecke des Raumes. »Setzen wir uns.«

Helmut Piayda blieb stehen und sah zu den raumhohen Bücherregalen, die zwei Wände des Arbeitszimmers einnahmen. »Hast du die alle gelesen?« fragte er.

»Ich muss vor dem Einschlafen noch lesen«, nickte Georg, »sonst beschäftige ich mich noch Nachts mit meiner Arbeit.« Er zog einen Stuhl vor und setzte sich. »Ist zur Gewohnheit geworden. So komme ich von meinen Gedanken herunter.«

Helmut Piayda setzte sich Georg gegenüber und legte eine Mappe auf den Tisch. Gaby strich sich durch ihr schulterlanges lockiges Haar und setzte sich neben ihn.

Georg legte die Arme auf den Tisch. »Kann ich euch etwas zu trinken anbieten?«

»Nein, danke«, lehnte Helmut ab. »Vielleicht später.«

»Was habt ihr denn auf dem Herzen?« fragte Georg. Plötzlich fielen ihm Marion Amoneits Worte vom Vortag ein, als er sie nach Piayda gefragt hatte. *Wir halten uns da raus. Frag Piaydas.*

»Du weißt, dass wir schon lange ein Haus im Grünen suchen, wo wir mit unseren fünf Hunden in Ruhe leben können.« Er atmete tief durch die Nase ein. »In unserer Doppelhaushälfte haben wir ständig Ärger mit dem Nachbarn.«

Georg wusste, dass Piaydas deshalb schon einige Male beim Schieds-mann waren, um den Nachbarstreit schlichten zu lassen.

Ein kurzes Leuchten trat in Helmut Piaydas Augen, als er fortfuhr. »Dann haben wir genau das richtige Haus für uns gefunden. Alleinlage am Stadtrand mit großem Grundstück, Hanglage mit herrlichem Blick auf Wiesen und Wälder. Wir haben uns gleich in das Haus verliebt.«

»Wirklich wunderschön«, stimmte Gaby Piayda ihrem Mann zu. »Und der Preis war auch erschwinglich.«

Und von Piayda bekommen wir auch keine Provision, hörte Georg wieder Marion Amoneits Worte.

»Das Haus ist euch über das Maklerbüro Amoneit angeboten worden?« fragte er.

Helmut nickte. »Wie kommst du darauf?«

Georg schüttelte den Kopf. »Nicht wichtig. Erzähl weiter.«

»Der Verkäufer hatte plötzlich Druck gemacht«, fuhr Piayda fort. »Er hatte es auf einmal sehr eilig, den Kaufvertrag zu schließen.« Helmut seufzte. »Na ja, wir wollten es ja auch, also haben wir zwei Tage später den Kaufvertrag beim Notar unterschrieben.«

Zwei Tage, dachte Georg. Erst vierzehn Tage nach Übersendung des Kaufvertragsentwurfs durfte der Notar den Vertrag beurkunden. »Wo liegt denn das Haus?« fragte er.

Piayda zog einen Übersichtsplan aus der Mappe, legte ihn auf den Tisch und zeigte mit dem Finger auf die Stelle an der das Haus lag.

Georg beugte sich vor. Das Grundstück lag stadtauswärts an der gegenüberliegenden Seite des Hanges, an dem Holger von Mühlens Gutshof lag. Er war schon oft an dem Grundstück vorbeigefahren. Das Haus lag weit abseits der Straße, die sich weiter den Hang hinab zwischen Wiesen und Wälder schlängelte. Durch die alten Bäume im Vorderteil des Grundstückes war das Haus kaum zu sehen. Nur die roten Tonziegel des Daches lugten über die Baumwipfel. »Eine wirklich tolle Lage«, entfuhr es Georg. »Aber warum braucht ihr meine Hilfe? Was habt ihr für ein Problem?« fragte er und lehnte sich wieder zurück.

»Das Haus ist fünfzig Jahre alt«, schaltete Gaby sich nun ein. »Wir wollte ein wenig umbauen und renovieren.«

Georg zog die Brauen hoch. »Ihr wisst doch, dass ich mich zur Ruhe gesetzt habe.«

Gaby schüttelte den Kopf. »Deshalb sind wir auch nicht hier.«

»Der Verkäufer des Hauses ist ein Kollege von dir«, übernahm wieder Helmut Piayda das Wort. »Wir wollten ihn mit dem Umbau beauftragen.«

Frag Piaydas nach Neuhaus, schossen ihm Amoneits Worte durch den Kopf. »Neuhaus? Ralf Neuhaus hat euch das Haus verkauft?«

Helmut Piayda drückte den Rücken gegen die Stuhllehne und richtete sich auf. Mit dem Finger fuhr er über seinem schmalen Dreitagebart, der sich an den Wangenknochen seines Gesichts entlang und rund um sein Kinn zog. Und dann flossen die Worte nur so aus ihm heraus.

Piaydas wollten das Dach erneuern, neue Wärmedämmfenster einbauen lassen, zwei Wände herausreißen und die Heizung überholen lassen. Neuhaus hatte ihnen gesagt, dafür bräuchten sie keine Baugenehmigung. Das Geld für den Architekten sollten sie sich sparen. Die Handwerksfirmen könnten sie auch selbst beauftragen. Helmut Piaydas Arbeitskollege hatte ihn aber verunsichert, weil der deshalb mal Ärger mit dem Bauamt hatte. Deshalb war er selbst beim Bauamt gewesen um sich zu vergewissern, dass er für sein Vorhaben keine Baugenehmigung bräuchte.

»Und was hat man dir dort für eine Auskunft gegeben?« fragte Georg.

Helmut Piayda nestelte am Ärmel seines Pullovers herum und senkte den Blick. Ein feuchter Schimmer lag in seinen Augen. »Das Grundstück liegt im Außenbereich und wurde als Wochenendhaus genehmigt. Laut Flächennutzungsplan liegt das Grundstück in einer für die Landwirtschaft ausgewiesenen Fläche. Eine Dauerwohnnutzung des Hauses würde das Bauamt nicht genehmigen.«

*

»Piaydas schon weg?« fragte Doris als sie aus der Praxis zurückkam und auf die Terrasse trat.

Georg nickte, klappte das Buch zu und legte es auf den Tisch. Er hatte ein paar Seiten gelesen, um Abstand zu dem Gespräch mit den Piaydas zu bekommen. Das Blut war ihm in den Kopf gestiegen, als er sich über die Konsequenzen aus deren Kaufvertrag im Klaren wurde. Mit etwas Abstand konnte er besser darüber nachdenken, wie er den beiden helfen konnte. Dass er ihnen helfen würde, stand außer Frage. Er konnte die beiden mit diesem Problem nicht alleine lassen.

Baldacci stürmte aus dem Garten auf Doris zu und schob seinen Kopf zwischen ihre Beine, zwängte sich ganz hindurch, lief um sie herum und sprang freudig an ihr hoch. Erst nach einigen Streicheleinheiten legte er sich in den Schatten unter dem Tisch.

»Was wollten sie denn?« fragte Doris, strich ihr zerzauste Haar zurecht und ließ sich in einen der gepolsterten Gartenstühle sinken.

Georg erzählte ihr von Piaydas Hauskauf, von Neuhaus und das Piaydas das Haus nur als Wochenendhaus nutzen konnten.

»Wussten sie das denn nicht vorher?« fragte Doris.

»Marion Amoneit hat ihnen ein Wertgutachten von einem Sachverständigen übergeben. Der Sachverständige hat das Objekt in seinem Gutachten als Einfamilienhaus bewertet. Ferner hat Amoneit den Piaydas den Einheitswertbescheid des Finanzamtes und den Grundsteuerbescheid der Gemeinde übergeben. In beiden Bescheiden wird das Objekt als Einfamilienhaus bezeichnet.« Georg trank einen Schluck Wasser und stellte das Glas wieder ab. »Und Neuhaus hat ihnen erzählt, dass seine verstorbene Tante dreißig Jahre dort gewohnt hat. Außerdem ist der Verkäufer auch Architekt. Sie hatten keinen Grund daran zu zweifeln, dass sie ein Einfamilienhaus gekauft haben.«

Doris schüttelte den Kopf. »Der Neuhaus muss das doch gewusst haben.«

Georg nickte. »Das sehe ich auch so. Aber er hat den Piaydas versichert, dass er das nicht wusste.«

Doris verdrehte die Augen. »Glaubst du das? Der hat die Piaydas doch über den Tisch gezogen.« Sie schenkte sich ein Glas Wasser ein. »Haben sie den Kaufpreis schon gezahlt?«

Georg schüttelte den Kopf. »Aber ich habe mir den Kaufvertrag angesehen. Da steht …verkauft die Grundbesitzung. Nichts von Einfamilienhaus oder Wohnhaus.« Er sah über die Rasenfläche auf das Rosenbeet am Ende des Gartens. »Sie haben nur eine Chance aus dem Vertrag herauszukommen, wenn sie dem Neuhaus arglistige Täuschung nachweisen können.« Georg seufzte. »Und das ist nicht einfach.«

»So ist die Rechtslage?« fragte Doris mit ungläubigem Blick.

»Es kommt noch schlimmer«, nickte Georg. »Sie können ihre Doppelhaushälfte nicht verkaufen, weil sie sonst keine Bleibe mehr haben. Die Banken finanzieren ihnen kein Wochenendhaus. Im Kaufvertrag ist eine Unterwerfungsklausel enthalten. Wenn sie in vier Wochen den Kaufpreis nicht bezahlen, kann Neuhaus ihnen den Gerichtsvollzieher ins Haus schicken.«

Doris presste beide Hände vor den Mund. »Wie schrecklich. Das steht Gaby nicht durch.«

Georg nickte. »Sie ist Finanzbeamtin. Stell dir mal vor, Neuhaus schickt ihrem Arbeitgeber eine Gehaltspfändung ins Haus.«

Kapitel 5

Marion Amoneit rutschte bis zum Kinn in das Wasser und lehnte den Kopf gegen den Rand der Badewanne. Das warme Wasser löste die Anspannung in ihrem Körper und wohlig streckte sie die Beine aus. Die Kinder waren schon schlafen gegangen und Klaus wanderte wieder irgendwo unruhig im Haus herum.

Sie hatte am Vormittag ein paar Hausbesichtigungen gehabt. Die beiden Wohnungen gefielen den Interessenten. Am Montag hoffte sie, die Mietverträge abschließen zu können. Die Provision in Höhe von zwei Monatsmieten würde ihnen erst mal über die nächsten Tage hinweghelfen. Wenn die Provision aus dem Verkauf des Hauses an Piayda fließen würde, dann wären sie aus dem gröbsten raus. Dann könnten sie die Rechnungen bezahlen und hätten noch genügend zum Leben übrig.

Nach den Wohnungsbesichtigungen war sie noch zum Metzger gefahren und hatte etwas Wurst gekauft.

Marion seufzte. Als sie ins Büro kam, hatte Klaus schon auf sie gewartet. Er hatte ihr wieder einmal unterstellt, dass sie mit dem Metzger gevögelt hätte.

Sie blies ein paar Schaumwölkchen weg, die ihr an der Nase kitzelten.

Zum Glück war ein Kunde war ins Büro gekommen und Klaus hatte den Raum verlassen. Seitdem hatte sie ihn nicht mehr gesehen. Sie wusste nicht, wo er sich seitdem aufgehalten hatte. Sie wollte es auch gar nicht wissen. Sie genoss einfach die Zeit der Ruhe, diese Pause von den Streitereien.

Warum musste er ihr dauernd unterstellen, sie würde fremdgehen? Sie liebte ihn doch. Zwischen seinen Eifersuchtsszenen konnte er so lieb und zärtlich sein. Und dann ganz plötzlich kamen diese haltlosen

Unterstellungen. Das war doch früher nicht so. Er war nie eifersüchtig gewesen, hatte auch keinen Grund dazu. Warum jetzt auf einmal?

Das Wasser wurde langsam kalt und sie verspürte ein leichtes frösteln. Marion ließ das Wasser ablaufen, stieg aus der Wanne und trocknete sich ab.

In der Diele fiel eine Tür ins Schloss.

Klaus.

Hoffentlich hatte er sich wieder beruhigt.

Sie schlüpfte in ihren Pyjama, zog den Bademantel an und öffnete die Tür.

Eine Hand schoss ihr entgegen und traf sie klatschend an der Wange. Ein kribbelnder Schmerz zog durch ihren Kopf. Sie wankte, fing sich aber wieder.

Klaus stand vor ihr. Der Zeigefinger seines ausgestreckten Arms zeigte auf ihr Gesicht. »Das war für die Vögelei, du Schlampe«, schrie er sie an.

Sie griff sich an die Wange, die höllisch brannte. »Spinnst du?« schrie sie zurück.

Sie spürte seinen heftigen Atem, der sich stoßweise seiner Brust entrang. »Ich weiß genau, dass du mit dem Metzger gevögelt hast«, spie er zischend aus.

»Das stimmt doch gar nicht.« Marions Stimme überschlug sich fast.

Klaus wedelte mit dem Finger vor ihrem Gesicht. »Du brauchst das gar nicht abzustreiten.« Er kam jetzt einen halben Schritt näher, griff ihr ins Haar und riss sie von der Tür weg. »Ich lass mich nicht länger verarschen. Du verschwindest hier aus meinem Haus.« Er zog ihren Kopf an den Haaren hoch und sein Atem schlug ihr ins Gesicht. »Hast du gehört? Ich will dich hier nicht mehr sehen.«

Klaus versuchte sie an den Haaren in die Diele zu zerren. Sie hatte das Gefühl, als würde er ihr die Kopfhaut vom Schädel reißen. Eine unglaubliche Wut lag in seinen Augen.

Marion umklammerte Klaus Handgelenk und versuchte den Druck zu mildern. Gleichzeitig trat sie mit dem Fuß nach vorne. Die Sohle ihres Lederpantoffels traf Klaus Schienbein. Er stöhnte auf, ließ ihre Haare los und griff sich an sein schmerzendes Bein.

Marion stürzte ins Bad, warf sich gegen die Tür, die krachend ins Schloss fiel, und drehte den Schlüssel im Schloss.

Klaus rüttelte an der Klinke. »Mach die Tür auf«, schrie er.

»Papa hör auf. Lass die Mama in Ruhe.«

Oh Gott, die Kinder sind wach geworden. Marion lehnte sich mit dem Rücken gegen die Tür. Lieber Gott, lass ihn wieder zur Vernunft kommen.

»Geht ins Bett. Das geht euch nichts an«, hörte sie Klaus Stimme.

»Nein, erst wenn du Ruhe gibst.«

Das war Veronica. Die Kleine mochte er besonders gern, zog sie immer Anna vor. Vielleicht hörte er ja auf sie.

»Ihr sollt verschwinden, hab ich gesagt.«

»Anna lauf zu Tanja. Ich bleibe hier«, vernahm sie die Stimme ihrer jüngeren Tochter. Marion ging zur Badewanne und setzte sich auf den Rand.

Klaus rüttelte wieder an der Klinke. »Mach die Tür auf, oder ich trete sie ein.«

Ein dumpfes Krachen. Die Tür zitterte im Schloss.

»Mach auf.«

Wieder dieses dumpfe Krachen. Das Blech des Türschlosses bog sich bedrohlich nach innen.

Marion lief zum Fenster und öffnete es. Kalter Nachtwind schlug ihr ins Gesicht. Einen Meter unter dem Fenster lag das Dach des eingeschossigen Büroanbaus in der Dunkelheit. Sie hievte sich auf die Fensterbank, zog die Knie bis an ihr Gesicht und drehte sich nach draußen. Das Krachen an der Tür wurde immer bedrohlicher. Sie ließ die Beine hinunter und sprang auf das Flachdach des Anbaus. Sie brauchte einen Moment, um sich an die Dunkelheit zu gewöhnen. Links von ihr fiel gedämpftes Licht aus dem Seitenfenster von Willis Kneipe. Schnell ging sie bis zum Rand des Daches und rief laut um Hilfe. Hinter ihr hörte sie ein gleichmäßiges Krachen von der Badezimmertür. Wieder rief sie: »Hilfe.«

Das Fenster an der Kneipe wurde geöffnet und Willi streckte den Kopf heraus. Suchend schaute er sich um.

»Hier oben«, rief Marion. »Hilf mir. Schnell.«

Willi nickte kurz, dann verschwand sein Gesicht.

Fröstelnd schlang Marion die Arme um ihren Körper und sah zum Badezimmerfenster. Willi beeil dich, schrie sie innerlich. Lange würde das Schloss nicht mehr standhalten. Ihr ganzer Körper zitterte.

Ein knirschendes Geräusch kam aus Richtung der Gaststätte. Sie drehte sich um und blickte suchend in die Dunkelheit. Willi kam mit einer Leiter über das Kiesbett des Biergartens gelaufen. Hastig stellte er die Leiter gegen die Hauswand des Anbaus.

»Los komm runter. Ich halte die Leiter.«

Schnell fasste sie die Holme der Leiter, die über das Dach hinausragten, trat auf eine Sprosse und drehte sich bäuchlings auf die Leiter.

Ein lautes Scheppern aus dem Badezimmer ließ sie erschauern. Im nächsten Moment sah sie Klaus Gesicht im Fenster. Das Weiß in seinen geweiteten Augen schien zu brennen wie zwei Laserstrahlen, die sie durchbohrten.

Kapitel 6

Es war ein schöner Sonntagmorgen, warm, trocken und vielversprechend. Die Sonne tauchte das satte Grün hinter dem Clubhaus in ein seidiges Licht und Vögel zwitscherten hingebungsvoll in den Zweigen eines Busches neben der Terrasse.

Ralf Neuhaus lehnte sich weit in das Polster des Gartenstuhls zurück und verschränkte die Arme hinter den Kopf. Ein paar Sonnenstrahlen zwängten sich unter den Rand des achteckigen Sonnenschirms vorbei und wärmten sein Gesicht. Er blinzelte. Von der Sonne geblendet hob er den Arm und beschattete die Augen. Weiter hinten neben einer kleinen Baumgruppe sah er zwei Gestalten, die ihren Caddie hinter sich herzogen. Er schaute auf die Uhr an seinem Handgelenk. In einer halben Stunde hatte er eine Unterrichts-stunde bei seinem Golftrainer.

Ralf Neuhaus beugte sich wieder vor und trank einen Schluck Kaffee. Über den Rand der Tasse sah er zu seiner Frau, die ihm gegenüber saß. Das schwarze Haar ihres klassischen Pagenkopfes glänzte in der Sonne.

Vor zwölf Jahren hatte er Valerie kennen gelernt. Sie hatte als Bürokauffrau im Betrieb ihres Vaters gearbeitet, der ein kleines Heizungsunternehmen betrieb. Er hatte sie an den Wochenenden häufig in der Disco gesehen, wo sie ihm inmitten ihrer Freundinnen aufgefallen war. Sie war der Mittelpunkt der Mädchengruppe gewesen. Das etwas abfällig wirkende Lächeln um den Mund, mit dem sie den Männern einen Korb gab, wenn sie zum Tanzen aufgefordert wurde, hatte einen Reiz auf ihn ausgeübt und hatte ihr einen Hauch von Erotik verliehen. Dieses leicht schiefe Lächeln war so etwas wie ein Markenzeichen von ihr.

Eines Abends hatte er sich einen Ruck gegeben. Nach einigen Bourbon Gingerale hatte er sie endlich angesprochen. Zwei Jahre später, als sie mit ihrer Tochter schwanger war, hatten sie geheiratet.

Ralf Neuhaus betrachtete seine Frau mit einem zufriedenen Blick. Mit ihrem ebenmäßigem Gesicht, den leicht hervorstehenden Wangenknochen und den braunen, mandelförmigen Augen war sie eine echte Schönheit. Er hatte die bewundernden Blicke der Männer hier im Golfclub bemerkt, die sie seiner Frau zuwarfen. Es machte ihn stolz, so eine schöne Frau zu haben. Und endlich konnte er ihr auch das Leben bieten, das sie sich von ihm erhofft hatte.

Als angestellter Architekt in einem kleinen Architekturbüro hatte er nicht so viel verdient, um ihr ein Leben in Luxus bieten zu können. Gut, sie hatten ein Einfamilienhaus gebaut. Aber das war nur möglich, weil Valeries Vater ihnen das Grundstück geschenkt hatte, das er eigentlich für sich vorgesehen hatte. Valeries Eltern wohnten in einem Haus, das sein Schwiegervater neben seinem Heizungsunternehmen im Gewerbebetrieb gebaut hatte. *Ich werde sowieso so lange arbeiten, wie es eben geht. Was sollen wir da noch einmal umziehen,* hatte Valeries Vater gesagt.

Aber die Hypothekenzinsen drückten und ließen kaum Spielraum für große Sprünge übrig. Als dann zwei Jahre nach der Tochter auch noch sein Sohn geboren wurde, wurde es noch enger.

Mit der Übernahme von Georg Heffners Architekturbüro hatte sich alles geändert. Heffner hatte sich in den fast vierzig Jahren seiner Tätigkeit als Architekt einen hervorragenden Namen gemacht und sehr lukrative Aufträge, die er nun übernommen hatte. Auch mit den Mitarbeitern, die er von Heffner übernommen hatte, konnte er sehr zufrieden sein. Die Sekretärin und die beiden Bauzeichner arbeiten völlig selbständig.

Aus den Augenwinkeln sah er hinüber zu einem Tisch vor der Front des Clubhauses. Kortkamp, der Direktor der Sparkasse, sprach dort mit Zander, dem größten Investor der Stadt. Neuhaus bemerkte, wie Kortkamp auf Zander einsprach und mit dem Kopf zu ihm herüber deutete. *Sie sprechen über dich.*

Früher hatte er in der Sparkasse nur mit den Kundenberatern sprechen können. Jetzt, als selbständiger Architekt nahm ihn auch der Bankdirektor wahr. Auch wenn er ihm einen weiteren Kredit nicht hatte geben wollen. Was soll´s. Seine Auftragslage war gut, und wenn erst der Kaufpreis aus dem von Tante Marthas geerbten Haus geflossen sein würde, brauchte er Kortkamp nicht mehr.

Er war jetzt jemand. Er spielte Golf im gleichen Club wie die Reichen und Mächtigen der Stadt. Zufrieden mit sich und seinem Leben lehnte er sich zurück. Der Golflehrer trat aus dem Clubhaus und kam auf ihn zu, als sein Handy in der Hosentasche vibrierte. Er zog das Handy heraus und meldete sich.

»Heffner hier. Herr Neuhaus, wir müssen reden.«

*

Herbert Kortkamp nickte dem Golflehrer zu, als der aus dem Clubhaus trat, und schaute ihm nach, wie er an den Tisch am Rande der Terrasse ging und Ralf Neuhaus die Hand auf die Schulter legte. Sein Blick folgte Neuhaus und dem Golflehrer auf deren Weg zum Abschlag. Widersprüchliche Empfindungen gingen ihm dabei durch den Kopf. Als Neuhaus vor ein paar Monaten Mitglied im Golfclub wurde, hatte Kortkamp ein Blick in das Konto von Neuhaus geworfen. Er hielt es für seine Pflicht als Bankdirektor, zu wissen, ob der Mann geschäftlich für ihn interessant sein konnte. Bis vor sechs Monaten hatte Neuhaus seinen Lebensunterhalt mit seinem Angestelltengehalt bestritten und seine Ausgaben in dem damit verbundenen Rahmen gehalten. Eine Mitgliedschaft im Golfclub hätte er sich davon jedoch nicht leisten können. Das hatte sich geändert, als er das Architekturbüro von Georg Heffner übernommen hatte. Im Vorgriff auf künftige Einnahmen hatte Neuhaus die privaten Ausgaben deutlich erhöht. Neben der Mitgliedschaft im Golfclub und einem Alfa Romeo, den er sich kürzlich gekauft hatte, hatte er sich und seiner Frau auch zwei Urlaubsreisen in die Karibik und nach Mauritius gegönnt. Kortkamp schüttelte fast unmerklich den Kopf. Statt sein Konto zu überziehen, hätte Neuhaus erst einmal an die Sicherung seines Büros denken sollen.

Frau Neuhaus war aufgestanden und kam auf seinen Tisch zu. Der wadenlange Rock über den glänzenden schwarzen Stiefel wehte leicht im Rhythmus ihrer Schritte um ihre langen Beine. Im Vorbeigehen warf sie ihm ein aufreizendes Lächeln zu und verschwand dann im Clubhaus.

»Aparte Person«, schnalzte Wolfgang Zander mit der Zunge.

Herbert Kortkamp wandte sich wieder seinem Tischnachbarn zu und sah in das leicht gebräunte Gesicht von Wolfgang Zander. »Bestimmt kein Heimchen«, grummelte er. »Ihr Mann hat vor sechs Monaten das Büro von Georg Heffner übernommen.«

»Heffner? Ich habe ihn nie zu einer Zusammenarbeit bewegen können«, schnaufte Zander.

Kortkamp zog die Brauen hoch und verzog die Mundwinkel zu einem spöttischen Grinsen. »Heffner ist eben ein Mann mit Prinzipien.«

Zander richtete sich auf und runzelte die Stirn unter seinen schwarzen zurückgekämmten Haaren. »Was soll das denn heißen?« schnaubte er.

Kortkamp lachte. »Du verstehst aber auch gar keinen Spaß.«

Zander nahm das Glas vom Tisch, lehnte sich zurück und trank einen Schluck Pils. »Was hat der Neuhaus denn vorher gemacht?« fragte er und stellte das Glas wieder ab.

»War als Architekt bei Huesmann angestellt.«

Zander hob das Kinn und schob die Unterlippe vor. »Nicht gerade eine Reputation.« Er streckte die Beine weit unter den Tisch. »Aber das muss ja nichts heißen.« Er warf Kortkamp einen langen prüfenden Blick zu. »Wäre Neuhaus vielleicht ein Mann für mich?«

Kortkamp sah auf das satte Grün des Golfplatzes und seufzte. Neuhaus hatte sich vor zwei Wochen einen Termin bei ihm geben lassen. Er hatte in der Kreditabteilung von Kortkamps Sparkasse um einen Kredit nachgefragt. Der Kundenberater hatte Neuhaus eine weitere Aufstockung seines Kreditrahmens verweigert und wollte erst einmal die weitere Geschäftsentwicklung des Architekturbüros abwarten. Kortkamp hatte seinem Kundenberater Recht geben müssen. Er hatte Neuhaus nicht helfen können.

»Neuhaus ist noch jung und hat noch nicht selbständig gearbeitet«, dachte Kortkamp laut. »Er hat von Heffner ein gut laufendes Büro mit lukrativen Aufträgen übernommen. Man muss mal abwarten wie er damit zurecht kommt.«

Zander lehnte sich tief in den Stuhl und blinzelte in die Sonne. »Hat Heffner nicht das Einkaufscenter auf dem Gutshof der von Mühlen geplant?«

Kortkamp nickte. »Ein schönes Objekt. Wir sind da auch involviert.«

Zander rappelte sich auf und zog die Beine an. »Wie haben die von Mühlen das Objekt überhaupt finanziert bekommen. Die waren doch ständig klamm.«

Kortkamp setzte sich auf und faltete die Hände vor dem Bauch. Ein Schmunzeln huschte über sein Gesicht. Das schmeckte seinem Freund gar nicht, dass auch andere in der Stadt lukrative Großbauvorhaben errichteten. Zander hatte sich vom hemdsärmeligen Maurerpolier zum Bauunternehmer und weiter zum größten Immobilieninvestor der Region hochgearbeitet. Er hatte einen natürlichen Riecher für gute Geschäfte und hatte viele Konkurrenten aus dem Geschäft gedrängt. Kortkamp hatte Zander kennengelernt, als dieser noch als Polier im Betrieb seines Schwiegervaters gearbeitet hatte. Kortkamp hatte damals gerade seine Lehre als Bankkaufmann bei der Sparkasse beendet und war als Sachbearbeiter in die Kreditabteilung versetzt worden. Als Zander dann damit anfing, eigene Bauvorhaben zu erstellen, und Kortkamp Zanders Baufinanzierungen bearbeitete, hatte sich ihre Freundschaft noch verfestigt. Kortkamp hatte von dieser Verbindung profitiert. Er war in der Sparkasse zum Direktor aufgestiegen, hatte die Objekte von Zander finanziert und so gute Geschäfte für die Bank gemacht.

»Wenn Heffner etwas in die Hand nimmt, dann laufen die Objekte auch«, erklärte er mit einem süffisanten Lächeln.

»Das ist keine Antwort auf meine Frage«, brummte Zander.

Kortkamp schlürfte an seinem Pils und wischte sich mit der Hand den Schaum von der Oberlippe. »Heffner hat den von Mühlen erstklassige Mieter mit langfristigen Verträgen besorgt. Bei dem Überschuss, der nach Abzug der Hypothekenzinsen noch verbleibt, haben wir nicht das geringste Risiko.« Er beobachtete Zander, wie der die Zähne zusammenbiss. »LEDO als Hauptmieter, meine Sparkasse mit einer Filiale, eine gutlaufende Restaurantkette, Bäcker, Metzger, Arztpraxen, Anwaltsbüro, ein Steuerberater und sehr schöne Wohnungen. Da brennt nichts an.«

*

Georg Heffner stellte den Wagen an der Straße vor dem Haus ab und stieg aus. Das Haus von Neuhaus lag in einem alten Wohngebiet, das im Norden an eine landwirtschaftliche Fläche grenzte. Heffner behagte es gar nicht, Neuhaus in dessen Haus aufzusuchen und dazu noch an einem Sonntag-nachmittag. Er hätte sich lieber mit ihm am Montag in seinem alten Büro getroffen. Aber Neuhaus hatte terminliche Gründe vorgeschoben und weigerte sich aus unerfindlichen Gründen, sich mit ihm im Büro zu treffen.

Heffner näherte sich dem zweigeschossigen Flachdachbau, dass in minimalistischem Stil, nüchtern und ohne Schnickschnack errichtet worden war. Das Gespräch, das er gleich zu führen hatte, behagte ihm nicht. Es war ihm schon immer zuwider gewesen, Kunden an die Begleichung seiner Rechnungen zu erinnern.

Er trat an die Haustür und drückte auf die Klingel. Fast gleichzeitig wurde die Tür geöffnet. Valerie Neuhaus öffnete ihm und bat ihn mit einem ausdruckslosen Gesicht herein.

»Mein Mann ist im Wohnzimmer«, deutete sie mit der Hand auf eine offen stehende Tür.

Georg Heffner folgte der Frau durch die Diele in den Wohnraum. Der zum Garten hin ausgerichtete Raum war nüchtern eingerichtet. Ein Esstisch mit Chromgestell und dunkler Holzplatte, um den sechs Stühle in gleicher Ausführung gruppiert waren, stand in der linken Ecke. Rechts sah er eine schwarze Ledergarnitur, ebenfalls mit Chromfüßen darunter, und davor ein Couchtisch mit Glasplatte. Gegenüber an der Wand hing ein großer Flachbildschirm auf dem gerade ein Zeichentrickfilm lief. Um den Fernseher war ein offenes Regal an der Wand angebracht.

Ralf Neuhaus erhob sich aus dem Sessel und kam ihm entgegen. Ein aufgesetztes Lächeln huschte über sein Gesicht.

»Herr Heffner, schön dass Sie uns mal in unserem Haus besuchen.« Er deutete auf ein zweisitziges Sofa gegenüber seinem Sessel. »Setzen Sie sich doch.« Dann nahm er die Fernbedienung vom Tisch und schaltete den Fernseher aus.

Die beiden Kinder auf dem breiten Sofa gegenüber dem Fernseher protestierten laut.

Heffner setzte sich.

»Kann ich Ihnen etwas zu trinken anbieten?« fragte Valerie Neuhaus, die stehen geblieben war.

Georg schüttelte den Kopf. »Danke, aber so lange wollte ich nicht bleiben.«

»Roman, Mandy«, klatschte Valerie Neuhaus in die Hände. »Ihr geht jetzt in eure Zimmer. Papa hat was Geschäftliches zu besprechen.«

Der Junge rutschte vom Sofa, schob missmutig die Unterlippe vor und verschwand schlurfend aus dem Zimmer.

Mandy hingegen streifte sich das dunkle Haar zurück und stopfte sich die Hörer ihres iPods in die Ohren. Sie wiegte den Kopf im Rhythmus der Musik. Ihr Pony schwang hin und her und ihre Unterlippe trat vor.

»Mandy, du auch«, rief ihre Mutter ihr zu.

Aber Mandy reagierte nicht.

Valerie Neuhaus ging zu ihrer Tochter und zog ihr den Hörer aus dem Ohr. »Hast du nicht gehört, was ich gesagt habe?«

Das zehnjährige Mädchen warf sich zurück in das Sofa, die Beine vor sich ausgestreckt und machte einen Schmollmund. Dann rutschte sie vom Sofa, folgte ihrer Mutter und kratzte sich unterwegs am Hintern. Als sie in der Tür stand, drehte sie sich um, streckte Georg die Zunge heraus und verließ das Wohnzimmer.

Georg schüttelte innerlich den Kopf.

»Warum wollten Sie mich sprechen?« holte Ralf Neuhaus ihn wieder zurück.

Georg richtete sich auf. »Ich hatte ein Gespräch mit Holger von Mühlen. Er macht sich Sorgen, weil die Baugenehmigung noch nicht erteilt worden ist.«

Neuhaus nickte. »Das Stadtplanungsamt wollte noch Änderungen an der Fassade.«

»Wieso denn das? Es war doch alles mit dem Amt besprochen.«

Neuhaus hob achselzuckend die Schulter.

»Wie dem auch sei«, fuhr Georg fort. «Warum ist der Nachtrag noch nicht beim Bauamt?«

Neuhaus lächelte verlegen. »Ich bin noch nicht dazu gekommen.«

Valerie Neuhaus kam herein und setzte sich auf das Sofa, auf dem vorher ihre Kinder gesessen hatten. »Warum interessiert Sie das noch?«

Georg schüttelte sacht den Kopf. »Ich habe drei Jahre an dem Objekt gearbeitet, bis es genehmigungsfähig war. Außerdem bin ich mit Holger von Mühlen befreundet. Ich fühle mich immer noch verantwortlich für das Bauvorhaben.«

»Ich bringe die Unterlagen Morgen zum Bauamt und mache richtig Druck«, versprach Neuhaus.

Georg sog die Luft durch die Nase ein. »Es gibt feste Übergabetermine mit LEDO, die unbedingt eingehalten werden müssen. Wie wollen Sie das in der verbleibenden Zeit denn noch schaffen?«

Neuhaus winkte ab. »Das kriegen wir schon hin.«

Georg beugte sich vor. »Herr Neuhaus, LEDO hat Herrn von Mühlen bereits wegen des Termins angeschrieben. Das Unternehmen macht sich Sorgen. Wenn LEDO wegen des nicht eingehaltenen Termins als Hauptmieter abspringt, dann platzt das ganze Objekt. Dann ist die Existenz ihres Bauherrn zerstört. Sind Sie sich überhaupt darüber im Klaren?«

»Mein Mann ist ein guter Architekt. Der weiß schon was er tut«, entgegnete Valerie Neuhaus schnippisch.

Anscheinend nicht, dachte Georg und spürte wie sein Blutdruck stieg. »Kommen wir zu einem anderen Punkt meines Besuches«, räusperte er sich. »Die ersten beiden Raten aus dem Übernahmevertrag des Architekturbüros sind noch nicht gezahlt worden und Morgen wird die letzte Rate fällig.«

Neuhaus sah auf die Tischplatte vor sich und strich sich mit dem Finger über seinen Dreitagebart. »Der Verkauf des Hauses, das ich von meiner Tante geerbt habe, hat sich verzögert.« Er blickte jetzt auf. Unsicherheit lag in seinem Blick. »Aber das Haus ist jetzt verkauft. Der Kaufpreis ist in vier Wochen fällig. Dann bekommen Sie ihr Geld.«

Georg atmete tief durch die Nase ein. Er sah zu Valerie Neuhaus, die mit verschränkten Armen auf dem Sofa saß. Dann wandte er sich wieder Ralf Neuhaus zu. »Da wären wir beim nächsten Punkt.« Zwischen seinen Augen stand jetzt eine tiefe Falte. »Piaydas sind gute Bekannte von mir. Sie waren gestern bei mir und haben mir ihr Leid geklagt.«

Neuhaus Atem ging schneller. Leichte Röte stieg in sein Gesicht. Er lehnte sich in seinem Sessel zurück und sah aus dem Fenster. »Ich habe nicht gewusst, dass das Haus nur als Wochenendhaus genehmigt worden ist.«

Georg wahrte nur mühsam seine Beherrschung und maß Neuhaus mit einem stechenden Blick. »Und was gedenken Sie jetzt zu tun?«

»Mein Mann hat den Piaydas die Grundbesitzung im guten Glauben verkauft«, warf Valerie Neuhaus ein.

Georg ignorierte den Einwand und sah Ralf Neuhaus wortlos an.

»Ich kann da nichts tun«, murmelte Neuhaus. »Der Kaufvertrag ist rechtens und außerdem brauche ich das Geld aus dem Verkauf.«

»Sie glauben doch nicht etwa, dass Piaydas den Kaufpreis zahlen werden.« Seine Stimme wurde nun merklich schroffer. »Sie haben die Leute wissentlich getäuscht.« Er stieß heftig die Luft durch die Nase und schüttelte den Kopf. »Entweder sie lösen den Vertrag auf, oder Sie sorgen dafür, dass die Piaydas das bekommen, was sie gekauft haben. Ein Einfamilienhaus.«

Neuhaus rang die Hände. Er schluckte schwer, senkte kurz den Kopf und blickte dann wieder auf. »Und wie soll ich das anstellen?«

Kapitel 7

Georg Heffner hatte den Wagen im Parkhaus gegenüber dem Rathaus abgestellt und war über die Straße ins Rathaus gegangen.

Er hatte mit Doris gefrühstückt und, nachdem Doris in die Praxis gefahren war, das Geschirr in die Spülmaschine gestellt. Wie ein Hausmann kam er sich jetzt als Pensionär vor. Aber wenn er schon nicht mehr arbeitete, konnte er wenigstens diesen Teil der Hausarbeit übernehmen. Er mochte es nicht, wenn das Geschirr vom Frühstück noch auf dem Esstisch herumstand. Überhaupt mochte er keine Unordnung.

Die ältere Frau an der Information lächelte ihm grüßend zu und betätigte den Türöffner. Summend sprang die Tür zur Eingangshalle auf. Georg hob dankend die Hand und ging zum Aufzug. Heute war kein Sprechtag, aber die Frau kannte ihn und hatte ihm, wie schon früher üblich, die Tür geöffnet. Er stieg in den Aufzug und fuhr hoch in die dritte Etage. Er hielt sich links und ging den langen Gang entlang. Alles war frisch renoviert. Neue Namensschilder waren neben den Türen an der Wand angebracht worden. Die Namen sagten ihm nichts mehr. Irritiert ging er weiter, den Blick auf die Namensschilder gerichtet. Eine Tür weiter hinten wurde geöffnet und ein junger Mann trat heraus.

»Wollen Sie zum Bauamt, Herr Heffner?« fragte er Georg.

Georg kannte den jungen Mann nicht, nickte aber.

»Das Bauamt ist jetzt eine Etage tiefer untergebracht«, deutete der Mann mit dem Finger nach unten.

Georg bedankte sich, ging den Gang zurück und stieg die Treppe hinab. Gleich beim zweiten Büro am Gang war er fündig geworden. Es war später Vormittag, als Georg Heffner die Registratur des Bauordnungsamtes betrat.

Jürgen Michalzik blickte mit dem ihm eigenen ausdruckslosen Gesicht von seinem Schreibtisch auf und nickte Georg wortlos zu. Heffner kannte die stoische Art des Mannes. Michalzik war Mitte dreißig gewesen, als er in Heffners Büro eine Umschulung zum Bürokaufmann gemacht hatte. Seit etwas mehr als zehn Jahren arbeitete Michalzik jetzt in der Registratur des Bauamtes. Er musste jetzt Ende vierzig sein, dachte Heffner.

»Morgen«, grüßte Heffner. »Ich wollte kurz Einblick in eine Bauakte nehmen.«

»Wie lautet die Adresse?« fragte Michalzik und zog die Tastatur des PCs heran.

»Im Schwalbental 70.«

Michalzik tippte die Adresse ein und blickte wieder auf. »Die Akte liegt im Keller. Ich hole sie Ihnen hoch.«

Georg schüttelte den Kopf. »Ich gehe mit. Dann brauchen Sie sie nicht hin und her zu tragen.«

Michalzik schloss die aufgerufene Datei auf dem Monitor und sah Georg etwas irritiert an.

»Ich brauche keine Kopien. Ich will nur kurz einen Blick hinein werfen«, erklärte Heffner.

Michalzik stand auf und kam um seinen Schreibtisch herum. Er war eins zweiundachtzig groß, wirkte aber mit seiner gebückten Haltung und den herabhängenden Schultern kleiner.

Georg folgte Michalzik den Gang entlang zum Aufzug und fuhr mit ihm vom zweiten Stock hinunter in den Keller. Jeder andere hätte ihn nach einer Vollmacht gefragt, oder warum er Akteneinsicht haben wollte. Aber Georg wusste, dass Michalzik ihn nicht fragen würde. Michalzik war in Georgs Gegenwart immer sehr verschlossen und unsicher gewesen.

Der Aufzug hatte das Kellergeschoss erreicht und sie gingen zum Aktenlager. Direkt hinter der Tür stand ein kleiner Tisch, dessen Holzplatte von vielen Kratzern überzogen war. An einigen Stellen war die Lasierung abgeplatzt und das Buchenholz hatte dort eine gräuliche Farbe angenommen.

»Warten Sie bitte hier«, bat Michalzik. »Ich suche Ihnen die Akte heraus.«

Georg beobachte Michalzik, wie er die Regalwände entlang weiter nach hinten in den Raum ging. Georg kannte Michalzik als pflichtbewussten und korrekten Mitarbeiter, der alle ihm übertragenen Arbeiten akribisch genau ausführte. Georg hatte gespürt, wie dankbar Michalzik ihm damals war, als er nach dem Verlust seiner Arbeit als Bergmann die Umschulung bei ihm hatte machen können.

Michalzik hatte damals Probleme mit seiner Frau gehabt, die eine krankhafte Kaufsucht hatte und sich nicht um den Haushalt und ihre beiden Kinder kümmerte. Erst nach und nach hatte Georg davon erfahren. Michalzik machte die Einkäufe selber, weil seine Frau Dinge kaufte, die sie überhaupt nicht brauchten. Er hatte damals sämtliche Versandhäuser angeschrieben, dass sie keine Bestellungen seiner Frau mehr annehmen sollten und er für die Schulden seiner Frau bei den Versandhäusern nicht aufkommen würde.

Georg schmunzelte während er Michalzik bei der Suche der Akte beobachtete. Die Bauzeichner in seinem Büro hatten damals Scherze darüber gemacht, dass Michalzik bei seinen Einkäufen die Streichhölzer in den Schachteln nachzählen würde, bevor er sie in den Einkaufswagen legte.

Als Michalzik damals für einen Monat zu einem Blockunterricht in Hamburg weilte, tauchte seine Frau bei Georg im Büro auf. Sie hätte eine neue Wohnung gefunden, die sie unbedingt anmieten wollte. Dazu bräuchte sie aber dreitausend Euro für die Kaution und den Makler. Sie hätte aber keine Verfügungsgewalt über das Konto ihres Mannes und er wäre ja in Hamburg. Sie hatte Georg gebeten, ihr das Geld zu leihen, was er dann auch getan hatte.

Als Michalzik dann aus Hamburg zurückgekehrt war, war seine Frau mit den Kindern und dem Geld verschwunden. Irgendwie hatte Michalzik erfahren, dass seine Frau nach Frankreich zu einer Freundin gefahren war und dort bleiben wollte. Georg hatte ihm frei gegeben, damit Michalzik sich um seine Familie kümmern konnte. Er hatte sich den Wagen eines Freundes geliehen und hatte seine Frau und die Kinder zurückgeholt. Über das Geld, das Georg Michalziks Frau geliehen hatte, hatten sie nie gesprochen. Und zurückbekommen hatte Georg das Geld auch nicht. Die Sache stand bis heute wie eine Wand zwischen ihnen.

Michalzik kam mit der Akte zurück und legte sie auf den Tisch.

Georg nickte ihm dankend zu und schlug die Akte auf. Langsam blätterte er sie durch. Das Haus, das die Piaydas von Neuhaus gekauft hatten, war tatsächlich vor fünfzig Jahren als Wochenendhaus genehmigt worden. Durch die Lage im Außenbereich wäre eine Nutzungsänderung nur mit einer weiten Auslegung des Paragraphen fünfunddreißig des Baugesetzbuches zu erreichen.

Aber deshalb war Georg nicht hier. Er hoffte, auf die penible Arbeitsweise von Michalzik und blätterte zurück, bis die Innenseite des Aktendeckels vor ihm lag.

Und tatsächlich, da fand er, was er gesucht hatte. Michalzik hatte alle Einsichtnahmen in die Akte akribisch genau notiert.

*

Georg war nach seinem Termin am Bauamt nach Langenbochum gefahren, um in Willis Kneipe zu Mittag zu essen. Früher, als er sein

Büro noch neben der Kneipe hatte, war das zu einer Gewohnheit geworden. In den letzten Monaten hatte er erst abends gemeinsam mit Doris gegessen. Doris hatte ihn deshalb gescholten und ihm das Versprechen abgenommen, wegen seines Diabetes auch mittags wenigstens eine Kleinigkeit zu essen. Willi hatte immer ein preisgünstiges Tagesgericht auf der Speisekarte. Georg wunderte sich immer, wie Willi bei diesen Preisen überhaupt zurechtkam. Willi hatte ein paar Jahre in München als Koch gearbeitet, bevor er in seine Heimatstadt zurückkehrte und das Lokal übernahm. Zwanzig Jahre lebte Willi jetzt mit Theo zusammen, der ihm in der Kneipe half.

Georg schob die Flatterbänder in der geöffneten Eingangstür beiseite und trat in den Schankraum. Die Rollladen an den Fenstern neben der Tür waren so weit herunter gelassen, das nur noch ein spärliches Licht herein fiel. Na wenigstens war es kühl in dem Raum. Die beiden großen Tische unter den Fenstern mit den hufeisenförmigen Sitzbänken darum herum, waren noch frei. Georg wählte den ersten Tisch neben der Eingangstür und rutschte in die Sitzbank.

»Wie immer ?« fragte Willi vom Tresen her.

Georg nickte und schaute in die Runde. An der Theke saßen ein paar Rentner und unterhielten sich über ihre frühere Arbeit auf dem Pütt. Am Tisch links der Theke saßen drei schwergewichtige Frauen mittleren Alters und ein bierbäuchiger Mann und knobelten. Rechts, im kleinen Saal, spielten zwei Jugendliche Poolbillard.

Georg schmunzelte, als sein Blick auf die Einrichtung fiel. Hier war die Zeit vor vierzig Jahren stehen geblieben. Die Wände waren frisch gestrichen, alles wirkte sauber und ordentlich, aber diese Möbel.

Von der Decke hingen Fahnen in weiß und blau. Ach ja, er hatte ja jetzt seine bayrische Woche, dachte Georg. Die Speisekarte war bestimmt darauf abgestimmt. Mal hören, was er heute anzubieten hatte.

Unter der Decke über der Theke hing die blau-weiße Fahne von Schalke. Ein Fan-Club traf sich hier einmal im Monat. Georg lachte innerlich. Er war Fan von Bayern München, aber das erwähnte er besser nicht. Führt nur zu nichts bringenden Diskussionen.

Willi trat an den Tisch und stellte die Cola-Light ab. Als er die Kneipe übernahm, war er noch schlank, dachte Georg. Jetzt zeigte sich eine deutliche Wölbung über dem Hosengürtel. Bloß nicht darauf ansprechen. Tanja Kasperski, die Azubi von Klaus, hatte das mal getan und Willi war bis auf die Knochen beleidigt gewesen.

»Schon gehört, was vorletzte Nacht nebenan los war?«

Georg löste seinen Blick von der Wölbung über dem Gürtel. »Nein. Was war denn?«

»Ich habe Marion vom Dach des Anbaus holen müssen. Sie hat laut um Hilfe gerufen.«

Georg kniff die Augen zusammen und schüttelte den Kopf.

Willi nickte. »Sie ist vorm Klaus geflüchtet und durch das Badezimmerfenster auf das Dach geklettert.«

Klaus brauchte professionelle Hilfe, dachte Georg, und unterdrückte das aufkommende Gefühl, selbst etwas zu unternehmen. Verdammt, warum fühlst du dich wieder einmal verantwortlich. Nein, diesmal werde ich mir den Affen nicht auf die Schulter setzen lassen.

»Was gibst heute?« fragte er den Wirt um das Thema zu wechseln.

Willi strahlte. »Ich habe heute Semmelknödel in Champignon-Rahmsoße.«

Georg nickte und Willi entfernte sich in die Küche hinter der Theke. Georg holte eine Pfeife aus der Pfeifentasche und zündete sie an. Ist ja wieder erlaubt. Auch Willi und Theo waren starke Raucher und hatten immer betont, dass in ihrem Lokal auch in Zukunft geraucht werden darf.

Die Fliegenbänder flatterten und Marion Amoneit und Tanja Kasperski kamen herein.

Marion wies auf die Bank. »Dürfen wir uns dazu setzen?«

Georg wies mit der Pfeife auf die Bank.

»Kaffee und Kiba?«, fragte Willi von der Theke her.

»Klaro«. Tanja wiegte den Kopf hin und her.

Georg lachte. »Kiba? Was ist das denn?«

Tanja legte die Stirn in Falten. »Kirsch Banane. Kennen Sie das nicht?«

»Auch das Tagesgericht?« fragte Willi.

Marion nickte.

Georg beobachtete Marion eine Weile. »Willi hat mir erzählt, was vorgestern Abend passiert ist.«

Marions Gesicht verfinsterte sich.

»Hab gleich die Polizei gerufen, als Anna zu mir rüber kam«, schaltete sich Tanja ein. »Hab mir gleich gedacht, dass der Spinner wieder ausgerastet ist.«

Sie hatte ihre Wohnung auf der anderen Straßenseite, fiel Georg ein.

Marion saß, den Kopf gesenkt, bewegungslos wie eine Puppe am Tisch.

»Was war denn los?« fragte Georg.

Vor Zorn funkelnde Augen sahen ihn jetzt an. »Als ich am Abend aus dem Bad kam, hat er mir eine runtergehauen und mich an den Haaren in die Diele gezerrt. Er hat behauptet ich wäre bei dem neuen Metzger im Zentrum gewesen und hätte mit ihm gevögelt. Ich konnte dann ins Bad flüchten und habe die Tür verriegelt. Aber er hat sich gegen die Tür geworfen und wollte sie aufbrechen. Er ist völlig ausgerastet.«

»Und die Polizei?« fragte Georg.

Marion winkte ab. »Klaus hat ihnen irgendeinen Blödsinn erzählt. Ich war ja hier bei Willi in der Kneipe.« Sie biss die Zähne zusammen, bis sich die Wangenknochen abzeichneten. »Im Pyjama und Bademantel. Die beiden Polizisten kamen dann noch hier herüber. Sie könnten nur etwas unternehmen, wenn ich Anzeige erstatte. Aber ich bin doch nicht lebensmüde.«

Tanja hob das Kinn und presste die Lippen zusammen. »Marion, du musst was unternehmen.«

Marion schüttelte heftig den Kopf.

Georg beobachtete die Azubi, wie sie an der Kiba nippte. Ihr geschiedener Mann verweigerte die Unterhaltszahlungen und Tanja hatte ihn verklagt. Bin jetzt am Oberlandschaftsgericht, hatte sie ihm vor ein paar Wochen erzählt. Georg schmunzelte. Sie hatte das Oberlandesgericht gemeint. Eine echte Ruhrpott Pflanze, aber ehrlich, fleißig und ausgesprochen wissbegierig.

»Heute Morgen musste ich eine Anzeige an den Bundesverfassungsschutz schreiben.« Die Lippen zusammengepresst nickte sie mit dem Kopf.

Georg sah von Tanja zu Marion, die zustimmend nickte. »Jetzt sind es nicht nur Autos oder der Nachbar. Jetzt wird er auch noch aus Flugzeugen beschossen.«

Georg kniff die Augen zusammen und schüttelte ungläubig den Kopf.

»Das ist wahr. Die vom Flugplatz in Marl aufsteigenden Motorflugzeuge kreisen doch ständig hier über dem Ort. Dann stülpt er sich eine von meinen alten Perücken über, zieht eine meiner Jacken an und geht hinaus auf den Hof.«

Als Georg sich das bildlich vorstellte, konnte er sein Lachen nicht mehr unterdrücken.

Marion traten Tränen in die Augen, aber sie lachte mit. Sie verschluckte sich, fing sich dann wieder. »Mit dem Fernglas beobachtet er die Flugzeuge und notiert sich die Kennzeichen. Er ruft dann im Tower des Flughafens an und erkundigt sich nach den Eigentümern. Dann waren die Leute im Tower die dauernden Anrufe leid und haben ihm gesagt, er müsse sich an das Bundesluftfahrtamt in Braunschweig wenden. Seitdem ruft er dort an.«

Willi brachte die Semmelknödel und Marion wartete, bis er wieder gegangen war. »Mittlerweile verfolgt ihn das CIA, deshalb musste Tanja heute an den Verfassungsschutz schreiben.«

Georg teilte seinen Semmelknödel und aß ein Stück. »Klaus muss in eine Therapie. Du musst die Behörden informieren. Die können ihn zwangsweise in eine Klinik einweisen.«

Marion beugte sich vor und schob sich mit einem Murmeln etwas von dem Knödel in ihren Mund. »Das hatten wir doch schon.«

Georg wischte sich mit der Papierserviette den Mund und trank einen Schluck Cola light. »Was meinst du damit?«

»Er war doch schon in der Klinik im Schlosspark.«

Georg stellte die Cola ab und lehnte sich zurück. »Er war in der Psychiatrie?«

Marion schluckte ihren Knödel herunter und nickte. »Er hatte meine Mutter angegriffen, als sie vor ein paar Monaten zu Besuch war. Meine Mutter hat den Amtsarzt informiert und ein Polizeiaufgebot hat ihn abgeholt.«

Tanja kicherte. »Sonst geht er nie an die Tür. Aber als er die Polizisten durch das Fenster sah, hatte er gedacht, jetzt bekommt er Polizeischutz.«

Marion legte das Messer und die Gabel neben den Teller und lehnte sich zurück. »Nach vier Wochen haben sie ihn wieder entlassen. Er hätte seine Medikamente nicht eingenommen und wäre nicht therapierbar, hatte der Arzt gesagt.«

*

»Was machen Sie da oben? Sind Sie lebensmüde?« raunzte Frank seinen früheren Bauherren an.

Nach dem Essen war er in das kleine Neubaugebiet hinter Willis Kneipe gefahren. Acht Häuser hatte er dort gebaut. Das letzte war noch im Bau und wurde jetzt von Neuhaus betreut.

Der etwa fünfzigjährige Studienrat lag bäuchlings auf dem schrägen Sparren, eine zwei Meter lange Wasserwaage in der Hand. Von seinem Hals baumelte eine Nikon Digitalkamera.

»Ich habe die Verdrehung der Sparren überprüft. Bin jetzt fertig.«

Einer der beiden Maurer, die am Drempel die Sparrenfüße ausmauerten, wedelte mit der flachen Hand vor seinen Augen.

Der Oberlehrer, so nannten ihn die Handwerker an der Baustelle, reichte Georg die lange Wasserwaage herunter, hangelte sich hinüber zum Kehlbalken, rutschte ins Gebäude und kam an der dort stehenden Leiter herunter.

»Was hatten Sie da oben zu suchen?« fragte Georg ihn noch einmal.

Der Oberlehrer strich sich mit der Hand über Hemd und Hose. »Laut DIN-Vorschrift dürfen die Sparren nur eine Verdrehung von zwei Zentimeter auf zwei Meter haben. Der eine da oben liegt nur knapp darunter.«

Georg schüttelte den Kopf. »Das haben Sie falsch interpretiert. Ist aber auch völlig egal. Die Sparren werden oben durch die Dachpfannen abgedeckt und unten mit Gipskartonplatten verkleidet. Die sehen Sie später doch gar nicht mehr.«

Der Oberlehrer streckte den Kopf vor und wedelte mit dem Zeigefinger. »Vorschrift ist Vorschrift. Ich will eine akkurate Leistung für mein Geld.« Er streifte sich wieder den Staub von seiner Hose. »Eigentlich ist das ja Aufgabe meines Architekten«, brummte er noch in gebückter Haltung und sah zu Georg auf. »Aber den bekomme ich ja nicht zu Gesicht, und an der Baustelle war er auch schon lange nicht mehr.«

Es klang vorwurfsvoll und Georg konnte sich des Gefühls nicht erwehren, dass der Vorwurf ihm gegolten hatte. Schließlich hatte er den Oberlehrer dazu bewogen, sein Bauvorhaben mit Georgs Nachfolger Neuhaus fertigzustellen.

Georg wollte noch etwas erwidern, ließ es dann aber. Da braut sich Ärger zusammen, dachte er. In der Zeit als Georg die Entwürfe für das Haus erstellt hatte, hatte der Oberlehrer eigentlich einen ganz netten Eindruck gemacht, doch jetzt schien er ziemlich genervt zu sein. Eigentlich auch verständlich. Zu einer guten Bauabwicklung gehörte auch eine ständige Betreuung der Bauherren und der Baustelle.

Er verließ die Baustelle, fuhr langsam durch das Wohngebiet und betrachtete die Häuser, die er dort gebaut hatte. An einem der Häuser putzte eine frühere Bauherrin die Fenster. Als er an dem Haus vorbeifuhr, winkte sie ihm lächelnd zu.

Georg bog nach links in die Hauptstraße ein, als er weiter vorne Klaus Amoneit vor dem Haus stehen sah. Den Arm erhoben, die Hand zur Faust geballt, den Kopf weit vorgeschoben, sprach er wütend auf einem jungen Mann ein, der neben einem roten Ford Fiesta auf dem Parkstreifen vor Klaus Büro stand.

Georg fuhr ein Stück weiter und parkte seinen Wagen vor Willis Kneipe. Einige Gäste kamen gerade heraus und näherten sich neugierig Klaus und dem jungen Mann. Georg stieg aus und beobachtete, wie die Gäste sich mit dem jungen Mann unterhielten. Klaus Amoneit war nicht mehr zu sehen. Als Georg die Gruppe vor Amoneits Büro erreicht hatte, kam Tanja aus dem Haus.

»Was ist denn hier los?« fragte er sie.

Tanja tippte sich mit dem Finger an die Schläfe. »Der tickt nicht sauber.«

»Hab nur kurz angehalten um zu telefonieren«, hörte Georg den jungen Mann sagen. Georg drehte sich zu ihm. Der junge Mann rieb sich den Rücken der rechten Hand. »Der Typ kommt aus dem Büro gestürmt und brüllt mich an, ich soll verschwinden.«

Die Sirenen eines Polizeifahrzeuges waren zu hören und wurden schnell lauter. Georg drehte sich wieder zu Tanja. »Jetzt erzählen Sie doch schon. Was ist hier los?«

Tanja zog das Kinn hoch und schwenkte den Kopf hin und her. »Der Wagen da.« Sie zeigte auf den kleinen Ford »Hat vor dem Büro geparkt. Ich sollte wieder raus das Kennzeichen aufschreiben. Bin doch nicht bescheuert, hab ich dem Chef gesagt. Erst hat er mich angeschrien, dann ist er selber raus.« Sie tippte sich wieder an die Schläfe. »Hat den da angebrüllt, er soll verschwinden. Dann hat er einen Stein da aus dem Kiesbett vor der Hauswand genommen und in die Scheibe geworfen.« Sie zeigte auf das Seitenfenster des kleinen Ford.

Georg ging einen Schritt auf den Wagen zu. Die Scheibe der Beifahrertür hatte einen Sprung.

Hinter dem Kleinwagen stoppte ein Polizeifahrzeug. Die beiden Beamten kamen zum Ford, sprachen mit dem Fahrer, der nach einigen Worten auf den Hauseingang zeigte.

Die beiden Beamten kamen jetzt zu Tanja und fragten wo Klaus Amoneit wäre. Sie streckte den Arm zum Hauseingang. »Da drin. Holt ihn euch.«

Georg sah den Beamten hinterher, die im Haus verschwanden. »Wo ist eigentlich Marion?«

Tanja hob die Schulter. »Hat ´ne Hausbesichtigung.«

Nach einer Weile kehrten die Beamten wieder zurück.

»Watt iss?« fragte Tanja. »Nehmt ihr den nicht mit?«

Einer der Beamten hob die Schulter. »Wir können ihn nicht finden.«

*

Ralf Neuhaus hatte den Nachtrag für das Einkaufscenter von Holger von Mühlen zum Bauamt gebracht und war zum Büro gefahren. Er schloss die Tür hinter sich und setzte sich an den Schreibtisch.

Nur Heffners Arbeitszimmer hatte er neu eingerichtet, als er das Architekturbüro übernommen hatte. Dem alten Mahagonieschreibtisch von Heffner waren die Jahre deutlich anzusehen gewesen. Das schwarze Leder an Heffners Schreibtischstuhl war brüchig und die Farbe verblasst. Auch das dunkelbraune Bücherregal hinter dem Schreibtisch hatte er entsorgt.

Lustlos blätterte er die heutige Post durch, die seine Sekretärin ihm auf die große Glasplatte des neuen Schreibtisches gelegt hatte. Sein Blick wanderte zu den beiden Drucken von Kandinsky an der gegenüberliegenden Wand.

Sprechen Sie die Änderungen doch direkt mit dem Kollegen von Stetten durch. Das erspart Ihnen Zeit, hörte er wieder die Worte von Amtsleiter Schneider.

Neuhaus hatte nur mit dem Kopf geschüttelt und den Amtsleiter gebeten, den Nachtrag für das Einkaufscenter von Baron von Mühlen in den amtsinternen Umlauf zu geben.

Warum eigentlich? Amtsleiter Schneider hatte ihm doch nur einen freundlichen Tipp geben wollen. Aber bei dem Gedanken mit Schneiders Kollegen von Stetten sprechen zu müssen, hatte sich seine Brust zusammengezogen.

Von Stetten verunsicherte ihn mit seiner missmutigen, gelangweilten und zum Teil abweisenden Art. Neuhaus wurde das Gefühl nicht los, von dem Planungsamtsleiter herablassend behandelt zu werden. Er mochte das nicht. Er ertrug das nicht. Diese verfluchte Abhängigkeit von diesem Mann, der ihn immer wieder neue Ansichten der Gebäude zeichnen ließ, die ihm beim nächsten Gespräch wieder nicht gefielen.

Heffner hatte sich damals mit dem Amt darauf verständigt, dass das Einkaufscenter nicht mit in den Bebauungsplan für das Wohngebiet auf der alten Pferdeweide hinter dem Gutshof der von Mühlens einbezogen werden sollte. Jetzt wurde der Bauantrag nach Paragraph vierunddreißig des Baugesetzbuches beurteilt. Dadurch musste für das Bauvorhaben das Einvernehmen der Gemeinde hergestellt werden. Und dafür war das Stadtplanungsamt zuständig. Und dessen Leiter war nun mal Friedrich von Stetten.

Heffner hatte mit beiden Amtsleitern, Schneider und von Stetten die Planung abgestimmt. Jetzt, nachdem er das Bauvorhaben weiterführte, bestand von Stetten auf einmal auf Änderungen in den Ansichtszeichnungen der Gebäude.

Alles nur Kleinkram. Alles nur Schikane, fluchte Neuhaus. Aber ohne eine positive Stellungnahme durch von Stetten bekam er die Baugenehmigung nicht.

Neuhaus hatte kaum Erfahrungen mit den Bauämtern. Auch seine Kenntnisse im Baurecht waren nicht sonderlich gut. Nach dem Studium hatte er gleich im Büro von Huesmann angefangen und war dort fast ausschließlich mit der Ausschreibung der Arbeiten und der Bauüberwachung der Bauvorhaben beschäftigt gewesen. Obwohl er sich innerlich dagegen sträubte, musste er sich eingestehen, dass er in diese neuen Aufgaben erst hinein wachsen musste.

Sein Blick wanderte zum Fenster und der weiter hinten liegenden Gärtnerei. Die Besitzerin, Mitte siebzig, mit einer bunten Kittelschürze und Kopftuch bekleidet, stemmte die Hände in die Hüfte und sprach energisch auf ihre ein paar Meter weiter stehende Schwiegertochter ein, die gerade ein paar Blumen eintopfte.

Das Gespräch mit Heffner am Vortag ging ihm einfach nicht aus dem Kopf. So hatte er seinen Vorgänger noch nicht erlebt. Heffner war immer sachlich und freundlich mit ihm umgegangen. Heffner hatte ihm auch mehrfach seine Hilfe angeboten, falls er Fragen oder Probleme haben sollte.

Sollte er …? Nein, diese Blöße wollte er sich nicht geben. Schließlich schuldete er ihm noch den Kaufpreis für die Büroübernahme. Und die letzten beiden Büromieten hatte er Heffner auch noch nicht überwiesen.

Widersprüchliche Empfindungen schossen ihm durch den Kopf. Er wollte Valerie doch endlich etwas bieten. Die beiden Fernreisen nach Mauritius und in die Karibik, die er mit Valerie gemacht hatte, der neue Alfa Romeo, die neue Büroeinrichtung, die Kosten für den Golfclub, war das wirklich alles nötig gewesen? Aber es war ein tolles Gefühl, sich endlich etwas leisten zu können.

Er sah wieder die leuchtenden Augen seiner Frau, als sie ihren Freundinnen von ihren Reisen, dem Golfclub, dem neuen Büro und das neue Auto erzählen sah.

Der Kundenberater bei der Sparkasse hatte ihn ein ums andere Mal dezent gefragt, ob diese Ausgaben gleich zu Beginn seiner Selbständigkeit wirklich notwendig wären. Und jetzt weigerte er sich, ihm den Kreditrahmen zu erhöhen.

Er brauchte dringend das Geld aus dem verkauften Haus. Er konnte Piaydas nicht aus dem Vertrag lassen. Jetzt, nachdem bekannt war, dass es sich bei dem Gebäude um ein Wochenendhaus handelte, würde er nie den Kaufpreis erzielen, für den er Piaydas das Haus verkauft hatte.

Stellen Sie einen Nutzungsänderungsantrag, hörte er wieder Heffners Worte.

Er spürte die Feuchtigkeit auf seiner Stirn. Bevor er mit dem Handrücken darüber fahren konnte, klingelte das Telefon.

Er nahm den Hörer ab.

»Ein Herr Zander ist am Apparat«, meldete sich seine Sekretärin.

Kapitel 8

Die Hitze des Tages hatte nachgelassen. Eine leichte Brise zog über das Erdbeerfeld links neben dem schmalen Feldweg und bewegte die Ähren des Weizenfeldes auf der anderen Seite des Weges fast unmerklich hin und her. Baldacci trabte schon ein gutes Stück vor Georg Heffner den Weg entlang, schnupperte mal hier und mal dort. Du lässt dem Hund zu viel Freiheiten, schalt er sich im Stillen.

Er merkte, dass er unweigerlich schneller ging, um den Hund nicht so weit vorauseilen zu lassen. Seine Waden schmerzten von seinen schnellen Schritten. Du musst langsamer gehen.

Klaus Amoneit. Warum verhielt sich sein Freund nur so eigentümlich? Sein Verhalten belastete nicht nur seine Frau und die Kinder, er selbst musste auch unter einem enormen Druck stehen. Das konnte doch nicht so weitergehen.

Er hatte das Gefühl, dass er sich wieder selbst unter Druck setzte. Was kümmerst du dich um die Probleme anderer Leute? Denk an deine Gesundheit.

Bevor er sich mit Baldacci auf den Weg gemacht hatte, hatte er noch mit Helmut Piayda telefoniert. Der Mann war mit den Nerven völlig am Ende. Am Morgen war er mit Gaby zu einer ärztlichen Untersuchung gewesen. Sie hatte wieder diese Rückenschmerzen. Bei der Untersuchung hatte sich herausgestellt, dass Gaby wieder ein Golfball großes Geschwür direkt an der Wirbelsäule hatte. Sie hatte schon mal ein Geschwür an genau der gleichen Stelle gehabt, das ihr operativ entfernt worden war. Die Operation war sehr riskant. Jetzt stand ihr die gleiche Operation noch einmal bevor.

Helmut Piayda hatte Georg noch einmal inständig gebeten, ihm bei der Sache mit dem Hauskauf von Neuhaus zu helfen. Piayda wollte das Haus unbedingt. Aber als Dauerwohnsitz. Nicht als Wochenendhaus.

Das konnte er sich nicht leisten. Gaby hatte sich so in das Haus verliebt. Und Helmut Piayda wollte unter allen Umständen seiner Frau diesen Wunsch erfüllen.

Georg hatte Neuhaus aufgefordert einen Nutzungsänderungsantrag für das Wochenendhaus zu stellen. Aber die Aussichten auf eine Genehmigung waren gering. Wenn eine Genehmigung überhaupt erteilt werden würde, dann würde das Antragsverfahren sehr lange dauern. In den verbleibenden vier Wochen bis zur Kaufpreiszahlung war das nicht zu erreichen.

Georg seufzte und sah hinüber zu den Erdbeerpflückern, die in gebückter Haltung ihre Körbe füllten. Ein aufgescheuchtes Kaninchen hoppelte über das Erdbeerfeld und lief auf den mit Sträuchern zugewachsenen Streifen am anderen Ende des Feldes zu. Baldacci hatte es auch bemerkt und sprang in Richtung des Feldes, wurde aber durch den Maschendrahtzaun aufgehalten. Aufgeregt versuchte er sich unter dem Draht hindurch zu quetschen.

»Nein«, rief Georg ihm zu.

Baldacci sah kurz zu ihm auf, dann versuchte er erneut, unter dem Maschendraht hindurchzukommen.

»Nein, nein, nein«, rief Georg erneut.

Baldacci starrte gebannt dem Kaninchen hinterher bis es in den Büschen verschwand. Langsam drehte er sich um, schnüffelte einen Moment verlegen im Gras, dann trabte er zurück zu Georg, um sich ein Leckerchen abzuholen.

»Hast du eigentlich nicht verdient«, schmunzelte Georg und warf Baldacci ein Leckerchen zu, das der Hund im Sprung auffing.

Georg bog rechts in den Weg ein, der weiter hinten in den Wald führte. Baldacci trabte wieder ein Stück vorweg.

Neuhaus konnte nicht viel Erfahrung mit Bauvorhaben im Außenbereich haben. Für den Antrag brauchte er nur das Formular auszufüllen und die Bestandszeichnungen hinzuzufügen. Das wird er ja wohl noch hinbekommen, dachte Georg. Aber danach fingen die Verhandlungen an, in denen man das Bauamt überzeugen musste.

Er hatte den Waldrand erreicht und ging den kleinen Schlängelweg zwischen den hochgewachsenen Bäumen hindurch. Das schattige Dach der Baumkronen kühlte die Luft im Wald deutlich ab. Eine angenehme Frische legte sich über Georgs Körper. Baldacci war schon außer Sichtweite. Aber er würde gleich wieder auftauchen. Wenn er Georg nicht mehr sah, wartete der Hund oder kam ihm wieder entgegen gelaufen.

Georg sah zwischen den Bäumen hindurch auf die Heu Wiese am Rande des Waldes. Das Sonnenlicht tauchte die Fläche in ein warmes Hellgrün. Seine Gedanken wanderten zu dem Bauvorhaben der von Mühlens. Es wollte ihm einfach nicht in den Kopf, dass die Behörde die Baugenehmigung für das Einkaufscenter noch nicht erteilt hatte. Georg hatte alles im Vorfeld besprochen, hatte alles abgeklärt bevor er den Bauantrag eingereicht hatte. Die Genehmigung war reine Formsache gewesen. Warum hatte die Behörde die Genehmigung noch nicht erteilt? Irgendetwas stimmte da nicht.

Weiter vorne sah er Baldacci, der mit Benny, einem schwarzen Labrador aus der Nachbarschaft, spielte. Er sprach ein paar Worte mit der Nachbarin und ging weiter. Baldacci folgte ihm und lief an ihm vorbei weiter in den Wald hinein.

Das Schreiben von LEDO machte ihm Sorgen. Der Lebensmittelkonzern hatte den Fertigstellungstermin angemahnt, obwohl bis zur Übergabe noch sechs Monate Zeit war. Warum hatte LEDO auf das Kündigungsrecht hingewiesen? Klar, es würde eng werden, aber Georg würde das schaffen. Aber wenn sich die Baugenehmigung noch weiter hinzog? Wenn LEDO tatsächlich vom Mietvertrag zurücktreten würde, wäre das der Ruin für Holger von Mühlen. Die Finanzierung würde platzen, weil die Rentabilität des Objektes nicht mehr gewährleistet wäre. Georg fühlte sich immer noch verantwortlich für das Objekt, schließlich war Holger sein Freund und er hatte das Projekt entwickelt und den Bauantrag gestellt.

Das Handy vibrierte in der Hosentasche. Georg kramte es heraus und schaute auf das Display.

Holger von Mühlen.

Er nahm das Gespräch an.

»Georg, ich weiß nicht, wie es weitergehen soll.«

Georg hörte, wie von Mühlen schwer atmete. Klappernde Schritte auf Pflaster und Stimmen aus dem Hintergrund drangen an sein Ohr.

»Ich wollte gerade Geld am Automaten abheben.«

Röchelnder Raucheratem war zu hören.

»Der Automat hat meine ec-Karte eingezogen.«

*

Georg hatte Baldacci an die Leine genommen, bevor er aus dem Feldweg in die Sachgasse bog, an der sein Haus lag. Einige Nachbarn hatten Katzen und Baldacci konnte einfach nicht wiederstehen, ihnen hinterherzujagen. Georg war der Meinung, dass der Hund nur mit ihnen spielen wollte, doch die Katzen hatten da wohl eine andere Meinung und brachten sich rechtzeitig über den Gartenzaun in Sicherheit. Es war zwar nicht viel Verkehr in der Sachgasse, doch hin und wieder fuhren die Nachbarn zu ihren Häusern oder der Paketdienst brachte wieder Sendungen von Online-Shops. Seitdem Georg die meiste Zeit zu Hause war, hatten es sich die Boten zur Gewohnheit gemacht, die Pakete bei ihm abzugeben, wenn der Bote die Nachbarn nicht antraf. Wenn Baldacci dann hinter einer Katze her über die Straße rannte und gerade ein Auto kam… Nein, dieses Risiko wollte er nicht eingehen.

Als er sich mit Baldacci neben sich bei Fuß gehend seinem Haus näherte, sah er, wie der weiße VW Tuareg seines Schwiegersohns am Straßenrand hielt und die Türen aufflogen. Seine beiden Enkel Jonas und Klara sprangen aus dem Wagen. Klara lief um den Wagen, öffnete die Heckklapp und Dixie, die Berner Sennenhündin sprang aus dem Kofferraum. Die bullige Hündin schaute einen Moment in Georgs Richtung, dann kam sie in schweren Galopp auf Georg und Baldacci zugelaufen.

Georgs Tochter Stephanie stieg aus und drehte sich um. »Nein, Dixie. Hier!«

Aber die Hündin hörte nicht.

Mit schweren und wuchtigen Sprüngen näherte sie sich Georg und Baldacci, der freudig winselnd an der Leine zog.

Klara spurtete mit kleinen Schritten hinter Dixie her. Die beiden Zöpfe ihrer blonden Haare schaukelten hin und her und das wadenlange rosafarbene Kleid schwang um ihre kleinen Beine. »Bleib hier Dixie«, rief sie der Hündin zu.

Dixie sprang mit ausgestreckten Vorderpfoten auf Baldcci zu, der es ihr gleichtat. Ein einziges Wollknäuel wälzte sich jetzt auf der Straße und verhedderte sich in der Leine.

Georg ließ die Leine los. Im nächsten Moment hatte sich Dixie aus der Umklammerung von Baldacci befreit, kam zu Georg und stippte ihn mit der Schnauze an seine Hand. »Du denkst auch nur ans Fressen«, lachte Georg, holte ein Leckerchen aus der Tasche und warf es Dixie zu. Sofort kam auch Baldacci zu ihm. »Ja, du auch«, nickte Georg und warf ihm auch ein Leckerchen zu.

Klara hatte ihn erreicht und fiel ihm in die ausgestreckten Arme. »Hallo Opa«, strahlte sie ihn ganz außer Atem an.

Georg löste sich und sah Klara in ihre strahlend blauen Augen. »Hattet ihr einen schönen Urlaub?« fragte er.

»Mhmh«, nickte sie freudig lachend. Dann zog sie das Kinn hoch, machte einen Schmollmund und kniff die Augen zusammen. »Nur Papa hat dauernd telefoniert,« sagte sie mit vorwurfsvoller Miene.

Georg hob Baldaccis Leine auf, nahm Klara an die Hand und ging, umringt von den beiden bettelnden Hunden zum Touareg.

»Hallo«, umarmte ihn seine Tochter.

Thomas kam um den Wagen herum und gab Georg die Hand.

Georg strich seinen Enkel Jonas über die kurze Gelfrisur. Der Junge schaute zu ihm auf. »Hattet Ihr eine gute Fahrt?« fragte er seinen Enkel.

»War ganz o.k«, nickte er. »Wir sind ja dem gestrigen Rückreiseverkehr ausgewichen«, erklärte er ganz weltmännisch.

»So, jetzt bringen wir Dixie ins Haus und dann holen wir unser Gepäck rein«, mahnte Georgs Tochter Stephanie.

»Los ihr beiden Racker«, stimmte Thomas ihr zu. »Rein ins Haus.«

Während die beiden Kinder mit ihrer Mutter und Dixie zum Haus gingen, blieb Thomas noch bei ihm stehen.

»Kommt ihr am Abend noch auf ein Glas vorbei?« fragte Thomas.

»Wenn euch das nicht zu viel ist nach der Fahrt«, antwortete Georg.

»Ach was«, winkte Thomas ab. »Dann bis heute Abend.«

Georg schaute seinen Schwiegersohn hinterher, wie er mit ausladenden Schritten zur Haustür ging. Er wusste nicht warum, sie waren ja nur eine Woche weg gewesen, aber er war froh, dass das Haus neben dem seinen wieder bewohnt und seine Kinder und Enkelkinder wieder zu Hause waren.

*

Eine leichte abendliche Brise zog durch den Garten und Georg vernahm das leise Rascheln der Blätter in den Bäumen. Die kugelförmigen weißen Samen des Löwenzahns im Rasen schaukelten hin und her, bis sie, von der Brise hochgerissen, wie kleine Wölkchen über dem Gras tanzten. Die Sonne stand jetzt so tief, dass der gesamte Garten im Schatten lag, trotzdem lag eine wohlige Wärme über der Terrasse hinter dem Haus seiner Tochter, die vom trüben Schein der Windlichter in ein schummriges Licht getaucht wurde.

Georg nippte an seinen Rotwein und sah zu Stephanie, die sich mit ihrer Mutter noch über den Urlaub unterhielt. Jonas und Klara waren vor einer Weile in ihre Zimmer gegangen. Jonas musste seine Nachrichten bei Facebook checken und Klara etwas Musik auf ihren iPod hören.

Thomas nahm einen Schluck aus seiner Bierflasche und stand auf. »Ich muss noch mal kurz telefonieren.«

»Muss das noch sein?« schalt Stephanie ihren Mann.

»Ja, es ist wichtig«, erwiderte er und ging ins Haus.

Georg schaute seinem Schwiegersohn hinterher. Thomas war Staatsanwalt und zuständig für Wirtschaftsstrafsachen, da hatte man nicht immer eine geregelte Arbeitszeit. Und wenn wichtige Ermittlungen anstanden, dann musste man auch schon mal am Abend zur Verfügung stehen. Georg hatte Verständnis dafür. Er hatte als Selbständiger auch nie auf die Uhr geschaut, wenn dringende Arbeiten anstanden.

»Du siehst abgespannt aus«, holte ihn seine Tochter wieder aus seinen Gedanken heraus.

»Er lässt sich mal wieder in Probleme anderer hineinziehen, anstatt auf seine Gesundheit zu achten«, schalt Doris ihn und warf ihm aus den Augenwinkeln einen vorwurfsvollen Blick zu.

Stephanie, die im Schneidersitz auf dem gepolsterten Bambussofa saß, rappelte sich hoch und stellte die Beine auf den Boden. »Papa, du weißt, das du dich schonen musst.« Sie blickte zu ihrer Mutter. »Mit was beschäftigt er sich denn?«

Doris winkte barsch mit der Hand. »Klaus Amoneit hat mal wieder finanzielle Probleme, behauptet, er würde mit Mikrowellen bestrahlt und schlägt seine Frau. Holger von Mühlen hat die Baugenehmigung für das Einkaufscenter noch nicht bekommen und LEDO mahnt den Fertigstellungstermin an.«

Sie warf Georg einen Seitenblick zu. »Die Piaydas haben ein Haus von Neuhaus gekauft und jetzt stellt sich heraus, dass es sich um ein Wochenendhaus handelt. Und Neuhaus hat den Kaufpreis für die Büroübernahme noch nicht gezahlt.«

Doris beugte sich vor und nahm ihr Weinglas vom Tisch. »Um Neuhaus musst du dich kümmern, aber das andere geht dich nichts mehr an.« Sie trank einen Schluck und stellte das Glas wieder ab. Nach einem langen Blick fuhr sie fort. »Reib dich nicht für andere auf. Du hast zu spüren bekommen, wo das hinführt. Du bist keine dreißig mehr.«

»Mama hat Recht. Du darfst dir nicht wieder Problemfälle aufladen«, stimmte Stephanie ihrer Mutter zu.

Georg hatte sich das alles wortlos angehört. Die Beiden meinten es nur gut mit ihm. Ihre Sorgen waren sicherlich nicht unberechtigt. Er rang ja selbst mit sich. Aber konnte er wirklich aus seiner Haut heraus? Konnte er diese Leute mit ihren Problemen alleine lassen? Warum musste gerade er es sein, den sie um Hilfe baten? Es gab andere Menschen, die ihnen genauso gut helfen konnten.

Thomas kehrte zurück und ließ sich mit einem Seufzer in seinen Sessel fallen. Er griff zur Bierflasche und trank einen kräftigen Schluck. »T´schuldigung, aber das Telefonat war wichtig.«

Georg nickte ihm mit dem Anflug eines Lächelns zu. »Schon o.k.«

Tief atmend lehnte Thomas sich zurück und stemmte die Arme auf die Lehne. »Wir ermitteln seit langem in einer brisanten Sache auf dem

Bausektor. Falls ich mal ein paar Fragen auf diesem Gebiet habe, kann ich mich dann an dich wenden?«

Kapitel 9

Das goldgelbe Licht der Morgensonne lag über dem Garten. Neben an hörte er Klara und Dixie im Garten toben. Georg legte die Zeitung auf den Tisch und trank den restlichen Kaffee. Die Polizei hatte noch keine heiße Spur im Mordfall Meisner. Die Berichte wurden bereits kürzer. Irgendwann würde die Presse kein Interesse mehr an dem Fall haben.

Er schenkte sich etwas Orangensaft ein und spülte damit die Tabletten gegen seinen Diabetes und gegen den Bluthochdruck herunter. Bis vor einem halben Jahr hatte er überhaupt keine Medikamente genommen. Nicht einmal Kopfschmerzen hatte er gekannt. Jetzt war die morgendliche Tabletteneinnahme schon zur Routine geworden.

In den letzten Monaten hatte er das ausgedehnte Frühstück richtig genossen. Keine Eile. Kein Stress. Keine Hektik. Einfach in aller Ruhe frühstücken und dabei die Zeitung lesen. Er hatte sich nie vorstellen können wie angenehm das sein konnte.

Doch ganz langsam nagte wieder diese innere Unruhe in ihm. Dieses immer wiederkehrende Mantra, das ihn früher zur Arbeit getrieben hatte. Ständig hatte er ein schlechtes Gewissen gehabt, wenn er mal untätig herumsaß. Jetzt meldete es sich wieder. Georg zwang sich, ruhig zu bleiben. Du musst nicht mehr arbeiten. Genieße die Ruhe. Genieße deine Freizeit.

Baldacci lehnte sich gegen seinen Schenkel.

»Treib mich nicht. Wir gehen ja gleich.«

Früher hatte er Spaziergänge gehasst. Etwas in seinem Kopf hatte ihm eingeflüstert, dass das nur Zeitverschwendung wäre. Was kannst du in dieser Zeit alles erledigen, hatte ihn jedes Mal eine Stimme in seinem Kopf daran erinnert, dass es immer noch unerledigte Arbeit gab.

Jetzt genoss er die Spaziergänge mit Baldacci. Er hatte plötzlich sogar ein Auge für die Schönheiten der Natur, nahm sie in sich auf und labte sich an den vielfältigen Farben des Waldes und der Wiesen. An die sich veränderten Farben des Himmels, an der aufgehenden oder untergehenden Sonne. All das hatte er früher gar nicht wahrgenommen. Er war blind und ständig in Gedanken durch die Welt gestapft.

Mit einem Seufzer rappelte er sich auf, räumte den Frühstückstisch ab, nahm Baldacci an die Leine und machte sich auf den Morgenspaziergang.

Die frische Morgenluft tat ihm gut und er atmete sie tief ein. Er war heute später dran als sonst und Baldaccis Spielkameraden hatten ihren Spaziergang schon beendet. Als er eine Weile gegangen war, merkte er, dass er wieder den Blick auf den Boden gerichtet hatte und ganz in Gedanken war. Holger von Mühlen, Amoneit, Piayda, Neuhaus. Kaum hatte er den einen Gedanken verdrängt, schon war der nächste da. Sie waren in seinem Kopf und ließen sich einfach nicht vertreiben.

Fast wäre er über Baldacci gestolpert, der vor ihm stehengblieben war. Georg sah auf. Er stand am Zugang zur Sackgasse, die zu seinem Haus führte. Genau an dieser Stelle leinte er Baldacci immer an. Der Hund hatte auf ihn gewartet. Er nahm den Australien Shepherd an die Leine und ging zurück in sein Haus.

Du bekommst die Gedanken erst wieder aus deinem Kopf, wenn du sie abgearbeitet hast, dachte er, während er Baldacci das Halsband abnahm. Er holte sich ein Glas Cola light aus dem Kühlschrank und ging damit hinunter in sein Arbeitszimmer. Immer noch unschlüssig, wie er sich in den ihn beschäftigenden Angelegenheiten verhalten sollte, öffnete er sein Tablet PC. Das Kalenderblatt erinnerte ihn an den Geburtstag von Uwe Gerber. Sein Freund und Rechtsanwalt war sicher im Büro. Er griff zum Hörer, wählte Gerbers Nummer und wurde von der Anwaltsgehilfin gleich durchgestellt.

»Hallo Uwe. Herzlichen Glückwunsch zum Geburtstag.«

»Georg. Danke dir. Und wie geht´s dem Frühpensionär? fragte er lachend.

»Danke, ich genieße die Freiheit«, antwortete Georg.

Sie plauderten über alte Zeiten und über Leute, die sie kannten.

»Hast du mal was von Klaus Amoneit gehört?« fragte Gerber. »Er hat schon lange keine Notariatssachen mehr hereingebracht.«

Georg schilderte Gerber kurz seine Erlebnisse mit Klaus Amoneit, von den Mikrowellenbestrahlungen und den Handgreiflichkeiten gegen seine Frau.

»So kenne ich ihn ja gar nicht. Er war doch immer gut drauf. Immer lustig, fröhlich und gutgelaunt«, sagte Gerber. »Und was macht dein Nachfolger? Kommt er zurecht?«

Georg holte tief Luft. »Ich glaube, ich muss mal zu dir hereinkommen«, schnaubte er. »Aber da ist noch eine andere Sache, die ich mit dir besprechen wollte.«

Georg erzählte dem Anwalt von dem Hauskauf, den Amoneit zwischen Neuhaus und Piayda vermittelt hatte und in welcher Klemme die Piaydas jetzt steckten.

Gerber blies in den Hörer. »Ein dicker Hund.«

»Kannst du die Sache übernehmen?« fragte Georg.

»Ja, warum nicht? Ist es denn eilig?« fragte Gerber. »Ich bin nur noch zwei Tage hier, dann fahre ich eine Woche in Urlaub.«

»Die Piaydas wissen nicht wie es weitergehen soll. Wenn Neuhaus die Sache durchzieht, dann sind sie ruiniert.«

Georg hörte, wie Gerber in seinem Kalender blätterte. »Dann sollen sie heute am späten Nachmittag in die Kanzlei kommen.«

»An deinem Geburtstag?« fragte Heffner.

»Ach, in unserem Alter sind Geburtstage nicht so wichtig,« lachte er. »Ich werde am Abend mit meiner Frau Essen gehen.« Er machte eine Pause. »Es wird nicht einfach werden«, fuhr er fort. »Wir müssen dem Neuhaus arglistige Täuschung nachweisen können.«

»Fordere die Bauakte von dem Haus an. Auf der Innenseite des Deckels findest du die arglistige Täuschung.«

*

»Wollen Sie zum Chef?« fragte die Sekretärin, als Heffner das Vorzimmer des Amtsleiters betrat.

»Wenn er Zeit für mich hat.«

»Er hat noch Besuch. Wenn Sie sich einen Moment gedulden?«

Georg nickte. »Ich warte draußen.«

Er ging zurück auf den Flur und setzte sich in einen der Wartestühle an der Wand neben der Tür.

Nach dem Telefonat mit Uwe Gerber hatte er Helmut Piayda angerufen und ihn davon überzeugt, anwaltliche Hilfe in Anspruch zu nehmen. Bei seinem Freund Uwe Gerber wäre er bestens aufgehoben. Gerber war Anwalt und Notar und kannte sich in Bausachen gut aus. Piayda hatte sich bedankt für den kurzfristigen Termin, den Georg ihm bei dem Anwalt verschafft hatte, und versprochen pünktlich zu sein. Georg war froh, dass Gerber sich der Sache annahm. Ein Problem weniger.

Die Tür zum Sekretariat ging auf und eine Frau mittleren Alters ging eiligen Schrittes in Richtung des Aufzugs.

Die Sekretärin steckte den Kopf zur Tür heraus. »Der Chef hat jetzt Zeit für Sie.«

Georg folgte ihr in das kleine und schmucklose Büro des Amtsleiters. Ein Schreibtisch und ein kleiner Besprechungstisch mit zwei Stühlen, mehr gab der Raum nicht her.

Amtsleiter Schneider stand auf und wollte um den Schreibtisch herumkommen. Georg bedeutete ihm sitzenzubleiben, nahm einen Stuhl vom Besprechungstisch und stellte ihn vor den Schreibtisch.

»Herr Heffner, das ist aber eine Überraschung. Was führt sie zu mir?« fragte Schneider und setzte sich wieder.

»Danke, dass Sie Zeit für mich haben.« Georg öffnete den Knopf seines Sakkos und setzte sich. »Sie haben sicher im Moment einiges um die Ohren.«

Schneider nahm die Brille ab und rieb sich die Nasenwurzel. »Sie meinen den Mord an Meisner.«

Georg nickte. »Schreckliche Geschichte. Gibt es denn schon Hinweise oder Erkenntnisse, die zur Aufklärung des Mordes führen können?«

Schneider setzte die Brille wieder auf und schüttelte nachdenklich den Kopf. »Meisner hatte an dem Tag den Auftrag, die nicht genehmigte Begegnungsstätte einer russischen Gemeinde zu schließen. Jetzt kursieren Gerüchte, dass der Täter aus dieser Gruppe kommt.« Er seufzte und wandte sich wieder Georg zu. »Was führt Sie denn nun zu mir?«

»Das Einkaufscenter der Familie von Mühlen.«

Schneider schloss die Augen und lehnte sich zurück. Dann beugte er sich wieder vor und sah Georg an. »Sie kommen wegen der Baugenehmigung.«

Georg atmete tief ein und nickte. »Was gibt es denn da für Probleme?«

Schneider verdrehte die Augen. »Das Planungsamt hat das Einvernehmen der Gemeinde noch nicht erteilt.«

Georg richtete sich auf. »In vielen Gesprächen und Sitzungen haben wir mit allen Ämtern das Bauvorhaben durchgesprochen. Was gibt es da noch rumzumäkeln«, entfuhr es ihm ein wenig zu heftig.

Schneider hob die Hände wie zur Abwehr. »Ich verstehe Sie ja. Ich weiß auch nicht was den Kollegen von Stetten da reitet. Am besten Sie sprechen mal direkt mit ihm.«

Georg biss die Zähne zusammen. Scheider traf hier keine Schuld. Der Mann war immer aufrichtig und ehrlich zu ihm gewesen. Bei einigen schwierigen Bauvorhaben haben sie gemeinsam nach Lösungen gesucht und sie auch immer gefunden. Aber mit von Stetten hatte Georg hin und wieder Probleme gehabt.

Georg entspannte sich ein wenig. »Ist er denn im Haus?«

Schneider griff zum Hörer, wählte die hausinterne Nummer und fragte ob Georg kurz zu von Stetten kommen konnte. Georg wäre gerade bei ihm. Schneider hörte einen Moment zu, dann legte er sachte den Hörer auf die Gabel und kratzte sich nachdenklich mit dem Daumen am Kinn. »Er ist in seinem Büro.«

Langsam beugte sich Schneider vor. »Heute Morgen hat sich schon die Baudezernentin nach dem Bearbeitungsstand erkundigt. Ich weiß nicht, was sie so daran interessiert.«

Heffner verabschiedete sich, verließ das Büro und ging an dem Aufzug vorbei in den rechtwinklig abknickenden Flur. Gleich im ersten Büro saß Friedrich von Stetten. Er klopfte und trat ein.

Der Amtsleiter saß hinter seinem Schreibtisch und blickte auf. Ein aufgesetztes Lächeln zog sich um seinen lippenlosen Mund. »Herr Heffner.« Er deutete auf den Stuhl vor seinem Schreibtisch.

Georg setzte sich. »Sie wissen ja, warum ich hier bin. Was hindert Sie, das Einvernehmen zu erteilen?« kam Georg gleich zur Sache.

Friedrich von Stetten rückte seine Krawatte zurecht. »Ihr Nachfolger Neuhaus ist über alles informiert.«

»Wieso haben Sie plötzlich Änderungswünsche an der Fassade.« Er bedachte von Stetten mit einem langen Blick. »Sie erinnern sich sicherlich, wie lange wir beide daran gearbeitet haben.«

Von Stetten lehnte sich zurück. »Der Denkmalschutz hat alte Fotos gefunden, nach denen wir die Fassade angleichen müssen.«

Georg atmete tief durch die Nase ein. »Die hatten wir damals auch schon.«

Von Stetten hob nur die Schulter.

»Neuhaus hat den Nachtrag ja wohl mittlerweile eingereicht«, brummte Georg. »Entspricht er denn jetzt Ihren Vorstellungen?«

Von Stetten beugte sich vor und kramte in den Akten auf seinem Schreibtisch. »Den Nachtrag habe ich heute Morgen bekommen.« Er lehnte sich wieder zurück und zog das Kinn hoch. »In der jetzt eingereichten Form kann ich dem nicht zustimmen.«

Georg schwirrte der Kopf, sein Herz schlug heftiger. Er atmete ein paar Mal ein und aus, aber es wurde nicht besser. »Was soll das werden? Unterricht im Bauzeichnen für einen jungen Architekten?« platzte es aus ihm heraus.

Röte stieg in Friedrich von Stettens Gesicht. Sein lippenloser Mund war nur noch ein Strich. »Das muss ich mir nicht sagen lassen.«

Georgs Blutdruck war weiter angestiegen. Er spürte das Pochen an seiner Schläfe. »Ich habe nicht monatelang mit Ihnen über den Zeichnungen gehangen bis wir eine Einigung erzielt hatten, damit Sie nun Ihre Meinung wechseln wie Ihre Hemden.« Seine Atmung ging schwer. »Was soll das werden? Ein Jahrhundertereignis?«

Von Stetten beugte sich vor, und seine Hände umschlossen den breiten, tiefen Kaffeebecher bis die Knöchel weiß wurden. Er war mehr als vorgebeugt, er krümmte sich fast vorwärts. Von Stetten wollte etwas erwidern, schluckte es dann aber herunter.

Georg spürte, wie der Druck in seinem Kopf nachließ. Er hatte seine Atmung wieder unter Kontrolle. »Wenn Sie das Einvernehmen nicht erteilen können, dann muss es halt ein anderer tun«, sagte er leise, stand auf und verließ den Raum.

*

Als Georg den Verbindungsraum erreicht hatte, der die beiden rechtwinklig aneinander gebauten Rathausflügel verband, ging er zu der geschwungenen offenen Treppe und lehnte sich gegen das Geländer. Sein Blick wanderte durch die Glasfassade hinüber zu dem neuen Einkaufscenter, dass Zander vor zwei Jahren gebaut hatte. Langsam beruhigten sich seine Nerven wieder. Friedrich von Stetten würde das Spielchen weiter treiben und Neuhaus wieder neue Ansichten zeichnen lassen. Aber warum? Was bezweckte der Mann damit? Wollte er dem jungen Architekten Neuhaus seine Macht demonstrieren? So, wie er es in Georgs Anfangsjahren auch bei ihm versucht hatte? Oder gönnte von Stetten der Familie von Mühlen das Einkaufscenter nicht? Bestand noch eine alte Fehde zwischen den beiden adligen Familien?

Alles Unsinn. Das konnte er sich einfach nicht vorstellen. Aber einen Grund für von Stettens Verhalten musste es ja geben.

Holger von Mühlen stand unter Zeitdruck. Es durfte nicht noch mehr Zeit für die Baugenehmigung vergeudet werden. Wenn von Stetten das Einvernehmen nicht erteilen wollte, dann musste seine Vorgesetzte ihn dazu anweisen.

Georg drehte sich um und schaute auf die beiden Türen im Vorraum. Das Büro der Baudezernentin und das Vorzimmer lagen dort. Georg hatte nie Probleme mit Renate Schüler gehabt. Die Frau war aufgeschlossen, anpackend und kooperativ. Georg erinnerte sich daran, wie zugetan die Baudezernentin dem Einkaufscenter der von Mühlens war.

Es gibt schon seit Langem Beschwerden aus der Bevölkerung wegen der Unterversorgung dieses Stadtteils. Mit dem Einkaufscenter können wir diese Lücke endlich schließen, hörte er wieder ihre Worte.

Georg rappelte sich auf, ging zur Tür des Vorzimmers, klopfte an und trat ein.

Die Sekretärin blickte von ihrem PC auf. Ein zurückhaltendes, fast schüchternes Lächeln aus strahlend blauen Augen traf ihn. Eine blonde Lockenpracht umspielte das runde Gesicht der Sekretärin wie eine Sonne. Die kleine Zahnlücke zwischen den Schneidezähnen machte sie nur noch anziehender.

»Guten Morgen, Herr Heffner. Was kann ich für Sie tun?« fragte sie mit warmer und wohlklingender Stimme.

Georg fuhr wieder dieser angenehme Stich durch seine Brust, den er jedes Mal verspürt hatte, wenn die junge Frau ihm mit ihrem Maria Schell Lächeln auf dem Rathausflur begegnet war.

Er gab sich einen Ruck und trat an den Schreibtisch. »Ich hätte gern einen Termin bei Frau Schüler.«

Sie drehte sich auf ihrem Schreibtischstuhl vom PC-Tisch weg zu dem rechtwinklig stehenden Schreibtisch und blätterte im Kalender. »Ist es dringend?« fragte sie, ohne aufzublicken.

»Wenn es sich einrichten ließe«, antwortete Georg.

»Wie viel Zeit brauchen Sie denn?»

»Nicht sehr lange.«

Mit einem schüchternen Lächeln blickte sie wieder auf. »Da ist ein Termin frei geworden. Morgen um elf? Passt Ihnen das?«

Kapitel 10

Wie ein Ausrufezeichen reckte sich das achtgeschossige Gebäude an der Hauptstraße in den Himmel. Hinter dem Turm treppte sich das Gebäude entlang der kleinen Fußgängerzone bis auf einen dreigeschossigen Gebäudeteil ab. Ralf Neuhaus schaute noch einmal hoch zur Spitze des Bürogebäudes, wo sich der Turm verjüngte. Von der Fußgängerzone aus gesehen, ähnelte das Gebäude einer Hand, die den Daumen und den Zeigefinger in den Himmel reckte und die anderen drei Finger eingeklappt hatte.

Neuhaus riss sich von dem Anblick los. Er war gespannt, warum Zander ihn um ein Gespräch in sein Büro gebeten hatte. Der Investor beschäftigte sich ausschließlich mit großen Bauvorhaben wie Einkaufscenter, Bürokomplexen und hin und wieder auch Seniorenheime. Wenn sich da eine Geschäftsbeziehung anbahnen würde …

Er betrat das Gebäude und fuhr mit dem Aufzug in den sechsten Stock. Vom Treppenhaus führte eine breite Glastür in die Marmorvertäfelte Eingangshalle. Er orientierte sich kurz und trat dann an den Tresen. Die Frau am Empfang war Mitte zwanzig und trug ein blaues Kostüm mit weißer Bluse. Erwartungsvoll sah sie ihn an.

»Neuhaus«, stellte er sich vor. »Ich habe einen Termin bei Herrn Zander.«

Während sie ein paar Tasten auf ihrem PC drückte, betrachtete Neuhaus das riesige blaue Z an der Wand hinter dem Tresen, dass in die Marmorvertäfelung der Wand eingearbeitet war.

Die junge Frau stand auf und kam um den Tresen herum. »Ich bringe sie hoch.« Ihre Absätze klackerten auf dem weißen Marmorboden, als sie auf den Aufzug gegenüber dem Tresen zuging.

Im achten Stock stiegen sie aus und traten in einen quadratischen Vorraum. Neuhaus folgte der jungen Frau zur gegenüberliegenden Tür. Sie klopfte und öffnete die Tür.

»Herr Neuhaus für Sie.«

Sie trat beiseite, machte die Tür frei und bedeutete ihm mit einem Kopfnicken, dass er eintreten konnte.

Der Raum hatte die Form einer Raute, deren vordere Kante wie eine Pfeilspitze nach Westen zur Hauptstraße zeigte. Drei Seiten des saalartigen Raumes waren vollständig verglast. Diagonal zur Tür stand ein schwarzer Schreibtisch, der ein halbes Oval bildete.

Zander kam ihm mit einem angedeuteten Lächeln entgegen und gab ihm die Hand. »Setzen wir uns dort drüben hin«, deutete Zander auf eine Sitzgruppe aus schwarzem Leder in der rechten Ecke der Raute.

Neuhaus setzte sich in einen festgepolsterten Sessel.

Zander nahm ihm gegenüber Platz. »Wenn Sie etwas trinken möchten, dann bedienen Sie sich bitte«, sagte Zander und deutete auf die Kaffeekanne und einige Flaschen Wasser in der Mitte des Glastisches vor ihnen.

»Danke, aber im Moment nicht«, antwortete Neuhaus.

»Herr Kortkamp hat mir am Sonntag im Golfclub erzählt, dass Sie Architekt sind und das Büro von Georg Heffner übernommen haben,« begann Zander das Gespräch.

Neuhaus nickte. Er kam sich plötzlich so klein und mickrig vor in diesem hallenartigen Raum.

Zander lehnte sich zurück in den Sessel und schlug das Bein über. »Da treten Sie in große Fußstapfen«, fuhr Zander fort. »Georg Heffner hat einen ausgezeichneten Namen in dieser Stadt.«

Neuhaus spürte den prüfenden Blick, den Zander ihm zuwarf. Er fühlte sich nicht wohl in seiner Haut. Nervös legte er die Hände auf seine Schenkel. »Ich denke, dass ich da schon hineinwachsen werde.«

»Sie werden Sie schon ausfüllen«, schmeichelte Zander ihm. Er beugte sich vor und schenke sich eine Tasse Kaffee ein. »Sie wollen wirklich nichts?« fragte er Neuhaus aus den Augenwinkeln.

»Nein, wirklich nicht«, antwortete Neuhaus.

Zander hielt die Untertasse in der linken Hand und lehnte sich wieder zurück. Er trank einen Schluck und stellte die Tasse wieder auf dem Teller ab. »Wie ich hörte, haben Sie auch das Einkaufscenter am Mühlenweg von Heffner übernommen. Ein schönes Objekt. Hätte ich auch gerne gebaut. Aber man kann ja nicht alles machen.«

Zander stellte die Tasse mit dem Teller auf den Tisch. »Aber warum ich Sie hergebeten habe… Bei meinen vielen Objekten, die ich abzuwickeln habe, bin ich immer an guten Architekten interessiert, vor allem wenn sie hier aus der Stadt kommen. Das erleichtert die Kommunikation.« Ein leichtes Lächeln huschte über Zanders Gesicht. »Deshalb wollte ich Sie einmal kennenlernen.«

Neuhaus entspannte sich und legte den Arm auf die Lehne. Ein erleichtertes Lächeln trat in sein Gesicht.

Zander stand auf, ging quer durch den Raum zu seinem Schreibtisch und kam mit einer dünnen Aktenmappe zurück. »Ich bin ein Mensch, der jungen Leuten gerne eine Chance gibt«, sagte er während er sich wieder setzte. Er legte die Mappe auf den Tisch und zog ein paar Blätter heraus. »Ich habe da noch ein Restgrundstück an der Scherlebecker Straße, das bei dem Lebensmittelmarkt, den wir dort gebaut haben, noch übrig geblieben ist.« Er schob einen Lageplan in die Mitte des Tisches. »Eigentlich beschäftige ich mich nicht mit Wohnungsbau. Aber das Grundstück ist nun mal als Wohnbebauung ausgewiesen.«

Zander lehnte sich wieder zurück. »Hätten Sie Interesse an einem derartigen Objekt?«

Neuhaus jubilierte innerlich. Er hatte Mühe, seine Freude zu verbergen. Das erste eigene Objekt. Und dann noch von Zander, von dem noch weitere Aufträge folgen konnten. Das würde sein Ansehen und seinen Ruf in der Stadt einen gewaltigen Schub geben. »Natürlich. An guten Aufträgen bin ich immer interessiert.«

Zander verzog die Mundwinkel zu einem zufriedenen Lächeln. »Das freut mich.« Er beugte sich vor und schob den Lageplan wieder in die Mappe. »Hier drin ist alles enthalten, was Sie für die Planung brauchen. Lageplan, Bebauungsplan und ein schriftliches Planungskonzept, das meine Mitarbeiter erarbeitet haben.« Er reichte Neuhaus die Mappe über den Tisch.

»Wenn uns Ihre Planung gefällt und das Objekt sich rentabel rechnen lässt, dann kommen wir ins Geschäft.«

*

Zwischen den Häusern an der rechten Straßenseite zwängten sich die Sonnenstrahlen und malten helle Streifen auf die Straße. Der AUDI schnurrte leise auf der Feldstraße in nördlicher Richtung. In Georgs Kopf kreisten immer noch die Gedanken über das Gespräch mit von Stetten. Er bekam einfach keine Ordnung in seinem Kopf. In seiner langjährigen Tätigkeit als Architekt hatte er schon einige harte Verhandlungen mit Bauämtern führen müssen, aber so etwas Destruktives wie das eben bei von Stetten, hatte er noch nicht erlebt. Warum blockierte der Mann die Baugenehmigung? Dafür musste es doch einen Grund geben?

Als er in die Langenbochumer Straße einbog, wanderte sein Blick zum Bürogebäude von Zander. Der Immobilienmogul hatte mit dem Bau des Gebäudes wohl deutlich zum Ausdruck bringen wollen, wie erfolgreich er war. Aus den Augenwinkeln sah er, wie ein Mann aus dem Gebäude trat und forschen Schrittes in Richtung der Tiefgarage ging.

Neuhaus.

Was machte Neuhaus bei Zander?

Er wird wohl in einer der Arztpraxen gewesen sein, die sich in den unteren Etagen des Gebäudes befanden.

Groll stieg in ihm auf. Luxuriöse Reisen konnte er sich leisten, die Mitgliedschaft im Golfclub, aber den Kaufpreis für die Büroübernahme hatte er immer noch nicht bezahlt. Er würde Uwe Gerber anrufen. Der kann sich um die Sache kümmern. Georg schüttelte den Kopf. Auch Helmut und Gaby Piayda hatte Neuhaus wissentlich hinters Licht geführt und das war noch milde ausgedrückt.

Georg fuhr an den alten Zechenhäusern vorbei, die im neuen Anstrich erstrahlten und parkte den Wagen vor Willis Kneipe.

Als Georg die Kneipe betrat drang der Geruch von frisch gebrühtem Kaffee in seine Nase und weckte sein Verlangen nach Koffein. Er trat an den Tresen und grüßte Horst und Klaus, zwei alte Bergleute, die, ein Pils und ein Korn vor sich, auf einem Hocker vor der Theke saßen und sich über die schlechten Leistungen des Fußballvereins unterhielten.

Willi kam aus der Küche hinter dem Tresen. »Eine Cola light?«

Georg schüttelte den Kopf. »Einen Kaffee bitte.«

Er rutschte in die hufeisenförmige Sitzbank vor dem Fenster an der Straße und schaute hinüber zu den Zechenhäusern auf der anderen Straßenseite. Zwei ältere Ehepaare standen in der Sonne auf dem Gehweg und unterhielten sich. Das Bild strahlte Ruhe und Beschaulichkeit aus. Sie genossen ihren Lebensabend. Eine gute Rente, Kinder, auf die sie stolz waren und Enkelkinder, die ihr Leben mit Freude füllten.

Eigentlich könntest du das auch haben, dachte Georg. Könntest deinen Ruhestand genießen. Hast eine gute Tochter, einen Schwiegersohn, auf den du stolz sein kannst und der sich liebevoll um seine Familie kümmert, zwei voller Leben steckende Enkelkinder und ein gesichertes Einkommen.

Und dann noch Doris.

Trotz der Belastung als Internistin hatte sie immer Zeit für ihn gehabt, hatte sich immer seine Erzählungen über seinen Beruf angehört und ihm erstaunlich gute Ratschläge gegeben. Jetzt achtete sie darauf, dass er seinen Lebenswandel nach seiner Diabetes und seinem Bluthochdruck umstellte.

Georg nahm eine Pfeife aus der Tasche und zündete sie an.

»Wie immer schwarz?« fragte Willi und stellte die Tasse vor ihm ab.

»Einige Gewohnheiten kann man halt nicht ablegen«, nickte Georg. Er hatte seinen Kaffee schon immer ohne Milch und Zucker getrunken.

Er sah Neuhaus wieder vor sich, wie er forschen Schrittes zur Tiefgarage ging. Georgs Kollege Huesmann hatte Neuhaus als soliden und arbeitsamen Architekten beschrieben. Georg glaubte seinem alten Kollegen. Der Sprung in die Selbständigkeit muss Neuhaus völlig verändert haben. Golf spielte er. Georg schüttelte den Kopf.

Nach dem Studium war Georg Mitglied im Tennisclub gewesen und hatte regelmäßig mit Bekannten und Geschäftspartner dort gespielt. Aber nach und nach hatte er sich aus dem Club zurückgezogen. Wenn er darauf angesprochen wurde, hatte er es mit seiner beruflichen Beanspruchung begründet. Aber der Grund lag wohl eher an der hochnäsigen Art der Vereinsmitglieder, die er einfach nicht abkonnte. Er hatte sich mehr zu den einfachen Menschen im Fußballverein hingezogen gefühlt. Er hatte in seiner Jugend selbst in dem Verein Fußball gespielt und spürte immer noch eine starke Bande zu diesen Leuten. Er hatte zwar nicht aktiv im Verein mitgearbeitet, besuchte aber regelmäßig die Spiele des Vereins. Hin und wieder sah er auch schon mal beim Training vorbei und unterhielt sich mit seinen alten

Bekannten bei einem Bier im Vereinsheim. Unter den offenen und gradlinigen Menschen fühlte er sich einfach wohler, als unter den Mitgliedern im Tennisverein.

Er trank einen Schluck Kaffee und spürte, wie das heiße Getränk in seinen Magen drang und seinen Körper belebte. Er lehnte sich zurück und paffte an der Pfeife. Langsam bekam er wieder Ordnung in seine Gedanken. Mit etwas Abstand und Ruhe würde er sich ein klareres Bild über die Gründe von Friedrich von Stettens Verhalten machen können.

Draußen vor dem Fenster huschte eine Gestalt vorbei und Marion Amoneit kam in die Kneipe.

»Ich habe deinen Wagen gesehen«, sagte sie und rutschte mit ihrem eins achtzig großen Körper in die Sitzbank.

Georg schmunzelte über Marions schrillem Outfit. Eine gelbe Hose, darüber ein hellblaues kurzes Röckchen, ein rosafarbenes T-Shirt mit einem silberfarbenen Herzchen darauf. Ihre beiden Töchter konnten so etwas tragen. Aber Marion? In ihrem Alter?

»Willi, ich nehme auch einen Kaffee«, rief sie zum Tresen.

»Du scheinst heute besser drauf zu sein«, sagte Georg, als er das leichte Leuchten in ihren Augen sah.

Marion nickte. »Ich habe zwei Wohnungen vermietet.«

Willi brachte den Kaffee. »Was macht Klaus?« fragte er.

»Keine Ahnung. Er läuft irgendwo im Haus herum.«

Marion goss einen Strahl Milch in den Kaffee. »Ich bin nur auf einen Sprung rübergekommen, weil ich dich und Doris einladen wollte.«

Georg schaute auf. »Einladen? Wozu?«

Marion lehnte sich zurück und strich eine Strähne ihres schulterlangen blonden Haars hinters Ohr. »Veronica und Anna sind doch noch nicht getauft. Das wollen wir am Sonntag nachholen.«

Georg sah sie etwas irritiert an.

»Damals nach ihren Geburten wollten wir das noch nicht. Die Kinder sollten selbst entscheiden, welcher Konfession sie beitreten wollten.«

»Und wo soll die Taufe stattfinden«, fragte Georg.

»In der katholischen Kirche neben dem Kindergarten an der Feldstraße.«

Marion sah aus dem Fenster und verdrehte die Augen. »Da kommt der Kumpel von Klaus.«

Georg folgte ihrem Blick. Ein hagerer, hochaufgeschossener Mann Anfang dreißig, in Springerstiefel, grün, gelb und braun gemusterter Militärhose, eine Armeejacke und kahlgeschorenem Schädel überquerte die Straße. »Wo hat er den denn aufgegabelt?« fragte Georg mit einem Kopfschütteln.

Marion schnaufte. »In der Psychiatrie. Seitdem hocken sie in Klaus Büro oder stehen im Hof und beobachten mit einem Fernglas die Flugzeuge, die über den Stadtteil fliegen.«

*

»Hallo Georg«, meldete sich Uwe Gerber. »Herr Piayda ist gerade bei mir.«

Georg legte das Buch von Val McDermid zur Seite und richtete sich in seinem Terrassenstuhl auf. »Und seid ihr klargekommen?«

»Ich habe Herr Piayda geraten, von Kaufvertrag zurückzutreten. Aber er möchte das Haus als Dauerwohnsitz haben.«

Georg stöhnte. »Ich weiß. Ich habe Neuhaus aufgefordert, einen Nutzungsänderungsantrag zu stellen. Aber in der verbleibenden Zeit bis zur Kaufpreisfälligkeit ist eine Genehmigung nicht zu erreichen. Außerdem ist es fraglich, ob überhaupt eine Genehmigung erteilt werden wird.«

»Das sehe ich auch so«, erwiderte Gerber. »Herr Piayda hat heute die Sparkasse darüber informiert, dass es sich bei dem gekauften Haus um ein Wochenendhaus handelt. Die Sachbearbeiterin hat ihm gesagt, dass sie Wochenendhäuser grundsätzlich nicht finanzieren.«

Georg setzte sich auf. »Dann ist die Finanzierung ja wohl geplatzt. Und was schlägst du jetzt vor?«

»Ich kann nur raten, vom Kaufvertrag zurückzutreten. Aber dazu müssten wir Neuhaus arglistige Täuschung nachweisen können.«

Georg atmete tief durch die Nase aus. Es war nicht seine Art, Kollegen anzuschwärzen. Aber in diesem Fall… »Neuhaus hat vor drei Monaten die Bauakte des Hauses eingesehen und sich Kopien anfertigen lassen. Den entsprechenden Vermerk findest du auf der Innenseite des Aktendeckels.«

Gerber blies in den Hörer. »Das ist vorsätzlicher Betrug.«

Es entstand eine Pause. Georg hörte, wie Gerber Helmut Piayda erzählte, was Georg ihm gerade gesagt hatte. In seinem Kopf drehten sich die Rädchen, die nach einer Lösung suchten.

»Uwe?«

»Ja, ich bin wieder da.«

»Die einzige Möglichkeit, die ich sehe, ist eine Ergänzung zum Kaufvertrag.«

»Und was sollte die beinhalten?«

»Eine Verlängerung der Kaufpreisfälligkeit um ein paar Monate um die Genehmigung für die Nutzungsänderung als Wohnhaus zu bekommen. Neuhaus hat das selbst in der Hand. Sollte die Genehmigung nicht erteilt werden, wird den Piaydas ein Rücktrittsrecht eingeräumt.«

»Und du glaubst, dass Neuhaus das mitmacht?« fragte Gerber.

»Das Druckmittel habe ich dir gerade genannt«, antwortete Georg.

Kapitel 11

»Frau Schüler hat noch Besuch.« Georg schaute in das ihn wie ein Magnet anziehende Gesicht der Sekretärin im Vorzimmer der Baudezernentin. »Es wird sicher nicht mehr lange dauern,« sagte sie mit einen Lächeln und entblößte ihre schmale Zahnlücke zwischen den Schneidezähnen.

»Ich warte draußen«, sagte er und ging zurück auf den breiten Flur zwischen der Treppe und dem Aufzug.

Er ging zur gegenüberliegenden Wand, an der die neuen Bebauungspläne ausgehangen waren und warf einen Blick darauf. Eine Fläche zwischen der katholischen Kirche und dem Friedhof im Stadtteil Scherlebeck war als Baugebiet ausgewiesen worden. Georg hatte sich vor dreißig Jahren schon einmal bei der Stadt darum bemüht, diese Fläche für eine Bebauung freizubekommen, aber war nur auf taube Ohren gestoßen. Vor zehn Jahren hatte er es noch einmal versucht. Der Eigentümer des Gärtnereibetriebes, der die Fläche bewirtschaftete, war ein alter Jugendfreund von Georg, der den Betrieb aufgeben wollte. Auch damals war es ihm nicht gelungen. Jetzt hing der Bebauungsplan an der Wand.

Hinter ihm öffnete sich eine Tür.

»Frau Schüler empfängt Sie jetzt«, bat die Sekretärin ihn herein.

Renate Schüler stand in einem beigen Hosenanzug neben ihrem Schreibtisch hinten im Raum. Weiter vorne am Besprechungstisch saß Friedrich von Stetten mit ausdruckslosem Gesicht.

Das hätte er sich eigentlich denken können, dachte Georg und schloss mit einem Guten Morgen Gruß die Tür hinter sich.

Mit ihren langen Beinen, die durch die Hose noch betont wurden, kam Renate Schüler Georg mit einen angedeuteten Lächeln entgegen und reichte ihm die Hand.

Sie deutete auf einen Stuhl vor dem Besprechungstisch. »Ich habe Herrn von Stetten dazu gebeten. Es geht doch sicherlich um das Einkaufscenter am Mühlenweg.«

Georg wartete, bis sich die Baudezernentin in der Nähe ihres Schreibtisches an den Besprechungstisch gesetzt hatte und nahm dann ihr gegenüber Platz. »Ich bin ziemlich ungehalten über die Bearbeitung meines Bauantrages.«

Renate Schüler hob die Brauen. »Zuerst möchte ich mal abklären, wer jetzt für das Bauvorhaben zuständig ist, Sie oder Herr Neuhaus.«

»Der Bauantrag wurde von mir eingereicht, von mir unterschrieben und als Bevollmächtigter des Bauherrn bin ich eingetragen. Daran hat sich nichts geändert,« antwortete Georg bestimmt.

»Nun gut,« erwiderte Renate Schüler und schaute kurz zur Decke. »Und warum sind Sie ungehalten?«

»Das wird Ihnen Herr von Stetten sicherlich schon mitgeteilt haben«, sagte er und deutete mit dem Kopf auf den rechts von ihm sitzenden Planungsamtsleiter.

Renate Schüler hatte ein gezwungenes Lächeln im Gesicht, als sie sich vorbeugte und die Arme auf den Tisch stützte. »Ich weiß, dass sie vor Einreichung des Bauantrages ihr Baugesuch mit allen Ämtern abgeklärt haben. Auch mit mir«, fügte sie hinzu. Sie schaute kurz zu von Stetten, der teilnahmslos auf die Tischplatte schaute. »Aber wenn sich im Laufe der Bearbeitung neue Gesichtspunkte ergeben, dann können wir die nicht außer Acht lassen.«

»Und um welche Gesichtspunkte handelt es dabei?«, fragte Georg etwas versöhnlicher.

Sie deutete mit der Hand zum Planungsamtsleiter. »Herr von Stetten ist auch für den Denkmalschutz verantwortlich. Es liegen uns nun alte Fotos vor, die zeigen dass die Blindfenster in den Nischen früher

Fenster hatten. Auch das Fachwerk am rechten Gebäude sah früher anders aus.«

Georg verdrehte Kopf und Augen. »Sie können doch nicht im Ernst erwarten, dass die Gebäude in ihren ursprünglichen Zustand wie vor zweihundert Jahren gesetzt werden. Der letzte Zustand hat doch Bestand-schutz.« Er schluckte. »Und im Lebensmittelmarkt brauche ich lange Stellflächen für Regale und keine Fenster.« Er spürte, wie sein Blutdruck wieder stieg.

Renate Schüler hob die Schultern. »In Auflagen des Denkmalschutzes werde ich mich nicht einschalten. Wenn Herr Neuhaus das nicht auf die Reihe kriegt, ist das nicht meinem Amt anzulasten.«

Georg wusste, dass sich Verhandlungen mit dem Denkmalschutz als schwierig erweisen konnten. Wenn von Stetten auf stur schalten würde… Wenn die Verwaltungsspitze etwas wirklich wollte, dann ging alles sehr schnell. Dann wurde auch der Denkmalschutz zum Einlenken aufgefordert. Renate Schüler hatte das Einkaufscenter gewollt. Warum blockierte sie es plötzlich?

»Außerdem gibt es Bedenken aus der Nachbarschaft wegen des erhöhten Verkehrsaufkommens«, holte ihn die Baudezernentin wieder zurück.

»Wie bitte?« Georg bedachte die Baudezernentin mit einem stechenden Blick. »Wir haben Gutachten bezüglich des Verkehrsaufkommens und auch wegen des daraus resultierenden Lärms eingereicht, die alle unbedenklich waren.« Georg spürte die kleinen Schweißperlen auf seiner Stirn, die wohl von seinem gestiegenen Zuckerspiegel herrührten.

Der Anflug eines Lächelns umspielte ihre Lippen. »Es geht nicht um den Lärm. Die Nachbarn am Hang hinter dem Einkaufscenter hegen die Befürchtung, dass sie im Winter oder in den Abendstunden durch das

Scheinwerferlicht der Autos, die den großen Parkplatz anfahren und in ihre Wohnzimmer dringen, gestört werden.«

Georg sah Renate Schüler lange Zeit mit hochgezogenen Augenbrauen an. Dann lachte er lauthals los. »Das ist nicht Ihr Ernst«, stieß er hüstelnd hervor.

Renate Schülers Blick verhärtete sich. Sie sah ihn aus kalten Augen an. »Wir können Nachbarbeschwerden nicht einfach außer Acht lassen.«

Georg sah aus dem Fenster. Er hatte das Gefühl, es drehte sich alles vor seinen Augen. Er spürte, wie ihm das But gegen die Schläfen pochte, schneller und schneller werdend. Er setzte sich auf und zwang sich langsamer zu atmen. Er spitzte den Mund, atmete ein und blies die Luft langsam wieder aus.

»Was ist mit Ihnen?« fragte Renate Schüler.

Georg konnte nicht erkennen, ob ihre Stimme kalt oder besorgt klang. Er hob kurz die Hand. »Geht gleich wieder«, brachte er langsam Wort für Wort heraus. Er lehnte sich zurück. Sein Atem beruhigte sich wieder. Die Schweißperlen auf seiner Stirn waren plötzlich kalt. Es war ihm unangenehm, ja fast schon peinlich, hier Schwäche zu zeigen.

Sein Blick fiel auf von Stetten, der immer noch stumm und steinern wie eine Statue auf seinem Stuhl saß und auf die Tischplatte starrte. Renate Schüler hatte den Kopf zur Seite gelegt und schaute ihn musternd an. Dieser verdammte Paragraph vierunddreißig im Baugesetzbuch. Er setzte die Bürger der gesamten Willkür einer Gemeinde aus. Warum hatte er sich damals darauf eingelassen, das Einkaufscenter aus dem Bebauungsplan für das Wohngebiet auf der Pferdeweide herauszulassen.

Er gab sich einen Ruck und setzte sich auf. Er hatte nichts zu verlieren. Er musste zukünftig nicht mehr mit diesem Bauamt zusammen arbeiten. »Ich denke, es gibt nichts mehr zu sagen. Ich werde Herrn Schneider bitten, mir kurzfristig einen Bescheid zu schicken.«

Renate Schüler runzelte die Stirn. »Aber der kann doch nur negativ ausfallen.«

Georg atmete wieder ganz ruhig. »Mit dem ablehnenden Bescheid können wir am Verwaltungsgericht weitermachen.«

Renate Schüler warf sich in ihren Stuhl zurück. »Das kann doch nicht Ihr Ernst sein. Das Verfahren kann doch Monate dauern. Das steht ihr Bauherr finanziell doch gar nicht durch.«

»Machen Sie sich um die Finanzen meiner Bauherren keine Gedanken. Die Zeit übersteht die Familien von Mühlen locker«, pokerte er.

Renate Schüler zog die Brauen herunter und sah ihn aus den Augenwinkeln an. »Da habe ich aber andere Informationen.«

*

Ralf Neuhaus schwirrte der Kopf. Seit gestern Abend saß er nun über den Skizzen für das Wohnbauprojekt von Zander. Sechzig Wohnungen sollten in dem dreigeschossigen Gebäude untergebracht werden. Aus dem schriftlichen Planungskonzept von Zander ging hervor, dass die ausnutzbare Baufläche voll ausgeschöpft werden sollte, damit das Grundstück rentabel verwertet werden konnte. Er zerknüllte ein weiteres Skizzenblatt und warf es in den Papierkorb, der bereits bis zum Rand gefüllt war. Er presste das Papier im Korb unter seinen Schreibtisch zusammen, um Platz zu schaffen.

Ganz euphorisch und voller Freunde hatte er am Vorabend Valerie von seinem neuen Auftrag erzählt. Ein Auftrag von Zander, dem größten Immobilieninvestor weit und breit. Das konnte eine Geschäftsbeziehung werden, die ihn auf Jahre hinaus mit interessanten

Aufträgen versorgte. Aufträge, die ihn zum angesehensten Architekten der Stadt machen würden.

Valerie war mächtig stolz auf ihn gewesen. *Ich habe ja immer gesagt, dass du ein guter Architekt bist,* hatte sie gesagt. Eine glorreiche Zukunft sah er schon vor sich.

Er beugte sich wieder über seinen Skizzenblock und starrte auf das leere Blatt Papier. Bei Huesmann hatte er keine Entwürfe gemacht. Hatte sich nur um die Baustellen gekümmert. Das einzige Haus, das er je geplant hatte, war sein eigenes gewesen. Während des Studiums hatten sie in Gruppen zu viert Entwurfsaufgaben bearbeitet. Seine Kommilitonen hatten immer eine gute Idee für die Projektarbeiten gehabt. Er hatte meist die Zeichenarbeiten am Computer übernommen. So hatten sie sich die Arbeit geteilt.

Jetzt lag das karierte Blatt Papier wie ein Berg vor ihm. Die bisherigen Skizzen waren alle so nüchtern, so kantig und unbeholfen gewesen. Nicht so fließend wie die von Georg Heffner. Das musste er seinem Vorgänger zugestehen. Er entwarf nicht nur schöne Häuser, sie waren dazu auch wirtschaftlich gut durchdacht.

Er begann wieder zu skizzieren. Der Wohnungsgrundriss war nicht schlecht. Aber es war ein Zweispänner. Zuviel Anteile an Treppenhäusern im Verhältnis zur Wohnfläche. Ein Haus mit Laubengang? Nein, das wollte Zander nicht.

Er versuchte einen Dreispänner. Aber dann kam er mit der mittleren Wohnung über die hintere Baugrenze hinaus. »Mist«, fluchte er und zerknüllte das nächste Blatt Papier.

Sein Hirn rauchte und Wut stieg in ihm auf. Das musst du doch hinkriegen. Er schüttelte heftig den Kopf um das Chaos in seinem Gehirn zu vertreiben. Aber es blieb.

Er nahm das Glas Wasser vom Tisch, lehnte sich in seinem neuen Chefsessel zurück und schaute auf die Drucke von Kandinsky. *Punkt und Linie zu Fläche* hieß das Buch von Kandinsky, dass er während seiner Studienzeit gelesen hatte. Aber das half ihm jetzt auch nicht. Er sah wieder auf seinen Skizzenblock. Etwas Besonderes wollte er planen, wirtschaftlich und kreativ wollte er denken. Zander beeindrucken wollte er. Aber er bekam nichts aufs Papier. Nichts, was sich lohnte weiterzuverfolgen. Die Ideen waren ihm ausgegangen. Aber er hatte das ja auch nicht trainiert, nicht geübt, nie daran gearbeitet.

Das Leuten des Telefons holte ihn zurück. Irgendwie froh wegen der Ablenkung nahm er den Hörer ab.

»Rechtsanwalt Gerber möchte Sie sprechen«, meldete sich seine Sekretärin.

Er nahm das Gespräch an.

»Herr Neuhaus, die Eheleute Piayda haben mich mit der Wahrnehmung ihrer Interessen beauftragt. Es geht um das Haus, dass Sie ihnen verkauft haben.«

»Und was ist mit dem Haus?« fragte er.

»Die Eheleute Piayda haben in guten Glauben ein Einfamilienhaus von Ihnen erworben. Ihnen ist ja wohl bekannt, dass es sich aber um ein Wochenendhaus handelt.«

Neuhaus fummelte nervös an seinem Hemdkragen herum. »Das war mir nicht bekannt. Ich habe lediglich eine Grundbesitzung verkauft«, entgegneter er. Er räusperte sich. »Inzwischen habe ich schon einen Antrag auf Nutzungsänderung in ein Einfamilienhaus gestellt.«

»Das ist ja schon mal was«, brummte der Anwalt. »Aber die Genehmigung werden Sie wohl kaum vor dem Fälligkeitstermin des Kaufpreises bekommen.«

Neuhaus schwieg. Ihm wurde mulmig zumute.

»Meine Mandanten erwarten daher eine Verschiebung des Termins zur Zahlung des Kaufpreises bis zur Vorlage der Nutzungsänderungsgenehmigung. Ich denke, das ist ein fairer Vorschlag, um die Sache aus der Welt zu schaffen.«

Neuhaus wurde übel. Am Monatsende waren die Gehälter seiner Mitarbeiter fällig und Heffner wartete auf seinen Kaufpreis und die fälligen Mieten für das Büro. Und die Sparkasse hatte ihm keinen weiteren Kredit eingeräumt.

»Tut mir leid, aber darauf kann ich mich nicht einlassen. Die Eheleute Piayda müssen schon darauf vertrauen, dass die Genehmigung erteilt wird«, wies er den Vorschlag des Anwalts mit brüchiger Stimme zurück. Verdammt, warum ließ er sich nur so verunsichern. Bleib hart, zeig Stärke, schalt er sich.

»Dann muss ich meinen Mandanten raten, vom Kaufvertrag zurückzutreten«, meldete sich der Anwalt wieder.

»Das geht nicht«, hielt er jetzt mit fester Stimme dagegen. »Vertrag ist schließlich Vertrag.«

»Diese Einschätzung können Sie ruhig mir überlassen. Als Rechtsanwalt und Notar kann ich Ihnen versichern, dass das sehr wohl geht«, ließ der Anwalt nicht locker.

Es entstand eine Pause. Dann sprach der Anwalt weiter.

»Ich schicke Ihnen den Entwurf des Ergänzungsvertrages zu. Lesen Sie ihn durch. In einer Woche möchte ich Ihre Entscheidung haben.«

»Das Porto können Sie sich sparen«, blaffte Neuhaus den Anwalt an.

Die Stimme des Anwalts wurde jetzt leise. »Überlegen Sie sich das gut. Mir liegen unwiderlegbare Beweise vor, dass Sie vor dem Verkauf Kenntnis davon hatten, dass es sich bei der Grundbesitzung um ein Wochenendhaus gehandelt hat. Das nennt man arglistige Täuschung. Der Staatsanwalt nennt so etwas Betrug.«

Die Übelkeit stieg Neuhaus bis zur Kehle hoch.

»Ach noch etwas. Herr Heffner hat mich mit der Beitreibung des Kaufpreises für die Büroübernahme und der ausstehenden Mieten beauftragt.«

Kapitel 12

Aus dem Büro im achten Stock des Justizgebäudes hatte man einen herrlichen Ausblick über die Bochumer Innenstadt. Die Sonne stand hoch über der Stadt und hüllte sie in ein goldgelbes Licht. Thomas Melzer stand vor dem Fenster seines Büros und sah weiter hinten am Horizont auf den Förderturm des Bergbaumuseums. Er hielt jetzt die zweite schriftliche Aussage in der Hand. Langsam drehte er sich um und ging zurück zu seinem Schreibtisch.

»Das sollte doch für einen Durchsuchungsbeschluss reichen«, sagte Horst Anklam. Der Kriminalhauptkommissar lag weit zurückgelehnt in seinem Stuhl, die Beine weit ausgestreckt, die Ellbogen auf der Stuhllehne aufgestützt.

Thomas Melzer setzte sich und rieb sich sein Ohrläppchen. Beide Bauherren hatten ein Grundstück über den Makler Klaus Amoneit gekauft, der sie dann an Friedrich von Stetten vermittelt hatte. Der Leiter des Stadtplanungsamtes hatte den Bauherren die Einfamilienhäuser entworfen und den Bauantrag und die Statik erstellt.

»Friedrich von Stetten hat in beiden Fällen die Honorare in bar kassiert, ohne eine Rechnung zu schreiben«, fügte Hauptkommissar Gerd Schlöder hinzu, der neben seinem Kollegen Anklam vor Melzers Schreibtisch saß.

Thomas Melzer schüttelte den Kopf. »Wie konnte der Mann nur so blöd sein und Barzahlungsquittungen unterschreiben.«

Anklam setzte sich auf und zog die Beine an. »Von Stetten hat seinen Kunden ein Sorglos Paket verkauft. Vom Lageplan, über Bauantrag, Baugenehmigung, Statik bis hin zur mangelfreien Abnahme.« Er hielt sich die Hand vor den Mund und stieß auf. »Er hat sich im Bauamt ein richtiges Netzwerk aufgebaut.«

Thomas Melzer kramte den Bauantrag hervor, den einer der beiden Bauherren ihnen überlassen hatte. »Offiziell ist der Bauantrag von einem Architekten Jebram aus Herten eingereicht worden. Was habt ihr über den Mann in Erfahrung bringen können?«

Gerd Schlöder wischte sich mit der Hand über den Ärmel seiner Anzugsjacke. »Der ist bei Zander als Architekt angestellt.«

Thomas Melzer hob die Brauen. »Besteht da einen Verbindung zwischen Zander und von Stetten?« fragte er Anklam.

Der Kriminalhauptkommissar deutete auf das Protokoll der Zeugenaussage, das Melzer vor sich auf den Schreibtisch gelegt hatte. »Der Zeuge hat doch ausgesagt, dass von Stetten damit geprahlt hat, dass er auch die Villa von Zander geplant hat. Dieser Jebram wird doch nicht ohne Zustimmung seines Chefs Bauanträge für von Stetten unterschreiben.«

Melzer ließ den Blick durch den Raum schweifen. Tiefe Denkfalten hatten sich in seine Stirn gegraben. Seit einen Jahr war er hinter Zander her, ohne auch nur einen Schritt vorwärts zu kommen. Er beugte sich vor und stützte die Arme auf den Tisch. »Setzen Sie sich mit der Steuerbehörde in Verbindung. Überprüfen Sie, ob von Stetten die Nebeneinkünfte versteuert hat. Diesen Jebram lassen wir erst einmal außen vor.«

Er schaute von Anklam zu Schlöder. »Wir brauchen Einblick in die Registratur des Bauamtes. Wenn wir dort weitere Bauanträge von diesem Jebram finden, können wir diese Bauherren befragen und finden wahrscheinlich weitere Kunden von Friedrich von Stetten.«

Die beiden gelangweilt wirkenden Hauptkommissare richteten sich abrupt auf. Melzer schmunzelte. In Wirklichkeit waren die beiden Wölfe, die sich auf jeden Hinweis stürzten.

»In der Zwischenzeit lasse ich die erforderlichen Durchsuchungsbeschlüsse ausstellen.«

*

Wie ein Blitzlichtgewitter fielen die grellen Sonnenstrahlen durch die vorbeihuschenden Bäume am Straßenrand und reizten Georgs Augen. Er hatte Holger von Mühlen angerufen um ihm zu sagen, dass er auf einen Sprung vorbeikommen wollte. Er musste mit Holger über das Gespräch mit Renate Schüler sprechen. Holger erwartete ihn, in dem Büro, dass er sich in den letzten Tagen in dem leerstehenden Gebäude am hinteren Ende des Gutshofes eingerichtet hatte.

Nach dem Gespräch mit Renate Schüler war Georg zum Amtsleiter des Bauordnungsamtes gegangen. Schneider hatte ihn gleich empfangen. Als Georg ihn kurz über das Gespräch mit der Baudezernentin unterrichtet hatte, hatte er Schneider gebeten, einen ablehnenden Bescheid über den Bauantrag zu erstellen. Georg wollte in die nächste Instanz zum Verwaltungsgericht gehen. Schneider hatte ihn um etwas Zeit gebeten. Er wollte erst selbst noch ein Gespräch mit der Baudezernentin führen.

Wenigstens einer, der Rückgrat hatte.

Schleppenden Schrittes war er dann in die Fußgängerzone gegenüber dem Rathaus gegangen, hatte bei seiner Bank Kontoauszüge gezogen und sechshundert Euro abgehoben. Als er dann im Parkhaus erschöpft in seinem Wagen stieg, musste er erst eine Zeitlang durchschnauben um seinen Atem zu regulieren. Sein Zuckerspiegel musste gestiegen sein. Er hatte einen Moment gewartet, bis das Schwindelgefühl verflogen war.

Georg bog links in die kleine Straße am Mühlenweg ein und sofort wieder rechts in die Zufahrt zum Gutshof. Er fuhr den Schotterweg hoch bis zum hinteren Gebäude und stellte den Wagen dort ab.

Holger von Mühlen trat aus der Tür und wartete dort auf ihn.

Georg ging zu ihm und drückte ihm die Hand. »Hast du dich jetzt hier eingerichtet?« fragte er sah auf das Fenster links neben der Tür.

»Komm rein«, bat Holger von Mühlen und schloss hinter Georg die Tür.

Links neben der Eingangstür war ein Teil der großen Lagerhalle, in der früher einmal ein Großhandel für Malerbedarf untergebracht war, durch eine Wand aus Holz und Gipskartonplatten abgeteilt worden.

Georg trat durch die Türöffnung, an der eine Spanplatte als Türblatt mit zwei Fitschen befestigt war. Neben dem Fenster stand ein alter Metallschreibtisch mit zwei Klappstühlen davor. An einer Wand hatte sich Holger ein Regal aus alten Brettern gezimmert.

Georg drehte sich im Kreis und ließ den Blick durch den abgeteilten Raum gleiten. »Hier hin hast du dich verzogen.«

Der zwei Meter Hüne ließ sich schwer in den Drehstuhl hinter dem Schreibtisch fallen, der unter seinem Gewicht nach unten sackte. »Vorne im Herrenhaus ist es nicht mehr auszuhalten.«

Georg setzte sich auf einen der beiden Klappstühle. »Warum?«

»Dort lauert mir die Familie auf. Es ist kein Geld mehr da. Nichts. Rein gar nichts mehr. Alle stürzen sich auf mich und fragen, wie es weitergehen soll.« Holger ließ den Kopf sinken und sah auf die Tischplatte. Zusammengesunken saß er da.

Und jetzt komme ich noch mit dieser schlechten Nachricht. »Hast du mit der Sparkasse gesprochen?«

Holger nickte ohne den Kopf zu heben. »Der Sachbearbeiter hat mir gesagt, dass er mir keinen Kredit einräumen kann. Wir verfügen im Moment über keinerlei Einkünfte.« Er hob den Kopf. Seine Stimme wurde schroffer. »Woher denn auch? Das Gestüt ist noch nicht so weit, dass wir Pensionspferde aufnehmen können.« Sein Blick wanderte aus dem Fenster. »Und mit dem Umbau des Einkaufscenters ist noch nicht einmal begonnen worden.«

Georg folgte Holgers Blick. Es war unglaublich, was hier ablief. Normalerweise hätte jetzt der Rohbau fertig sein müssen. Aber nicht einmal die Baugenehmigung war erteilt worden.

Dem Sachbearbeiter der Sparkasse war kein Vorwurf zu machen. Er hatte sich nur an seine Vorschriften gehalten. Aber Direktor Kortkamp konnte helfen. Schließlich hatte die Sparkasse das Einkaufscenter finanziert und hatte ein Ladenlokal angemietet. Nach Fertigstellung des Centers würde Holger von Mühlen über gesicherte monatliche Einkünfte von dreißigtausend Euro im Monat verfügen. Davon konnte er ein Überbrückungsdarlehen locker zurückzahlen.

Georg kramte das Handy aus der Hosentasche, wählte die Nummer der Sparkasse und ließ sich mit Direktor Kortkamp verbinden.

»Herr Heffner,« hörte Georg die für einen Mann etwas zu hohe Stimme des Direktors. »Was kann ich für Sie tun?«

»Ich hätte gerne einen Termin bei Ihnen.« Georg wusste, wie sehr Holger Bankgespräche hasste. Bei den Finanzierungsgesprächen für das Einkaufscenter hatte Georg bemerkt, wie unbeholfen Holger war. Er konnte ihn nicht alleine zu Kortkamp gehen lassen.

»Worum geht es denn?« fragte Kortkamp.

»Um das Einkaufscenter«, schwindelte Georg.

Es entstand eine Pause, dann meldete Kortkamp sich wieder. »Nächsten Dienstag um zehn?« fragte er.

»Passt mir gut. Dann bis nächste Woche«, beendete Georg das Gespräch.

Er legte das Handy auf den Schreibtisch und richtete sich auf. »Am Dienstag um zehn haben wir einen Termin bei Kortkamp.« Ein leichtes Schmunzeln huschte über sein Gesicht. »Und zieh deinen Anzug an.«

Holgers Augen hellten sich ein wenig auf. »Danke dir, Georg«

Georg kramte seine Geldbörse aus der Gesäßtasche seiner Hose. Er nahm fünfhundert Euro heraus und legte sie auf den Tisch. »Bitte nimm das. Wenigstens für die nächsten Tage.«

Der Hüne starrte die Geldscheine an. Dann sah er auf zu Georg. Ein feuchter Schleier lag auf seinen Augen. Er seufzte. »Danke Georg.« Langsam, fast vorsichtig, nahm er die Scheine vom Tisch und stopfte sie in seine Hosentasche. Dann lehnte er sich zurück. »Du wolltest mir noch von deinem Gespräch mit Frau Schüler berichten.«

Ein Stich fuhr Georg durch seine Brust. Wie soll ich ihm das nur beibringen? Krampfhaft versuchte er sich die richtigen Worte zurechtzulegen. Aber gab es überhaupt Worte, die diese Nachricht in einem erträglicheren Licht erscheinen ließen?

Sein Handy vibrierte auf der Tischplatte. Dankbar, dass er einer Antwort vorerst enthoben war, nahm er das Gespräch an.

»Von Stetten hier.«

Erstaunt über den Anruf lehnte sich Georg zurück.

»Frau Schüler, Herr Schneider und ich haben uns noch einmal die Ansichten angesehen und über Lösungsmöglichkeiten beraten.«

Georg war jetzt hellwach. Erwartungsvoll wartete er auf die nächsten Worte.

»Wenn Sie in Ihre ursprüngliche Ansicht vor den geschlossenen Fenster-nischen Fenster einbauen, dann hätten wir die Kuh von Eis.«

Es handelte sich gerade mal um vier Fenster. Das war kein großer Aufwand.

»So hätten Sie Ihre Regalstellflächen und wir unsere Fenster«, fügte von Stetten hinzu.

*

Schneider, dieser Teufelskerl. Georg Heffner schlug lachend auf das Lenkrad, als er den Gutshof verließ. Es konnte nur der Leiter des Bauordnungsamtes gewesen sein, der die Schüler und von Stetten umgestimmt hatte. Dass sie diese Fenster forderten, das kannte er schon aus früheren Verhandlungen. Sie wollten ihr Gesicht nicht verlieren. Komm mir entgegen, dann komme ich auch dir entgegen. Geben und Nehmen. Ein alte Geschichte, die sich immer wieder-holte. Georg war das egal. Für diesen geringen Aufwand würde er jetzt die Baugenehmigung bekommen. Und Schneider, das wusste er, würde die Genehmigung sofort ausstellen lassen. Er fuhr vor Aufregung viel zu schnell und ging vom Gas, als er das bemerkte. Hier, entlang der Feldstraße, standen häufig Zivilwagen der Polizei mit Blitzern auf der Rückbank.

Wie erleichtert er war, als er seinem Freund Holger von Mühlen die gute Nachricht mitteilen konnte. Die Sorgenfalten waren aus Holgers Gesicht verschwunden. Die Baugenehmigung, etwas Geld in der Tasche, nächste Woche der Termin beim Bankdirektor, all das hatte ihm die Hoffnung auf eine sorgenfreie Zukunft zurückgegeben.

Georg bog von der Feldstraße in die Langenbochumer Straße und parkte ein gutes Stück weiter vor seinem alten Büro. Es war halb zwei als er das Büro betrat. Das Sekretariat war verwaist. Aus dem Zeichenraum hörte er leise Musik.

Lukas Maruhn mümmelte an einen Sandwich als Georg den Raum betrat.

»Wieder allein?« fragte Georg.

Der Bauzeichner nickte und schluckte den Bissen herunter. »Der Chef ist vor einer halben Stunde gefahren. Ich weiß nicht wohin. Und die anderen beiden sind in der Mittagspause in den Ort gegangen.«

»Kannst du bitte mal die Hofansicht vom Einkaufscenter auf den Bildschirm holen«, bat Georg den Bauzeichner.

Maruhn wischte sich die Hände an einer Papierserviette ab und holte den PC aus dem Schlafmodus. Er startete Palladio, das Architekturprogramm von AcadGraph, und öffnete die Datei mit der Ansicht.

Georg beugte sich neben Maruhn vor und zeigte auf ein Fenster neben der Eingangstür des LEDO-Marktes. »Das gleiche Fenster zeichnest du bitte in diese vier Fensternischen ein. Dann druckst du mir die Zeichnung drei Mal aus und bringst sie mir rüber in die Kneipe. Ich warte dort.«

»Mach ich Chef.« Er blickte zu Georg auf. »Kriegen wir dann endlich die Baugenehmigung?«

Georg nickte und ging zur Tür. Er drehte sich noch mal um. »Falls ich nicht in der Kneipe bin, dann findest du mich bei den Amoneits.«

Kapitel 13

Der Schankraum in Willis Kneipe war leer. Über die Mittagszeit waren die meist älteren Gäste zum Essen nach Hause gegangen oder hielten ihren Mittagsschlaf. Willi saß auf einem Hocker hinter dem Tresen und las in der Tageszeitung.

Georg hob die Hand zum Gruß. »Ich komme später rein«, rief er Willi zu und ging die paar Schritte weiter zu Amoneits Büro. Auf einen Kaffee und etwas Ablenkung hoffend betrat er den Empfang. Es war niemand da. Aus dem Besprechungsraum hörte er Stimmen. Die Tür stand offen und er ging hinein.

Marion Amoneit und Tanja, die Umschülerin, saßen an dem runden Tisch und blickten auf.

»Hallo Georg«, deutete Marion mit dem Kopf auf die Thermoskanne. »Kaffee steht auf dem Tisch.«

Die Seitentür zu den hinteren Büroräumen ging auf und Klaus kam herein. Die Stirn unter seinem zerzausten Haar war leicht gerötet. Er stutzte kurz, als er Georg sah, dann hellten sich seine Augen auf. »Georg. Was führt dich zu uns?«

»Kaffeedurst und ein bisschen Unterhaltung«, lachte Georg.

Marion nahm einen Umschlag vom Tisch. »Ich habe noch eine Hausbesichtigung.« Sie nahm ihre Handtasche und die Autoschlüssel vom Tisch und eilte aus dem Raum.

Klaus blickte hinunter zu Tanja, die vor ihm am Tisch saß. »Was ist mit dir? Hast du nichts zu tun?«

Tanja streckte trotzig die Unterlippe vor. »Ich mach jetzt Mittagspause. Meine Tochter kommt gleich aus der Schule.« Langsam erhob sie sich und schlenderte aus dem Raum.

Als die Tür hinter Tanja ins Schloss fiel, ging Klaus zur kleinen Kochnische. »Hab einen alten Cognac geschenkt bekommen. Ein edles Tröpfchen. Das musst du unbedingt probieren.«

»Nein, nicht jetzt zur Mittagszeit«, lehnte Georg ab. Er vertrug über Tag keinen Alkohol.

»Keine Widerrede. Ein Gläschen darfst du.« Klaus hatte bereits zwei Schwenker aus dem Küchenschrank geholt, füllte sie an der Spüle mit heißem Wasser und ließ das Wasser die Schwenker eine Zeitlang erwärmen. Er leerte die Gläser, trocknete sie mit einem Tuch und füllte die Schwenker mit einem dreifachen Cognac auf.

Klaus drehte das Glas zwischen beiden Handflächen, hielt die Nase kurz über den Schwenker und prostete Georg zu. Georg nippte nur kurz an dem Cognac und stellte ihn wieder ab. Der Gedanke ging ihm durch den Kopf, ob er Klaus auf seine Verfolger ansprechen sollte, als Klaus Augen zu dünnen Schlitzen wurden und er zur Holzdecke starrte.

»Hast du das gehört? Die orten mich wieder.«

»Was meinst du damit?« fragte Georg.

Klaus hob die Hand und stand auf. »Ich bin gleich wieder da.«

Georg griff zur Thermoskanne und goss sich eine Tasse Kaffee ein. Klaus musste in psychiatrische Behandlung. Er dachte an den Film *A beautiful Mind.* Auch für den genialen Mathematiker war der CIA-Agent, der ihm ständig neue Geheimdienstaufträge gab, absolut real. Der Film hatte ihn damals zutiefst berührt.

Marion und die Kinder mussten fürchterlich unter dem Zustand von Klaus leiden. Auch Klaus mussten die für ihn realen Verfolger und die Angst um sein Leben höllisch zusetzen. Dass er in diesen Zuständen, die offensichtlich nur schubweise einsetzten, zu Aggressionen neigte, machte die Sache nur noch gefährlicher. Natürlich würde sich Klaus nie freiwillig einer Therapie unterziehen. Für ihn waren seine Verfolger ja real. Er konnte sie sehen, er konnte sie spüren. Die Hitze, die er dann in seinem Kopf spürte, bestätigte ihm ja, dass er mit Mikrowellen bestrahlt wurde.

Einen Moment später kam Klaus mit zwei Ordnern zurück, legte sie auf den Tisch und klappte den ersten Ordner auf. Hektisch blätterte er die Seiten durch. Er nahm einige Blätter heraus und legte sie so, dass Georg mitlesen konnte. Es waren Ausdrucke aus dem Internet, in dem die Wirkung einer Mikrowellenpistole, einer Waffe der Zukunft, wie Klaus sich ausdrückte, erklärt wurde. Völlig geräuschlos wäre sie, aber überaus wirksam, erzählte Klaus. Er würde nicht gleich sterben, nach und nach würden die Mikrowellen sein Gehirn zerstören. Dann legte er Georg die Ergebnisse der Messungen vor, die ein Professor von der Fachhochschule im Hofraum des Hauses gemacht hatte. Georg konnte mit den Tabellen und Messergebnissen nichts anfangen, aber Klaus behauptete, dass sie eine deutlich überhöhte Verstrahlung des Hofraumes bewiesen.

Georg hatte keine Kenntnisse über diese Thematik, aber so wie Klaus ihm die Wirkung erklärte, und so aufgewühlt, wie er es herüberbrachte, erschienen ihm seine Schilderungen absolut glaubhaft. Klaus wirkte wie ein aufgedrehter Maniker. Die Worte sprudelten nur so aus ihm heraus.

»Aber wer verfolgt dich denn?«, unterbrach Georg Klaus´ Redefluss.

Klaus schenkte Cognac nach, obwohl Georg kaum etwas getrunken hatte. »Na, der CIA.«

Georg runzelte die Stirn. »Ich dachte, das wären Türken?«

Klaus winkte ab. »Die arbeiten doch für den CIA.«

Georg lehnte sich mit dem Glas in der Hand zurück. »Aber was soll der CIA denn für ein Interesse haben, dich umzubringen?«

Klaus streckte die Beine weit von sich und lehnte sich zurück. »Ich habe einen Onkel in USA mit dem ich häufig telefoniere. Da habe ich mich über den Obama ausgelassen. Die NSA hört doch alle Telefonate ab. Und jetzt wollen sie mich umbringen.«

Georg schüttelte den Kopf. »Das kann ich nicht glauben. Es gibt so viele Leute, die über den Obama schimpfen. Die können sie doch nicht alle umbringen.«

Klaus wedelte mit dem Finger. »Doch, doch. Jetzt haben sie sogar schon Flugzeuge im Einsatz, die mich von oben bestrahlen. Die können mich punktgenau orten. Die Polizei hat ja keine Ahnung. Die kennen sich damit nicht aus, tun alles als Spinnerei ab. Aber ich hab keinen Sprung in der Schüssel. Ich hab jetzt den Verfassungsschutz eingeschaltet. Die Amis kriegen mich nicht klein, die nicht.«

Georg kramte eine Pfeife aus seiner Jackentasche. Während er sie anzündete schaute er aus den Augenwinkeln zu seinem Freund hinüber.

Klaus nippte am Cognac, stellte das Glas ab und sah auf die Uhr. »Marion ist nicht zu einer Hausbesichtigung. Die ist beim Metzger und lässt sich von ihm pimpern.«

Georg verschluckte sich, Pfeifenrauch drang in seine Lunge und er musste husten. »Was für ein Metzger?« fragte er.

»Im Ortskern hat doch ein neuer Metzger eröffnet. Von dem lässt sie sich jetzt bumsen. Das ist so ein großer, kräftiger Kerl mit Tätowierungen auf den Armen. Da steht sie doch drauf.«

Georg schüttelte heftig den Kopf. »Das glaube ich nicht. Marion macht so etwas nicht.«

Klaus schnaufte. »Da kennst du die Bayerin nicht. Wenn die ein Glas Sekt getrunken hat, dann lässt die den Schlüpfer fallen.«

Georg brach in ein lautes Gelächter aus.

Klaus Augen funkelten zornig. »Du lachst. Aber das ist so. Soll ich dir das beweisen?« Er griff zum Telefon. »Ich rufe jetzt den Metzger an.«

Georg beugte sich vor und streckte die Hand aus. »Lass das. Das bringt doch nichts.«

Klaus schob Georgs Hand beiseite, wählte die Auskunft und ließ sich die Nummer der Metzgerei geben.

Georg versuchte ihn zurückzuhalten. »Der Laden hat doch jetzt geöffnet. Wie soll er sich da mit Marion vergnügen?«

Aufgeregt rutschte Klaus auf dem Stuhl herum. »Eben nicht. Er ist der einzige, der über Mittag geschlossen hat. Deshalb geht sie ja um diese Zeit dort hin.« Er hatte bereits die Telefonnummer eingetippt und drückte die Lautsprechertaste.

Georg hoffte, dass sich niemand melden würde. Die Situation war einfach zu peinlich. Doch nach einigen Klingeltönen meldete sich eine tiefe Männerstimme.

»Pass mal auf du Arsch«, sprach Klaus in lautem aber ruhigem Tonfall in den Hörer. »Du kannst der Marion ausrichten, dass ich weiß, dass sie sich von dir vögeln lässt. Wenn sie nach Hause kommt, werde ich ihr eine reinhauen.«

»Was soll das? Wer ist denn da?« kam die tiefe Stimme aus dem Lautsprecher.

»Du brauchst gar nicht so blöd zu fragen. Ich weiß, dass ihr gerade vögelt.« Klaus legte auf. »Hast du gemerkt wie nervös er wurde?«

Georg neigte den Kopf. »Du redest dir da was ein. Der Mann wusste doch gar nicht, wovon du redest.«

Bevor Klaus antworten konnte, klingelte es an der Haustür. Klaus schaute sich hektisch um. »Kannst du zur Tür gehen?« bat er Georg. »Ich bin nicht da. Egal wer vor der Tür steht.«

Georg ging zur Tür. Wahrscheinlich war es Maruhn, der ihm die Ausdrucke der Ansichtszeichnungen bringen wollte.

Biermann, ein Großbäcker, stand vor der Tür. Georg wusste, dass Marion seine Villa und ein paar Mehrfamilienhäuser für den Mann verkaufen sollte. Er hielt einen Umschlag mit Zeichnungen in der Hand, die er Marion bringen wollte. Er wollte nicht hereinkommen, nur den Umschlag abgeben.

»Wer war an der Tür?«, fragte Klaus, als Georg mit dem Umschlag zurückkehrte.

»Biermann. Er wollte nur Pläne für Marion abgeben.«

»Noch so ein Bettgenosse von ihr«, fauchte Klaus und riss Georg den Umschlag aus der Hand.

»Ich dachte, er wäre dein Freund?«

Klaus presste die Lippen zusammen und zog das Kinn hoch. »Der vögelt doch auch mit Marion. Wie kann er da mein Freund sein?«

Georg blies laut die Luft aus. »Klaus, das kann doch alles nicht wahr sein. Erst euer Nachbar, dann ein achtzigjähriger Hausbesitzer, der Metzger und jetzt auch noch Biermann. Du traust deiner Frau aber einen großen Männerverschleiß zu.«

Klaus wedelte heftig mit dem Finger, nahm einen dicken Filzschreiber vom Tisch und schrieb schwungvoll und in großer Schrift auf den Umschlag: *Das ist dein Lohn für die Vögelei.*

*

Die Sonne stand hoch über dem Haus als Neuhaus den Alfa in der Einfahrt vor der Garage abstellte und ins Haus ging. Valerie saß ausgehfertig im Wohnzimmer und wartete dort auf ihn. Sie wollte mit ihrer Freundin zum Shoppen nach Düsseldorf.

»Schön, dass du zu Hause arbeiten willst.« Sie kam ihm entgegen und gab ihm einen Kuss auf die Wange. »Da brauche ich die Kinder nicht zu meiner Mutter zu bringen«, hauchte sie ihm ins Ohr.

Sie trat einen Schritt zurück und umgarnte ihn mit einem verführerischen Lächeln. »Kann ich den Alfa haben. Mit dem Corsa ist das so mühsam.«

Neuhaus gab seiner Frau den Schlüssel und ließ sich in den Sessel fallen.

»Was ist mir dir?« fragte Valerie. »Du bist so ernst und abgespannt.«

»Nichts«, schüttelte er müde den Kopf. »Ich bin etwas genervt.« Er sah zu ihr auf. »Ich finde im Büro keine Ruhe für die Entwürfe.«

Valerie strich ihm über die Haare. »Setz dich nach draußen auf die Terrasse. Die Sonne wird dir gut tun.«

Er nickte ihr zu und sah ihr hinterher wie sie zur Tür ging.

Sie drehte sich noch einmal um. »Bis heute Abend. Ich bleib auch nicht so lange.«

Na hoffentlich, dachte er und schaute nach draußen in den Garten. Mandy saß draußen und hörte Musik aus ihrem iPod. Roman lief hinter einem Fußball her und übte Übersteiger. Was soll´s. Der Rasen war sowieso schon arg strapaziert. Plötzlich wurde ihm bewusst, wie trostlos der Garten war. Außer der gepflasterten Terrasse gab es nur Rasen im Garten. Keine Blumen, keine Sträucher, keine Bäume. Weder er noch Valerie hatten Freude an der Gartenarbeit.

Er stand auf und ging zum Regal neben dem Fernseher und nahm seinen Skizzenblock und den Druckbleistift, den er am Vorabend dort abgelegt hatte. Als er den Skizzenblock aus dem Regal zog, bemerkte er die dünne Staubschicht auf den Regalbrettern und rund um den Fuß des Flachbildschirms. Er schüttelte den Kopf. Valerie war noch nie ein Heimchen gewesen. Er holte sich ein Glas Wasser aus dem Kühlschrank in der Küche und ging hinaus auf die Terrasse.

Mandy schaute kurz zu ihm auf, die Ohrstöpsel des iPod im Ohr und wippte mit dem Kopf im Rhythmus der Musik.

Roman hob den Ball auf und klemmte ihn sich unter den Arm. »Papa, spielst du mit mir?«

»Das geht jetzt nicht.«

»Oooh.«

»Ich muss arbeiten.«

Im Moment war er nicht in der Lage sich auf seine Entwurfsarbeit zu konzentrieren. Der Anruf von diesem Anwalt Gerber hatte ihn völlig aus der Bahn geworfen. Wie sollte er einer Terminverlängerung für die Kaufpreis-zahlung von Piayda zustimmen. Er brauchte das Geld. Aber der Anwalt hatte mit Rücktritt vom Kaufvertrag gedroht. Gerber hätte Beweise, dass er Kenntnis davon hatte, dass Tante Marthas Haus ein Wochenendhaus war. Welche Beweise? Das konnte gar nicht sein. Von Betrug hatte er gesprochen.

Neuhaus wurde übel. Er trank einen Schluck Wasser und stellte das Glas wieder ab.

»Du arbeitest ja gar nicht«, rief Roman aus dem Garten.

»Roman, lass mich in Ruhe«, blaffte er den Jungen an.

Roman warf wütend den Ball auf den Boden. »Keiner spielt mit mir«, brummte er grollend. »Dann gehe ich eben hoch und spiele mit der Wii.«

Mandy zog einen Stöpsel aus dem Ohr. »Das tust du nicht«, keifte sie. »Du lässt die Finger von meiner Wii.«

Roman stampfte wütend mit dem Fuß auf den Boden. »Nichts darf man.« Er kam zur Terrasse und zupfte Neuhaus am Hemdsärmel. »Was soll ich denn machen?« fragte er Neuhaus.

Neuhaus fasste seinen Sohn bei den Schultern. »Dein Zimmer ist voller Spielsachen. Da wirst du doch sicher etwas finden, mit dem du dich beschäftigen kannst«, sagte Neuhaus schon etwas versöhnlicher.

Die Unterlippe vorgeschoben, stapfte Roman missmutig ins Haus.

Betrug, hatte der Anwalt ihm unterstellt. Wie konnte der Mann so etwas behaupten. Er war kein schlechter Mensch. Vielleicht etwas schwach und egozentrisch. Er wusste, dass er Leute mit seinem Charme und seiner vereinnehmenden Leichtigkeit einwickeln konnte. Alle waren nachsichtig mit ihm.

Aber er stand auch unter dem Einfluss seiner Frau, der er einfach nichts abschlagen konnte. Valerie repräsentierte gerne, stand gerne im Rampenlicht. Er wollte es ihr bieten, dieses Leben im Luxus, obwohl er es sich finanziell noch nicht leisten konnte. Noch nicht. Aber bald. Wenn erst die Geschäftsbeziehung mit Zander stand.

Er zog den Skizzenblock heran und nahm den Druckbleistift in die Hand. Er starrte auf das leere Blatt Papier und sofort stand wieder ein riesiger Berg vor ihm und anstelle blühender Ideen quälten ihn wieder diese Gedanken an sein überzogenes Bankkonto.

Er ging ins Haus, holte sich einen großen Whiskey und trank einen kräftigen Schluck. Die bohrenden Gedanken verschwanden allmählich und legten sich in die hintersten Regionen seines Gehirns. Er nahm den Stift in die Hand und begann zu zeichnen.

*

Georg räumte das Geschirr vom Terrassentisch und brachte es in die Küche. Doris war nach dem Abendessen in ihr Arbeitszimmer im Obergeschoss des Hauses gegangen, um noch ein paar Berichte zu schreiben, wozu sie in der Praxis einfach keine Zeit fand. Er räumte das Geschirr in die Spülmaschine, stopfte ein paar Plastikverpackungen in einen Müllbeutel und knipste das Terrassenlicht an. Mit der Hüfte stieß er die Tür auf, ging über die Terrasse in die Garage und entsorgte den gefüllten Müllbeutel in der gelben Tonne, die neben den anderen Mülltonnen an der Garagenwand aufgereiht stand.

Zurück auf der Terrasse setzte er sich zufrieden in seinen gepolsterten Gartenstuhl und schenkte sich ein Glas vollmundigen Merlot aus der Toskana ein.

Kurz nach dem Großbäcker hatte Maruhn die Zeichnungen in Amoneits Büro gebracht. Georg hatte sich von Klaus Amoneit verabschiedet und war sofort zum Bauamt gefahren. Den Cognac hatte er unangerührt stehen lassen. Georg hatte Amtsleiter Schneider die Pläne direkt übergeben. Schneider hatte ihm versprochen, dass Georg übermorgen die Baugenehmigung für das Einkaufscenter bei ihm abholen könnte.

Georg nahm eine gestopfte Pfeife aus der braunen Pfeifentasche, die auf dem Stuhl neben ihm lag, und zündete sie an. Nach ein paar Zügen drückte er die Glut mit dem Stopfer zusammen und lehnte sich zurück. Nächste Woche noch der Termin mit Holger von Mühlen bei Bankdirektor Kortkamp, dann hatte er alles geregelt. Helmut Piayda wurde jetzt von Uwe Gerber betreut, Holger hatte seine Baugenehmigung und nach dem Gespräch mit Kortkamp seine Überbrückungsfinanzierung. Dann konnte Neuhaus übernehmen und mit dem Bau des Einkaufscenters beginnen.

Neuhaus.

Er hatte noch immer nichts überwiesen. Weder den Kaufpreis für die Büroübernahme, noch die Miete für die Büroräume. Georgs gute Laune schwand. Was dachte sich der Mann eigentlich dabei? Lebte auf großem Fuß, aber seine Rechnungen zahlte er nicht. Bei seinen Gesprächen vor der Büroübernahme hatte Georg einen ganz anderen Eindruck von Neuhaus gehabt. Einen soliden. Einen verantwortungsvollen. Er merkte wie er hastiger an der Pfeife zog. Reg dich nicht auf. Uwe Gerber kümmerte sich jetzt darum.

Georg spürte die noch warme Abendluft auf seinem Oberkörper. Unter seinem Stuhl hatte sich Baldacci zusammengerollt. Sein gleichmäßiger Atem wirkte beruhigend auf Georg. Du hast alles geregelt, sagte er sich erneut. Sein Blick fiel auf den Rasen und erinnerte ihn daran, dass er ihn immer noch nicht gemäht hatte. Ein Knarren drang von der Grundstücksgrenze zu ihm herüber, und sein Blick wanderte zum Gartentor.

Sein Schwiegersohn kam in den Garten. Unterm Arm einen Pappdeckel, in der einen Hand eine Bierflasche und in der anderen Hand ein Glas mit einer bernsteinfarbenen Flüssigkeit, schlenderte er zu ihm herüber.

»Hast du dir deine Getränke mitgebracht?« fragte Georg mit einem Schmunzeln im Gesicht.

Thomas stellte das Glas und die Bierflache auf den Tisch, legte den Pappdeckel daneben und ließ seinen eins fünfundachtzig großen Körper in den Gartenstuhl fallen.

»Du hast ja weder Bier noch Whiskey im Haus«, beschwerte er sich.

»Darf ich wegen meiner Diabetes nicht trinken«, hielt Georg dagegen.

Thomas lehnte sich zurück und strich sich mit der Hand über seine dunkle Bürstenschnittfrisur. »Du warst heute den ganzen Tag unterwegs, hat Stephanie mir gesagt«, stellte er beiläufig fest.

Georg nickte und zog an seiner Pfeife. »Ich hatte einiges zu erledigen.«

Thomas musterte ihn mit einem prüfenden Blick. »Du weißt, dass du dich weder Stress noch Aufregung aussetzen darfst.« Thomas trank einen Schluck Bier und stellte die Flasche wieder ab. »Was sagt denn deine Ärztin dazu?«

Georg hatte sich beim Abendessen schon einiges von Doris anhören müssen. Als sie aus der Praxis nach Hause gekommen war, hatte sie einen Blick auf die von ihr erstellte Excel-Tabelle geworfen, die Doris angefertigt hatte. Sie lag immer deutlich sichtbar auf der Theke, die die

Küche vom Wohnzimmer trennte. In die Liste sollte er seine Blutdruck- und Zuckerwerte eintragen. Seit einigen Tagen hatte er beides nicht mehr gemessen.

»Und was macht deine Arbeit?« fragte er Thomas, um einer Antwort zu entgehen.

Thomas trank einen Schluck Whiskey und streckte die Beine weit von sich. »Ich jage immer noch den Bösen hinterher.« Er ließ die bernsteinfarbene Flüssigkeit im Glas kreisen und sah dabei in das Glas. »Du bist doch ein Ass im Baurecht.« Langsam richtete er sich auf, stellte das Glas ab und öffnete den Pappdeckel. »Vielleicht kannst du mal einen Blick auf die Flurkarte werfen.«

Er zog ein Papier aus dem Pappdeckel, faltete es auseinander und legte es vor Georg auf den Tisch.

Georg beugte sich vor. Vor ihm lag eine großmaßstäbliche Flurkarte der Ried. Die landwirtschaftliche Fläche am Nordrand der Stadt mit vereinzelten Bauernhöfen war das Naherholungsgebiet der Bewohner der angrenzenden Stadtteile. »Und was möchtest du wissen«, fragte er ohne aufzublicken.

»Wenn ich in diesem Gebiet ein Grundstück mit einer alten Scheune kaufen würde«, fuhr er mit dem Finger in einem großen Bogen über das Gebiet, »und würde die Scheune abreißen. Bekäme ich auf diesem Grundstück eine Baugenehmigung für ein großes Einfamilienhaus?«

Georg nahm das Weinglas vom Tisch und lehnte sich zurück. »Vergiss es. Keine Chance.«

Die riesige landwirtschaftliche Fläche war dazu noch Landschaftsschutzgebiet. Die Landesregierung von Nordrhein-Westfalen fuhr eine harte Linie gegen Bauvorhaben im Außenbereich. Die Grünfläche sollte von baulichen Anlagen freigehalten werden. Landwirtschaftliche Vollerwerbstellen bekamen die Genehmigung für landwirtschaftlich genutzte Gebäude zur Erweiterung ihrer Betriebe.

Aber eine reine Wohnnutzung? Die würde nie und nimmer genehmigt werden.

Georg runzelte die Stirn und sah seinen Schwiegersohn fragend an. »Warum fragst du?«

Thomas deutet mit dem Finger auf ein einzeln stehendes Haus auf dem Plan. »Und wie ist es dann zu erklären, dass dieses Einfamilienhaus genehmigt wurde?«

Georg trank einen Schluck Merlot und stellte das Glas wieder ab. Er beugte sich vor und orientierte sich auf der Flurkarte anhand der Straßennamen. Dann dämmerte es ihm. »Das ist die Villa von Zander.«

Er lehnte sich wieder zurück und paffte an der Pfeife. Vor zwei Jahren war die Villa gebaut worden. Er war einige Male daran vorbeigefahren, wenn er in der Gärtnerei in der Ried Blumen gekauft hatte. Er hatte sich jedes Mal gefragt, wie Zander die Genehmigung für dieses Haus bekommen hatte. Und jedes Mal hatte er sich gesagt, dass ginge ihn nichts an.

»Tja«, sagte Georg nachdenklich. »Da hat wohl jemand vom Bauamt Zander einen riesigen Gefallen getan.«

Kapitel 14

Die Sekretärin steckte den Kopf zur Tür herein. »Da sind zwei Kriminalbeamte die Sie sprechen wollen.«

Schneider blickte von der Akte auf. »Kriminalbeamte? Was wollen die denn?«

Die Sekretärin hob die Schulter. »Haben Sie nicht gesagt.«

Schneider stand auf und ging in das Vorzimmer. Die beiden Kripobeamten kamen einen Schritt auf ihn zu. »Sie wollen zu mir?« fragte Schneider.

»Hauptkommissar Schlöder«, stellte sich der Beamte in dem dunkelbraunen Anzug vor und reichte ihm seinen Dienstausweis. »Das ist mein Kollege, Hauptkommissar Anklam«, deutete der Beamte auf dem neben ihm stehenden Mann in der beigefarbenen Windjacke. »Können wir Sie kurz sprechen?«

Schneider warf kurz einen Blick auf den Dienstausweis und gab ihn dann dem Beamten zurück. Er deutete mit der Hand auf die offen stehende Tür.

»Nehmen sie sich zwei Stühle«, deutete er auf den kleinen Besprechungstisch, als sie sein Amtsleiterbüro betreten hatten.

Schneider setzte sich wieder an seinen Schreibtisch. »Geht es um den Mord an Meisner?« fragte er, nachdem sich die beiden Beamten gesetzt hatten.

Der Beamte in der Windjacke streckte die Beine von sich. »Nein. Im Zuge einer anderen Ermittlung würden wir gerne Einsicht in Ihre Registratur nehmen.«

»Und was interessiert Sie da konkret?« hakte Schneider nach.

»Wir hätten gerne eine Liste der Bauvorhaben, die von einem Architekten Jebram bei Ihnen eingereicht wurden,« antwortete Schlöder.

Schneider lehnte sich zurück und blickte den Kriminalbeamten irritiert an. Jebram? Was wollten Sie von dem Architekten? Jebram hatte in den letzten fünf Jahren eine ganze Reihe von Bauanträgen eingereicht. Jebram war beim Immobilieninvestor Zander angestellt. Die Anzahl der Bauanträge hätte ein Architekturbüro gut ausgelastet. Und das alles in Nebenarbeit. Schneider hatte sich darüber gewundert, wie Jebram das schaffen konnte und warum Zander seinem Angestellten diese Nebenarbeit gestattete.

»Und was interessiert sie so daran?« fragte Schneider und setzte sich wieder auf.

»Über laufende Ermittlungen kann ich Ihnen leider keine Auskünfte geben«, erwiderte Schlöder. »Aber um Sie zu beruhigen. Ihr Amt betrifft es nicht.«

Schneider fand keine Erklärung für das Anliegen der beiden Beamten. Er dachte kurz nach und hob dann die Schulter. »Ist ja kein Geheimnis. Jeder Nachbar bekommt Auskunft über Bauvorhaben, die in seiner Nachbarschaft gebaut werden. Wenn ich Ihnen damit helfen kann.«

*

Eine halbe Stunde später verließ Horst Anklam mit Schlöder das Rathaus und ging mit seinem Kollegen hinüber zum Parkhaus. Der Bauamtsleiter war sehr kooperativ gewesen und hatte seinen Mitarbeiter angewiesen, Ihnen die gewünschten Auskünfte zu erteilen.. Der Mann in der Registratur hatte die von Jebram eingereichten Bauanträge zusammengestellt und ihnen die Liste zwei Mal ausgedruckt. Die Liste enthielt die Namen der Bauherren, deren alte Adresse, die Anschrift des Bauvorhabens, den Architekten des Bauvorhabens, Datum der Genehmigung und das Aktenzeichen der Behörde.

»Teilen wir uns hier auf«, schlug Anklam vor. »Du übernimmst den Stadtteil Langenbochum und ich fahre nach Scherlebeck.«

Anklam bestieg seinen Dienstwagen und machte sich auf den Weg. In einer Stunde wollte er sich mit Schlöder auf dem Parkplatz des Finanzamtes in Marl treffen.

Er folgte der Straße Über den Knöchel, bog in den Kreisverkehr ein, verließ den Kreisel wieder an der gegenüberliegenden Seite und bog in die Scherlebecker Straße ein. Anklam dachte an die Zeit, als er als junger Mann im Scherlebecker Handballverein gespielt hatte. Seit dem hatte sich hier viel verändert. Auf dem Gelände der stillgelegten Schachtanlage rechts der Straße waren einige Gewerbebetriebe neben einem ALDI-Markt angesiedelt worden. Einige Gebäude der Schachtanlage waren als Industriedenkmal erhalten worden, in denen Büroräume und ein Museum untergebracht waren. Dann folgten das neue Seniorenzentrum, ein weiterer Discounter und die evangelische Kirche an der Kreuzung zur Richterstraße. Er fuhr ein Stück weiter und bog dann in das neue Baugebiet ein, das zwischen der katholischen Kirche und dem alten Friedhof entstanden war.

Anklam orientierte sich kurz an den Straßenschildern und hielt dann vor einem Einfamilienhaus mit rotem Klinker und roten Dachziegeln. Er warf kurz einen Blick auf die Liste. Ja, hier war er richtig. Er legte die Liste unter seine Aktenmappe auf den Beifahrersitz und stieg aus.

Der Gehweg zum Haus war noch nicht gepflastert und er ging über das festgerüttelte Schotterbett zur Haustür. Hinter der Fensterscheibe neben der Haustür sah er eine Frau, die sich die Hände an einem Handtuch trocknete und ihm einen neugierigen Blick zuwarf.

Anklam hatte gerade den Klingelknopf betätigt, als die Haustür auch schon geöffnet wurde.

»Ja, bitte?« fragte die Frau. Sie trug eine Jeans und eine hellblaue Seidenbluse.

»Entschuldigen Sie bitte die Störung«, sagte Anklam und trat einen Schritt zurück. »Anklam ist mein Name.«

»Sie wünschen?« fragte die Frau und warf ihm einen argwöhnischen Blick zu.

»Ich möchte demnächst auch bauen.« Anklam sah an dem Gebäude hoch. »Ein schönes Haus haben Sie da.«

»Danke«, sagte die blonde Frau und ein kurzes Lächeln huschte über ihr Gesicht.

»Mir wurde Herr von Stetten als Architekt empfohlen.« Wieder sah Anklam an der Klinkerfassade hoch. »Ich bin noch unschlüssig und wollte mich mal erkundigen, wie Sie mit Herr von Stetten zufrieden waren.«

Die Frau sah Anklam etwas unschlüssig an.

»Sie haben doch mit von Stetten gebaut?« fragte er.

Die Frau nickte.

Also doch, dachte Anklam. »Und? Waren Sie zufrieden mit ihm?«

Die Frau verschränkte die Arme vor der Brust. »Na ja. Mit der Baugenehmigung ging es flott. Auch mit den Abnahmen hat es keine Probleme gegeben.«

»Aber?« hakte Anklam nach.

»Na ja, die Baubetreuung und die Bauleitung waren schon etwas dürftig. Da waren wir überhaupt nicht zufrieden.« Die Frau seufzte. »Wenn mein Mann sich nicht selbst um das Bauvorhaben gekümmert hätte, wären wir wahrscheinlich heute noch nicht fertig.«

*

Ralf Neuhaus beugte sich neben Maruhn über den Schreibtisch und erklärte seinem Bauzeichner die Skizzen, die er für das Wohnbauprojekt von Zander erstellt hatte. Neuhaus war ganz zufrieden mit seinem Entwurf. Auch Valerie hatte der Entwurf gefallen. Die Arbeit daran war ihm sehr schwer gefallen, zeitweise hatte er das Gefühl gehabt, die Gedanken würden sein Gehirn sprengen. Ausgelaugt und erschöpft hatte er sich gefühlt. Aber als er dann sein Werk vor sich sah, und auch das Lob von Valerie hörte, war alle Belastung aus ihm verschwunden und einer wohltuenden Zufriedenheit, ja fast schon einem Glücksgefühl gewichen.

»Kommen Sie mit den Skizzen klar?« fragte er Maruhn.

Maruhn hob die Schulter. »Kein Problem. Brauchen Sie nur die Grundrisse?«

»Grundrisse, Schnitte, Ansichten. Machen Sie alles fertig«, sagte Neuhaus. »Und es ist eilig.«

Neuhaus ging zurück in sein Büro und schloss die Tür hinter sich. Er setzte sich an den Schreibtisch und öffnete die Postmappe, die ihm seine Sekretärin auf die lederne Schreibunterlage gelegt hatte. Sein Blick fiel auf den Briefkopf von Uwe Gerbers Anwaltskanzlei und vertrieb seine gute Laune. Er nahm das Schreiben heraus und las.

Die Eheleute Helmut und Gabriele Piayda haben mich mit der Wahrnehmung ihrer Interessen beauftragt.

Mit notariellem Kaufvertrag vom ... haben meine Mandanten die Grundbesitzung Im Schwalbental 70 in Herten von Ihnen käuflich erworben.

Im Vorfeld des Kaufs wurden meinen Mandanten ein Wertgutachten, und diverse Steuerbescheide ausgehändigt, aus denen hervorgeht, dass es sich bei der Grundbesitzung um ein Einfamilienhaus handelt. Auch Sie selbst haben meinen Mandanten gegenüber immer von einem Einfamilienhaus gesprochen. Erst nach Unterzeichnung des notariellen Kaufvertrages haben meine Mandanten in Erfahrung bringen müssen, dass es sich bei der Grundbesitzung um ein Wochenendhaus handelt.

Nach den mir vorliegenden Unterlagen war Ihnen das vor Abschluss des Kaufvertrages bekannt.

Auf Grund dieser Erkenntnisse haben Sie meine Mandanten arglistig getäuscht.

Meine Mandanten sind bereit, Ihnen die Möglichkeit zu geben, durch eine Nutzungsänderung die von Ihnen vertraglich geschuldete Leistung –Verkauf eines Einfamilienhauses- herbeizuführen.

Eine Kaufpreiszahlung seitens meiner Mandanten wird von der Genehmigung einer Dauerwohnnutzung des Hauses abhängig gemacht. Da die Beschaffung der diesbezüglichen Genehmigung in der verbleibenden Zeit bis zur vertraglich vereinbarten Fälligkeit des Kaufpreises nicht zu erreichen ist, wird ein Zusatz zum notariellen Kaufvertrag erforderlich. Einen diesbezüglichen Vertragsentwurf habe ich diesem Schreiben beigefügt.

Sollte mir nicht innerhalb einer Woche vom Zugang dieses Schreibens eine schriftliche Einverständniserklärung vorliegen und innerhalb einer weiteren Woche die Ergänzung zum Kaufvertrag notariell beurkundet sein, muss ich meinen Mandanten raten, vom Kaufvertrag zurückzutreten, und alle privat- und strafrechtlichen Schritte in Erwägung zu ziehen.

Neuhaus legte das Schreiben zurück und las den Vertragsentwurf, den Gerber beigefügt hatte. Verschiebung der Kaufpreiszahlung bis zur Vorlage der Nutzungsänderungsgenehmigung, längstens jedoch sechs Monate, und ein Rücktrittsrecht für Piayda im Falle der Versagung der Genehmigung oder Ablauf der Frist.

Sein Atem ging schneller, als er die Vereinbarung wieder in die Postmappe gelegt hatte. Er lehnte sich im Stuhl zurück und spürte, wie sich sein Magen zusammenzog. Er konnte nicht so lange auf das Geld warten. Das würde er finanziell nicht durchstehen. Er musste mit einem Anwalt sprechen. Aber mit welchen Anwalt. Er kannte keinen Anwalt.

Der Notar, der den Vertrag mit Piayda beurkundet hatte, durfte in dieser Sache nicht für ihn tätig werden.

Gerber hatte mit strafrechtlichen Schritten gedroht. Im Telefonat hatte er ihm Betrug vorgeworfen. Neuhaus wurde übel. Er konnte keinen klaren Gedanken mehr fassen. Er schüttelte den Kopf, um die sich überschlagenden Gedanken zu vertreiben. Nach einem langen Blick an die Decke beugte er sich vor, schlug den Pappdeckel der Postmappe um und blickte auf das nächste Schreiben.

Wieder von Gerber.

Gerber mahnte die rückständigen Mietzahlungen für die Büroräume und den Kaufpreis für die Büroübernahme an. Zwei Wochen Frist hatte er ihm gesetzt und drohte mit der Kündigung des Mietvertrages.

Neuhaus spürte deutlich seinen heftigen Atem, der sich stoßweise seiner Brust entrang. Mit lautem Knall klappte er die Postmappe zu. Heffner musste doch wissen, dass er eine Anlaufzeit benötigte. Er konnte ihn doch nicht einfach vor die Tür setzen.

Neuhaus holte tief Luft um seinen Atem zu beruhigen und ballte die Fäuste. Seine Sekretärin hatte die Post wie immer geöffnet, mit einem Eingangsstempel versehen und in die Postmappe gelegt. Natürlich hatte sie die Schreiben gelesen. Und natürlich hatte sie auch den beiden Bauzeichnern davon erzählt. Sie hingen alle noch an ihrem früheren Chef. Jetzt wussten sie, dass er noch Schulden bei Heffner hatte und dass aus dem Verkauf des von Tante Martha geerbten Hauses vorerst kein Geld floss.

Auf keinen Fall durfte er mit Valerie darüber reden. Sie würde hysterisch werden. Das durfte er ihr auf keinen Fall antun.

Als sie gestern Abend aus Düsseldorf zurückgekehrt war, hatte sie ihm überschwänglich ihre neunen Errungenschaften gezeigt. Einen teuren Rock, eine Seidenbluse und ein Paar Schuhe hatte sie erstanden und sein Konto weiter belastet. Mit verkniffener Miene und einem aufgesetztem Lächeln hatte er die Einkäufe seiner Frau bewundert. Es hatte ihm große Überwindung gekostet, so zu tun, als ob er sich mit ihr freuen würde.

Neuhaus lehnte sich zurück und versuchte sich zu beruhigen. Er hatte einige Rechnungen rausgeschickt. Das würde reichen, um in den nächsten zwei Monaten die Gehälter und eine der beiden rückständigen Mieten zu zahlen. Dann konnte Heffner ihm nicht kündigen. Bis dahin hätte er die Entwurfszeichnungen für Zanders Objekt fertig. Vielleicht auch schon den Bauantrag. Dann konnte er auch Zander die erste Rechnung schicken. Das würde reichen, um die Rückstände auszugleichen und Heffner auch schon einen Teil des Kaufpreises für die Büroübernahme zahlen zu können.

Er hielt es im Büro nicht mehr aus. Er musste hier raus. Neuhaus entschloss sich zur Baustelle des Oberlehrers zu fahren. Das würde ihn ablenken und außerdem musste er dort mal wieder nach dem Stand der Arbeiten sehen. Er zog sein Sakko an und verließ das Büro.

Die Baustelle lag ganz in der Nähe des Büros. Als er wenig später den Alfa vor der Baustelle parkte, sah er den Oberlehrer in der Baustelle.

Verfluchte Schulferien. Nicht nur die Kinder nervten, nun auch noch der Oberlehrer.

Neuhaus stieg aus und ging in den Rohbau.

Mit hochrotem Kopf kam der Oberlehrer auf ihn zu. »Die Dachdeckerarbeiten hätten längst in Angriff genommen werden müssen,« platzte er ohne einen Gruß heraus. »Ich habe selbst mit dem Dachdecker telefoniert. Der wusste gar nicht, dass er die Arbeiten schon aufnehmen sollte.« Der Studienrat, etwas außer Atem, hustete ein paar Mal. »Er hat nicht einmal einen Auftrag von Ihnen. Ich habe das jetzt selbst geregelt.« Der Oberlehrer wandte sich um, blieb aber nach ein paar Schritten wieder stehen. »Und Ihre Rechnung, die Sie mir da geschickt haben, können Sie vergessen. Ich bezahle doch nicht für eine Leistung, die Sie nicht erbracht haben.«

*

»Fast fünfzig Bauvorhaben stehen auf der Liste, die unter Jebrams Namen in den letzten fünf Jahren beim Bauamt eingereicht wurden«, berichtete Gerd Schlöder und gab Thomas Melzer den Ausdruck.

Melzer nahm die Liste und überflog sie kurz. »Das sind im Schnitt zehn Bauvorhaben pro Jahr.« Der Staatsanwalt zog anerkennend das Kinn hoch. »Davon kann ein kleines Architekturbüro gut leben.«

Er drehte sich mit seinem Stuhl zum Fenster. Die Sonne stand jetzt hinter dem Justizgebäude und warf einen langen Schatten auf einige Häuser auf der gegenüberliegenden Straßenseite, während andere Fassaden von der Sonne grell beschienen wurden. Der Kontrast war so stark, dass er fast in den Augen schmerzte.

»Was haben die weiteren Ermittlungen ergeben?« fragte Melzer und drehte sich wieder zu den beiden Kriminalhauptkommissaren.

»Ich habe fünf Bauherren angetroffen, Gerd vier«, berichtete Anklam, der wieder mit ausgestreckten Beinen in seinem Stuhl lag und die Hände vor der Brust verschränkt hatte. »Alle neun Befragten haben bestätigt, dass von Stetten ihr Haus geplant hat.« Er setzte sich auf. »Mit den beiden Anzeigen, die uns vorliegen, sind das jetzt elf Fälle.«

Thomas Melzer nickte. »Bei der Trefferquote können wir davon ausgehen, dass auch die anderen Bauvorhaben auf der Liste durch von Stetten bearbeitet wurden.« Melzer hob das Kinn. »Da kommt einiges zusammen.«

»Die Steuerfahnder werden sich auch darauf stürzen«, warf Schlöder ein. »Nach Auskunft des Finanzamtes hat von Stetten in den letzten fünf Jahren nur sein Beamtengehalt versteuert.«

»Wir werden die Kollegen vom Finanzamt mit einbinden müssen«, nickte Melzer.

»Wie gehen wir jetzt weiter vor?« fragte Schlöder.

Melzer kratzte sich nachdenklich am Kinn. »Die Durchsuchungsbeschlüsse für von Stettens Haus und für sein Büro habe ich ausstellen lassen.« Er spürte die harten Bartstoppeln, die seit der morgendlichen Rasur nachgewachsen waren. Sie rieben wie Schmirgelpapier an seiner Fingerkuppe. »Es besteht Verdunkelungsgefahr, deshalb werde ich noch einen Haftbefehl für von Stetten besorgen.«

Anklam richtete sich auf. »Und wann schlagen wir zu?«

Melzer lehnte sich zurück und atmete tief durch. »Morgen schaffen wir es nicht mehr. Also nächste Woche Freitag.«

Innerlich schmunzelte er. Wenn von Stetten am Freitag verhaftet wurde, bekam sein Anwalt frühestens am Montag einen Haftprüfungstermin. Von Stetten saß dann fast drei Tage in Untersuchungshaft. Die harten Ganoven schreckte das nicht. Aber für den, der noch nie mit dem Gesetz in Konflikt geraten war, waren die Tage mit einem harten Kriminellen in einer Doppelzelle ein Albtraum. Die meisten der Inhaftierten brachen nach dem dreitägigen Aufenthalt in der Justizvollzugsanstalt ihr Schweigen und legten ein Geständnis ab, um aus der Haft entlassen zu werden.

»Ihr koordiniert inzwischen alles mit der Steuerfahndung.«

Kapitel 15

Die Hitze des Vormittages hatte nachgelassen und ein kühler Wind wehte vom Stausee herauf. Georg Heffner folgte seiner Frau die Stufen hoch zum Restaurant des Hotels. Klaus und Marion Amoneit warteten vor dem Eingang auf sie. Die beiden Töchter in ihren weißen Taufkleidern mit den aus kleinen Blumen geflochtenen Kränzen auf ihren Köpfen lächelten glückselig.

Georg war noch bewegt von der Taufe der beiden Amoneit Töchter. Die nach dem Gottesdienst abgehaltene Taufzeremonie hatte im kleinen Kreis stattgefunden. Neben den Amoneits, Georg und Doris, waren nur noch die beiden Taufpaten dabei gewesen. Sie hatten sich nach der Taufe wegen eines Geburtstages in der Verwandtschaft verabschiedet.

Georg spürte wieder, wie unbehaglich ihm zu Mute gewesen war, als er hinter den Amoneits die katholische Kirche betreten hatte. Marion Amoneit hatte den Finger in ein Weihwasserbecken getaucht und sich bekreuzigt. Georg war als Protestant sich seines Unbehagens peinlich bewusst gewesen. Er hatte sich als Eindringling gefühlt, als ein Störenfried. Er hatte gefürchtet, einen Fehler zu machen und sich und die Amoneits in Verlegenheit zu bringen. Die Zeremonie war schnell vorüber gewesen, trotzdem spürte Georg noch die Beklemmung in seiner Brust.

Georg folgte mit Doris den Amoneits ins Restaurant. An den Sonntagen wurde hier ein Brunch angeboten. Klaus Amoneit sprach kurz mit dem Kellner, der sie zu dem reservierten Tisch führte.

Der Geruch der Speisen drang vom Buffet in Georgs Nase und weckte seinen Hunger. Er hatte zum Frühstück kaum etwas gegessen und sein Magen meldete sich jetzt.

»Setzt euch«, bat Marion Amoneit und deutete auf den Tisch.

»Keine Sitzordnung?« fragte Doris.

»Ach was«, winkte Marion ab.

»Dann nehme ich den Platz hier vor dem Fenster«, sagte Doris und setzte sich.

Georg schmunzelte, während er sich neben seine Frau setzte. Doris musste im Restaurant immer den Raum im Blick haben.

Ein Kellner trat an den Tisch und stellte zwei Flaschen Mineralwasser in die Kühlbehälter. »Haben Sie schon ihre Getränke gewählt?« fragte er und sah in die Runde.

»Bringen Sie uns doch bitte die Weinkarte, und für die Kinder Limonade«, bat Klaus Amoneit.

Doris schenkte sich und den übrigen Mineralwasser ein, während Georgs Blick durch den weitläufigen Saal schweifte. Das Restaurant war sehr gut besucht. Er sah kaum noch freie Plätze an den Tischen. Die Gäste drängten sich am Buffet und eilten mit ihren prall gefüllten Tellern zurück zu ihren Tischen. Kinder wuselten zwischen den Tischen umher und erinnerten Georg mit ihrem Gelächter und Geschrei an seine beiden Enkelkinder. Er hatte es endlich geschafft, den Rasen zu schneiden und hatte mit den Enkelkindern am Vortag auf dem Rasen in seinem Garten Fußball gespielt. Als er sich mit hochrotem Kopf und völlig außer Atem auf die Terrasse gesetzt hatte, hatte er sich die Warnungen und Vorwürfe von Doris anhören müssen, die ihn an seine angeschlagene Gesundheit erinnert hatte.

Der Kellner brachte die Weinkarte und Klaus Amoneit bestellte einen italienischen Merlot.

»Papa, ich hab Hunger«, quengelte Anna, die ältere der beiden Töchter.

»Ich auch«, stimmte Veronica ein.

»Dann holt euch doch was vom Buffet«, nickte Klaus Amoneit seinen Töchtern zu.

»Da gehe ich besser mal mit«, lachte Marion, stand auf und folgte ihren Töchtern.

Doris schob ihren Stuhl zurück. »Soll ich dir was mitbringen?« fragte sie Georg.

Doris wusste, dass Georg sich nur ungern in das Gedränge am Buffet einreihte. »Eine Suppe, bitte«, bat Georg.

Doris stand auf und hob die Augenbrauen. »Aber das Hauptgericht holst du dir selber.«

Die Amoneits kehrten mit ihren Tellern zum Tisch zurück. Die Kinder hatten Pommes Frites und Schnitzel gewählt. Klaus und Marion hatten sich einen Salat zusammengestellt. Wenig später war auch Doris mit einem Salat und Georgs Suppe zurück und setzte sich wieder neben ihn.

Der Kellner brachte den Wein und Georg trank einen Schluck. Der Merlot war gut, tiefrot und vollmundig.

Der Andrang am Buffet hatte nachgelassen und Georg holte sich ein kleines Steak mit Kartoffelecken und grünen Bohnen. Er hatte sich gerade wieder gesetzt, als der Hotelbesitzer Vucevic an den Tisch trat. Er legte Klaus Amoneit eine Hand auf die Schulter. »Alles zu deiner Zufriedenheit?« fragte er Klaus und nickte dann in die Runde.

»Alles bestens«, nickte Klaus.

»Na dann lasst es euch gut schmecken«, sagte Vucevic. »Dann will ich nicht länger stören.«

Der Kroate war ein Freund von Klaus Amoneit. Georg legte Messer und Gabel auf den Teller und blickte dem Hoteleigentümer nach, wie der sich durch die Tische schlängelte und am anderen Ende des Saales an einen kleinen Tisch trat.

Georg kniff die Augen zusammen und sah genauer hin. Ein älteres Ehepaar versperrte ihm die Sicht.

Das Paar verschwand aus seinem Blickwinkel, gab die Sicht wieder frei und Georg sah, wen Vucevic da gerade begrüßte.

Renate Schüler, die Baudezernentin der Stadt und Wolfgang Zander, der Immobilienhai.

Was hatten die beiden an einem Sonntag hier im Hotel Seehof zu besprechen?

Kapitel 16

Pünktlich um zehn betrat Georg Heffner mit Holger von Mühlen das Büro der Vorstandssekretärin und meldete sich an. Er möge sich noch einen Moment gedulden, bat die Sekretärin. Sie verließen das Büro und gingen hinaus auf den Flur im Obergeschoss des Sparkassengebäudes.

Georg stellte sich ans Fenster und schaute hinunter auf die Fußgängerzone vor dem Gebäude. Wie ausgestorben lag sie da unten. Nur vereinzelt eilten ein paar Passanten zu Arztpraxen oder zu ihren Arbeitsplätzen. Kaum Käufer, die in die kleinen Läden gingen. Die Folge einer verfehlten Stadtplanung.

Als junger Architekt hatte Georg schon davor gewarnt, die Innenstadt derart drastisch zu entkernen. Die alten Fachwerkhäuser, die mehrgeschossigen Jugendstilhäuser mit den verspielten Fassaden, alle fielen der Abrissbirne zum Opfer. Nüchterne Betonbauten ohne jegliches Flair ersetzten jetzt die ehemals schönen Häuser. Durch die teuren Mieten wurden die Wohnungen aus der City verdrängt und durch Büroflächen ersetzt. Nach und nach verschwanden auch die Lebensmittelläden, Gaststätten und Cafés. Die Innenstadt glich heute in den Abendstunden einer Geisterstadt.

Die Unwirtlichkeit unserer Städte hatte Alexander Mitscherlich sein Buch über die Trostlosigkeit deutscher Städte genannt. Und der Düsseldorfer Architekt Wolfgang Döring hatte in seinem Buch um *Glückliche Bomben auf die deutsche Pissoire Landschaft* gebeten.

Totgeplant, hatte Georg es damals genannt. Mit dem Redakteur der Lokalzeitung, einem Pfarrer, einem Manager aus der Führungsetage eines ortsansässigen Großunternehmens und einigen anderen Bürgern hatte Georg damals ein Bürgerforum gegründet, um gegen die Zerstörung der Innenstadt zu protestieren.

Genutzt hatte es nichts. Nur Ärger hatte es ihm eingebracht. Friedrich von Stetten war damals stellvertretender Leiter des Stadtplanungsamtes gewesen und hatte Georgs Kommentare in der Lokalzeitung persönlich genommen. Ein Schwarzbuch hatte er geführt und machte auch keinen Hehl daraus. Für jeden kritischen Artikel hatte von Stetten einen Bauantrag wochenlang blockiert. Georg hatte sich an den damaligen Bürgermeister gewandt, der ihm noch einen Gefallen schuldig war. Seitdem ließ Friedrich von Stetten Georg in Ruhe.

Die Morgensonne stieg nun über die Dächer der Häuser auf der gegenüberliegenden Straßenseite und blendete ihn. Er wandte sich ab und sah zu Holger von Mühlen, der stumm und in sich gekehrt aus dem Fenster starrte. Der Hüne hatte einen beigen Anzug angezogen, zu dem er eine dunkelrote Wollkrawatte trug.

Nach einer schier endlosen Warterei bat die Sekretärin sie endlich herein.

Das Vorstandsbüro erinnerte Georg sofort wieder an die siebziger Jahre. Dunkel gemaserte Teakholzpaneele an den Wänden, ein wuchtiger Schreibtisch aus Teakholz hinten im Raum und weiter vorne in der Nähe der Tür ein breiter Besprechungstisch, ebenfalls aus Teakholz, um den sechs lederbezogene Stühle mit Chromgestell standen.

Bankdirektor Kortkamp bat sie nach der Begrüßung an den Besprechungstisch und fragte, was sie zu ihm führten.

»Herr von Mühlen hat seine Pferde aus dem Gutshof auslagern müssen, damit mit den Umbauarbeiten am Einkaufscenter begonnen werden kann. Und die Pensionspferde sind vorübergehend in anderen Ställen untergebracht worden. Die Einnahmen aus den Pensionskosten und des Reitunterrichts sind dadurch vollständig eingebrochen.«

Kortkamp nahm die Brille ab und putzte sie mit einem Tuch. »Und wie kann ich Ihnen da helfen?« fragte er, schaute noch einmal durch die Gläser und setzte die Brille wieder auf.

»Bis zur Fertigstellung des Einkaufscenters benötigt Herr von Mühlen ein Überbrückungsdarlehen, um seinen Lebensunterhalt bestreiten zu können«, erklärte Georg.

Kortkamp wandte sich an Holger von Mühlen. »Sie verfügen über keine weiteren Einkünfte?«

Von Mühlen schüttelte den Kopf. »Wir haben bisher von den Einkünften aus dem Reitbetrieb, von Pensionspferden und dem Verkauf von Jungpferden gelebt.«

Kortkamp lehnte sich zurück. »Ich weiß nicht, wie ich Ihnen da helfen kann. Die Rückführung des Darlehns muss doch gesichert sein. Aber wenn Sie über keine Einnahmen verfügen…«

Georg hob die Brauen. Der Anflug eines Lächelns umspielte seine Lippen. »Nach Fertigstellung des Einkaufscenters verfügt Herr von Mühlen über ein gesichertes Einkommen in Höhe von dreißigtausend Euro. Außerdem ist ihr Institut selbst Mieter in dem Objekt. Da dürfte die Rückführbarkeit des Darlehns doch kein Problem sein.«

»Ja, wenn das Center fertig ist«, nickte Kortkamp. »Aber wir haben ja noch nicht einmal die Baugenehmigung in unserer Finanzierungsakte.«

Georg zog einen Umschlag aus seiner Ledermappe. Er richtete sich wieder auf und gab Kortkamp den Umschlag. »Hier bitte. Die Kopie der Baugenehmigung.«

Kortkamp runzelte die Stirn und warf Georg einen ungläubigen Blick zu. »Haben Sie sich darum gekümmert?«

»Sind Ihre Bedenken jetzt ausgeräumt?« überging Georg die Frage.

Kortkamp schob die Brille hoch. Zwischen seinen Augenbrauen stand plötzlich eine scharfe Falte. »Wir stehen bei diesem Objekt in

Verbindung mit den anderen Mietern. Schon aus Sorge um unser Finanzierungsengagement. Der Geschäftsführer von LEDO hat uns klar zu verstehen gegeben, dass er vom Vertrag zurücktreten werde, wenn das Objekt nicht rechtzeitig zum Weihnachtsgeschäft fertig wird.«

Georg atmete tief ein. Diese übervorsichtigen Banker, stöhnte er innerlich. »Es ist noch genügend Zeit, um das Objekt fertigzustellen.«

Kortkamp hob die Schulter. »Für einen erfahrenen Architekten vielleicht. Aber so ein junger, und unerfahrener Architekt wie Neuhaus?«

Kortkamp sah Holger von Mühlen mit einem wohlwollenden Blick an. Aber hinter Kortkamps Fassade bemerkte Georg die Geringschätzung, die der Bankdirektor für Holger von Mühlen empfand.

Georgs Blick wanderte zu Holger. Mit gesenktem Kopf saß der Hüne auf seinem Stuhl und schaute auf die Hände in seinem Schoß.

Georgs Mund zuckte, und er presste die Lippen zusammen, als er einen Moment nachdachte. »Wenn ich Sie jetzt richtig verstanden habe, würden Sie ein Überbrückungsdarlehen gewähren, wenn ein erfahrener Architekt das Objekt betreuen würde.«

Kortkamp hob wieder die Schulter.

Georg sah hinüber zu Holger von Mühlen, der wortlos vor sich hin starrte. Die Enttäuschung in Holgers Augen war einer tiefen Hoffnungslosigkeit gewichen. Georg wusste, dass er sich von Emotionen freihalten musste. Seine Bereitschaft zu helfen, ließ keine kühlen Überlegungen und vernünftige Entscheidungen zu.

Aber Holger war sein Freund. Ein wirklicher Freund. Nicht so oberflächlich wie andere.

Er seufzte, als er in die traurigen Augen seines Freundes sah.

*

Ralf Neuhaus setzte sich in einen blauen Ledersessel im Vorraum vor Zanders Büro. Der Chef hätte noch Besuch, hatte Zanders Sekretärin gesagt und ihn gebeten, solange Platz zu nehmen, bis Zander ihn empfangen konnte.

Neuhaus legte die Mappe mit den Entwürfen auf den Schoß. Die beiden Bauzeichner hatten gute Arbeit geleistet. Maruhn hatte am Freitag länger gearbeitet und den Erdgeschossgrundriss auf dem Computer gezeichnet. Am Montag hatte Maruhn von seinem Kollegen Bischoff die restlichen Grundrisse erstellen lassen. Mit dem Architekturprogramm ging das recht flott. Maruhn hatte unterdessen die Schnitte gezeichnet und aus den Grundrissen und Schnittzeichnungen die Ansichten entwickelt und anschließend etwas verfeinert. Mit dem Aufsatzprogramm hatte Maruhn dann auch noch die Wohnflächenberechnung und die Berechnung des umbauten Raumes erstellt.

Neuhaus legte die Hand auf die Ledermappe. Schneller schaffte es keiner. Je öfter er einen Blick auf die Pläne geworfen hatte, desto besser gefiel ihm sein Entwurf. Zander wird zufrieden sein mit seiner Arbeit.

Es dauerte nicht lange, da öffnete Zander die Tür. »Herr Neuhaus, kommen Sie«, bat er Neuhaus herein.

Neuhaus stand auf und ging an Zander vorbei in das Büro.

Der Investor zeigte auf die Sitzecke in der rechten Ecke des rautenförmigen Raums. »Setzen wir uns zu Herrn Jebram.«

Ein blonder Mann mit lockigem Haar stand auf und gab Zander die Hand.

»Herr Jebram ist der Leiter meiner Bauabteilung«, erklärte Zander.

Neuhaus setzte sich in den Sessel, den er schon bei seinem ersten Besuch gewählt hatte.

»Das ging aber schnell. Da haben Sie sich aber mächtig ins Zeug gelegt«, sagte Zander und deutete auf die Mappe, die Neuhaus auf den

Tisch gelegt hatte. »Dann lassen Sie uns mal sehen, was Sie zu Papier gebracht haben.«

Neuhaus zog die gefalteten Zeichnungen heraus und reichte sie Zander über den Tisch. »Die Kostenschätzung habe ich leider noch nicht fertig.«

Zander winkte ab und faltete die Pläne auseinander. »Die Kostenberechnung machen meine Ingenieure«, sagte er und legte die Pläne auf den Tisch.

Jebram rutschte näher an Zander und warf einen Blick auf den Erdgeschossgrundriss.

»Ich habe viele Skizzen gemacht und habe hin und her gerechnet, habe mich aber schließlich für einen Zweispänner entschieden«, sagte Neuhaus. Innerlich zitterte er etwas und wartete nervös auf eine Reaktion.

Während Zander noch in den Grundriss vertieft war, zog Jebram die Ansichtszeichnung aus dem Stapel. Er rutschte etwas weg von Zander und legte den Plan auf den Tisch.

»Ich habe Wert auf klare Konturen und eine strenge Symmetrie gelegt«, erklärte Neuhaus.

Zander richtete sich auf und schob die Pläne zusammen. Ein angedeutetes Lächeln huschte über das Gesicht des Investors. »Wir sind ein Wirtschaftsunternehmen. Wichtig ist allein der Gewinn der unter dem Strich herauskommt.«

Zander wandte sich an Jebram. »Nehmen Sie die Pläne mit und erstellen eine Wirtschaftlichkeitsanalyse.«

Jebram faltete die Pläne zusammen. »Wann brauchen sie die Analyse?« fragte er seinen Chef.

Zander hob die Brauen. »Herr Neuhaus hat schnell gearbeitet. Da wollen wir ihm ja nicht nachstehen.«

Während Jebram aufstand und zur Tür ging, beschlich Neuhaus ein beunruhigendes Gefühl. Weder Jebram noch Zander hatten sich zu seinem Entwurf geäußert.

Zander räusperte sich, als sich die Tür hinter Jebram schloss. »Wenn Sie immer so schnell arbeiten, dann haben Sie eine Zukunft in meinem Unternehmen.«

Neuhaus atmete erleichtert auf. Das war ein positives Signal.

Der Investor lehnte sich zurück. »Und wie läuft es sonst in Ihrem Büro?« fragte er.

Neuhaus hob die Schulter. »Ich kann nicht klagen. Warum fragen Sie?«

Zander zog das Kinn hoch. »Irgendwann werden die Arbeiten am Einkaufscenter am Mühlenweg beginnen. Dann kommt viel Arbeit auf Sie zu.«

Neuhaus winkte ab. »Ich habe für meinen früheren Chef jahrelang die Abwicklung der Bauvorhaben betreut. Das ist nichts Neues für mich.«

Zander senkte nachdenklich den Kopf und nickte. »Und wie kommen Sie finanziell zurecht?«

Warum fragt er mich das, schoss es Neuhaus durch den Kopf. Ihm wurde unbehaglich zumute. »Ich komme zurecht«, erklärte er, konnte aber die leichte Röte, die in sein Gesicht stieg, nicht meiden.

»Ich weiß, wie schwierig die ersten Jahre der Selbständigkeit sind.« Zander lehnte sich zurück und verschränkte die Arme vor der Brust. »Die Banken beobachten erst einmal den jungen Unternehmer. Verfolgen, wie er seine Geschäfte tätigt. Achten darauf, wie sich das Konto entwickelt, welche Ausgaben getätigt werden. Erst wenn sie sich ein endgültiges Bild von ihrem Kunden gemacht haben, lassen sie mit sich über Kredite reden.«

Neuhaus nickte mit einem aufgesetzten Lächeln im Gesicht. »Da haben Sie verdammt recht.«

Zander lachte und setzte sich auf. »Wir brauchen doch nicht hinter den Berg zu halten. Die Angangsjahre sind immer die Schwierigsten.« Er goss sich einen Kaffee ein und hielt die Kanne hoch. »Sie auch?« fragte er.

Neuhaus schüttelte den Kopf. »Nein danke.«

Zander trank einen Schluck und sah Neuhaus über den Rand der Tasse an. »Ich lege Wert darauf, dass meine Partner belastungsfrei arbeiten können.« Zander setzte die Tasse ab. »Was halten Sie von einem Vorschuss auf Ihre künftigen Leistungen?«

Neuhaus runzelte die Stirn. Dann hellten sich seine Augen auf. »Wie das?« fragte er.

Zander zuckte die Schulter. »Wir Golfbrüder müssen doch zusammenhalten.«

Kapitel 17

Thomas Melzer setzte sich wieder auf den Stuhl hinter dem Tisch des Anklagevertreters. Er hatte sein Schlussplädoyer gehalten. Dem Plädoyer des Verteidigers hörte er kaum zu.

Der Angeklagte, ein Elektromeister, hatte seine Umsatzsteuer-Voranmeldungen regelmäßig zu spät eingereicht und dadurch auch die angefallene Umsatzsteuer verspätet gezahlt. Das Finanzamt hatte ein Strafverfahren eingeleitet und dem Elektromeister Steuerhinterziehung vorgeworfen. Gegen den ergangenen Strafbefehlt hatte der Elektromeister Einspruch eingelegt.

Melzers Blick wanderte kurz zu Anklam und Schlöder, die hinten in der Besucherreihe saßen und auf ihn warteten. Ihre Ermittlungen gegen Friedrich von Stetten, die Melzer vielleicht auch auf die Spur des Immobilieninvestors Zander führen konnten, waren von einer ganz anderen Größenordnung, als die des jungen Elektromeisters drüben auf der Anklagebank.

Der Mann hatte sich selbständig gemacht, nach dem er seinen Arbeitsplatz verloren hatte. Zwölf Stunden am Tag hatte er gearbeitet und hatte auch an den Samstagen geschuftet. An den Sonntagen hatte er sich an seine Post, der Angebotsausarbeitung und an die Buchhaltung gesetzt. Wer konnte es ihm da verübeln, dass dabei auch mal die Umsatzsteuer-Voranmeldungen liegen blieben. Aber Gesetz war nun mal Gesetz und daran musste sich auch Melzer halten.

Er seufzte. Das Finanzamt hätte hier ein bisschen mehr Fingerspitzengefühl walten lassen und es bei einer Abmahnung belassen sollen. Kein Wunder, dass die Leute sich beschwerten, dass die kleinen Fische gefangen und die großen Fische laufen gelassen werden.

Melzer schaute hinüber zum Angeklagten. Zusammengesunken saß er in seinem Stuhl und wartete in geduldiger Ergebenheit auf das Urteil des Richters.

Sechstausend Euro sollte der Mann laut Strafbefehl zahlen. Dabei blieben ihm gerade mal eintausend zweihundert Euro nach Abzug der Kosten im Monat. Trotz der Schufterei.

Melzer hatte auf eine Geldstrafe von dreitausend Euro plädiert, die der Angeklagte in erträglichen Raten zahlen sollte.

Der Richter kam aus dem Richterzimmer zurück und verkündete das Urteil. Sechzig Tagessätze zu vierzig Euro. Zweitausend vierhundert Euro, zu zahlen in monatlichen Raten von fünfzig Euro.

Zufrieden steckte Melzer die Papiere in seine Aktentasche und warf einen Blick hinüber zum Angeklagten. Die Augen des jungen Mannes hellten sich auf.

Es war das letzte Strafverfahren das heute auf der Terminliste stand. Als Melzer auf den Flur trat, warteten Anklam und Schlöder dort auf ihn. Sie setzten sich auf die Wartestühle vor dem Saal und warteten, bis der Angeklagte und sein Verteidiger den Saal verlassen und in Richtung Ausgang verschwunden waren.

»Habt ihr alles vorbereitet?« fragte Melzer die beiden Hauptkommissare.

»Wir sind startklar«, griente Anklam.

»Wie wollen wir vorgehen?« fragte Schlöder.

»In von Stettens Büro im Rathaus werden wir wohl nicht viel finden. Das kann eine kleine Delegation erledigen«, erklärte Melzer und stellte seine Aktentasche neben den Stuhl. »Wir treffen uns um sieben mit den Steuerfahndern vor dem Haus der Stettens.«

Melzer lehnte sich zurück. »Bis dahin halten wir still. Wir wollen von Stetten ja nicht aufschrecken.«

Er sah auf die Tür des Gerichtssaales. »Habt ihr die Bauakte von Zanders Haus besorgt?«

Anklam rutschte im Stuhl vor. »War kein Problem. Der Amtsleiter vom Bauamt hat uns eine Kopie der Akte ausgehändigt.« Anklam stützte die Ellbogen auf die Knie und beugte sich vor. »Eingereicht hat den Antrag sein Architekt Jebram. Die Genehmigung wurde von dem Sachbearbeiter Meisner ausgestellt.«

Melzer richtete sich auf. »Ist das nicht…?«

Anklam nickte. »… der ermordete Sachbearbeiter.«

*

Neuhaus schloss das Online-Banking Programm und lehnte sich zurück. Das Geld von Zander war auf seinem Konto. Fünfzigtausend. Er würde Heffner die rückständige Miete zahlen können und ihm schon mal eine Rate für die Büroübernahme überweisen. Auch die Gehälter der nächsten Monate waren gesichert. Die Baugenehmigung für das Einkaufscenter am Mühlenweg war erteilt worden. Bald konnte er auch dort eine Rechnung schreiben.

Aber es wurmte ihn, dass Heffner sich da eingeschaltet hatte. Es nagte an seinem Ego. Wie hatte der alte Fuchs das nur wieder geschafft?

Neuhaus schlug die Postmappe auf, in der immer noch die beiden Schreiben von Gerber lagen. Das Mahnschreiben wegen Heffners Mieten hatte sich erledigt, wenn er gleich die Mieten überweisen würde. Auch mit der Zahlung einer Rate auf den Übernahmekaufpreis würde er Heffner und diesen Anwalt erst einmal ruhig stellen können. Aber was war mit dem Kaufvertrag der Piaydas?

Er nahm den Vertragsentwurf aus der Postmappe und las ihn noch einmal durch. Kannst du es wirklich riskieren, auf die Durchführung des Kaufvertrages zu bestehen? Was, wenn der Anwalt wirklich Beweise dafür hatte, dass er von dem Wochenendhaus wusste?

Nein. Das konnte er nicht riskieren.

Er würde dem Anwalt schreiben, dass er einer Verschiebung des Zahlungstermins für den Kaufpreis des Hauses zustimmen würde.

Neuhaus sah auf den Kalender. Der Nutzungsänderungsantrag, den er für die Umwandlung des Wochenendhauses in ein Einfamilienhaus gestellt hatte, musste die wöchentliche Ämterbesprechung des Bauamtes schon durchlaufen haben. Ich werde den Amtsleiter anrufen. Er wird mir sicherlich schon eine Tendenz zu dem Antrag sagen können.

Neuhaus atmete tief ein. Was machst du dir Sorgen. Es läuft doch alles gut. Er griff zu der ledernen Mappe auf dem Hängeregisterschrank neben dem Schreibtisch und zog die Vereinbarung heraus, die er mit Zander am Vortag geschlossen hatte.

Fünfzigtausend Euro als Darlehen, die mit seinen Architektenleistungen für Zanders Wohnbauprojekt an der Scherlebecker Straße verrechnet werden sollen.

Das Wort *Darlehen* ließ in ihm gemischte Gefühle aufsteigen.

Valerie hatte ihn am Vorabend beruhigt. *Zander muss es doch als solches deklarieren. du hast doch noch keine verwertbare Leistung erbracht.*

Neuhaus las weiter.

Sollte das Bauvorhaben nicht zur Durchführung gelangen, oder die Architektenleistungen des Darlehnsnehmers nicht in Anspruch genommen werden, aus welchen Gründen auch immer, ist das Darlehen zur sofortigen Rückzahlung fällig.

Bei der Unterzeichnung der Vereinbarung hatte er nur das Geld gesehen. Fünfzigtausend, die ihm weiterhalfen. Das Darlehen bräuchte er auch nicht zu versteuern. Erst wenn er seine ersten Rechnungen schreiben würde, hatte Zander gesagt.

Als er am Vorabend zusammen mit Valerie die Vereinbarung gelesen hatte, war dieses mulmige Gefühl in ihm aufgestiegen, dass er auch jetzt wieder verspürte.

Zander gibt dir doch keine fünfzigtausend, wenn er das Bauvorhaben nicht durchführen will, hatte Valerie gesagt. *Er ist von deinem Entwurf überzeugt, sonst hätte er dir das Geld doch nicht angeboten.*

Neuhaus verwarf seine zweifelnden Gedanken, steckte die Vereinbarung in einen leeren Hängeregister und schob die Schublade wieder zu. Du machst dir einfach viel zu viele Gedanken, schalt er sich. Er drehte sich zurück zum Schreibtisch und schlug die nächste Seite der Postmappe auf.

Ein Schreiben von Holger von Mühlen.

... in den letzten Monaten habe ich vergeblich versucht Sie zu erreichen. Auch auf meine Bitten um Rückruf haben Sie nicht reagiert. In den vergangenen sechs Monaten haben Sie es nicht geschafft, die Baugenehmigung zu bekommen. Erst die Einschaltung meines früheren Architekten Georg Heffner hat dazu geführt, dass die Baugenehmigung erteilt wurde.

Aufgrund Ihrer bisherigen Leistungen an meinem Bauvorhaben muss ich davon ausgehen, dass Sie nicht in der Lage sind, das Einkaufscenter termingerecht fertigzustellen. Deshalb sehe ich mich aus Schadenminderungsgründen gezwungen, den Architektenvertrag mit Ihnen mit sofortiger Wirkung zu kündigen.

*

Thomas Melzer stellte den Tuareg vor der Garage ab und ging ins Haus. Nach dem Gerichtstermin und dem Gespräch mit Anklam und Schlöder war er nach Hause gefahren. Er hatte genug Stunden am

Abend im Büro verbracht und konnte auch zu Hause an den Akten arbeiten.

Als er in die Küche ging, saßen Jonas und Klara am Küchentisch und aßen den Rest ihrer Nudeln.

»Papa«, rief Klara, krabbelte auf die Eckbank und streckte die Arme aus. Melzer beugte sich zu ihr herunter und ließ sich einen feuchten Schmatzer auf die Wange drücken.

»Wollen Sie auch was essen?«, fragte Helga Schmadtke.

Melzer schüttelte den Kopf. »Ich esse später mit meiner Frau.«

Die Haushälterin, eine rüstige Rentnerin von fünfundsechzig Jahren, kam am späten Vormittag bevor die Kinder aus der Schule kamen und ging, wenn Stephanie von der Arbeit kam. Jetzt in den Schulferien kam sie bereits am Morgen, um Jonas und Klara zu beaufsichtigen. Helga Schmadtke konnte anpacken, sah was im Haushalt zu tun war und hatte die Kinder ins Herz geschlossen.

Melzer warf einen Blick durch die Verbindungstür ins Wohnzimmer. »Wo ist Dixie?« fragte er, als er das leere Körbchen vor dem Terrassenfenster sah.

»Die ist im Garten«, sagte Jonas. »Die nervt uns nur.«

Melzer nickte und sah auf die Uhr. Sein Schwiegervater wird von seinem Spaziergang mit Baldacci schon zurück sein. Er ging immer zu den gleichen Zeiten mit dem Hund.

»Ich gehe mal rüber zum Opa«, sagte er zu den Kindern.

Baldacci lag auf der Terrasse vor der Küche. Die Tür stand auf und er ging hinein. Georg war weder in der Küche noch im Wohnzimmer. Melzer ging die Treppe hinunter, klopfte an der Tür zu Georgs Arbeitszimmer und trat ein.

»Die Termine müssen unbedingt eingehalten werden«, sprach Georg ins Telefon. »Ich schicke Ihnen den Werkvertrag per Mail.« Georg legte auf und winkte ihn herein.

Thomas Melzer nahm einen der stoffbezogenen Stühle vom runden Tisch neben der Tür und stellte ihn vor Georgs Schreibtisch. »Welche Termine müssen eingehalten werden?» fragte er und setzte sich.

Georg winkte ab. »Schon so früh zu Hause?« fragte er.

»Ich hatte heute Gerichtstermine. Es lohnte sich nicht mehr ins Büro zu fahren.«

Sein Schwiegervater nahm eine Pfeife aus dem Ständer auf dem Schreibtisch. »Was machen deine Ermittlungen?«

Melzer sah zu, wie Georg die Pfeife mit Tabak füllte. Er hatte Anklam und Schlöder aufgetragen, die Soko Meisner darüber zu informieren, dass Meisner eine rechtswidrige Baugenehmigung für Zanders Villa in der Ried erteilt hatte. Vielleicht half diese Information der Mordkommission ja weiter.

»Was hältst du eigentlich von Zander?« fragte Melzer.

Georg zündete die Pfeife an und blies den Rauch an die Decke. Er lehnte sich zurück und sog die Luft durch die Nase ein. »Nicht so mein Fall.« Er zog wieder an der Pfeife. »Hemdsärmeliger Maurermeister, der sich zum Immobilienmogul hochgearbeitet hat.«

»Und was stört dich so an ihm?« hakte Melzer nach.

»Die Art seiner Geschäfte«, antwortete Georg und drückte den Stopfer in den Pfeifenkopf. »Zander hat gnadenlos Konkurrenten aus dem Geschäft gedrängt. Hat sich dabei einige Leute zu Feinden gemacht.« Er wies auf die große Flasche Cola light in dem Kühlbehälter.

Melzer schüttelte den Kopf. Er mochte keine Cola light. »Zander hat in den letzten Jahren alle öffentlichen Aufträge bekommen. Es gibt kaum Gewerbeobjekte, die er nicht gebaut hat.«

Georg nickte. »Ich habe das zwar wahrgenommen, aber es hat mich nicht sehr gestört. Ich hatte genug zu tun mit meinen eigenen Aufträgen.«

Melzer sah zu der langen Bücherwand hinter Georgs Schreibtisch. »Auch die lukrativsten Grundstücke hat er von der Stadt gekauft. Und Bebauungspläne, in denen die Grundstücke lagen, wurden nach seinen Wünschen nachträglich geändert.« Melzer sah zu Georg. »Das muss dich doch gewurmt haben.«

Georg verzog die Mundwinkel zu einem abfälligen Lächeln. »Früher in meinen jungen Jahren hätte mich das auf die Barrikaden gebracht. Aber wenn man älter wird, beschäftigt man sich nur noch mit den eigenen Arbeiten.« Georg zog ein paar Mal hastig an der Pfeife.

Melzer nahm seinem Schwiegervater das nicht ab. Im Inneren des alten Architekten brodelte es, wenn er daran dachte.

»Erkläre mir doch mal, warum Zander diese bevorzugte Behandlung bekommt«, bohrte Melzer weiter.

»Er muss einflussreiche Verbindungen im Rathaus haben, sonst wäre das nicht möglich.«

»Und wer könnte das sein?« fragte Melzer.

Georg lehnte sich zurück und blies den Rauch an die Decke. Er überlegte einen Moment, bevor er antwortete. »Angefangen vom Bürgermeister, die Baudezernentin mit Unterstützung des Leiters des Stadtplanungsamtes und der Chef der Wirtschaftsförderung. Die hätten die Möglichkeit, so etwas durchzusetzen.«

Melzer dachte kurz nach. Der neue Bürgermeister war ein Klassenkamerad von Stephanie und regelmäßiger Gast auf ihren Geburtstagsfeiern. Nein, Lars schied aus. Der würde sich nie vor den Karren von Zander spannen lassen. Die Baudezernentin kannte er nicht.

»Wie denkst du über Renate Schüler?« fragte er seinen Schwiegervater.

Georg hob das Kinn und zuckte die Achseln. »Gut aussehende Frau.« Er dachte einen Moment nach. »Zupackend, kooperativ, weiß sich durchzusetzen.« Georg sah ihn an. »Warum fragst du?«

Melzer rieb sich das Kinn. »Ich frage mich, wer im Rathaus Zander die Türen öffnet.«

Georg zog an der Pfeife und runzelte nachdenklich die Stirn.

Melzer beobachtete Georg eine Weile. »Worüber denkst du nach?«

»Ich weiß nicht so recht. Aber etwas komisch ist es schon?« antwortete Georg.

»Was ist komisch?« hakte Melzer nach.

Georg sog wieder die Luft durch die Nase ein. »Dass sich die Schüler an einem Sonntagmittag mit Zander im Restaurant des Hotels Seehof in Haltern zum Essen trifft.«

*

Erschöpft und ausgelaugt rollte sich Wolfgang Zander auf die Seite. Er war erst Mitte fünfzig, eigentlich im besten Mannesalter. Aber Renate verlangte ihm jedes Mal alles ab. Sie war einfach unersättlich. Er legte eine Hand unter den Kopf und betrachtete Renate eine Weile. Trotz des dunklen Teints ihrer Haut war die Röte in ihrem Gesicht deutlich zu sehen. Zwischen ihren festen Brüsten hatten sich Schweißperlen gebildet.

Seit zwei Jahren trafen sie sich zwei Mal in der Woche in der Mittagszeit hier im Hotel Seehof und hatten tollen Sex miteinander. Es hatte seine Männlichkeit und sein Ego geschmeichelt, als er damals die attraktive Baudezernentin ins Bett bekommen hatte.

Er legte sich auf den Rücken und verschränkte die Hände hinter dem Kopf. Dieses erregende Gefühl des Jägers, der eine begehrte Beute erlegt hatte, war abgenutzt. Es war zu einer Gewohnheit geworden. Liebe hatte er nie für Renate empfunden, obwohl er ihr das des Öfteren gesagt hatte. Sie war schön. Sie war begehrenswert. Aber jetzt, seit dem er sie so oft genommen hatte, war sie nur noch eine Frau, bei der er seine männlichen Gelüste austoben konnte.

Renate schob ihr Haar aus dem verschwitzten Gesicht. Sie kroch etwas näher an ihn heran und legte die Hand auf seine feuchte Brust.

»Ich ertrag diese Heimlichtuerei nicht mehr«, sagte sie und spielte an seinen Brustwarzen.

Zander sah die fordernde Bitte in ihren dunkelbraunen Augen. Er konnte ihnen nicht standhalten und sah zur Decke. Wie oft hatten sie schon darüber gesprochen.

»Du weißt, dass das nicht geht. Noch nicht«, fügte er hinzu.

Renates Mund zuckte, und sie presste die Lippen zusammen. »Du hast doch schon genug verdient. Warum noch mehr? Es reicht doch für mehr als zwei Leben.«

Zander starrte an die Decke des Hotelzimmers. Renate würde das nie verstehen. Es war so etwas wie eine Obsession. Er konnte einfach nicht dagegen an. Der alte Geldadel in der Stadt behandelte ihn, den Maurermeister, immer noch von oben herab. Sahen ihn als skrupellosen Emporkömmling. Er wollte alle großen Verkaufsflächen und Bürogebäude in der Stadt in seiner Sammlung haben. Dann konnte er die Mietpreise bestimmen. Er wollte diesen hochnäsigen Kaufleuten zeigen, wer hier in der Stadt das sagen hatte. Und dazu brauchte er Renate Schüler. Nur sie konnte seine Projekte und Vorhaben auf den Weg der Genehmigung bringen.

»Ich muss meinen Grundstücksbestand noch verwerten«, sagte er. Er rollte sich auf die Seite und streichelte ihren Rücken. »Dann sprechen wir darüber.« Der Anflug eines Lächelns huschte über sein Gesicht.

Renate nahm die Hand von seiner Brust. »Wenn du auf dein Grundstück an der Scherlebecker Straße anspielst. Von Stetten arbeitet schon an der Beschlussvorlage für den Stadtrat. Dann bekommst du deinen LEDO-Markt.«

Renate rollte sich auf die andere Seite. »Können wir dann über unsere Zukunft reden?«

Zander sah zu ihr hinüber auf die samtweiche Haut ihres Rückens. Er überlegte, was er ihr antworten sollte.

»Wie lange willst du mich noch vertrösten?« Sie sprang aus dem Bett, eilte fast im Laufschritt ins Bad und schloss die Tür hinter sich.

Zander seufzte. Er setzte sich auf und lehnte sich gegen den Holzrahmen des Bettes. Renate wird sich schon wieder beruhigen. Das hatte sie bisher immer getan. Er hörte das Plätschern der Dusche. Wenn nicht, musst du ihr etwas Hoffnung machen.

Zander sah auf den Kunstdruck von Chagall an der gegenüberliegenden Wand. Renate war attraktiv, selbstbewusst und entscheidungsfreudig. Und sie konnte so fordernd sein. Er stellte sich ein Zusammenleben mit ihr vor und schüttelte sofort den Kopf. Sie würde ihm ständig vorschreiben wollen, wie sie ihr gemeinsames Leben gestalten sollen. Er hatte eine liebevolle Frau, die viel Wärme ausstrahlte. Eine Frau, die sich zwar für seine Geschäfte interessierte, sie aber nie in Frage stellte. Die stolz auf ihn war und ihn liebevoll umsorgte, wenn er nach Hause kam. In die wunderschöne Villa, die er sich im Naherholungsgebiet Ried gebaut hatte. Seine beiden Söhne studierten. Der eine Jura, der andere Wirtschaftswissenschaften. Sie sollten einmal sein Imperium übernehmen. Nein, dieses Leben wollte er nicht aufgeben.

Renate kam aus dem Bad. Ihre Nacktheit, ihr fester Busen und die langen Beine erregten ihn. Er spürte das Kribbeln in seinen Lenden.

Sie ging zum Stuhl vor dem kleinen Schreibtisch und zog sich an. Als sie ihre beige Bluse zuknöpfte, schüttelte sie ihr schulterlanges Haar nach hinten und drehte sich zu ihm. »Ach, was ich dir noch sagen wollte. Ich habe die Baugenehmigung für das Einkaufscenter am Mühlenweg erteilt.«

Kapitel 18

Zander lag noch auf dem Bett, als Renate Schüler das Hotelzimmer verlassen hatte. Ihre Worte rauschten noch immer wie in einem dichten Nebel durch seinen Kopf.

Schneider, der Leiter des Bauordnungsamtes hatte ihr erklärt, dass die Bauakte des Einkaufscenters voll war mit positiven Stellungnahmen der beteiligen Ämter. Außerdem hatte Heffner von allen Gesprächen, die er über das Einkaufscenter im Rathaus geführt hatte, Aktenvermerke gefertigt und dem Bauordnungsamt zugeschickt. Darunter waren auch Aktenvermerke über die Gespräche mit Renate, aus der die positive Haltung der Baudezernentin für die Genehmigung des Einkaufscenters hervorging. Den Aktenvermerken war nicht widersprochen worden, weil sie den Inhalt der Gespräche korrekt wiedergegeben hatten. Einen Verwaltungsgerichtsprozess konnte die Behörde nur verlieren. Renate würde in Erklärungsnot geraten. Das wollte und konnte sie nicht riskieren.

Zander schlug mit der Faust auf die Matratze. Verflucht, er hatte mit dem Geschäftsführer von LEDO einen Deal gemacht. LEDO würde vom Mietvertrag mit Holger von Mühlen zurücktreten, wenn das Ladenlokal nicht rechtzeitig fertig werden würde. Damit würde die Finanzierung des Barons zusammenfallen. Zander würde von Mühlen einen anständigen Preis für das Anwesen bieten. Der Baron hätte gar keine andere Möglichkeit, als das Angebot anzunehmen. Im Gegenzug erhielt LEDO den Zuschlag für den Laden an der Scherlebecker Straße, den Zander bauen würde, wenn Renate Schüler die Änderung des Bebauungsplanes durchgeboxt hatte.

Zander ging ins Bad und stellte sich unter die Dusche. Das lauwarme Wasser, das über seinen Kopf und Körper rann, vertrieb seinen Ärger. Er hatte ja noch Kortkamp und Neuhaus, der ihm durch das Darlehen verpflichtet war.

Kortkamp musste Holger von Mühlen den Geldhahn zudrehen und Neuhaus konnte die Bauarbeiten am Einkaufscenter in die Länge ziehen.

Ja, das würde gehen. Er würde den Druck erhöhen. So lange, bis Holger von Mühlen ihm das Anwesen verkaufen würde.

*

Die Schrift auf dem Notebook verschwamm. Georg Heffner legte die Arbeitsplatzbrille auf den Schreibtisch und rieb sich die Augen. Er putzte die Brille mit einem Tuch sauber und setzte sie wieder auf. Die Schrift war immer noch etwas verschattet. Er spürte den leichten Schwindel in seinem Kopf.

Georg richtete sich auf und sah auf das Grün der Böschung vor den beiden Fenstern seines Arbeitszimmers. Langsam wurde sein Blick wieder klarer.

Maruhn hatte ihm die Daten vom Einkaufscenter per E-Mail geschickt. Georg hatte sie heruntergeladen und auf der Festplatte des Notebooks gespeichert.

Damals vor seinem Herzinfarkt hatte er die Massen des Bauvorhabens berechnet, die Leistungsverzeichnisse erstellt und Angebote eingeholt. Er hatte immer weit vor Baubeginn alle Arbeiten ausgeschrieben. Nur so konnte er für seine Bauherren eine genaue Kostenberechnung erstellen.

Georg zog an der Pfeife. Plötzlich zog sich seine Kehle zu und er musste würgen. Seine Brust hob sich. Die Magensäure drückte gegen die zugeschnürte Kehle. Er stand auf, öffnete das Fenster und sog mit gespitzten Lippen langsam die frische Lust ein. Über ihm zog der

Rauch aus dem Fenster, der das Arbeitszimmer in eine Wolke gehüllt hatte.

Du hast zu viel geraucht und zu viel Cola getrunken, schalt er sich. Und du hast wieder zu hektisch gearbeitet. Georg atmete wieder tief ein. Das Würgen ließ nach und verschwand dann wieder. Er ging ein paar Schritte durch den Raum und setzte sich dann wieder an den Schreibtisch. Ruhig, Georg. Bleib ruhig. Nicht immer nur schnell, schnell. Du hast Zeit. Es ist doch alles vorbereitet.

Er öffnete Windows Live Mail und schickte die Werkverträge, die er geschrieben hatte, an den Bauunternehmer, den Zimmermann und den Dachdecker. Die drei Firmen arbeiteten schon seit zwanzig Jahren für ihn. Auf sie konnte er sich verlassen. Drei Prozent Nachlass und drei Prozent Skonto hatte er in den Telefonaten mit ihnen noch aushandeln können. In der nächsten Woche würden sie anfangen.

Georg schloss das E-Mail Programm wieder und lehnte sich zurück. Er spürte die Hitze und den Druck in seinem Kopf. Er legte die Hand auf seine Stirn. Sie war kalt. Auch die Wange war kalt. Er dachte kurz daran, seinen Blutzucker zu messen, ließ es aber. Er wollte den Wert nicht wissen. Was du nicht weißt, beunruhigt dich auch nicht.

Georg lehnte sich zurück. Diese innere Unruhe war wieder da, die ihn früher schon immer getrieben hatte. Für heute hast du alles erledigt. Komm zur Ruhe. Es ist alles getan.

Im Erdgeschoss fiel die Haustür ins Schloss und er hörte Baldaccis freudiges Jaulen. Doris war aus der Praxis zurück.

Ihm graute schon vor dem Gespräch, das er gleich führen musste. Aber er musste mit Doris darüber sprechen.

*

Die Sonne war ein gutes Stück nach Westen gewandert und warf ein goldenes Licht auf das Grün des Golfplatzes. Der leichte Westwind trug den Geruch von frisch gemähtem Gras zu ihm herüber.

Kortkamp sah sich auf der Terrasse hinter dem Clubgebäude um. Die meisten Tische waren besetzt und das Geräusch gedämpfter Stimmen drang zu ihm herüber. Die Luft war schwül und Zigarettenrauch reizte seine Nase.

Zander war noch nicht da. Er ging zurück in das Clubgebäude und setzte sich an einen Tisch in einer Nische in dem der Terrasse abgewandten Teil des Restaurants. Die Luft war hier angenehm kühl. Sein Blick wanderte durch den Raum. Nur am Tresen saßen zwei Männer, die er nur von Sehen her kannte.

Er bestellte ein Pils und warf einen Blick in die Speisekarte. Zander hatte ihn am Mittag angerufen und ihn zum Abendessen in das Clubrestaurant eingeladen. Eigentlich wollte Kortkamp nach Dienstschluss nach Hause. Am Abend wurde ein Spiel von Schalke im Fernsehen übertragen. So lange wird das Gespräch mit Zander wohl nicht dauern.

Er legte die Karte auf den Tisch. Er wollte mit der Bestellung noch warten bis Zander da war. Der Kellner brachte das Pils und Kortkamp trank einen kräftigen Schluck um die Trockenheit aus seinem Mund zu vertreiben. Sein Blick wanderte zum Eingang. Zander kam ins Restaurant, bestellte beim Kellner am Tresen ein Pils und setzte sich zu Kortkamp an den Tisch.

»Was hast du denn so dringendes?« fragte Kortkamp, zog sich das Sakko aus und legte es über den Nachbarstuhl.

Zander griff zur Speisekarte. »Lass uns erst bestellen.«

»Ich nehme das Filetsteak«, sagte Kortkamp.

Zander legte die Speisekarte zurück. »Dann schließe ich mich an.«

Der Kellner brachte Zanders Pils und sie bestellten das Essen.

»Also, was hast du auf dem Herzen«, fragte Kortkamp noch mal.

Zander trank einen Schluck Pils und wischte sich mit den Handrücken den Schaum vom Mund. »Du musst mir einen Gefallen tun.«

Kortkamp legte die Arme auf den Tisch und sah Zander erwartungsvoll an.

»Ich möchte Holger von Mühlen das Anwesen abkaufen.«

Kortkamp lehnte sich zurück und sah Zander eine Weile an. Als das Einkaufscenter noch in der Planung war, hatte sich Zander schon für das Objekt interessiert. In den Finanzierungsgesprächen hatte Kortkamp Holger von Mühlen und Heffner mehrmals vorgeschlagen, das Anwesen zu verkaufen. Aber die beiden hatten das rundweg abgelehnt. Kortkamp war eigentlich davon ausgegangen, dass Zander sich damit abgefunden hatte.

»Du weißt, das von Mühlen nicht verkaufen will.«

Zander nickte. »Deshalb müssen wir mehr Druck aufbauen.«

Kortkamp runzelte die Stirn. »Wir?«

Zanders Blick wanderte kurz durch den Raum. Dann beugte er sich vor. »Du musst Holger von Mühlen den Geldhahn zudrehen. Wenn er nichts mehr zu beißen hat, wird er schon verkaufen.«

Kortkamp blies die Wangen auf. »Weißt du eigentlich, was du da von mir verlangst?« Er konnte nicht glauben, was Zander gerade gesagt hatte. »Kriegst du den Hals denn nie voll?«

Zander warf ihm einen stechenden Blick aus seinen grünen Augen zu. »Du hast sehr viel von unserer Geschäftsbeziehung profitiert. Jetzt kannst du mir auch mal einen Gefallen tun.«

Kortkamp hob die Brauen. Sein Blick wurde hart. »Wir haben beide von unserer Zusammenarbeit profitiert. Das möchte ich mal klarstellen.« Er trank hastig einen Schluck Pils und lehnte sich zurück. »Dein Anliegen kommt einen Tag zu spät.«

Zander kniff die Augen zusammen und beobachtete ihn scharf. »Warum?«

Kortkamp atmete tief durch die Nase aus. »Ich habe Holger von Mühlen gestern ein Überbrückungsdarlehen gewährt.«

Zanders Mund ging auf. Er atmete schwer. »Das glaube ich einfach nicht. Wie konntest du das tun.«

Kortkamp hob die Schulter. »Das war ein ganz normales Tagesgeschäft.« Er beugte sich vor, nahm das Glas in die Hand und ließ den Rest des Pils kreisen. »Woher sollte ich wissen, dass du immer noch an dem Objekt interessiert bist.«

Zander biss die Zähne zusammen. Seine Lippen waren nur noch ein Strich. »Dann kündige ihm das Darlehen. Lass dir was einfallen.«

Kortkamp betrachtete Zander mit ausdrucksloser Miene. Aber in ihm brodelte es. Er trank den Rest des Pils und stellte das Glas krachend auf den Tisch. »Ich lasse mir von dir nicht vorschreiben, wie ich meine Geschäfte zu führen habe.« Er atmete tief durch. »Tut mir leid, aber da kann ich dir nicht mehr helfen.«

Zanders Blick bohrte sich in seine Augen. »Du bist mir diesen Gefallen schuldig«, zischte er.

Kortkamp stand auf, stemmte beide Hände auf die Tischplatte und beugte sich vor. »Ich bin dir gar nichts schuldig.« Er nahm sein Sakko vom Stuhl und trat einen Schritt zurück. »Ich habe Holger von Mühlen das Darlehen nur gewährt, weil Georg Heffner das Einkaufscenter wieder als Architekt betreut.«

*

Als Georg in die Küche kam, sah er Doris im Garten mit Baldacci spielen. Auf der Arbeitsplatte in der Küche lag eine Plastiktüte von

P&C. Neugierig warf er einen Blick hinein. Ein dünner grauer Pullover aus Kaschmir und Baumwolle und eine Jeans waren in der Tüte.

»Das habe ich dir gekauft«, sagte Doris, die gerade wieder in die Küche kam. »Du hast ja kaum Freizeitkleidung. Must ja nicht den ganzen Tag in Anzug und Krawatte herumlaufen.«

Georg drückte ihr einen Kuss auf die Wange. »Danke.«

Doris nahm die Tragetasche und ging ins Wohnzimmer. »Komm. Anprobieren«, rief sie ihm zu.

Als er ins Wohnzimmer kam, hatte Doris den Pullover schon in der Hand und hielt ihn Georg vor die Brust. »Du kaufst dir ja nichts.« Sie trat einen Schritt zurück. »Zieh ihn mal über.«

Georg streifte sich den Pullover über den Kopf.

Doris zupfte den Pullover an den Schultern zurecht und ging ein paar Schritte zurück. »Passt.« Sie warf ihm einen prüfenden Blick zu. »Steht dir gut.«

»Was möchtest du essen?« fragte Georg um nicht auch noch die Jeans anprobieren zu müssen.

»Ein Brot reicht mir.«

Sie deckten gemeinsam den Tisch und aßen ihr Brot. Georg überlegte, ob er jetzt mit Doris darüber sprechen sollte, verschob es dann aber. Ihm graute davor. Er spürte ein Ziehen in der Brust.

Doris stand auf. »Ich ziehe mir schnell was Bequemeres an. Räumst du ab?«

Georg nickte. Er räumte das Geschirr zusammen und brachte es in die Küche. Wie fange ich bloß an. Er schlurfte zurück ins Wohnzimmer. Der Pullover und die Jeans lagen noch über der Lehne des Sofas. Georg seufzte. Sie ist immer so besorgt um mich.

Da war doch noch eine angebrochene Flasche Brunello im Schrank. Er ging hinüber, öffnete die Flasche, goss sich ein Glas ein und trank einen Schluck. Unschlüssig stand er da und überlegte krampfhaft wie er es Doris beibringen sollte.

»Ist irgendwas? Warum stehst du da so rum?« holte Doris ihn aus seinen Gedanken.

Georg drehte sich um. »Möchtest du auch ein Glas Wein?«

Doris schüttelte den Kopf. »Im Moment nicht.«

Georg setzte sich in den Sessel und drehte das Glas in der Hand. »Ich habe dir doch erzählt, dass ich mit Holger bei der Sparkasse war.«

Doris nickte. »Er hat das Darlehen bekommen. Ist doch jetzt alles in Ordnung.«

Georg drehte weiter das Glas in seiner Hand und schaute in die schaukelnde Flüssigkeit. »Er hat das Darlehen nur bekommen, weil ich mich bereit erklärt habe, die Bauleitung für das Einkaufscenter zu übernehmen.«

Doris riss den Mund auf und sah ihn fassungslos an.

»Es ging nicht anders«, fügte Georg hastig hinzu.

Doris schüttelte heftig mit dem Kopf. Ihre Augen hatten einen gequälten Ausdruck angenommen. »Du machst das rückgängig.«

»Ich kann Holger doch nicht im Stich lassen«, seufzte er.

»Holger im Stich lassen? Es geht um dich. Um deine Gesundheit. Um dein Leben. Wann begreifst du das endlich«, schrie sie fast heraus.

»Ich kann eben nicht aus meiner Haut«, grummelte Georg.

Doris vergrub den Kopf in beiden Händen. »Ich weiß nicht, wie ich das aushalten soll. Bei jedem Klingeln des Telefons werde ich zusammenzucken, denken, dir ist etwas passiert.«

Ihr Antlitz und ihre Traurigkeit erschienen ihm fast unerträglich. Vornübergebeugt und mit hängendem Kopf saß er da. Schließlich blickte er auf. Er wagte kaum sie anzusehen. Er hatte das Gefühl, es drehte sich alles vor seinen Augen. »Ich verstehe dich ja.«

Doris stand auf und ging im Raum hin und her wie ein Tiger im Käfig. Ihre Stimme zitterte und sie hatte Tränen in den Augen. »Nichts. Überhaupt nichts verstehst du.«

Sie blieb stehen und schlug fröstelnd die Arme um sich. »Du redest dir ein, dir kann nichts passieren. Aber es ist schon passiert. Oder hast du deinen Herzinfarkt schon vergessen?«

Georg senkte den Kopf und sah stumm in sein Weinglas.

»Ständig werde ich in meiner Praxis damit konfrontiert, dass die Patienten meine Warnungen ignorieren.« Ihre Wangenknochen traten hervor. Georg merkte, wie sie gegen die Tränen ankämpfte. »Soll ich dir sagen, was aus ihnen geworden ist?«

Sie wedelte mit dem Finger. »Nein. Mein Georg will so was ja nicht hören.«

Sie wandte sich von ihm ab und schluchzte.

Georg stand auf, stellte das Glas auf den Tisch und ging zu ihr. Er drehte seine Frau zu sich und nahm sie in den Arm. Er spürte wie sich ihre Schultern schwer hoben und senkten. Dann erbebten sie unter einer Reihe von Zuckungen. Ihr Schluchzen konnte er kaum ertragen.

Doris legte ihren Kopf an seine Brust. »Das ist Selbstmord. Reiner Selbstmord.«

Kapitel 19

Gernot Schneider nahm die Bauakte und ging hoch in den dritten Stock. Er hatte sich am Vortag einen Termin bei Rechtsrat Peters reservieren lassen.

Als Schneider das Büro des Rechtsrats betrat, kam Peters um den Schreibtisch herum und bat ihn am Besprechungstisch Platz zu nehmen. Schneider sah sich um. Das Büro des Rechtsrates war mehr als doppelt so groß wie seins.

Er legte die Bauakte auf den Tisch. »Ich hatte gestern Besuch von zwei Kriminalbeamten«, begann Schneider das Gespräch. »Ich glaube, da kommt einiges auf uns zu.«

Der Rechtsrat, Anfang vierzig, legte die Arme auf den Tisch. Was wollten die Beamten?« fragte Peters.

»Eine Kopie der Baugenehmigung von Zanders Villa.« Schneider schlug die Bauakte auf. »Ich bin die Akte daraufhin einmal durchgegangen. Die Baugenehmigung ist rechtswidrig.«

Der Rechtsrat runzelte die Stirn. »Rechtswidrig? Wie konnte die Genehmigung denn dann erteilt werden?«

Schneider hob die Schulter. »Ich war damals einige Monate krank.« Mit Grauen dachte er an diese Zeit zurück. Sein Blutdruck war damals beängstigend hoch. Er hatte kurz vor einen Herzinfarkt gestanden. Sein Magen rebellierte, er hatte sich fast täglich übergeben müssen. Die Ärzte hatten nach endlosen Untersuchungen vor einem Rätsel gestanden. Wahrscheinlich war es eine Unverträglichkeit gegen die Medikamente gewesen, die er täglich einnahm. Er hatte damals viel Gewicht verloren, weil er das Essen nicht mehr bei sich halten konnte.

»Meine Sachbearbeiter haben die Baugenehmigungen schon immer selbständig ausgestellt. Nur in schwierigen Fällen wurde ich mit einbezogen.« Er schüttelte den Kopf. »Ich habe keine Erklärung dafür, warum Meisner die Baugenehmigung für das Haus erteilt hat.«

Peters lehnte sich zurück. »Meisner hat die Baugenehmigung erteilt?«

Schneider nickte. »Ihn können wir dazu nicht mehr befragen.«

Der Rechtsrat blies die Wangen auf und strich sich über sein dunkelblondes Haar. »Ausgerechnet Zander.«

Schneider zögerte mit seiner Antwort. »Zanders Villa liegt im Außenbereich. Dazu noch im Landschaftsschutzgebiet. Die Stellungnahmen des Landschaftsschutz und der Wasserwirtschaft waren negativ. Es ist mir unbegreiflich, wie Meisner die Genehmigung erteilen konnte.«

»Und was gedenken Sie jetzt zu tun?« fragte Peters und zupfte am Ärmel seines dunkelblauen Sakkos.

»Wenn wir das so hinnehmen, schaffen wir einen Präzedenzfall. Die Landesregierung fährt einen harten Kurs gegen Bauvorhaben im Außenbereich.« Schneider lehnte sich zurück und sah zu Peters, der gedankenverloren aus dem Fenster sah.

»Wir haben gerade einen Antrag für die Umwandlung eines Wochenendhauses zu einem Einfamilienhaus vorliegen und sind in der Ämterbesprechung zu dem Ergebnis gekommen, dass wir den Antrag ablehnen müssen.«

Peters wandte sich wieder Schneider zu, machte jedoch keine Anstalten etwas zu sagen.

»Das Haus ist massiv gebaut, größer als die üblichen Einfamilienhäuser, die wir hier fast täglich auf den Tisch bekommen, und wurde dreißig Jahre lang dauerbewohnt,« erklärte Schneider. »Was offensichtlich keinen interessiert hat«, fügte er hinzu. »Trotzdem müssen wir den Antrag ablehnen.«

Peters hörte ihm schweigend zu. In seinen Augen konnte Schneider weder Zustimmung noch Ablehnung erkennen.

»Wie sollen wir diesem Bürger erklären, dass sein Antrag abgelehnt wird, wo wir doch Zander eine Genehmigung für seine Villa erteilt haben.«

Peters nickte. »Ich verstehe Ihr Problem.«

Schneider atmete tief ein. »Die Kriminalbeamten waren vom Dezernat für Wirtschaftskriminalität. Die haben die Akte doch nicht ohne Grund angefordert.«

Peters kratzte sich mit dem Daumen am Kinn und schloss die Augen. »Eine heikle Angelegenheit.« Der Rechtsrat kaute an der Innenseite seiner Wange. »Ausgerechnet Zander.«

Schneider richtete sich auf. »Vor dem Gesetz sind alle gleich. Auch wenn der Bauherr Zander heißt.«

Peters nickte nachdenklich mit dem Kopf. »Also, was schlagen Sie vor? Eine Stilllegungsverfügung?«

Schneider schüttelte den Kopf. »Gerade weil es sich um Zander handelt, müssen wir Härte zeigen. Ich dachte an eine Abrissverfügung.«

*

Die Luft draußen hatte sich deutlich abgekühlt. Eine dicke Wolke schob sich vor die Sonne. Wolfgang Zander betrachtete den immer größer werdenden Schatten auf dem Boden seines Büros.

Er hatte sich immer noch nicht beruhigt über Kortkamps Weigerung, ihm bei der Sache mit Holger von Mühlen zu helfen. Was bildete sich der Sparkassendirektor ein. Schließlich war er durch die Geschäfte mit ihm und seiner Einflussnahme auf dem Posten des Direktors gelandet. Kortkamp schuldete ihm diesen Gefallen. Zander hatte sich am Vorabend das Spiel von Schalke im Fernsehen angeschaut, hatte dem

Geschehen auf dem Rasen aber kaum folgen können. Auch über den Pokalsieg seiner Elf hatte er sich nicht richtig freuen können. Zander schüttelte den Kopf. Erst Renate, die die Baugenehmigung für von Mühlens Einkaufscenter erteilte, und dann Kortkamp, der dem Baron ein Darlehen gewährte und auch noch darauf bestanden hatte, dass Georg Heffner das Objekt wieder betreute. Hatten sich denn alle gegen ihn verschworen? Aber so schnell würde er sich nicht geschlagen geben. Ihm würde schon was einfallen, um an von Mühlens Objekt zu kommen.

Zander trank einen Schluck Kaffee und schaute auf die Uhr. Heute Mittag wäre wieder das übliche Treffen mit Renate im Hotel Seehof. Sie hatte sich seit dem letzten Treffen nicht mehr bei ihm gemeldet. Eigentlich rief sie ihn immer kurz nach einem Streit an, um sich zu entschuldigen, weil sie ihn so bedrängt hatte. Sollte er sie anrufen? Schließlich ging es nicht nur um guten Sex, sondern auch ums Geschäft.

Er ging hinüber zum Schreibtisch und wählte ihre Nummer.

»Hallo Renate«, meldete er sich, als sie das Gespräch angenommen hatte. »Wie geht es dir?«

»Es geht so«, brummte sie.

»Es tut mir Leid wegen neulich. Sehen wir uns heute?«

Er hörte sie leise atmen. »Geht leider nicht. Der Bürgermeister hat für heute Mittag eine dringende Besprechung anberaumt«, sagte sie versöhnlich. »Und wie geht es dir?«

»Nicht so gut. Erst deine Genehmigung für von Mühlen und dann muss ich auch noch erfahren, dass Heffner das Objekt betreut.«

»Heffner? Das glaube ich nicht. Der ist doch krank«, sagte Renate.

»Ach was«, erwiderte Zander. »Sein Herzinfarkt liegt doch schon ein halbes Jahr zurück.«

»Er kann keinen Stress und keine Aufregung vertragen. Als er bei mir im Büro war, hatte er einen Schwächeanfall.«

*

Die Wolkendecke war dichter geworden, seitdem Georg am Morgen das Haus verlassen hatte. Er war zu Holger von Mühlen gefahren um mit ihm den Bauablauf zu besprechen. Am Montag wollte der Dachdecker die alten Tonziegel vom Dach schaffen, damit der Bauunternehmer mit dem Baukran, der Morgen aufgestellt werden sollte, das Baumaterial ins Gebäude schaffen konnte.

Er hatte Holger gebeten, künftig morgens in die Baustelle zu gehen, um nachzusehen, welche Handwerker am Bau waren und Georg dann anzurufen. So konnte Georg noch von Zuhause die Handwerksfirmen, die nicht an der Baustelle warn, anrufen. Der Hüne hatte sich über die Aufgabe gefreut. Er war nicht nur Bauherr, sondern jetzt auch Assistent der Bauleitung.

Er fuhr die Allee hinunter in Richtung des Gewerbegebietes zwischen den Ortsteilen Langenbochum und Westerholt. Hin und wieder zwängte sich ein greller Sonnenstrahl durch die dichten Wolken und malte wundersame Bilder auf die Straße.

Doris hatte sich in der Nacht eng an ihn angekuschelt, eingerollt wie ein Embryo. *Ich möchte noch viele Jahre mit dir verbringen. Du darfst mich nicht allein lassen,* hatte sie geflüstert. *Ich liebe dich so sehr.* Sie hatte ihm das Versprechen abgenommen, sich keinem Stress und Ärger auszusetzen. *Deine Gesundheit geht vor.* Und er hatte versprechen müssen, dass er jeden Tag den Blutzucker und den Blutdruck misst und in die Liste auf der Küchentheke eintragen würde. Schließlich war sie seine Ärztin und sie wollte ein Auge auf ihn und seine Gesundheit haben.

Georg war froh, dass er das Gespräch hinter sich gebracht hatte. Er fühlte sich befreit von diesem fürchterlichen Druck. Und Doris hatte ihn verstanden, obwohl sie es aus ärztlicher Sicht eigentlich nicht vertreten konnte. Aber vielleicht hatte sie ja auch nur aus Sorge um ihn überreagiert.

Georg hatte das Gewerbegebiet erreicht und parkte den Wagen auf dem großen Parkplatz vor dem ALDI-Markt. Der Discounter hatte in dieser Woche Brunello und Barolo im Angebot und sein Weinbestand war schon arg geschrumpft. Als er in Richtung des Eingangs ging, sah er plötzlich Marion Amoneit neben ihrem Wagen stehen und eine Zigarette rauchen.

»Was stehst du denn hier draußen«, fragte er und ging zu ihr.

»Klaus wollte ein paar Flaschen Wein kaufen«, antwortete sie und zog an der Zigarette.

»Und wie geht es ihm so?« fragte Georg.

Marion zeigte mit der Zigarette in der Hand auf das Innere des Renaults.

Georg beugte sich vor und sah in den Wagen. Das gesamte Armaturenbrett war mit Aluminiumfolie verkleidet.

»Er hat Angst, dass die Mikrowellen die Elektronik des Wagens zerstören«, erklärte sie.

Georg schüttelte den Kopf. »Du musst was unternehmen, Marion. Das geht doch so nicht weiter.«

Marion nahm einen kräftigen Zug an der Zigarette und blies den Rauch aus. »Ich bin doch nicht lebensmüde.« Sie sah zum Eingang des Marktes. »Vor ein paar Tagen habe ich sein Büro sauber gemacht. Die Putzfrau lässt er da ja nicht rein. Da habe ich in einem Schrank zwei Gewehre und drei Pistolen gefunden.« Ihr Blick schweifte unruhig über den Parkplatz. »Er hockt jetzt jeden Tag mit seinem Kumpel aus der

Psychiatrie in seinem Büro.« Sie drehte sich wieder zu Georg. »Der Typ macht mir Angst.«

Georg konnte das nachempfinden. Er hatte den Mann nur einmal gesehen, als er an Willis Kneipe vorbeiging. Dieser Glatzkopf mit den Armeeklamotten war ihm auch nicht geheuer.

»Habt ihr eigentlich noch was gehört, wegen der Büroräume, die Meisner euch stilllegen wollte?« fragte er um das Thema zu wechseln.

Marion schüttelte den Kopf. »Von der Stadt ist nichts gekommen.«

Meisner hatte wohl keine Gelegenheit mehr gehabt, sein Wissen um den Schwarzbau weiterzugeben, dachte Georg.

Klaus Amoneit kam die Fahrgasse herunter, eine Sechserkiste Wein unter dem Arm. Sein Gesicht verhärtete sich, als er zu ihnen trat.

»Da sind ja die beiden Vögelchen. Habt ihr euch wieder verabredet?« fragte er schroff.

Georg sah ihn irritiert an. »Ich verstehe nicht? Warum sollten wir uns verabreden?«

Klaus wedelte mit dem Finger und fixierte Georg mit einem stechenden Blick. »Ich weiß, dass du Marion vögelst.«

Für einen Moment blieb Georgs Mund offen stehen. Er schluckte. »Das ist doch Unsinn. Wie kannst du so etwas behaupten. Ich bin dein Freund.«

Klaus´ Augen traten hervor. »Erzähle keinen Unsinn. Ich habe euch erwischt.«

Eine Frau schob ihren Einkaufswagen an ihnen vorbei. Sie schaute kurz herüber und ging ein paar Meter weiter zu ihrem Wagen.

»Klaus, du spinnst doch. Das stimmt doch gar nicht«, sagte Georg leise.

Marion trat die Zigarette aus und stieg in den Wagen.

»Ich weiß, was ich gesehen habe«, schnaubte Klaus. Grenzenlose Wut lag in seinen Augen. Er öffnete die hintere Tür und legte die Kiste mit dem Wein auf den Sitz. Dann drehte er sich wieder zu Georg.

»Auf dem Tisch im Besprechungsraum habt ihr es getrieben.«

Die Frau schob den leeren Einkaufswagen zurück zum Eingang und warf ihnen einen verstohlenen Blick zu.

»Du gehörst ja in die Klapse«, rief Georg erbost.

Klaus trat näher an ihn heran und baute sich vor ihm auf wie ein Boxer, der im nächsten Moment auf ihn einschlagen wollte. Ein wildes, wütendes Funkeln lag in seinen Augen, wie das eines gereizten Löwen. »Ich will dich in meinem Büro nicht mehr sehen«, schrie er Georg an. »Und lass die Finger von meiner Frau.«

*

Wolfgang Zander stand auf und gab Klaus Amoneit die Hand. »Wie geht´s dir, altes Haus.«

»Du weißt doch, schlechten Menschen geht es immer gut«, lachte Amoneit.

»Komm setz dich«, bat Zander und zeigte auf die Sitzgruppe. »Was machen die Geschäfte?«

Amoneit setzte sich in den Sessel. »Nicht so besonders.« Er deutete auf die Wasserflaschen auf dem Tisch. »Darf ich? Ich hab eine trockene Kehle.«

Zander nickte ihm zu. »Ich habe Arbeit für dich.«

Amoneit schenkte sich Wasser ein und trank einen Schluck. »Kann ich gut gebrauchen.«

Zander nahm die Mappe vom Tisch und gab sie Amoneit. »Die Mietverträge von der Boutique und vom Obst- und Gemüseladen unten im Erdgeschoss laufen aus. Die beiden Läden liefen nicht so gut und die Mieter wollen nicht verlängern.«

Amoneit nahm die Mappe und schlug sie auf.

»Ist alles drin was du brauchst. Zeichnungen, Nutzflächenberechnung und der Mietvertragsentwurf.« Zander beobachte Amoneit, wie der in der Mappe blätterte.

»Du bist doch mit Georg Heffner befreundet.«

Amoneit sah auf. Sein Blick wurde finster. »Warum fragst du?«

Zander verzog die Mundwinkel zu einem angedeuteten Lächeln. »Erzähl mir doch einfach, was du über ihn weißt.«

Kapitel 20

Die milchige, gelbe Kugel schob sich über die Wipfel der Bäume in den stahlblauen Himmel. Vom Wald her hinter den Flachdachbungalows wehte eine frische Morgenbrise und es roch nach feuchter und modriger Erde.

Thomas Melzer stand neben den beiden Steuerfahndern in der schmalen Spielstraße und sah zu Anklam, der seine sechs Kollegen, teils in Zivil, teils in Uniform, einwies. Zwei Häuser weiter kam ein Mann aus dem Haus, blieb stehen und sah zu dem Polizeiaufgebot herüber, dass sich vor dem Bungalow von Friedrich von Stetten versammelt hatte.

Thomas Melzer sah auf die Uhr. Es war sieben. »Seid ihr soweit?« fragte er Anklam.

»Wir können«, bestätigte Anklam mit einem Kopfnicken.

Während Melzer die paar Schritte zum Hauseingang ging, zog er den Durchsuchungsbeschluss aus der Aktentasche und klingelte. Eine Frau Anfang fünfzig in einem roten Morgenmantel öffnete die Tür. Ihr Mund öffnete sich leicht und ihr erstaunter Blick wanderte hin und her.

»Frau von Stetten?«, fragte Melzer.

Die blonde Frau mit dem kinnlangen Haar nickte. »Was wünschen Sie?«

»Staatsanwalt Melzer«, stellte er sich vor und hielt das Papier in seiner Hand hoch. »Ich habe einen Durchsuchungsbeschluss für Ihr Haus.«

»Wieso? Was soll das?« schüttelte sie ihr ungeschminktes Gesicht, starrte kurz auf das Papier, dann wieder zu den Beamten.

»Würden Sie uns bitte hereinlassen«, forderte Melzer sie auf.

Die Hände der Frau zitterten und sie drehte den Kopf ins Haus. »Friedrich«, rief sie. »Friedrich komm doch mal.«

Anklam trat vor, schob die Frau sachte beiseite und ging in den Flur. Die übrigen Polizeibeamten folgten ihm.

Friedrich von Stetten trat in die Diele. »Was soll das? Was machen Sie hier«, rief er erbost.

Frau von Stetten ging zu ihrem Mann und Melzer und die beiden Steuerfahnder folgten ihr in den Flur.

Friedrich von Stetten versuchte mit den Händen, die Beamten aufzuhalten, die sich an ihn vorbeidrängten.

Melzer ging zu von Stetten und gab ihm den Durchsuchungsbeschluss. »Das hat alles seine Richtigkeit.«

Während von Stetten sich in das Papier vertiefte, ging Melzer ins Wohnzimmer, wo Anklam und ein uniformierter Kollege bereits den Mahagonieschrank durchsuchten. Vor der großen Fensterfront stand eine schwere Sitzgruppe aus rotbraunem Leder. Rechts im Raum war ein dunkelbrauner Esstisch mit sechs gedrechselten Stühlen und ockerfarbenen Stoffbezügen. Ölgemälde, meist in dunkelbraunen Stillleben mit breiten Goldrahmen hingen an den Wänden.

»Friedrich, was ist hier los? Warum ist die Polizei hier?« hörte Melzer die hysterische Stimme von Frau von Stetten hinter sich.

Melzer ging zurück in die Diele und sah durch die geöffnete Tür in die Küche. Das Frühstück war bereits abgeräumt, nur noch zwei Tassen standen auf dem Tisch.

»Warum durchsuchen Sie mein Haus?« fragte Friedrich von Stetten und wedelte mit dem Durchsuchungsbeschluss.

Melzer musterte den Leiter des Stadtplanungsamtes. Die dicht beieinander stehenden Augen in dem kantigen Gesicht hatten sich verhärtet. Eine leichte Röte lag in seinem Gesicht und seine Schultern waren angespannt.

Melzer wies auf die Küche. »Können wir uns setzen?«

»Ich erwarte eine Erklärung von Ihnen«, rief von Stetten wütend.

»Bitte«, sagte Melzer ruhig und wies noch einmal auf den Küchentisch.

»Ich werde einen Anwalt anrufen«, schnaubte von Stetten und ging in die Küche.

»Das ist Ihr gutes Recht. Aber der Anwalt wird Ihnen nur bestätigen können, dass alles mit rechten Dingen zugeht«, erwiderte Melzer und folgte von Stetten in die Küche. Er zog einen Stuhl vor und setzte sich an den Tisch.

Frau von Stetten setzte sich ebenfalls, während Friedrich von Stetten sich gegen die Arbeitsplatte der Küchenmöbel aus dunkler Eiche lehnte. Sein dunkelgrauer Anzug mit der tadellosen Bügelfalte saß wie angegossen. Mit grimmigem Blick schaute er auf Melzer hinunter.

»Sie stehen unter dem Verdacht der Vorteilsnahme im Amt und der wiederholten Steuerhinterziehung«, erklärte Melzer.

Die Röte in von Stettens Gesicht war einer kalkweißen Blässe gewichen. »Das ist doch lächerlich. Wer behauptet so etwas?«

»Sie haben in den letzten fünf Jahren fast fünfzig Häuser geplant und die Bauanträge erstellt«, fuhr Melzer fort. »Dafür gibt es eindeutige Beweise.«

Von Stetten sog die Luft tief in sich hinein. »Ich habe noch nie einen Bauantrag gestellt.«

»Aber dafür hast du doch eine Genehmigung«, warf Frau von Stetten ein.

»Halt den Mund«, schalt von Stetten seine Frau.

Einer der beiden Steuerfahnder kam in die Küche. »Kommen sie mal bitte«, bat er Melzer.

Melzer folgte dem Steuerfahnder in das Arbeitszimmer. Der Finanzbeamte setzte sich an den Schreibtisch und zeigte auf den Monitor. Die Grundrisszeichnung eines Hauses war dort zu sehen.

»Der Computer war an, als ich ins Zimmer kam. Hier ist alles gespeichert. Pläne, Berechnungen, Bauanträge, Kostenschätzungen, Ausschreibungen, wirklich alles. Der PC ist voll davon.«

Melzer nickte dem Finanzbeamten zu. »Wir werden den PC mitnehmen und auswerten.« Er kehrte in die Küche zurück.

»Wo ist Ihre Frau«, fragte Melzer und sah sich in der Küche um.

»Sie will sich etwas anziehen«, grummelte von Stetten. Er hatte sich an den Tisch gesetzt und hielt eine Tasse in beiden Händen.
Er wirkte ruhig, aber Melzer spürte die Erregung in von Stettens Innerem.

»Danke, dass Sie den Computer angelassen haben.« Melzer legte die Arme auf den Tisch. »Es ist richtig, dass die Bauanträge vom Architekten Jebram unterschrieben wurden. Aber erstellt haben Sie die Anträge. Und das Architektenhonorar haben Sie auch kassiert.«

»Das müssen Sie mir erst beweisen«, knurrte von Stetten gereizt.

»In zwei Fällen können wir das bereits, und die anderen Bauherren werden uns das bei den Befragungen ebenfalls bestätigen«, hielt Melzer dagegen.

Von Stetten stand auf und ging zum Fenster. Er blickte hinaus in den Garten, der sich bis hin zum weiter hinten liegenden Wald zog. Sein Atem ging schneller. Seine Schultern hoben und senkten sich.

Melzer beobachtete ihn eine Weile. »Zu den von Ihnen geplanten Häusern gehört auch die Villa des Immobilieninvestors Zander. Erzählen Sie mir, wie Sie die Genehmigung dafür bekommen haben.«

Von Stetten reagierte nicht. Wortlos schaute er weiter aus dem Fenster.

Anklam kam in die Küche und gab Melzer ein kleines schwarzes Buch mit festem Einband. »Das hab ich in einem Schuhkarton im Garderobenschrank gefunden.«

Melzer schlug das kleine Buch auf und blätterte darin.

»Herr von Stetten ist ein überaus korrekter Beamter«, spottete der Kriminalhauptkommissar. »Hat über seine Nebeneinnahmen genau Buch geführt. Namen der Bauherren mit dem Datum der Barzahlungen an ihn.«

Von Stetten verzog das Gesicht und fluchte leise vor sich hin.

Melzer gab Anklam das Buch zurück.

Frau von Stetten kam zurück in die Küche. Sie trug einen blauen Rock mit einer weißen Bluse darüber.

Melzer stand auf, nahm ein rotes Blatt Papier aus der Aktentasche und drehte sich zu Frau von Stetten. »Packen Sie ein paar Sachen für Ihren Mann ein. Ich habe hier einen Haftbefehl für ihn.«

*

Ralf Neuhaus war schon früh ins Büro gefahren. Er hatte den Bauzeichnern aufgetragen, mit den Ausführungszeichnungen für Zanders Wohnbauprojekt anzufangen. Der Investor hatte sich zwar noch nicht gemeldet, aber er wollte die Arbeiten vorantreiben und bereit sein, wenn Zander seine Zustimmung zu seinem Entwurf erteilen würde.

Den gestrigen Tag hatte er sich mit dem Gedanken gequält, Holger von Mühlen wegen der Kündigung des Architektenauftrages anzurufen. Auch jetzt hatte er darüber nachgedacht. Aber er traute sich nicht. Was sollte er zu seiner Rechtfertigung vortragen? Dass er sich in den sechs Monaten seit der Büroübernahme kaum um das Bauvorhaben gekümmert hatte? Auch die Anrufe des Barons hatte er nicht angenommen. Es war ihm peinlich gewesen, dass er es nicht geschafft hatte, die Baugenehmigung zu bekommen, obwohl Heffner doch alles vorbereitet hatte. Was hätte er von Mühlen denn sagen sollen? Er wusste ja selbst nicht, warum von Stetten ihn immer neue Ansichten hatte zeichnen lassen.

Knapp dreihunderttausend hätte er für die Bauleitung an dem Einkaufscenter noch abrechnen können. Für eine Arbeit, die er gelernt hatte. Die er in den letzten Jahren ausschließlich getan hatte. Das war ein herber Schlag für ihn und sein Büro.

Von den fünfzigtausend, die Zander ihm überwiesen hatte, war der größte Teil schon ausgegeben. Nach Ausgleich seiner Kontoüberziehung, der Mieten und der ersten Kaufpreisrate für Heffner und den Gehältern, war kaum noch etwas übrig geblieben. Jetzt konnte er nur darauf hoffen, dass das Wohnbauprojekt von Zander zügig anlief.

Er sortierte die Stifte auf seinem Schreibtisch so, als könnte er dadurch wieder Ordnung in seine Gedanken bringen. Vielleicht kam ja bald die Nutzungsänderung für Tante Marthas Wochenendhaus. Er hatte die Zustimmungserklärung für die Verschiebung des Zahlungstermins für den Kaufpreis unterschrieben und an Piaydas Anwalt geschickt. Aber wenn die Genehmigung vorlag, dann mussten die Piaydas den Kaufpreis zahlen.

Das viele Wasser, das er am Morgen getrunken hatte, drückte auf seine Blase. Er ging zur Toilette und erleichterte sich. Als er am Sekretariat vorbeikam, gab seine Sekretärin ihm die Postmappe und er ging zurück in sein Büro.

Neuhaus setzte sich an den Schreibtisch und schlug die Mappe auf.

Ein Schreiben der Stadt.

Nutzungsänderungsantrag eines Wochenendhauses.

Seine Augen hellten sich erwartungsvoll auf.

Die Prüfung Ihres Bauantrages hat ergeben, dass eine Genehmigung aus folgenden Gründen nicht erteilt werden kann:

Das Blut schoss ihm in den Kopf.

Das Antragsgrundstück liegt im Außenbereich.

... Das von Ihnen im Rahmen einer Nutzungsänderung beantragte Vorhaben ist mit der Darstellung des Flächennutzungsplanes als landwirtschaftlich genutzte Fläche nicht vereinbar. Das Vorhaben beeinträchtigt somit öffentliche Belange und ist planungsrechtlich unzulässig.
... Ich beabsichtige daher, den Antrag abzulehnen. Insofern gilt dieses Schreiben als Anhörung im Sinne von § 28 Verwaltungsverfahrensgesetz.

*

Der Rücken fing an zu schmerzen und Georg rutschte mit dem Stuhl näher an den Schreibtisch heran. In seinem Nacken verspürte er einen stechenden Schmerz. Eine Verspannung. Wohl von dem langen ungewohnten Sitzen vor dem Notebook. Er massierte sich den Hals, aber der Schmerz wurde nur noch heftiger. Er drehte ein paar Mal den Kopf über dem Hals um die Verspannung zu vertreiben und zog das Notebook näher heran. Der Schmerz wurde erträglicher, war kaum noch zu spüren. Georg gab die letzten Daten in den Bauzeitenplan ein und sah sich das Ergebnis an. Drei Wochen Puffer hatte er, um das Einkaufscenter termingerecht fertigzustellen. Drei Wochen, falls eine der Handwerksfirmen die Arbeiten nicht termingerecht fertigstellen würde. Das war nicht viel, aber er würde schon darauf achten, dass die Handwerker ihre Termine einhalten würden.

Er nahm die Brille ab und rieb sich die Nasenwurzel. Erschöpft schloss er einen Moment die Augen. Er setzte die Brille wieder auf, trank einen Schluck Cola light und druckte den Bauzeitenplan aus. Zufrieden lehnte er sich zurück und zündete sich eine Pfeife an.

Sein Blick wanderte zu den auf Leinwand gedruckten stimmungsvollen Fotos von der Ostsee. Doris hatte sie während ihrer Urlaube auf der Halbinsel Fischland geschossen. Er und Doris hatten öfter darüber geredet, ihren Lebensabend dort zu verbringen. Aber wahrscheinlich war es nur ein schöner Traum. *Wenn man keine Träume mehr hat, ist man tot*, pflegte Doris zu sagen.

Am Vorabend hatte er mit Doris über Klaus Amoneit gesprochen. Dass Amoneit ihm unterstellt hatte, dass er mit Marion schlafen würde, hatte er ihr verschwiegen. Doris hatte ihm erklärt, dass diese schizophrenen Schübe immer häufiger und heftiger kommen würden, wenn Klaus sich nicht behandeln ließ.

Georg wollte sich nicht damit beschäftigen. Seine Arbeit war getan. Jetzt freute er sich auf das Wochenende. Er wollte die freie Zeit genießen, lesen und einfach abhängen. Er fuhr das Notebook herunter und ging hoch ins Erdgeschoss. Auf dem Fußboden in der Diele lag die Post, die der Bote durch den Briefschlitz in der Haustür eingeworfen hatte. Er hob die Post auf und ging in die Küche. Baldacci hatte sich vor der Terrassentür zusammengerollt und schlief tief und fest.

Er legte die beiden Briefe für Doris auf die Arbeitsplatte und sah auf das Schreiben, das an ihn adressiert war. Kein Absender. Georg riss den Umschlag auf und zog das gefaltete Blatt Papier heraus. Er faltete das Papier auseinander und starrte auf den in großen Buchstaben geschriebenen Text.

LASS DIE FINGER VOM EINKAUFSCENTER,
SONST ÜBERLEBST DU DAS NICHT.

Teil 2

Die Herausforderung

Renne nicht, wenn du auf einen Berg steigst.
Tsonga

Kapitel 21

Am strahlendblauen Himmel brütete die Sonne und ließ die Luft in Schlieren flimmern. Georg Heffner verschattete mit der Hand seine Augen und schaute hoch zu den roten Tonziegeln auf den Dächern des Einkaufscenters. Die Dachdeckerarbeiten waren fertigt. Auch die Fenster waren eingebaut, die Fassade geputzt und gestrichen. Äußerlich sah das Einkaufscenter schon fertig aus. Georg war zufrieden. Er fuhr sich mit der Hand über die feuchte Stirn.

»Lass uns reingehen. Drinnen ist es kühler«, sagte er und blickte zu Holger von Mühlen auf.

Der Baron grinste. »Die Handwerker haben gut gearbeitet. Auch das Wetter war uns wohlgesonnen.«

Sie gingen in das Ladenlokal von LEDO. Ein dämmeriges Licht lag in dem fast fensterlosen Raum. Eine angenehme Kühle schlug Georg entgegen. Die Maurer- und Betonarbeiten waren fertig, der langgezogene Raum war gefegt und alle Baumateriealien aus dem Gebäude geschafft worden.

»Wie geht es jetzt weiter?« fragte Holger von Mühlen.

»Die Elektroarbeiten und die Heizungs, Sanitär und Klimatechnikarbeiten hätten schon vor ein paar Tagen aufgenommen werden können.«

Georg seufzte. In den letzten zwei Monaten seit Beginn der Arbeiten hatte er sich vergeblich bemüht, die Installationszeichnungen von LEDO zu bekommen. Der Architekt von LEDO hatte das mit dringenden Arbeiten an anderen Objekten entschuldigt. So kannte er Derksen nicht. In den letzten dreißig Jahren hatte Georg fünfundzwanzig LEDO-Märkte gebaut und Derksen hatte ihm die Installations- und Einrichtungspläne immer rechtzeitig ausgehändigt.

Georg sah auf die Uhr. »Der Architekt von LEDO muss gleich da sein. Gehen wir noch rüber in die anderen Gebäude«, sagte er.

Als er ins Freie trat, schlug ihm die Hitze ins Gesicht. Es ärgerte ihn, dass heute keine Handwerker auf der Baustelle waren. Er hasste es, wenn unnötig Zeit vertrödelt wurde. Er ging über den Innenhof und hinein in das gegenüberliegende Gebäude. Er wanderte mit von Mühlen durch das künftige Restaurant, der Sparkassenfiliale und den übrigen Ladenlokalen. Auch hier hätte mit den Installationsarbeiten schon begonnen werden können. Alle Angaben lagen ihm vor. Doch er wollte zuerst den Lebensmittelmarkt von LEDO fertigstellen.

Als sie wieder aus dem Gebäude traten, fuhr der dunkle Mercedes von Derksen in den Innenhof und parkte vor den Eingang des Lebensmittelmarktes.

Georg ging hinüber und begrüßte den Architekten. Derksen war etwa im gleichen Alter wie Georg, eins achtundsiebzig und stämmig gebaut. Über seiner Jeans trug er ein hellblaues Hemd mit kurzen Armen.

Derksen blickte sich um. »Ist ja schon ziemlich weit.«

Georg hob die Brauen und nickte. »Wir könnten schon etwas weiter sein.«

Derksen öffnete die Tür und nahm eine Mappe vom Rücksitz. »Ich habe die Pläne dabei. Schauen wir uns zuerst die Räume an«, schlug Derksen vor.

Nach dem Rundgang entschlossen sie sich, in das Büro von Holger von Mühlen zu gehen. Es war einfach zu dunkel im Ladenlokal und sie hatten keine Ablagemöglichkeit für die Pläne.

Der Schreibtisch des Barons war fast zu klein für die langen Zeichnungen. Georg beugte sich über den Einrichtungsplan. »Die Regalwände und die Anordnung der Kühltheken sind verändert worden«, stellte er fest.

Derksen nickte. »Am Grundriss ändert sich aber nichts. Und mit den Installationsarbeiten habt ihr ja noch nicht begonnen.«

Georg setzte sich auf den Stuhl vor dem Schreibtisch. »Weil wir Ihre Pläne und Angaben noch nicht hatten«, sagte er vorwurfsvoll.

Derksen sah hoch zu Holger von Mühlen, der neben dem Schreibtisch stand. »Hätten Sie vielleicht ein Wasser für mich?«

»Klar,« nickte der Baron.

Derksen lehnte sich zurück, als von Mühlen die Tür hinter sich geschlossen hatte. »Ich werde Ärger bekommen, weil ich Ihnen die Pläne ausgehändigt habe«, seufzte der Architekt. »Aber das nehme ich auf meine Kappe.«

Georg schüttelte irritiert den Kopf. »Ärger? Warum?«

Derksen kratzte sich an seinem Dreitagebart. »Der Schwiegersohn vom alten Leonard Dobrindt hat mich aufgefordert die Pläne zurückzuhalten.«

Leonhard Dobrindt, der Firmengründer von LEDO, hatte vor zwei Jahren neben seinem Sohn auch seinen Schwiegersohn zum weiteren Geschäftsführer bestellt. Georg hatte ihn kennengelernt, als er damals mit Armin Verch, dem Expansionsleiter von LEDO, den Mietvertrag ausgehandelt hatte.

»Ich habe mit Armin Verch darüber gesprochen«, fuhr Derksen fort. »Er war wie ich der Meinung, dass wir dieses Spielchen nicht mitmachen.«

*

Thomas Melzer eilte durch den langen Gang des Amtsgerichts und hielt vor der Tür des Verhandlungssaales. Er schaute auf den Aushang mit den Terminansetzungen neben der Tür. Für elf Uhr war das Strafverfahren anberaumt. Er schaute auf die Uhr. Er hatte noch fünf Minuten

Zeit. Der Angeklagte und dessen Verteidiger in seinem Strafverfahren saßen gegenüber der Tür auf den Wartestühlen.

»Gehen wir rein?«, fragte er den Rechtsanwalt.

Der Anwalt winkte ab. »Das dauert noch. Die vorherigen Verhandlungen haben sich wohl in die Länge gezogen.«

Melzer hatte keine Lust, auf dem Gang zu warten. Leise öffnete er die Tür, ging in den Verhandlungssaal und setzte sich hinten in die Besucher-reihe. Er legte die Aktentasche auf den Stuhl neben ihm und sah nach vorn. Als sein Blick zur Anklagebank wanderte, stutzte er.

Das ist doch Klaus Amoneit. Er kannte den Makler von den Geburtstagsfeiern seines Schwiegervaters. Der Makler sah kurz zu ihm, wandte den Blick aber gleich wieder ab. Er sah zu dem großen und kräftig gebauten Mann am Zeugentisch, der gerade den Tathergang schilderte.

Der Zeuge war aus der Gaststätte neben Amoneits Büro gekommen. Klaus Amoneit hatte ein neues Firmenschild an der Wand neben seiner Bürotür angebracht. Er war zu Amoneit gegangen, um ihn zu fragen, wie es ihm ginge. Der Zeuge war Pfleger in der Psychiatrie und hatte Amoneit dort betreut. Amoneit hatte sofort eine Rohrzange aus der Werkzeugkiste gegriffen und ihm damit auf den Schädel geschlagen. Der Zeuge war daraufhin zu Boden gegangen und Amoneit war in sein Büro verschwunden. Er hatte sich aufgerappelt und war zurück in die Gaststätte gegangen. Einer der Gäste, ein Nachbar des Zeugen, hatte ihn dann ins Krankenhaus gefahren. Die blutende Kopfwunde musste genäht werden und er hatte eine schwere Gehirnerschütterung erlitten.

Der Verteidiger von Amoneit hielt dem Zeugen vor, dass er Klaus Amoneit in der Psychiatrie ständig provoziert hätte. Der Zeuge sollte Amoneit auch mehrfach bedroht haben, weil Amoneit sich geweigert hatte, die Medikamente einzunehmen. Amoneit hätte sich vom dem viel größeren Zeugen bedroht gefühlt.

Zum Tathergang gab es keine weiteren Zeugen.

Melzer schüttelte den Kopf. Versucht der Verteidiger auf Notwehr zu plädieren?

Ein Psychiater aus der Klinik, in der Amoneit vier Wochen zwangsweise zur Behandlung eingewiesen war, wurde gehört.

Der Psychiater hatte bei Klaus Amoneit eine Paranoia in Verbindung mit Schizophrenie diagnostiziert. Dann erläuterte er, wie sich das bei Klaus Amoneit darstellte.

»Bei Wahn wird besonders häufig das fehlende Krankheitsbewusstsein deutlich. Die psychischen Veränderungen werden vom Patienten nicht als krankhaft oder realitätsfremd erlebt, sondern als real empfunden. Sie gehen einher mit Schlafstörungen. Man empfindet den Patienten als Querulanten, als aggressiv, und mit bizarren Verhaltensweisen. Er ist misstrauisch und übermäßig wachsam. Die Patienten fühlen sich von Personen oder Institutionen beobachtet, bedroht und verfolgt. Sie sind sich sicher und sammeln Beweise dafür, dass ihr Partner sie betrügt.«

»Und wie verhält er sich auf sein soziales Umfeld? Familie, Arbeit?« fragte der Richter.

»Das soziale Funktionsniveau der Patienten bleibt oft unangetastet oder wenig beeinträchtigt. Sie bleiben berufstätig und stabil in ihrem Umfeld, es sei denn, wie hier bei dem Angeklagten, es kommen Wahnthemen wie Eifersucht hinzu.«

Der Richter beugte sich etwas vor. »Wenn ich das richtig verstehe, verhält sich der Patient unabhängig von seiner Wahnidee normal. Er ist zumindest nicht besonders auffällig.«

Der Psychiater nickte.

»Ist die Krankheit therapierbar?« fragte der Richter.

Der Psychiater seufzte. »Es kann eine neuroleptische Therapie versucht werden. Zu erreichen ist vor allem eine Abnahme der Wahndynamik, des Betroffenseins vom Wahn, selten jedoch eine Distanzierung von den einzelnen Inhalten. Die Therapie muss langfristig über ein Jahr durchgeführt werden, und auch eventuell verlängert werden. Aber dazu war der Angeklagte ja nicht bereit.«

»Kommen wir zur Kernfrage«, sagte der Richter. »War der Angeklagte zum Zeitpunkt der Tat zurechnungsfähig?«

»In Anbetracht seines Verfolgungswahns, der Angst und der einher gehenden Aggressivität muss ich das verneinen.«

*

Als Thomas Melzer das Büro von Kriminalhauptkommissar Anklam betrat, hing der Beamte wieder tief in seinem Stuhl und hatte die Arme vor der Brust verschränkt. Melzer setzte sich neben Schlöder vor den Schreibtisch. »Was hat die Vernehmung von Jebram ergeben?« fragte er.

Anklam setzte sich auf. »Er hat im Wesentlichen das bestätigt, was von Stetten schon ausgesagt hatte.« Er hob die Schulter. »Er hätte kein Geld oder sonstige Zuwendungen von Friedrich von Stetten für die Unterzeichnung der Bauanträge bekommen.«

Melzer stellte die Aktentasche neben den Stuhl. »Und warum hat er von Stetten diese Gefälligkeit erwiesen?« fragte er.

»Er behauptet, sein Chef Zander hätte ihn darum gebeten«, erklärte Schlöder.

Melzer hob die Brauen. »Dann werden wir Zander noch einmal vorladen.«

Anklam zog das Kinn hoch. »Die erste Befragung von Zander hat ja nicht so viel erbracht«, brummte er.

Zander hatte damals ausgesagt, dass er einen Bauantrag für seine Villa eingereicht habe, der dann auch genehmigt worden ist. Mehr hätte er dazu nicht zu sagen. Inzwischen hatten Anklam und Schlöder ermitteln können, dass Zander eine Abrissverfügung zugestellt worden ist. Die Behörde ging also auch davon aus, dass damals nicht alles mit rechten Dingen zugegangen ist.

»Wie sieht es mit den Befragungen der anderen Bauherren aus?« fragte Melzer.

»Wir haben jetzt alle befragt, die mit von Stetten gebaut haben. Die meisten hatten sofort gestanden, von Stetten bar bezahlt zu haben. Bei einigen mussten wir mit einem Strafverfahren wegen Beihilfe zur Steuerhinterziehung drohen. Aber alle haben den Sachverhalt bestätigt«, erklärte Anklam. »Sind alle protokolliert und in der Ermittlungsakte.«

Melzer lehnte sich zurück. »Gute Arbeit.« Fast fünfzig Bauherren hatten die beiden Beamten in den letzten zwei Monaten befragt und zwischendurch noch weitere Ermittlungen angestellt. Jetzt lag die Arbeit bei ihm. Fünfzig Strafbefehle mussten ausgestellt werden. Melzer schüttelte den Kopf. Die Bauherren waren vom Leiter des Stadtplanungsamtes geschröpft und bei der Durchführung der Bauarbeiten im Stich gelassen worden. Jetzt kam noch eine Geldstrafe für sie hinzu.

Melzer sah auf die Uhr. »Ist von Stetten schon da?«

Schlöder nickte. »Wartet im Vernehmungsraum«

Als sie den Vernehmungsraum betraten, nickte von Stettens Anwalt ihnen zu, während der beurlaubte Leiter des Stadtplanungsamtes wortlos vor sich hin starrte.

Melzer setzte sich den beiden gegenüber und Anklam und Schlöder rechts und links von ihm. Melzer beobachtete von Stetten eine Weile. Die zwei Monate in der Untersuchungshaft hatten von Stetten nicht einbrechen lassen. Melzer hatte das nicht für möglich gehalten.

»Wollen Sie meinen Mandanten nicht endlich aus der U-Haft entlassen? Er hat Ihnen doch alles gestanden. Da besteht doch keine Verdunkelungsgefahr mehr«, begann von Stettens Anwalt das Verhör.

Melzer zog die Ermittlungsakte aus der Aktentasche und legte sie auf den Tisch. »Er hat das gestanden, was wir ihm sowieso schon nachweisen konnten.« Melzer klappte die Akte auf. »Es gibt immer noch offene Fragen.«

Melzer beugte sich vor und wandte sich an von Stetten. »Erzählen Sie mir alles über die Beauftragung, den Ablauf und die Honorarzahlungen bei der Abwicklung der Villa von Zander.«

Von Stetten rührte sich kaum. Teilnahmslos und wie unter Beruhigungsmittel stehend, sah er Melzer aus leeren Augen an. »Ich habe Ihnen doch schon gesagt, dass ich nur den Entwurf gemacht habe und dass es eine reine Gefälligkeit war.« Er seufzte fast unmerklich. »Es hat mir einfach Spaß gemacht, so ein außergewöhnliches Haus zu entwerfen.«

Melzer legte die Arme auf den Tisch. »Was wissen Sie über das Zustandekommen der Baugenehmigung und über die Verbindung zwischen Zander und dem ermordeten Sachbearbeiter Meisner.«

Von Stetten hob nur leicht die Schulter. »Keine Ahnung.«

Melzer sog die Luft durch die Nase ein. »Reden Sie doch keinen Unsinn. Sie haben als einziges Amt eine positive Stellungnahme für die Villa von Zander abgegeben. Alle anderen Ämter haben das Vorhaben abgelehnt.«

Von Stetten zuckte die Achseln. »Ich hielt das Bauvorhaben für unbedenklich. Über die Baugenehmigung entscheiden musste das Bauordnungsamt.«

Melzer nickte. »Und der Sachbearbeiter, der die Baugenehmigung ausgestellt hat, ist tot.«

Von Stetten kaute an seiner Wange und sah an Melzer vorbei.

Melzer blätterte in der Ermittlungsakte. »Es wurden in der Vergangenheit auffallend häufig Bebauungspläne zum Vorteil von Zander geändert. Da war ja wohl Ihr Amt federführend.«

Von Stetten sah ihn kurz an, wandte dann den Blick wieder ab. »Die Änderungen waren städtebaulich sinnvoll und haben die Infrastruktur der Stadt gestärkt.«

Melzer beugte sich weit vor. »Bei der Aufstellung dieser Bebauungspläne sahen Sie keine Veranlassung für die Ausweisung von Verkaufsflächen. Es ist Ihnen immer erst dann in den Sinn gekommen, nachdem Zander in diesen Gebieten Grundstücke gekauft hatte«, hielt Melzer ihm vor.

Von Stetten antwortete nicht und sah zur Decke.

Melzer klappte die Ermittlungsakte zu. »Sie werden so lange in Untersuchungshaft bleiben, bis ich eine klare Aussage von Ihnen dazu habe.«

Von Stetten sah ihn an. Sein Blick verhärtete sich und er biss die Zähne zusammen. »Glauben Sie wirklich, das wäre auf meinem Mist gewachsen?«

Melzer hob die Brauen. »Auf wessen Mist denn?«

Von Stetten warf den Kopf in den Nacken. »Fragen Sie doch mal meine Chefin, Frau Schüler.«

*

Georg Heffner legte das Buch von Val McDermid auf die Konsole neben seinem Bett und schaltete die Leselampe aus. Neben sich hörte er an Doris´ ruhigem und gleichmäßigem Atem, dass sie eingeschlafen war. Früher hatte sie das Licht der Leselampe gestört, aber mittlerweile hatte sie sich daran gewöhnt. Er drehte sich auf die Seite. Nach dem Termin mit Derksen hatte er mit den Installationsfirmen die Pläne von

Derksen durchgesprochen. Die Firmen hatten zugesagt, kurzfristig mit den Arbeiten zu beginnen. Er hatte noch kurz über die Gespräche nachgedacht, dann war er eingeschlafen.

Lautes Hundegebell weckte ihn auf. Auch Doris hatte sich aufgesetzt und die Nachttischlampe eingeschaltet.

»Was hat Baldacci denn? Er bellt doch sonst nicht«, sagte Doris.

Georg schlug die Bettdecke zurück und stieg aus dem Bett. »Ich sehe mal nach.«

Georg schaltete die Stufenbeleuchtung ein und ging die Treppe hinunter. Unten angekommen machte er das Licht in der Diele an. Ein schwacher Lichtschein fiel ins Wohnzimmer. Baldacci stand vor der Terrassentür im Wohnzimmer und bellte die geschlossene Tür an.

Georg schalte das Licht im Wohnzimmer an. »Was hast du denn?«, fragte er den Hund.

Baldacci sah kurz zu ihm, dann starrte er wieder die Tür an, knurrte und schlug wieder kräftig an.

»Was ist denn da?« Georg sah auf den heruntergelassenen Rollladen vor der Terrassentür. Er drückte den Schalter am Pfeiler neben der Tür und wartete, bis der Rollladen hochgefahren war. Dann öffnete er die Tür und trat auf die kleine Terrasse vor dem Wohnraum. Baldacci leckte Georgs Hand und presste seinen Körper gegen Georgs Bein.

Georgs Blick wanderte durch die Dunkelheit. Baldacci schlug wieder aufgeregt an. »Da ist doch nichts«, versuchte Georg den kläffenden Hund zu beruhigen.

Er ging zurück in den Wohnraum und schaltete die Terrassenbeleuchtung ein. Gedämpfte Schritte waren zu hören. Schnell ging er wieder auf die Terrasse. Ein Knarren von rechts. Das Gartentor zum Grundstück seiner Tochter stand offen. Gedämpfte Schritte entfernten sich. Als Georg in Richtung des offenen Tores ging, schoss Baldacci an ihm vorbei. Aus dem Haus seiner Tochter drang Hundegebell. Die

Terrassentür wurde geöffnet und Dixie, die Hündin seiner Tochter, sprang mit lautem Gebell in den Garten. Als Georg das Gartentor erreichte, kam Thomas im Schlafanzug aus dem Haus.

»Was ist los?« fragte er und sah den beiden Hunden hinterher, die durch de0n Garten zum gegenüberliegenden Zaun rannten.

Dixies lautes Knurren drang durch die nächtliche Dunkelheit. Dann stimmte auch Baldacci ein. Tritte gegen den Holzzaun, dann ein Fluchen, waren zu hören. Georg und Thomas eilten durch den Garten. Die beiden Hunde sprangen am Zaum hoch und kläfften. Der weiche Mutterboden um die Sträucher herum war zertreten. Schuhabdrücke und Hundepfoten waren darin eingedrückt.

»Da war jemand in meinem Garten und ist dann zu euch herübergelaufen«, sagte Georg ganz außer Atem. Dixie schnupperte am Boden, dann kam sie schwanzwedelnd zu Thomas. Sie hatte einen Stofffetzen im Maul.

»Aus«, befahl Thomas und nahm ihr den Fetzen ab. Er drehte das Stoffstück in der Hand. »Gut gemacht Dixie«, lobte er die Hündin.

Baldacci knurrte noch einmal in Richtung Zaun. Georg streichelte ihn. »Ja, du hast das auch gut gemacht.«

»Der ist weg. Den kriegen wir nicht mehr«, sagte Thomas. »Lass uns zurückgehen und nachsehen, ob er irgendwo einbrechen wollte.«

Als sie durch das Gartentor auf Georgs Grundstück gingen, fiel sein Blick auf die Fenster seines Arbeitszimmers an der Giebelseite des Hauses. Ein Rollladen war hochgeschoben worden und aus den Führungsschienen gesprungen. Eines der Fenster stand offen.

»Der ist bei dir eingebrochen«, sagte Thomas und zeigte auf das offene Fenster.

Georg lief ins Wohnzimmer, durch die Diele, die Treppe hinunter und in sein Arbeitszimmer. Er schaltete das Licht an und sah sich um. Es sah alles so aus wie sonst. Auf der Fensterbank und am Boden unter dem Fenster lag Sand. Er ging weiter in den Raum bis sein Blick auf seinen Schreibtisch fiel.

Sein Notebook war weg.

Kapitel 22

»Ist sonst noch etwas gestohlen worden?« fragte Thomas nachdem er die Polizei angerufen hatte.

Georg hatte sich schon umgesehen, aber außer dem Notebook fehlte nichts. »Der Einbrecher ist wohl von Baldacci gestört worden«, vermutete Georg.

»Oder der Einbrecher hatte es nur auf das Notebook abgesehen«, mutmaßte Thomas. Er sah sich noch mal um. »Wir sollten hoch gehen und uns etwas überziehen, bevor die Polizei eintrifft.«

Als Georg die Treppe hochstieg, standen Baldacci und Dixie wedelnd an der obersten Stufe. Georg strich den beiden über den Kopf. »Habt ihr gut gemacht.«

Doris kam die Treppe vom Obergeschoss herunter, in einem weißen Bademantel gehüllt. »Was ist passiert?«

Georg berichtete ihr kurz von dem Einbrecher, während Thomas das Haus verließ. »Wir sollten uns etwas anziehen, bevor die Polizei kommt«, sagte er und stieg die Treppe hoch ins Schlafzimmer.

Er zog eine Jeans und ein T-Shirt an, ging hinunter in die Küche und setzte eine große Kanne Kaffee auf. An Schlaf war jetzt nicht mehr zu denken. Georg öffnete die Tür zur Terrasse und trat hinaus. Die frische Morgenluft kühlte wohltuend seinen Kopf. Weit hinten am Horizont kündigte ein hellgrauer Streifen den Morgen an. Die ersten Vögel zwitscherten in den Sträuchern und Bäumen.

Thomas und Stephanie kamen vom Nachbargrundstück herüber. Stephanie rieb Georgs Arm. »Thomas hat mir schon alles erzählt. Das Notebook kann ersetzt werden. Hauptsache euch ist nichts passiert.«

Georg legte einen Arm um die Schulter seiner Tochter und drückte sie an sich. Wortlos schaute er in die Dämmerung. Ein nebliger Dunst stieg über der Rasenfläche auf und verflüchtigte sich wieder.

Doris kam aus der Küche auf die Terrasse. Sie hatte sich eine dunkelblaue Hose und ein Sweatshirt übergezogen. »Hört das denn nie auf?« fluchte sie.

Georg löste sich von seiner Tochter und nahm Doris in den Arm. Zweimal wurde schon in seinem Büro eingebrochen. Die Diebe hatten aber nur die Portokasse gestohlen. Die Computer hatten sie nicht angerührt. Und einmal waren Diebe in sein früheres Haus eingedrungen, als sie nicht zu Hause waren. Hatten alles durchwühlt, Doris´ Schmuck gestohlen, andere Wertsachen und Georgs Laptop. Seit dem hatte Doris höllische Angst vor Einbrechern.

»Gut, dass der Hund im Haus war«, sagte Doris und drehte sich um. »Wo ist Baldacci überhaupt?«

»Dort an der Garagenwand«, antwortete Georg. Die beiden Hunde lagen nebeneinander, eingerollt wie Schnecken und schliefen.

Es klingelte an der Haustür.

»Trinkt erst mal euren Kaffee«, sagte Thomas. »Ich regele das schon.« Er ging zur Haustür und ließ die beiden uniformierten Beamten herein.

Georg goss sich an der Kaffeemaschine einen Kaffee ein und ging ins Wohnzimmer. Die Tür zur Terrasse stand noch auf. Die Morgenluft zog in den Raum und verbreitete eine wohltuende Frische. Georg trank einen Schluck, um die bleierne Müdigkeit aus seinem Körper zu vertreiben. Aus der Küche klang das Klappern von Tassen zu ihm herüber. Dann kamen Doris und Stephanie ins Wohnzimmer und setzten sich mit ihrem Kaffee auf das weiße Ledersofa.

»Selbst im eigenen Haus ist man nicht mehr sicher«, hörte Georg Doris sagen.

Georg hörte den Beiden nicht mehr zu. Er war mit seinen Gedanken ganz woanders.

Nach einer knappen halben Stunde kam Thomas mit den beiden Beamten in den Wohnraum. »Wir haben gesichert, was zu sichern war und auch die Anzeige aufgenommen. Du musst sie noch unterschreiben«, sagte er zu Georg.

Georg ging mit den Beamten an den Esstisch und unterschrieb die Anzeige gegen Unbekannt. Dann brachte er die Beamten noch zur Tür und ging zurück ins Wohnzimmer. »Wollt ihr euch nicht noch etwas hinlegen?« fragte er die beiden Frauen.

Doris nickte. »Ich trinke nur noch den Kaffee aus.«

»Hast du noch ein paar Minuten für mich?« fragte er seinen Schwiegersohn und deutete auf die Treppe.

Sie gingen nach unten in Georgs Arbeitszimmer. Er schloss das Fenster. Um die herausgerissenen Rollladen musste sich ein Handwerker kümmern.

»Was war eigentlich alles auf den Notebook?«, fragte Thomas und setzte sich vor den Schreibtisch.

Georg stopfte sich eine Pfeife. Es war eigentlich zu früh dazu, aber ein paar Züge würden ihn beruhigen.

»Meine persönlichen Daten und Schriftverkehr und alle Daten über das Einkaufscenter von Holger von Mühlen.«

»Hast du Sicherungskopien davon?«, fragte Thomas.

Georg nickte. Seitdem damals bei dem Einbruch in sein altes Haus der Laptop gestohlen wurde, hatte er fast täglich die Daten gesichert. Die externe Festplatte bewahrte er im Obergeschoss auf. Außerdem sicherte er die Daten auf einem 32 GB Stick, den er ständig bei sich trug.

Er seufzte. »Ich glaube nicht, dass es irgendein Dieb war. Er hat sich nur für das Notebook interessiert, alles andere hat er nicht angerührt.«

Thomas schüttelte den Kopf. »Baldacci hat ihn aufgeschreckt.«

Georg zündete die Pfeife an und zog heftig daran. Rauch drang in seine Lunge und er musste husten. »Irgendjemand war an den Daten des Einkaufscenters interessiert.«

Thomas runzelte die Stirn. »Wie kommst du zu der Vermutung?«

Georg zog an der Pfeife und lehnte sich zur Seite. Er zog die Schublade des Rollcontainers unter seinem Schreibtisch auf und nahm eine Plastikhülle heraus. Nach einem kurzen Blick darauf, gab er die Hülle seinem Schwiegersohn. Während er sich zurücklehnte und an der Pfeife zog, beobachtete er Thomas, wie er Seite für Seite aus der Hülle zog. Nacheinander legte er sie auf den Tisch.

LASS DIE FINGER VOM EINKAUFSCENTER, SONST ÜBERLEBST DU DAS NICHT.

WIR MEINEN ES ERNST. ZIEH DICH ZURÜCK ODER DU STIRBST.

DAS IST DIE LETZTE WARNUNG.
ENTWEDER DU LÄSST DIE FINGER VOM EINKAUFSCENTER ODER DU BIST TOT.

*

»Warum hast du mir nicht früher davon erzählt. Das sind Morddrohungen.« Thomas legte die Drohbriefe auf den Tisch. »Du musst die Polizei einschalten.«

Georg schüttelte den Kopf. »Dann erfährt es auch Doris. Du weißt doch, wie sie darauf reagieren wird.«

Thomas stieß die Luft durch die Nase. »Du kannst die Drohbriefe nicht in deinem Schreibtisch verschwinden lassen.«

Georgs Blick verhärtete sich. Er zog heftig an der Pfeife. »Ich werde mir nicht durch Drohungen verbieten lassen, meinen Beruf auszuüben. In welchem Staat leben wir denn.«

Thomas hob die Hände. »Ich verstehe dich ja. Überlass mir die Briefe. Ich werde sie auf Fingerabdrücke untersuchen lassen und dafür sorgen, dass die Sache diskret verfolgt wird.«

Georg lehnte sich zurück und paffte an der Pfeife. »Erst diese Drohbriefe und jetzt der Diebstahl der Daten des Einkaufscenters.« Er sah nachdenklich zur Decke. »Und warum hat von Stetten die Erteilung der Baugenehmigung verzögert?«

»Von Stetten?« fragte Thomas.

Georg sah seinen Schwiegersohn an und nickte. »Fast sechs Monate. Erst als ich mit einer Klage vor dem Verwaltungsgericht gedroht habe, hat er eingelenkt.«

Thomas strich sich über die dunklen Stoppeln in seinem Gesicht. »Bei der gestrigen Vernehmung hat von Stetten angedeutet, er hätte die Änderungen der Bebauungspläne zugunsten von Zander auf Anweisung seiner Chefin gemacht.«

»Renate Schüler?« fragte Georg. »Warum sollte sie Zander Vorteile verschaffen?»

Plötzlich machte es Klick in Georgs Kopf. »Zander und die Schüler. Ich hatte dir doch erzählt, dass die beiden im Seehof zusammen zu Mittag gegessen haben. An dem Sonntag nach der Taufe von Amoneits Kindern.«

Thomas nickte und runzelte die Stirn. »Der Sache sollte ich mal nachgehen.« Er setzte sich auf. »Apropos Amoneit. Er stand gestern vor Gericht. Wegen Körperverletzung.«

Georg nahm die Pfeife aus dem Mund. »Klaus Amoneit? Wegen Körperverletzung?«

»Er hat einem Pfleger aus der Psychiatrie mit einer Rohrzange auf den Schädel geschlagen.«

»Und? Wie hoch war die Strafe?« fragte Georg.

»Freispruch wegen Unzurechnungsfähigkeit«, antwortete Thomas.

»Aber man hat ihn doch wohl in die Psychiatrie geschickt«, ereiferte sich Georg.

Thomas schüttelte den Kopf. »Das habe ich auch nicht verstanden.«

Georg seufzte. »Klaus Amoneit ist eine lebende Zeitbombe.« Er sah aus dem Fenster. Die ersten Sonnenstrahlen fielen auf den Giebel des Hauses seines Schwiegersohns. »Der Stofffetzen, den Dixie im Maul hatte…« Er zog wieder an der Pfeife. »… der hatte doch so ein Armeetarnmuster.«

Thomas legte die Arme auf den Tisch und beugte sich vor. »Warum fragst du?«

Georg wandte sich wieder seinem Schwiegersohn zu. »Der Kumpel, den Klaus Amoneit in der Psychiatrie kennengelernt hat, trägt solche Sachen.«

*

Durch die Ritzen der heruntergelassenen Rollladen fiel das Sonnenlicht in Ralf Neuhaus Büro und malte ein kariertes Muster auf den Boden. Trotz der Verschattung des Fensters würde sich der Raum im Laufe des Tages wieder aufheizen. Das Dämmerlicht lag wie eine schützende Hülle über dem Raum.

Nebenan saßen die Bauzeichner ihre Arbeitszeit ab. Er hatte nichts mehr zu tun für sie. Seit zwei Monaten vertröstete Zanders Architekt Jebram ihn. Die Wirtschaftlichkeitsberechnung des Wohnbauprojekts befriedigte Zander nicht. Er prüfe jetzt, ob sich der Bau von Eigentumswohnungen besser rechnen würde. Dann hieß es, der Markt gäbe einen Verkauf von sechzig Wohnungen nicht her. Dann prüfte er, ob sich betreute Seniorenwohnungen besser vermarkten ließen. Zander hatte er nicht mehr erreicht. Termine, Termine, bekam Neuhaus von der Sekretärin zu hören.

Das Geld, das Zander ihm überwiesen hatte, reichte noch für die Gehälter am Monatsende. Der Oberlehrer weigerte sich immer noch, seine Rechnung zu bezahlen. Und aus den wenigen, fast fertiggestellten Objekten, konnte er nur noch Honorar in Rechnung stellen, das er für seinen Lebensunterhalt brauchte.

Valerie hatte seine Sorgen gespürt und ihn gefragt, was ihn so bedrückte. Aber er hatte nur Ausflüchte gefunden, war ihren Fragen ausgewichen. Die Trainerstunden auf dem Golfplatz hatte er bereits gestrichen. Bei der Sparkasse brauchte er wegen eines Kredites nicht nachzufragen. Die Antwort kannte er schon und eine weitere Demütigung konnte er nicht ertragen.

Das Geld aus dem Verkauf von Tante Marthas Haus konnte er sich auch erst mal abschminken. Die Stadt hatte den Nutzungsänderungsantrag abgelehnt. Der Fachanwalt für Verwaltungsrecht, den er aufgesucht hatte, konnte ihm auch keine Hoffnung machen. Auch vor dem Verwaltungsgericht hätte er kaum Chancen, eine Genehmigung zu erlangen. Außerdem würde er frühestens in einem Jahr einen Verhandlungstermin bekommen. In einem Monat würde der Termin verstreichen, bis zu dem er die Genehmigung beibringen musste. Dann würden Piaydas vom Vertrag zurücktreten und er musste auch noch die Notarkosten übernehmen.

Er lehnte sich zurück und blies die Luft aus. Danach konnte er das Haus wieder verkaufen. Aber wer kaufte schon ein Wochenendhaus am Stadtrand einer Ruhrgebietsstadt.

Er spürte, wie die Unruhe in ihm aufstieg. Am liebsten würde er jetzt einfach losrennen. Weg von den Sorgen, die ihn zu erdrücken drohten. Die Gedanken rasten nur so durch seinen Kopf wie eine

Endlosspirale, die immer schneller wurde. Er hatte das Gefühl, dass sein Kopf gleich explodieren würde. Angst stieg in ihm auf und mischte sich mit grenzenloser Hoffnungslosigkeit.

Du musst etwas tun, versuchte er wieder Ordnung in seine Gedanken zu bringen.

Aber was, zermahlte er sein Gehirn. Er stand auf und lief unruhig durchs Zimmer. Denk nach. Du kannst hier nicht herumsitzen und darauf warten, dass jemand kommt und dir einen neuen Auftrag bringt. Er fasste sich an den Kopf. Verflucht. Verflucht.

Georg Heffner betreute jetzt das Einkaufscenter. Mit dem Honorar aus der Bauleitung des Centers hätte er keine finanziellen Sorgen. Er hatte die Kündigung hinnehmen müssen. Was hätte er auch zu seiner Rechtfertigung anführen können. Das hatte er sich alles selber zuzuschreiben.

Heffners Anwalt würde sich sicher auch bald bei ihm melden und die ausstehenden zwei Raten für die Büroübernahme einfordern.

Georg Heffner.

Er musste mit ihm reden. Musste ihm sagen, dass er die Raten im Moment nicht zahlen konnte.

Georg Heffner hatte ihm so oft seine Hilfe angeboten, die er aber aus Eitelkeit ausgeschlagen hatte.

Du musst über deinen Schatten springen.

Rede mit ihm.

*

Zander legte den Schriftsatz auf den Schreibtisch. »Und Sie glauben, dass wir damit durchkommen?«

Der Anwalt hob die Schulter. »Es wird sehr schwer werden. Wir können nur auf einen gnädigen Richter hoffen.«

Zanders Augen weiteten sich. »Sie wollen mir doch nicht allen Ernstes erzählen wollen, dass ich mein Haus abreißen muss.«

»Die Baugenehmigung ist eindeutig rechtswidrig erteilt worden«, verteidigte sich der Anwalt. »Und Meisner ist tot. Er kann weder zum Sachverhalt befragt werden, noch zur Rechenschaft gezogen werden.«

»Tun Sie was dagegen«, fuhr Zander ihn an. »Die Villa hat mir mehr als zwei Millionen gekostet. Die reiße ich doch nicht so einfach ab.«

Der Anwalt seufzte. »Ich tue ja was ich kann.« Er blies kräftig die Luft aus. »Das Verwaltungsgerichtsverfahren wird mindestens ein paar Monate dauern. Und danach können wir noch in Berufung gehen.«

»Schaffen Sie mir das Problem vom Hals.« Zander beugte sich vor. Er spürte wie sein Atem schneller ging. »Wofür bezahle ich Sie.«

Als der Anwalt die Tür hinter sich geschlossen hatte, lehnte er sich zurück. Verflucht, wer hatte die Sache in Gang gebracht? Egal, er hatte noch ausreichend Zeit, um sich darum zu kümmern. Er war nie Herausforderungen aus dem Weg gegangen. Er würde auch für dieses Problem eine Lösung finden.

Zander griff zum Telefon und rief Renate an.

»Schüler«, meldete sie sich nach den zweiten Klingelton.

»Hallo Renate. Ich wollte mal hören, wie es dir geht.«

Es dauerte eine Weile bis sie antwortete. »Der Bauausschuss hat gestern der Änderung des Bebauungsplanes zugestimmt. Jetzt kannst du deinen Lebensmittelmarkt bauen.« Er hörte ein leichtes Schnauben. »Das war doch der Grund deines Anrufes.«

Ein zufriedenes Grinsen huschte über sein Gesicht. »Ja. Nein. Nicht nur.«

»Was willst du denn noch?« fragte Renate.

»Ich möchte dich sehen.«

»Nein.« Ihre Antwort kam viel zu schnell und viel zu schroff.

Zander atmete tief durch. »Bitte Renate. Lass uns reden.«

»Worüber? Über die Abrissverfügung deines Hauses?« fragte sie sarkastisch. »Die Sache ist mir aus der Hand genommen worden. Der Bürgermeister und der Rechtsrat kümmern sich jetzt darum.«

Zander lehnte sich mit dem Hörer am Ohr zurück. »Können wir denn nicht einen Kompromiss finden?« fragte er.

»Frage den Rechtsrat«, bekam er als Antwort.

»Warum bist du so pampig?« fragte er. »Ich würde dich gerne wieder sehen.«

Es dauerte eine Weile bis Renate antwortete. »Das geht nicht. Ich will das auch nicht. Du weißt warum.«

Zander hörte wie ihr Atem schneller ging.

»Ich will diese Heimlichtuerei nicht mehr. Ich will eine feste Beziehung, einen Mann, der mit mir die Abende verbringt.« Ihre Stimme wurde brüchiger. »Mit mir in Urlaub fährt und die Freizeit mit mir teilt.«

Renate hatte aufgelegt, bevor er noch etwas sagen konnte. Langsam legte er den Hörer auf die Gabel. Er spürte einen Stich in seiner Brust. Er nippte an dem Kaffee. Er war schon kalt und abgestanden. Zander nahm die unbenutzte Tasse des Anwalts, goss sich frischen Kaffee aus der Thermoskanne ein und trank einem Schluck.

Wütend stellte er die Tasse wieder ab. Kaffee schwappte über den Rand der Tasse und bildete einen Ring auf der Untertasse. Was bildete sie sich ein. Wie konnte sie mit ihm Schluss machen. Wenn einer die Beziehung beendete, dann war er das, sagte ihm sein angekratztes Ego. Sie hatten beide von der Beziehung profitiert. Er von Renates Unterstützung bei der Durchsetzung seiner Bauvorhaben. Sie von seinen großzügigen Geschenken. Und am Sex hatten sie auch beide ihren Spaß gehabt.

Zander nahm eine Havanna aus der Kiste auf dem Schreibtisch und zündete sie an. Er verzichtete auf die lange Prozedur des Anzündens und zog hastig an der Zigarre. Dichter Rauch stieg auf. Rauch, den er auch in seinem Gehirn zu spüren schien. Er dachte an die Vergabe der Mehrzweckhalle. Er rechnete fest mit dem Zuschlag durch die Stadt. Renate hatte bei früheren Objekten immer dafür gesorgt, dass er den Zuschlag bekam. Eine zwanzig Millionen Investition. Mit Kortkamp war die Finanzierung schon abgesprochen. Und eine Betreibergesellschaft hatte er auch schon gegründet.

Sein Atem ging schneller. Er zog an der Zigarre und Rauch reizte seine Lunge. Er hustete ein paar Mal und spülte mit Kaffee den Rauch aus dem Mund.

Aber da war noch etwas anderes in seinem Kopf. Bilder, die er zu verdrängen suchte. Renate in den Armen eines anderen Mannes. Renate im Bett mit einem anderen Mann. Er konnte diese Gedanken nicht ertragen. Immer wieder schüttelte er den Kopf. Sie gehörte ihm. Zander stand auf und ging zum Fenster. Er schaute hinunter auf das rege Treiben im Stadtteilzentrum ohne es wirklich wahrzunehmen. Nach ein paar Zügen an der Zigarre ordneten sich seine Gedanken langsam wieder.

Er wollte sein Familienleben nicht aufgeben. Er wollte alles so belassen, wie es war. Renate und er hatten viel Glück gehabt, dass ihre Beziehung nicht aufgeflogen war. Die Leute im Rathaus hätten doch gleich ihre Schlüsse daraus gezogen. Renate hatte viel mehr zu verlieren als er. Ihren Job als Dezernentin, ihr Ansehen in der Stadt. Es gab kaum noch interessante Grundstücke, die ihn reizen würden. Und wenn, dann würde Renate ihm auch weiter helfen, dafür würde er schon sorgen.

Zander ging zurück an seinen Schreibtisch und setzte sich. Nach einem Schluck Kaffee blätterte er in der Ausarbeitung, die Jebram für die Seniorenwohnungen auf dem Grundstück erstellt hatte. Er legte sie wieder zurück. Die brauchte er jetzt nicht mehr.

Genauso wenig wie Neuhaus.

Der Bauausschuss hatte der Änderung des Bebauungsplans zugestimmt. Der Stadtrat musste zwar noch darüber abstimmen, aber das war nur noch eine Formsache. Jetzt konnte er auf dem Grundstück an der Scherlebecker Straße anstatt der Wohnbebauung den LEDO-Markt bauen. LEDOs Architekt würde wie immer einen Entwurf liefern und Jebram konnte den Bauantrag stellen.

Mit dem Darlehen hatte er Neuhaus an sich binden wollen. Neuhaus sollte die Bauarbeiten am Einkaufscenter von Holger von Mühlen verzögern, damit LEDO vom Vertrag zurücktreten konnte. Das hätte von Mühlen den Hals gebrochen. Dann hätte der Baron verkaufen müssen.

Aber jetzt betreute Heffner das Einkaufscenter und nicht Neuhaus.

Er griff zum Telefon und wählte eine interne Nummer.

Kapitel 23

Georg Heffner stellte den AUDI auf dem Parkplatz hinter dem Büro der Heizungsfirma ab. Die Firmenwagen der Installateure waren zurück von den Baustellen und standen wie aufgereiht an der hinteren Reihe des Parkplatzes. Sambill war immer im Büro, wenn die Installateure von den Baustellen zurückkehrten. Er stieg aus dem Wagen, ging zum Eingang und betrat den Empfang.

Poster von Heizungsanlagen, Klimageräten und Sanitäreinrichtungen hingen an den Wänden. Die Frau, Ende dreißig mit kurzgeschnittenem blonden Haar, sah von ihrem Schreibtisch auf.

»Herr Heffner.«

»Ich möchte zu Ihrem Bruder«, sagte Georg.

»Der bespricht gerade die morgigen Arbeiten mit den Installateuren«, entgegnete sie.

»Sagen Sie ihm, dass ich ihn sprechen möchte.«

Die Frau stand auf und verschwand hinter einer Tür, die zum Lager führte.

Die Installateure der Heizungsfirma waren den ganzen Tag nicht an der Baustelle gewesen. Georg hatte bereits am Morgen mehrfach angerufen aber immer nur Sambills Schwester erreicht.

Der Chef ist nicht im Haus. Der Chef ist immer noch zu Terminen. Nein, die Handynummer darf ich nicht herausgeben. Er ruft Sie zurück.

Nach ein paar Minuten kam die Frau mit Sambill zurück.

»Herr Heffner, ich wollte Sie gerade anrufen«, sagte Sambill. »Gehen wir in mein Büro.«

Georg folgte dem Chef der Heizungsfirma durch eine Tür neben dem Schreibtisch in ein großzügiges Büro. Die Nachmittagssonne vermischte das Weiß der Wände in einen gelben Ton.

Georg setzte sich vor den Schreibtisch und wartete bis Sambill Platz genommen hatte. »Sie waren heute nicht auf der Baustelle.«

Sambill nickte. »Ich habe das Material noch nicht da.«

Georg hob die Brauen. »Ihr Großhändler ist gleich hier um die Ecke. Sie holen das Material doch sonst auch selbst dort ab.«

Sambill nestelte an den Papieren auf dem Schreibtisch herum. »Ich habe drei Leute im Urlaub und heute Morgen hat sich ein weiterer krank gemeldet.«

Georg wiegte den Kopf hin und her und verdrehte die Augen. »Herr Sambill, Sie wissen doch nicht erst seit heute, dass Ihre Leute in Urlaub sind.«

»Das ist richtig«, nickte Sambill. »Wir sind an einigen anderen Baustellen nicht fertig geworden. Die Bauherren wollen einziehen und machen mächtig Druck.«

Georg sog die Luft durch die Nase ein. »Wir haben einen Vertrag mit festen Terminen.«

»Ja, es tut mir auch leid«, wand sich Sambill.

»Und wann gedenken Sie, die Arbeiten aufzunehmen«, fragte Georg und sah Sambill dabei in die Augen.

Der Heizungsbauer wich seinem Blick aus. »In einer Woche kann ich anfangen.«

»Das kommt nicht in Frage«, protestierte Georg mit lauter Stimme. »Entweder Ihre Leute sind morgen an der Baustelle oder ich entziehe Ihnen den Auftrag.«

Mit den Handwerkern musste man Klartext reden. Georg hatte oft genug die Erfahrung machen müssen, dass der, der am lautesten brüllte und am härtesten drohte, zuerst bedient wurde.

Sambill rutschte auf dem Stuhl herum. »Ich schaffe das nicht früher.« Der Heizungsbauer fummelte an seinem Hemdkragen herum.

»Hören Sie, ich werde die Baustelle stärker besetzen, dann holen wir die Zeit wieder raus.«

Georg seufzte und schüttelte den Kopf. »Wissen Sie, wie oft ich das schon gehört habe?« Er stand auf. »Morgen sind Ihre Leute an der Baustelle.«

*

Georg bezahlte die Cola light am Ausschank von Döbbers Stübchen, ging an den Tischen des kleinen Biergartens vorbei und setzte sich etwas abseits auf einen Stein an der Uferböschung. Die ausgelassenen Gespräche der Gäste ertrug er nicht. Er brauchte Ruhe, um seine Gedanken zu sortieren.

Die Sonne senkte sich langsam über dem Stausee. Einige Enten tauchten am Rande des Ufers nach Futter. Etwas abseits stand ein Fischreiher regungslos im seichten Wasser. Georgs Blick wanderte zu dem kleinen Jachthafen, wo die Segelboote vertäut am Anlegesteg lagen.

Er hatte während des Tages kaum Zeit gefunden, um über den Einbruch in sein Haus nachzudenken. Er wurde einfach den Gedanken nicht los, dass der Diebstahl des Notebooks mit den Drohbriefen in Verbindung stand. Irgendjemand versuchte zu verhindern, dass das Einkaufscenter rechtzeitig fertig werden würde.

Georgs Blick schweifte auf den See. Weit draußen glitten zwei Segelboote geräuschlos durchs Wasser.

Wie würde Doris mit dem Einbruch klar kommen? Damals, als in ihrem alten Haus eingebrochen worden war, hatte sie wochenlang unruhig geschlafen. Georg wusste, dass es an Doris nagen würde. Es war jemand in ihr Haus eingedrungen. In ihr Zuhause. Ein Zuhause, dass ihr eigentlich Schutz und Geborgenheit bieten sollte. Es würde lange dauern, bis sie das verarbeitet hatte. Bis sie sich wieder sicher fühlen würde.

Georg trank einen Schluck Cola aus der Flasche und zog die Knie an. Er fühlte sich schuldig. Wenn er die Bauleitung des Einkaufscenters nicht übernommen hätte, wäre das alles nicht passiert. Keine Drohbriefe, von denen Doris noch nichts wusste. Kein Einbruch. Aber sollte er sich von diesen Leuten tyrannisieren lassen? Sollte er ihren Drohungen nachgeben?

Er streckte die Beine ins Gras der Uferböschung. Die Hitze lag wie eine drückende Glocke über dem See. Unter den Armen war sein Hemd schweißgetränkt und dünne Rinnsale liefen von seiner Wange in den Hemdkragen.

Das Gespräch mit Sambill kam wieder hoch. Seine Handwerker wussten genau, dass er bei den Terminvorgaben nicht mit sich reden ließ. Fehler kamen vor, wurden beseitigt und damit war die Sache für Georg erledigt. Aber bei den Terminen kannte er kein Pardon. Auch Sambill wusste das. Der Heizungsbauer war nervös gewesen und hatte ihn nicht ansehen können.

Plötzlich züngelte eine winzige Flamme des Misstrauens in seinem Inneren hoch und setzte sich in seinem Kopf fest.

Wehret den Anfängen.

*

Horst Anklam stieg aus dem Wagen, den er vor dem Hotel Seehof abgestellt hatte und schaute hinunter zum Stausee. Am Strandbad tummelten sich noch ein paar Kinder im Wasser, obwohl die Sonne nur noch dicht über den Bäumen am anderen Ufer stand.

Staatsanwalt Melzer hatte ihm gegenüber den Verdacht geäußert, dass Zander und Renate Schüler ein Verhältnis haben könnten. Melzers

Schwiegervater hatte die beiden an einem Sonntag im Hotel Seehof gesehen. Es war zwar nur ein Verdacht, aber Anklam wollte der Sache trotzdem nachgehen.

Der Staatsanwalt hatte ihm und Schlöder von dem Einbruch bei seinem Schwiegervater berichtet und ihnen auch die Drohbriefe gezeigt. Georg Heffner konnte Recht haben mit seiner Vermutung, dass die Drohbriefe, der Einbruch und von Stettens verzögerte Bearbeitung des Bauantrages, mit dem Bau des Einkaufscenters zusammen hängen konnten. Anklam hatte die Drohbriefe an die Kollegen weitergegeben, die dafür zuständig waren. Hauptkommissar Quill, dem Georg Heffner vor Jahren eine Doppelhaushälfte gebaut hatte, wollte der Sache nachgehen.

Anklam betrat die runde und vollständig verglaste Eingangshalle, die sich über drei Geschosse in den Himmel reckte, und ging an die Rezeption.

»Was kann ich für Sie tun?« fragte die blonde Frau.

»Anklam«, stellte er sich vor. »ich hätte gerne Herrn Vucevic gesprochen.«

Die junge Frau griff zum Telefon und gab seinen Wunsch weiter.

»Herr Vucevic wird in ein paar Minuten Zeit für Sie haben. Setzen Sie sich doch so lange in eine unserer Sitzecken«, bat sie.

Anklam bedankte sich und ging zu einer in blauem Stoff bezogenen Sitzecke an der Fensterfront und setzte sich in einen Sessel.

Schlöder wird noch über den Akten hängen. Sie hatten sich von Frau Meisner die Kontoauszüge, die Bauakte und die Rechnungsordner des ermordeten Sachbearbeiters geholt, und waren die Unterlagen durchgegangen. Aber Anklam behagte diese Büroarbeit nicht. Er hatte Schlöder überzeugen können, dass er das auch alleine erledigen konnte. Anklam wollte dem Verdacht von Melzer nachgehen. Er mochte den jungen Staatsanwalt. Melzer war geradeheraus, kollegial, und kehrte ihm und

Schlöder gegenüber nie den Chef heraus. Melzers Verbissenheit, auch große Tiere wie Zander dranzukriegen, imponierte ihm. Sie waren ein echtes Team. Und ein Team musste schließlich zusammen halten.

Nach ein paar Minuten sah er Vucevic am Empfang mit der jungen Frau sprechen, die in seine Richtung wies. Es war schon einige Jahre her, als er dem Hotelbesitzer zum letzten Mal begegnet war. Vucevic war grau geworden, aber seine Gesichtszüge hatten sich kaum verändert.

»Herr Anklam«, begrüßte Vucevic ihn. »Lange nicht gesehen.« Er setzte sich in den Sessel ihm gegenüber. Vucevic warf ihm einen musternden Blick zu. »Immer noch fit. Spielen Sie noch Handball?«

Anklam schüttelte den Kopf. »Der Beruf, die Familie. Da bleibt keine Zeit für Leistungssport.«

Vucevic zog das Hosenbein hoch. »Ich habe Sie ja damals nicht zu einem Vereinswechsel überreden können. Schade eigentlich. Sie hätten gut in unser Team gepasst.«

Vucevic war damals im Vorstand und auch Mäzen des TUS Sythen und hatte Anklam angesprochen, doch zu Vucevics Verein zu wechseln.

Anklam griente. »Es hätte mich schon gereizt, höherklassig zu spielen. Aber ich war damals auf der Polizeischule in Münster und hätte die Trainingseinheiten nicht mitmachen können.«

Vucevic hob die Brauen. »Sie sind bei der Polizei?«

Anklam nickte. »Vielleicht können Sie mir ja mit einigen Auskünften dienen.«

»Wenn ich helfen kann, gerne.«

Anklam beugte sich etwas vor. »Sagt Ihnen der Name Zander etwas?«

»Der Immobilieninvestor?«

Anklam nickte.

»Zander ist häufig Gast in meinem Haus«, erklärte Vucevic. »Warum fragen Sie?«

»Und Renate Schüler?« fragte Anklam, ohne auf die Frage von Vucevic einzugehen.

»Wenn Sie die Baudezernentin aus Herten meinen. Die ist auch häufig zu Gast hier.«

»Könnten Sie etwas genauer werden?« bat Anklam.

Vucevic stützte einen Arm auf die Lehne und richtete sich auf. »Haben die beiden etwas verbrochen?«

Anklam schüttelte den Kopf. »Wir ermitteln in einer Korruptionssache gegen einen Mitarbeiter von Frau Schüler. Da haben sich nun weitere Gesichtspunkte ergeben, denen wir nachgehen.« Anklam rutschte im Sessel zurück und richtete sich auf. »Haben sich Zander und Frau Schüler hier im Hotel getroffen?«

Vucevic sah durch die Glasfront hinüber zum See. Nach einer Weile sah er wieder zu Anklam. »Sie können ja doch die Gästebücher einsehen.« Er wartete einen Moment mit der Antwort. »Zander und Frau Schüler kamen zweimal die Woche ins Hotel. Immer um die Mittagszeit. Sie haben sich ein Zimmer genommen und sind ein oder zwei Stunden später wieder gefahren.«

»Wie lange geht das schon?« fragte Anklam.

Vucevic hob die Schulter. »Seit zwei Jahren.«

Anklam lehnte sich zurück. »Haben die beiden ein Verhältnis?«

Vucevic zog das Kinn hoch und hob beide Hände, die Handflächen nach oben. »Wir belauschen unsere Gäste nicht. Aber die Betten und die Dusche waren benutzt, wenn sie gingen.«

Kapitel 24

Anklam beugte sich gerade über Schlöders Schreibtisch, als Thomas Melzer das Büro des Hauptkommissars betrat. Der Schreibtisch war übersät mit Papieren. Diese Unordnung kannte Melzer vom ordnungsliebenden Schlöder nicht. Er trug noch den Anzug, den er gestern schon anhatte und schaute mit dunklen Ringen unter den Augen zu ihm auf.

»Hast du die Nacht durchgearbeitet?« fragte Melzer. Er selbst hatte sich auch bis weit in den Abend hinein zu Hause mit den Strafbefehlen gegen von Stettens Bauherren beschäftigt.

Anklam fläzte sich in den Stuhl vor Schlöders Schreibtisch. »Gerd kann ja nicht aufhören, wenn er an einer Sache arbeitet.« Er zog das Kinn hoch. »Hätte er auch heute erledigen können.«

»Was hat die Auswertung von Meisners Finanzen ergeben?« fragte Melzer und setzte sich in den Stuhl neben Anklam.

Schlöder lehnte sich zurück und sah Melzer aus müden Augen an. »Auf seinem Konto war nichts Auffälliges zu finden. Er hatte von seinem Beamtengehalt gelebt und auch einiges sparen können.« Er nahm ein Blatt mit handschriftlichen Notizen vom Tisch. »Bei seiner Baufinanzierung gab es jedoch einige Ungereimtheiten.«

Schlöder rappelte sich hoch, legte das Blatt auf den Tisch und beugte sich darüber. »Wenn ich Meisners Erspartes und die Mittel aus der Finanzierung addiere und davon die bezahlten Handwerkerrechnungen abziehe, dann hat er dreißigtausend mehr bezahlt, als ihm zur Verfügung stand.«

»Hast du schon Frau Meisner danach befragt?« fragte Melzer.

Schlöder nickte. »Sie hat keine Erklärung dafür. Außer den Ersparnissen und den Finanzierungsmitteln standen ihnen keine weiteren Gelder zur Verfügung.«

Anklam hatte wieder die Beine weit von sich gestreckt und die Arme vor der Brust verschränkt. »Da wird jemand Meisner unter die Arme gegriffen haben.«

Schlöder blätterte in seinen Unterlagen. »Meisner muss sich fürchterlich verkalkuliert haben. Es gibt da immer noch unbezahlte Rechnungen in Höhe von etwa zwanzigtausend Euro.«

Anklam pfiff leise durch die Zähne. »Der Mann hat Geld gebraucht.«

Melzer kratzte sich am Kinn. »Meisner hat die Baugenehmigung für Zanders Haus erteilt. Die Baugenehmigung war rechtswidrig, soviel wissen wir bisher. Als Sachbearbeiter hatte Meisner jeden Tag mit dem Baurecht zu tun. Er kannte also die Rechtslage. Trotzdem hat er Zander die Baugenehmigung erteilt. Warum?«

Anklam schob die Unterlippe vor. »Er hat Geld dafür bekommen.

Melzer nickte. »Warum sollte er sonst seinen Job riskiert haben.«

Schlöder legte den Ellbogen auf die Stuhllehne und stützte das Kinn in der Hand. »Meisner können wir nicht mehr fragen. Und Zander wird das abstreiten«, brummte er.

Melzer richtete sich auf. »Von Stetten hat die Pläne für Zanders Haus erstellt. Er wird für die Baugenehmigung Meisner mit ins Boot geholt haben.«

Schlöder zuckte die Achseln. »Das bringt uns auch nicht weiter.«

Melzers Blick wanderte über Schlöders Schreibtisch, auf dem immer noch die Rechnungen von Meisners Einfamilienhaus lagen. Er stutzte. Dann beugte er sich vor. »Schnieders? Das Bauunternehmen Schnieders hat die Rohbauarbeiten erstellt?«

Schlöder nahm die Rechnung vom Schreibtisch und warf einen Blick darauf. »Ja. Warum fragst du?«

Melzer schüttelte den Kopf und sah tief in Gedanken versunken an Schlöder vorbei. »Das Bauunternehmen Schnieder gehört Zander. Er hat es nach seiner Heirat von seinem Schwiegervater übernommen.« Er streckte die Hand nach der Rechnung aus. »Damals hatte das Unternehmen so um die zwanzig Mitarbeiter. Heute beschäftigen sie rund sechshundert.« Er warf einen ungläubigen Blick auf die Rechnung. »Die Firma Schnieders baut nur Großobjekte. Mit Einfamilienhäusern geben die sich nicht ab.«

Anklam runzelte die Stirn. »Meinst du…?«

»Sind die Pläne und die Statik in der Bauakte?« fragte Melzer und rutschte auf dem Stuhl nach vorn.

Schlöder nickte. »Der Mitarbeiter in der Registratur hat uns die komplette Akte kopiert.«

»Pack alles zusammen«, sagte er zu Schlöder. »Ich nehme alles mit. Die Bauakte und die Rechnungen.« Er stand auf. Sein Blick wanderte unruhig von Schlöder zu Anklam. »Gibt es sonst noch Neuigkeiten?«

Anklam setzte sich auf und zog die Beine an. »Ich bin gestern Abend im Seehof gewesen und habe mit dem Hoteleigentümer Vucevic gesprochen.« Ein Grinsen machte sich auf seinem Gesicht breit. »Zander und Renate Schüler haben seit zwei Jahren ein Verhältnis.«

Melzer ließ sich wieder in den Stuhl fallen und blies die Luft aus. »Waas?« entfuhr es ihm.

Anklam berichtete von seinem Gespräch mit Vucevic. Dass Zander und Renate Schüler sich zweimal in der Woche in der Mittagszeit im Hotel getroffen haben.

»Da haben wir jetzt etwas handfestes«, griente Anklam.

»Gute Arbeit«, nickte Melzer. »Das ist mehr als nur ein Anfangsverdacht. Mal sehen, ob wir bei der Hausdurchsuchung noch mehr Hinweise finden.«

*

Marion Amoneit scannte das Foto der Ladenzeile ein und speicherte es ab. Das Exposé für die Vermietung der beiden Läden von Zander war fertig. Gleich noch die Anzeige in der Samstagsausgabe der Tageszeitung aufgeben, dann hatte sie alles für die Vermietung der Läden vorbereitet. Sie goss sich einen Kaffee ein und trank einen Schluck. Ihr Blick fiel auf die Packung Zigaretten und sofort meldete sich das Verlangen nach Nikotin. Sie nahm die Zigaretten und das Plastikfeuerzeug und ging vor die Tür. Aus den Augenwinkeln nahm sie gerade noch wahr, wie Klaus glatzköpfiger Kumpel hinter der Hausecke verschwand. Der Kerl kam nie vorne durch das Maklerbüro. Er ging immer durch den Hintereingang ins Haus.

Marion nahm eine Zigarette aus der Packung, steckte sie an und sog den Rauch in die Lunge. Widersprüchliche Gefühle stiegen in ihr auf, wenn sie an den Strafprozess von Klaus dachte.

Einerseits war sie froh, dass Klaus freigesprochen worden war. Wenn er nicht gerade diese paranoiden Schübe hatte, dann war er so lieb. Und er war gut in der Beschaffung neuer Vermittlungsaufträge. Bei dem großen Bekanntenkreis den er hatte, könnte er noch viel mehr aus seinen Beziehungen machen.

Andererseits hätte sie es aber begrüßt, wenn Klaus in eine psychiatrische Klinik eingewiesen worden wäre. Wenn er behandelt worden wäre. Seine Schübe kamen jetzt immer öfter. Jetzt hatte er auch noch seinen Freund Georg vergrault. So ein Blödsinn, gerade Georg zu unterstellen, dass er ein Verhältnis mit ihr hätte. Ihre Angst vor ihm wurde immer größer. Gerade an Tagen wie heute, wo die Kinder in der Gesamtschule und Tanja in der Berufsschule waren. Wenn sie alleine mit Klaus im Büro war.

Sie schaute eine Zeitlang auf die vorbeihuschenden Autos und sofort stiegen die Bilder von dem Vorfall auf der Autobahn in ihr hoch.

Am Wochenende waren sie in ihrem kleinen Holzhaus am Stadtrand von Haltern gewesen. Es lag in einer Wochenendhaussiedlung an der Stever. Sie und die Kinder hatten sich auf die Abwechslung gefreut. Aber Klaus hatte das ganze Wochenende damit verbracht, die Wände des Hauses mit Alu-Folie zu verkleiden.

Sie nahm einen kräftigen Zug an der Zigarette und seufzte. Auf der Rückfahrt auf der Autobahn hatte er sie und die Kinder in große Gefahr gebracht. Ein Golf mit Gelsenkirchener Kennzeichen fuhr hinter ihnen und Klaus glaubte, der Fahrer verfolge ihn. In der Ausfahrt hatte er den Wagen quer gestellt um den Golf zu stoppen. Der Fahrer hatte schnell reagiert. Unter lautem Hupen hatte er Klaus Wagen noch gerade eben über dem Grünstreifen ausweichen können.

Sie schüttelte fast unmerklich den Kopf und drückte die Zigarette im Aschenbecher auf dem hüfthohen Metallständer neben der Haustür aus. Sie ging zurück ins Büro und setzte sich wieder an den Schreibtisch. Ich könnte ja schon ein paar Exposés ausdrucken. Sie öffnete eine Schublade. Es war kein Fotopapier mehr da.

Im Schrank in Klaus´ Büro musste noch ein Paket sein. Unschlüssig stand sie auf. Klaus wollte nicht gestört werden, wenn der Typ bei ihm war. Das hatte sie sowieso nicht vor. Sie hatte Angst vor dem Glatzkopf. Vielleicht sind sie ja draußen im Hof und halten wieder Ausschau nach Flugzeugen.

Sie ging durch den Flur zum hinteren Büro. Die Tür stand einen Spalt auf. Sie trat an die Tür und spähte vorsichtig durch den Spalt in den Raum. Klaus und der Glatzkopf saßen mit dem Rücken zu ihr am Tisch und hantierten mit den Gewehren herum.

»Der Heffner, dieses Arschloch, vögelt mit meiner Frau«, hörte sie Klaus zu dem Glatzkopf sagen.

*

Ralf Neuhaus starrte auf das Einschreiben in seiner Hand.

haben wir alle Varianten durchgerechnet und sind zu dem Ergebnis gelangt, dass keine Wohnbebauung, gleich welcher Art, wirtschaftlich durchführbar ist. Daher müssen wir von dem Objekt Abstand nehmen.

Aus diesen Gründen sehen wir uns veranlasst, das gewährte Darlehen über fünfzigtausend Euro zu kündigen und stellen es hiermit zur sofortigen Rückzahlung fällig.

Sein Atem ging schneller und er spürte den Druck in seinem Kopf. Er kämpfte gegen das leere Gefühl in seinem Magen an, und eine leichte Übelkeit stieg in ihm auf.

Das darf nicht wahr sein. Das Objekt von Zander war seine letzte Hoffnung gewesen. Wie sollte es jetzt weitergehen? Er stützte die Ellbogen auf den Tisch und drückte die Finger gegen die Schläfe.

Er konnte den Kredit nicht zurückzahlen. Er hatte nur noch so viel um die Gehälter am Monatsende zu bezahlen. Nicht mal das Geld für die Sozialabgaben der Angestellten hatte er. Geschweige denn für die Miete. Die restlichen beiden Raten an Heffner konnte er auch nicht aufbringen. Die Umsatzsteuervorauszahlung ans Finanzamt. Und. Und. Und.

Neuhaus schüttelte sich. Tränen stiegen ihm in die Augen. Alles würde er verlieren. Mit einem Haufen Schulden würde er dastehen. Am liebsten würde er jetzt einfach weglaufen. Nur noch weg von hier. Irgendwohin wo ihn niemand kannte.

Die schrecklichen Gedanken rasten nur so durch seinen Kopf.

Valerie. Die Kinder.

Alle Freunde und Verwandten würden über ihn tuscheln. Wir haben es ja gleich gewusst, dass er …

Er schüttelte heftig den Kopf. Aber die Gedanken ließen sich nicht vertreiben.

Die Schulden würden ihn verfolgen, würden an ihm kleben wie die Fliegen am Mist.

Schluchzend beugte er sich über den Tisch und verbarg sein Gesicht in beide Hände.

*

Georg Heffner knallte den Hörer auf die Gabel. Zum wiederholten Male hatte er bei Sambill angerufen. Der Heizungsbauer war weder an der Baustelle noch war er telefonisch zu erreichen. Inzwischen hatte er bei allen ihm bekannten Heizungsfirmen angerufen und nachgefragt, ob sie an dem Auftrag für die Heizungs-, Sanitär- und Klimatechnikarbeiten interessiert wären. Und von allen Firmen hatte er die gleiche Antwort bekommen. Interessiert ja, aber anfangen können wir frühestens in drei Wochen.

Georg lehnte sich zurück und zog heftig an der Pfeife. Plötzlich in Sekundenschnelle lief der Schweiß von seiner Stirn. Auch an seinem Rücken und seiner Brust lief der Schweiß in Strömen herunter. Sein Zuckerspiegel spielte verrückt.

Er legte die Pfeife weg, öffnete das Fenster. Warme Luft strömte herein. Sofort schloss er es wieder. Er setzte sich und zwang sich, ruhig zu atmen. Er kannte diese Schweißausbrüche. In ein paar Minuten würde er vorbei sein. Du darfst dich nicht so aufregen.

Langsam beruhigte er sich wieder. Es bringt nichts in Hektik zu verfallen. Der Schweißausbruch lies nach und verflüchtigte sich wieder.

Er scrollte durch seine Adressenkartei. Er hatte bereits alle Heizungsfirmen aus seiner Kartei angerufen. Georg überlegte gerade, ob er im Branchenbuch nach weiteren Firmen nachschlagen sollte, als das Telefon klingelte.

»Heffner.«

»Georg, hier ist Helmut«, meldete sich Piayda. Seine Stimme klang niedergeschlagen. »Gaby ist völlig fertig. Die Stadt hat die Nutzungsänderung des Wochenendhauses abgelehnt.«

»Dann müsst ihr jetzt zurücktreten.«

»Aber das wollen wir doch nicht«, antwortete Piayda aufgeregt. »Wir wollen dieses Haus. Gaby hat sich doch so darin verliebt.«

Georg seufzte. »Da kann ich euch auch nicht helfen. Die Rechtslage ist nun mal so.«

»Gibt es da nicht noch andere Möglichkeiten?«

»Da fällt mir im Moment auch nichts ein.«

»Bitte, Georg. Lass uns jetzt nicht im Stich«, bettelte Piayda.

Georg schnaufte leise und schüttelte den Kopf. Ihm schwirrte noch der Kopf auf der Suche nach einer Heizungsfirma, die kurzfristig die Arbeiten am Einkaufscenter aufnehmen konnte.

»Lass mir ein wenig Zeit«, bat er Piayda.

»Danke, Georg.«

Er legte den Hörer sachte auf die Gabel und lehnte sich zurück. Er spürte wieder diese Unruhe, die ihn früher schon so angetrieben hatte. Alles musste bei ihm schnell, schnell gehen. Das geht heute nicht mehr. Nicht bei deinem Blutdruck und deiner Diabetes. Eile mit Weile, wie schon der alte Kaiser Augustus gesagt hatte.

Schalte erst einmal ab. Beschäftige dich mit etwas anderem. Danach fällt dir schon etwas ein, wie es am Einkaufscenter weitergeht.

Er steckte die inzwischen ausgegangene Pfeife an, drehte sich mit dem Stuhl zur Bücherwand hinter ihm und nahm die Kommentierung zum Baugesetzbuch aus dem Regal. Er legte das schwere Buch auf den Schreibtisch, blätterte, bis er die Ausführungen zu Paragraph fünfunddreißig über das Bauen im Außenbereich fand und begann zu lesen.

Das Läuten des Telefons holte ihn aus der Lektüre.

*

Die Angestellten hatten schon Dienstschluss, als Georg Heffner sein ehemaliges Büro betrat. Er ging am Empfang vorbei zu der offenstehenden Tür des Chefbüros. Neuhaus saß am Glasschreibtisch. Heffners Blick wanderte durch den Raum. Neuhaus hatte das Büro neu eingerichtet. Es wirkte heller als früher, aber irgendwie auch kalt. Glas und Chrom, das war nicht Georgs Stil. Er bevorzugte eher wohnlichere Einrichtungen. Aber Neuhaus musste ja hier arbeiten.

»Danke, dass Sie Zeit für mich haben«, sagte Neuhaus und stand auf. Seine Stimme klang leise und brüchig. Auch das aufgesetzte Lächeln passte nicht zu dem matten Blick in seinen Augen.

Georg zog einen Stuhl heran und setzte sich vor den Schreibtisch. »Sie haben um ein Gespräch gebeten,« begann Georg. »Worum geht es denn?«

Neuhaus senkte den Blick auf seine Hände, die er auf dem Tisch über-einander gelegte hatte. »Ich weiß nicht, wie ich anfangen soll.« Er knetete die Hände. »Ich habe wohl alles falsch gemacht, was man nur falsch machen kann.«

Georg spürte, wie Neuhaus um Fassung rang. Wortlos sah er den jungen Architekten an.

»Ich war so stolz, als Sie mir Ihr Büro übergeben haben. Hatte so viele Ziele. Und dann habe ich alles in den Sand gesetzt.« Neuhaus Augen wurden feucht und er wandte sich ab. »Ich habe das Leben genossen, mir mehr gegönnt, als ich mir leisten konnte, und darüber die Arbeit vernachlässigt.« Neuhaus schluckte, biss die Zähne zusammen und kämpfte gegen die Tränen an.

Plötzlich empfand Georg so etwas wie Mitleid mit Neuhaus. Er musste an seine eigenen Anfänge denken. An dieses Glücksgefühl, dass er nach dem bestandenen Examen hatte. Er hatte sich nach dem

Studium direkt selbständig gemacht und gleich gute Aufträge bekommen. Auch er war damals dem Drang erlegen, Luxusgüter zu kaufen. Er dachte an den Jaguar, den er sich damals gekauft hatte. Oder an die teure Stereoanlage, das Haus, das er sich gleich im zweiten Jahr seiner Selbständigkeit gebaut hatte. Aber er hatte auch hart dafür gearbeitet. Auch an den Wochenenden.

Georg erkannte auch andere Parallelen zu seiner Anfangszeit. Georgs Stärken lagen in der Entwurfsarbeit. Von Bauleitung, Ausschreibung und Abrechnung hatte er nicht viel Ahnung gehabt. Er hatte sich einen erfahrenen Bauleiter zum Partner genommen, den er von seiner Arbeit in einem Architekturbüro kannte, wo Georg neben dem Studium als Bauzeichner gejobbt hatte. Er hielt es damals für eine gute Idee. Er, der Planer, und sein Partner, der Bauleiter. Eigentlich ein vielversprechendes Team. Aber dann lief es ähnlich ab, wie jetzt bei Neuhaus. Hatte sich sein Partner damals als Angestellter noch aufgerieben, verbrachte er plötzlich als Selbständiger die meiste Zeit in seinem Schrebergarten. Nach zwei Jahren mit vielen Diskussionen, war sein Partner zu dem Schluss gekommen, dass das Selbständigsein nicht so sein Ding wäre und er hatte wieder eine Stelle als Angestellter angenommen.

Georg wartete, bis Neuhaus sich wieder gefangen hatte. »Erzählen Sie mir einfach, was vorgefallen ist.«

Neuhaus nickte und räusperte sich. Dann erzählte er, dass er viel Zeit auf dem Golfplatz verbracht, die Baustellen und die Bauherren vernachlässigt, und dadurch einige Aufträge verloren hatte. Das Honorar daraus hatte er fest eingeplant gehabt und fehlte jetzt. Dass er sich das neue Auto, Luxusreisen und andere Dinge gekauft und dabei sein Konto aus den Augen verloren hatte. Er hatte gedacht, es würde alles von selbst laufen.

Neuhaus schnäuzte sich und sprach weiter. Die Worte sprudelten jetzt nur so aus ihm heraus.

Das Geld aus dem Verkauf des geerbten Hauses fehlte, und ein Wochenendhaus hier im Ruhrgebiet würde er nicht verkauft bekommen. Dann hatte ihm Zander ein Wohnbauprojekt angeboten und er hatte gedacht, jetzt geht es weiter. Fünfzigtausend Euro Vorschuss hatte Zander ihm darlehnsweise gezahlt.

Neuhaus schlug die Postmappe auf und schob Georg ein Schreiben herüber.

»Heute ist per Einschreiben die Kündigung des Darlehens gekommen. Zander fordert das Geld zurück.« Neuhaus stützte den Kopf in beide Hände. »Ich habe das Geld nicht mehr.« Ein feuchter Schimmer legte sich auf seine Augen. »Ich habe gerade noch die Gehälter für diesen Monat.«

Georg nahm das Einschreiben in die Hand, überflog es kurz und legte es wieder auf den Tisch. Tief atmend lehnte er sich zurück und sah aus dem Fenster zu der Gärtnerei hinter dem Büro.

Eine vertrackte Situation. Er hätte Neuhaus jetzt vieles vorhalten können, aber das änderte nichts mehr an der Situation, in der sich der junge Mann befand. Er sah kurz zu Neuhaus, der zusammen gesunken in seinem Stuhl saß. Es gehörte schon viel Mut und Courage dazu, so offen über seine Probleme zu sprechen. Ich weiß nicht, ob ich das in diesem Alter gekonnt hätte. Der Mann hatte seine Fehler erkannt und offen zugegeben.

Georg sah wieder aus dem Fenster. »Ich hatte Ihnen mein Büro übergeben, weil ich einen guten Eindruck von Ihnen hatte.« Er seufzte. »Eigentlich trügt mich mein Bauchgefühl nicht.«

Georg wandte sich wieder Neuhaus zu. »Sie haben schmerzliche Erfahrungen sammeln müssen.« Georg hob die Schulter. »Aber es ist ja das Privileg der Jugend, die Fehler der Alten noch einmal zu machen.«

Neuhaus blickte kurz auf, senkte den Blick aber sofort wieder. »Am Anfang steht immer harte Arbeit«, konnte Georg sich doch nicht verkneifen zu sagen. »Wenn Sie zu Ihrer Arbeit stehen und Spaß daran haben, werden Sie auch erfolgreich sein.«

Neuhaus nickte nur.

Georg sog die Luft durch die Nase ein. »Jetzt lassen Sie den Kopf nicht hängen. Wir werden schon eine Lösung für Ihre Probleme finden.«

Neuhaus sah auf. Ein kurzer Hoffnungsschimmer huschte über sein Gesicht.

»Treffen wir uns morgen früh hier im Büro«, sagte Georg und stand auf. Er verharrte kurz und setzte sich wieder. »Betreibt Ihr Schwiegervater nicht einen Heizungsbetrieb?«

Kapitel 25

Es war zehn als Georg das Büro betrat. Neuhaus stand am Empfang und sprach mit der Sekretärin.

»Ich habe mit meinem Schwiegervater gesprochen«, platzte Neuhaus gleich mit der Nachricht heraus. »Er wird ein paar andere Arbeiten verschieben und könnte Morgen anfangen.« Seine Augen wirkten heller, nicht mehr so müde und matt wie gestern. »Er braucht aber noch die Installationspläne.«

Georg legte Neuhaus die Hand auf die Schulter. »Super.« Dann trat er an den Schreibtisch seiner ehemaligen Sekretärin. »Ich brauche eine Inverzugsetzung für die Heizungsfirma Sambill. Zwei Tage Frist. Und die Ablehnungsandrohung nicht vergessen.«

»Hallo Chef. Sind Sie wieder an Bord?«

Georg drehte sich um. Maruhn stand in der Tür.

»Guten Morgen Lukas«, sagte Georg mit einem Schmunzeln im Gesicht. »Erstens, das ist euer Chef«, antwortete er und legte Neuhaus wieder die Hand auf die Schulter. »Und zweitens, ja, aber nur bis zur Fertigstellung des Einkaufscenters.«

»Ulrike, rufen Sie Herrn Derksen von LEDO an, er soll die Installationspläne per E-Mail schicken«, trug Georg der Sekretärin auf. Er drehte sich wieder zu Maruhn. »Die Installationspläne bitte zweimal ausdrucken und anschließend sofort zu Herrn Neuhaus Schwiegervater bringen.« Georg hob die Brauen. »Du weißt wo der Betrieb ist?« fragte er Maruhn.

Der Bauzeichner strahlte über das ganze Gesicht. »Geht klar, Chef.«

»Kommen Sie«, sagte Georg zu Neuhaus. »Gehen wir in Ihr Büro.«

Georg war wie aufgedreht. Er fühlte sich wieder wie zu seiner aktiven Zeit, als er das Büro noch geführt hatte. Als Neuhaus den Raum betreten hatte, schloss Georg die Tür hinter sich und setzte sich vor den Schreibtisch.

»So, nun zu Ihren Problemen.« Er rückte den Stuhl etwas näher an den Schreibtisch. »Ich habe gestern mit Piayda gesprochen. Sie wollen das Haus Ihrer verstorbenen Tante unbedingt haben. Auch zu dem vereinbarten Kaufpreis.«

»Aber,,,«, wandte Neuhaus ein.

Georg hob die Hand und gebot Neuhaus zu schweigen. »Ich habe gestern in der Kommentierung zum Baugesetzbuch gestöbert. Da gibt es ein Urteil vom Oberverwaltungsgericht Mannheim. Danach ist eine Hundezucht und Hundepension im Außenbereich grundsätzlich zulässig.«

Georg kramte ein Blatt Papier aus seiner Anzugsjacke und faltete es auf. »Sie stellen einen Nutzungsänderungsantrag für das Wochenendhaus für eine Hundezucht und Hundepension mit angeschlossener Betriebswohnung.« Er schob den Zettel mit den Notizen über den Schreibtisch. »Wenn wir beim Bauamt etwas dahinter sind, können wir die Genehmigung in drei Monaten erhalten.« Georg nicke Neuhaus aufmunternd zu. »Dann haben Sie das Geld aus dem Hausverkauf.«

Neuhaus zog den Zettel heran. »Was mache ich bis dahin mit Zander und seinem Darlehen?«

Georg hob die Schulter. »Nichts. Aus der privatschriftlichen Vereinbarung kann er nicht vollstrecken. Lassen Sie sich doch verklagen. Bis Zander einen Termin am Landgericht bekommt, ist ein Jahr rum. Dann haben Sie das Geld aus dem Hausverkauf.«

Georg griente. »Und dann wollen wir doch auch mal prüfen, ob Zander Ihnen die Entwurfsleistung für das Wohnprojekt nicht honorieren muss.«

Neuhaus Augen hellten sich kurz auf. Dann nestelte er nervös an seinem Hemdkragen. »Die nächsten Wochen machen mir Sorgen. Hätte ich doch bloß die Aufträge nicht verloren.«

Georg winkte ab. »Den Oberlehrer vergessen Sie mal. Das ist ein Querulant. Mit dem hätten Sie sowieso nur Ärger bekommen.« Er lehnte sich zurück. »Sie können mir glauben, dass ich mich nicht um die Betreuung des Einkaufscenters gedrängt habe.«

Ulrike kam mit dem Schreiben an Sambill herein und gab es Georg. Er überflog es kurz und unterschrieb es. »Schicken Sie es gleich per E-Mail und das Original per Post«, sagte er zufrieden und gab Ulrike den Brief zurück. »Und dann schreiben Sie bitte gleich auf dem Briefbogen von Herrn Neuhaus eine Abschlagsrechnung über vierzigtausend für Bauleitungsarbeiten am Bauvorhaben von Holger von Mühlen. Aber an mich adressieren.«

*

Georg hatte noch immer diesen erstaunten und dankbaren Blick vor Augen, mit dem Neuhaus ihn angesehen hatte, als Georg dem jungen Architekten vorgeschlagen hatte, die Bauleitung am Einkaufscenter gemeinsam zu führen. Georg hatte am Vorabend mit Doris darüber gesprochen. Erst hatte sie ihn nur ungläubig angesehen. Als er ihr dann aber erklärte, dass er mit Neuhaus und den Mitarbeitern des Büros deutlich weniger Arbeit und Stress hätte, hatte sie freudig zugestimmt. Er hatte die Bauleitung ja nicht des Geldes wegen übernommen, sondern weil er seinem Freund Holger helfen wollte. Außerdem hatte er seine bisherige Leistung Holger auch noch nicht in Rechnung gestellt. Neuhaus brauchte das Geld jetzt dringender.

Er hatte nach dem Gespräch mit Doris Holger angerufen und ihm von seinen Plänen erzählt. Georg würde federführend bleiben, aber die

Arbeiten delegieren können. Auf mehrere Schultern verteilen können. Der Baron hatte das verstanden. *Ich vertraue da ganz auf dich,* hatte er gesagt.

»Ich mache das nicht uneigennützig«, sagte Georg. Er hatte daran denken müssen, dass seine früheren Mitarbeiter, die über viele Jahre gute Arbeit geleistet hatten, ihren Arbeitsplatz verlieren könnten, wenn er Neuhaus nicht unterstützen würde. Georg blickte sich in dem Alfa Romeo um. »Wir werden das Honorar gerecht aufteilen.« Georg bestaunte das Armaturenbrett des Wagens. »Von den Abschlagszahlungen werde ich einen kleinen Teil für die Büroübernahme einbehalten.«

Neuhaus griente. »Das habe ich mir schon gedacht.«

»Flotter Wagen«, sagte Georg und zog anerkennend das Kinn hoch. »Könnte mir auch gefallen.« Der rote Alfa Romeo zog sich die gewundene Allee in Richtung des Einkaufscenters hoch. »Aber meinem Alter ist er wohl nicht angemessen«, stellte er fest.

Die Luft war nicht ganz so heiß wie am Vortag. Die Klimaanlage schnurrte leise und hatte das Innere des Wagens auf eine angenehme Temperatur gekühlt.

»So ein Quatsch«, lachte Neuhaus. »Viele Leute in Ihrem Alter fahren Alfa Romeos.«

Der junge Architekt schien wie aufgeblüht, voller Tatendrang. Georg freute sich, dass der Mann wieder Zukunftsperspektiven zu haben schien. Auch nicht ganz uneigennützig. Neuhaus hatte ihn gefragt, ob Georg bei der Planung künftiger Bauvorhaben mal einen Blick auf seine Entwürfe werfen könnte. Auch in baurechtlichen Fragen würde er ihn gerne konsultieren. Georg fühlte sich wieder dazugehörig, ohne Verpflichtungen natürlich. Vielleicht hatte er sich in dem jungen Architekten doch nicht getäuscht.

Als sie in die Zufahrt zum Anwesen fuhren stand Holger von Mühlen vor dem Herrenhaus. Neuhaus parkte den Alfa neben der Tür und sie stiegen aus.

»Bist du wieder ins Herrenhaus zurückgekehrt?« lachte Georg und gab dem Hünen die Hand.

Holger schob die Unterlippe vor. »Blieb mir ja nichts anderes übrig. Ich musste ja den Bauarbeiten weichen.«

Holger hatte sein Büro im Gebäude des ehemaligen Malereinkaufs räumen müssen. Er hatte sich wieder in dem kleinen Büro im Erdgeschoss des Herrenhauses niedergelassen. Mit den monatlichen Zahnlungen aus dem Überbrückungsdarlehen kam die Familie gut über die Runden und Holger hielt bei der Verteilung der Gelder maßvoll die Hand darüber. Auch er hatte gelernt, dachte Georg. Er ließ sich von seiner adligen Verwandtschaft nicht mehr so unter Druck setzen.

»Ihr kennt euch ja«, sagte Georg, als Neuhaus den Wagen verriegelt und zu ihnen getreten war.

Der Hüne schaute auf den schmächtigen Neuhaus herunter und nickte. »Zweimal. Bei der Vorstellung deines Nachfolgers und bei der Feier deiner Büroübernahme.«

»Lass uns nach vorne schauen. Was war, das war«, schalt Georg seinen Freund.

Der Baron gab Neuhaus die Hand. »Willkommen an Bord.«

Neuhaus schlug ein und sah an der Fassade des Herrenhauses hoch. »Ein sehr schönes Haus.«

Holger von Mühlen nickte. »Die Renovierung hat auch viel Geld verschlungen.«

Georg gab Holger den Umschlag mit der Abschlagsrechnung. »Bitte gleich anweisen.«

Sie gingen durch die Baustelle. Georg erklärte Neuhaus über den Stand der Arbeiten auf, und das es unbedingt notwendig war, dass dessen Schwiegervater die Rohinstallationsarbeiten für die Heizungs-, Sanitär-, und Klimaarbeiten vorantreiben musste.

Als sie in das große Ladenlokal von LEDO gingen, sah Georg sich um. Nur ein Geselle der Elektrofirma war zu sehen.

»Wo sind Ihre Kollegen?« fragte er.

Der Geselle nahm einen Schraubendreher aus der Werkzeugkiste. »Bin heute alleine«, murrte er.

»Und warum?« hakte Georg nach.

»Der Chef hat kurzfristig einen neuen Auftrag bekommen. Den Kaufmarkt in Recklinghausen.«

*

Georg Heffner fuhr zweimal um das Geschäftshaus von Zander, fand aber keinen Parkplatz. Als er in der Linksabbiegerspur der Feldstraße vor der roten Ampel stand, fiel sein Blick auf das mehrgeschossige Wohnhaus, das er vor einigen Jahren für Hubert Lauer gebaut hatte. In der Eckwohnung des Erdgeschosses hatte der Bauträger sein Büro, das er nur noch gelegentlich benutzte. Der Parkplatz hinter dem Haus wird bestimmt leer sein. Die Ampel sprang auf Grün. Er fuhr in die Langenbochumer Straße, bog dann in die Einfahrt zu Lauers Parkplatz und stellte den Audi dort ab.

»Ich bin gleich wieder da«, sagte er zu Baldacci, der in der Hundekiste auf der Ladefläche des Avants lag. Georg ließ die Scheiben an den Rücksitztüren ein kleines Stück herunter, stieg aus und verriegelte den Wagen.

»Herr Lauer ist nicht da«, rief ihm jemand zu.

Georg drehte sich um. Michaelis, der die Wohnung neben Lauers Büro gekauft hatte, stieg über den niedrigen Zaun, der das Grundstück von dem Parkplatz des NETTO-Marktes trennte. Eine Einkaufstüte in der Hand kam er auf Georg zu.

»Nehmen Sie immer die Abkürzung?« fragte Georg schmunzelnd.

Michaelis lachte. »Warum soll ich außen um den Block laufen?« Er deutete mit dem Kopf auf den Zaun. »Das ist doch kein Hindernis.«

Gemeinsam gingen sie die Einfahrt hoch zur Straße. »Ich wollte drüben beim Bäcker einen Kaffee trinken«, sagte Georg.

»Bei meinem Nachfolger«, schmunzelte Michaelis.

Michaelis, Anfang vierzig, hatte vor einem Jahr die Bäckereikette verkauft, die er von seinem Vater geerbt hatte.

»Und wie fühlt man sich so als Ruheständler?« fragte Georg.

»Kein Ärger mit dem Personal, mit Kunden oder Lieferanten. Keine Hektik, kein Stress«, erklärte der allein lebende Mann mit einen zufriedenen Lächeln. »Jetzt habe ich Zeit für die Dinge, die mir Spaß machen.«

Georg nickte ihm zu. »Alles Gute«, wünschte er ihm und ging über die Straße zur Bäckerei. Er kaufte eine Tasse Kaffee und setzte sich an einen freien Tisch.

Mit Lauer hatte er früher häufig hier gesessen. Der alte Bauträger, er mochte jetzt Mitte achtzig sein, hatte Georg morgens im Büro abgeholt und war mit ihm zu den Baustellen gefahren. Nach den Baustellenterminen brauchte Lauer immer einen Kaffee und zwei belegte Brötchen. Es war schon so etwas wie ein Ritual geworden. Georg hätte diese Zeit lieber mit Arbeit in seinem Büro verbracht, aber er wollte nicht unhöflich sein. Schließlich hatte Lauer ihn mehr als zwanzig Jahre lang mit Aufträgen versorgt.

Während Georg einen Schluck Kaffee trank, wanderte sein Blick durch die Bäckerei. Eine junge Frau am Nebentisch beobachtete ihren etwa achtjährigen Sohn, der den Kakaobecher zum Mund führte. Die junge Mutter hielt ihre Hand unter den Becher und sprach leise mit ihrem Sohn. Als der Kleine den Becher wieder absetzte, wischte sie ihm mit der Papierserviette den Mund ab.

An einem anderen Tisch, saßen vier Handwerker im blauen Overall. Zwei Tische weiter mümmelten zwei ältere Männer an ihrem Mohnkuchen. Georgs Blick verharrte kurz auf den ausgemergelten, vom harten Bergmannsleben gezeichneten Gesichtern.

Hier unten saßen die kleinen Leute, die es genossen, sich einen Kaffee und ein Stück Kuchen leisten zu können. Und im obersten Geschoss thronte Zander in seinem Büro und dachte darüber nach, wie er den nächsten um seinen Besitz bringen konnte.

Georg hatte nach der Rückkehr von Holgers Baustelle Baldacci in den Wagen gepackt und war mit ihm nach Recklinghausen gefahren. Er wollte dem Hund etwas Abwechslung verschaffen, war zum Freizeitbad Molbeck gefahren und hatte dort einen ausgiebigen Spaziergang gemacht.

Auf der Rückfahrt hatte er einen kleinen Umweg gemacht und war an der Baustelle von Zanders Kaufmarkt vorbeigefahren. Die vier Elektriker, die eigentlich an Holgers Einkaufscenter arbeiten sollten, verlegten dort Leitungen im Erdgeschoss. Auch die Installateure von Sambill hatte er dort gesehen.

Georg zog das Handy aus der Tasche und drückte auf die Handynummer von Gentner, die er heute schon einige Male angewählt hatte. Der Elektriker meldete sich nicht. Die Büronummer brauchte er erst gar nicht zu versuchen. Der junge Elektriker, der seit einigen Jahren für ihn gearbeitet hatte, beschäftigte keine Sekretärin. Er machte die Büroarbeiten selbst. Der Mann war immer zuverlässig gewesen und hatte gute Arbeit abgeliefert. Aber er hatte nur fünf Gesellen. Die brauchte er alle für die Arbeiten am Einkaufscenter.

Georg steckte das Handy wieder in die Hosentasche. Wie konnte Gentner nur die Arbeiten an Zanders Kaufmarkt annehmen. Das Objekt war viel zu groß für ihn. Und beide Objekte, das Einkaufscenter und Zanders Kaufmarkt, konnte er auf keinen Fall gleichzeitig schaffen.

Georg schnaufte.

Zander.

Er hatte Gentner und Sambill mit einem Großauftrag geködert und sie dazu gebracht, die Arbeiten an Georgs Baustelle zu verzögern. Aber woher wusste Zander, welche Firmen an Georgs Baustelle arbeiteten? Woher hatte er diese Informationen?

Georg dachte kurz an sein gestohlenes Notebook. Ach Unsinn. Zander hatte so etwas nicht nötig. Und was hatte der Immobilienmogul davon, die Arbeiten an seiner Baustelle zu behindern?

Der Geruch von Imbissbude zog in Georgs Nase, als ein stämmiger junger Mann in Jeans und großkariertem Baumwollhemd an ihm vorbeiging und sich an den Tisch zu der jungen Mutter setzte.

»Ich wollte noch mal rüber zum NETTO«, sagte die junge Frau zu ihrem Mann. Sie wandte sich an den kleinen Jungen. »Kommst du mit?« fragte sie ihn.

Der Kleine zog die Mundwinkel herunter.

Der kräftig gebaute Mann beugte sich zu seinem Sohn. »Geh doch mit die Mutti mit«, nickte er dem Kleinen aufmunternd zu.

Der Junge schob die Lippen vor zu einem Schmollmund und rutschte widerwillig vom Stuhl.

Georg sah der jungen Frau zu, wie sie mit dem Jungen an der Hand an der Verkaufstheke vorbei ging und den Laden verließ.

NETTO war damals auch an der Anmietung des Ladenlokals in Holgers Einkaufcenter interessiert gewesen. Georg hatte sich für LEDO entschieden, weil die einen höheren Mietzins und eine längere Vertragslaufzeit geboten hatten. LEDOs Expansionsleiter Verch wollte unbedingt einen Laden an diesem Standort haben. Er hatte Georg daran erinnert, wie viel Objekte er schon für LEDO gebaut hatte. Das verpflichtet doch, hatte Armin Verch gesagt.

Warum drohte der Geschäftsführer von LEDO dann mit Rücktritt, wenn der Laden nicht termingerecht fertig werden würde. Die Vertragslaufzeit begann doch mit der Übernahme des Ladens. LEDO würde doch keine Einbußen haben, wenn sie den Laden später eröffnen würden.

Der Geschäftsführer hat mich aufgefordert, die Installationspläne zurückzuhalten, hatte Derksen ihm an der Baustelle gesagt. *Aber ich mache diese Spielchen nicht mit.*

*

Georg stellte die Tasse auf den Geschirrwagen und verließ die Bäckerei. Ich werde Armin Verch anrufen, dachte er als er die Straße überquerte. Der Expansionsleiter war immer gut informiert, wenn es um Dinge innerhalb des Lebensmittelkonzerns ging. Er ging die verschattete Einfahrt neben dem Haus hinunter zum Parkplatz von Lauers Büro, wo er seinen Wagen geparkt hatte. Durch die Scheibe der Heckklappe sah er Baldacci, der durch die runden Metallstäbe seiner Box zur Straße spähte. Als er aus dem Schatten neben dem Haus auf den Parkplatz trat, traf ihn die Sonne und blendete ihn kurz. Weiter hinten auf dem Parkplatz des NETTO-Marktes sah er den stämmigen Mann aus der Bäckerei stehen und eine Zigarette rauchen. Er wartete wohl auf seine Frau dachte Georg.

Plötzlich hörte er eilige Schritte hinter sich. Er wollte sich gerade umdrehen, als er einen Schlag gegen seinen Hinterkopf bekam. Er fiel auf die Knie und spürte einen stechenden Schmerz in seiner Kniescheibe. Er stütze sich mit den Händen auf das Pflaster, als ihn ein Fußtritt in den Magen traf. Für einen kurzen Moment bekam er keine

Luft mehr und die Arme wurden ihn unter dem Körper weggerissen. Er landete bäuchlings auf dem harten Betonpflaster. Die Fugen der Pflasterung schaukelten vor seinen Augen wie eine aufgewühlte Brandung. Übelkeit stieg in ihm auf und drückte gegen seine Kehle.

Baldaccis lautes Gebell drang zu ihm herüber, als er einen Tritt ins Gesicht bekam. Sein Kopf wurde nach hinten geschleudert. Ein dumpfer Schmerz schoss durch seine Kopf, der einem hellen stechenden Schmerz wich. In seinem Gehirn spürte er so etwas wie glühende Nadelstiche. Er rollte sich auf die Seite und legte beide Hände schützend um seinen Kopf.

Baldaccis Bellen würde immer wütender und er hörte wie die Hundebox gegen die Ladefläche des Wagens schlug.

»He, was soll das?« hörte er eine Stimme vom Wohnhaus her. »Lassen Sie den Mann in Ruhe.«

Er bekam einen Tritt in die Rippen. Sein Körper glühte vor Schmerz. Instinktiv zog er die Beine vor die Brust. Zusammengerollt wie ein Embryo lag er da. Staubige Luft atmete er vom Pflaster ein. Ein heftiger Husten schürte den Schmerz in seinen Rippen.

Er hörte schnelle Schritte auf dem Pflaster. »Hören Sie auf«, schrie ein Mann.

Ein harter Tritt traf ihn am Ellenbogen und riss den Arm aus seinem Gesicht.

»Lass den Mann in Ruhe«, dröhnte eine tiefe Männerstimme aus der anderen Richtung in sein Ohr.

Bevor Georg aufblicken konnte, traf ihn ein weiterer Tritt an der entblößten Schläfe.

Dann war alles dunkel um ihn.

Kapitel 26

Georg Heffner öffnete die Augen. Wie durch einen Nebel sah er ein schummriges gelbes Licht über sich. Seine Hände ertasteten ein weiches Laken, dann spürte er eine Hand auf der seinen. Er drehte den Kopf zur Seite. Sein Gehirn schien hin und her zu schwappen wie auf einer Woge. Langsam wurde sein Blick klar.

Doris saß neben dem Bett, ein gequältes Lächeln im Gesicht. »Wie geht es dir?« fragte sie leise.

Georg drückte ihre Hand und spürte den Schmerz in seinem Unterarm. Nur verschwommen konnte er sich an die Fahrt im Rettungswagen erinnern.

»Es wird alles wieder gut«, hörte er die aufmunternden Worte seiner Frau.

Georg wollte sich aufsetzen, aber Doris hielt ihn zurück.

»Du musst liegenbleiben. Du hast eine schwere Gehirnerschütterung.«

Georgs Mund war völlig ausgetrocknet. »Ich habe Durst«, nuschelte er. Das Sprechen fiel ihm schwer. Er entzog Doris seine Hand und ertastete seinen Kopf. Er fühlte Schwellungen und Verbände.

Doris hantierte an dem Schalter des Bettes herum und fuhr das Kopfende ein wenig hoch. Sie füllte Wasser in eine Schnabeltasse und reichte sie ihm.

Georg trank hastig ein paar Schlucke und gab Doris die Tasse wieder zurück. Er stützte sich auf den Ellbogen. »Baldacci. Er ist noch in meinem Wagen«, sagte er und sofort spürte er die gespannte Haut über seinen Kiefer-knochen.

Doris stellte die Schnabeltasse auf den Rollcontainer und drückte ihn sanft wieder aufs Bett. »Thomas hat deinen Wagen mit Baldacci nach Hause gefahren. Dem Hund geht es gut.« Sie stützte seinen Kopf mit der Hand und zog mit der anderen Hand das Kopfkissen hoch.

»Was ist mit mir?« fragte Georg.

Doris setzte sich wieder. »Du hast wahnsinnig viel Glück gehabt.« Ihre matten Augen ruhten auf ihn. »Zwei Rippen und das Jochbein sind gebrochen. Eine Platzwunde hinter dem Ohr, die genäht werden musste. Und Prellungen und Hämatome am ganzen Kopf und am Unterarm.« Sie seufzte. »Aber zum Glück keine inneren Verletzungen.«

Georg konnte sich an die Untersuchungen nach seiner Einlieferung im Krankenhaus nur bruchstückhaft erinnern. Alles lag wie von einer dichten Nebelwand umhüllt in seinem Gedächtnis.

»Was ist mit dem Mann, der mich angegriffen hat? Hat man ihn gefasst?« fragte er und verlangte wieder nach der Schnabeltasse.

Doris gab ihm die Tasse. »Ich weiß es nicht. Herr Michaelis, ein Patient von mir, hat mich angerufen. Er hat mir gesagt, dass du überfallen worden bist und dass man dich ins Krankenhaus gebracht hat.«

Doris lehnte sich zurück, schüttelte den Kopf und seufzte. »Mein Gott, wenn Herr Michaelis und dieser junge Mann nicht gewesen wären, dann hätte dich der Kerl totgeschlagen.«

Georg konnte sich an den Überfall nicht mehr erinnern. Krampfhaft versuchte er die Bilder wieder in sein Gedächtnis zurückzuholen. Aber so sehr er sich auch anstrengte, es gelang ihm einfach nicht.

»Jetzt musst du erst einmal wieder gesund werden«, holte Doris ihn aus seinen Gedanken. »Aber nach deiner Entlassung aus dem Krankenhaus werden wir uns unterhalten müssen.«

Sie atmete tief ein und schüttelte leicht den Kopf. »Erst der Einbruch, dann die Drohbriefe.« Sie warf ihm einen vorwurfsvollen

Blick zu. »Thomas hat mir davon erzählt.« Sie seufzte. »Und jetzt dieser Überfall.«

*

Die Sonne stand nur noch knapp über den mehrgeschossigen Gebäuden an der Feldstraße, als Thomas Melzer aus dem Wagen seiner Frau stieg. Stephanie wollte mit den Kindern weiter zum Krankenhaus fahren und ihrem Vater Wäsche und frische Kleidung bringen.

. Thomas hatte noch seinen Wagen vor dem Büro vom Bauträger Lauer stehen, den er dort abgestellt hatte, als er den Audi seines Schwiegervaters mit Baldacci nach Hause gefahren hatte. Sein Schwiegervater war da bereits auf dem Weg ins Krankenhaus gewesen. Nur zwei uniformierte Polizeibeamte waren noch auf dem Parkplatz gewesen und hatten dort auf die Kollegen von der Kriminalpolizei gewartet.

Thomas ging die im Schatten des Hauses liegende Einfahrt hinunter und trat in das bernsteinfarbene Licht, das über dem Parkplatz lag. Die Luft hatte sich deutlich abgekühlt und eine angenehme Frische lag hinter dem Haus. Er blieb stehen und sah sich um. Rechts auf der Terrasse der Wohnung neben Lauers Büro saß Hauptkommissar Quill und sprach mit einem Mann Mitte vierzig.

Als Melzer sich den beiden Männern näherte, sah Quill zu ihm herüber und stand auf.

»Herr Staatsanwalt«, begrüßte Quill ihn. »Sind Sie für den Fall zuständig?«

Thomas schüttelte den Kopf. »Ich wollte meinen Wagen abholen und mich über den Stand der Ermittlungen erkundigen.« Thomas gab Quill die Hand. »Aber nur wenn es Ihnen recht ist.«

Der Hauptkommissar zeigte auf den anderen Mann. »Das ist Herr Michaelis, der Ihrem Schwiegervater zu Hilfe geeilt ist.«

Thomas schüttelte Michaelis kräftig die Hand. »Vielen Dank, dass Sie so mutig eingegriffen haben.« Er deutete auf einen Stuhl. »Darf ich mich dazusetzen?«

»Ja, natürlich«, antwortete Michaelis. »Haben Sie schon eine Nachricht, wie es Ihrem Schwiegervater geht?«

Thomas setzte sich. Als Doris ihn angerufen hatte, war er sofort losgefahren um den Audi mit Baldacci nach Hause zu fahren. Sie hatte auch nur so viel gewusst, dass Georg überfallen worden war. »Ich war noch nicht im Krankenhaus. Am Telefon wollte man mir nichts sagen.« Thomas Blick wanderte von Michaelis zu Quill. »Was ist denn genau passiert?« fragte er.

Michaelis sah Thomas eine Weile an. Die Anspannung stand dem Mann noch im Gesicht geschrieben. »Ich habe Ihren Schwiegervater getroffen, als ich vom Einkaufen zurückkam. Er hatte seinen Wagen auf dem Parkplatz abgestellt und wollte drüben beim Bäcker noch einen Kaffee trinken.«

Michaelis sah tief in Gedanken hinüber zum NETTO-Markt. »Ich hatte mir etwas zu Essen gemacht und ins Wohnzimmer gesetzt, als ich wildes Hundegebell gehört habe. Ich dachte, da macht sich jemand am Wagen Ihres Schwiegervaters zu schaffen und bin auf die Terrasse gegangen.« Michaelis sah ihn jetzt wieder an und schüttelte seufzend den Kopf. »Da sah ich, wie dieser Typ auf Ihren Schwiegervater eintrat. Immer und immer wieder.«

Michaelis erzählte wie er auf den Schläger zulief, dass vom Parkplatz des NETTO-Marktes ein junger Mann über den Zaun stieg und ebenfalls zu Hilfe eilte. Der Schläger hätte dann die Flucht ergriffen und der junge Mann wäre ihm gefolgt.

»Wurde der Mann gefasst?« fragte Melzer den Hauptkommissar.

Quill schüttelte den Kopf. »Der Mann ist in die Gärten der Zechenhäuser gelaufen und entkommen.«

»Sie haben eine Beschreibung von dem Mann?« fragte Melzer.

Quill nickte. »Anfang dreißig, hager, eins fünfundachtzig, Glatzkopf. Er trug eine Armeehose und Springerstiefel.«

*

Ein kalkiges Neonlicht, die weiß getünchten Wände und der hellgraue Linoleum Belag auf dem Fußboden drangen Thomas Melzer in die Augen, als er das Krankenzimmer seines Schwiegervaters betrat. Stephanie, Jonas und Klara standen um das Krankenbett. Er konnte gerade mal einen kurzen Blick auf seinen Schwiegervaters werfen, als Klara ihm mit sorgenvollem Blick in die Arme lief.

»Papa. Opa Georg hat sich verhauen lassen«, rief sie.

Thomas beugte sich zu Klara hinunter. Er verschluckte das Lächeln, das in ihm aufsteigen wollte. »Opa hat sich nicht verhauen lassen. Ein böser Mann hat ihm das angetan.«

Klara senkte beschämt die Augen.

Thomas strich seiner Tochter über das Haar. »Wir haben schon verstanden, dass du dir nur Sorgen um Opa machst«, sagte Thomas und ging mit Klara an das Krankenbett. Ein Stich fuhr ihm durch die Brust, als er in das grausam zugerichtete Gesicht von Georg sah. Der Kopf war angeschwollen wie ein aufgeblasener Luftballon und übersäht mit Blutergüssen.

»Wie geht es dir?« fragte er Georg.

Georg zwinkerte mit den Augen. »Geht schon«, entrang er sich ein Nuscheln.

Thomas setzte sich auf die Bettkante und nickte Georg mit einem warmen Lächeln zu.

»Das Sprechen fällt ihm noch schwer«, erklärte Stephanie. »Aber er wird wieder vollständig gesund.« Sie legte Georg eine Hand auf die

Schulter und beugte sich zu ihrem Vater. »Die Kinder müssen ins Bett. Wir kommen Morgen wieder. Ruh dich jetzt erst mal aus.«

Stephanie richtete sich auf. »Brauchst du noch etwas? Soll ich dir noch was mitbringen?« fragte sie ihren Vater.

Georg hob leicht die Hand.

»Nein, dein Notebook und dein Handy bringe ich dir nicht. Du hast doch gehört, was Mama gesagt hat.« Sie schüttelte leicht den Kopf. »Keine Arbeit im Krankenhaus.«

»Neuhaus«, nuschelte Georg.

»Mama ruft ihn an«, nickte Stephanie. »Er muss jetzt halt alleine mit der Baustelle klarkommen.« Sie hauchte Georg einen Kuss auf die Stirn, wartete, bis sich die Kinder von Georg verabschiedet hatten und verließ das Krankenzimmer.

»Du musst jetzt erst mal wieder gesund werden. Das ist jetzt das Wichtigste«, sagte Thomas und blickte in Georgs unruhig hin und her wandernden Augen. Er dachte an die Rechnung von Zanders Bauunternehmen für das Haus von Meisner, die Georg für ihn prüfen sollte. Aber das musste jetzt warten, obwohl es innerlich in ihm brannte. Wenn Zander die Arbeiten unter den üblichen Preisen abgerechnet hatte, dann könnte er dem Immobilienmogul Bestechung eines städtischen Beamten nachweisen. Dann hätte er einen Grund, die Konten und die Buchhaltung von Zander über-prüfen zu lassen. Dann hätte auch Hauptkommissar Quill einen weiteren Ansatzpunkt bei seinen Ermittlungen in der Mordsache Meisner.

»Hast du den Mann erkannt, der dich überfallen hat?« fragte Thomas.

Georg schüttelte langsam den Kopf. »Ich habe keine Erinnerung an den Tathergang«, mühte sich Georg mit seiner Antwort.

Thomas strich Georg über die Hand. »Herr Michaelis hat den Mann beschreiben können. Anfang dreißig, hager, eins fünfundachtzig groß, Glatzkopf. Er trug eine Armeehose und Springerstiefel.«

Georgs Blick wurde hart. Er versuchte sich aufzusetzen.

Thomas hielt ihn zurück. »Kennst du jemanden, auf den die Beschreibung passt?«

Georgs Augen funkelten. »Der Kumpel von Klaus Amoneit«, zischte er.

Kapitel 27

Ein paar Wolken hatten sich vor die Sonne geschoben, die hinter dem Turm der Kirche an der Antoniusstraße stand und ein paar zaghafte Strahlen auf das Pflaster der Papst-Johannes-Straße warf. Die Luft war kühl an diesem frühen Morgen. Thomas Melzer knüpfte sein Sakko zu und sah zu dem zweigeschossigen Haus mit dem braunen Klinker und den vorspringenden Wänden in der Fassade. Ein kleiner gepflegter Vorgarten lag vor dem Zweifamilienhaus, in dem Renate Schüler die Eigentumswohnung im Erdgeschoss bewohnte. Melzers Blick wanderte zu dem Polizeiaufgebot vor dem Haus. Dann warf er einen Blick auf die Uhr und nickte Schlöder zu.

Der Hauptkommissar trat an die Haustür und drückte auf den Klingelknopf.

Nach einer Weile meldete sich eine herrische Frauenstimme aus der Gegensprechanlage. »Ja bitte.«

»Hauptkommissar Schlöder. Würden Sie uns bitte hereinlassen.«

Ein Summton ertönte und Schlöder schob die Haustür auf. Melzer folgte dem Hauptkommissar in das Treppenhaus. Renate Schüler stand in der Wohnungstür und blickte sie verunsichert an.

»Ist etwas passiert? fragte sie und sah an Schlöder und Melzer vorbei zu den Beamten, die hinter ihnen das Haus betraten.

Thomas Melzer trat neben Schlöder. »Staatsanwalt Melzer«, stellte er sich vor. »Wir haben einen Durchsuchungsbeschluss für Ihre Wohnung«, erklärte er der Baudezernentin und hielt ihr den Beschluss entgegen.

Wie versteinert starrte Renate Schüler auf das Papier in Melzers Hand. Zögerlich nahm sie den Beschluss in die Hand.

Melzer bemerkte das leichte Zittern ihrer Hände, als sich die Baudezernentin in das Schreiben vertiefte. Thomas Blick fiel auf den blauen Hosenanzug und die beigefarbene Bluse der Baudezernentin. Der Hosenanzug saß wie angegossen und ließ auf einen teuren Geschmack schließen.

Sie blickte jetzt auf. »Warum?« Ihr blondes schulterlanges Haar schwang hin und her. »Was wollen Sie in meiner Wohnung.«

»Lassen Sie uns doch erst einmal herein«, bat Melzer.

Renate Schüler trat einen Schritt zur Seite und gab die Tür frei. Sie zitterte am ganzen Oberkörper. Die Hand mit dem Durchsuchungsbeschluss sank herab. »Sie können doch nicht einfach in meine Wohnung eindringen.«

Schlöder hatte sich bereits an ihr vorbeigeschoben. Die anderen Beamten folgten ihm. Während Schlöder in der Diele die Beamten einteilte, trat auch Melzer in die Wohnung und schloss die Tür.

»Weshalb?« stammelte die Baudezernentin. »Was suchen Sie hier?« Sie hatte die Mundwinkel nach unten gezogen und stützte sich mit der freien Hand am Türrahmen.

Melzer nahm ihr vorsichtig den Durchsuchungsbeschluss aus der Hand. »Es besteht der dringende Verdacht der Vorteilsnahme.« Melzer blickte zu den Beamten, die sich in die Räume der Wohnung verteilten. »Wir sind verpflichtet, diesem Verdacht nachzugehen«, erklärte er.

»Das ist doch Blödsinn«, schrie sie. Mit beiden Händen streifte sie sich das Haar aus dem Gesicht. »Das sind doch unhaltbare Unterstellungen.«

Melzer hob die Schulter. »Dann haben Sie ja nichts zu befürchten.« Er ließ die Beamtin stehen und warf einen Blick in die Räume der Wohnung. Sehr stilvoll, sehr edel, dachte er, als er ins Wohnzimmer ging. Er ging zurück in die Diele und weiter in ein geräumiges Arbeitszimmer. Schlöder saß hinter dem Schreibtisch und blätterte in einem Ordner mit Kontoaus-zügen.

»Was genau werfen Sie mir eigentlich vor?«

Melzer drehte sich um und sah in die vor Wut funkelnden Augen der Baudezernentin. »Können wir uns irgendwo hinsetzen?« fragte Melzer.

»Gehen wir ins Wohnzimmer«, schnaufte Renate Schüler.

Melzer folgte der Baudezernentin und setzte sich in einen breiten Sessel vor dem großen Terrassenfenster. Als er mit der Hand über die Lehne strich, fühlte er den samtweichen beigefarbenen Stoffbezug.

»Also, was werfen Sie mir vor«, fragte Renate Schüler und ließ sich auf das ausladende Sofa fallen.

Melzer warf einen kurzen Blick auf die Blumenbankette im Garten hinter der Terrasse. »Uns liegen Hinweise vor, dass Sie dem Immobilieninvestor Zander Vorteile verschafft haben.«

Renate Schüler stieß ein verächtliches Lachen aus. »Das ist doch absoluter Blödsinn. Eine infame Unterstellung.«

Melzer hob die Brauen. »Die Häufung von Begünstigungen bei der Aufstellung oder Änderung von Bebauungsplänen zu Gunsten von Zander lassen aber darauf schließen.«

Renate Schüler lehnte sich zurück. »Und wegen dieser Vermutungen durchwühlen Sie meine Wohnung?« Sie fasste sich an den Kopf. »Das ist doch unglaublich.« Sie beugte sich vor. »Dafür werde ich Sie belangen.«

»Auch die Häufung bei der Vergabe öffentlicher Aufträge an Zander spricht dafür«, warf Melzer achselzuckend ein.

Renate Schüler schob wütend das Kinn vor. »Die Angebote der Bewerber werden vom Vergabeausschuss genauestens geprüft. Da kann man nichts manipulieren.«

Melzer warf Renate Schüler einen langen Blick zu. »Auch nicht, wenn man ein jahrelanges Verhältnis mit Zander hat?«

Renate Schüler riss den Mund auf und schnappte nach Luft. Sie schluckte zweimal.

»Thomas, kommst du mal«, bat Schlöder von der Tür her.

Melzer stand auf. »Frau Schüler darf nicht telefonieren«, sagte er zu dem Beamten, der gerade eine Kirschbaumvitrine durchsuchte.

Melzer folgte Schlöder in das Arbeitszimmer und trat neben den Schreibtisch.

Der Hauptkommissar nahm ein paar Kontoauszüge vom Tisch. »Sie hat innerhalb von zwei Wochen vier Bareinzahlungen auf ihr Konto vorgenommen. Alle vier über neuntausend Euro.« Schlöder richtete sich wieder auf. »Gerade so viel, um keine Erklärung zum Geldwäschegesetzt abgeben zu müssen.«

Melzer pfiff durch die Zähne und schalt sich sofort dafür. Diese Unart hatte er sich wohl von Anklam angewöhnt. »Das ist ja interessant.«

Schlöder nickte. »Es kommt noch besser. Genau diese sechsunddreißigtausend hat sie als Anzahlung für ihre Eigentumswohnung an den Verkäufer überwiesen.«

»Das reicht. Nehmt alles mit. Akten, Computer und was wir noch auswerten können.«

Melzer ging zurück ins Wohnzimmer. »Frau Schüler, packen Sie ein paar Sachen zusammen. Wir müssen Sie leider mitnehmen.«

*

Trotz des frühen Morgens war der Parkplatz neben dem Knappschaftskrankenhaus fast voll besetzt. Erst in der zweiten Zufahrt fand er einen freien Parkplatz und stellte den Alfa dort ab. Er stieg aus, verriegelte den Wagen und ging zum Eingang. Er passierte die breite Drehtür und ging an der Cafeteria vorbei zur Information.

Als Frau Heffner ihn gestern Abend angerufen hatte, hatte er in der Aufregung vergessen nach der Zimmernummer zu fragen. Die junge

Frau hinter der Glasscheibe tippte auf der Tastatur und nannte ihm dann die Zimmernummer von Georg Heffner.

Neuhaus schritt durch die Eingangshalle zu den Aufzügen. Einige Krankenhausbesucher und auch ein paar Patienten in bunten Ballonanzügen warteten dort auf einen der nächsten Aufzüge.

Vor ein paar Tagen hätte Neuhaus nicht geglaubt, dass ihm die Nachricht über den Überfall auf Heffner so zusetzen würde. Heffners natürliche Autorität und sein Charisma hatten immer etwas einschüchternd auf ihn gewirkt. Er hatte dem alten Architekten Geld geschuldet, er war seiner Arbeit nicht verantwortungsvoll genug nachgegangen. Er hatte sich nicht vor Heffner rechtfertigen wollen. Wohl deshalb hatte er Heffners Angebot, ihm zu helfen, ausgeschlagen. Seitdem er sich Heffner offenbart und seine Sogen geschildert hatte, hatte sich alles geändert. Richtig offen, ja fast freundschaftlich schien das Verhältnis nun zu sein. Heffner hatte ihm nicht nur geholfen, er hatte ihm auch klar gemacht, auf was es in seinem Beruf ankam. Zentnerschwere Lasten waren von seinen Schultern gefallen. Und Heffner behandelte ihn als gleichgestellten Kollegen und nicht als ein kleiner Anfänger, wie er früher das Gefühl hatte. Es war ein gutes Gefühl. Heffner vermittelte ihm Sicherheit. Und jetzt lag der alte Architekt im Krankenhaus.

Der Aufzug kam und Neuhaus fuhr hoch in den dritten Stock. Oben angekommen orientierte er sich kurz an der Hinweistafel und ging den Gang hinunter. Er fand das Zimmer, klopfte an und trat ein.

Ein leichtes Lächeln huschte über Heffners Gesicht, als Neuhaus auf das Bett zuging.

»Was machen Sie für Sachen, Herr Heffner«, lächelte Neuhaus zurück. »Wir brauchen Sie doch noch.«

Heffner setzte sich etwas auf und verzog das Gesicht. Das Aufrichten schien ihm Schmerzen zu bereiten. Er zog das Kissen mit einer Hand hoch. Der Unterarm war bandagiert.

»Schön, dass Sie vorbeigekommen sind«, sagte Heffner und deutete auf den Stuhl neben dem Bett. Seine Worte kamen tief aus dem Rachen. Das Sprechen schien ihm schwer zu fallen.

Neuhaus setzte sich und sah in das geschwollene Gesicht, das nur aus roten und blauen Flecken zu bestehen schien. »Weiß man schon wer und warum man Sie so zugerichtet hat?« fragte er.

Heffner schüttelte nur leicht den Kopf. »Aber die Polizei hat eine Beschreibung von dem Mann.« Der alte Architekt sah an die Decke. »Das hängt sicher mit dem Einbruch bei mir und den Drohbriefen zusammen, die ich bekommen habe.«

»Bei Ihnen ist eingebrochen worden?« fragte Neuhaus erstaunt.

Heffner drehte langsam den Kopf zu ihm. Heffners Worte kamen langsam. »Man hat nur mein Notebook gestohlen. Darauf waren alle Daten vom Einkaufscenter.«

»Und Drohbriefe haben Sie auch bekommen?« hakte Neuhaus nach.

»Drei«, antwortete Heffner. »Ich soll mich vom Einkaufscenter zurückziehen, sonst würde ich das nicht überleben.« Ein hüstelndes Lachen entrang sich Heffners Brust und er griff sich an die Rippen. »Fast hätten sie es ja geschafft.« Er versuchte, sich auf die Seite zu drehen, ließ es dann aber.

Heffner schaute ihn aus matten Augen an. »Ich bin außer Gefecht. Aber Sie sind noch da.«

Neuhaus drückte dem alten Architekten die Hand. »Und ich werde auch dran bleiben.«

Heffner schüttelte fast unmerklich den Kopf. »Jetzt werden sie es auf Sie abgesehen haben. Irgendjemand will nicht, dass das Einkaufscenter fertig wird.«

Neuhaus drückte noch mal Heffners Hand und ließ sie dann los. »Ich werde schon auf mich aufpassen.« Er setzte sich etwas zurück. »Mein Schwiegervater hat heute mit den Arbeiten begonnen. Hat alle seine Mitarbeiter in die Baustelle geschickt.«

Ein zufriedenes Lächeln huschte durch das geschwollene Gesicht. »Und Gentner?« fragte Heffner.

»Es war heute Morgen wieder nur ein Geselle an der Baustelle.«

Heffner sah nachdenklich zur Decke. »Gentners Leute arbeiten an Zanders Kaufmarkt in Recklinghausen.« Ein leises Schnauben drang aus Heffners Mund. »Zander entzieht uns unsere Handwerker. Ich weiß noch nicht warum, aber ich werde es herausfinden.«

Neuhaus schaute aus dem Fenster. Weit hinten am Horizont sah er die alten Wassertürme, die an der Stadtgrenze zu Herten standen. Früher war er auf dem Schulweg täglich daran vorbeigekommen. Peter, schoss es ihm plötzlich durch den Kopf.

Er sah wieder zu Heffner, der versuchte seine Lage im Bett zu verändern. »Mein Schulfreund Peter hat sich vor kurzem mit einem Elektrobetrieb selbständig gemacht. Vielleicht braucht der einen guten Auftrag.«

Heffner rutschte weiter hoch und lehnte den Rücken gegen das Kopfbrett des Bettes. »Rufen Sie ihn an. Wenn er sofort anfangen kann, dann schmeißen Sie Gentner raus.«

»Und wenn der mit einer Schadenersatzklage droht?« fragte Neuhaus.

Heffner winkte ab. »Die ist schwer zu begründen. Der Fertigstellungstermin ist das Wichtigste. Um alles andere können wir uns später kümmern.«

Neuhaus sah Heffner ungläubig an.

»Man darf den Handwerkern nicht nur drohen, man muss auch handeln«, erklärte Heffner. »Sonst verlieren Sie Ihre Glaubwürdigkeit«, fügte er noch hinzu.

*

Horst Anklam ging die drei Stufen vor dem Rathaus hinunter zu den beiden Streifenwagen, die wenige Schritte vor dem Eingang parkten. »Bringt die Sachen in mein Büro«, bat er die uniformierten Beamten. »Ich habe noch etwas zu erledigen.«

Er trat auf den Gehweg vor dem Rathaus und folgte der Kurt-Schumacher-Straße in südlicher Richtung. Sein Blick wanderte kurz hinüber auf die andere Straßenseite zum dem Einkaufscenter mit dem dahinter liegenden Parkhaus. Zander hatte es vor ein paar Jahren gebaut. In der Bäckerei standen ein paar Leute für ihre Frühstücksbrötchen an. An einem der Tische vor der Bäckerei saßen zwei ältere Männer, einen Kaffeepott vor sich und schauten gelangweilt auf den Morgenverkehr vor dem Rathaus. Vier Schulkinder auf ihren Fahrrädern beeilten sich, um noch pünktlich zur zweiten Stunde zum Gymnasium an der Gartenstraße zu gelangen.

Nur ein kurzes Stück weiter um die Ecke durchsuchte Schlöder die Wohnung der Baudezernentin. Anklam hoffte, dass Schlöder handfeste Beweise finden würde.

Anklam hatte Rechtsrat Peters den Durchsuchungsbeschluss für Renate Schülers Büro und die Berechtigung zur Beschlagnahme der Akten, die in Zusammenhang mit den Bauvorhaben von Zander standen, vorgelegt. Der Rechtsrat war erst schockiert über den Verdacht der Vorteilsname gegen die Baudezernentin gewesen, hatte Anklam aber volle Unterstützung bei der Aufklärung zugesagt. Er hatte den Computer von Renate Schüler sichergestellt und auch die ihm bereitwillig ausgehändigten Akten beschlagnahmt.

Bei der Durchsuchung von Renate Schülers Büro war ihm das gerahmte Foto auf dem Schreibtisch aufgefallen. Es zeigte die Baudezernentin mit einer älteren Frau auf einem Kreuzfahrtschiff. Im Schreibtisch hatte er Reiseunterlagen gefunden. Ein Prospekt des Kreuzfahrtschiffs Aida, die Buchungsbestätigung für eine luxuriöse Außenkabine, und Flugtickets nach Bangkok auf die Namen Renate Schüler und Gerda Schüler. Irgendetwas in ihm hatte ihn dazu bewogen, der Sache nachzugehen. Der Flug und die Kreuzfahrt waren im Reisebüro Keller gebucht worden, dass nur wenige Schritte neben dem Rathaus lag. Es war nur ein Schuss ins Blaue, aber es würde ihm ja nur ein paar Minuten Zeit kosten.

Anklam verlangsamte seine Schritte als er an der Redaktion der Hertener Lokalzeitung vorbei ging. Die Durchsuchung im Rathaus und in Renate Schülers Wohnung wird sicher viel Staub aufwirbeln. Die Presse wird schon bald darüber berichten. Sie mussten den Anfangsverdacht gegen die Baudezernentin durch weitere handfeste Beweise untermauern, sonst würde Staatsanwalt Melzer große Probleme bekommen. Aber die Auswertung des Computers und der Akten würde einige Zeit in Anspruch nehmen.

Anklam stand jetzt vor dem Reisebüro, atmete noch einmal tief durch und ging hinein. Gerd Keller, der Inhaber des Reisebüros saß an seinem Schreibtisch in einigen Papieren vertieft. Der stämmige und großgewachsene Mann sah aus den Augenwinkeln zu Anklam auf. Dann huschte ein aufgesetztes Lächeln über sein Gesicht.

»Ach die Polizei. Urlaub buchen, oder Spenden sammeln für den Handballverein?« fragte Keller abschätzend.

»Hallo Gerd«, grüßte Anklam und gab Keller die Hand. »Immer noch das alte Schandmaul.« Er zog den Stuhl vor dem Schreibtisch vor und setzte sich. »Mit deinem Verein läuft es ja wieder ganz gut.«

Keller zog das Kinn hoch und nickte. »Könnte dieses Jahr klappen mit dem Aufstieg.«

Anklams Blick wanderte zu den Regalen mit den Prospekten der Reiseunternehmen. Gerd Keller war Vorstandsmitglied, Mäzen und seit Lebzeiten glühender Fan des Fußballvereins in seinem Stadtteil. Man kannte sich in der Sportszene. Sie plauderten noch eine Weile über Fußball, dann zog Anklam die Reisebuchung aus der Jackentasche und warf noch einen Blick darauf. »Gerd, kannst du mir sagen, wie diese Reise bezahlt wurde?« fragte er und reichte Keller die Unterlagen über den Tisch.

Keller nahm die Reisebestätigung in die Hand und warf einen langen Blick darauf. Dann sah er wieder auf. »Schon ein halbes Jahr her. Flug nach Bangkok und dann mit der Aida durch Südostasien. Kambodscha, Vietnam, Indonesien.« Keller zog das Kinn hoch. »Schöne Reise.«

»Kannst du mal nachsehen, wie die Reise bezahlt wurde?« hakte Anklam noch einmal nach.

Keller gab Anklam die Reisebestätigung zurück. »Die brauche ich nicht. Ich kann mich noch gut daran erinnern.« Keller lehnte seinen massigen Körper zurück. »Die Kreuzfahrt hat Wolfgang Zander gebucht. Für sich und seine Frau. Hat damals mit seiner Kreditkarte bezahlt.« Er legte die Arme auf die Lehne. »Zander unterstützt meinen Verein hin und wieder mit einer Spende.«

Anklam steckte die Buchung wieder in seine Jackentasche. »Die Buchung lautet aber auf Renate und Gerda Schüler.«

Keller nickte. »Zander hat sie zwei Wochen vor Reiseantritt umschreiben lassen.« Ein Grinsen lag in Kellers Gesicht. »Zander hätte aus geschäftlichen Gründen die Reise nicht antreten können, hatte er gesagt. Er hätte die Reise an Frau Schüler verkauft.«

Kapitel 28

Hauptkommissar Reiner Quill stoppte den Wagen auf dem Parkstreifen gegenüber vom Maklerbüro Amoneit und schaute hinüber zum Gebäude. Unter dem Firmenschild neben der Eingangstür standen zwei Frauen und rauchten eine Zigarette.

Eigentlich hätte er einen seiner Kollegen damit beauftragen können, diesen Freund von Amoneit zu befragen, auf den die Beschreibung des Schlägers passte, der Georg Heffner krankenhausreif geschlagen hatte. Den Einbruch bei Heffner hatten damals zwei Streifenpolizisten aufgenommen. Sie hatten eine Akte angelegt und das war´s dann auch. Aber auch er selbst hatte die drei Drohbriefe, die sein Kollege Anklam ihm gegeben hatte, unbeachtet gelassen. Und jetzt lag Georg Heffner fürchterlich zugerichtet im Krankenhaus.

Er sah wieder hinüber zu den beiden Frauen, die scheinbar gelangweilt an ihren Zigaretten zogen. Staatsanwalt Melzer hatte ihn am Vorabend angerufen, nachdem Melzer mit seinem Schwiegervater im Krankenhaus gesprochen hatte. Heffner hatte keine Erinnerung an den Tathergang. Aber er kannte jemanden, auf den die Täterbeschreibung des Zeugen Michaelis passte. Aber Heffner hatte auch gesagt, dass er den Mann nur vom Sehen her kannte und sich nicht vorstellen konnte, warum der Mann ihn angegriffen hatte.

Reiner Quill seufzte und lehnte sich in die Rückenlehne seines Wagens. Georg Heffner hatte ihm vor einigen Jahren seine Doppelhaushälfte geplant und gebaut. Alle Kollegen und Bekannten hatten ihm damals von einem Neubau abgeraten. *Kauf dir lieber ein fertiges Haus*, hatten sie zu ihm gesagt. *Willst du dir wirklich den Ärger mit den Handwerkern antun?*

Quill hatte sein Bauvorhaben Georg Heffner anvertraut. Der alte Architekt hatte viel Geduld und Arbeit in die Planung des Hauses gesteckt und die Arbeiten der Handwerker bestens koordiniert und überwacht. Die Bauzeit hatte richtig Spaß gemacht. Das Wachsen des Hauses, die Auswahl der Materialien, die Planung seines neuen Zuhauses. Kein Ärger mit den Handwerkern. Keine Baumängel. Georg Heffner hatte es sogar geschafft, das Haus vor dem geplanten Termin fertigzustellen. Und als die Abrechnung der Baukosten vorlag, hatte er das Haus so kostengünstig erstellt, dass Quill seiner Frau auch noch eine neue Küche kaufen konnte.

Verdammt. Heffner hatte ihm eine erstklassige Arbeit geliefert. Konnte der Architekt das nicht auch von ihm erwarten? Er hatte die Drohbriefe gegen Heffner unbeachtet gelassen. Hätte er den Überfall verhindern können, wenn er früher ermittelt hätte?

Quill raffte sich auf, stieg aus dem Wagen und ging über die Straße zum Maklerbüro. Die beiden Frauen waren nicht mehr zu sehen. Er trat in ein dunkles Treppenhaus. Links von ihm hinter einer Glastür sah er die beiden Frauen, die draußen eine Zigarettenpause gemacht hatten.

Als er in das Maklerbüro trat, stand die blonde Frau am hinteren Schreibtisch auf und kam ihm entgegen.

»Was kann ich für sie tun?« fragte die großgewachsene, etwas korpulente Frau.

»Hauptkommissar Quill«, stellte er sich vor. »Ich hätte gern Herrn Amoneit gesprochen.«

»Mein Mann ist irgendwo im Haus unterwegs«, sagte die blonde Frau und öffnete eine Tür neben dem Schreibtisch. »Warten Sie doch bitte im Besprechungsraum.«

Quill folgte ihr und setzte sich an den runden Tisch in der Mitte des Raumes. Frau Amoneit verließ den Raum durch eine zweite Tür. Quills Blick schweifte durch den Raum. Weiße Wände mit einem Terminplaner an der Wand, ein niedriger Aktenschrank und in einer Nische eine kleine Küchenzeile. Die nur angelehnte Tür zum Büroraum wurde langsam aufgestoßen und die dunkelhaarige Büroangestellte steckte den Kopf herein.

»Holt ihr ihn jetzt endlich ab?« fragte sie und trat in den Raum.

Quill runzelte die Stirn und schüttelte den Kopf. »Wen sollen wir ab-holen?«

»Na, den Chef«, antwortete die dunkelhaarige Frau und setzte sich zu ihm an den Tisch.

»Herrn Amoneit?« fragte Quill. »Warum sollen wir ihn denn abholen?«

»Der hat doch einen an der Waffel.« Sie schwenkte die flache Hand vor ihrem Gesicht hin und her. »Der ist gefährlich. Verprügelt doch ständig seine Frau.« Die Frau schob die Unterlippe vor. »Auf andere ist er doch auch schon losgegangen.«

Quill sah die Frau fragend an. Er wusste nicht, was er davon halten sollte.

Die Nebentür ging auf und Frau Amoneit gefolgt von einem schmächtigen Mann Anfang sechzig kam herein. Der Mann mit dem angegrauten Bart, unter dem sich leicht gerötete Wangen abzeichneten, trat auf ihn zu.

»Gehen Sie jetzt endlich meinen Anzeigen nach?«, fragte er und blieb neben dem Stuhl der Büroangestellten stehen.

»Hast du nichts zu tun?«, blaffte Amoneit die dunkelhaarige Frau an.

»Ich geh ja schon«, erwiderte die Büroangestellte schnippisch.

Quill stand auf. »Sie sind Herr Amoneit?«

Der schmächtige nickte. »Bleiben Sie doch sitzen.«

Quill nahm wieder Platz. Auch Frau Amoneit setzte sich dazu. Als auch Klaus Amoneit sich gesetzt hatte, sagte Quill: »Ich brauche nur eine Auskunft von Ihnen.«

Amoneit runzelte die Stirn. »Eine Auskunft? Ich dachte Sie wären wegen meiner Anzeigen hier.«

»Was für Anzeigen?« fragte Quill.

Amoneit stand auf und tigerte unruhig durch den Raum. »Ich werde verfolgt und mit Mikrowellenstrahlen beschossen«, giftete er. »Man will mich umbringen. Zig Anzeigen habe ich schon geschrieben, aber nichts passiert.«

Amoneit blieb stehen und drehte sich zu Quill. Amoneits Blick wirkte bedrohlich. »Ich weiß, dass ihr mich für bescheuert hält. Aber ich habe keinen an der Waffel.«

»Ich werde der Sache nachgehen«, versuchte Quill Amoneit zu beruhigen. »Ich brauche wirklich nur eine Auskunft von Ihnen.«

Amoneit zog den Stuhl vor und setzte sich wieder. »Was für eine Auskunft?« fragte er schon etwas ruhiger.

Quill lehnte sich etwas zurück. »Sie sollen mit einem Mann Anfang dreißig, schlank, etwa eins fünfundachtzig groß mit Glatze befreundet sein. Der Mann trägt meistens Armeekleidung.«

Amoneit hob die Schulter. »Was wollt ihr von dem?«

Quill lehnte sich weiter zurück und verzog die Mundwinkel zu einem angedeuteten Lächeln. »Ich habe nur ein paar Fragen an ihn.«

»Und warum kommen Sie dann zu mir?« fragte Amoneit.

Quill hob die Schulter. »Ich brauche den Namen und die Adresse von dem Mann.«

Amoneit zog das Kinn hoch. »Bernd heißt er. Mehr weiß ich auch nicht.«

Quill sah den erstaunten Blick in Frau Amoneits Gesicht. Sie stand auf und verließ den Raum.

»Sie sind doch mit dem Mann befreundet«, hakte Quill nach. »Und da kennen Sie nicht seinen Nachnamen und wo er wohnt?«

Amoneit zog die Mundwinkel nach unten. »Er kommt hin und wieder hier her. Dann sprechen wir über Mikrowellenwaffen und so´n Zeug.« Er schüttelte den Kopf. »Ich weiß nicht, wo er wohnt.«

Quill verlor langsam die Geduld. Er wiegte den Kopf hin und her. »Herr Amoneit, ich glaube Ihnen das nicht. Sie kennen sehr wohl den Namen und den Wohnort dieses Mannes.«

Amoneit stand auf und ging zur Nebentür. »Ich kann Ihnen da nicht helfen.« Er blieb in der Tür stehen und drehte sich noch einmal um. »Warum sollte ich auch. Ihr geht meinen Anzeigen ja auch nicht nach.«

»Sie behindern polizeiliche Ermittlungen«, rief Quill ihm nach. Dann fiel die Tür ins Schloss.

Quill rappelte sich auf und ging in das Büro der beiden Frauen, die sich gegenüber an einem der Schreibtische saßen. »Können Sie mir weiterhelfen?« fragte er.

»Warum suchen Sie den Mann?« fragte Marion Amoneit.

Quill atmete tief durch die Nase ein. »Kennen Sie den Architekten Heffner?«

Marion Amoneit nickte. »Wir sind befreundet.«

»Er ist gestern Abend in der Nähe des NETTO-Marktes brutal zusammengeschlagen worden«, erklärte Quill. »Dieser Mann wird im Zuge der Ermittlungen gesucht.«

Marion Amoneit sah mit weit geöffnetem Mund zu der Büroangestellten. Die dunkelhaarige Angestellte stand auf und nickte ihm zu. »Kommen Sie, ich bringe Sie noch vor die Tür.«

Quill verstand jetzt gar nichts mehr, folgte der Frau aber nach draußen. Sie schloss die Haustür hinter sich und sah sich um. Dann drehte sie sich wieder zu Quill und senkte konspirativ den Kopf.

»Der Mann heißt Bernd Büttner und wohnt in einem Altbau drüben auf der Feldstraße«, flüsterte sie.

*

Kriminalhauptkommissar Quill sah in das geschwollene Gesicht von Georg Heffner. »Sie können sich wirklich nicht an den Tathergang erinnern?« fragte er.

Heffner saß aufrecht auf der Bettkante. »Ein paar Bruchstücke fallen mir wieder ein. Aber nichts, was Ihnen weiterhelfen könnte.« er fasste sich an die Rippen. »An die Tritte kann ich mich erinnern, dass ich meinen Kopf mit den Händen geschützt habe. Aber den Mann habe ich nicht gesehen.«

»Na ja, wir haben ja die Täterbeschreibung von Herrn Michaelis«, seufzte Quill. »Sie hatten ja den Hinweis auf diesen Freund von Klaus Amoneit gegeben. Leider habe ich den Mann noch nicht vernehmen können.«

Bernd Büttner wohnte tatsächlich in einem Altbau an der Feldstraße. Er bewohnte dort zwei Zimmer mit Bad im Obergeschoss des Hauses. Die Vermieterin, eine Frau Anfang achtzig, die die Erdgeschosswohnung bewohnte, hatte ihm gesagt, dass Büttner am Vortag die Wohnung verlassen hatte und seit dem nicht zurückgekehrt wäre. Die alte Holztreppe knarrte unter jedem Tritt, da hätte sie gehört, wenn er in seine Wohnung gegangen wäre.

Quill war die Treppe hochgestiegen und hatte sich selbst davon überzeugt. Er hatte an der Wohnungstür geklopft und nach Büttner gerufen, aber der Mann hatte sich nicht blicken lassen. Unverrichteter Dinge war er dann zu Heffner ins Krankenhaus gefahren.

Heffner rutschte von der Bettkante und ging mit vorsichtigen Schritten zum Fenster. »Bei Klaus Amoneit war er auch nicht?«

»Amoneit war sehr unkooperativ. Und ohne seine Zustimmung konnte ich mich dort ja nicht umsehen«, erklärte Quill. Der Anblick von Heffner bereitete ihm Unbehagen. Das Schuldgefühl an Heffners

Zustand quälte ihn immer noch. Unruhig rutschte er auf dem Stuhl herum. »Und Sie haben keine Vorstellung, warum man Sie angegriffen hat?«

Heffner drehte sich um und ging zu dem kleinen Tisch gegenüber dem Krankenbett. Er zog einen Stuhl heran und setzte sich. »Nein, überhaupt nicht. Die einzige Erklärung die ich habe, ist die, dass der Angriff mit den Drohbriefen zusammen hängt.«

Quill sog die Luft durch die Nase ein. »Irgendjemand will also erreichen, dass Sie sich aus der Bauleitung für das Einkaufscenter am Mühlenweg zurückziehen. Aber warum?«

Heffner zog den Gürtel seines Morgenmantels enger. »Wenn der Laden für LEDO nicht rechtzeitig fertig wird, kann das Lebensmittelunternehmen vom Mietvertrag zurücktreten. Wenn das passiert, platzt die Finanzierung des gesamten Objekts. Dann muss der Baron von Mühlen das Anwesen verkaufen.«

Quill schüttelte den Kopf. »Aber wer hat ein Interesse daran?«

Heffner legte einen Arm auf den Tisch und versuchte ein Bein überzuschlagen. Mit schmerzverzehrtem Gesicht stellte er den Fuß wieder zurück. »Ich habe da auch nur Vermutungen.« Heffner rutschte auf dem Stuhl etwas zurück. »Auf dem Notebook, das bei dem Einbruch gestohlen wurde, waren alle Daten des Einkaufscenters. Damit wusste man, welche Handwerksfirmen beauftragt worden sind.« Heffner holte tief Luft und sprach dann weiter. »Zwei Handwerksfirmen haben die Arbeiten quasi eingestellt, weil sie mit lukrativen Aufträgen an einem anderen Bauvorhaben geködert wurden.« Heffner nickte nachdenklich. »Vom Immobilieninvestor Zander.«

Quill setzte sich auf. »Sie meinen, Zander könnte hinter dem Anschlag stecken?«

Heffner hob die Schulter. »Das sind alles nur Vermutungen.«

Quill seufzte. »Damit kommen wir wirklich nicht weiter.« Er stand auf und ging zum Fenster. »Wir brauchen den Schläger, der Sie so zugerichtet hat.«

Kapitel 29

Als Hauptkommissar Quill gegangen war, hatte Georg sich wieder ins Bett gelegt. Er fühlte sich zwar besser, verspürte aber noch ein leichtes Schwindelgefühl in seinem Kopf. Vielleicht sollte ich mich mehr bewegen. Vielleicht verschwand dann das Schwindelgefühl. Georg hatte in den letzten Wochen vor dem Überfall diesen leichten Schwindel schon des Öfteren bemerkt. Wenn er am Abend vor dem Fernseher auf dem Sofa lag und dann aufstand. Er musste dann erst ein wenig im Sitzen verweilen, bis das Schwindelgefühl sich gelegt hatte. Kam der Schwindel von seinem Diabetes oder von seinem Bluthochdruck? Der Blutdruck war eigentlich in Ordnung, wenn er den Ergebnissen glaubte, die das digitale Messgerät anzeigte. Oder hatte er in der letzten Zeit einfach zu viel geraucht? Er rauchte seine Pfeife nicht auf Lunge und konnte eigentlich auch ohne Nikotin auskommen. Es war einfach die innere Unruhe und Nervosität, die er mit dem Pfeifenrauchen kaschieren konnte. Georg schüttelte den Kopf. Sein Leben lang hatten die Menschen um ihn herum ihn wegen seiner stoischen Ruhe und Ausgeglichenheit bewundert. Aber sie konnten ja nicht in ihn hineinsehen. Konnten nicht wissen, wie diese innere Unruhe ihn antrieb. Durch das Herumspielen und Ziehen an der Pfeife hatte er das immer gut überspielen können. Aber je mehr er sich aufregte, desto mehr rauchte er.

Georg schaltete den Fernseher mit der Fernbedienung ein und zappte durch die Sender. Aber er konnte sich nicht so recht darauf konzentrieren. Er ließ den Nachrichtensender n-tv laufen, stellte aber bald den Ton ab. Das untätige Liegen im Bett setzte ihm zu. Er musste raus aus dem Krankenhaus. Er musste sich beschäftigen. Die Schmerzen im Gesicht und in den Rippen setzten ihm zwar noch zu, aber die Schmerzmittel konnte er auch zu Hause einnehmen.

Nach dem Gespräch mit Quill hatte er noch einmal intensiv darüber nachgedacht, wie alles zusammen hängen konnte. Er war nur zu einem Schluss gekommen. Nur Zander konnte dahinter stecken. Der Immobilienmogul wollte Holgers Einkaufscenter. Und er musste mit dem Geschäftsführer von LEDO gemeinsame Sache machen.

Der Schwiegersohn vom alten Leonard Dobrindt hat mich aufgefordert, die Installationspläne zurückzuhalten, hatte Derksen ihm gesagt.

Was hatte der Geschäftsführer davon? Welchen Nutzen zog er daraus? Georg musste unbedingt mit Expansionsleiter Verch sprechen.

Die Tür schwang auf und der Oberarzt kam ins Zimmer. »Wie geht es uns heute?« fragte er und trat ans Bett.

»Ganz gut«, log Georg. »Ich laufe schon wieder herum wie in junger Bursche.«

Der Oberarzt nickte und setzte sich auf den Stuhl neben dem Bett. »Ich habe eine gute Nachricht. Bei Ihrem Jochbeinbruch liegt keine Dislokation vor. Sie kommen um eine Operation herum. Das Jochbein wird sauber verheilen.«

Georg atmete erleichtert aus. »Und was ist mit den Rippenbrüchen?« fragte Georg.

»Die Bandage sollten Sie noch ein oder zwei Wochen tragen, dann dürften die Schmerzen vorbeisein.« Er hob den Finger. »Aber keine Anstrengungen, keine schnellen und hastigen Bewegungen.« Er lehnte sich zurück. »Das gilt auch für die Gehirnerschütterung.« Der Oberarzt stand auf. »Aber in ein oder zwei Tagen dürfte sie auch überstanden sein.«

Georg hielt den Arzt zurück. »Da ist es doch egal, ob ich mich hier oder zu Hause schone.«

Der Oberarzt setzte sich wieder. »Sie wollen uns verlassen?«

Georg setzte sich auf und hob die Schulter. »Ich habe ja auch zu Hause ärztliche Betreuung«, grinste er.

Der Oberarzt musterte ihn. »Eigentlich würde ich Sie gerne noch ein paar Tage zur Beobachtung hier behalten.«

Georg legte den Kopf zur Seite und sah den Arzt bittend an. »Ich verspreche Ihnen, mich auch strikt an Ihre Anweisungen zu halten.«

»Ich weiß nicht, ob Ihrer Frau das gefallen wird«, warf der Arzt ein.

»Sie kennt mich«, wiegelte Georg ab. »Sie wird verstehen, dass ich es hier nicht länger aushalten kann.«

*

»Wann wollt ihr mit der Vernehmung von Renate Schüler beginnen?« fragte Melzer und beobachtete Schlöder, wie der Renate Schülers Laptop öffnete.

Nach der Hausdurchsuchung war Melzer mit Schlöder zu dessen Dienststelle in Marl gefahren. Kurz nach ihnen hatten zwei uniformierte Beamte Plastikkörbe mit Akten hereingebracht, die Anklam im Rathaus beschlagnahmt hatte. Anklam würde nachkommen, hatten sie ausgerichtet. Er hätte noch etwas zu erledigen.

»Ich denke morgen.« Schlöder wies auf die Aktenberge, die sich auf dem Fußboden türmten. »Wir sollten noch weitere Fakten sammeln, damit wir die Schüler direkt damit konfrontieren können.«

Melzer nahm einen Ordner mit Kontoauszügen vom Stuhl, legte ihn auf Schlöders Schreibtisch und setzte sich. »Vielleicht macht sie ja die Nacht in der JVA gesprächiger.«

Melzers Blick wanderte zu den Plastikkörben mit den Akten aus dem Rathaus. »Braucht ihr noch Unterstützung?«

»Zwei zusätzliche Leute könnten nicht schaden«, antwortete Schlöder.

»Gut. Ich kümmere mich darum.«

Anklam kam zur Tür herein. Forschen Schrittes ging er zu seinem Schreibtisch und zog im Gehen seine Windjacke aus. »Wie war´s bei euch?« fragte er, hängte seine Jacke über die Lehne des Schreibtischstuhls und rollte ihn vor Schlöders Tisch.

Schlöder lehnte sich zurück und verschränkte die Arme hinter dem Kopf. »Die Schüler hat vier Barbeträge über jeweils neuntausend Euro auf ihr Konto eingezahlt. Und genau diese sechsunddreißigtausend hat sie als Anzahlung für ihre Eigentumswohnung an den Verkäufer überwiesen.«

Anklam pfiff durch die Zähne und streckte die Beine aus. »Und habt ihr schon herausgefunden, woher das Geld stammt?«

Melzer schüttelte den Kopf. »Die Schüler schweigt sich aus. Sie will erst mit ihrem Anwalt sprechen, bevor sie sich äußert.« Er deutete auf die Aktenkörbe auf dem Fußboden. »Und was gab es bei dir?«

Anklam deutete mit dem Kopf auf die Körbe. »Ich habe die Akten und den Rechner von Renate Schüler beschlagnahmt. Der Rechtsrat war sehr kooperativ.« Er atmete tief durch die Nase ein. »Peters macht sich allerdings Sorgen über die negative Presse, die nun über die Stadtverwaltung hereinbricht.«

»Kann ich verstehen«, nickte Melzer. »Erst der Mord an Meisner, dann von Stettens Verhaftung und nun auch noch die Baudezernentin.«

Anklam zog die Beine an und richtete sich auf. Er drehte sich zur Seite und zog einen Umschlag aus seiner Windjacke. »Den habe ich in Renate Schülers Schreibtisch gefunden.«

Er gab den Umschlag Melzer und berichtete von der Ostasienrundfahrt auf der Aida, dass Zander die Reise gebucht hatte, und sie später auf Renate Schüler und ihre Mutter hat umschreiben lassen.

»Zander hat behauptet, Renate Schüler hätte ihm die Reise abgekauft«, berichtete Anklam.

Schlöder lachte verächtlich. »Das glaubt ihm doch kein Mensch. Zander hat ihr die Reise geschenkt.«

Melzer legte den Umschlag auf den Tisch. »Überprüfe ihr Konto, ob sie das Geld für die Reise an Zander überwiesen hat, oder ob es Barabhebungen in dem betreffenden Zeitraum gab.«

Er stand auf und wollte sich gerade verabschieden, als sein Handy klingelte.

Sein Schwiegervater war am Apparat. »Thomas, kannst du mich am Krankenhaus abholen?«

*

Thomas Melzer hatte die Herzlia-Alle passiert und bog an der Verkehrsampel nach links in die B 225, die ihn bis zum Knappschaftskrankenhaus führen würde. Die Bundesstraße teilte einen kleinen Wald, der ein wenig Schatten auf die Straße warf. Dann fuhr er an weitläufigen Weiden vorbei, auf denen Pferde ruhig und gelassen am saftigen Grün grasten.

Warum wurde Georg schon aus dem Krankenhaus entlassen? In seinem Zustand? Georg hatte ihn nur gebeten, ihn abzuholen. Mehr hatte er nicht gesagt. Aber sein Schwiegervater machte nie viel Worte. Er war gewohnt, Anweisungen zu erteilen und erwartete, dass sie befolgt wurden. Der Umgang mit den Handwerkern hatte ihn in den vielen Jahren seiner Arbeit geprägt. Sein Schwiegervater mochte keine Diskussionen über das Warum oder das Weshalb. Wenn er entschieden hatte aus dem Krankenhaus entlassen zu werden, machte es keinen Sinn, mit ihm darüber zu diskutieren. Deshalb hatte Melzer auch gar nicht erst nachgehakt.

Die Ampel an der Kreuzung mit der B 51 sprang auf Rot und er stoppte den Tuareg. Doris wird das sicherlich anders sehen. Er war sicher, dass sie noch nicht wusste, dass ihr Mann das Krankenhaus verlassen hatte. Thomas wollte sich da nicht einmischen. Das sollten seine Schwiegereltern am Abend selbst ausdiskutieren.

Die Ampel sprang auf Grün. Melzer überquerte die Kreuzung und fuhr wenige Meter weiter in die Einfahrt zum Krankenhaus. Georg wollte in der Cafeteria neben dem Eingang auf ihn warten. Als Thomas sich nach einem freien Parkplatz umsah, bemerkte er Georg, der, die Reisetasche in der Hand, an der Zufahrt zu den Parkplätzen wartete.

Melzer hielt den Wagen neben seinem Schwiegervater, der die hintere Tür öffnete und die Tasche auf den Rücksitz warf.

»Du wolltest doch in der Cafeteria warten«, hielt Thomas ihm vor.

»Von Marl hier rüber sind es doch nur ein paar Minuten«, antwortete Georg, setzte sich auf den Beifahrersitz und zog die Tür zu. Georg biss die Zähne zusammen. Ein Zischen drang aus seinem Mund.

Thomas warf ihm einen besorgten Blick zu.

»Die Rippen«, erklärte Georg. »Geht schon wieder.«

Thomas setzte den Wagen rückwärts in die Zufahrt zu den Parkplätzen und fuhr dann zurück zur Bundesstraße. An der Ampel musste er halten und musterte seinen Schwiegervater aus den Augenwinkeln. Georgs Gesicht wirkte entspannt. Der Schmerz in seinen Rippen musste wieder gewichen sein.

»Die Ärzte wollten mich nur noch zur Beobachtung im Krankenhaus behalten«, erklärte Georg und schnaufte. »Ich habe eine Ärztin zu Hause, die noch strenger mit mir umgehen wird, als die Krankenhausärzte.«

Da hatte er verdammt recht, dachte Melzer. Bei der Diskussion am Abend möchte ich nicht dabei sein. Am Gasthaus Breuing bog er in die Elper Straße und fuhr an der Einfamilienhaussiedlung vorbei.

»Ich brauche Beschäftigung und hin und wieder ein paar Züge an der Pfeife«, sinnierte Georg. »Im Krankenhaus werde ich nur kranker.«

Melzer steuerte den Wagen in die Ried. Weiter hinten rechts von ihm sah er das Dach von Zanders Villa über den Wipfeln der Bäume, die den unteren Teil des Hauses verdeckten.

»Meinst du denn, dass du schon wieder Arbeiten kannst?« fragte er.

»Mein Kopf ist klar. Nur keine hastigen Bewegungen, hat der Arzt mir mit auf den Weg gegeben.« Georg ließ ein hüstelndes Lachen heraus und griff sich sofort an die Rippen. »Die Schmerzen erinnern mich schon daran.«

Thomas warf seinem Schwiegervater einen prüfenden Blick zu. »Ich wollte dich um etwas bitten. Aber nur, wenn du dich dazu in der Lage fühlst.«

»Es geht da um eine Rechnung über Rohbauarbeiten, die geprüft werden müsste.«

*

Freudig winselnd sprang Baldacci um ihn herum, als Georg das Haus betrat. Der Hund ließ ihm nicht mal die Zeit, seine Tasche abzustellen. Er ließ die Tasche fallen, streichelte den Hund, der sich nun eng an seine Beine presste. Er zwängte sich an Baldacci vorbei in die Küche und öffnete die Terrassentür, Sofort rannte der Hund in den Garten und sprintete ein paar Runden über den Rasen.

»So, jetzt haben wir etwas Ruhe«, lachte Georg. »Einen Kaffee?«, fragte er Thomas.

»Danke, aber ich muss noch ins Büro«, antwortete Thomas.

Georg setzte einen Kaffee auf und stellte die Kaffeemaschine an. »Gehen wir in mein Arbeitszimmer«, bat Georg seinen Schwiegersohn.

Langsam stieg er die Treppe hinunter, öffnete ein Fenster und setzte sich an den Schreibtisch. Er nahm eine Pfeife aus dem Ständer und stopfte Tabak in den Pfeifenkopf. »Also, was kann ich für dich tun?«

Thomas stellte seine Aktentasche auf den Tisch und holte eine Handakte heraus. »Das ist die Kopie der Bauakte von Meisner mit den Plänen und der Statik.« Er legte die Akte auf Schreibtisch und holte einen weiteren Stapel Papiere aus der Aktentasche. »Und das ist die Rechnung der Firma Schnieders.«

Georg wollte gerade die Pfeife anzünden, hielt aber inne. »Schnieders? Zanders Bauunternehmen?« fragte er.

Thomas nickte. »Schnieders hat die Rohbauarbeiten am Haus von Meisner gemacht.«

Das war sehr ungewöhnlich, dachte Georg und zündete die Pfeife an. Schnieders baute nur Großobjekte. Keine Einfamilienhäuser. Er zog ein paar Mal an der Pfeife und der Vanillegeruch zog in seine Nase. »Und jetzt möchtest du wissen, ob die Rechnung in Ordnung ist«, nickte er nachdenklich.

Er drückte die Glut mit dem Stopfer fest. »Wie eilig ist die Sache?« fragte er.

Thomas hob die Schulter. »Ich würde schon gerne wissen, ob mit der Rechnung alles in Ordnung ist.« Er schloss seine Aktentasche und nahm sie vom Schreibtisch. »Aber mute dir bitte nicht zu viel zu. Deine Gesundheit geht vor«, ermahnte er Georg.

Georg winkte ab und stand auf. »Ich bringe dich noch zur Tür.«

Als Thomas gegangen war, nahm Georg die Thermoskanne mit dem durchgelaufenen Kaffee aus der Maschine, griff sich eine Tasse aus dem Regal und warf noch einen Blick in den Garten. Baldacci lag am Zaun und beobachtete die Straße. Ein Lächeln huschte über sein Gesicht. Dem Hund entging nichts, was in der Straße vor sich ging. Wie Oma Machotzek, dachte Georg, die in seiner Jugendzeit den ganzen Tag im Fenster des Nachbarhauses lag und die Nachbarn beobachtete.

Er ging zurück in sein Arbeitszimmer und setzte sich wieder an den Schreibtisch. Während er sich Kaffee einschenkte, sah er auf die Uhr. Die letzten Patienten würden bald die Praxis verlassen haben und am Mittwochnachmittag hatte Doris Praxis geschlossen. Er konnte nicht länger warten. Er musste Doris anrufen, bevor sie zu ihm ins Krankenhaus fahren würde. Er griff zum Telefon, wählte die Nummer der Praxis und wurde von der Arzthelferin gleich durchgestellt.

»Hallo Schatz, ich bin wieder zu Hause«, sagte er mit weicher Stimme.

»Was bist du?«

»Im Krankenhaus konnten sie nichts mehr für mich tun. Und ausruhen kann ich mich auch hier.«

Es dauerte eine Weile bis sie sich wieder meldete. »Du hast dich selbst entlassen«, hielt sie ihm vor.

»Nein, der Arzt war damit einverstanden«, entgegnete er.

Er hörte ein tiefes Schnauben am anderen Ende der Leitung. »Das glaube ich nicht. Ich werde mit dem Kollegen sprechen und wehe, du hast mich angelogen.«

»Bestimmt nicht«, beteuerte Georg.

»Ich habe noch eine halbe Stunde zu tun, dann komme ich nach Hause.«

Doris hatte aufgelegt. Langsam legte er den Hörer zurück auf die Gabel. Sie wird sich schon wieder beruhigen. Das Krankenhaus machte ihn nur depressiv. Das musste Doris doch verstehen. Er würde sich schonen. Die Stiche in seiner Brust und die Schmerzen in seinem Kopf werden ihn schon davon abhalten, sich zu überanstrengen.

Er lehnte sich zurück und zog genüsslich an der Pfeife. Der Kaffeeduft zog ihm in die Nase und er trank einen Schluck. Die warme Flüssigkeit rann in seinen Magen und verbreitete ein wohliges Gefühl. Er würde sich nicht überanstrengen. Aber hier in seiner gewohnten

Umgebung konnte er sich einfach besser erholen. Und er konnte einige Angelegenheiten weiter verfolgen.

Man hatte ihn bestohlen, bedroht und übel zugerichtet. Und man wollte ihn an der Ausübung seiner Arbeit hindern. Er war davon überzeugt, dass Hauptkommissar Quill die Ermittlungen vorantreiben würde. Er hatte die Schuldgefühle in Quills Augen gesehen, als er ihn im Krankenhaus aufgesucht hatte. Auch Thomas würde Druck ausüben. Auch wenn er als Staatsanwalt nicht mit der Sache betraut war. Aber er würde Quill auf die Füße treten. Thomas würde nicht zulassen, dass der Überfall auf seinen Schwiegervater ungesühnt bliebe.

Aber auch er selber konnte zur Aufklärung beitragen. Und das würde er auch tun. Aber zuerst musste er sich bei Michaelis und diesem jungen Mann bedanken, die ihn vor weiteren Tritten und Schlägen bewahrt hatten.

Kapitel 30

Georg streckte die Beine aus und sog vorsichtig die Luft ein. Die Sonne stand hinter dem Haus und warf einen breiten Schattenstreifen in den Garten. Unter dem Stoffdach des Nomadenzeltes, wie er den Pavillon auf der Terrasse scherzhaft nannte, fühlte er sich wie unter einer schützenden Glocke.

Er hatte sich die Bauakte von Meisners Haus und die Rechnung der Bauunternehmung Schnieders aus seinem Arbeitszimmer geholt und die Preise in der Rechnung mit den Preisen anderer Bauunternehmen verglichen, die für ihn gearbeitet hatten. Die Preise entsprachen in etwa den Preisen, die auch seine Bauunternehmen in Rechnung gestellt hatten.

Georg trank einen Schluck Brunello, den er sich heute auf die Entlassung aus dem Krankenhaus gegönnt hatte und nahm eine Pfeife aus der Tasche. Doris hatte ihn nicht gescholten. Sie hatte mit dem Oberarzt telefoniert. Der Jochbeinbruch würde sauber verheilen, wenn Georg sich nicht wieder in eine Schlägerei einlassen würde, hatte er scherzhaft gesagt. Auch Sport sollte er nicht ausüben, aber dazu hatte Georg nicht die geringsten Ambitionen. Der Jochbeinbruch, die Rippenbrüche und auch die Prellungen und Hämatome würden zwar noch eine Weile schmerzen, aber wenn Georg Anstrengungen und hastige Bewegungen vermied, würden auch sie bald verschwinden. *Ich werde dich im Auge behalten, und du setzt dich nicht ans Steuer und fährst zu deiner Baustelle,* hatte Doris gesagt. Dann hatte sie ihn auf der Terrasse alleine gelassen und war in ihr Arbeitszimmer gegangen, um noch ihre Post zu erledigen.

Baldacci stupste mit der Nase gegen Georgs Oberschenkel. »Tut mir leid, aber ich kann heute nicht mit dir gehen. Du musst warten, bis

Frauchen Zeit für dich hat.« Zerknirscht rollte sich der Hund unter dem Tisch ein.

Er steckte seine Pfeife an und warf einen Blick auf die Rechnung vor ihm auf dem Tisch. Das Ergebnis würde Thomas sicher nicht gefallen. Er trank noch einen Schluck Brunello, nahm die Pläne und die statischen Zeichnungen aus der Bauakte und legte sie neben sein Notebook. Er öffnete das AVA-Programm und begann die Maße aus den Zeichnungen in das Rechnungsprüfungsmodul einzugeben.

Am Nachmittag hatte Georg mit Neuhaus telefoniert und ihn darüber informiert, dass er wieder zu Hause war. Nur Autofahren könnte er nicht. Neuhaus hatte ihm gleich angeboten, ihn zu chauffieren, wenn er zur Baustelle wollte oder andere Dinge zu erledigen hätte. Neuhaus Schulfreund wäre ganz begeistert gewesen, über den Elektroauftrag. Der Jungunternehmer hatte gerade ein Auftragsloch und ein derart interessanter Auftrag würde ihn sehr reizen. Er hatte sich spontan bereit erklärt, die Arbeiten zum gleichen Preis auszuführen, wie Gentner sie angeboten hatte.

Holger von Mühlen hatte noch nicht erfahren, dass Georg überfallen worden war. Georg hatte die Wut in Holgers Stimme gehört, als er ihm davon berichtet hatte. Auch Holger hatte ihm angeboten, ihn zu kutschieren, was Georg aber dankend abgelehnt hatte.

Nur Armin Verch hatte er nicht erreicht. Der Expansionsleiter von LEDO hatte Außentermine. Georg hatte die Sekretärin gebeten, dass Verch ihn zurückrufen möge, wenn er wieder im Büro wäre.

Baldacci setzte sich auf und spitzte die Ohren. Stephanies Clio fuhr in die Garage. Neugierig lief Baldacci zum Zaun. Stephanie kam hinten aus der Garage und gleichzeitig spurtete Klara aus dem Haus.

»Mama, Mama, Opa ist wieder zu Hause«, rief sie aufgeregt ihrer Mutter zu.

»Ich weiß«, hörte Georg die Stimme seiner Tochter. »Papa hat mich schon angerufen.«

Das Gartentor wurde geöffnet und Stephanie kam zu ihm herüber. Klara trottete hinter ihr her. »Du darfst Opa aber nicht feste drücken. Er hat noch Schmerzen«, erklärte die Kleine ihrer Mutter.

»Bist spät dran«, sagte Georg und nickte seiner Tochter zu.

Stephanie setzte sich zu ihm, während Klara neben ihrem Stuhl stehen blieb. »Es gab viel zu tun heute«, antwortete sie.

Stephanie arbeitete in einem mittelständigen Unternehmen in der Nachbarstadt und führte dort die Personalabteilung. Aus müden Augen sah sie ihn an. »Gut finde ich es nicht, aber ich hätte mir denken können, dass du es im Krankenhaus nicht lange aushalten würdest.« Sie schaute auf die Pläne und die Rechnung auf dem Tisch. »Du arbeitest schon wieder?« fragte sie.

Georg winkte ab. »Nur etwas Beschäftigung.«

Stephanie stand auf. »Ich muss erst mal etwas essen. Ich komme später noch mal rüber.«

Als Stephanie mit Klara durch das Gartentor verschwunden war, gab er die letzten Maße in das Notebook ein. Er nahm die Rechnung von Schnieders in die Hand und verglich sein Ergebnis mit den Massen in der Rechnung. Georg runzelte die Stirn. Einige Positionen stimmten nicht mit den Mengen in der Rechnung überein. Laut und vernehmlich atmete er aus. Er musste sich verrechnet haben.

Ein leichter Wellengang schien sein Gehirn im Schädel schaukeln zu lassen. Er lehnte sich zurück, legte die Pfeife auf den Tisch und schaute auf das satte Grün des Rasens. Langsam verschwand das Schwindelgefühl wieder aus seinem Kopf.

Doris kam die Treppe herunter und rief Baldacci herein. »Ich gehe eine Runde mit dem Hund«, rief sie Georg aus der Küche zu.

Georg vernahm, wie ein Wagen in die Einfahrt am Nachbarhaus fuhr. Der Motor erstarb und eine Tür wurde zugeschlagen. Dann hörte er, wie Thomas Doris einen Gruß zurief.

Er beugte sich über das Notebook und kontrollierte die Maße, die er aus den Zeichnungen in das Rechnungsprüfungsprogramm eingegeben hatte. Die Maße stimmten. In seinem Kopf begann es wieder zu schaukeln und die Zahlen verschwammen auf dem Display.

Er lehnte sich zurück und steckte eine neue Pfeife an. Du sollst nicht so viel rauchen, schalt er sich. Aber diese innere Unruhe hatte ihn wieder erfasst. Wie früher, wenn er arbeitete. Die Pfeife würde ihn beruhigen.

Hast du etwas übersehen? Das konnte nicht sein. Bei einer Position vielleicht, aber nicht bei so vielen Positionen. Er trank einen Schluck Brunello, ließ ihn durch seine Kehle rinnen, genoss den weichen Geschmack, und kontrollierte die Massen ein drittes Mal. Das Ergebnis blieb das Gleiche.

Tief durchatmend lehnte er sich zurück und sah hoch zu dem beigefarbenen Stoffdach des Pavillons. Er hatte alle Zahlen richtig eingegeben. Sein Ergebnis stimmte. Er schob das Notebook etwas zurück, legte die Rechnung von Schnieders davor und korrigierte mit einem Bleistift die Mengenansätze in der Rechnung.

Georg klappte gerade das Notebook zu, als Thomas durch das Gartentor zu ihm herüber kam. Er stellte die mitgebrachte Flasche Bier auf den Tisch und setzte sich.

»Du prüfst schon die Rechnung? Ich hatte dir doch gesagt, dass…«

Georg hob die Hand. »Was erledigt ist, ist aus dem Kopf«, unterbrach er Thomas. Er richtete sich auf und verdrehte den Rücken. Der Gartenstuhl war viel zu niedrig für die Arbeit am Notebook. Die ungewohnte Haltung hatte seinen Rücken und den Nacken gezerrt. Er nahm das Weinglas vom Tisch und ließ sich zurück in den Stuhl sinken.

»Ich bin fast durch«, sagte er und prostete Thomas zu.

Thomas nahm einen kräftigen Schluck aus der Bierflasche. »Und wie sieht es aus?«

»Ein paar Minuten noch«, vertröstete Georg seinen Schwiegersohn.

Georg zog den Tischrechner heran und multiplizierte die korrigierten Massen mit den Einheitspreisen aus der Rechnung. Dann addierte er die ermittelten Preise und schrieb die korrigierte Endsumme mit dem Bleistift in die Rechnung.

»Fertig«, seufzte er und lehnte sich erleichtert zurück.

Thomas stützte den Ellbogen auf das Knie und beugte sich vor. »Und was hast du herausbekommen?«

Georg steckte die Pfeife in den Mund und nahm ein paar Züge. »Die in Rechnung gestellten Preise sind in Ordnung. Da gibt es nichts zu bemängeln.«

Thomas senkte das Kinn und griff verlegen zur Bierflasche.

»Dann habe ich die Massen überprüft.« Georg zog das Kinn hoch. »Geschickt gemacht«, nickte er anerkennend. »In fast allen Positionen wurden zu wenig Mengen in Rechnung gestellt.«

Thomas Blick hellte sich auf. »Was heißt das genau?«

Georg griente. »Die Bauunternehmung Schnieders hat Meisner rund sechzehntausend Euro zu wenig berechnet.«

*

Marion Amoneit legte den Hörer auf und rieb sich ihre müden Augen. Den ganzen Tag hatte sie Anrufe wegen der Ladenlokale von Zander entgegengenommen, aber die Gespräche machten kaum Hoffnung auf eine schnelle Vermietung. Zu klein, zu teuer, die Lage gefällt uns nicht. Sie brauchte dringend wieder Einnahmen.

Gestern hatte Klaus das restliche Geld vom Konto abgehoben. Es hatte einen heftigen Streit gegeben, weil Klaus ihr partout nicht sagen wollte, wofür er das Geld brauchte. Sie hatte nur noch das Wenige, dass sie in ihrer Geldbörse hatte.

Sie liebte Klaus. Sie brauchte ihn. Aber seine Wutausbrüche wurden immer häufiger. Immer heftiger. Lange würde sie das nicht mehr durchstehen. Die Kinder litten sehr unter diesem Zustand. Ihre Leistungen in der Schule hatten schon deutlich nachgelassen. Und Tanja setzte ihr auch ständig zu, sich von Klaus zu trennen.

Sie lehnte sich zurück und schob mit beiden Händen das blonde Haar aus dem Gesicht. Sie dachte an Georg Heffner. Man hatte ihn zusammengeschlagen. Am helllichten Tage. Auf dem Parkplatz von Georgs früheren Auftraggeber Lauer.

Sie waren befreundet mit Georg. So viele Jahre. Er hatte sie mit seinen Aufträgen immer unterstützt. Auch privat war er immer für sie da gewesen, hatte ihnen geholfen wo er konnte. Bis Klaus Georg unterstellt hatte, er hätte ein Verhältnis mit ihr. So ein Blödsinn.

Sollte Klaus etwa seinen Kumpel dazu angestiftet haben, Georg zusammenzuschlagen? Klaus hatte dem Typ erzählt, dass Georg sie vögeln würde. Das hatte sie gehört, als sie das Fotopapier aus Klaus Büro holen wollte. Der Typ war ihr unheimlich.

Die Tür ging auf und Klaus kam herein. Er hatte zwei Plastiktüten in der Hand und marschierte zielstrebig zur Haustür.

»Wo willst du hin«, fragte sie. »Es ist fast acht Uhr.«

»Ich muss hier raus. Die kochen mir wieder mein Gehirn«, brummte er ohne stehen zu bleiben. »Ich fahr ins Wochenendhaus. Ich weiß noch nicht, wann ich zurückkomme.« Und schon fiel die Tür hinter ihm ins Schloss.

Mit gemischten Gefühlen lehnte sie sich zurück. Einerseits machte sie sich Sorgen um Klaus, andererseits stand ihr ein Abend ohne Streit und ohne Schläge bevor. Sie hob die Brauen und atmete tief durch.

Sie dachte wieder an Georg Heffner. Sie wollte ihn wenigstens anrufen und fragen, wie es ihm geht. Sie suchte die Nummer des Krankenhauses aus dem Telefonbuch und rief dort an. Georg Heffner wäre heute entlassen worden, wurde ihr mitgeteilt.

Nachdenklich legte sie auf. Am Tag, als Georg überfallen worden war, hatte sie gesehen, wie der Glatzkopf am späten Nachmittag ums Haus schlich und durch den Hintereingang in Klaus´ Büro verschwunden war. Kurze Zeit später war Klaus in seinem Wagen mit dem Typ weggefahren.

Marion hatte Klaus nicht darauf angesprochen. Er hätte sich nur wieder aufgeregt. Er wollte nicht mit ihr über seinen Kumpel sprechen.

Hatte Klaus seinen Kumpel im Wochenendhaus untergebracht? Fuhr er deshalb jetzt dort hin? Was hatte er in den Plastiktüten, und warum hatte er ihr gesamtes Geld vom Konto abgehoben?

Etwas zögerlich stand sie auf und ging durch den Flur in Klaus´ Büro. Sie ging zu dem Schrank, in dem sie die Waffen gesehen hatte und drehte an dem runden Griff. Der Schrank war abgeschlossen. Sie dachte kurz nach. Klaus bewahrte den Schlüssel immer in seinem Schreibtisch auf. Sie ging hinüber und zog die obere Schublade auf. Ganz hinten im letzten Fach fand sie ihn. Eilig ging sie zurück zum Schrank und öffnete ihn.

*

»Danke für deinen Anruf.« Nachdenklich legte Georg das Handy auf den Tisch.

»War das Marion Amoneit?« fragte Doris.

Georg nickte und schaute in den im tiefen Schatten liegenden Garten. »Sie wollte nachfragen, wie es mir geht.« Er hatte sich tief in den Gartenstuhl gedrückt.

»Aber ihr habt doch noch über was anderes gesprochen«, hakte Doris nach.

Georg sah nachdenklich zu Thomas, der gerade den letzten Schluck Bier trank. »Marion Amoneit glaubt, dass ihr Mann diesen Glatzkopf in ihrem Wochenendhaus einquartiert hat. Klaus wäre gerade wieder dorthin gefahren.«

»Bist du dir denn sicher, dass dieser Typ dich überfallen hat?« fragte Thomas.

»Nein, das weiß ich halt nicht. Aber er ist der einzige, den ich kenne, auf den die Beschreibung passt«, antwortete Georg.

Doris runzelte die Stirn. »Aber was hätte dieser Mann denn für einen Grund, dich zusammenzuschlagen?«

Georg nahm das Weinglas vom Tisch und nippte daran. »Ich habe dir das nicht erzählt, weil es einfach lächerlich ist«, erklärte er Doris. »Klaus Amoneit hat mir unterstellt, ich hätte ein Verhältnis mit seiner Frau.«

Doris lachte schallend. »Du und Marion?«

Georg nickte nachdenklich. »Klaus hat mich bedroht und mir Hausverbot erteilt.«

Thomas stellte die leere Bierflasche auf den Tisch. »Und was hat dieser Typ mit den Armeeklamotten damit zu tun?«

Georg drehte das Glas in seiner Hand. »Marion hat gehört, wie Klaus seinem Kumpel erzählt hat, dass ich etwas mit seiner Frau hätte. Vielleicht wollte der Typ Klaus einen Gefallen tun. Vielleicht hat Klaus ihn auch darum gebeten, mich zusammenzuschlagen.«

Thomas lehnte sich zurück. »Das könnte natürlich sein.«

Georg richtete sich auf und stellte das Glas auf den Tisch.

»Marion hat mir vor einiger Zeit erzählt, dass Klaus Gewehre und Pistolen hinten in seinem Büro in einem Schrank versteckt hat.« Er blickte aus den Augenwinkeln zu Thomas. »Marion hat vorhin noch einmal in den Schrank geschaut. Eine Pistole fehlt.«

Kapitel 31

»Morgen«, grüßte Reiner Quill als er den Raum betrat, den der Rest der Soko Meisner für seine Arbeit nutzte. Nur Jürgen Brambach war zu dieser frühen Morgenstunde schon im Büro und saß an einem der vier Schreibtische und arbeitete an seinem PC.

Vor ein paar Wochen wimmelte es hier noch von Mitarbeitern der Soko. So vielen Hinweisen waren sie nachgegangen. Aber keine Spur hatte sie in der Mordsache Meisner weitergebracht. Quills Chef hatte fast alle Beamten abgezogen. Nur noch er und vier Kollegen beschäftigten sich mit der Auswertung der letzten Hinweise. Aber auch die sahen nicht sehr vielversprechend aus.

Am Vorabend hatte der Kollege Anklam angerufen und Quill die Informationen weitergegeben, die Anklam von Staatsanwalt Melzer erhalten hatte. Bernd Büttner, auf den die Beschreibung des Täters passte, der Georg Heffner überfallen hatte, könnte sich in einem Wochenendhaus aufhalten, das Klaus Amoneit gehörte. Und der Mann hatte wahrscheinlich eine Schusswaffe dabei.

Zuerst hatte Quill in Erwägung gezogen, noch in der Nacht mit Brambach zu dem Haus zu fahren, hatte es dann aber verworfen. Es war nicht sicher, ob Büttner tatsächlich der Schläger war. Sie wollten ihn ja lediglich befragen. Und eine Gegenüberstellung mit den Zeugen des Überfalls durchführen. Aber wenn Büttner tatsächlich der Schläger sein sollte und eine Schusswaffe bei sich hatte?

Quill hatte eine ungefähre Vorstellung, wo die Wochenendhäuser lagen. Er war in der Gegend früher mit den Kindern spazieren gegangen. Nördlich der Wochenendhäuser lagen die Borkenberge, ein großes Waldgebiet. In der Nacht hätte Büttner ihnen dort leicht entkommen können.

»Hast du was über Büttner herausfinden können?« fragte er Brambach.

Brambach drehte den Monitor zu Quill. »Büttner ist ein paar Mal wegen Wirtshausschlägereien auffällig geworden. Ist aber immer mit kleinen Geldstrafen davongekommen.« Er kramte in einigen Ausdrucken auf seinem Tisch. »Er war eine Zeitlang in der Psychiatrie und arbeitet als Bauhelfer bei der Bauunternehmung Schnieders.«

Oh Gott, ein Verrückter. Die Leute waren unberechenbar.

»Hast du die Adresse von Amoneits Wochenendhaus ausfindig machen können?« fragte Quill.

Der junge Kriminalkommissar nickte. »Ich bin Online ins Grundbuchamt gegangen. Das Haus liegt in Haltern am Forellenweg.«

Brambach tippte ein paar Mal auf der Tastatur und eine Karte von Haltern erschien auf dem Monitor. Er verschob die Karte und öffnete einen vergrößerten Ausschnitt.

»Hier, nördlich der Bundesstraße 58 an Rande der Stever liegt das Haus.» Er fuhr mit dem Finger über die Karte. »Zwischen den Halterner Stausee und dem Hullener Stausee. Im Norden schließt sich das große Waldgebiet der Borkenberge an.

Quill nickte nachdenklich. Da hatte er mit seiner Vermutung richtig gelegen.

Brambach lehnte sich zurück. »Aber ist es denn sicher, dass es sich bei Büttner um den Täter handelt?« fragte er.

»Das wissen wir erst nach der Gegenüberstellung mit den beiden Zeugen«, antwortete Quill. Er hatte die Täterbeschreibung in die Fahndung gegeben, die bis jetzt aber keine Ergebnisse gebracht hatte. Büttner war der einzige, auf den die Beschreibung passte. Sie mussten ihn zur Befragung und zur Gegenüberstellung mit den Zeugen in die Dienststelle bringen.

*

An der Anschlussstelle Marl-Nord hatten sie die A 43 verlassen und folgten der B 224 in östlicher Richtung. Quill klappte den Sonnenschutz herunter um seine Augen gegen die tiefstehende Sonne zu schützen. Brambach auf dem Fahrersitz hatte seine Sonnenbrille aufgesetzt. Quill mochte keine Sonnenbrillen. Er musste dabei immer an die FBI-Agenten aus den amerikanischen Filmen denken, die mit ihren Sonnenbrillen so cool wirkten. Er fand das blöd und albern.

Als sie in Flaesheim den Wesel-Datteln-Kanal und wenig später die Lippe überquerten stand die Sonne auf der Beifahrerseite und wenig später erlösten Quill die Bäume eines Waldstücks von dem grellen Licht. Er schaute sich kurz um. Der Streifenwagen mit den beiden Beamten folgte ihnen. Er hatte die beiden uniformierten Beamten zur Sicherheit mitgenommen.

Am Ende der Westruper Heide fuhren sie nach rechts in die Bundesstraße 58 der tiefstehenden Sonne entgegen und bogen wenig später in den Aalweg ab und an den ersten Häusern der Wochenendhaussiedlung vorbei. Sie folgten dem schmalen Forellenweg fasst bis zum Ende und hielten vor einem kleinen Holzhaus.

Quill stieg aus dem Dienstwagen und wartete, bis Brambach den Wagen verschlossen hatte und um den Wagen kam. Wortlos nickte er seinem Kollegen zu und öffnete das niedrige Törchen im Holzzaun. Als sie zu der Haustür gingen, sah er kurz ein Gesicht in dem kleinen Fenster neben der Tür, das sofort wieder verschwand.

Quill sah sich noch um. Die beiden Streifenbeamten warteten am ein paar Meter hinter ihnen.

Brambach klopfte mit den Fingerknöcheln an der Tür.

Es rührte sich nichts.

Brambach klopfte lauter.

Immer noch nichts.

»Herr Büttner, bitte öffnen Sie. Wir haben nur ein paar Fragen an Sie«, rief Brambach und hämmerte gegen die Tür.

»Herr Büttner, wir wissen dass Sie im Haus sind«, rief Quill. »Machen Sie auf, oder wir müssen uns gewaltsam Einlass verschaffen.«

Im Haus fiel etwas auf den Boden, dann hörte Quill schnelle Schritte auf dem Holzboden.

»Los«, rief er den beiden Streifenbeamten zu. »Nach hinten.«

Brambach rannte ums Haus herum. Die beiden Streifenbeamten folgten ihm.

Quill blieb vor der Haustür und sicherte diesen Fluchtweg. Sekunden später hörte er Brambachs Stimme. »Polizei, stehen bleiben.« Dann fiel ein Schuss.

Quill rannte sofort los. Als er neben dem Haus war, sah er eine Gestalt durch den Garten laufen. Quill hockte hinter einem Baum und sprang wieder auf. Einer der beiden Streifenbeamten rannte an Brambach vorbei hinter dem Flüchtigen her.

Quill hatte den Garten erreicht und lief weiter.

Der Mann mit der Armeehose sprang über den Holzzaun, rutschte auf der anderen Seite aus und rappelte sich wieder auf. Der Streifenbeamte war kurz hinter ihm und sprang über den Zaun, als Büttner weiter die kleine Böschung hinunter zur Stever lief.

Quill lief weiter auf die rückwärtige Grenze des Grundstücks zu. Sein Atem kam stechend. Er hatte schon lange Jahre keinen Sport mehr betrieben. Er spürte, wie seine Beine schwer wurden.

»Stehen bleiben«, rief Brambach wieder und sprang ebenfalls über den Zaun. Als er aufkam, glitt er auf dem rutschigen Boden aus und landete auf seinem Hintern.

Büttner lief weiter auf die Stever zu. Quill sah, wie der Mann stolperte und platschend ins Wasser fiel. Eine Pistole flog in hohem Bogen durch die Luft und fiel in den kleinen Fluss.

Der Streifenbeamte sprang hinterher, watete durch das Wasser und bekam einen Fuß von Büttner zu fassen.

Büttner lag der Länge nach im seichten Wasser und strampelte mit den Beinen.

Fluchend sprang Brambach auf. Er stolperte halb rutschend, halb laufend die kleine Böschung hinunter und schnappte sich das andere strampelnde Bein von Büttner.

Gemeinsam mit dem Streifenbeamten zog er Büttner ans Ufer.

*

Horst Anklam setzte sich an den Tisch im Vernehmungsraum seiner Dienststelle und nickte Renate Schüler und ihren Anwalt zu. »Ich bin Hauptkommissar Anklam. Meinen Kollegen Schlöder kennen Sie ja schon von der Hausdurchsuchung her«, begann er die Vernehmung.

Renate Schüler hatte einen beigefarbenen Hosenanzug an. Ihre Augen lagen tief in den Höhlen und dunkle Ränder lagen darum.

»Ich hoffe, der Aufenthalt in unserem Etablissement hat Ihnen nicht allzu viel Unannehmlichkeiten bereitet«, fuhr Anklam fort.

»Was werfen Sie meiner Mandantin eigentlich vor?« fragte der junge Anwalt.

Frederik Bischoff war nach dem Jurastudium in die Kanzlei seines Vaters eingetreten. Der alte Bischoff hatte sich über Jahre medienwirksam eine angesehene Strafrechtskanzlei aufgebaut und eine Reihe spektakuläre Mordfälle bearbeitet.

»War es nötig, meine Mandantin in U-Haft zu nehmen? Sie zers ren hier grundlos die Karriere einer unbescholtenen Frau«, wetterte d. Anwalt.

»Frau Schüler, Ihnen wird Vorteilsnahme im Amt vorgeworfen. Wollen Sie sich zu diesem Vorwurf äußern?« schaltete sich Schlöder ein.

Renate Schüler warf Schlöder einen stechenden Blick zu. »Das ist doch absoluter Blödsinn.«

»Was konkret haben Sie gegen meine Mandantin in der Hand?« fragte Bischoff.

Schlöder kramte in seinen Unterlagen. »Wir haben gestern Akten im Bauamt beschlagnahmt, die noch gesichtet werden müssen.« Er schaute die Baudezernentin jetzt direkt an. »Es gibt auffällig viele Vergünstigungen, die Sie dem Immobilieninvestor Zander haben zukommen lassen.«

Anklam hatte die Baudezernentin beobachtet, als Schlöder sie mit dem Vorwurf konfrontiert hatte. Eine kurze Verunsicherung erkannte er in ihren Augen.

»Was wir Ihnen bereits nachweisen können, sind Ihre Anweisungen für die Genehmigung von Zanders Villa in der Ried und der Änderung des Bebauungsplans an der Scherlebecker Straße«, hielt Anklam ihr vor.

»Meine Mandantin wird sich dazu im Moment nicht äußern«, fuhr der Anwalt dazwischen. »Ich will erst Akteneinsicht nehmen, bevor wir zu diesen Vorhaltungen Stellung nehmen.«

Anklam hob die Schulter. »Das ist ihr gutes Recht.« Er wandte sich wieder der Baudezernentin zu. »Wie haben Sie eigentlich die Kreuzfahrt bezahlt?« fragte er und schob ihr die Buchung über den Tisch.

beugte sich über den Tisch und nahm die Buchung in die
warf einen Blick darauf und sah wieder auf. »Was soll das?
eine Mandantin nicht verreisen?«

Schlöder legte den Kopf zur Seite und zog die Augenbrauen hoch. Es ist nur so, dass die Kreuzfahrt nach Südostasien von Wolfgang Zander gebucht und bezahlt wurde. Erst kurz vor Reisebeginn wurde die Buchung auf Frau Schüler und ihre Mutter umgeschrieben.«

Der Anwalt warf die Buchung auf den Tisch. »Wie ich schon sagte. Wir äußern uns erst dazu, wenn ich die Ermittlungsakten eingesehen habe.«

Anklam bemerkte, wie die Baudezernentin die Schultern sinken ließ. Er beugte sich etwas über den Tisch. »Wie lange geht Ihr Verhältnis mit Zander eigentlich schon? Zwei Jahre?«

Der Kopf der Baudezernentin schoss in die Höhe. Röte stieg in ihr Gesicht. Sie schluckte ein paar Mal, ehe sie wieder sprechen konnte. »Das ist doch die Höhe. Wie können Sie mir so etwas unterstellen«, giftete sie.

Anklam verzog die Mundwinkel zu einem süffisanten Lächeln. »Wir haben Beweise dafür, dass Sie sich seit zwei Jahre zweimal pro Woche ein Zimmer im Hotel Seehof mit Herrn Zander geteilt haben.« Sein Blick wurde hart. »Immer Montags und Donnerstags.«

Kapitel 32

Die Morgensonne weit hinten am Horizont tauchte das geräumige Büro von Oberstaatsanwalt Schwarzkopf in ein goldgelbes warmes Licht, das mit den schwarzen Ledersesseln der Sitzecke kontrastierte.

Thomas Melzer hatte seinen Chef über die bisherigen Ermittlungen in der Korruptionssache Renate Schüler informiert und auf den Zusammenhang mit dem Immobilieninvestor Zander hingewiesen.

»Mein Ermittlerteam wertet noch die Akten des Baudezernats aus. Es wurden auffällig viele Bebauungspläne aufgestellt oder geändert, in deren Gebiet Zander Grundstücke besaß. Und zwar so, dass Zander dort Gewerbeobjekte errichten konnte. Eine Wertsteigerung in erheblichem Ausmaß. Auch die Vergabeakten für Objekte der Stadt Herten oder beim Verkauf städtischer Grundstücke überprüfen wir noch. Auch hier ist festzustellen, dass auffallend oft Zander den Zuschlag erhielt.«

Schwarzkopf, Anfang fünfzig mit schon leicht ergrautem Haar, richtete sich auf. »Die Affäre der Baudezernentin mit Zander reicht als Anfangsverdacht. Zander wird der Dame auch Geschenke gemacht haben. Also worauf warten Sie noch.«

Thomas Melzer war sich nicht sicher gewesen, wie sein Chef die bisherigen Ermittlungsergebnisse werten würde. Deshalb hatte er ihn um ein Gespräch gebeten. »Zander ist ja nicht irgendwer. Ich wollte erst mit Ihnen Rücksprache halten, bevor ich eine Hausdurchsuchung bei Zander anordne.«

Schwarzkopf verzog die Mundwinkel zu einem wohlwollenden Lächeln. »Sie haben volle Rückendeckung von mir. Diesen Sumpf müssen wir ein für alle Mal trocken legen.«

Melzer atmete erleichtert aus. »Da ist noch eine andere Sache über die ich mit Ihnen sprechen wollte.«

Schwarzkopf nickte ihm aufmunternd zu.

»Zander hatte sich vor zwei Jahren eine Villa im Landschaftsschutzgebiet gebaut. Im Zuge unserer Ermittlungen sind wir darauf gestoßen, dass die Baugenehmigung rechtswidrig erteilt worden war. Nach unserem Hinweis hat die Stadt Zander inzwischen eine Abrissverfügung zugestellt, gegen die Zander Klage beim Verwaltungsgericht eingereicht hat.«

»Steckt diese Schüler hinter der Genehmigung?« fragte Melzers Chef.

»Es ist anzunehmen, aber genau wissen wir es noch nicht. Die Genehmigung wurde damals von dem Sachbearbeiter Meisner erteilt.«

Schwarzkopf runzelte die Stirn. »Meisner? Ist das nicht der Mann, der vor ein paar Monaten ermordet wurde?«

Melzer nickte. »Bei unseren Ermittlungen sind wir darauf gestoßen, dass Zanders Bauunternehmen Schnieders die Rohbauarbeiten am Einfamilienhaus von Meisner erbracht hat und die Arbeiten weit unter Preis abgerechnet hat. Außerdem hat Meisner dreißigtausend Euro an Barzahlungen an Hand-werker geleistet, deren Herkunft ungeklärt ist.«

Schwarzkopf sah Melzer nachdenklich an. »Sie vermuten, dass es sich um Schmiergeld gehandelt hat, dass Zander für die rechtswidrige Baugenehmigung seiner Villa an Meisner gezahlt hat.« Schwarzkopfs Blick wurde wieder klar. »Wo liegt das Problem? Das ist doch ein weiterer Grund, um gegen Zander zu ermitteln.«

»Das ist richtig«, stimmte Melzer seinem Chef zu. » Aber da gibt es noch etwas anderes.« Melzer richtete sich auf. »Meisner hat seiner Frau unbezahlte Handwerkerrechnung hinterlassen, für die kein Geld mehr da war.«

Schwarzkopf schüttelte den Kopf. »Und warum erwähnen Sie das?«

Melzer atmete tief ein. »Ich habe gestern Abend noch einmal mit Frau Meisner telefoniert. Sie hat mir erzählt, dass ihr Mann am Abend vor seiner Ermordung ihr gesagt hatte, dass er das Geld zur Begleichung der offenen Rechnungen in den nächsten Tagen bekommen würde.«

»Und woher?« fragte Schwarzkopf.

Melzer hob die Schulter. »Das hat er ihr nicht gesagt.«

Schwarzkopf lehnte sich zurück und sah zur Decke. Es dauerte eine gefühlte Ewigkeit, dann setzte sich Schwarzkopf wieder auf. »Sie vermuten, dass Meisner Zander erpresst hat?«

*

Georg Heffner sah sich in dem alten VW Käfer um, mit dem ihn sein früherer Bauzeichner Maruhn zur Polizeidienststelle in Marl chauffierte. Er hatte in seinem alten Büro angerufen. Neuhaus war an der Baustelle des Einkaufscenters, hatte Ulrike ihm gesagt. Aber Maruhn hatte sich sofort bereit erklärt, Georg zu Hause abzuholen.

Heffner fühlte sich gleich in seine Studienzeit versetzt. Sein Vater hatte ihm damals seinen alten Käfer überlassen, mit dem Georg zur Uni gefahren war. Die Heizungsklappen im Fußraum schlossen nicht mehr und die heiße Luft im Fußraum grillte seine Füße. Auch die Beifahrertür schloss nicht mehr. Er hatte sie mit einem Band innen festgebunden, damit die Tür in Rechtskurven nicht aufging. Man hatte sich damals halt zu helfen gewusst, dachte er mit einem Lächeln im Gesicht. Aber der Käfer hatte ihn nie im Stich gelassen. Selbst im tiefsten Winter sprang er sofort an.

Maruhn war ein leidenschaftlicher Käferfahrer und schwärmte Georg die Vorzüge des Wagens vor. Nach einer Weile nahm er Maruhns Worte kaum noch wahr.

Am Morgen hatte Armin Verch angerufen. Georg hatte den Expansionsleiter von LEDO gefragt, was hinter der zögerlichen Mitarbeit des Unternehmens bei der Fertigstellung des SB-Marktes steckte. Verch wurde verschlossen, wollte am Telefon nicht darüber reden. Sie hatten sich dann für die kommende Woche an der Baustelle des Einkaufscenters verabredet. Verch wollte sich ein Bild von dem Fortgang der Arbeiten machen.

Dann kam der Anruf von Hauptkommissar Quill. Sie hätten Büttner in die Dienststelle gebracht. Quill hatte gefragt, ob es Georg möglich wäre, nach Marl zu kommen.

Sie fuhren jetzt auf der Herzlia-Allee an dem McDonald´s vorbei. Maruhn erzählte immer noch von seinen Basteleien an dem Käfer. Georg sah in das freudige Gesicht des Bauzeichners. Die Mitarbeiter des Büros schienen richtig aufgeblüht zu sein, seit dem Georg sich die Bauleitung mit Neuhaus teilte. Sie schienen sich keine trübseligen Gedanken mehr darüber zu machen, ob und wie es mit dem Büro weitergehen würde.

Maruhn überquerte die Kreuzung an der Bergstraße und bog nach links auf den Parkplatz vor der Polizeidienststelle.

Georg stieg aus und beugte sich noch einmal in den Wagen. »Danke Lukas. Du brauchst nicht zu warten. Wenn ich keinen Fahrer finde, nehme ich mir ein Taxi.«

Georg schloss die Eingangstür hinter sich und trat an die Glasscheibe an der rechten Seite des Windfangs. »Heffner. Herr Quill hat mich herbestellt.«

Der Beamte verließ die Wachstube und öffnete ihm die Tür. Er zeigte den Gang hinunter. »Warten Sie bitte dort hinten bei den beiden Herren«, sagte der Beamte. »Hauptkommissar Quill ruft Sie dann auf.«

Georg ging den Gang hinunter und zog das rechte Bein ein wenig nach. Das Knie, das er sich beim Sturz auf das Pflaster geprellt hatte, schmerzte bei seinen Schritten.

Michaelis und der junge Mann aus der Bäckerei, den er später auf dem NETTO-Parkplatz gesehen hatte, warteten vor Quills Büro.

Michaelis und der junge Mann standen auf, als er die Warteecke erreicht hatte.

»Hallo Herr Heffner,« sagte Michaelis mit einem gequälten Lächeln im Gesicht. »Wie geht es Ihnen?«

Georg drückte dem schmächtigen Mann mit beiden Händen die Hand. »Vielen Dank, dass Sie mir geholfen haben.«

Er wandte sich an den breitschultrigen und kräftig gebauten jungen Mann. »Auch Ihnen vielen Dank.« Er trat einen Schritt zurück und schaute die beiden Männer an. »Wenn Sie nicht gewesen wären, würde ich wohl kaum heute hier stehen.«

Eine schwer zu beschreibende Mischung aus Dankbarkeit und Angst, vor dem was ohne das Eingreifen der beiden Männer hätte geschehen können, bewegte ihn. Er versuchte die aufsteigenden Emotionen zu unterdrücken, wollte seine Rührung nicht zeigen, die er beim Anblick dieser beiden körperlich so unterschiedlichen Männer empfand.

Er wandte sich etwas ab. »Ohne Ihr Einschreiten hätte ich den Überfall wohl nicht überlebt.«

Michaelis legte sanft seine Hand an Georgs Oberarm. »Setzen Sie sich doch erst einmal.«

Georg ließ sich zu einem Stuhl neben Quills Bürotür führen und setzte sich. Die beiden Männer setzten sich rechts und links neben ihn.

Georg bemerkte den prüfenden Blick von Michaelis. »Was haben die Ärzte im Krankenhaus denn festgestellt.«

Georg lehnte sich zurück und streckte das rechte Bein aus. Das Knie schmerzte immer noch. »Prellungen am Knie und Unterarm. Zwei Rippenbrüche. Das Jochbein ist gebrochen und der Kopf voller Hämatome.« Er seufzte. »Ich hätte sehr viel Glück gehabt, haben die Ärzte gesagt.«

Der junge Mann neben ihm beugte sich vor und stützte die Arme auf die Knie. »Der Typ kann froh sein, dass ich ihn nicht erwischt habe.«

Georg warf dem jungen Mann ein dankbares Lächeln zu. »Sie wohnen an der Hahnenbergstraße, Herr Wissing?« fragte Georg, als er sich an den Namen und die Adresse erinnerte, die ihm Quill gegeben hatte. »Wie kann ich mich bei Ihnen für Ihre Hilfe erkenntlich zeigen?«

Wissing winkte ab. »Schon gut. Solchen Typen muss man das Handwerk legen.«

*

»Er hat sich jetzt beruhigt und trockene Kleidung angezogen«, sagte Brambach, als Quill das Großraumbüro durch die Verbindungstür betrat. Brambach rieb den Stoff des Hosenbeins aneinander, um den Schmutz aus der getrockneten schwarzen Jenas zu bekommen. »Die Pistole habe ich zur KTU bringen lassen.«

Quill ging zur Glasscheibe und schob die heruntergelassenen Jalousien auseinander. Büttner saß am Tisch im Nebenzimmer und zupfte an seinem T-Shirt herum.

Im Wochenendhaus hatten sie einen Rucksack gefunden, in dem sich Wäsche und Kleidung befanden. Sie hatten die Tasche mitgenommen und nach einer kurzen Durchsuchung Büttner gegeben, damit er sich trockene Sachen anziehen konnte.

Quill drehte sich um. »Sind die Zeugen schon da?«

Brambach sah zu ihm auf und rieb weiter an seinem Hosenbein. »Die warten draußen.«

Quill ging auf den Flur. »Vielen Dank dass Sie gekommen sind«, sagte er und gab den drei Männern die Hand. Bei Georg Heffner blieb er einen Moment stehen und sah ihn einen Moment an. »Ich hoffe, es hat Ihnen nicht zu viel Mühe bereitet, hier her zu kommen.«

Heffner nickte ihm zu, verzog aber beim Aufstehen die Mundwinkel. »Bleiben Sie sitzen«, bat er seinen Architekten und wandte sich Michaelis zu. »Fangen wir mit Ihnen an.«

Quill schloss die Tür hinter Michaelis, ging zur Glasscheibe zwischen dem Großraumbüro und dem Besprechungszimmer und schob die Jalousien auseinander. »Schauen Sie sich den Mann in Ruhe an.«

Michaelis trat an die Scheibe und spähte durch den Spalt. Dann trat er einen Schritt zurück. »Das ist der Mann, der Georg Heffner überfallen hat.«

Quill sah Michaelis an. »Sind Sie sich sicher?« fragte er.

Michaelis warf noch einen Blick in den Nebenraum und nickte. »Absolut sicher. Das ist der Mann.«

Quill bedankte sich und bat Michaelis am Tisch Platz zu nehmen, den die Beamten der Soko als Esstisch in ihren wenigen Pausen benutzt hatten. Dann ging er zur Tür und bat Wissing herein.

»Jau, das isser«, nickte Wissing, als er einen kurzen Blick durch die Jalousien geworfen hatte. »Der hat auf den Architekten eingetreten.«

Während Wissing an dem Tisch Platz nahm, führte Quill Georg Heffner in den Raum und ließ ihn einen Blick auf Büttner im Nebenraum werfen.

Heffner sah lange durch den Spalt und nickte dann. »Das ist der Mann, der mit Klaus Amoneit befreundet ist.« Heffner drehte sich um und hob die Schulter. »Wie ich Ihnen schon sagte, ich habe den Mann, der mich überfallen hat, nicht sehen können.« Heffner lehnte sich gegen die Wand. »Ich habe geschnürte Springerstiefel gesehen und dieses Tarnmuster am Hosenbein. Aber das Gesicht des Mannes konnte ich nicht sehen.«

Quill nickte und führte Heffner zum Tisch. »Die beiden Tatzeugen haben ihn gerade eindeutig als den Täter identifiziert«, berichtete er Heffner.

»Hat der Mann sich schon geäußert, warum er mich überfallen hat?« fragte Heffner und setzte sich etwas schwerfällig.

Quill winkte Brambach dazu und stellte den jungen Kommissar vor. »Wir haben ihn noch nicht zu der Tat vernommen. Wir wollten erst das Ergebnis der Gegenüberstellung abwarten.«

»Der Mann heißt Bernd Büttner und arbeitet als Bauhelfer bei der Bauunternehmung Schnieders«, berichtete Brambach. »Ist schon ein paar Mal wegen Wirtshausschlägereien auffällig geworden«, fügte der Kommissar hinzu.

Heffner stützte sich mit dem Arm auf den Tisch. »Ich würde schon gern wissen, warum er mich überfallen hat.« Der alte Architekt drückte sich mit einiger Anstrengung wieder zurück in den Stuhl. »Ich kenne den Mann ja gar nicht. Welchen Grund sollte er haben, mich zu überfallen? Ich habe ihn nur einmal gesehen, als er zu Klaus Amoneit gegangen ist.«

»Klaus Amoneit? Der Makler?« fragte Helmut Wissing. »Der hat doch`n Sprung in der Schüssel.«

Quill dachte an das merkwürdige Verhalten, als er Amoneit nach dem Verbleib von Bernd Büttner gefragt hatte. Dass Amoneit verfolgt und mit Mikrowellenstrahlen beschossen wurde, wie der Makler behauptete. Als er mit Brambach nach Büttners Fluchtversuch das Wochenendhaus betreten hatte, war er von einem silbrig glitzernden Licht geblendet worden. Erst nachdem sich seine Augen an das Licht gewöhnt hatten, hatte er sehen können, dass alle Außenwände des Hauses mit Alu-Folie verkleidet waren. Hatte Amoneit durch das Anbringen der Alu-Folie verhindern wollen, dass Mikrowellen in das Haus eindrangen? Der Mann musste wirklich verrückt sein.

Quill sah zu Helmut Wissing. »Wie kommen Sie zu der Annahme?«

Der junge Mann zog das Kinn hoch. »Der Amoneit hat meinem Nachbarn mit einer Rohrzange auf den Schädel geschlagen.« Er schnaufte. »Und ist auch noch freigesprochen worden.«

Georg Heffner nickte. »Weil er laut Gericht nicht zurechnungsfähig war.« Der Architekt beugte sich zu Quill. »Der Mann ist eine Gefahr für andere. Auch einen jungen Türken hat er angegriffen. Nur weil der vor seinem Büro geparkt hat.«

Heffner hob die Brauen. »Amoneit ist eine tickende Zeitbombe. Und er hat mehrere Schusswaffen in seinem Büro.«

Kapitel 33

Mit hängenden Schultern und geneigtem Kopf saß Friedrich von Stetten neben seinem Anwalt am Tisch im Vernehmungsraum der Polizeidienststelle in Marl, als Thomas Melzer mit Anklam den Raum betrat. Melzer hatte nach dem Gespräch mit Oberstaatsanwalt Schwarzkopf Anklam angerufen und veranlassen lassen, dass von Stetten aus der JVA in die Dienststelle nach Marl gebracht wurde.

Anklam hatte ihn kurz über die Vernehmung von Renate Schüler informiert. Melzer hatte auch nicht angenommen, dass die Baudezernentin ein Geständnis ablegen würde. Erst recht nicht, wenn sie von der Anwaltskanzlei Bischoff vertreten wurde. Der alte Bischoff arbeitete mit allen juristischen Tricks, wenn es darum ging, seine Mandanten zu verteidigen. Egal ob sie schuldig waren oder nicht. Und sein Sohn Frederik war aus dem gleichen Holz geschnitzt.

Melzer setzte sich Friedrich von Stetten gegenüber und musterte ihn eine Weile. Die dunklen, tiefliegenden Augen, die eingefallenen Wangen und auch die deutlich grauer gewordenen Haare zeigten, dass die Untersuchungshaft nicht spurlos an ihm vorüber gegangen war.

Melzer lehnte sich tief in den Stuhl und beobachtete von Stetten, der den Blick auf die Tischplatte gesengt hatte. »Wie lange sind Sie jetzt in Untersuchungshaft? Drei Monate?« fragte er von Stetten. »Wollen Sie nicht mal nach Hause?«

Nur von Stettens Augen hoben sich und warfen Melzer einen kurzen Blick zu.

»Ihre Chefin Renate Schüler sitzt seit gestern ebenfalls in Untersuchungshaft.«

Von Stetten hob den Kopf und sah ihn aus matten Augen an.

»Wir haben Beweise, dass sie Zander Vorteile verschafft hat. Sämtliche Akten in denen Bauvorhaben von Zander auftauchen wurden von uns im Rathaus beschlagnahmt«, fuhr Melzer fort.

Von Stetten sah scheinbar teilnahmslos durch ihn hindurch.

»Meine Beamten werden genügend finden, um Renate Schüler der Vorteilsnahme zu überführen. Aber Sie können die Sache abkürzen, wenn Sie uns sagen, was Sie darüber wissen.« Melzer beugte sich etwas vor. »Sie haben doch schon Andeutungen in diese Richtung gemacht. Geben sie sich einen Ruck und packen sie aus.«

Melzer schwieg eine Weile. »Sie haben alle Ihnen vorgeworfenen Delikte bereits gestanden«, fuhr er fort. »Erzählen Sie uns auch noch den Rest und Sie können nach Hause.«

Von Stettens Augen hellten sich einen kurzen Moment auf. Dann blickte er wortlos zu seinem Anwalt.

Nach einem kurzen Blick zu seinem Mandanten räusperte sich der Anwalt. »Verstehe ich Sie richtig, wenn mein Mandant alles offenbart, was er über das Verhältnis seiner Chefin zu Zander weiß, dann heben Sie den Haftbefehl auf.«

Melzer nickte. »Und über das Verhältnis Zander zu Meisner.«

Der Anwalt blickte zu von Stetten, dann wieder zu Melzer. »Können wir uns kurz beraten?« fragte er.

*

»Meinst du, von Stetten packt aus?« fragte Anklam, als Melzer mit ihm das Büro der beiden Hauptkommissare betrat.

Melzer trat in die schmale T-förmige Gasse, die die Hauptkommissare zwischen den Akten auf dem Fußboden gelassen hatten, um zur Tür und zu den beiden Schreibtischen zu gelangen.

»Wenn ihm klar ist, dass wir sowieso alles herausfinden werden, dann kann er durch seine Aussage seine Lage nur verbessern«, erklärte Melzer.

Er folgte der Gasse zu Schlöders Schreibtisch. Die Verbindungstür neben dem Schreibtisch stand offen. Im Nebenraum wühlten sich die zwei zusätzlichen Beamten durch die Aktenberge.

»Schon was gefunden?« fragte Melzer, als er mit vorsichtigen Schritten den Schreibtisch erreicht hatte.

Schlöder blickte auf und streckte seinen Rücken. »Bei allen Bebauungsplänen die zum Vorteil von Zander aufgestellt oder geändert worden sind, hat Renate Schüler eine befürwortende Stellungnahme abgegeben.«

»Das beweist zwar noch nichts, aber die Indizienkette wird immer enger«, sagte Melzer und drehte sich zu Anklam, der sich an seinen Schreibtisch gesetzt hatte. »Rufst du bitte Quill an. Wenn wir mit von Stetten fertig sind, möchte ich eine gemeinsame Besprechung abhalten.«

Während Anklam zum Telefon griff, drehte sich Melzer wieder zu Schlöder. »Die Liebesbeziehung spricht zwar dafür, dass Schüler Zander Vorteile verschafft hat, beweist es aber nicht. Geschenke, oder Geldzuwendungen, die teure Reise, wenn die Schüler sie nicht bezahlt hat, das wären hieb und stichfeste Beweise.«

Schlöder sah Melzer nachdenklich an. Dann wühlte er in den Aktenbergen auf seinem Schreibtisch.

»Quill ist noch in der Vernehmung von dem Tatverdächtigen, der deinen Schwiegervater angegriffen hat«, meldete sich Anklam hinter Melzer. »Er kommt rüber, wenn er fertig ist.«

Melzer drehte sich um. »Quill hat den Täter gefasst?«

Anklam nickte. »Heute Morgen. Er ist auch schon von den Zeugen identifiziert worden.«

Melzer seufzte tief. »Da kann nicht nur mein Schwiegervater ruhiger schlafen.«

Er hatte sich große Sorgen gemacht. Die Drohbriefe waren deutlich genug gewesen. Man hatte Georg mit dem Tod gedroht. Nach dem missglückten Überfall musste man damit rechnen, dass der Täter es noch einmal versuchen würde. Thomas hatte lange darüber nachgedacht, ob er Personenschutz für seinen Schwiegervater beantragen sollte. Aber bei der Personalnot in den Dienststellen wäre das schwierig geworden. Außerdem hätte Georg das strikt abgelehnt, dafür kannte er seinen Schwiegervater viel zu gut.

Als er sich wieder Schlöder zuwandte, starrte der nachdenklich auf eine Handakte. Dann nahm er einige Fotos heraus und streckte sie Melzer entgegen.

»Was sind das für Fotos?« fragte er und sah sich ein Foto nach dem anderen an.

»Das sind Fotos von dem Schmuck, den wir in Renate Schülers Wohnung gefunden haben.« Schlöder legte die Akte auf den Tisch und lehnte sich zurück. »Glaubst du, dass sie sich solch einen teuren Schmuck hat leisten können?«

An der Tür wurde geklopft und der Anwalt von Friedrich von Stetten steckte den Kopf zur Tür herein. »Mein Mandant ist jetzt bereit auszusagen.«

*

Georg Heffner hatte sich auf der Terrasse in den Schatten des Pavillons gesetzt und streckte sein rechtes Bein aus, um das lädierte Knie zu entlasten. Michaelis hatte ihn und Helmut Wissing nach Hause gefahren. Der junge Mann hatte kein Auto und war mit dem Bus zur Gegenüberstellung gekommen. Der junge Mann hatte in einem kleinen

Betrieb eine Ausbildung zum Elektriker gemacht. Vor einem halben Jahr war er arbeitslos geworden, als der Kleinbetrieb in die Insolvenz geraten war. Seitdem lebte er vom Arbeitslosengeld. Seine Frau besserte das Einkommen der Familie durch Putzen in einem Privathaushalt etwas auf.

Eine Meise landete auf dem Rand von Baldaccis Wasserschüssel und steckte den Schnabel ins Wasser. Helga Schmadtke, die Haushälterin von Thomas und Stephanie, hatte Baldacci abgeholt und war mit ihm und Dixie spazieren gegangen. Helga Schmadtke hielt die beiden Hunde an der Leine. Baldacci würde zwar nicht freilaufend herumtoben können, aber so hatte er wenigstens etwas Bewegung und Abwechslung.

Die Fahrt zur Polizeidienststelle, die Gegenüberstellung mit dem Mann, der ihn überfallen und so übel zugerichtet hatte, war nicht spurlos an ihm vorrübergegangen. Er spürte den dumpfen Schmerz in seinem Gesicht. Auch das schmerzhafte Ziehen an den Rippen in seinem Oberkörper setzte ihm zu.

Was hat den Mann bewogen, ihn so zuzurichten? Was hatte er für ein Motiv? Hatte Klaus Amoneit den Glatzkopf beauftragt? Weil Klaus in seinem Wahn glaubte, er, Georg, hätte ein Verhältnis mit seiner Frau? Georg war verunsichert. Quills Kollege hatte gesagt, dass dieser Büttner als Bauhelfer in Zanders Bauunternehmen arbeiten würde. Zander. Immer wieder Zander.

Zander hatte Georg einige Male wegen einer Zusammenarbeit angesprochen. Georg hatte sich jedes Mal höflich bedankt, aber die Auslastung seines Büros als Grund vorgeschoben, warum er für Zander nicht arbeiten könnte.

Georg mochte den Mann einfach nicht. Der hemdsärmelige Polier, der zum Jähzorn neigte, hatte sich mit harten Bandagen nach oben gearbeitet. Er schien sogar Gefallen daran zu finden, Konkurrenten aus dem Weg zu räumen. Georg hatte einige Bauunternehmer gekannt, die Zander in die Insolvenz getrieben hatte. Und Kortkamp, der Direktor der Sparkasse soll ihm dabei behilflich gewesen sein. So wurde jedenfalls in der Baubranche gemunkelt. Und jetzt warb er Georgs Handwerker am Einkaufscenter ab und behinderte damit die fristgerechte Fertigstellung.

Georg hoffte, bei dem Gespräch mit Armin Verch in der kommenden Woche zu erfahren, warum auch LEDO die Mitarbeit bei der Fertigstellung des Ladenlokals verzögerte. Es würde ihn nicht wundern, wenn Zander auch da seine Hände im Spiel hatte. Aber was hatte Zander davon? Was bezweckte er damit?

Das Klingeln des Schnurlostelefons auf dem Tisch holte ihn wieder aus seinen Gedanken. Er griff zum Telefon und meldete sich.

»Thomas hier. Sag mal Georg, hattest du nicht mal eine Bauherrin, die Schmuckdesignerin war?«

*

Friedrich von Stetten hatte nur auf dienstliche Anweisungen von Renate Schüler gehandelt, wenn es um die Festsetzungen von Gewerbeflächen in den Bebauungsplänen ging, in denen Wolfgang Zander Grundstücke besaß. Die meisten Anweisungen hatte er schriftlich bekommen und müssten sich in den Hausakten finden lassen. Bei mündlichen Anweisungen hatte von Stetten Aktenvermerke erstellt und diese den Akten beigefügt.

Thomas Melzer hatte die leichte Veränderung in der Körperhaltung und Mimik des früheren Leiters des Stadtplanungsamtes bemerkt. Von Stetten wirkte lebhafter, nicht mehr so teilnahmslos wie vorhin bei der ersten Vernehmung.

»Haben Sie Zuwendungen dafür erhalten? Von Zander oder von Frau Schüler?« fragte Melzer.

Von Stetten schüttelte den Kopf. »Von Zander habe ich nur das Honorar für die Planung seiner Villa bekommen.« Er seufzte. »Er hatte ja dafür gesorgt, dass sein Architekt Jebram die von mir erstellten Bauanträge unterschrieben hat. Dadurch hatte Zander mir ja erst die Nebentätigkeit ermöglicht.«

Melzer blätterte in den Protokollen der früheren Vernehmungen. Nach einer Weile blickte er aus den Augenwinkeln auf. »Die Bauherren der Objekte, die sie geplant haben, sind Ihnen von Klaus Amoneit vermittelt worden?«

Von Stetten nickte. »Der überwiegende Teil.«

»Hat Amoneit von Ihnen Geld dafür bekommen?« hakte Melzer nach.

»Zwischen drei und fünftausend Euro«, bestätigte von Stetten. »Je nach Größe des Objekts.«

Melzer sah zu Anklam, der sich schnell ein paar Notizen machte.

»Kommen wir zu Meisner«, fuhr Melzer fort. »Wusste Meisner von Ihren Nebentätigkeiten?«

Von Stetten zupfte an dem Ärmel seiner Jacke. »Bei meinen Bauvorhaben habe ich mich immer an die Festsetzungen der Bebauungspläne gehalten. Deshalb brauchte ich Meisner nicht. Meisner war zwar ein verschlossener Mensch, hatte aber überall seine Ohren.« Er hob kurz die Schulter. »Wahrscheinlich ahnte er etwas.«

»Aber was war mit der Genehmigung für Zanders Villa. Die war ja wohl rechtswidrig. Da wurde die Mitarbeit von Meisner sehr wohl gebraucht.«

Von Stetten nickte. »Zander hatte mir gesagt, dass er das selber regeln würde.« Von Stetten rutschte auf seinem Stuhl herum, richtete sich dann aber auf. »Es kam allen zu pass, dass Amtsleiter Schneider zu der Zeit krank war. Sonst wäre die Genehmigung für Zanders Haus wohl nicht erteilt worden.«

Melzer musterte von Stetten von der Seite. »Hat Zander Meisner für die Erteilung der Baugenehmigung seines Hauses bezahlt?«

Von Stetten zuckte die Achseln. »Das weiß ich nicht.« Er verschränkte die Arme, lehnte sich zurück und stieß ein verächtliches Schnauben aus. »Die Erteilung der Baugenehmigung hätte Meisner seinen Job kosten können. Wer macht das schon ohne entsprechende Gegenleistung.«

*

Thomas Melzer parkte den Tuareg vor seinem Haus und ging kurz in die Wohnung. Helga Schmadtke bereitete das Mittagessen für die Kinder vor, die gleich aus der Schule kommen würden. Er erklärte der Haushälterin, dass er gleich wieder fort müsste und ging durch den Garten zu seinem Schwiegervater, der draußen auf der Terrasse saß.

»Hast du deine Bauherrin erreicht?« fragte Melzer.

Georg schaute zu ihm auf und nickte. »Frau Nicolai ist zu Hause. Sie hat wegen ihres Babys eine Auszeit genommen.«

»Begleitest du mich?« fragte Thomas.

»Wann? Jetzt?«

Thomas hob die Schulter und nickte.

Georg rappelte sich schwerfällig auf und rief Baldacci ins Haus. Durch die Küche und der Diele verließen sie das Haus.

Die Sonne stand hoch am Himmel als Thomas von der Elper Straße in die alte Zechensiedlung bog. Er hatte Anklam aufgetragen, das Aufnahmeband von der Vernehmung von Stetten zum Schreiben zu geben und das Protokoll anschließend vom suspendierten Planungsamtsleiter unterschreiben zu lassen. Melzer würde sich am nächsten Tag um die Aufhebung des Haftbefehls kümmern.

Melzer warf einen Blick zu seinem Schwiegervater, der schweigsam neben ihm saß. Sollte er ihm sagen, was bei der Vernehmung von Büttner herausgekommen war? Nein. Auf keinen Fall. Georg würde sich nur fürchterlich aufregen.

Melzer hatte die Besprechung mit Quill, Anklam und Schlöder kurz gehalten. Er hatte die Ermittler über seinen Verdacht informiert, dass Meisner Zander wegen der rechtswidrig erteilten Baugenehmigung erpresst und um weiteres Geld angegangen haben könnte, um seine offenen Handwerkerrechnung bezahlen zu können. Dann hätte auch Zander ein Motiv für den Mord an Meisner. Außerdem hatte Quills Mitarbeiter Brambach ja berichtet, dass Bernd Büttner, der seinen Schwiegervater überfallen hatte, im Bauunternehmen von Zander arbeiten würde. Oberstaatsanwalt Schwarzkopf hatte Melzer die Federführung bei den weiteren Ermittlungen übertragen, sodass Quill und seine Leute nun eng mit Anklam und Schlöder zusammenarbeiten mussten. Melzer hatte eine weitere Besprechung für den Nachmittag angesetzt und Quill gefragt, was bei der Vernehmung von Büttner herausgekommen wäre.

Melzer sog die Luft durch die Nase ein. Dieser Mistkerl hatte doch tat-sächlich behauptet, Georg hätte ihn provoziert. Georg hätte ihn wegen seiner Klamotten beschimpft. Er hätte Georg aufgefordert, ihn in Ruhe zu lassen. Und als Georg ihn dann auch noch angespuckt hätte, da wäre Büttner ausgerastet und hätte zugeschlagen.

Melzer spürte wie ihm das Blut in den Kopf schoss und gegen seine Schläfe trommelte. Er atmete ein paar Mal tief ein und spürte, wie der Druck in seinem Kopf nachließ.

Büttner war vorläufig festgenommen worden und wollte auf seinen Anwalt warten, bevor er sich weiter äußern würde.

»Da vorne müssen wir links«, holte Georg ihn wieder aus seinen Gedanken.

Er bog in eine schmale Wohnstraße mit zweigeschossigen Mietshäusern aus den sechziger Jahren, die durch die am Straßenrand geparkten Autos noch enger wirkte.

»Das Haus vor Kopf des Wendehammers«, erklärte Georg und zeigte mit der Hand auf das Ende der Sackgasse.

Melzer fand einen freien Parkplatz und stellte den Wagen vor dem Haus ab. »Geht´s?« fragte er, als er sah, wie Georg die Beine seitwärts aus der Beifahrertür schwang.

Georg rutschte aus dem Wagen und streckte sich. »Dein Tuareg liegt höher als mein Audi. Ist viel bequemer beim Aussteigen.«

Melzer verriegelte den Wagen und schaute hinüber zum Haus. Die Sonne spiegelte sich auf den engobierten schwarzen Dachziegeln über dem rotbraunen Backsteinhaus. Über dem Hauseingang thronte ein breiter Zwerggiebel, der die Dachfläche auflockerte.

Als sie durch den kleinen Vorgarten gingen, wurde die Haustür geöffnet und eine schlanke, etwa eins siebzig große Frau trat in die Tür. Ihr blondes Haar hatte sie zurückgekämmt und am Hinterkopf zu einem Pferdeschwanz gebunden. Sie trug Jeans und eine hellblaue Seidenbluse.

»Hallo Herr Heffner«, begrüßte sie Georg und warf ihm ein breites Lächeln zu. »Kommen Sie herein«, bat sie, nachdem sie Melzer kurz gemustert hatte.

Sie folgten der Frau durch die Diele in den sonnendurchfluteten Wohnraum. Auf dem Esstisch zwischen der offenen Küche und dem Wohnraum lagen Kinderspielzeug und ein paar Skizzen von Fingerringen.

»Setzen wir uns an den Tisch«, bat Irene Nicolai und räumte die Skizzen zusammen. »Kann ich Ihnen etwas zu trinken anbieten? Wasser oder Kaffee?«

Melzer sah zu Georg. »Für mich nicht«, antwortete sein Schwiegervater.

»Danke, für mich auch nicht«, schloss Thomas sich an.

»Wir haben unseren Kleinen tagsüber neben an in meinem Arbeitszimmer untergebracht. Er schläft gerade«, erklärte Irene Nicolai.

Kinder. Sofort fiel Melzer der Vergleich seines Schwiegervaters ein. Seine Einfamilienhäuser waren seine Kinder.

Die Planung eines Hauses verläuft wie das Leben, hatte Georg gesagt.

Wenn der Bauantrag eingereicht war, hatte er das Gefühl, ein Kind gezeugt zu haben. In diesem Moment war festgelegt, wie das Kind aussehen wird, wie groß es werden würde und welchen Charakter es einmal haben wird. Mit der Erteilung der Baugenehmigung war das Kind geboren worden und während der Bauzeit wuchs es heran und nahm Gesicht und Formen an. Mit dem Einzug der Bauherren war es dann erwachsen geworden und es verließ Georg wieder.

Es wäre wie eine Zäsur. Während der engen Zusammenarbeit mit den Bauherren hatte sich eine Beziehung aufgebaut, die dann verblasste und erlosch.

»Mein Schwiegersohn, Herr Melzer, bräuchte eine fachkundige Auskunft von Ihnen«, sagte Georg und holte Thomas aus seinen Gedanken. »Er ist Staatsanwalt und ist bei irgendwelchen Ermittlungen auf Schmuck gestoßen, den er gerne einschätzen lassen wollte.«

Georg zuckte mit den Achseln. Ein spöttisches Grinsen huschte über Georgs Gesicht. »Mir darf er ja nicht verraten, worum es bei seinen Ermittlungen geht.«

Thomas schmunzelte. Georg hatte ihn gar nicht danach gefragt. Er wusste, dass Thomas ihm nur das erzählen würde, was er auch vertreten konnte, ohne die Ermittlungen zu behindern.

Melzer zog einen Umschlag aus seiner Jackentasche und holte die Fotos heraus, die die Beamten von Renate Schülers Schmuck gemacht hatten. Er warf noch einen Blick darauf.

»Wenn Sie sich die Fotos einmal anschauen würden«, bat er und gab die Fotos Irene Nicolai. »Wie würden Sie den Schmuck einschätzen und welchen Wert könnte er haben.«

Irene Nicolai betrachtete jedes Fotos eine Weile. »Ob der Schmuck echt ist, kann ich anhand der Fotos natürlich nicht sagen.« Sie zog anerkennend das Kinn und nickte. Dann hielt sie das Foto einer Uhr hoch. »Die Damenrolex mit den Diamantsplittern dürfte so an die zwanzigtausend wert sein.« Sie legte das Foto auf den Tisch. »Wie gesagt, wenn die Uhr eine echte Rolex ist.«

»Ein ganz schönes Sümmchen für eine Uhr«, warf Georg ein.

Thomas schmunzelte. Sein Schweigervater mochte keinen teuren Schmuck. Er trug neben seinem Ehering nur eine Armbanduhr von Maurice Lacroix, die Doris ihm mal geschenkt hatte.

Irene Nicolai hielt ein Foto mit einer ovalen goldfarbenen Brosche in der Hand, die mit einem feinen Blumenmuster eingefasst war. In der Mitte sah man den Kopf einer Frau mit langem gelockten Haar, einer Frisur, die man in der Renaissancezeit trug.

»Eine sehr filigrane Arbeit.« Irene Nicolai hob das Foto näher ans Auge. »Ein Unikat, wenn es echt ist. Sehr teuer, würde ich sagen.«

Sie sah sich die Fotos einiger Ringe an und nickte. »Auch die Ringe sind sehr sauber gearbeitet. Die bekommt man nicht in jedem Laden.« Sie nahm das letzte Foto in die Hand und nickte ein paar Mal anerkennend mit dem Kopf. »Ich glaube nicht, dass man so ein Collier als Modeschmuck bekommt. Eine sehr feine Arbeit.«

Irene Nicolai legte das Foto auf den Tisch. »Habe ich Ihnen weiterhelfen können?«

»Vielen Dank«, nickte Thomas. »Ich denke schon.« Er zeigte auf die Fotos. »Können Sie mir sagen, wo man solchen Schmuck kaufen kann?«

Irene Nicolai kramte das Foto der Uhr aus dem Stapel. »Die Rolex finden Sie sicherlich bei einigen Juwelieren hier in der Gegend.« Sie zeigte auf die anderen Fotos. »Die anderen Stück sicher nicht. Das sind alles Unikate.« Sie hob die Schulter. »Wie gesagt, wenn die Stücke echt sind.«

Melzer nahm die Fotos vom Tisch und blätterte sie nachdenklich durch. »Haben Sie eine Vorstellung, wo die Stücke gefertigt worden sein könnten?«

»Kann ich sie noch mal sehen?« fragte Irene Nicolai und streckte die Hand aus.

Thomas gab ihr die Fotos.

Irene Nicolai sah sich die Fotos noch einmal an. Dann blickte sie auf. »Da fallen mir nur drei oder vier Juweliere in Düsseldorf ein.« Sie legte die Fotos auf den Tisch. »Soll ich Ihnen die Namen aufschreiben?«

Kapitel 34

Thomas Melzer hatte gerade mal zwanzig Minuten gebraucht, um seinen Schwiegervater nach Hause zu bringen und dann wieder in die Polizeidienststelle nach Marl zu fahren. Er fühlte sich von einem erwartungsvollen Hochgefühl getragen, wie ein Jäger es verspüren musste, der die Fährte eines langgesuchten Hirschbocks aufgenommen hatte. Seit zwei Jahren hatte Melzer Zander im Visier, ohne ihm etwas nachweisen zu können. Und plötzlich purzelten die Hinweise nur so herein, wie Puzzlesteine, die sich zu einem Gesamtbild formten. Die hoffnungsvolle Erwartung auf den Ausgang der Ermittlungen zog ihn geradezu magisch an.

Thomas eilte den Flur hinunter zum Büro seiner Ermittler. Er fühlte sich wie in einem spannenden Film, dessen Ausgang er kaum erwarten konnte. Er trat in den Raum und stakste mit hohen Beinen durch die Gasse zwischen den Aktenbergen und blieb in der Mitte von Anklams und Schlöders Büro stehen.

»Wie kommt ihr voran?« fragte er die beiden Hauptkommissare etwas außer Atem.

Anklam fläzte sich in seinem Stuhl und griente. »Nach den Hinweisen von von Stetten geht es viel schneller. Die Stellungnahmen und Dienstanweisungen von Renate Schüler haben wir in den entsprechenden Akten gefunden.«

»Was ist mit Friedrich von Stetten?« fragte Melzer.

»Er ist auf dem Weg zurück in die JVA«, berichtete Anklam. »Er wirkte irgendwie erleichtert, nachdem er das Protokoll unterschrieben hatte.«

»Die Besprechung am Nachmittag muss ausfallen. Wir treffen uns morgen früh«, sagte Melzer. »Sagst du Quill Bescheid?«

»Quill braucht Durchsuchungsbeschlüsse«, meldete sich Schlöder aus der anderen Ecke. »Den für Büttners Wohnung beschafft er sich von deinem Kollegen. Aber den für Amoneits Wohnung und Büro sollst du ausstellen.«

»Wegen der Schusswaffen?« fragte Melzer.

Schlöder nickte. »Und er hat von Friedrich von Stetten für die Vermittlung der Bauherren Geld bekommen. Das fällt in unser Ressort.«

Melzer trat an den Schreibtisch von Schlöder und legte den Umschlag mit den Fotos auf den Schreibtisch. »Für dich habe ich eine andere Aufgabe.« Er zog einen Zettel aus der Tasche. »Du holst den Schmuck aus Renate Schülers Wohnung und fährst nach Düsseldorf.« Melzer gab Schlöder den Zettel. »Hier sind vier Adressen von Juwelieren in Düsseldorf. Klappere sie ab. Zeig ihnen den Schmuck und frage sie, ob der in deren Läden verkauft wurde. Und von wem und wie der Schmuck bezahlt wurde.«

*

In der Tiefgarage unter dem Bankhaus Trinkaus und Burckhard fand Gerd Schlöder einen Parkplatz und fuhr mit dem Aufzug ins Erdgeschoss. Während der Aufzug hochfuhr, betrachtete er sein Outfit vor dem kabinenhohen Spiegel. Er wischte kurz über den Revers seines braunen Anzugs, rückte die Krawatte gerade und strich sein Haar glatt. Zufrieden stieg er aus dem Aufzug und trat auf die Trinkausstraße. Die späte Nachmittagssonne blendete ihn. Er kniff die Augen zusammen und orientierte sich kurz. Er befand sich auf der Bankenseite der Königsallee. Die exklusiven Geschäfte lagen auf der anderen Seite. Er folgte der Trinkausstraße, überquerte die Düssel, die die beiden Seiten der Königsallee trennte und wartete an der Fußgängerampel inmitten einer Menschenmenge auf Grün.

Schlöder zog den Zettel mit den Namen der Juweliere aus der Tasche, den Thomas Melzer ihm gegeben hatte. Er warf einen kurzen Blick darauf und schaute hinüber zu den Geschäften. Schräg gegenüber erkannte er den Namenszug eines der Juweliere über der Schaufensterfront.

Die Ampel sprang auf Grün. Im Pulk der Menge überquerte er die Fahr-bahn und ging die paar Schritte zu dem Juweliergeschäft. Er betrachtete einen Moment die erlesenen Schmuckstücke in der Auslage, holte tief Luft und betrat den Laden.

Silberfarben verkleidete Wände, vor denen Halbkugeln aus Glas mit goldfarbenen Halterungen befestigt waren, wurden von einem goldgelben Licht aus Spots von der Decke angestrahlt. Die punktweise verteilten Verkaufstische vor den Wänden hatten eine goldfarbene Abdeckung auf denen blauviolette Sets aus Samt lagen.

Schlöder spürte die angenehme Kühle in dem Raum, die weniger von den silbrig kühlen Wänden, als vielmehr von der Klimaanlage herrührte.

Eine auffallend modisch gekleidete Frau Ende vierzig hatte ein paar exquisite Ringe auf einem der Sets ausgebreitet und beriet eine ältere Dame in einem wadenlangem braunen Rock und einer weißen Bluse mit Gold-stickereien. Weiter hinten im Laden saß ein Mann in dunkelgrauem Anzug an einem kleinen Schreibtisch, der zu ihm aufschaute.

Verunsichert durch das glitzernde Ambiente des Ladeninneren ging Schlöder zu dem Mann an den Schreibtisch, der inzwischen aufgestanden war.

»Guten Tag. Kann ich Ihnen helfen?« fragte der ältere Herr.

»Sind Sie der Geschäftsführer?« fragte Schlöder.

Der Mann nickte. »Was kann ich für Sie tun?«

»Hauptkommissar Schlöder«, stellte er sich vor und zeigte seinen Dienstausweis. »Ich hätte gerne eine Auskunft von Ihnen.«

Der Geschäftsführer warf einen kurzen Blick auf den Ausweis und nickte. »Bitte setzen Sie sich doch«, sagte der Mann und wies auf einen weißen Holzstuhl mit ovaler Rückenlehne.

Schlöder stellte die Tasche auf den Schoß und nahm die Stücke heraus. »Können Sie mir sagen, ob dieser Schmuck von Ihnen verkauft worden ist?«

Schlöder legte den Schmuck auf den Schreibtisch.

Der Geschäftsführer nahm die Stücke in die Hand und betrachtete sie eingehend. Nach einer Weile legte er sie wieder auf den Tisch.

»Schöne Stücke.« Der Geschäftsführer schüttelte den Kopf. »Sie sind aber nicht von uns.« Er wiegte den Kopf hin und her. »Vielleicht versuchen Sie es mal bei meinem Kollegen in der Kö-Passage.«

Schlöder bedankte sich, packte den Schmuck wieder ein und verließ den Laden. Als er auf die Königsallee trat, schoss ihm ein Schwall warmer Luft ins Gesicht. Er schlängelte sich an den entgegenkommenden Passanten und den Tischen eines Straßencafés vorbei und erreichte nach wenigen Schritten den zweiten Juwelier auf seiner Liste. Er schaute einen Moment in die Auslage des Schaufensters und überlegte, ob er hinein gehen sollte. Der Geschäftsführer des ersten Juweliergeschäftes hatte ihm den Tipp gegeben, im Juweliergeschäft in der Kö-Passage nachzufragen. Das wäre das nächste Geschäft auf seiner Liste. Ach was, wenn ich schon mal hier bin, dachte er und betrat den Laden.

Viel Glas und cremefarbene Wände erwarteten ihn hier. Drei Frauen Mitte dreißig räumten Schmuck in die Vitrinen. Er fragte die erste Frau nach der Geschäftsführung und wurde an eine der Frauen ein paar Schritte weiter verwiesen. Schlöder trug sein Anliegen vor und zeigte der Frau den Schmuck. Nein, diese Stücke führten sie nicht, erhielt er als Antwort.

Schlöder verließ den Laden und schlängelte sich wieder durch die Menge der Passanten. Was hast du erwartet, fragte er sich. Woher wollte Melzer wissen, dass der Schmuck aus Düsseldorf stand. Woher hatte er überhaupt die Adressen? Er kam wieder an einem Straßencafé vorbei und überlegte, ob er sich setzen und etwas trinken sollte. Die Sonne brannte auf seinem Rücken und die braune Farbe seines Anzugs schien die Sonne richtig anzuziehen. An seinem Haaransatz im Nacken spürte er bereits die ersten Schweißperlen. Er blieb stehen und schaute sich um. Nirgendwo ein freier Platz. Überall plaudernde oder gelangweilt dreinschauende Menschen. Er verwarf den Gedanken. Nach wenigen Schritten hatte er die Kö-Passage er-reicht und ging hinein.

Sofort spürte er die angenehme Kühle in der Passage. Er ging an den kleinen Shops mit ausgewählter Damenmode, Hüte und Schuhe vorbei. Am Ende der Passage fand er den Juwelierladen, der als dritter auf der Liste stand. Der Laden war deutlich kleiner als die ersten beiden, auch das Interieur war nicht so auffällig, aber der Laden führte ausgewählte und teuren Schmuck, wovon er sich mit einem Blick auf die Preisschilder überzeugen konnte.

Ein Mann Ende vierzig stand hinter einem der beiden Verkaufstische und nickte ihm mit einem warmen Lächeln zu.

»Guten Tag« begrüßte ihn der Mann und deutete mit dem Kopf eine Verbeugung an. »Was kann ich für Sie tun?«

Schlöder stellte sich vor, erklärte sein Anliegen und gab dem Mann den Schmuck.

Schlöder beobachtete den Mann, wie er mit einem Lächeln im Gesicht die Stücke betrachtete. Nach einer Weile drehte er sich um und rief: »Viola, kommst du bitte mal.«

Ein dunkelblauer schwerer Vorhang zwischen den beiden Verkaufstischen wurde beiseitegeschoben und eine blonde Frau Ende dreißig schob den Kopf heraus.

»Kannst du mal übernehmen?« bat der Juwelier. Dann sah er wieder zu Schlöder und deutete auf den Vorhang. »Kommen Sie bitte mit in mein Büro.«

*

Hungrig schlang Thomas die Spagetti mit Tomatensoße in sich hinein, die Stephanie für ihn in der Mikrowelle aufgewärmt hatte.

»Warum schlingst du so«, fragte sie und setzte sich zu ihm an den Küchentisch.

Ja, warum eigentlich? Er drehte die Nudeln langsamer auf die Gabel und kaute länger daran. Du musst wieder runterkommen, dachte er. Eine innere Kraft hatte ihn den ganzen Tag angetrieben. Bis um sechs hatte er im Büro gesessen und die Durchsuchungsbeschlüsse ausgestellt. Morgen werden wir uns Amoneits Büro und Wohnung vornehmen und übermorgen, am Freitag, werden wir Zander aufsuchen. Bei dem Gedanken stieg unaufhaltsam die Erregung in ihm auf, die er schon den Tag über verspürt hatte. Er kratzte mit dem Löffel die restliche Tomatensoße vom Teller, ging zur Spüle, spülte ihn kurz ab und stellte den Teller in die Geschirrspülmaschine.

»Setzen wir uns nach draußen?« fragte er Stephanie während er sich ein Bier aus dem Kühlschrank nahm.

Stephanie nickte, nahm die Packung Zigaretten vom Tisch und folgte ihm ins Wohnzimmer. Jonas und Klara saßen vor dem Fernseher und spielten mit der Play Station 3, die Jonas zum Geburtstag geschenkt bekommen hatte.

Thomas sah auf die Uhr und ging zum Vitrinen Schrank. Es war kurz nach sieben. »Eine Stunde noch, dann geht ihr ins Bett.«

Ein gemeinschaftliches Ooh kam vom Sofa herüber.

»Keine Diskussionen«, unterbrach er den Wortschwall seiner Kinder. Er nahm die Whiskeyflasche aus dem Schrank und hielt sie hoch.

»Du auch?« fragte er Stephanie.

»Heute kann ich auch einen gebrauchen«, rief sie ihm zu und ging hinaus auf die Terrasse.

Thomas klemmte sich die Flasche unter den Arm und nahm zwei Gläser aus dem Schrank. Als er auf die Terrasse trat, hörte er ein lautes Knistern vom Grundstück seines Schwiegervaters. Wenig später sah er Baldacci mit einer Plastikflasche im Maul durch den Garten rennen. Der Hund ist nicht müde zu kriegen, lachte er in sich hinein.

»Setzen wir uns zu Georg«, schlug er seiner Frau vor, als er die Qualmwolke von der Nachbarterrasse aufsteigen sah.

Als er sich mit Stephanie Georgs Terrasse näherte, stieg ihm der Vanillegeruch des Tabaks in die Nase und er verspürte das Verlangen nach Nikotin in sich aufsteigen.

Ein kurzes Lächeln huschte über Georgs Gesicht als sie sich zu ihm setzten. Die Schwellungen am Kopf waren zurückgegangen und die Blutergüsse hatten sich Blau und Gelb verfärbt.

»Endlich Feierabend?« fragte er und paffte wieder an der Pfeife.

»Wo ist Mama?« fragte Stephanie und steckte sich eine Zigarette an.

»Sie holt sich einen Grappa«, antwortete Georg.

Der Zigarettenrauch reizte Thomas´ Nase und das Verlangen stieg. »Gibst du mir auch eine?« fragte Thomas.

»Du willst wieder anfangen?« fragte Stephanie und runzelte die Stirn.

Thomas schenkte sich und Stephanie Whiskey ein. Vor einem Monat hatte er mit dem Rauchen aufgehört. Aber diese innere Erregung ließ einfach nicht nach. Er trank einen Schluck Whiskey und stellte das Glas wieder ab. Der rauchige Geschmack in seinem Mund verstärkte noch sein Verlangen. »Heute brauche ich mal eine.«

Georg nahm die Pfeife aus dem Mund. »Ich habe noch ein paar gute Zigarren. Wenn du möchtest …?«

»Papa«, entrüstete sich Stephanie. »Verführ ihn nicht noch.«

Georg stand auf und verdrehte die Augen. »Lass Thomas doch das Vergnügen«, sagte er und verschwand durch die Küchentür ins Haus.

Stephanie warf ihm einen prüfenden Blick zu. »Du wirkst so aufgekratzt.«

Thomas sah auf die Uhr. Warum meldete sich Schlöder nicht? »Wir kommen endlich bei unseren Ermittlungen weiter«, erklärte er seiner Frau.

»Zander?« fragte sie.

Thomas nickte.

Stephanie seufzte. »Hoffentlich kannst du die Ermittlungen bald abschließen. Der Mann ist ja zu einer richtigen Manie von dir geworden.«

Doris und Georg kamen aus dem Haus und setzten sich wieder zu ihnen. Georg stellte eine Holzkiste auf den Tisch, deren Deckel mit goldenen Intarsien verziert war.

Georg klappte den Deckel auf. »Aus der Dominikanischen Republik.« Er deute mit dem Kopf auf die Holzkiste. »Die hab ich vor vielen Jahren von einem zufriedenen Bauherrn mal geschenkt bekommen.«

Thomas schmunzelte. Der alte Herr musste doch gleich zum Ausdruck bringen, dass er sich so ein Stück niemals selber kaufen würde.

»Die Zigarren habe ich erst kürzlich gekauft«, erklärte Georg. »Ich muss ja welche im Haus haben, wenn Eberhard zu Besuch kommt.«

Thomas nahm eine Zigarre aus dem Kasten, drehte den Schraubverschluss von dem Glasröhrchen und nahm die Zigarre heraus. Georgs Freund Eberhard lebte jetzt in Mecklenburg. Wenn er mit seiner Frau zu Besuch kam, dann saßen sie die ganze Nacht auf der Terrasse, tranken Wein und redeten und lachten. Die Sonne ging meist schon auf, wenn sie endlich ins Bett gingen.

Georg holte ein Schlüsselbund aus der Hosentasche, an dem sich ein kleines Messer als Schlüsselanhänger befand und legte es auf den Tisch. »Hat dir Frau Nicolai weiterhelfen können?« fragte er nun doch.

Thomas klappte das Messer auf und schnitt die Spitze der Zigarre ab. »Kann ich noch nicht sagen.«

Doris nippte an dem Grappa und sah über den Rand des Glases zu Georg und dann zu Thomas.

Bevor Doris etwas sagen konnte, hob Georg die Hand und griente. »Ist unser Geheimnis.«

Thomas nahm Stephanies Feuerzeug, hielt die Zigarre in die Flamme und wartete bis sich Glut gebildet hatte.

»Georg hat mir erzählt, dass ihr den Mann gefasst habt, der Georg überfallen hat«, sagte Doris und sah Thomas erwartungsvoll an. »hat er die Tat gestanden?«

Thomas zog an der Zigarre und blies den Rauch hoch zum Stoffdach des Pavillons. Er trank einen Schluck Bier um etwas Zeit zu gewinnen. Irgendwann musste er Georg sagen, wie sich Büttner zum Tatablauf geäußert hat. Jetzt im Kreise von Frau und Tochter hoffte Thomas, dass Georg sich schnell wieder beruhigen lassen würde. Er zog noch einmal an der Zigarre. Nur ein wenig Rauch drang in seine Lunge und er spürte die beruhigende Wirkung des Nikotins.

»Er wurde von den Tatzeugen eindeutig identifiziert«, begann Thomas. »Die Tat kann er nicht leugnen.« Er nippte an seinem Whiskey und stellte das Glas langsam wieder ab. »Aber das Motiv für die Tat wird euch nicht gefallen.«

Stephanie nahm einen langen Zug an der Zigarette. »Jetzt mach es nicht so spannend«, drängte sie.

Thomas lehnte sich zurück und hob die Hände. »Ich bin nur der Über-bringer dieser Nachricht.« Er sog die abgekühlte Abendluft durch die Nase ein. »Der Mann behauptet, Georg hätte ihn wegen seiner Kleidung beschimpft und anschließend angespuckt. Da wäre er ausgerastet und hätte zugeschlagen.«

Thomas sah zu Georg. Sein Schwiegervater biss in das Mundstück seiner Pfeife bis sich die Wangenknochen abzeichneten. Er sagte kein Wort.

»Das ist ja ungeheuerlich«, ereiferte sich Doris.

»Glaubst du das etwa?« schnaubte Stephanie und warf Thomas einen entrüsteten Blick zu.

»Jetzt beruhigt euch doch« sagte Thomas und hob beschwichtigend die Hände. »Niemand glaubt das.« Er zog an der Zigarre und spürte die Wut die in ihm aufstieg. »Büttner kann die Tat nicht leugnen, also versucht er seine Handlung in ein für ihn besseres Licht zu setzen.«

Thomas blickte zu seinem Schwiegervater, der immer noch wortlos in seinem Stuhl saß und auf die Pfeife schaute, die er in seiner Hand drehte. Dann warf Georg einen langen Blick in den Garten zu Baldacci, der aufgerichtet wie eine Sphinx auf dem Rasen lag.

»Quill wird ihm schon zusetzen, davon bin ich überzeugt«, sagte Georg mit ruhiger Stimme. »Lasst uns über was anderes reden. Der Abend ist viel zu schön, um ihn sich verderben zu lassen.«

Doris schnaufte und kippte den restlichen Grappa in einem Zug herunter.

Stephanie beugte sich zu Thomas. »Du behältst die Sache aber im Auge«, sagte sie mit einem bohrenden Blick. »Versprich mir das.«

Thomas wollte gerade etwas erwidern, als das Klingeln einer Haustürglocke zu ihnen herüber drang.

»Das ist unsere«, sagte Stephanie und wollte aufstehen.

»Die Kinder sind doch da«, hielt Thomas sie zurück.

Ein paar Augenblicke später kam Klara im Laufschritt durch das Gartentor. »Papa, Mama, Herr Steinmetz ist da.«

Thomas drehte sich um und sah, wie der Bürgermeister durch das Gartentor kam. Er stand auf und nahm die Zigarre aus dem Mund. »Lars, das ist aber eine Überraschung.«

Steinmetz trat an den Tisch und gab allen die Hand. »Ich will die Familienrunde nicht stören«, beteuerte der Bürgermeister. »Ich hätte dich gerne kurz gesprochen«, wandte er sich wieder an Thomas.

»Jetzt setz dich erst mal«, bat Thomas und zog einen Stuhl vor. »Whiskey, Wein, Bier?«, fragte er und deutete auf die Flaschen auf dem Tisch.

Lars Steinmetz ließ sich in den Stuhl fallen und streckte die Beine aus. »Irgendwann muss ich auch mal nach Hause. Meine Familie kennt mich kaum noch.« Er nahm die Whiskeyflasche in die Hand. »Mhmm, achtzehn Jahre alter Single Malt.« Er stellte die Flasche wieder zurück. »Ich habe auf der Geburtstagsfeier einer neunzigjährigen Bürgerin schon mit den Söhnen und Enkeln anstoßen müssen.« Er atmete tief aus. »Was soll´s, ich hab ja meinen Fahrer dabei.«

Doris stand auf. »Ich hole Ihnen ein Glas aus der Küche.« Ein paar Sekunden später war sie schon wieder da und stellte das Glas auf den Tisch. »Ich möchte nicht unhöflich sein. Ihr habt sicher noch etwas zu besprechen und ich möchte mir einen Spielfilm im Fernsehen ansehen, der mich brennend interessiert.« Sie gab dem Bürgermeister die Hand und verschwand im Haus.

Auch Stephanie stand auf. »Ich muss die Kinder ins Bett bringen.« Sie beugte sich zu Steinmetz herunter und drückte ihre Wange an das Gesicht des Bürgermeisters. »Du kommst doch noch rüber, bevor du fährst.«

Thomas schenkte Lars Steinmetz einen ordentlichen Schluck von dem Whiskey ein. »Und wie geht es dir? Was machen Frau und Kinder?«

»Du siehst doch«, antwortete Steinmetz. »Sitzungen, Termine, Pflichtveranstaltungen wie dieser Geburtstag. Meist komme ich erst gegen zehn nach Hause.«

Thomas hob die Schulter. »Du hast dir diesen Beruf ausgesucht. Stephanie hat mir erzählt, dass du bereits in der Schule immer davon geredet hast, dass du mal Bürgermeister dieser Stadt werden wirst.«

Steinmetz lachte. »Ja, das stimmt. Aber damals waren das jugendliche Albereien.«

Sie plauderten noch eine Weile über Stephanies letzte Geburtstagsfeier, dass sie sich unbedingt auf der bald stattfindenden Geburtstagsfeier von Steinmetz Frau wiedersehen müssten, bis Steinmetz einen Blick zu Georg warf.

»Ich wollte eigentlich mit dir über Renate Schüler sprechen«, wandte er sich wieder an Thomas.

Georg griff zu seiner Pfeifentasche. »Ich lass euch dann mal allein.«

»Das kommt gar nicht in Frage«, hielt Thomas seinen Schwiegervater zurück. »Du bleibst hier.«

Thomas wusste, wie gern Georg an solch warmen Sommertagen auf der Terrasse saß, in einem guten Buch las, oder nur seinen Gedanken nachhing. Was er Lars zu diesem Thema sagen durfte, konnte auch sein Schwiegervater hören.

»Die Presse hat bereits über die Verhaftung von Renate Schüler berichtet und spekuliert in den wildesten Tönen über die Hintergründe«, erklärte Lars Steinmetz. »Auch im Rathaus kursieren Gerüchte.« Er drehte das Whiskeyglas in der Hand. »Ich, als ihr Dienstherr, werde ständig mit Anrufen bombardiert.« Er drehte das Glas in der Hand. »Was kann ich den Leuten sagen?«

Thomas trank den restlichen Whiskey aus und schenkte sich nach. »Renate Schüler wird der Vorteilsnahme im Amt beschuldigt.«

Steinmetz nickte. »Das hat mir Stadtrechtsrat Peters schon gesagt.« Er trank einen kräftigen Schluck und stellte das Glas auf den Tisch. »Was habt ihr gegen sie in der Hand? Und wem hat sie Vorteile verschafft.«

Thomas zündete die Zigarre wieder an und zog daran. Dann sah er lange an die Decke des Pavillons. Wie viel durfte er seinem Freund sagen, ohne die Ermittlungen zu behindern? »Spätestens am Montag werden wir eine Pressekonferenz abhalten«, versuchte er Steinmetz hinzuhalten.

Der Bürgermeister rutschte unruhig auf seinem Stuhl hin und her. »Der Mord an Meisner und die Verhaftung meines Planungsamtsleiters von Stetten haben der Stadt schon viel Schaden zugefügt. Jetzt auch noch die Verhaftung meiner Baudezernentin.« Lars Steinmetz seufzte. »Ich muss vor der Pressekonferenz wissen, was da hinter meinem Rücken abgelaufen ist.«

»Lars hat Recht«, mischte sich Georg jetzt ein. »Die Stadt darf nicht noch weiteren Schaden erleiden.«

Thomas dachte an Zander. Sollte der Immobilienhai noch weitere Vorteile aus seiner Verbindung zu Renate Schüler ziehen? Er holte tief Luft. »In der kommenden Woche ist wieder eine Ratssitzung«, begann Thomas. »Einer der Tagesordnungspunkte ist die Änderung des Bebauungsplanes an der Scherlebecker Straße.«

Lars Steinmetz nickte.

Thomas wartete einen Augenblick bevor er fortfuhr. »An deiner Stelle würde ich den Tagesordnungspunkt streichen.«

Lars Steinmetz Augen weiteten sich. »Zander? Sie hat sich von Zander korrumpieren lassen?«

Das Handy von Thomas läutete und entband ihn von einer Antwort.

»Melzer«, meldete er sich.

»Schlöder. Tut mir leid, dass ich erst jetzt anrufe. Es hat etwas länger gedauert. Aber ich habe den Juwelier gefunden, der die Schmuckstücke verkauft hat.«

Kapitel 35

Ein dunstiger Schleier hing über der Straße. Noch müde quälten sich die Sonnenstrahlen wie durch eine Milchglasscheibe und warfen ein eigentümlich gefiltertes Licht auf das Haus des Maklerbüros Amoneit. Der grüne Werbeschriftzug auf dem durchscheinenden Plexiglas über der Haustür wirkte jetzt eher gelb. Die Rollladen vor den Fenstern wurden hochgezogen und Farbfotos von Verkaufsobjekten tauchten hinter den Glasscheiben auf. Thomas Melzer sah auf die Uhr, dann nickte er seinen beiden Ermittlern zu.

»Wir gehen rein«, sagte Anklam zu Quill, der neben ihm auf dem Gehweg stand.

Anklam ging zur Tür und klingelte. Wenige Augenblicke später wurde die Tür aufgerissen. Eine schlanke dunkelhaarige Frau Anfang dreißig stand im Hausflur und kaute auf einem Kaugummi.

»Frau Amoneit?« fragte Anklam.

»Nee, ich bin die Azubi.« Die Frau kaute weiter auf dem Kaugummi, reckte den Kopf und schaute an Anklam vorbei zu den vier uniformierten Beamten, die auf dem Gehweg standen.

»Wir haben einen Durchsuchungsbeschluss für das Büro«, erklärte Anklam.

Die dunkelhaarige Frau trat einen Schritt beiseite. »Na, dann kommt mal rein«, sagte sie, ging zwei Schritte in den Flur und verschwand dann durch eine Glastür in das Maklerbüro.

Thomas folgte den Kriminalbeamten in das Büro und winkte die Streifenbeamten herein.

»Ist Herr Amoneit im Haus?« hörte Thomas Anklam fragen.

Die junge Frau hob die Schulter und verzog den Mund. »Der geistert bestimmt wieder durchs Haus.«

»Und Frau Amoneit?«

»Muss jeden Moment zurück sein. Sie bringt die Kinder zur Schule.«

»Wo ist das Büro von Herrn Amoneit?« fragte Quill und trat neben Anklam.

Die Frau beschrieb mit dem rechten Arm einen Bogen und zeigte nach links. »Den Flur entlang, dann stehen sie direkt vor der Tür.«

Thomas´ Blick wanderte durch den Raum. Zwei hellgraue Schreibtische mit einem winklig angebauten Computertisch, ein hellgrauer mit Türen verschlossener Aktenschrank, der eine ganze Wand füllte und ein runder Topf mit grünen Pflanzen in einer Ecke. Die Wände waren weiß gestrichen. Der Raum wirkte hell und freundlich.

»Was sucht ihr denn eigentlich?« fragte die Azubi.

Quill trat einen Schritt vor. »Herr Amoneit soll Schusswaffen in seinem Büro haben. Wissen sie etwas darüber?«

Die Frau hob die Hand. »Ach die. Die sind hinten im Büro vom Chef. Kommen Sie, ich zeig Ihnen wo.« Mit forschem Schritt rauschte sie aus dem Büro. Quill und sein Kollege Brambach folgen ihr.

»Wir machen uns dann auch mal an die Arbeit«, schlug Schlöder vor und teilte die Streifenbeamten ein. »Die Buchhaltungsordner und die Ordner mit den Kontoauszügen könnt ihr gleich in euren Wagen bringen.«

Während Anklam sich die Schreibtische vornahm, ging Schlöder weiter in das Besprechungszimmer und öffnete den hüfthohen Aktenschrank. Er nahm die Ordner heraus und stapelte sie auf dem runden Tisch in der Mitte des Raumes.

Thomas ging durch die Verbindungstür in einen schmalen dunklen Flur, an einem Bad vorbei und gelangte dann wieder ins Treppenhaus. Die Tür am Ende des Ganges neben der Treppe stand auf. Als Thomas den Raum erreicht hatte, blieb er unter dem Türrahmen stehen und blickte sich um. Auf dem Schreibtisch lagen zwei Gewehre und zwei Pistolen.

Quill drehte sich um, als er Thomas bemerkt hatte. »Ein Luftgewehr und eine billige Jagdwaffe. Die beiden Pistolen stammen aus Armeebeständen.« Der Hauptkommissar legte die Stirn in Falten. »Bin gespannt, wo er die her hat.«

»Das geht euch einen Scheißdreck an«, rief jemand hinter Thomas Rücken. Ehe er sich umdrehen konnte, wurde er schon zur Seite gestoßen. »Nehmt die Finger von den Waffen.«

Thomas ging in die Knie, konnte sich aber gerade noch an der Wand neben der Tür abfangen. Während er sich mit dem Rücken an der Wand wieder aufrichtete, sah er in ein gähnend dunkles Loch, wo die Treppe in den Keller führte.

Er drehte sich wieder in die Tür. Klaus Amoneit stürzte auf den Schreibtisch zu und griff nach den Waffen. Brambach bekam den Makler an den Schultern zu fassen und riss ihn zurück.

»Fass mich nicht an«, schrie Amoneit und riss seine Schultern hin und her, um sich aus Brambachs Griff zu befreien.

Der Kommissar bekam Amoneits Arm zu greifen und drehte ihn auf den Rücken.

»Lass mich los, du Arsch,« schrie Amoneit und krümmte sich vor Schmerz.

Schritte hallten auf dem Steinboden im Treppenhaus. Zwei uniformierte Beamte kamen im Laufschritt auf Melzer zu. Thomas hob die Hand und hielt sie zurück. Hinten in der Ecke stand die Azubi und kaute heftig auf ihrem Kaugummi.

Amoneits Widerstand schwand und er schaute aus den Augenwinkeln zu Thomas auf. Sein Haar war zerzaust und die Augen rot unterlaufen. Die Stoffhose war verknittert und das weiße kurzärmelige Hemd verschmutzt.

Amoneits Augen verengten sich zu Schlitzen. »Der Schwiegersohn von Heffner. Jetzt wird mir alles klar«, zischte er.

Thomas war Klaus und Marion Amoneit ein paar Mal auf Geburtstagsfeiern seines Schwiegervaters begegnet. Der Makler konnte eine ganze Gesellschaft mit seinen Scherzen unterhalten. Jetzt stand da ein ganz anderer Mann vor ihm. Nicht der lebenslustige und liebenswürdige Mensch, den er kannte. Mit wutverzehrtem Gesicht und stechenden Augen versuchte sich der Makler aus dem Griff von Brambach zu befreien.

Mit lautem Knall flog die Haustür ins Schloss. Thomas drehte sich um. Marion Amoneit eilte den Flur entlang auf ihn zu. »Was geht hier vor?« rief sie schon von weitem.

Aus den Augenwinkeln sah er, wie sich die Azubi langsam an der Wand entlang auf die Tür zubewegte. Gerade als sie die letzten Schritte an Amoneit vorbei machen wollte, trat der Makler mit dem Fuß zu und traf die Frau am Schienbein.

»Verschwinde du Schlampe«, schrie er.

Laut aufschreiend hüpfte sie durch die Türöffnung in die Arme von Marion Amoneit.

Brambach hatte Amoneits Arm weiter hochgerissen und zwang den Makler auf die Knie.

Marion Amoneit legte den Arm um die Schulter der jungen Frau, blickte in den Raum und sah dann zu Thomas. »Was geht hier vor? Was machen Sie hier?« fragte sie Melzer.

»Wir haben einen Durchsuchungsbeschluss für Ihr Büro und Ihre Wohnung«, klärte er die Maklerin auf. »Ihr Mann hat sich der Durchsuchung widersetzt und ist handgreiflich geworden.«

Klaus Amoneit rappelte sich wieder auf die Füße und richtete sich auf. Abgrundtiefer Hass funkelte in seinen Augen. »Du und dein Liebhaber stecken dahinter«, zischte er mit sich fast überschlagender

Stimme. »Ihr habt mir die Polizei auf den Hals gehetzt.« Speichel bildete sich zwischen seinen Lippen. »Jetzt schickt der Heffner schon seinen Schwiegersohn um mich aus dem Weg zu räumen«, schrie er und zog wütend an seinem auf den Rücken gebogenen Arm. »Damit ihr ungestört vögeln könnt.« Er zerrte noch heftiger und trat mit den Füßen um sich.

Thomas winkte die beiden Streifenbeamten herbei. »Bringt ihn auf die Dienststelle. Das macht doch keinen Sinn mehr.«

Die beiden Beamten drängten sich an Thomas vorbei in den Raum, drehten Amoneit auch den anderen Arm nach hinten und legten ihm Handschellen an.

»Ihr Schweine. Lasst mich los«, brüllte Amoneit, als die beiden Beamten ihn zur Haustür zerrten. »Nehmt eure dreckigen Pfoten von mir.« Dann knallte die Haustür hinter ihnen ins Schloss.

»Wir gehen ins Besprechungszimmer«, sagte Marion Amoneit zu Thomas. »Herr Melzer, können Sie mir das alles bitte erklären?«

Thomas nickte. »Ich komme gleich zu Ihnen.«

Als Marion Amoneit und die humpelnde Azubi sich entfernten, ging Thomas zum Schreibtisch, auf dem immer noch die Waffen lagen.

»Mein Gott, ist das ein Früchtchen«, sagte Quill und atmete tief durch. Nachdenklich sah er auf die Waffen. »Im Stillen hatte ich ja auf was anderes gehofft«, seufzte er.

Thomas musterte Quill eine Weile. »Sie hatten gehofft, die Waffe zu finden, mit der Meisner ermordet wurde.«

Quill nickte. »Aber mit diesen hier?« Er zeigte auf die Waffen und schüttelte den Kopf.

Thomas sah die Enttäuschung in Quills Gesicht. »Wir sind ja noch nicht durch. Vielleicht finden wir ja in den restlichen Räumen oder der Wohnung noch was.«

Er verließ Amoneits Büro und ging zurück in den Besprechungsraum. Marion Amoneit und die Azubi saßen am runden Tisch vor einer dampfenden Tasse Kaffee und rauchten eine Zigarette.

»Möchten Sie auch einen Kaffee«, fragte Marion Amoneit und sah Thomas aus verheulten Augen an.

Der Duft, der ihm in die Nase stieg, war verführerisch, aber Thomas lehnte dankend ab. Er zog einen Stuhl vor und setzte sich. Der hüfthohe Aktenschrank war wieder mit den Aktenordnern gefüllt. Nebenan im Maklerbüro baute Schlöder gerade den PC ab.

»Müssen Sie den auch mitnehmen?«, fragte Marion Amoneit. »Wie sollen wir denn ohne PC arbeiten.«

»Wir beeilen uns«, tröstete Melzer die beiden Frauen. »Anfang nächster Woche haben sie die beiden PC wieder zurück.«

Die blonde Maklerin hielt die Tasse in beiden Händen und schlürfte an dem heißen Getränk. »Was werfen Sie meinem Mann denn vor?«

Thomas legte die Arme auf den Tisch und zog den Sakkoärmel vor. »Wir sind heute mit Ermittlern zweier Dezernate hier. Einmal geht es um unerlaubten Waffenbesitz.«

»Sei doch froh, dass die Schießeisen endlich weg sind«, sagte die Azubi zu Marion Amonweirt und rieb sich das lädierte Schienbein.

»Und meine Leute sind hier wegen Beihilfe zur Vorteilsnahme und Steuerhinterziehung.«

Marion Amoneit sah ihn ungläubig an. »Beihilfe zur Vorteilsnahme? Steuerhinterziehung?« Sie schüttelte den Kopf. »Wie kommen Sie denn darauf. Wer behauptet so etwas?«

Thomas hob die Brauen. »Ihr Mann hat dem Leiter des Stadtplanungsamtes Bauwillige zugeführt und dafür von Friedrich von Stetten Geld bekommen. Das ist Beihilfe zur Vorteilsnahme im Amt.«

»Aber das war doch nur Kleingeld«, entrüstete sich die Maklerin.

Thomas schüttelte den Kopf. »Nach unseren Ermittlungen hat Ihr Mann in den letzten fünf Jahren rund zweihunderttausend Euro von Friedrich von Stetten erhalten. Diese Barbeträge wurden dem Finanzamt nicht angegeben. Das ist Steuerhinterziehung.«

Marion Amoneit ließ sich zurück in den Stuhl fallen und der Kaffee schwappte über. Hastig wischte sie sich über ihre blaue Bluse. »Klaus hat immer nur von dreihundert bis fünfhundert Euro gesprochen. Damit konnten wir gerade mal unseren Kühlschrank auffüllen.«

»Wenn Sie da jeweils eine Null dranhängen, dann stimmen die Beträge«, antwortete Thomas und lehnte sich zurück. »Ich muss Sie jetzt aber darauf hinweisen, dass Sie die Aussage verweigern können.«

»Warum?« fragte die Maklerin und legte die Stirn in Falten.

»Weil Sie gegen Ihren Mann nicht auszusagen brauchen.« Thomas hob die Brauen und nickte. »Und wenn Sie an den Geschäften beteiligt waren, dann können Sie die Aussage verweigern um sich nicht selbst zu belasten. Dann sollten Sie einen Anwalt bei der Befragung hinzuziehen.«

Sie hob entrüstet beide Hände. »Ich habe nie mit diesem von Stetten gesprochen. Klaus hat mich da völlig rausgehalten.« Tränen schossen ihr in die Augen. Sie wandte sich ab und sah zu der Azubi. »Was hat der Kerl mit dem ganzen Geld gemacht? Mir hat er ganz großzügig immer nur hundert oder zweihundert Euro davon abgegeben.«

Thomas stand auf. »Wir werden Sie noch mal auf der Dienststelle dazu befragen müssen.« In der Tür zum Maklerbüro blieb er stehen. »Aber wie schon gesagt. Sie sollten einen Anwalt konsultieren.«

Thomas schloss die Tür und sah zu Schlöder und Anklam, die um einen der beiden leergeräumten Schreibtische saßen.

»Wir sind fertig«, erklärte Anklam und verschränkte die Arme vor der Brust.

»Wo ist Quill?« fragte Thomas.

»Der kramt irgendwo im Keller herum.«

»Dann sollten wir ihm helfen«, erklärte Thomas und machte sich auf den Weg zur Tür. »Kommt schon«, forderte er die beiden Ermittler auf. »Desto schneller sind wir hier wieder weg.«

Als er die steile Treppe hinunter ging, stieg ihm der modrige Geruch feuchter Wände entgegen. Wenigstens war das Licht eingeschaltet und er musste nicht im Dunkeln herunter steigen. An den Steinen der Treppenhauswände waren noch Rückstände von Farbe zu sehen. Irgendwann waren sie mal gestrichen worden. Er folgte dem schmalen Gang und hörte Stimmen aus einem der Räume. Als er den Raum betrat, stand Quill vor ihm, die Hände in die Hüfte gestemmt und sah suchend durch den Raum.

»Habt ihr noch was gefunden?« fragte Thomas und sah sich um. Die Wände waren frisch gestrichen. An einer Wand stand ein altes Holzbett mit benutztem Bettzeug darauf. An einer Wand standen ein kleiner Tisch und zwei Stühle. Auf dem Tisch lag ein angeschnittenes Brot, ein kleiner Teller mit Butter darauf, ein paar Scheiben Wurst und ein Stück Käse, ein Plastikbrett, ein benutztes Brotaufstrich Messer und eine Gabel.

»Wir haben den gesamten Keller durchsucht«, schüttelte Quill den Kopf.

Thomas Blick wanderte zu einer Tür, die sich diagonal von ihm in der anderen Ecke des Raumes befand. Sie führte über eine Betontreppe in den Hof hinter dem Haus. Durch die offenstehende Tür drang Tageslicht herein und fiel auf eine Kommode neben der Tür, auf der einer der uniformierten Beamten saß.

Thomas durchquerte den Raum und blieb vor der Kommode aus Buchenholz stehen. »Was ist da drin?« fragte er.

Quill winkte ab. »Socken, Unterhosen, verwaschene T-Shirts, und eine alte Jeans.«

Thomas zog am Griff einer Schublade. Der Beamte rutschte von der Kommode und kippte dabei die Kommode nach vorn. Thomas Blick fiel hinter das Möbelstück, dann schlug die Kommode wieder zurück gegen die Wand. Irgendetwas war ihm aufgefallen, als sein Blick kurz auf die Wand hinter der Kommode fiel. Ein länglicher, bräunlicher Streifen schien dort gewesen zu sein.

»Ziehen Sie die Kommode mal von der Wand«, bat er den Beamten.

»Haben Sie da etwas gesehen?« fragte Brambach und kam dem Streifenbeamten zu Hilfe. Gemeinsam mit dem Streifenbeamten zog Brambach die Kommode von der Wand.

»Da ist ein Holzbrett an der Wand«, sagte Brambach und beugte sich über die Kommode. Brambach ging einen Schritt zur Seite und der Streifenbeamte zog die Kommode mit einem quietschenden Geräusch über dem Betonboden.

Thomas rutschte zwischen Kommode und Wand und klopfte gegen die dünne Sperrholzplatte. »Klingt Hohl.« Er versuchte das Brett an der oberen Kante von der Wand zu ziehen, aber die Nägel hielten es fest.

»Lassen Sie mich mal versuchen«, bat der Streifenbeamte. Er hatte sich die Gabel vom Tisch geholt und schob jetzt den flachen Griff der Gabel hinter das Brett. Langsam lösten sich die Nägel aus dem Stein.

Quill trat an die Kommode und blickte angespannt auf das Sperrholzbrett.

Endlich hatte der Beamte alle Nägel gelöst und zog das Brett mit einem Ruck von der Wand. Ein länglicher Schlitz war aus der Wand gebrochen. In der entstandenen Nische lag ein langer Gegenstand, der in einem Wolltuch eingewickelt war. Vorsichtig nahm der Beamte den Gegenstand heraus und legte ihn auf die Kommode. Quill griff sofort danach und schlug das Wolltuch auf.

Ein vom Öl glänzendes Gewehr mit Zielfernrohr lag vor ihnen.

Kapitel 36

Ein milchiges Licht quälte sich zwischen den alten Bäumen, als Wolfgang Zander aus der Einfahrt vor seinem Haus auf die Scherlebecker Straße in südlicher Richtung fuhr. Wenig später bog er in die Elper Straße, folgte ihr bis zum Ende und bog dann auf die Bundesstraße 225 in Richtung Recklinghausen.

Nach dem Frühstück hatte er seine Sekretärin angerufen. Außer Franz Büttner hatte niemand angerufen. Der Polier wollte ihn dringend sprechen. Zander hatte heute Vormittag keine Termine und wollte sowieso zur Baustelle des Kaufmarkts fahren. Franz Büttner arbeitete an dem zweiten Bauabschnitt, ein mehrgeschossiges Bürogebäude gegenüber dem Kaufmarkt.

Klaus Amoneit hatte ihn damals auf das Grundstück hingewiesen, auf dem früher ein Autohaus stand, dass in die Insolvenz geraten war. Zander hatte die Verhandlungen mit dem Insolvenzverwalter selber geführt und sie zum Abschluss gebracht. Klaus Amoneit hatte für den Hinweis auf das Grundstück ein horrendes Honorar gefordert. Amoneit war ständig in Geldschwierigkeiten. Zander wusste das und hatte ihm einen deutlich kleineren Betrag geboten. Amoneit war wütend gewesen, wollte klagen. Aber schließlich hatte er in Anbetracht eines langen Klageweges das deutlich niedrigere, dafür aber schnellere Geld angenommen. Amoneits Wut war schnell verraucht. Ein paar Wochen später hatte er schon wieder für Zander gearbeitet.

Als er sich der Kreuzung Westring näherte, sprang die Ampel auf Rot. Sein Blick wanderte zum Knappschaftskrankenhaus auf der gegenüberliegenden Straßenseite. Ungeduldig trommelte er mit den Fingern auf das Lenkrad. Heffner hatte nach dem Überfall dort im Krankenhaus gelegen. Zanders Atem ging schneller, wenn er an den alten Architekten dachte, der ihn und seine Bauvorhaben höflich abgelehnt hatte. Zander hatte das als Zurückweisung empfunden, hatte das Heffner übel genommen. Und jetzt funkte Heffner ihm wieder dazwischen. Hatte die Baukoordination des Einkaufscenters des Baron von Mühlen übernommen. Wenn jemand das Objekt termingerecht fertigstellen konnte, dann Heffner. Zander hatte Heffners Heizungs- und Elektrofirma mit dem Großauftrag für den Kaufmarkt gelockt und durch eine Vertragsstrafe in den Verträgen zur sofortigen Aufnahme der Arbeiten gezwungen. Aber Heffner hatte sofort reagiert, und durch die Beauftragung von Nachfolgefirmen die Arbeiten ohne größeren Zeitverlust weiterführen können. Auch der Überfall hatte Heffner nur ein paar Tage außer Gefecht gesetzt. Der Mann war wie ein Stehaufmännchen, war einfach nicht klein zu kriegen. Aber Zander hatte noch ein paar Trümpfe in der Hand, die er für die Übernahme des Einkaufscenters von Holger von Mühlen einsetzen konnte.

Die Ampel sprang endlich auf Grün. Zander bog auf den Westring und folgte der Straße in südlicher Richtung.

Die Verhaftung von Renate Schüler machte ihm zu schaffen. Er hatte sie jetzt seit ein paar Wochen nicht mehr gesehen und er spürte, wie sein Verlangen nach der Frau nachgelassen hatte. Aber sie war bei seinen Anrufen so abweisend gewesen. Würde die Polizei sie zum Reden bringen? Würde sie ihn mit reinziehen? Eigentlich konnte die Polizei ihm nichts nachweisen. Vielleicht seine Sexaffäre mit ihr. Aber das musste zwangsläufig ja nicht bedeuten, dass Renate ihm Vorteile verschafft hatte.

Zander hatte die Baustelle erreicht. Er fuhr an den Bau des Kaufmarktes vorbei. Die Fenster waren eingebaut und das Dach gedeckt. Im Inneren des Gebäudes arbeiteten jetzt die Installateure. Ein Stück weiter an der Straße am rückwärtigen Teil des Grundstückes stellte er den Mercedes vor der Baustelle ab. Die Wände des Erdgeschoss waren hochgemauert und die Maurer schalten die Decke ein.

Zander ging in die Baustelle und sah sich um. Im hinteren Teil des Rohbaus sah er Franz Büttner, der lautstark Anweisungen erteilte. Als der Polier ihn sah, warf er einem Einschaler noch ein paar Worte zu. Mit herabhängenden Schultern unter dem weißen Helm, den Kopf geneigt, schlurfte er langsam auf ihn zu. Die harte Arbeit auf dem Bau in den vielen Jahren, die Franz Büttner nun schon für das Bauunternehmen Schnieders arbeitete, waren nicht spurlos an dem Polier vorüber gegangen.

Eigentlich hätte Zander auch einen Helm tragen müssen, wenn er die Baustelle betrat. Aber er hasste Helme. Seit er damals das Bauunternehmen von seinem Schwiegervater übernommen hatte, hatte er nie wieder einen Helm getragen. Damals waren er und Büttner noch Arbeitskollegen gewesen. Büttner war mit seiner Arbeit als Polier zufrieden, aber Zander hatte mehr gewollt. Er hatte das Bauunternehmen mit starken Ellbogen groß gemacht und dann als Investor selbst Großbauvorhaben erstellt und vermietet.

Zander betrachtete den auf ihn zukommenden schmächtigen Polier in seiner schmutzigen Arbeitskleidung und den derben Schuhen. Franz Büttner und Herbert Kortkamp waren als Nachbarjungen aufgewachsen und befreundet gewesen. Zander hatte damals Herbert Kortkamp über Büttner kennengelernt. Die drei hatten oft zusammen Skat gespielt. Als Büttner dann als erster der drei heiratete und sein Sohn Bernd geboren wurde, hatte Kortkamp die Patenschaft des Jungen übernommen. Während Kortkamp bei der Sparkasse immer weiter aufstieg und Zander das Bauunternehmen übernahm, war Büttner seinem Beruf als Maurerpolier treu geblieben.

»Franz, du wolltest mich sprechen?« begrüßte er Büttner und gab ihm die Hand. Er spürte die schwieligen, von der Arbeit gezeichneten Hände, als Büttner seine ausgestreckte Hand er griff.

»Es geht um Bernd«, erklärte Büttner und trat von einem Fuß auf den anderen.

Zander warf ihm einen musternden Blick zu. »Was ist mit ihm?«

Zander kannte Büttners Sohn von Kindesbeinen an. Aus der Zeit, als beide noch als Poliere gearbeitet hatten. Büttners Sohn war Zeitsoldat bei der Bundeswehr gewesen. Als er aus dem Balkankrieg zurückgekehrt war, war er völlig verändert gewesen. Er war verschlossen, redete kaum noch und musste wegen Wahnvorstellungen psychiatrisch behandelt werden. Posttraumatische Belastungsstörungen hatten die Psychiater diagnostiziert. Er war aus der Bundeswehr entlassen worden und stand ohne Arbeit da. Zander hatte ihm dann den Job als Bauhelfer gegeben und in die Baukolonne seines Vaters gesteckt.

»Ich hatte mir schon Sorgen gemacht, weil der Junge zwei Tage nicht zur Arbeit erschienen ist. Ans Handy ist er auch nicht gegangen.« Büttner senkte den Kopf und trat wieder von einem Bein aufs andere. »Heute Morgen hat er mich angerufen. Er ist verhaftet worden.«

Zander seufzte und strich sich über sein zurückgekämmtes Haar. »Was hat er denn wieder angestellt.«

Büttner schaute kurz auf, wandte sich dann wieder ab. »Er hat auf Georg Heffner eingeprügelt.«

Zander legte die Stirn in Falten und kniff die Augen zusammen. »Er hat auf Heffner eingeschlagen?« Er sog die Luft durch die Nase ein. »Warum?«

»Er sagt, Heffner hätte ihn provoziert«, antwortete Büttner.

Zander schüttelte den Kopf. Georg Heffner? Der so nüchterne und sachliche Architekt? »Und deshalb wolltest du mich sprechen?«

Büttner spannte die Schultern und schaute nun auf. »Der Junge braucht jetzt einen Anwalt. Du kennst dich doch damit aus.«

*

Thomas Melzer sah den beiden Beamten zu, wie sie die bereits gesichteten Ordner in Kartons verpackten und in den Nebenraum brachten. Er war immer noch etwas benommen vom Auftritt von Klaus Amoneit. Der Makler gehörte in psychiatrische Behandlung. In die geschlossene Abteilung. Amoneit stellte eine Gefahr für andere dar. Da bestand für ihn kein Zweifel.

»Die restlichen Ordner nehmt ihr zu euch rüber und schaut sie noch durch, bevor sie zurück ins Rathaus gehen«, wies Schlöder die beiden Beamten an, die Thomas Melzer ihm zugewiesen hatte.

Anklam kam ins Büro und warf die Tür hinter sich ins Schloss. »So, die Waffen sind bei der KTU. Quill vernimmt gerade Amoneit.«

Das Kaliber des im Keller gefundenen Zielfernrohrgewehrs passte mit dem überein, mit dem Meisner ermordet worden war. Das hatte Quill jedenfalls schon feststellen können. Hatte Klaus Amoneit etwas mit dem Mord an Meisner zu tun? Aber welches Motiv konnte er haben? Melzer verwarf den Gedanken gleich wieder.

Und Büttner? Er hätte das Gewehr bei Klaus Amoneit deponieren können. War Büttner in dem Kellerraum, in dem sie das Gewehr gefunden hatten, untergeschlüpft? Oder hatte Amoneit in seiner Angst vor Mikrowellenbestrahlung den Raum als Schutzkeller benutzt? Melzer schüttelte die Gedanken ab. Es gab im Moment so viele Dinge, die bearbeitet werden mussten.

»Gehen wir rüber ins Besprechungszimmer.« Melzer deutete mit der Hand in den Raum. »Hier haben wir weder Platz noch Ruhe.«

Als sie sich im Besprechungsraum niedergelassen hatten, zog Melzer eine Handakte aus der Aktentasche und legte sie auf den Tisch. Die Tür schwang auf und Quill kam herein.

Anklam sah auf. »Was ist mit dem Idioten?«

»Amoneit?« fragte Quill und setzte sich dazu. »Der ist wieder in der Zelle. Der soll sich erst mal beruhigen.« Er sah auf die Uhr. »Um eins habe ich den Haftprüfungstermin mit Büttner. Ich wollte vorher noch kurz bei euch reinschauen.«

»Und wie sieht´s aus?« fragte Melzer.

Quill hob die Schulter. »Die Tat streitet er ja nicht ab. Wir haben zwei glaubwürdige Tatzeugen und Büttners Motiv ist ja geradezu hanebüchen.«

Melzer wollte gerade etwas erwidern, da wurde die Tür geöffnet. Brambach steckte den Kopf herein. »Reiner, der Anwalt von Büttner ist da.«

Quill erhob sich. »Entschuldigt mich«, sagte er in die Runde. »Wen hat er denn als Anwalt?« fragte er Brambach und ging zur Tür.

»Frederik Bischoff«, erklärte Brambach und schloss die Tür hinter seinem Chef.

Melzer runzelte die Stirn und kratzte sich nachdenklich am Kinn. Wie konnte Büttner sich einen Anwalt wie Bischoff leisten?

»Arbeitet der Bischoff jetzt schon pro bono?« fragte Anklam, als würde er Thomas Gedanken erraten zu haben. »Der Anwalt scheint ja ein Abo auf unsere Tatverdächtigen zu haben.«

Das war wirklich ungewöhnlich, dachte Melzer. »Machen wir weiter«, wandte er sich an Schlöder. »Fasse doch noch mal kurz zusammen, was du gestern in Düsseldorf ermittelt hast.« Melzer hatte sich am Morgen direkt vor Amoneits Büro mit den beiden Hauptkommissaren getroffen und noch keine Gelegenheit gehabt, ausführlich mit Schlöder zu sprechen. Auch Anklam war von Schlöder nur kurz informiert worden.

Schlöder schlug den Pappdeckel der Handakte auf. »Beim Juwelier Brüggemann in der Kö-Passage bin ich fündig geworden. Seine Frau hat den Schmuck entworfen und angefertigt.« Er zog ein paar Fotos und Kopien von Skizzen heraus und legte sie auf den Tisch. »Brüggemann hat dann die Zertifikate und die Verkaufsbelege herausgesucht.«

Ein zufriedenes Lächeln huschte über Schlöders Gesicht. »Alle Schmuckstücke wurden von Wolfgang Zander gekauft und mit seiner Kreditkarte bezahlt.«

*

Georg Heffner stieg aus dem Audi und ging durch die Durchfahrt des ehemaligen Stallgebäudes hinter das Ladenlokal von LEDO. Er hatte überlegt, sich von Neuhaus abholen zu lassen. Die Prellung im Knie war zurückgegangen und behinderte ihn kaum noch. Die Stiche in der Rippengegend meldeten sich nur bei hastigen und ungewohnten Drehungen. Der dumpfe Schmerz in seinem Kopf war erträglich und verlor sich, wenn er nicht ständig daran dachte. Er hasste es, abhängig zu sein. Und jemanden um einen Gefallen zu bitten, war ihm schon immer schwer gefallen. Er hatte sich in seinen Wagen gesetzt und war zur Baustelle gefahren.

Ein Bagger kofferte den Mutterboden aus und verlud den Boden auf einen LKW. Das Anwesen Holger von Mühlens wurde von zwei Straßen begrenzt. Die Grundstücksfläche hinter dem Laden endete direkt an der Hauptstraße, von der der Parkplatz angefahren werden sollte. Ein Radlager stapelte die Paletten mit dem Betonsteinpflaster in eine Ecke, um Platz für den Bagger zu schaffen. Neuhaus hatte die Tiefbaufirma mit den Arbeiten beauftragt. Der junge Architekt hatte mitgedacht. Die Außenarbeiteten behinderten die Innenarbeiten nicht. Und das trockene Wetter rechtfertigte zusätzlich die Arbeiten.

Zufrieden ging Georg durch den Parkplatzeingang in das Ladenlokal. Sechs Installateure der Firma von Neuhaus′ Schwiegervater verlegten Leitungen für die Heizungs-, Sanitär- und Klimaanlage. Nach dem Stand der Arbeiten lagen sie ein paar Tage hinter dem Bauzeitenplan. Georg sprach kurz mit dem Vorarbeiter. Der Chef hatte die Installateure auch für den Samstag eingeplant und in der nächsten Woche würden sie täglich ein paar Stunden länger arbeiten.

Georg ging weiter in den Lagerraum. Von hier gelangte man auch in den Kühl- und Tiefkühlraum. Zwei Elektriker waren dabei, Leitungen zu verlegen. Georg ging zu ihnen und stellte sich vor.

Ein Mann Mitte dreißig in blauer Arbeitskleidung steckte einen Schraubendreher in die Tasche auf dem Oberschenkel seiner Hose und kam zu ihm.

»Grabowski«, stellte er sich vor. »Schön, Sie einmal kennen zu lernen.« Er deutete auf die Wände des Tiefkühlraumes. »Wir haben hier angefangen, damit die Kühlhausfirma mit den Dämmarbeiten beginnen kann.«

Georg nickte. Ein zufriedenes Lächeln huschte über sein mit blauen und gelben Flecken gezeichnetes Gesicht. Der Mann dachte mit. Das fand man gerade bei den jüngeren Handwerkern nicht mehr oft.

»Mit wie vielen Leuten arbeiten Sie hier?« fragte Georg. Die Elektroarbeiten lagen nach seiner Einschätzung eine Woche hinter dem Zeitplan.

»Mit mir sind wir vier.« Grabowski hob die Schulter. »Mehr Leute habe ich nicht.«

Georg sah hinüber in den Lagerraum. Ein Elektriker stand auf einer Stehleiter und befestigte Leitungen an der Wand.

»Ralf Neuhaus hat mir gesagt, unter welchem Zeitdruck Sie stehen.« Er wartete, bis Georg ihn wieder ansah. »Wir machen schon Überstunden. Auch am Samstag werden wir arbeiten.«

Georg sah nachdenklich an ihm vorbei. Er durfte nicht noch weitere Zeit verlieren. Auch wenn sich Grabowski und seine Leute noch so anstrengen würden, den Rückstand würden sie nicht aufholen können.

»Ich habe mich schon nach einem weiteren Mitarbeiter umgeschaut«, erklärte der Elektromeister. »Aber gute Leute sich nur schwer zu kriegen.«

Georg wandte sich wieder Grabowski zu. Plötzlich machte es Klick in seinem Kopf. »Ich hätte da jemanden für Sie.«

Grabowskis Augen hellten sich auf. »Her damit. Wann kann er sich vorstellen?«

Georg überlegte kurz. »Sie sind den ganzen Tag an der Baustelle?«

»Bis in den Abend hinein«, nickte Grabowski.

»Herr Heffner?« schallte es aus dem Ladenlokal.

»Komme«, rief Georg zurück und verabschiedete sich von Grabowski.

Als er zurück in das Ladenlokal ging, sah er Armin Verch in der Nähe des Eingangs stehen, der sich musternd umsah.

Georg ging zu ihm und gab ihm die Hand. »Danke, dass Sie Zeit für mich haben.«

Der Expansionsleiter winkte ab. »Ich wollte mich sowieso mal umsehen.« Er ließ den Blick durch den Raum schweifen. »Ist noch viel zu tun.«

Georg nickte. »Ich krieg das schon hin. Wenn die Behinderungen nicht gewesen wären …« *Und wie geht es sonst so*, wollte Georg gerade fragen, ließ es dann aber.

Armin Verch würde ihm wieder eine seiner Geschichten über seine geheimen Missionen erzählen, die Georg schon so oft gehört hatte. Der Expansionsleiter brüstete sich gerne damit, dass er Oberstleutnant der Reserve bei der Bundeswehr wäre. Dabei war er nie bei der Bundeswehr gewesen. Das Auswärtige Amt würde ihn zu Verhandlungen in Krisengebiete schicken, um dort inhaftierte deutsche Staatsbürger aus den Gefängnissen zu holen. Es waren abenteuerliche Geschichten, die Armin Verch zu erzählen hatte. Georg hatte sich die Geschichten jedes

Mal geduldig angehört und seine Bewunderung für Verchs mutiges Auftraten ausgesprochen, obwohl alle aus dem Reich der Fabel kamen. Es war einfach eine Marotte des Expansionsleiters, die Georg akzeptierte.

In Geschäftsdingen, gerade bei der Expansion des Lebensmittelkonzerns, stand Verch seinen Mann. Er hatte ein untrügliches Gefühl für gute Standorte und kannte sich bestens in der Szene aus. Verch war aufrecht, ehrlich und fair. Sein Verhältnis zu Verch beruhte auf gegenseitiger Wertschätzung.

»Gehen wir ein paar Schritte,« bat Georg und trat mit Verch in den Innenhof zwischen den Gebäuden des alten Gutshofes. Nach der Kühle im fast fensterlosen Ladenlokal, empfand er die Wärme, die ihn nun umhüllte, als angenehm und wohltuend. Der Dunstschleier am Himmel drückte die Temperatur auf ein erträgliches Maß gegenüber der Hitze der letzten Tage.

»Sie sprachen von Behinderungen«, nahm Verch das Gespräch wieder auf, während sie hinüber zum Rohbau des Restaurants gingen.

»Zander hat mir ein paar Handwerksfirmen abgezogen, die hier eigentlich arbeiten sollten«, sagte Georg und warf Verch einen prüfenden Blick aus den Augenwinkeln zu.

»Zander«, nickte Verch. »Er hat uns einen Standort an der Scherlebecker Straße angeboten.« Verch sah im Gehen auf das Pflaster. »Ich bin schon lange auf der Suche nach einem Standort in dem Stadtteil.«

Georg dachte an das Gespräch zwischen seinem Schwiegersohn und Bürgermeister Steinmetz am Vorabend. »Guter Standort«, bestätigte Georg. »Aber ich würde in absehbarer Zeit keine allzu großen Hoffnungen darauf setzen.«

Verch sah auf. »Warum?«

Georg hob die Schulter. »In einer Woche werden Sie es selbst erfahren«, sagte er und dachte an die Ratssitzung. Bürgermeister

Steinmetz wird sicher Thomas´ Rat folgen und den Antrag auf Änderung des Bebauungsplans an der Scherlebecker Straße von der Tagesordnung der Ratssitzung streichen.

Verch bohrte nicht weiter nach. Sie gingen in den Rohbau des Restaurants. Das vom Dunst gefilterte Sonnenlicht fiel durch die schmalen Fenster des alten Gebäudes und malte milchige Rechtecke auf den Betonboden.

Verch sah sich eine Weile in dem schlauchartigen Raum um. Dann wandte er sich wieder Georg zu.

»Über firmeninterne Dinge darf ich eigentlich nicht reden«, begann er und ging ein paar Schritte weiter. »Aber was der Schwiegersohn vom alten Leonhard da treibt, gefällt mir gar nicht.«

Georg schloss zu Verch auf und blieb neben ihm stehen. »Wir kennen uns nun schon seit fünfundzwanzig Jahren.« Er schaute zu der zwei Stufen höher liegenden Empore, die sich an der hinteren Wand des Raumes entlang zog. »Ich kann mich noch gut daran erinnern, wie Sie in meinem Büro auf einer kleinen Reiseschreibmaschine den Mietvertrag unseres ersten gemeinsamen Objektes geschrieben haben.«

Verch nickte. »Ich weiß auch zu schätzen, dass Sie LEDO bei einigen schwierigen Baugenehmigungen hervorragende Dienste geleistet haben.«

Georg konnte sich gut daran erinnern. In einem Fall hatte ein Dortmunder Architekt durch sein überhebliches Auftreten und seine überzogenen Forderungen gegenüber dem Bauamt ein Objekt in den Sand gesetzt. An dem Standort in Gelsenkirchen hatte Armin Verch viele Jahre gearbeitet. Als er das Grundstück endlich für LEDO erwerben konnte, hatte die Stadt eine Veränderungssperre über den Bebauungsplan verhängt. Verch hatte damals Georg gebeten, sich darum zu kümmern. Und sechs Monate später hatte LEDO mit den Bauarbeiten beginnen können.

Verch trat von einem Bein aufs andere. Dann richtete er sich zur vollen Größe auf. »Nun gut. Zander hat den Schwiegersohn vom alten Leonhard vor seinen Karren gespannt.« Er holte tief Luft und wand sich. Dann sah er Georg wieder an. »Zander vermietet uns das Ladenlokal an der Scherlebecker Straße, wenn wir den Vertrag mit Holger von Mühlen kündigen.«

Georg runzelte die Stirn und warf Verch einen fragenden Blick zu.

Verch ging weiter, den Blick nach vorn gerichtet, eine Hand in der Hosentasche. Nach ein paar Schritten blieb er stehen und drehte sich um. »Zander glaubt, dass Holger von Mühlen nach der Kündigung durch uns das Einkaufscenter an ihn verkaufen muss. Danach würde er einen neuen Mietvertrag mit uns abschließen.«

Kapitel 37

Georg Heffner parkte den Audi vor einem alten Zechenhaus an der Hahnenbergstraße, in dem Helmut Wissing wohnte. Eine Weile blieb Georg noch im Wagen sitzen und schaute auf die vorspringende Fassade mit dem kleinen Zwerggiebel des Doppelhauses. Der Vorgarten war frisch gemäht und der Duft des geschnittenen Grases strömte zu ihm herüber. Der rotbraune Backstein war sandgestrahlt worden und glitzerte in der Sonne, die den Dunst nun vertrieben hatte.

Zander steckte dahinter. Wie er vermutet hatte.

Es war Armin Verch schwergefallen, darüber zu reden. Aber Georg wusste, dass Verch solche Geschäftsmethoden nicht mochte. Er hatte dem Expansionsleiter versprochen, dass er nichts darüber verlauten lassen würde, obwohl Verch ihn nicht darum gebeten hatte. Georg wollte nur wissen, wer ihn an der Fertigstellung des EKZ hinderte. Wenn man wusste, wer sein Gegner war, konnte man rechtzeitig reagieren.

Georg stieg aus und nahm die Blumen und die in einer schlanken Tüte mit blauen Bändern als Traggriff verstaute Cognacflasche vom Rücksitz. Er schlug die Tür zu, verriegelte den Wagen und sah sich noch einmal um. Er war in einer ähnlichen Zechensiedlung im Nachbarort aufgewachsen. Sofort überfiel ihn ein Gefühl der Wehmut. Damals in seiner Jugend hatte er mit den Nachbarjungen auf der Straße Fußball gespielt, oder Cowboy in den Verstecken der Gärten. Es gab keine Computerspiele, und den ersten Fernseher hatte sein Vater gekauft, als Georg zehn war. Es gab nur ein Programm, bis dann das ZDF dazukam. An den Samstagabenden hatte er sich schon auf das Ohnsorg Theater oder auf Millowitsch gefreut. Wie fröhlich und geborgen er sich damals gefühlt hatte. Auch die enge Nachbarschaft in der Bergbausiedlung hatte so etwas wie Zusammengehörigkeit erzeugt.

Man kannte sich, man half sich, und man feierte zusammen. Das Miteinander der Leute war verloren gegangen. Die Menschen hatten sich vor die Fernseher in ihre Wohnungen zurückgezogen, die Kneipen mussten schließen. Es war alles unpersönlicher geworden.

Er gab sich einen Ruck und klingelte an der Haustür. Die blonde zierliche Frau, die er in der Bäckerei mit ihrem Jungen gesehen hatte, öffnete die Tür.

»Heffner«, stellte er sich vor. »Ich hätte gerne Ihren Mann gesprochen.«

Die junge Frau beäugte ihn einen Moment, dann hellten sich ihre Augen auf. »Sie sind der Architekt, der hinter dem NETTO-Markt überfallen wurde.« Sie schob die Tür hinter sich auf. »Kommen Sie doch herein.«

Georg trat in eine helle Diele. Eine Garderobennische hinter der Haustür, gegenüber war eine Tür, die wohl ins Bad führte. Georg kannte den Grundriss noch von seinem Elternhaus. Rechts ging es in die Küche, von der man in das Wohnzimmer gelangte.

Georg folgte der Frau in die Wohnküche. Helle Küchenfronten mit buchenfarbigen Umrandungen und Griffen. In der Mitte ein Küchentisch, an dem Helmut Wissing und sein Sohn beim Mittagessen saßen.

Georg gab der Frau den Blumenstrauß, den er vorher im Blumenladen gekauft hatte. »Ich wollte mich noch Mal bei Ihnen und Ihrem Mann bedanken.«

Mit einem verlegenen Lächeln nahm sie Georg die Blumen ab und roch an einer der Rosen in dem bunten Strauß. »Das wär aber nicht nötig gewesen.« Sie holte eine Vase aus einem der Oberschränke, füllte sie mit Wasser an der Spüle und stellte die Blumen hinein.

Georg ging an den Tisch und gab Helmut Wissing die Geschenktüte mit dem Cognac. »Ich weiß nicht, ob Sie so was mögen.«

Helmut Wissing zog die Flasche ein Stück heraus. »So ein edles Tröpfchen.« Er sah zu Georg auf. »Danke.«

Georgs Blick fiel auf die Teller auf dem Tisch. Grüne Dicke Bohnen. Das Wasser lief ihm im Mund zusammen. Georgs Großmutter hatte ganz leckere Dicke Bohnen gekocht. Seit seiner Jugend hatte er keine so schmackhaften Dicke Bohnen mehr gegessen. Doris mochte sie nicht. Und in den wenigen Restaurants, die Dicke Bohnen auf der Speisekarte hatten, waren sie nicht so vorzüglich, wie seine Großmutter sie zubereitet hatte.

Sandra Wissing kam um den Tisch herum und blieb neben ihrem Stuhl stehen. »Setzen Sie sich doch«, bat sie. »Möchten Sie etwas mitessen?«

Georg starrte in die Schüssel in der Mitte des Tisches. Er zierte sich etwas, aber das Angebot war zu verlockend. »Aber nur eine kleine Portion«, bat er und setzte sich an den Tisch.

Sandra Wissing holte einen Teller aus dem Schrank hinter ihr. »Aber Mettwurst haben wir leider keine mehr.«

»Darf ich auch nicht«, wiegelte Georg ab. »Wegen meiner Diabetes.« Er sah zu, wie Sandra Wissing eine Portion Dicke Bohnen auflegte und ihm den Teller über den Tisch reichte.

»Hmm, die sehen ja köstlich aus«, strahlte Georg. »Seit meiner Jugend habe ich keine richtigen Dicke Bohnen mehr gegessen.«

»Ich bin fertig«, meldete sich der Junge zu Wort, der still und brav am Tisch gesessen und seine Bohnen gemümmelt hatte. »Darf ich ins Wohnzimmer?«

Sandra Wissing strich dem Jungen über das blonde Haar. »Heute ausnahmsweise mal.« Sie schaute den Kleinen hinterher wie er durch die offene Wohnzimmertür verschwand. »Wir haben ihm beigebracht, so lange am Tisch sitzen zu bleiben, bis alle fertig sind.«

Helmut Wissing aß das letzte Stück Mettwurst und schaute zu Georg. »Schmeckt´s?« fragte er und zeigte mit der Gabel auf Georgs Teller.

Georg schluckte die Bohnen herunter. »Vorzüglich. Wie bei meiner Großmutter.«

Wissing legte das Messer und die Gabel auf den Teller. »Hat der Typ gestanden?» fragte er Georg.

»Bei den Zeugen hatte er gar keine andere Wahl.« Georg nahm eine Gabel Dicke Bohnen mit der süßsauren Soße und führte sie zum Mund. »Er behauptet, ich hätte ihn beschimpft und angespuckt, deshalb hätte er mich geschlagen.«

»Das ist ja ungeheuerlich«, entrüstete sich Sandra Wissing.

Helmut Wissing schob den Teller von sich weg und legte seine kräftigen Arme auf den Tisch. »Ich hab erst zu Ihnen herübergeschaut, als Sie schon am Boden lagen.«

»Aber warum sollte Herr Heffner den Mann beschimpfen und anspucken«, erregte sich Sandra Wissing.

»Das glaub ich ja auch nicht«, pflichtete ihr Mann ihr bei. »Ich wollte doch nur sagen, dass ich nichts gesehen habe.«

Georg kratzte die Reste der Soße vom Teller und leckte die Gabel ab. »Wirklich vorzüglich«, nickte er Sandra Wissing zu. »Sie müssen mir unbedingt das Rezept aufschreiben.« Er lehnte sich zurück und sah zu Helmut Wissing. »Michaelis hat auch nichts von einem Streit gesehen. Da steht leider Aussage gegen Aussage.«

Wissing richtete sich auf. »Der Typ kommt damit doch wohl nicht durch?«

Georg hob die Schulter. »Ich bin noch wegen einer anderen Sache hier.« Er sah aus dem Küchenfenster in den Garten, der durch eine schmale Furche in der Mitte geteilt war. Rechts davon befand sich eine kleine Rasenfläche, die vorn Blumenbeeten umsäumt war. Rechts waren Beete mit Gemüse angelegt, das bald geerntet werden musste.

»Sie hatten mir erzählt, dass Sie Elektriker sind und Arbeit suchen«, wandte er sich wieder an Helmut Wissing.

Der kräftig gebaute Mann nickte mit dem schweren Kopf. »Ich habe schon zwanzig Bewerbungen rausgeschickt.«

»Haben Sie noch ein Exemplar?« fragte Georg.

Wissing hob die Schulter. »Ich bekomme sie ja alle mit den Absagen zurückgeschickt.«

»Haben Sie jetzt Zeit?« fragte Georg.

Wissing nickte. »Warum fragen Sie?«

»Dann holen Sie mal eine Bewerbungsunterlage. Wir fahren zu meiner Baustelle.«

*

Als Quill mit Brambach das Amtsgericht betrat, waren kaum noch Leute im Gebäude. Die meisten Verhandlungen waren beendet und die Anwälte und ihre Mandanten bereits auf dem Heimweg. Auf dem Flur vor dem Zimmer von Richter Beckmann wartete bereits Frederik Bischoff. Er nickte dem Anwalt zu und ging ein paar Schritte weiter.

Quill hatte Bischoff am Morgen einen Einblick in die Ermittlungen gegeben und dem Anwalt das Vernehmungszimmer zur Verfügung gestellt, damit Bischoff ungestört mit seinem Mandanten reden konnte.

Die Sachlage war klar. Büttner hatte Georg Heffner niedergeschlagen und getreten. Er war von den Zeugen identifiziert worden und leugnete die Tat auch nicht. Der Haftprüfungstermin wird sicher nur eine Formsache sein. Der zuständige Staatsanwalt sah das genauso. Quill hatte mit dem Mann schon in anderen Fällen zusammengearbeitet. Melzers Kollege war hart und unerbittlich, wenn es darum ging, Straftäter hinter Schloss und Riegel zu bringen.

Wenig später führten zwei Streifenbeamte Büttner zum Richterzimmer. Bischoff klopfte an die Tür und steckte den Kopf herein. Dann drehte er sich zurück und winkte Quill herbei.

Quill kannte das Zimmer von Richter Beckmann schon von früheren Haftprüfungsterminen. Richter Beckmann saß hinter seinem Schreibtisch aus Buchenholz. Ein Besprechungstisch stand rechtwinklig vor dem Schreibtisch, um den fünf Stühle mit schwarzem Kunstleder gruppiert waren. Rechts, direkt vor dem Schreibtisch hatte der Staatsanwalt Platz genommen. Quill setzte sich neben ihn, während Brambach sich an die Schmalseite des Tisches gegenüber dem Richter setzte. Gegenüber vom Staatsanwalt saß Bischoff, der zusah, wie die beiden Beamten Büttner die Handschellen abnahmen.

»Sie können jetzt draußen warten«, nickte Richter Beckmann den beiden Beamten zu.

Er wartete, bis sich die Tür hinter den beiden Beamten geschlossen hatte. »Herr Büttner«, wandte er sich an den Beschuldigten. »Ihnen wird vorgeworfen, Herrn Georg Heffner niedergeschlagen und auf ihn eingetreten zu haben. Beckmann kramte in den Papieren auf seinem Schreibtisch. »Zwei Zeugen können das bestätigen.« Der Richter sah wieder auf. »Wollen sie sich dazu äußern?«

Büttner rutschte auf dem Stuhl herum. Er wollte gerade zu einer Antwort ansetzen, als ihm Bischoff die Hand auf den Arm legte.

»Mein Mandant ist wegen seiner Kleidung von Georg Heffner als Rechtsradikaler und Neo-Nazi beschimpft worden. Er wurde aufs Übelste provoziert. Als mein Mandant Herrn Heffner aufgefordert hat, die Beschimpfungen zu unterlassen, wurde er von ihm angespuckt. Daraufhin hat er sich mit einem Faustschlag gewehrt.«

»Das sind doch bloße Schutzbehauptungen«, warf Quill ein. »Ich kenne Herrn Heffner als unbescholtenen und aufrichtigen Mann. Er würde niemals jemanden beschimpfen oder gar anspucken.«

Bischoff verzog den Mund zu einem aufgesetzten Lächeln. »Engagieren Sie sich deshalb so für den Fall, weil Heffner Ihnen ihr Haus gebaut hat?«

Quill presste die Lippen zusammen. »Ich gehe jeder Straftat mit dem gleichen Engagement nach«, ereiferte er sich.

»Schluss jetzt mit dem Geplänkel«, fuhr der Richter dazwischen. »Mir ist der Leumund von Georg Heffner sehr wohl bekannt.«

Quill schnaufte und lehnte sich zurück. Beckmann arbeitete neben seinem Richterberuf noch als Bauträger. Das heißt, offiziell lief die Firma unter dem Namen von Beckmanns Frau. Aber Quill hatte gehört, dass der Richter die meisten Verhandlungen mit Bauinteressenten selber führte. Die Einkünfte aus der Bauträgertätigkeit überstiegen bei weitem sein Gehalt als Richter. Beckmann besaß ein großes Einfamilienhaus und fuhr einen Mercedes, was ihm den Neid seiner Kollegen eingebracht hatte. In der Baubranche kannte man sich. Aber Quill glaubte nicht, dass Heffner jemals für den Richter gearbeitet hatte.

»Gibt es Zeugen dafür, dass Herr Heffner Sie beschimpft und bespuckt hat?« fragte der Richter Büttner.

Der hob nur die Schulter.

»Es gibt aber auch keine Zeugen, die das bestreiten können«, schaltete Bischoff sich ein.

Der Staatsanwalt räusperte sich. »Selbst wenn wir eine Provokation vom Opfer unterstellen würden, dann rechtfertigt das nicht diese hemmungslose Brutalität, mit der Herr Büttner auf das Opfer eingetreten hat.«

Richter Beckmann blätterte in seinen Unterlagen. »Hier habe ich´s ja.« Er zog ein Blatt heraus und las kurz darin. »Jochbeinbruch, zwei Rippen gebrochen, schwere Gehirnerschütterung und starke Prellungen im Gesicht, am Arm und am Knie«, entnahm er dem Bericht aus dem Krankenhaus.

Bischoff hob die Schulter. »Selbst der friedfertigste Mensch kann zum Schläger werden, wenn er in einen emotionalen Ausnahmezustand gerät, den er nicht mehr kontrollieren kann.«

Richter Beckmann kramte wieder in seinen Unterlagen. Dann sah er zu Bischoff. »Ihr Mandant ist schon früher wegen einiger Schlägereien auffällig geworden.«

»Das ist Jahre her«, entgegnete Bischoff.

»Büttner hat sich der Befragung widersetzt und ist geflohen«, warf Brambach ein. »Auf der Flucht hat er auf mich und die Streifenbeamten geschossen.«

»Mein Mandant ist in Panik geraten, als er die Polizei vor dem Wochenendhaus hat stehen sehen«, hielt Bischoff dagegen und beugte sich vor. Der Anwalt zog die Brauen hoch und nickte. »Er hat nicht auf Sie geschossen. Er hat nur einen Schuss in die Luft abgegeben, um die Beamten aufzuhalten und um sich einen Vorsprung zu verschaffen.«

Quill prustete los. »Wegen einer Befragung. Ihr Mandant wusste doch gar nicht, was wir von ihm wollten.«

»Ja eben«, hielt Bischoff lautstark dagegen. »Sie hätten ihn schriftlich vorladen können.«

Quill lehnte sich zurück und verdrehte die Augen. »Ich war an der Wohnung Ihres Mandanten. Seine Hauswirtin hat mir versichert, dass Herr Büttner schon einige Zeit nicht mehr in seiner Wohnung war. Er war auf der Flucht. Er wusste, dass man ihn bei der Tat gesehen hatte.«

Bischoff schüttelte den Kopf. »Herr Büttner hat sich im Wochenendhaus eines Freundes aufgehalten, um auszuspannen und in der Stever zu angeln.«

»Meine Herren«, unterbrach der Richter sie. »Kommen wir zum Ende.« Beckmann wandte sich an den Staatsanwalt. »Sie beantragen Untersuchungshaft?«

Der Staatsanwalt nickte.

Der Richter wandte sich Bischoff zu.

»Ich beantrage Entlassung aus der U-Haft«, erklärte Bischoff. »Mein Mandant handelte in Notwehr und streitet die Tat ja nicht ab. Er hat einen festen Wohnsitz und geht einer geregelten Arbeit nach. Es besteht weder Flucht- noch Verdunkelungsgefahr.«

Beckmann lehnte sich zurück und sah einen Moment zur Decke. Dann beugte er sich vor und raffte die Papiere vor sich zusammen. »Der Beschuldigte wird bis zur Verhandlung auf freien Fuß gesetzt.«

*

Der Dunst hatte sich im Laufe des Tages verzogen und der Himmel zeigte sich wieder in einem wolkenlosen Saphirblau. Die Sonne war ein gutes Stück nach Westen gewandert und verkroch sich hinter dem Giebel des Hauses.

Georg sah in das beruhigende Grün des Rasens, der von den roten, gelben und blauen Blüten im Blumenbeet umsäumt wurde. Langsam ließ die heftige Erregung nach, die er verspürt hatte, als Thomas ihm berichtet hatte, dass Bernd Büttner aus der Haft entlassen worden war.

»Wie kommt Büttner an einen Anwalt wie Bischoff«, fragte er seinen Schwiegersohn.

Thomas trank einen Schluck Bier, während er dabei nachdenklich in den Garten schaute. »Leisten kann er ihn sich nicht.«

»Bischoff lässt sich seine Dienste fürstlich bezahlen«, dachte Georg laut.

»Du kennst Bischoff?« fragte Thomas.

Georg nickte. »Zu der Zeit als ich mich selbständig gemacht habe, war Bischoff noch Partner von meinem Freund Uwe Gerber.« Ein müdes, ja fast gequältes Schmunzeln huschte über sein Gesicht. »Waren wilde Zeiten damals.« Er paffte an der Pfeife. »Bischoff drehte das Gesetz immer so, wie es ihm gerade passte und verstand, sich medienwirksam in Szene zu setzen. Gerber hatte sich dann von Bischoff getrennt.«

Georg mochte den narzisstischen Anwalt nicht. Und erst recht nicht den Abschaum, den Bischoff anwaltlich vertrat.

»Wisst ihr denn inzwischen mehr über das wahre Motiv von Büttner?« fragte Doris Thomas. Sie nahm eine Zigarette aus der Packung. Georg bemerkte das leichte Zittern ihrer Hand, als sie das Feuerzeug an die Lucky Strike hielt. Doris rauchte nur am Abend, und dann auch nur zwei oder drei Zigaretten. Sie nahm einen Zug und stieß den Rauch aus. »Ich meine, jetzt, wo er wieder auf freiem Fuß ist.«

Georg strich seiner Frau über den Arm. »Ich weiß, dass du dir Sorgen machst.« Er nippte nachdenklich an seinem Brunello. »Fassen wir doch mal die Fakten zusammen.«

Georg stellte das Glas ab und lehnte sich zurück. »Ich habe heute erfahren, dass Zander das Einkaufscenter boykottiert, um es in seinen Besitz zu bringen. Bei der Durchsetzung seiner Geschäfte kennt er keine Skrupel. Er hatte Ralf Neuhaus durch ein Darlehen in der Hand und hätte ihn dazu zwingen können, das EKZ nicht fristgerecht fertigzustellen. Dann kam ich ins Spiel und habe die Bauleitung übernommen. Er brauchte Neuhaus nicht mehr und hat ihm das Darlehen gekündigt. Mich hat man versucht, durch die Drohbriefe einzuschüchtern.«

Georg spürte die Trockenheit in seinem Mund. Er trank einen Schluck Wein und drehte das Glas in der Hand. »Mit dem Diebstahl des Notebooks hatte er alle Daten des EKZ in der Hand und konnte die am Bau tätigen Handwerker abwerben.«

Georg trank noch einen Schluck und stellte das Glas auf den Tisch. »Als ich sehr schnell darauf reagiert habe und Nachfolgeunternehmen mit den Arbeiten beauftragen konnte, hat Büttner mich überfallen.«

Er sog die frische Abendluft ein und spürte, wie der Sauerstoff in sein Gehirn strömte. »Und Büttner arbeitet in Zanders Bauunternehmen. Es passt alles zusammen.«

»Und jetzt ist der Mann wieder auf freien Fuß«, entrüstete sich Stephanie und warf ihrem Mann einen vorwurfsvollen Blick zu. »Was ist, wenn dieser Büttner es noch mal versucht?«

»Ich verstehe es ja auch nicht, dass der Richter ihn hat laufenlassen«, verteidigte sich Thomas. »Ich kann doch nur berichten, was mein Kollege mir gesagt hat.«

Doris zog hastig an der Zigarette. Eine lange Glut hatte sich gebildet. »Ich mache mir große Sorgen. Es ist schließlich schon genug passiert.« Sie wandte sich an Georg. »Du denkst ja wieder nur an Holger und sein Einkaufscenter«, warf sie Georg vor.

Georg nahm die Pfeife aus dem Mund und atmete tief aus. Er rieb sich mit den Fingern an der Stirn. Dann blickte er Doris lange an. »Zander hat mich herausgefordert. Ich werde diesem Mistkerl nicht klein beigeben«, antwortete er schroff.

»Dieser verfluchte Männerstolz. Denkst du überhaupt nicht an deine Familie?« giftete Doris ihn an.

»Wir haben heute Klaus Amoneits Büro durchsucht und ihn vorläufig festgenommen«, versuchte Thomas das Thema zu wechseln.

»Was hat der denn angestellt?« fragte Doris barsch. Georg hörte die Wut und Enttäuschung, die in ihrer Stimme mitklang.

Thomas trank einen kräftigen Schluck Bier. »Er hat Friedrich von Stetten die Bauherren zugeführt und dafür kräftig abkassiert. Das Schwarzgeld hat er natürlich nicht versteuert.«

»Dein Freund«, nickte Doris heftig mit dem Kopf. »Schiebt anderen Architekten die Aufträge zu.«

Georg winkte mit der Pfeife in der Hand ab. Ihm behagte das Gespräch nicht. Er fühlte sich wie auf einer Anklagebank. »Ich hatte immer reichlich zu tun.«

Doris drückte die Zigarette aus und nahm eine neue aus der Packung. »Darum geht es doch gar nicht. Als wahrer Freund hätte er dir diese Aufträge wenigstens anbieten müssen.«

Wortlos schüttelte Georg den Kopf und paffte an der Pfeife. Sie hatte ja Recht. Auch er war enttäuscht darüber. Er war verletzt, versuchte aber, es sich nicht anmerken zu lassen.

»Bei der Hausdurchsuchung haben wir auch die Waffen gefunden, von der dir Marion erzählt hat«, berichtete Thomas.

Georg spürte, dass Thomas die Spannung, die in der Runde lag, zu über-spielen versuchte.

»Im Keller haben wir in einer Wandnische noch ein Scharfschützengewehr gefunden.« Thomas lehnte sich zurück und sah Georg an. »Vorhin habe ich mit der KTU telefoniert. Mit diesem Gewehr wurde Detlef Meisner erschossen.«

*

Georgs Gedanken kreisten wie wild durch seinen Kopf. Trotz der noch recht warmen Abendluft fröstelte ihm. Er zog die Schultern an und drückte sich in den Gartenstuhl.

»Wir haben Amoneit noch nicht befragen können. Der Mann ist völlig ausgerastet und tobt nur herum«, hörte Georg Thomas Stimme wie durch einen Nebel. »Entweder hat er die Waffe nur für den Mörder versteckt, oder…?«

Georg schrak hoch. »Du glaubst, Klaus könnte Meisner erschossen haben?«

Thomas hob die Schulter. »Hatte er denn ein Motiv?«

Georg sah lange in den Garten. Baldacci lag im Rasen und kaute auf einem Holzstück herum, dass er wohl irgendwo gefunden hatte.

Klaus? Klaus Amoneit ein Mörder?

Seine Gedanken rasten wie ein Karussell in seinem Kopf.

»Wenn du etwas weißt, dann musst du es Thomas sagen«, redete Doris auf ihn ein und warf ihm einen prüfenden Blick zu. Sie zog an ihrer Zigarette und blies den Rauch an die Decke des Pavillons. »Lass dich jetzt nicht von falscher Freundschaft leiten.«

Das Karussell in Georgs Kopf wurde langsamer. Doris hatte Recht. Hier ging es um Mord. Er durfte keine Hinweise zurückhalten.

»Georg?« sagte Thomas und sah ihn fragend an.

Georgs Atem beruhigte sich und sein Körper entspannte sich wieder. Er nahm die Pfeife aus dem Mund und drückte den Stopfer in den Pfeifenkopf. Langsam kamen seine Worte und dann erzählte er, von Meisners unangekündigter Baukontrolle bei Amoneit am Morgen seiner Ermordung, von Meisners Androhung Amoneits Büroräume stillzulegen, dass Klaus ihn gebeten hatte, ihm zu helfen und dass Georg ihm hatte sagen müssen, dass er keine Möglichkeit gesehen hätte, Amoneit aus dem Dilemma zu helfen. Auch das Klaus Amoneit darüber aufgebracht und wütend war, dass Meisner ihm das Büro schließen wollte, ließ er nicht unerwähnt.

Thomas zog das Kinn hoch. »Das ist ein starkes Motiv. Wenn man seinen Wahn, seine Aggressivität und seinen labilen Geisteszustand berücksichtigt…«

»Vielleicht war es ja auch Amoneit, der dir in seiner krankhaften Eifersucht, diesen Büttner auf den Hals gehetzt hat«, warf Stephanie ein.

Georg nahm einen langen Zug an der Pfeife. Ausschließen konnte er das nicht. Ehe er etwas sagen konnte, klingelte es an der Haustür.

Doris ging ins Haus und führte wenige Augenblicke später Helmut und Sandra Wissing in den Garten.

Georg stand verwundert auf. »Was führt Sie denn zu mir?« fragte er. Er machte Helmut und Sandra Wissing mit Thomas und Stephanie bekannt und erwähnte dabei, dass Helmut Wissing ihn vor weiteren Tritten von Büttner beschützt hatte.

Doris ergriff mit beiden Händen die Hand von Helmut Wissing und schüttelte sie unter einer Tirade von Danksagungen. »Wir kennen uns ja schon aus meiner Praxis«, nickte sie Sandra Wissing zu. »Holst du bitte noch zwei Stühle aus der Garage«, bat sie Thomas.

Mit einem warmen Lächeln reichte Sandra Wissing Georg einen Zettel. »Das Rezept meiner Dicke Bohnen.«

Doris runzelte die Stirn und sah von Sandra Wissing zu Georg.

»Ich war heute Mittag bei Wissings um mich zu bedanken. Da musste ich unbedingt die herrlichen Dicke Bohnen von Frau Wissing probieren«, erklärte Georg und steckte den Zettel in die Hosentasche.

Doris schüttelte den Kopf. »Du und deine Dicke Bohnen.«

Thomas kam aus der Garage zurück und stellte die Stühle an den Tisch.

»Setzen Sie sich doch bitte«, bat Doris und bot den Beiden etwas zu trinken an.

Sandra Wissing zierte sich etwas, ließ sich dann aber von Georg zu einem Glas Brunello überreden. Helmut Wissing stand mehr auf Bier und während Thomas hinüber ging, um das Bier zu holen, holte Georg ein Weinglas aus dem Wohnzimmer.

»Ich wollte mich noch für den Job bedanken«, sagte Helmut Wissing, nachdem sie miteinander angestoßen hatten.

»War ein glücklicher Zufall«, wiegelte Georg ab. »Der Elektriker an meiner Baustelle suchte einen guten Mitarbeiter und Sie suchten einen Job.« Georg nickte Helmut Wissing mit einem Zwinkern zu. »Und wann fangen Sie an?«

»Morgen schon«, strahlte Wissing und trank einen kräftigen Schluck Bier.

»Das war sehr mutig von Ihrem Mann«, sagte Doris und drückte den Arm von Sandra Wissing. »Aber das sich mein Mann bei Ihnen durchgefuttert hat«, alberte Doris herum und warf Georg einen teils vorwurfsvollen, teils schalkhaften Blick zu.

»Wie sind Sie eigentlich hergekommen?« fragte Georg. Das Thema war ihm etwas peinlich.

»Wir haben uns den Wagen von unserem Nachbarn geliehen«, sagte Helmut Wissing. »Unseren Sohn haben wir als Pfand dagelassen«, fügte Wissing lachend hinzu.

Sandra Wissing gab ihrem Mann einen Klapps auf den Arm.

»Wir wollten Sie in Ihrer Abendruhe nicht stören«, erklärte Wissing. »Es hat uns keine Ruhe gelassen, was dieser Typ da behauptet hat. Von wegen Beschimpfung und anspucken und so.« Er sah zu seiner Frau. »Vielleicht erzählst du mal.«

Sandra Wissing nippte an ihrem Wein und stellte das Glas zurück. Sie räusperte sich. »Wir sind uns in der Bäckerei begegnet«, nickte sie Georg zu. »Ich bin dann mit meinem Sohn rüber zum ALDI, habe etwas eingekauft und habe die Prepaidkarte von meinem Handy aufgeladen.«

Sie trank hastig einen Schluck. »Dann bin ich rüber zum NETTO. Die hatten ein paar Sachen im Angebot. Als ich aus dem Laden kam, habe ich meinen Mann auf dem Parkplatz stehen sehen.« Sie verzog den Mund zu einem warmen Lächeln. »Als er da so stand mit der Zigarette in der Hand und so verträumt in der Gegend herumschaute, hab ich mein Handy herausgeholt und ihn gefilmt.« Sie hob die Schulter und lächelte verlegen. »Weiß auch nicht warum. Einfach so.«

»Wir wissen nicht, ob das wichtig ist«, schaltete Helmut Wissing sich ein. »Vielleicht schauen Sie sich das einfach mal an.«

Sandra Wissing holte das Handy aus der Tasche ihrer Jeansjacke und fuhr mit dem Finger über das Display.

Georg stand auf und ging um den Tisch herum. »Thomas kommst du auch«, bat er seinen Schwiegersohn. »Thomas ist Staatsanwalt«, erklärte Georg. »Er kann das besser beurteilen als ich.«

Sie beugten sich über die Schulter von Sandra Wissing, als sie die Videoaufzeichnung startete.

Helmut Wissing war zu sehen, wie er rauchend auf dem Parkplatz stand. Die Kamera näherte sich ihm. Weiter hinten und viel kleiner sah man, wie Georg hinter Wissing ins Bild kam und gemächlichen Schrittes auf seinen Wagen zuging. Dann kam Büttner ins Bild, der sich mit eiligen Schritten Georg näherte. Dann schlug Büttner von hinten zu und traf Georg am Kopf. Georg fiel auf die Knie und Büttner trat ihn in die Rippen. Dann war das Video zu Ende.

Kapitel 38

Das Parkhaus unter Zanders Bürogebäude war zu dieser frühen Morgenstunde noch fast leer. Thomas Melzer stellte den Wagen ab und stieg aus. Anklam parkte seinen Wagen neben dem von Melzer und kam zu ihm. Anklam hatte die beiden Beamten dabei, die Melzer seinen beiden Hauptkommissaren zur Sichtung der Akten zugeteilt hatte. Sie warteten, bis die letzten Streifenwagen eingetroffen waren und sich um Anklam gruppiert hatten.

Anklam wandte sich an einen der beiden Kriminalbeamten. »Du nimmst dir fünf Beamte und beschlagnahmst die PC´s und Akten in der Buchhaltung.« Er wandte sich an den zweiten Zivilbeamten. »Du gehst mit fünf Beamten in die Bauabteilung. Alle Akten der Bauvorhaben in Herten und die PC´s werden mitgenommen.«

Anklam wartete, bis sich die Gruppen gebildet hatten. »Ihr kommt mit mir in die Chefetage«, sagte er zu den restlichen vier Streifenbeamten.

Melzer sah auf die Uhr. Es war kurz nach acht. Das Büro hatte geöffnet. Er griff zum Handy und rief Schlöder an. »Wir gehen jetzt rein.« Er hatte Schlöder mit einem Trupp Streifenbeamten zu Zanders Villa geschickt. Schlöder war feinfühliger, nicht so grobklotzig wie Anklam. Schlöder würde mit Zanders Frau besser klar kommen.

Während die Streifenbeamten die Treppe nahmen, fuhr Melzer mit Anklam und den beiden Zivilbeamten im Aufzug hoch in die sechste Etage. Melzer folgte Anklam in den Empfangsraum und blieb in der Mitte stehen. Der weiße Marmor auf dem Boden und an den Wänden und ein eingelassenes blaues Z an der Wand hinter dem Empfangstresen fielen ihm ins Auge, als er sich umsah. Sein Blick wanderte wieder zu Anklam, der zu der jungen Frau an den Tresen trat.

»Wir haben einen Durchsuchungsbeschluss für das Büro«, sagte er und legte das Schreiben auf die Theke.

Die ersten Streifenbeamten kamen zur Tür herein.

»Wo ist die Buchhaltung?« fragte Anklam die verdutzt dreinschauende Frau.

»Ich verstehe nicht…«, sagte sie und sah aufgeregt zu den weiteren Beamten, die langsam den Empfangsraum füllten.

»Die Buchhaltung«, hakte Anklam noch mal nach.

»Der Chef ist noch nicht im Haus«, stammelte sie.

»Das ist ein richterlicher Beschluss,« sagte Anklam barsch und trommelte mit dem Finger auf das Schreiben. »Also, wo finden wir die Buchhaltung.«

Die Frau zeigte nach rechts auf einen Gang. »Dort.«

Anklam nickte seinem Kollegen zu, der mit fünf Streifenbeamten in dem Gang verschwand. Dann wandte er sich wieder an die Frau hinter dem Empfang.

»Und wo finden wir die Bauabteilung?« fragte er sie.

Die Frau zeigte in die andere Richtung. »Dort entlang.«

»Und Sie bringen uns jetzt in die Chefetage«, forderte Anklam sie auf, als sich der zweite Trupp auf den Weg in die Bauabteilung machte.

Langsam und auf wackeligen Beinen kam sie um den Empfangstresen herum und ging auf den Aufzug zu.

»Ihr nehmt die Treppe«, wies Anklam die vier Streifenbeamten an und zeigte auf die Tür neben dem Aufzug, neben der ein Schild mit grünen Stufen auf das Treppenhaus hinwies.

Melzer spürte die Erregung die in ihm aufstieg, als er den Aufzug betrat. Seine Hartnäckigkeit, mit der er Zander nun schon so lange verfolgte, sollte sich endlich auszahlen. So hoffte er jedenfalls.

Als er mit Anklam den quadratischen Vorraum betrat, kam eine Frau Anfang vierzig mit einer Mappe in der Hand aus einem Büro. Sie blieb stehen und warf ihnen einen musternden Blick zu. »Herr Zander ist noch nicht im Haus«, sagte sie mit ungehaltener Stimme zu der jungen Empfangsdame.

Die junge Frau zuckte die Achseln. »Die Herren sind von der Polizei.« Nervös ging sie auf Zanders Sekretärin zu. »Sie haben einen Durchsuchungsbeschluss für das Büro.«

Die vier uniformierten Beamten kamen aus dem Treppenhaus herein.

Die Sekretärin stutzte kurz, dann machte sie auf dem Absatz kehrt. »Ich muss den Chef anrufen.«

»Sie werden niemanden anrufen«, rief Anklam ihr zu und näherte sich der Sekretärin. »Sie begleiten uns jetzt in das Büro von Herrn Zander.«

Während Melzer auf die Tür zu Zanders Büro zuging, teilte Anklam zwei Beamten ein, die das Büro der Sekretärin durchsuchen sollten. Melzer öffnete die Tür und trat in einen saalartigen Raum, der die Form einer Raute hatte. In der Spitze, die zur Feldstraße zeigte, stand ein schwarzer ovaler Schreibtisch. An der einzigen nichtverglasten Wand war ein raumhoher Schrank eingebaut. In einer anderen Ecke sah er eine kleine Bar gegenüber einer Sitzgruppe aus schwarzem Leder.

Anklam setzte sich an den Schreibtisch und zog die Schubladen auf, während die beiden Streifenbeamten den Schrank durchsuchten.

»Dürfen Sie das überhaupt?« entrüstete sich die Sekretärin und drückte die Mappe an die Brust.

»Legen Sie die Postmappe auf den Schreibtisch und setzen sich bitte dort drüben hin«, grummelte Anklam und wies auf die Sitzgruppe gegenüber dem Schreibtisch.

Während die Sekretärin die Mappe auf den Tisch legte und zur Sitzgruppe ging, trat Melzer vor eines der raumhohen Fenster und sah hinunter auf den Ort. Sein Blick fiel hinüber auf die stillgelegte Zeche.

Der Förderturm war noch erhalten, an dem Melzers Vater die Förderseile kontrolliert und gewartet hatte. *Ich will dich nie hier durch das Tor zur Arbeit gehen sehen*, hatte sein Vater damals zu ihm gesagt, als Melzer seinen Vater als kleiner Jungen mit seiner Mutter einmal von der Arbeit abgeholt hatte.

Jetzt stand er als Staatsanwalt hier in diesem protzigen Büro eines Mannes, der mit seiner Gier und seiner Skrupellosigkeit, und ohne Rücksicht darauf, dass er damit die Existenz anderer zerstörte, seine Geschäfte tätigte.

»Verschwinden Sie sofort aus meinem Büro«, hörte Melzer eine aufgebrachte Stimme hinter sich. Melzer drehte sich um.

Mit stampfenden Schritten kam Wolfgang Zander in den Raum. »Stehen Sie sofort von meinem Stuhl auf«, giftete er Anklam an.

Melzer ging Zander entgegen und blieb zwei Schritte vor ihm stehen. »Staatsanwalt Melzer. Wir haben einen Durchsuchungsbeschluss für Ihr Büro.«

»Das ist mir scheißegal«, brüllte Zander und trat einen Schritt näher. Sein Gesicht unter dem schwarzen aus der Stirn nach hinten gekämmten Haar war gerötet. Auf der Stirn hatten sich ein paar Schweißtropfen gebildet.

Melzer hielt dem stechenden Blick stand, den Zander ihm zuwarf. In Zanders Augen konnte er eine ungezähmte Wut und unbändigen Hass erkennen. Melzer dachte an seinen Schwiegervater, der wahrscheinlich auf Anweisung von Zander so übel zugerichtet worden war. Zorn keimte in ihm auf, als er daran dachte. Aber er wusste, dass er seine Arbeit von Emotionen frei halten musste, auch wenn es ihm schwer fiel.

»Wir werden gehen, wenn wir hier fertig sind«, sagte er mit ausdrucksloser Miene.

Melzer spürte, wie Zander gegen die aufkeimende Aggressivität ankämpfte. Der Immobilienhai kniff die Augen zusammen, bis sie nur noch Schlitze waren, und presste die Lippen zusammen. Er trat noch näher an Melzer heran und drückte ihm den ausgestreckten Zeigfinger auf die Brust. »Das wird Ihnen Ihren Job kosten«, fauchte er.

Melzer blieb stehen und wich nicht einen Millimeter zurück. Er griff in die Innentasche seines Sakkos und zog ein rotes Blatt Papier heraus. Langsam faltete er es auseinander und hielt es Zander direkt vors Gesicht.

»Das ist ein Haftbefehl. Sie werden beschuldigt, eine städtische Beamtin bestochen zu haben.«

*

Thomas sah wieder diesen abgrundtiefen Hass in Zanders Augen, als die beiden Streifenbeamten den Immobilieninvestor aus seinem Büro führten. *Dafür werden Sie noch bezahlen*, hallten Zanders beißende Worte noch in seinem Ohr. *Sie und Ihr Schwiegervater.* Es war eine Drohung gewesen. War die Drohung die Folge seines Zorns im Moment seiner Verhaftung zuzuschreiben? Würde dieser Hass sich legen, wenn Zander wieder nüchtern denken konnte? Oder musste Melzer sie ernst nehmen? Es war sicher nur der Versuch einer Einschüchterung gewesen. Aber nicht mit ihm. Er ließ sich nicht einschüchtern. Er würde erst ruhen, wenn Zander verurteilt und weggesperrt war.

Er versuchte, sich wieder auf seine Arbeit zu konzentrieren und ließ seinen Blick durch das Büro seiner beiden Hauptkommissare wandern. Der Raum hatte diese erdrückende Enge verloren, seitdem Schlöder dafür gesorgt hatte, dass die Ordner aus seinem Büro in den Nebenraum geschafft worden waren.

»Wie ist es bei dir gelaufen?« fragte Melzer und blickte zu Schlöder, der hinter seinem Schreibtisch saß.

Schlöder spannte seine Schulter einige Male an, als ob er eine Verspannung vertreiben wollte. »Frau Zander war ziemlich verängstigt, als wir in der Villa aufgetaucht sind.« Er drehte wieder die Schultern. »Ich habe mir das Arbeitszimmer von Zander vorgenommen. Die anderen Beamten haben die anderen Räume durchsucht.« Schlöder rieb sich den Nacken. »Ich habe die Auszüge und Kreditkartenbelege von seinem Privatkonto beschlagnahmt. Sonst haben wir nichts hilfreiches gefunden.«

»Und Zander?«, fragte Schlöder.

Anklam hatte sich seinen Drehstuhl vor Schlöders Schreibtisch geschoben und wippte mit dem Sitz. »Charly Bischoff ist gerade bei ihm.« Er drehte sich zu Melzer. »Ist das überhaupt zulässig?«

Melzer nickte. Der Senioranwalt Karl Bischoff, den alle nur Charly nannten, hatte sich als Anwalt von Zander gemeldet und sprach gerade im Vernehmungsraum mit seinem Mandanten. Renate Schüler, die in der gleichen Sache inhaftiert war, wurde vom Junior Frederik Bischoff vertreten. Das Frederik Bischoff auch noch Bernd Büttner vertrat, passte Melzer überhaupt nicht. Es war wohl anzunehmen, dass die beiden Bischoffs sich abstimmten und austauschten. Wie wollte man das verhindern?

»Ich habe die Kreditkartenabrechnungen gleich nach den Belegen über den Kauf der Schmuckstücke beim Juwelier Brüggemann durchsucht und sie gefunden«, holte Schlöder Thomas wieder aus seinen Gedanken.

»Aus der Sache kommen Zander und die Schüler nicht mehr raus«, nickte Anklam und wippte wieder mit seinem Stuhl.

Schlöder nahm eine kleine schmale Mappe vom Tisch und blätterte darin. »Das sind Kontoauszüge von einem Konto bei der Sparkasse.

Zander hat von diesem Konto in unterschiedlichen Abständen größere Summen an eine Firma mit Namen Real Estate Investment Ltd mit Sitz auf der Kanalinsel Jersey überwiesen.«

Melzer hob die Braunen. »Interessant. Das sieht ganz nach Geldwäsche aus. Setz dich mit den Steuerfahndern in Verbindung. Sie sollen der Sache mal nachgehen.«

Die Tür ging auf und Quill kam herein. »Brambach kommt gleich dazu. Er telefoniert noch.«

Mit einem tiefen Seufzer ließ er sich auf den freien Stuhl vor Schlöders Schreibtisch fallen. »Mein Gott, ist das ein Früchtchen.« Er schüttelte den Kopf. »Amoneit hat sich ein wenig beruhigt. Die Waffen hatte er zur Selbstverteidigung gegen seine Verfolger. Die Polizei schützt ihn ja nicht.« Er seufzte wieder. »Das Scharfschützengewehr hat er noch nie gesehen. Er wüsste nicht, wie es in seinen Keller gekommen ist.« Quill winkte ab. »Ich habe ihn wieder in die JVA bringen lassen.«

Quill sah von einem zum anderen. »Und Ihr? Seid ihr weitergekommen?«

»Ich denke schon«, antwortete Melzer.

Quill zog die Brauen hoch und schüttelte den Kopf. »Ich begreife immer noch nicht, warum der Richter Büttner wieder auf freien Fuß gesetzt hat.«

»Einen Tag zu früh«, nickte Melzer und hievte seine Aktentasche auf den Schoß. Er holte das Notebook heraus, stellte es auf den Tisch und holte es aus dem Schlafmodus. Er öffnete den Windows Movie Maker, startete das Video, dass er sich am Vorabend von Sandra Wissings Handy überspielt hatte, und drehte das Notebook so, dass Quill es sehen konnte.

Er deutete auf den linken oberen Rand. »Da kommt mein Schwiegervater und jetzt kommt Büttner ins Bild.«

Brambach kam ins Zimmer, ein paar Zettel in der Hand, und beugte sich über Quills Schulter.

»Da ist kein Wort gefallen«, nickte Quill, als das Video zu Ende war. »Büttner hat sofort von hinten auf Georg Heffner eingeschlagen.«

Brambach hockte sich auf die Schreibtischkante und wedelte mit den Zetteln. »Ich hab mal weiter in Büttners Vergangenheit gegraben. Büttner war als Soldat im Balkankrieg.« Er zog einen Zettel heraus und warf einen kurzen Blick darauf. »Er war bei den Panzergrenadieren in Koblenz stationiert und hat dort eine Ausbildung als Scharfschütze absolviert. Ich habe mit seinem Vorgesetzten telefoniert. Nach der Rückkehr aus dem Balkan war er nicht mehr einsatzfähig. Er wurde aus dem Dienst entlassen und war danach in psychiatrischer Behandlung hier in der Klinik im Schlosspark.«

Brambach rutschte vom Tisch und blätterte in seinen Zetteln. Mit einem breiten Strahlen entblößte er seine weißen Zähne. »Im Laufe des Gesprächs habe ich erfahren, dass während Büttners Dienstzeit auf dem Balkan ein Scharfschützengewehr unter ungeklärten Umständen abhandengekommen ist.«

Brambach wedelte mit dem Zettel in der Hand. »Eben hat mich der Major zurückgerufen und mir die Registriernummer des verschwundenen Gewehrs durchgegeben.« Sein Strahlen wurde noch breiter. »Es ist die gleiche Nummer wie auf dem Gewehr, das wir in Amoneits Keller gefunden haben.«

Teil 3

Die Entscheidung

Was hinter und vor uns liegt,
ist beides nichts verglichen mit dem,
was in uns liegt.

Ralph Waldo Emerson
amerik. Philosoph und Geistlicher

Kapitel 39

Nebelschwaden lagen über dem Gutshof, weißgraue Fetzen, die sich in der leichten Brise langsam auflösten und bald ganz verschwunden sein würden. Die milchige Novembersonne schaffte es noch nicht, ein paar wärmende Strahlen durch den Nebel zu werfen.

Georg Heffner zog den Kragen seines dicken Wintermantels hoch und ging in das Ladenlokal des LEDO-Marktes. Er spürte den leichten Schmerz in seiner Wange, der ihn bei Wetterumschwüngen noch befiehl. Weiter hinten im Lager verfugten drei Mitarbeiter der Kunststeinfirma noch den Terrazzoboden. Die Bodenleger hatten am Sonntag die restlichen Kunststeinplatten im Lager verlegt und den Verkaufsraum noch gefugt. Bis zum Mittag würden sie fertig sein.

Im Verkaufsraum tummelten sich die Handwerker. An der Wand zum Parkplatz strichen die Maler die Wände, in der Mitte stand ein Rollgerüst, von dem ein Arbeiter gerade herabstieg und fluchend einen Werkzeugkasten der Elektriker zur Seite schob.

»Wie soll man in diesem Gewusel vernünftig arbeiten«, schimpfte er.

Georg ging zu ihm. »Es bringt nichts, wenn Sie sich aufregen. Die anderen Handwerker bemühen sich doch auch, so zu arbeiten, dass jeder klarkommt«, beruhigte er den Akustiker wieder. Mürrisch schob der Mann das Rollgerüst ein Stück weiter und stieg wieder hinauf um die nächsten Odenwald-Platten der abgehängten Decke zu verlegen. Ein Drittel der Decke des Verkaufsraumes war bereits geschlossen. Die Akustikfirma würde sicher noch mindestens eine Woche brauchen, bis die Decke komplett montiert sein würde.

Georg wusste, dass die Handwerker es nicht mochten, wenn während ihrer Arbeit noch andere Handwerker im Bau waren. Sie mussten sich absprechen, wer wo arbeiten konnte, ohne sich gegenseitig zu behindern. Das mochten sie nicht. Aber darauf konnte er jetzt keine Rücksicht nehmen.

Holger von Mühlen löste sich von den Installateuren und kam zu Georg herüber. »Wenn man nicht ständig dazwischenfunkt, dann prügeln sie noch aufeinander ein«, stöhnte Holger.

Holger von Mühlen nahm die ihm von Georg übertragene Aufgabe als Bauleitungsassistent sehr ernst. Ja, er ging förmlich in der Arbeit auf. Jeden Morgen um acht rief er Georg an und berichtete, welche Handwerker am Bau waren. Er übertrieb jetzt zwar ein wenig, aber die angespannte Atmosphäre im Ladenlokal war deutlich zu spüren.

Georg nickte und schüttelte dem Hünen die Hand. »Jede Stunde zählt. Weitere Verzögerungen darf es nicht mehr geben.«

Vor ein paar Wochen war Holger mit der ganzen Familie zu einer Hengstschau in Warendorf gewesen. Als er am Abend nach seiner Rückkehr durch die Baustelle ging, waren fast alle Elektroleitungen von der Wänden und der Decke gerissen und zerschnitten worden. Auch große Teile der verlegten Lüftungskanäle waren heruntergerissen und eingetreten worden. Eine Woche hatten die Firmen gebraucht, um den Schaden wieder zu beheben. Die Bauwesenversicherung hatte den Schaden zwar bezahlt, aber Georg hatte wertvolle Zeit verloren.

In zwei Wochen war der Übergabetermin mit LEDO. Das war unter normalen Umständen kaum noch zu schaffen. Aber was war schon normal an dieser Baustelle.

»Gehen wir rüber zu den Elektrikern«, sagte er zu Holger und ging in den Hausanschlussraum.

Hunderte von Kabeln baumelten von der Decke, die auf der Ummantelung mit Filzschreiber beschriftet waren. Helmut Wissing stand vor dem großen Verteilerschrank an der Wand.

»Wie kommen Sie voran?« fragte Georg den jungen Mann.

Wissing richtete sich auf und straffte seine breiten Schultern. »Ich überprüfe die Leitungen.« Er deutete mit dem Kopf in den Verkaufsraum. »Wenn die Decke geschlossen ist, kommen wir an die Leitungen nicht mehr heran.«

Georg nickte. Wissing hatte sich sehr schnell eingearbeitet. Sein Chef, Peter Grabowski, war sehr zufrieden mit ihm.

»In zwei Wochen ist der Übergabetermin. Schafft ihr das bis dahin?« fragte Georg.

»Wird verdammt eng.« Der besorgte Ausdruck in Wissings Gesicht wich einer kämpferischen Miene. »Wenn es sein muss, arbeiten wir halt rund um die Uhr.«

Georg gab ihm einen Klaps auf den Oberarm. »Ihr schafft das schon«, nickte er Wissing zu. Er ging mit Holger zurück in den Verkaufsraum und weiter in den Innenhof des Gutshofes.

Draußen war es ein wenig wärmer als im Gebäude. Die Nebelschwaden lösten sich langsam auf und die jetzt höher stehende Sonne wärmte die Luft etwas auf.

Georg warf einen Blick hinüber zu den anderen Gebäuden. Die Arbeiten dort ruhten im Moment. Er hatte alle verfügbaren Handwerker in das Ladenlokal von LEDO gesteckt. Die Sparkasse und das Restaurant wollten eh erst im neuen Jahr eröffnen. Und die Fertigstellung der Büros und Wohnungen war erst für den Februar geplant.

Durch den weißgrauen Nebel tauchte der Postbote auf seinem Fahrrad in der Einfahrt auf. Holger ging ihm entgegen und nahm die Post entgegen. Durch die Briefe blätternd kam er zu Georg zurück. Er zog einen der Briefe heraus und riss ihn auf. Hastig überflog er das Schreiben und gab es dann Georg.

Georg warf einen Blick auf den Briefkopf. Von LEDO.

... sehen wir angesichts des derzeitigen Bautenstandes die termingerechte Übergabe des Ladenlokals mehr als nur als gefährdet

an. Wir weisen nochmals ausdrücklich darauf hin, dass wir das Ladenlokal nicht übernehmen werden, falls der vertraglich vereinbarte Übergabetermin nicht eingehalten werden sollte.
In diesem Fall werden wir von unserem Kündigungsrecht Gebrauch machen.

*

»Ich habe mit meinem Schwiegervater gesprochen. Er sagt, bis zum Übergabetermin sind die Arbeiten nicht mehr zu schaffen«, sagte Neuhaus, als Georg Heffner ihm von der Abmahnung von LEDO berichtet hatte. Die Sanitär- und Heizungsanlage würde in Betrieb genommen werden können, hatte sein Schwiegervater ihm versprochen. Aber die Klima- und Lüftungs-anlage schaffte er nicht bis zum Termin.

Ralf Neuhaus spürte die Last der Erwartung in Georg Heffners Gesicht. »Mein Schwiegervater wird den Blaumann wieder anziehen und selbst mitarbeiten«, fügte er schnell hinzu.

Es war erstaunlich, wie Georg Heffner die Handwerker motivieren konnte. Sie hatten alle ohne zu murren Überstunden gemacht und auch an den Samstagen gearbeitet. Aber trotzdem würden sie es nicht rechtzeitig schaffen. Die Maler und Elektriker würden noch ein paar Tage länger brauchen.

Heffner nickte nur und sah nachdenklich in das trübe Grau, dass die Gärtnerei hinter dem Büro einhüllte.

Neuhaus beobachtete Heffner eine Weile. Die weichen Gesichtszüge des alten Architekten wirkten ernst. Die Wangen waren eingefallen und in dem dunkelblonden Haar zeigten sich die ersten silberfarbenen Streifen. Heffners dunkelgraues Sakko hing schlabbrig über dem Oberkörper, ein Zeichen, dass er deutlich abgenommen hatte.

Heffner atmete tief durch und zog die Entwurfszeichnungen heran, die auf dem Schreibtisch lagen. Neuhaus war gespannt, was Heffner dazu sagen würde.

Vor zehn Jahren hatte Georg Heffner eine Stadtvilla für ein junges Ehepaar gebaut. Damals hatte das Paar ein Kind. Heute waren es vier und die Kinder mussten sich zwei Zimmer teilen. Sie hatten von der Stadt ein Grundstück im Stadtteil Scherlebeck erwerben können und wollten jetzt ein größeres Haus bauen. Die Bauherrin hatte bei der ersten Besprechung schmunzelnd gesagt, Herr Heffner wüsste schon, wie sie sich ihr Haus vorstellte.

Heffner hatte ein Raumprogramm erstellt, ihm gesagt, welchen Baustil die Bauherrin bevorzugte und ihn dann planen lassen. Er hatte sich anfangs ein wenig schwer getan. Zum Erdgeschoss hatte er ein paar ganz gute Ideen gehabt, aber dann plagte er sich mit den Schlafräumen im Obergeschoss herum und fand einfach keine vernünftige Lösung. Georg Heffner hatte ihm geraten, zuerst das Obergeschoss mit den vier Kinderzimmern, Elternschlafzimmer, Ankleide und den zwei Bädern zu entwerfen und dann das Erdgeschoss darunter zu gestalten. Neuhaus war erstaunt gewesen, wie schnell ihm plötzlich der Entwurf von der Hand ging.

Heffner schaute wieder auf und sah ihn aus müden Augen an, die sich für einen Moment aufhellten. »Gut«, nickte er anerkennend. »Wirklich gut. Verschieben Sie noch die Tür im Arbeitszimmer weiter zu der einen Wand hin, dann erhalten Sie eine größere Stellfläche für einen Aktenschrank.« Heffner deutete auf die andere Seite des Erdgeschosses. »Und hier die Tür im Vorratsraum in die Mitte verschieben. Dann können an beiden Wänden Regale untergebracht werden.« Er schob Neuhaus die Zeichnungen zu. »Ansonsten perfekt. Kompliment. Das wird der Bauherrin gefallen.«

Neuhaus nahm die Pläne in die Hand. Ein erleichtertes Lächeln huschte über sein Gesicht. Das Kompliment des alten Architekten machte ihn stolz. Überhaupt hatte er in den paar Monaten, die er mit Heffner zusammengearbeitet hatte eine Menge gelernt. Der offene und transparente Umgang mit den neuen Bauherren, die Art und Weise wie Heffner die Handwerker motivierte, aber auch entschlossene Härte zeigte, wenn sie ihren Terminen nicht nachkamen. Bei Fehlern war er nachgiebig, ja fast tröstend, wenn die Mängel schnell beseitigt wurden. *Jeder kann mal Fehler machen, auch wir Architekten,* pflegte er zu sagen.

Heffner hatte ihm immer das Gefühl gegeben, ein gleichwertiger Partner zu sein. Hatte ihn nie bevormundet. Jetzt wo er Heffner aus dem Bauleitungshonorar komplett bezahlt und mit seinen Rechnungen auf dem Laufenden war, fühlte er sich richtig gut. Die Arbeit machte ihm wieder Spaß. Nur über Heffner machte er sich Sorgen. Er spürte die Last, die Heffner trug, um das Einkaufscenter seines Freundes rechtzeitig fertig zu bekommen.

Ulrike brachte die Postmappe herein. Neuhaus nahm sie entgegen und schlug sie auf. Ein Schreiben vom Landgericht. Zander hatte ihn auf Rückzahlung des Darlehens verklagt. Der erste Verhandlungstermin war in drei Monaten angesetzt worden.

Neuhaus nahm die Klageschrift aus der Postmappe und gab sie Heffner. Der Architekt blätterte kurz durch den Schriftsatz und gab ihn dann zurück.

»Zwei Wochen, um dem Gericht mitzuteilen, ob Sie sich gegen die Klage verteidigen wollen. Und weitere zwei Wochen um die Klageerwiderung einzureichen.« Heffner sah ihn an. »Haben Sie schon was von der Genehmigung für Piaydas Hundepension gehört?«

Neuhaus schüttelte den Kopf. Heffner wusste, dass er den Kaufpreis aus dem Wochenendhaus brauchte, um Zanders Darlehen zurückzahlen zu können.

»Dann fahren wir morgen früh zum Bauamt«, erklärte Heffner.

*

Der Bodennebel über der Ried hatte sich verzogen. Nur vereinzelt hingen noch ein paar weißgraue Schwaden über den Feldern. Der Wind hatte zugenommen und fuhr pfeifend über den Acker neben seinem Haus.

Wolfgang Zander fuhr den Mercedes in die Garage und ging durch die Verbindungstür ins Haus. Eine gespenstische Stille lag über der Villa, nur vereinzelt hörte man den Wind, der pfeifend ums Haus strich.

Der Wagen seiner Frau stand nicht in der Garage. Sie wird wohl wieder bei ihrer Freundin sein. In der letzten Zeit schien sie mehr dort zu sein, als zu Hause. Er konnte es ihr nicht verdenken. Sie suchte Trost und Halt. Sie fühlte sich einsam, wenn er im Büro war. Und am Abend, wenn er zu Hause war, dann schwiegen sie sich nur an.

Er ging in den weitläufigen Wohnraum, trat an die Bar und goss sich einen großen Whiskey ein. Normalerweise trank er am Vormittag keinen Alkohol. Aber nach diesem vernichtenden Urteil?

Das Verwaltungsgericht in Gelsenkirchen hatte seine Klage abgewiesen und die Abrissverfügung der Stadt bestätigt. Er ging hinüber zu der ausladenden Sitzgruppe und ließ sich in das weiche Polster seines Lieblingssessels fallen. Womit hatte er das nur verdient? Er trank einen kräftigen Schluck Whiskey und ließ seinen Blick durch den Raum schweifen. Wird er die Villa wirklich abreißen lassen müssen?

Der alte Single Malt rann seine Kehle herunter. Aber statt ihn zu beruhigen schien die ausstrahlende Wärme sein Gemüt zu erhitzen. Der

Fachanwalt für Verwaltungsrecht hatte ein horrendes Honorar von ihm bekommen und nichts erreicht. Vor dem Gerichtsgebäude hatte Zander seine ganze Wut an dem Mann ausgelassen. Sie würden in Berufung gehen. Das Oberverwaltungsgericht in Münster würde das sicher anders beurteilen, hatte der Anwalt ihn zu beruhigen versucht. Der Kölner Anwalt hatte einen ausgezeichneten Ruf, aber Zander hatte das Gefühl gehabt, dass der Mann selbst nicht so recht daran glaubte, was er da sagte.

Im Gerichtssaal waren auch Pressevertreter gewesen. Morgen würde es in allen Zeitungen stehen. Sein Atem ging schneller und er spürte den Druck an seiner Schläfe. Er kippte den restlichen Whiskey herunter und hoffte, dass er ihn beruhigen würde. Aber er fand einfach keine Ruhe.

Zander stand auf und stapfte mit aufkeimender Wut zur Bar, um sich einen weiteren Whiskey einzuschenken. Ungewollt wanderte sein Blick durch den Raum, als wollte er einen letzten Blick auf ihn werfen, als wollte er sich schon von dem Haus verabschieden.

Er schlug mit der Hand auf die Theke der Bar. Nein, das würde er nicht zulassen. Er würde schon noch einen Weg finden, um das Haus zu retten.

Mit ausladenden Schritten stapfte er über den Marmorboden durch die Verbindungstür in sein Arbeitszimmer und setzte sich an den Schreibtisch. Er stellte das fast randvolle Whiskeyglas ab und sah hinaus in den Garten, den ein namhafter Gartenarchitekt gestaltet hatte. Aber er fand einfach keinen Gefallen an dem was er da sah. Es hatte nur viel Geld gekostet, und nun sollte alles zerstört werden. Bald würde das Unkraut die Oberhand gewinnen und die teuren Pflanzen verdrängen.

Melzer war schuld. Der Staatsanwalt hatte im Zuge seiner Ermittlungen die Behörde auf die rechtswidrige Genehmigung seines Hauses aufmerksam gemacht. Der Mann kannte sich im Baurecht nicht aus. Sein Schwiegervater Heffner musste ihn beraten haben. Und Melzer und seine Frau waren mit Bürgermeister Steinmetz befreundet, das hatte Zander inzwischen recherchieren können.

So war es zu erklären, dass die Änderung des Bebauungsplanes an der Scherlebecker Straße vorerst auf Eis gelegt worden war. Gut, er würde den LEDO-Markt dort vorerst nicht bauen können, aber aufgeschoben war ja nicht aufgehoben.

Die beträchtliche Summe, die er als Kaution hatte hinterlegen müssen, um aus der Untersuchungshaft entlassen zu werden, hatte seinen finanziellen Rahmen eingeschränkt, aber er war immer noch handlungsfähig.

Er trank einen großen Schluck Whiskey und spürte, wie der Alkohol langsam sein Gehirn benebelte. Nach der Entlassung aus der U-Haft war er ein paar Mal im Golfclub gewesen. Die bewundernden Blicke früherer Tage waren verschwunden gewesen. Er hatte die Abneigung gespürt, wenn seine früheren Bekannten ihm aus dem Weg gegangen waren. Auch das Tuscheln hinter seinem Rücken und die abschätzigen Blicke waren ihm nicht verborgen geblieben. Er hatte sich als Aussätziger gefühlt, als Persona non grata.

Er vertrug keine Niederlagen und Demütigungen mehr. Er hatte schon zu viele ertragen müssen. Die negative Presse nach seiner Verhaftung, die Vorwürfe, Renate Schüler bestochen zu haben. Das hatte nicht nur ihm schwer zugesetzt. Seine Frau litt noch viel mehr darunter, obwohl sie ihm nie Vorhaltungen gemacht hatte.

Er hatte ein paar Mal versucht, telefonisch mit Renate Schüler Kontakt aufzunehmen, nachdem auch sie aus der Haft entlassen worden war, aber sie hatte jedes Mal sofort aufgelegt.

Und an allem waren Melzer und sein Schwiegervater Heffner schuld.

Sein Handy klingelte und er nahm es aus der Jackentasche. Er warf einen Blick auf das Display. Kortkamp. Was wollte der Sparkassendirektor von ihm.

»Was gibt es, Herbert«, fragte er ungehalten.

»Wir haben gerade von dem Urteil des Verwaltungsgericht erfahren«, erklärte Kortkamp.

»Und?« fragte Zander barsch.

»Du hast noch ein Darlehen auf dem Haus. Die Grundbesitzung bietet nach dem Urteil keine Sicherheit mehr für uns.«

»Soll das heißen, du willst mir das Darlehen kündigen?« brüllte Zander aufgebracht ins Handy.

»Ich wollte dich persönlich darüber informieren, bevor du das Einschreiben erhältst.«

Wutschnaubend warf Zander das Handy in den Raum. Es klatschte gegen die Rückenlehne des Sofas an der gegenüberliegenden Wand und fiel dann auf die Sitzfläche.

Jetzt fiel ihm auch noch Kortkamp in den Rücken. Er biss die Zähne zusammen und stieß die Luft schnaubend durch die Nase aus. Kortkamp, Melzer, Heffner. Sie werden dafür büßen. Er hatte viel zu hart gearbeitet, um sich sein Imperium kaputt machen zu lassen. Einen Monat hatte er in der JVA verbracht, dass würde er Melzer nie verzeihen. Die Häme, die die Presse über ihn ausgeschüttet hatte. Sein Ansehen in der Stadt, das er sich mühsam aufgebaut hatte. Alles war zerstört.

Zander hatte ein wildes, wütendes Funkeln in seinen Augen, wie das einer gereizten Löwin. Er biss sich auf die Lippen, um seinen Hass nicht lauthals herauszuschreien. Sein Herz pochte heftig gegen seine Brust. Amoneit hatte ihm genug erzählt über Heffner und seine Familie. Er wusste, wo er die Familie treffen konnte. Er würde es ihnen heimzahlen. Sie sollten leiden, so wie er jetzt litt.

Kapitel 40

Das dämmerige Licht des grauen Tages wurde nur durch die Lampe auf Oberstaatsanwalt Schwarzkopfs Schreibtisch erhellt. Thomas Melzer, der neben seinem Kollegen Sechtin vor dem Schreibtisch saß, hatte die Anklageschriften gegen Friedrich von Stetten, Renate Schüler und Wolfgang Zander erstellt. Morgen würden die Schriftsätze dem Gericht zwecks Klageerhebung zugestellt werden. Nur die Anklageerhebung gegen Klaus Amoneit wegen Steuerhinterziehung und unerlaubten Waffenbesitzes musste noch gefertigt werden.

Oberstaatsanwalt Schwarzkopf richtete sich auf. »Gut Arbeit«, nickte er Melzer zu. »Die Anklagen sind hieb und stichfest, auch wenn dieser Zander sich bis jetzt nicht dazu geäußert hat.«

Melzer nickte. »Zanders Anwalt wird ihm wohl dazu geraten haben.«

Nach Friedrich von Stetten hatte auch Renate Schüler ein umfassendes Geständnis abgelegt, um aus der Untersuchungshaft entlassen zu werden. Ihr Anwalt Frederik Bischoff hatte auf sie eingeredet, sich nicht zu äußern. Aber Renate Schüler war dem Rat des Anwalts nicht gefolgt. Sie wollte unbedingt aus der Haft heraus. Wollte endlich nach Hause.

»Bischoffs typische Vorgehensweise«, stimmte Sechtin Melzer zu. »Erst wenn Bischoff keine anderen Möglichkeiten mehr sieht, wird er seinen Mandanten zu einem Geständnis raten.«

Sechtin hatte im Laufe seiner Arbeit häufig mit Bischoff zu tun gehabt und kannte die Arbeitsweise des Anwalts. Sechtin war für Kapitalverbrechen zuständig und hatte mittlerweile die Ermittlungen im Mordfall Meisner wieder übernommen, nachdem Thomas die Ermittlungen gegen von Stetten, Renate Schüler und Zander abgeschlossen hatte.

»Wie sieht es in der Mordsache Meisner aus?« fragte Schwarzkopf Sechtin.

Thomas sah hinüber zu Sechtin. Der Kollege trug einen braunen Anzug, der etwas zu weit für seinen schlanken und hoch aufgeschossenen Körper schien.

»Amoneit sitzt noch in U-Haft. Er bestreitet, dass er Meisner umgebracht hat. Das Gewehr in seinem Keller hätte er noch nie gesehen, wüsste auch nicht, wie es da hingekommen ist.«

Sechtin zog den Ärmel seines Sakkos über die Hemdmanschette. »Ich glaube auch nicht, dass er es war. Er hat zwar ein Motiv, aber keinerlei Ausbildung an Schusswaffen.«

»Und was ist mit diesem Büttner. Sind Sie da schon weitergekommen?« fragte der Oberstaatsanwalt.

Sechtin schüttelte den Kopf. »Er ist zur Fahndung ausgeschrieben. Aber er scheint wie von Erdboden verschluckt zu sein.« Der Staatsanwalt hob die Schulter. »Wenn Amoneit ihn beauftragt hat, dann hat der Makler natürlich allen Grund zu schweigen.«

»Was ist aus der Spur Zander geworden?« schaltete Thomas sich jetzt ein. »Meisner hatte Zander die rechtswidrige Baugenehmigung für seine Villa erteilt. Meisner hat von Zanders Bauunternehmung durch die zu niedrig erteilte Rechnung Zuwendungen erhalten. Meisner hatte mehr Geld in den Bau seines Einfamilienhauses gesteckt, als ihm zur Verfügung stand. Und Meisner hatte hohe offenen Handwerkerrechnungen, die er laut Meisners Frau wenige Tage nach seiner Ermordung bezahlen wollte.«

Thomas hob die Brauen. »Es ist doch anzunehmen, dass er Zander wegen einer weiteren Zahlung angegangen ist.«

Schwarzkopf nickte. »Und dieser Büttner hat in Zanders Bauunternehmen gearbeitet.« Er legte den Kopf zur Seite und sah Thomas fragend an. »Hatte Zander nicht auch Gelder auf die Kanalinsel Jersey überwiesen? Sind Sie da schon weiter gekommen?«

»Die Steuerfahnder sind der Sache nachgegangen.« Er lehnte sich zurück und sah zur Decke. »Diese Firma Real Estate Investment, an die das Geld überwiesen wurde, wird von einem Strohmann geführt. Gesellschafter ist aber Wolfgang Zander.« Er rieb sich nachdenklich am Kinn. »Das Geld ist nach Eingang sofort wieder weiter überwiesen worden. Auf ein Konto in der Schweiz.« Thomas hob die Schulter. »Die Steuerfahnder prüfen im Moment, wem das Konto gehört.«

Der Oberstaatsanwalt sah Thomas aus den Augenwinkeln an. »Wird wohl ein Schwarzgeldkonto sein.« Schwarzkopf wandte sich wieder an Sechtin. »War Büttner nicht auch Scharfschütze bei der Bundeswehr?«

»Das ist richtig«, schnaubte Sechtin. »Aber ohne diesen Büttner kommen wir nicht weiter. Zander wird ja wohl kaum zugeben, seinen Bauhelfer mit dem Mord an Meisner beauftragt zu haben.«

*

Marion Amoneit saß in dem spartanisch eingerichteten Raum in der Justizvollzugsanstalt an einem alten Holztisch und wartete auf Klaus. Sie zog den Ärmel ihres Pullovers bis weit über die Knöchel. Ihre Haare waren strähnig und das Gesicht nicht geschminkt. Seit Wochen plagte sie sich mit den wenigen Objekten herum, die sie noch zu vermieten hatte. Auch Zanders Ladenlokale hatte sie noch nicht an den Mann gebracht. Die Miete war viel zu hoch. Aber Zander weigerte sich, auch nur einen Cent mit der Miete herunter zu gehen.

Klaus fehlte ihr. Auch wenn er hin und wieder ausrastete. Aber sie waren ein gutes Team gewesen. Klaus war der ideale Mann, um neue Aufträge hereinzuholen, die sie dann verkaufen oder vermieten konnte.

Aber seit Klaus in der JVA saß, hatte sie keine neuen Aufträge mehr hereinbekommen.

Vor zwei Wochen hatten die Stadtwerke ihr den Strom abgedreht. Willi, der Wirt von nebenan, hatte ihr eine Steckdose zur Verfügung gestellt, an der sie eine Kabeltrommel angeschlossen hatte, um wenigstens etwas Strom im Haus zu haben, damit das Telefon und der Computer lief. Abends hatte sie die Kabeltrommel in die Wohnung gestellt, damit die Kinder Licht hatten und ein wenig Fernsehen kucken konnten.

Ein tiefer Seufzer entrang sich ihrer Brust. Jetzt hatte man ihr auch noch das Wasser abgestellt. Sie und die Kinder konnten sich nicht einmal richtig waschen. Tanja hatte geholfen. In der Wohnung der Azubi auf der anderen Straßenseite konnten sie sich wenigstens am Morgen waschen.

So konnte es nicht weitergehen. Klaus musste hier raus. Ihm fiel immer etwas ein, wie sie wieder zu Geld kommen konnten.

Nach einer schier endlosen Warterei wurde Klaus endlich hereingeführt. Sein Haar war vollständig ergraut. Der Bart war ungepflegt. Er sah schrecklich aus. Missmutig, die Mundwinkel nach unten gezogen, setzte er sich ihr gegenüber.

Marion kämpfte gegen die gemischten Gefühle in ihrem Inneren an. Sie schaffte es, die aufkommenden Tränen zu unterdrücken und ein weiches, warmes Lächeln in ihr Gesicht zu zaubern. Sie legte eine Hand auf den Tisch und schob sie Klaus langsam entgegen, eine zarte Aufforderung, sie zu nehmen.

»Wie geht es dir?« fragte sie mit warmer Stimme.

Klaus hob nur die Schulter und sah sie aus leeren Augen an.

Sie erzählte ihm von den Kindern, wie sehr sie ihn vermissen würden. Und wie sehr sie ihn vermisste. Sie Schlug die Beine fest über-einander und hatte die Füße unter ihren Stuhl angezogen. Ihr blauer Rock rutschte hoch und von ihren Beinen sah man eine Menge.

Klaus sagte kein Wort, nur seine Augen wanderten unruhig hin und her.

»Du musst hier raus«, bedrängte sie ihn. »Wir brauchen dich. Sag ihnen, was du weißt.«

Langsam, gegen die Tränen ankämpfend, erzählte sie Klaus, dass sie weder Strom noch Wasser hätten, dass die Kinder leiden würden und sie kaum Geld für Lebensmittel hätten.

Die Tür ging auf, ein Beamter trat ein und wandte sich an Klaus. »Besuch für Sie.«

*

Als Reiner Quill mit Brambach das Besucherzimmer betrat, beugte sich Marion Amoneit gerade über den Tisch und streichelte Amoneits Arm. »Sag es ihnen«, flüsterte sie ihrem Mann zu. Dann wandte sie sich um, nickte Quill noch einmal zu und verließ den Raum.

Quill trat an den Tisch und setzte sich.

Brambach blieb noch einen Moment stehen und sah auf Amoneit herab. »Sie sehen richtig Scheiße aus.« Brambach setzte sich neben Quill. »Wollen Sie nicht langsam hier raus?«

»Hören Sie, Amoneit«, übernahm Quill die Vernehmung. »Ihr Kumpel Büttner hat sich aus dem Staub gemacht und lässt Sie in der Scheiße sitzen.« Quill schüttelte den Kopf. »Was ist das nur für ein Freund?«

Amoneit verschränkte die Arme vor der Brust und sah ihn lange an. »Wo ist mein Anwalt?« fragte er.

Quill sah auf die Uhr. »Er müsste eigentlich jeden Moment hier sein.«

Amoneits junger Anwalt hatte seine Kanzlei in paar Häuser von Amoneits Büro entfernt und sich vor einem Jahr dort niedergelassen. Er führte die Kanzlei alleine und beschäftigte eine Anwaltsgehilfin. Er hatte sich auf kein Fachrechtsgebiet spezialisiert und vertrat alles, was in seine Kanzlei kam.

Zwei Minuten später traf er endlich ein und wurde von einem Justizbeamten hereingeführt.

»Ich wurde aufgehalten«, entschuldigte er sich und setzte sich neben seinen Mandanten.

»Fassen wir noch einmal zusammen«, begann Quill die Vernehmung erneut. »Sie haben ein Motiv und die Tatwaffe wurde in Ihrem Keller gefunden.« Er wartete einen Moment. »Haben Sie Meisner erschossen?«

Amoneit warf ihm einen gelangweilten Blick zu. »Nein. Das habe ich Ihnen doch schon oft genug gesagt.« So etwas wie Zorn blitzte in Amoneits Augen auf. »Ich weiß ja gar nicht wie man mit so einem Gewehr umgeht.«

»Dann haben Sie Büttner mit dem Mord an Meisner beauftragt«, hielt Brambach Amoneit entgegen. Er schnaufte. »Anders kann es ja dann nicht gewesen sein.«

Amoneit warf Brambach einen stechenden Blick zu. »Das habe ich nicht.«

»Wie anders sollen wir Ihr Schweigen denn werten?« entgegnete Brambach giftig. »Sie schützen Büttner, weil Sie ihn mit dem Mord beauftragt haben.«

Amoneit verschränkte wieder die Arme vor der Brust und schwieg.

Quill beugte sich vor und stützte beide Arme auf den Tisch. »Hören Sie Amoneit. Wir wissen, dass Büttner eine Ausbildung als Scharfschütze bei der Bundeswehr erhalten hat. Wir wissen, dass er im Balkankrieg war. Und wir wissen, dass Büttner dieses Gewehr während seiner Dienstzeit auf dem Balkan gestohlen hat.« Quill lehnte sich wieder zurück und machte eine Pause. »Wenn Sie nicht reden, dann müssen wir annehmen, dass Sie mit dem Mord in Verbindung stehen.«

Er hob beide Hände und schüttelte den Kopf. »Wollen Sie nicht endlich hier raus?«

Amoneit nickte zaghaft mit dem Kopf. Irgendetwas regte sich in ihm.

Quill lehnte sich zurück. »Sagen Sie uns, was Sie über das Gewehr wissen. Wie es in Ihren Keller gekommen ist. Und was Sie über den Mord an Meisner wissen.« Quill warf Amoneit ein aufmunterndes Lächeln zu. »Wenn wir davon überzeugt sind, dass Sie uns alles gesagt haben und mit dem Mord nichts zu tun haben, dann können Sie nach Hause.«

Amoneit sah nachdenklich auf den Tisch vor ihm.

»Durch Ihr Schweigen machen Sie sich nur noch mehr verdächtig«, warf Brambach ein.

Amoneit warf seinem Anwalt einen fragenden Blick zu.

Der junge Anwalt blickte von Amoneit zu Quill.

»Kann ich mit meinen Mandanten kurz unter vier Augen sprechen?«

*

Thomas Melzer war nach dem Gespräch bei Oberstaatsanwalt Schwarzkopf nach Hause gefahren. Er hatte noch genügend Überstunden abzufeiern, die sich in den letzten Wochen angesammelt hatten. Seine Familie hatte oft genug auf ihn verzichten müssen.

Als er den Tuareg in der Einfahrt abgestellt und ins Haus gegangen war, hüpfte Klara in einem Engelsgewand durchs Wohnzimmer, das Helga Schmadtke für Klara geschneidert hatte.

»Schau mal Papa, ist das nicht toll geworden?« Strahlend sprang sie ihm entgegen. Die beiden weißen Flügel aus Seidenpapier schwangen hin und her und auf dem Kopf hüpfte ein runder Heiligenschein, der mit einem Ring auf ihrer Stirn befestigt war. Sie zog das weiße knöchellange Kleid mit spitzen Fingern vom Körper und drehte sich dabei im Kreis. Laut zitierte sie die drei Sätze Text, die ihr zugeteilt worden waren.

»Kommst du auch zu unserer Probe?« fragte sie.

»Zur Aufführung komme ich ganz bestimmt«, antwortete Thomas. Er hob seine Tochter mit beiden Händen hoch und drehte sich mit ihr im Kreis. Dann stellte er Klara wieder ab, ging hoch zu Jonas, der in seinem Zimmer am Laptop saß, sprach kurz mit ihm und ging dann zurück in die Küche, um etwas zu essen.

Seine Gedanken kreisten um Georg. Sein Schwiegervater war in letzter Zeit wortkarg geworden. Nicht, dass er sonst viel geredet hätte, aber er war noch wortkarger geworden. Auch das eingefallene Gesicht und die flatternde Hose, die er um seinen Gürtel raffte, waren ihm nicht entgangen. Wenn Thomas ihn darauf ansprach, sagte Georg nur, der Gewichtsverlust wäre gut gegen seine Diabetes.

Auch Doris machte sich Sorgen um ihren Mann. Sie hatte Georgs Blutwerte überprüft, aber keine Auffälligkeiten feststellen können. Sein Blutdruck und seine Blutzuckerwerte waren ebenfalls im üblichen Rahmen.

Thomas räumte den Teller und das Besteck in die Spülmaschine und ging durch den Garten hinüber zum Haus seines Schwiegervaters. Die Terrassentür war nur angelehnt. Er schob sie auf und ging in die Küche. Über den Tresen, der Küche und Wohnzimmer trennte, sah er in den Wohnraum.

Baldacci saß am Fenster zur Straße. Georg hatte die Gardine gerafft und mit einer Spange gebunden. Durch den so entstandenen Ausguck beobachtete Baldacci das Treiben vor dem Haus. Der Hund wusste über die Nachbarn besser Bescheid als alle anderen.

Georg lag auf dem Sofa und schlief. Früher hatte er nie einen Mittagsschlaf gemacht. Er hielt das für vertrödelte Zeit. Fand auch gar nicht die innere Ruhe dazu. Er musste wirklich erschöpft sein.

Georg rieb sich auf bei der Arbeit am Einkaufscenter. Der Termindruck war enorm. Aber auch etwas anderes schien ihn zu beschäftigen. Etwas über das er nicht sprach.

Thomas vermutete, dass es mit Büttner zusammenhing. Der Schläger lief immer noch frei herum. Es war nicht auszuschließen, dass er noch einmal zuschlagen würde. Wenn dieser paranoide Zander wirklich hinter dem Überfall auf Georg steckte, wovon Thomas mittlerweile überzeugt war, konnte man das nicht ausschließen. Besonders wenn Georg das Einkaufscenter tatsächlich termingerecht übergeben sollte, dann waren Zanders Pläne auf die Übernahme des Einkaufscenters ein für alle Mal zerstört.

Und der aufbrausende, von Jähzorn getriebene Zander vertrug keine Niederlagen. Er war durch die Anklage und die Aufdeckung seiner korrupten Geschäfte sowieso schon angestochen. Wozu der Mann fähig war, wollte Thomas sich nicht ausmalen. Er hatte ihn ja erlebt, wie er sich bei seiner Verhaftung und den späteren Vernehmungen aufgeführt hatte. Und Zander hatte ihm gedroht. Würde er seinen Zorn und Hass auch auf Georg schütten? War sein Kampf gegen Zander das wert gewesen?

Zander würde nach der Gerichtsverhandlung für ein paar Jahre in der JVA verschwinden. Das wird ihm der alte Bischoff sicher schon gesagt haben. Aber bis zur Verhandlung waren noch drei Monate und außerdem war der alte Anwalt Bischoff immer für eine Überraschung gut. Was konnte in dieser Zeit alles passieren?

Kapitel 41

Schwarze Unwetterwolken waren aufgezogen und hingen bedrohlich über dem Gutshof. Ein eisiger Wind pfiff über den Innenhof. Georg musste einen Moment warten, bis der Monteur die elektrisch betriebene Eingangstür für ihn öffnen konnte. Ein paar Schritte weiter hantierte ein weiterer Monteur an der Windfangtür zum Verkaufsraum. Georg zwängte sich an dem Mann vorbei und ging in den Verkaufsraum.

Die Zwischendecke war noch nicht ganz geschlossen und im Lager, im Sozialraum und den Nebenräumen war noch nicht einmal damit begonnen worden. Wenigstens die Maler hatten die Wände des Verkaufsraums gestrichen und arbeiteten jetzt im Lager. Sie müssten eigentlich fertig werden.

Georg ging zu Neuhaus, der sich in einer Ecke einen Klapptisch und einen Stuhl aufgestellt hatte, um von hier die Arbeiten zu überwachen. Es war jetzt wichtig, dass die Bauleitung jetzt ständig vor Ort war. Es waren nur noch drei Tage bis zur Übergabe.

Neuhaus blickte auf. Seine Augen hellten sich für einen Moment auf. »Ulrike hat angerufen. Die Nutzungsänderung für das Wochenendhaus ist gekommen.«

Georg nickte mit müden Augen. Wenigstens Neuhaus und Piaydas konnten sich freuen. Das Gespräch mit Neuhaus bei Bauamtsleiter Schneider hatte noch einiges an Überzeugungskraft gekostet. Der Businessplan, mit dem Helmut Piayda die Wirtschaftlichkeit der Hundepension nachgewiesen hatte, war in einigen Punkten von der Amtstierärztin angezweifelt worden. Georg konnte Amtsleiter Schneider durch seine Hinweise auf die Preise anderer Hundepensionen von der Richtigkeit des Businessplans überzeugen.

»Wie sieht es mit den Elektroarbeiten aus?« fragte Georg.

»Auf einigen Leitungen ist keine Spannung. Die Elektriker suchen noch nach dem Fehler.« Neuhaus warf einen Blick zum Lager, von dem man in den Hausanschlussraum gelangte. »Ich hoffe nicht, dass sie die Decke wieder öffnen müssen.«

»Und wie weit ist Ihr Schwiegervater?«

»Die Sanitäranlage ist fertig. Auch die Heizung läuft.« Neuhaus seufzte. »Aber die Kühlung und die Lüftung machen ihm noch zu schaffen.« Neuhaus hob resignierend die Schulter. »Er glaubt nicht, dass er rechtzeitig fertig wird.«

Holger von Mühlen kam in den Verkaufsraum, begleitet von einer jungen Frau. Als sie näher kamen, erkannte Georg die Frau. Tina Wollenweber, Baukontrolleurin des Bauamtes.

»Wir haben doch noch keine Bauabnahme beantragt«, sagte Georg und gab der Baukontrolleurin die Hand.

Die Frau wirkte verlegen, sah sich suchend um. »Wir haben eine Nachbarbeschwerde bekommen.« Sie sah Georg wieder an. »Das Klimagerät wäre zu laut.«

*

Neben mir arbeiten noch zwei weitere Strafrechtler an deiner Sache. Aber bei der Beweislage und dem Geständnis von Renate Schüler, hallten noch immer die Worte von Charly Bischoff in Zanders Ohr. Ungeduldig wartete er, bis sich die Tür des Sparkassengebäudes geöffnet hatte und trat in den Kassenraum. Mit ausladenden Schritten stapfte er die Treppe hoch.

Natürlich kommt es auf den Richter an, aber mit drei Jahren Gefängnis solltest du rechnen, hatte Bischoff gesagt. Wut und Angst wechselten sich ab. Nein, kein Gefängnis, alles andere ja. Geldstrafe oder Bewährung. Lass dir was einfallen, hatte er Bischoff angebrüllt.

Zander klopfte an den Rahmen der offen stehenden Tür von Kortkamps Sekretärin. Die dunkelhaarige Frau Anfang fünfzig hob den Kopf. »Sie wollen zu Herrn Kortkamp?« fragte sie.

Zander nickte, verbiss sich jedoch einen Kommentar.

Die Sekretärin stand auf und verschwand in der Zwischentür zu Kortkamps Büro.

Zander ging ein paar Schritte in den Raum und wartete. Früher hatte Frau Meisner hier gesessen. Nach der Ermordung ihres Mannes hatte sie sich krankschreiben lassen und war wegen ihrer Depressionen bei einem Psychiater in Behandlung. Das hatte Kortkamp ihm jedenfalls erzählt.

Es dauerte eine Weile bis die Sekretärin zurückkam und ihn in das Büro des Sparkassendirektors bat.

»Wolfgang«, kam Kortkamp ihm entgegen und gab ihm die Hand. »Was führt dich zu mir?« fragte er und zog einen Stuhl vom Besprechungstisch vor. »Setz dich«, bat er mit einer aufgesetzt wirkenden warmen Stimme.

Zander war das Flattern in der Stimme nicht entgangen. Herbert fühlte sich unbehaglich, dass konnte er deutlich spüren.

Zander setzte sich, nahm eine Flasche Wasser vom Tisch und schenkte sich ein Glas ein. Mit einem kräftigen Schluck spülte er die Trockenheit aus seinem Mund. Sein Blick wanderte durch das Büro des Sparkassendirektors. Wie Herbert nur neben diesen alten Möbeln arbeiten konnte. An dem Schreibtisch hatten schon Herberts Vorgänger gesessen. Aber Herbert war ein Pfennigfuchser, dem es schwer fiel, Geld für etwas auszugeben, dass er nicht unbedingt brauchte.

»Die Darlehnskündigung ist eingegangen. Wie stellst du dir eigentlich vor, wie ich das Darlehen zurückzahlen soll?« fragte er scharf. »Du weißt doch, dass alle meine Mittel in meinen Immobilien festliegen.«

»Versteh doch«, hob Kortkamp abwehrend die Hände. »Ich hatte keine Wahl. Meine Vorstandskollegen setzen mir zu.«

Zander verdrehte die Augen. »Das hat dich doch früher nicht gestört.« Zander warf Kortkamp aus den Augenwinkeln einen abschätzenden Blick zu. »Und profitiert hast du auch ganz schön von unseren Geschäften.«

Zander lehnte sich zurück und zupfte an seinen Revers. »Willst du mir jetzt drohen?«

»Das war nur eine Feststellung«, antwortete Zander, als er die aufsteigende Röte in Kortkamps Gesicht sah. »Es wird doch sicherlich eine Lösung für das Problem geben.«

»Das ist nicht so einfach«, erklärte Kortkamp. »Die Politiker im Verwaltungsrat schauen mir auf die Finger.«

Zanders Erregung, die er aus Bischoffs Büro mit hierher geschleppt hatte, verrauchte allmählich. »Was schlägst du vor?« fragte er schon etwas versöhnlicher.

»Verkauf mir das Grundstück an der Scherlebecker Straße«, platzte Kortkamp damit heraus.

»Waaas? Ich soll dir...«

Herbert Kortkamp unterbrach ihn mit einer raschen Handbewegung. »Hör dir erst mal meinen Vorschlag an«, bat er beruhigend.

Zander trank das restliche Wasser und stellte das Glas mit einem heftigen Knall ab. Mit einer Handbewegung forderte er Kortkamp auf, fortzufahren.

»Solange du Eigentümer des Grundstücks bist, wird der Stadtrat der Änderung des Bebauungsplans nicht zustimmen. Nicht, wo du der Bestechung der Baudezernentin beschuldigt wirst. Das würde nur einen Aufschrei in der Presse und der Bevölkerung auslösen.« Kortkamp zog sich eine Kaffeetasse heran. Während er sich Kaffee einschenkte, fuhr er fort. »Der Rat befürwortet zwar einen LEDO-Markt auf dem

Grundstück, da der Stadtteil unterversorgt ist, aber nicht mit Wolfgang Zander. Das haben mir die Stadträte aus dem Verwaltungsrat klar und deutlich gesagt.«

Zander spürte den musternden Blick, den Kortkamp ihm über den Rand der Tasse zuwarf, als er sie zum Mund führte.

Kortkamp nippte an seinem Kaffee. »Mit mir als Bauherr des Lebensmittelmarktes sehe ich da keine Probleme.«

Kortkamp hob die Brauen. »Das wäre für dich die beste Lösung.« Der Sparkassendirektor stellte die Tasse ab und sah aus den Augenwinkeln zu Zander auf. »Mit dem Kaufpreis für das Grundstück kannst du das Darlehen an uns zurückzahlen. Dein Bauunternehmen bekommt einen lukrativen Auftrag, und später…« Kortkamp machte eine Pause. »… wenn du deine Angelegenheiten geregelt hast, kannst du den Markt zurückkaufen.«

*

Reiner Quill war etwas unwohl zu Mute. Unruhig rutschte er auf dem Stuhl vor dem Sprechzimmer von Dr. Mohrbutter herum. Der Psychiater hatte noch einen Patienten und hier im Vorraum standen einige Patienten der Psychiatrie herum, die ihn ungeniert anstarrten.

Nach Amoneits Aussage war ihm klar, dass eigentlich nur Bernd Büttner als Täter für den Mord an Meisner in Frage kam. Außerdem war der Haftbefehl gegen Büttner wegen gefährlicher Körperverletzung an Georg Heffner wieder in Kraft gesetzt worden. Seit Wochen fahndeten sie jetzt schon nach dem Mann, ohne bisher auch nur den geringsten Hinweis erhalten zu haben.

Amoneit hatte ausgesagt, dass Büttner am Abend des Mordes an Meisner bei ihm aufgetaucht wäre. Büttner hatte dieses Gewehr mit dem Zielfernrohr bei sich und hatte Amoneit gebeten, es bei ihm verstecken zu dürfen. Büttner hätte es aus dem Balkankrieg nach Hause geschmuggelt und hätte Angst gehabt, dass man es bei ihm finden würde. Amoneit hatte überhaupt keinen Gedanken daran verschwendet, dass Meisner mit diesem Gewehr erschossen worden sein könnte. Büttner kannte Meisner überhaupt nicht und hatte Amoneits Meinung nach auch kein Motiv, um Meisner zu ermorden. Das hörte sich alles plausibel an. Quill hatte keinen Grund daran zu zweifeln. Nur das Amoneit aus falscher Freundschaft so lange mit seiner Aussage gewartet hatte, verstand er nicht.

Zwei Männer tuschelten miteinander und beäugten Quill.

»Sind Sie mein neuer Bewährungshelfer?« fragte schließlich der eine.

Quill schüttelte den Kopf.

»Hab ich dir doch gesagt«, sagte der andere. »Das ist ein Anwalt. Das sieht man doch.«

Die beiden hatten das Interesse an ihm verloren und gingen zu einer Sitzecke am anderen Ende des Vorraums. Eine ältere Frau löste sich und schlurfte mit tapsigen Schritte auf ihn zu.

»Fahren Sie nach Recklinghausen?« fragte sie.

»Leider nicht«, antwortete Quill mit einem warmen Lächeln.

»Schade«, sagte sie und zog die Mundwinkel herunter. »Da hätten Sie mich mitnehmen können.«

Die Tür neben Quills Stuhl wurde geöffnet und Dr. Mohrbutter kam heraus.

»Maria, Sie wissen doch, dass Sie unsere Gäste nicht belästigen sollen.«

Mit hochgezogenen Kinn und vorgeschobenen Lippen schlurfte Maria von dannen.

»Kommen Sie bitte«, bat der Oberarzt ihn herein. Er deutete auf eine Tür in der Seitenwand seines Büros. »Entschuldigen Sie bitte, dass Sie warten mussten. Ich hatte noch einen Patienten im Therapiezimmer.«

Der Raum war in Gelb und Hellgrün gestrichen und von den Deckenlampen fiel ein warmes Licht in den Raum. Auch der Schreibtisch aus einem hellen Buchenholz strahlte so etwas wie Wärme und Geborgenheit aus.

»Sie sagten am Telefon, dass Sie mit mir über Bernd Büttner sprechen wollten«, sagte der Psychiater, als er hinter den Schreibtisch ging. Er zog die Ärmel seines blauen Pullovers etwas hoch, den er über einer Jeans trug und deute auf den Stuhl vor dem Schreibtisch.

Quill nahm auf dem beigefarbenen Stuhl Platz und nickte. »Sie sagten ja schon am Telefon, dass Sie nichts sagen können, was gegen Ihre ärztliche Schweigepflicht verstößt.« Quill rutschte etwas auf den Stuhl nach hinten. »Ich möchte einfach nur verstehen, was in einem Menschen mit Posttraumatischen Belastungsstörungen vor sich geht.«

Dr. Mohrbutter lehnte sich weit in seinem Drehstuhl zurück und wippte mit dem Stuhl. »Sie sagten, Büttner hätte einen Mann zusammengeschlagen?«

Quill nickte. »Er hat die Tat gestanden. Außerdem gab es zwei Zeugen, die ihn gesehen haben.« Er schlug das Bein über und legte die Hand auf den Oberschenkel. »Er kannte den Mann nicht und hatte auch gar kein Motiv. Können Sie sich vorstellen, warum er den Mann angegriffen haben könnte?«

Der Psychiater stützte einen Arm auf die Lehne. »Traumatisierte Menschen befinden sich in einer Art ständiger Alarmstimmung. Schon Kleinigkeiten, die sie an das Trauma erinnern, wie zum Beispiel uniformierte Menschen, Lärm und Enge, können Auslöser so einer Tat sein.«

Mohrbutter wippte wieder mit seinem Stuhl. »Wir haben eine Konfrontationstherapie mit ihm durchgeführt. Sie gilt als besonders wirksam«, dozierte er jetzt. »Der Patient soll sich durch ein geschütztes Wiedererkennen an die traumatische Situation gewöhnen.« Er hob etwas resigniert die Schulter. »Aber Büttner hat die Therapie abgebrochen, bevor sie überhaupt anschlagen konnte.«

»Büttner ist seit seiner Vernehmung verschwunden«, erklärte Quill.

Mohrbutter nickte. »Angst und Verunsicherung, Schwierigkeiten, ins Leben zurückzufinden oder ihr altes Leben wieder aufzunehmen, treiben sie oft in die Obdachlosigkeit. Es gibt Statistiken, nach denen jeder vierte Obdachlose auf Amerikas Straßen Veteran eines Krieges ist.«

»Sie meinen, er könnte sich irgendwo auf den Straßen aufhalten?« fragte Quill.

Der Psychiater hob die Schulter. »Er könnte natürlich auch die Einsamkeit suchen. Diese Menschen haben eine erhöhte Schreckhaftigkeit, haben Angst, dass die traumatischen Ereignisse wiederkehren. Die eigene Wohnung ist ihnen nicht sicher genug.«

Quill sah nachdenklich auf das Bücherregal hinter Mohrbutter. »Könnte er auch zu so einer Tat angestiftet worden sein?«

»Solche Menschen sind leicht zu manipulieren. Vor allen Dingen von Menschen, zu denen sie Vertrauen haben«, antwortete Morhbutter. Der Psychiater hob die Hände. »Er war Soldat. War im Krieg. Da war er gewohnt, Befehle auszuführen. Wenn man ihm etwas suggerieren würde, ein Mensch dem er vertraut, dann ist das schon denkbar.«

Quill bedankte sich bei dem Oberarzt und machte Anstalten aufzustehen.

»Was ich noch erwähnen wollte«, hielt der Psychiater ihn zurück. »Traumatisierte Menschen haben oft Alkoholprobleme oder Suchtprobleme beim Missbrauch von Tranquilizern.« Mohrbutter stand auf und ging zur Tür. »Und Büttner hat sich vollgestopft mit Tranquilizern.«

Kapitel 42

Der Himmel war immer noch grau verhangen, aber nicht mehr so dunkel und bedrohlich wie am Vortag. Quill fuhr auf der frisch asphaltierten Straße an der Kinderklinik vorbei und bog wenig später in die Bochumer Straße in Richtung Westerholt.

Brambach hatte am Morgen schnell ermitteln können, dass die Mitarbeiter der Bauunternehmung von Zander alle bei der Innungskrankenkasse versichert waren. Quill hatte sich dann selbst auf den Weg zur Geschäftsstelle der IKK nach Gelsenkirchen gemacht. Erst nach der Androhung, mit einer richterlichen Verfügung zurückzukommen, hatte der Geschäftsstellenleiter ihm Auskunft gegeben.

Links von ihm verschwand das Schloss als dunkle Silhouette am Horizont. An der Ampel stoppte er den Wagen. Vor sechs Wochen war das letzte Rezept ausgestellt worden.

Die Ampel sprang auf Grün und Quill folgte der Westerholter Straße, vorbei an der Fleischfabrik und bog an der großen Kreuzung in die Feldstraße. Die Putzhäuser lagen geduckt und schmutzig in dem tristen Grau und Rauchwolken stiegen aus den Kaminen.

Quill bog in die Langenbochumer Straße und bog gleich wieder ab in die verkehrsberuhigte Sackgasse. Die Praxis von Dr. Wollny lag genau gegenüber von Zanders Bürogebäude. Der Hausarzt hatte Büttner die Tranquilizer verschrieben.

Quill fand einen Parkplatz vor der Praxis, stellte den Wagen ab und ging zum Eingang. Ein paar ältere Männer standen vor dem Gebäude, teils rauchend, und unterhielten sich.

»Ist brechend voll. Dass dauert«, rief ihm einer der Männer zu.

Quill nickte ihm zu und ging hinein. An den Wänden um den Empfang standen Patienten gelangweilt herum. Quill trat an den Tresen zu der telefonierenden Arzthelferin. »Sie müssen eine Nummer ziehen«, flüsterte sie ihm zu und zeigte auf den Automaten an der Wand neben dem Empfangstisch.

Quill lehnte den Ellbogen auf den Tresen und wartete, bis die Arzthelferin das Telefonat beendet hatte. Er zückte seinen Ausweis und hielt ihn der Arzthelferin entgegen. »Hauptkommissar Quill. Ich muss mit Doktor Wollny sprechen.«

Die Arzthelferin reckte neugierig den Hals. »Der Doktor hat noch Patienten. Warten Sie bitte im Wartezimmer. Ich sage dem Doktor Bescheid.«

Quill ging zu dem Durchgang, der das Wartezimmer mit dem Empfang verband. Der Raum war völlig überhitzt und voll von Patienten. Kein freier Stuhl mehr. Die stickige Luft reizte seine Lunge. Als er die hustenden und schnupfenden Patienten sah, machte er kehrt und ging zurück zum Empfang. Er war bis jetzt von der Grippe verschont geblieben und hatte keine Lust, sich hier einen Virus einzufangen. Als er sich der Theke näherte, kam Dr. Wollny aus einen der Untersuchungsräume an den Tresen und unterschrieb ein paar Rezepte.

»Doktor Wollny?« sprach er den Arzt schnell an, bevor er wieder verschwinden konnte. »Hauptkommissar Quill. Ich hätte Sie gerne kurz gesprochen.«

Der Arzt sah aus den Augenwinkeln auf und schob die Brille hoch. »Polizei? Worum geht es denn?«

Quill ließ den Blick durch den Empfangsraum schweifen. »Hier?« fragte er.

»Kommen Sie«, sagte der Arzt und drehte sich halb um. »Gehen wir in mein Sprechzimmer.«

Quill folgte Dr. Wollny in einen kleinen Raum. Neben einem vollgestopften Regal mit Fachbüchern und Medikamentenmustern, fanden nur noch ein vollgepackter Schreibtisch und zwei Stühle Platz.

Quill setzte sich vor den Schreibtisch.

»Was kann ich für Sie tun?« fragte der Arzt und setzte sich.

»Es geht um Ihren Patienten Bernd Büttner. Sie verschreiben ihm Tranquilizer.«

Dr. Wollny hob die Schulter. »Er leidet unter akuten Schlafstörungen.« Er lehnte sich zurück und schob wieder die Brille hoch. »Was interessiert das die Polizei?«

»Wir suchen Büttner seit einigen Wochen. Er ist einfach nicht aufzufinden,« erklärte Quill.

Wollny tippte etwas auf der Tastatur. »Und weshalb kommen Sie da zu mir?«

»Er wird sicher bald wieder ein Rezept benötigen«, erklärte Quill.

Wollny schaute auf den Monitor. »Vor sechs Wochen war er das letzte Mal hier.«

»Können Sie mich anrufen, wenn er hier auftaucht. Oder wenn jemand anderes ein Rezept für ihn abholen will?« bat Quill.

Wollny sog lautstark die Luft durch die Nase ein und lehnte sich zurück. »Sie haben doch gesehen was draußen los ist.« Er deutete mit der Hand auf die Tür. »Ich bin doch keine Auskunftei.«

Quill beugte sich weit vor. »Ich ermittle hier nicht in einer Bagatellsache. Hier geht es um Mord und gefährliche Körperverletzung.«

*

Es war fast Mittag, als Georg den Wagen vor dem Einkaufscenter parkte und sich aus dem Audi quälte. Er hatte heute länger geschlafen und schalt sich ein wenig dafür. Aber das Aufstehen war ihm schwergefallen und auch über die lange Morgentoilette hatte er sich geärgert.

Baldacci hatte schon unten an der Treppe winselnd auf ihn gewartet. Georg hatte sich zu einem kurzen Spaziergang gequält und war gleich umgekehrt, als der Hund sein Geschäft verrichtet hatte. Er hatte Frau Schmadtke gebeten, Baldacci zur Mittagszeit auszuführen.

Georg hatte sich anschließend ein langes Frühstück gegönnt. Nur der Ruf nach der Pflicht, den er nur noch als schwachen Antrieb verspürte, hatte ihn wiederwillig vom Frühstückstisch hochgetrieben. Was war er froh, dass er Neuhaus und sein Büro an der Seite hatte.

Georg trat in den Verkaufsraum. Die Decke war geschlossen. Die Monteure arbeiteten jetzt hinten im Lager. Er ging zu Neuhaus, der wieder an seinem Klapptisch saß.

»Ich habe Ihnen auch einen Stuhl mitgebracht«, schmunzelte er.

Georg wunderte sich, wo der junge Architekt diese Leichtigkeit hernahm. Er ließ sich auf den Stuhl fallen und rang mit kurzen Atemstößen nach Luft. Eine zentnerschwere Last schien auf seinen Schultern zu ruhen. Er streckte die Beine weit von sich und lehnte sich zurück.

»Diese blöden Nachbarbeschwerden«, nörgelte Neuhaus herum. »Was machen wir jetzt?«

Georg ließ die Schultern sinken und atmete mit spitzem Mund pustend aus. »Nachbarbeschwerden sind immer ärgerlich. Aber versetzen Sie sich einmal in deren Lage.« Georgs Atmung wurde wieder gleichmäßiger. »Sie wohnen schon viele Jahre am Hang hinter dem Gutshof. Jetzt bekommen sie den Parkplatz eines Einkaufscenter vor die Nase gesetzt, und dann sollen sie auch noch die Geräusche des Klimagerätes ertragen.«

Neuhaus wand sich. »Ja, Sie haben ja Recht. Trotzdem ist es ärgerlich.«

Georg winkte ab. »Auf der Fahrt hier her habe ich mit Amtsleiter Schneider telefoniert. Nachdem ich ihm versprochen habe, für Abhilfe zu sorgen, hat er zugesagt, uns eine Frist von einem Monat einzuräumen.« Georg warf Neuhaus einen müden Blick zu. »Das Gerät steht im Obergeschoss. Darum können wir uns nach der Übergabe kümmern.«

Neuhaus zog leicht die Brauen herunter und sah ihn musternd an. »Sie können ja kaum noch auf den Beinen stehen. Ruhen Sie sich aus. Bleiben Sie Morgen zu Hause, damit Sie übermorgen bei der Übergabe wieder fit sind.«

*

Nur widerwillig hatte Kortkamp eingewilligt, sich mit ihm zum Abendessen im Restaurant des Golfclubs zu treffen. Jetzt Mitte November war das Restaurant nur spärlich besucht.

Zander stellte den Mercedes auf dem Parkplatz ab. Die Dunkelheit hatte das Gelände eingehüllt. Weiter oben, auf der anderen Seite der Straße sah er die roten Positionslichter des kleinen Towers des Flugplatzes. Im trüben Schein der Parkplatzbeleuchtung ging er hinüber zum Clubgebäude.

Zander hatte lange über Kortkamps Vorschlag nachgedacht. Es fiel ihm schwer, sich von dem Grundstück zu trennen. Und dann auch noch an Kortkamp verkaufen. Die Demütigung nagte an ihm. Er hatte versucht, seine Emotionen aus seinen Überlegungen herauszuhalten. Hatte versucht, ganz sachlich zu bleiben. Seine Mittel lagen fest. In Immobilien. Weitere Kredite würde die Sparkasse ihm nicht gewähren. Nicht nach dem Strafprozess, der ihm noch bevor stand. Auch musste er sich eingestehen, dass die Sparkasse an seinem Haus keine Sicherheiten mehr hatte. Es war ja durch die Presse gegangen, dass das Verwaltungsgericht gegen ihn entschieden hatte. Dass er vielleicht sein Haus abreißen lassen musste. Er war nicht mehr liquide. Er war steinreich, im wahrsten Sinne des Wortes. Aber keine flüssigen Mittel um das Darlehen auf seinem Haus zurückzuzahlen. Der einzige Weg aus der Misere, war der Verkauf von Immobilien. Widerwillig hatte er Kortkamp gegen Mittag angerufen und ihm mitgeteilt, dass er in den Verkauf des Grundstückes einwilligen werde.

Zander ging in das Restaurant und sah sich suchend um. Kortkamp saß wieder an dem Tisch in der Nische weit hinten im Restaurant.

»Heute lade ich dich ein «, begrüßte ihn der Banker.

»Geht´s mir wirklich schon so dreckig?« brummte Zander und legte seinen Mantel über die Lehne eines Stuhls. Er zog den Nachbarstuhl vor und setzte sich.

»Jetzt sei nicht so trotzig«, wiegelte Kortkamp ab. »Du hast die richtige Entscheidung getroffen.«

Kortkamp winkte die Restaurantpächterin heran. »Wir nehmen das Filetsteak«, bestellte er gleich für Zander mit. »Und zwei Pils bitte.«

Sie sprachen noch über die Abwicklung des Kaufvertrages, als die Pächterin das Pils brachte.

Kortkamp hob das Glas und prostete ihm zu.

Zander nickte missmutig, stieß dann aber mit Kortkamp an. Er stellte das schlanke Pilsglas ab und wischte sich mit der Stoffserviette den Schaum vom Mund.

»Warum hast du mich zum Abendessen eingeladen?« fragte er den Banker. »Doch nicht um mit mir auf das Grundstücksgeschäft anzustoßen.«

Kortkamp stellte das Glas langsam ab und sah ich lange an. »Wir hatten heute eine Vorstandssitzung«, begann der Banker. »Meine Kollegen machen sich Sorgen über dein Unternehmen.« Er zog die Brauen hoch. »Wir haben schließlich viel Geld in deiner Firma stecken.«

Zanders Blick wanderte durch den im Halbdunkel liegenden Raum. Nur ein Vierertisch weiter vorne im Restaurant war besetzt. »Die sollen sich mal keine Sorgen machen. Ich komme schon klar.«

Kortkamp musterte ihn mit einem prüfenden Blick. »Du weißt, dass wir dir im Moment keine weiteren Kredite gewähren können.« Kortkamp lehnte sich zurück und strich über seinen Ärmel. »Auch mir sind da die Hände gebunden.«

»Auf was willst du hinaus?« brummte Zander.

Kortkamp setzte sich wieder auf und legte die Arme auf den Tisch. »Du stehst im Moment im Fokus der Presse, der Öffentlichkeit und der Politik. Deine Geschäfte leiden darunter.«

»Die Menschen vergessen auch schnell wieder«, erwiderte Zander. Das Gespräch behagte ihm nicht. Er trank einen kräftigen Schluck Pils.

Kortkamp schüttelte den Kopf. »Du hast noch einen langen Strafprozess vor dir. Die Presse wird das ausschlachten.«

Zander warf dem Banker einen Blick aus den Augenwinkeln zu und drehte das Glas in seiner Hand. »Worauf willst du hinaus?«

Kortkamp beugte sich weit vor. »Du musst aus der Schusslinie.«

Zander stellte das Glas ab und hob die Schulter. »Und wie soll ich das anstellen?«

Kortkamp lehnte sich langsam zurück. Etwas Bestimmendes lag in seinem Blick. »Zieh dich aus dem Unternehmen zurück. Überschreib die Firma deinen Söhnen.«

Zander hatte das Gefühl, ein Faustschlag hätte ihn getroffen. Es dauerte einen Moment, bis die Botschaft bei ihm angekommen war. Für einen Moment blieb sein Mund offen stehen. »Du erwartest allen Ernstes, dass ich meine Firma aufgebe?« fragte er scharf. Er schluckte. Seine Augen wurden zu Schlitzen. »Wann ich mein Unternehmen in andere Hände gebe, entscheide ich immer noch selbst.« Er richtete sich auf und spürte, wie es in seinem Brustkorb bebte. »Ihr Banker wollt mich zwingen? Jahrelang habt ihr von meinen Geschäften profitiert«, zischte er. Er zeigte mit dem Finger auf Kortkamp. »Und du am Meisten.«

Kortkamp warf ihm einen stechenden Blick zu. »Mein Finanzvorstand hat eine Zusammenstellung deiner Kosten erstellen lassen.« Er sah ihn lange an. »Bis zu deinem Strafprozess brauchst du rund eine Million, um über die Runden zu kommen.«

Kortkamp blickte an ihn vorbei ins Restaurant. »Und bis dahin weißt du nicht mal, ob du ins Gefängnis musst.«

Die Pächterin brachte das Essen. Zander biss die Zähne zusammen und wartete, bis die Pächterin sich wieder entfernt hatte.

Sein Kopf war rot angelaufen. Das Blut trommelte gegen seine Schläfe. »Ich werde nicht ins Gefängnis wandern. Bischoff wird schon dafür sorgen.«

»Warte nicht so lange ab, bis es zu spät ist«, zischte Kortkamp mit eisiger Miene. Er sah Zander jetzt direkt an. »Und woher willst du die Million nehmen, um zu überleben?«

Zanders Augen funkelten vor Zorn. Er fühlte sich in die Enge getrieben, eingekesselt von seinen Jägern. Wie ein Tiger, der keine Fluchtmöglichkeit mehr besaß.

Kortkamp lehnte sich zurück. Seine Zähne mahlten aufeinander. »Das ist unser Abschiedsessen. Ich kann es mir nicht leisten, mich noch weiterhin mit dir in der Öffentlichkeit zu zeigen.«

Kapitel 43

Quill dankte den beiden Streifenbeamten und entließ sie. Sie hatten gemeinsam mit einigen Kollegen, bis in die Nacht die Treffpunkte der Obdachlosen abgeklappert und das Foto von Bernd Büttner herumgezeigt. Aber keiner der Obdachlosen kannte den Mann. Es war ein Versuch wert gewesen. Jedenfalls konnte er jetzt wahrscheinlich ausschließen, dass Büttner auf der Straße lebte.

Draußen quälte sich die Morgensonne durch die grauen Wolken, die am Himmel vorbeizogen wie ein lahmer Schleppkahn auf dem Rhein.

Er wollte gerade zu Brambach gehen, der an seinem PC arbeitete, als das Telefon läutete.

Dr. Wollny war am Telefon.

»Büttner hat gerade bei meiner Arzthelferin angerufen. Er braucht wieder Tranquilizer. Ein Herr Amoneit würde das Rezept gleich für ihn abholen.«

»Los, komm«, rief er Brambach zu. »Büttner hat sich gemeldet.«

Quill riss seine Winterjacke von der Garderobe und rannte den Flur hinunter und raus aus dem Dienstgebäude. Der Dienstwagen stand neben dem Gebäude. Noch im Laufen entriegelte er die Tür und sprang auf den Fahrersitz. Als er den Mercedes gestartet hatte, sprang Brambach in den Wagen.

Mit quietschenden Reifen jagte er vom Parkplatz, fuhr über die Kreuzung und raste die Herzlia-Allee hinunter.

»Wohin?« fragte Brambach, als sie gerade an der Feuerwache vorbeifuhren.

»Zu Doktor Wollny. Büttner hat telefonisch ein Rezept bestellt. Amoneit soll es für ihn abholen.«

Quill spürte die Erregung in sich aufsteigen. Endlich schienen sie vorwärts zu kommen. Die Felder und kleinen Gehöfte nahm er gar nicht wahr, als sie die Kreuzung überquerten und der Hertener Straße folgten, die dann zur Feldstraße wurde. Als er in den Ort fuhr, wurde er von einem Kleinwagen aufgehalten, der sich genau an die Geschwindigkeitsbegrenzung hielt. Unruhig trommelte er auf das Lenkrad. Weit vor der Ampel an der Langenbochumer Straße drängelte er sich an dem Kleinwagen vorbei in die Linksabbiegerspur. Die Ampel stand auf Rot und er musste warten. Unruhig hüpfte sein Knie auf und ab. Dann sprang die Ampel auf Grün. Er fuhr ein Stück in die Straße, wendete, als kein Gegenverkehr kam und stellte, den Wagen auf dem Parkstreifen neben der Straße ab.

»Da vorne ist Amoneit.« Brambach zeigte auf einen Mann etwa zwanzig Meter vor ihnen, der sich kurz umdrehte und dann weiterging.

Quill schaltete den Motor aus. Er konnte sie nicht gesehen haben. Die Sträucher zwischen dem Parkstreifen und dem Gehweg reichten bis zur Hälfte der Fenster des Mercedes.

»Und jetzt?« fragte Brambach.

»Wir warten bis er wieder rauskommt«, antwortete Quill und beobachte Amoneit wie er gerade die Tür der Arztpraxis hinter sich schloss.

Nach wenigen Augenblicken kam Amoneit wieder aus der Praxis und kam auf sie zu. Dann ging er in die Apotheke neben der Arztpraxis.

»Er löst das Rezept ein«, sagte Brambach und sah wie gebannt auf den Eingang der Apotheke.

»Wir bleiben an ihm dran. Vielleicht führt er uns ja zu Büttner«, erklärte Quill und trommelte mit den Fingern unruhig auf das Lenkrad.

»Da ist er wieder«, flüsterte Brambach. »Wo geht er denn jetzt hin?«

Amoneit überquerte die Straße und verschwand im Bürogebäude von Zander. Quill dachte daran, Amoneit zu folgen. Aber der Makler konnte in dem siebenstöckigen Gebäude leicht verschwinden. Sie mussten warten, bis er das Gebäude wieder verließ.

Es dauerte eine knappe halbe Stunde, bis Amoneit wieder aus dem Gebäude kam. Quill hatte die endlose Warterei kaum ausgehalten. Erleichtert atmete er auf.

Amoneit ging an den Schaufenstern des Gebäudes vorbei und kam auf sie zu. Vor einem leerstehenden Ladenlokal blieb er stehen und spähte durch das Fenster. Dann schlenderte er weiter. Am Ende des Gebäudes blieb er kurz stehen und winkte einem älteren Mann auf der anderen Straßenseite zu. Er sah nach rechts, dann nach links und lief eilig über die Straße. Eine Zeitlang unterhielt sich Amoneit gestikulierend mit dem Mann, dann ging er weiter in Richtung seines Büros.

Quill startete den Motor und wendete den Wagen vor der Apotheke. Langsam fuhr er auf die Straße und folgte Amoneit in gehörigem Abstand. Kurz vor seinem Büro überquerte Amoneit die Straße und ging in das Maklerbüro.

Quill parkte den Mercedes auf dem seitlichen Parkstreifen mit etwas Abstand zu Amoneits Haus und stellte den Motor ab. »Er muss Büttner die Tranquilizer bringen«, sagte er mehr zu sich selbst.

Brambach nickte. »Amoneits Wagen steht vor dem Haus.«

Es begann eine schier endlose Warterei. Amoneit kam einfach nicht heraus. Vielleicht war Büttner ja wieder in Amoneits Haus. Oder er versteckte sich im Keller. Quatsch. Büttner musste damit rechnen, dass die Polizei das Haus observierte. Büttner vertrug keine Enge, kamen die Worte des Psychiaters wieder in ihm hoch.

Eine Stunde war vergangen, ohne dass sich etwas tat. Quill wippte mit dem Bein. Er spürte den Druck auf seiner Blase. Der Kaffee, dachte er.

Quill rappelte sich auf. »Wir gehen rein. Amoneit muss uns sagen, wohin er das Medikament bringen soll.«

*

Marion Amoneit öffnete die Tür. Ihre Augen wirkten heller, nicht so dunkel und traurig wie bei ihrem Besuch in der JVA. Über einer verwaschenen Jeans trug sie ein kurzes weißes Röckchen. Irgendwie wirkte das mädchenhafte Outfit fehl am Platze.

»Wir müssen noch mal mit Ihrem Mann sprechen«, erklärte Quill.

Marion Amoneit zog die Tür weit auf und bat sie herein. »Er ist im Besprechungszimmer.«

Sie gingen durch das Maklerbüro und durch die Verbindungstür in das Besprechungszimmer. Klaus Amoneit saß am Tisch und schaute auf. »Ich hab euch doch schon alles gesagt.«

Amoneit wirkte ruhig und hatte sogar ein freundliches Leuchten in seinen Augen.

»Darf ich mal kurz Ihre Toilette benutzen?« fragte Quill.

»Bitte«, nickte Marion Amoneit und öffnete die Nebentür.

Quill huschte eilig ins Bad und erleichterte sich.

»Wir haben leider keinen Strom«, hörte er Amoneit sagen, als er wieder in das Zimmer kam. »Kaffee kann ich Ihnen daher keinen anbieten.« Der Makler schien gerade keinen paranoiden Schub zu haben, wirkte völlig normal. Er hatte seinen Bart gestutzt und die Haare waren geschnitten.

»Wir sind in Eile«, erklärte Quill und setzte sich. »Sie haben gerade ein Rezept für Bernd Büttner bei Doktor Wollny abgeholt und es in der Apotheke eingelöst.«

»Beobachten Sie mich?« unterbrach Amoneit ihn und legte die Stirn in Falten.

Quill schüttelte den Kopf. »Wir suchen Büttner. Also, wo ist er.«

Amoneit hob die Schulter. »Das weiß ich nicht. Er hat heute Morgen angerufen und mich gebeten das Rezept abzuholen und in der Apotheke einzulösen.«

»Wohin sollen Sie ihm das Medikament bringen?« schaltete Brambach sich ein.

Amoneit schüttelte irritiert den Kopf. »Ich sollte es in Zanders Büro abgeben.«

Quill fiel in seinen Stuhl zurück. »Haben Sie das Medikament Zander persönlich gegeben?«

Amoneit nickte und sah von Quill zu Brambach. »So wie Büttner es gesagt hat.«

So ein Mist, fluchte Quill innerlich. Das hätte er sich denken können, als Amoneit das Bürogebäude betrat. Er stützte den Ellbogen auf den Tisch und legte die Finger an seinen Kopf. Nach einer Weile sah er wieder auf.

»Rufen Sie bei Zander an«, bat er Amoneit. »Ich will nur wissen, ob er noch im Hause ist.«

Amoneit zuckte die Achseln. »Wenn es für Sie wichtig ist.«

Der Makler griff zum Telefon und wählte. Dann drückte er auf die Lautsprechertaste.

Eine junge Frauenstimme meldete sich.

»Amoneit hier«, sprach der Makler in den Hörer. »Ich hätte gerne Herrn Zander gesprochen.«

»Tut mir leid«, kam die Frauenstimme wieder aus dem Lautsprecher. »Herr Zander hat das Haus vor einer halben Stunde verlassen.«

*

Als Wolfgang Zander sich dem Rolltor an der Grundstückseinfahrt näherte, flammten die Lampen auf den beiden Torpfosten auf. Mit der Fernbedienung betätigte er das Tor und wartete, bis es zur Seite gefahren war. Langsam fuhr er in die Einfahrt den asphaltierten Weg hoch zum Haus. Dabei hatte er den Kontakt im Asphaltbelag betätigt, der das Tor hinter dem Mercedes schloss. Er stellte den Wagen in der Garage ab und ging ins Haus. Die Bewegungsmelder schalteten seinen Schritten folgend die Lampen in der Schleuse und in der Diele an. Er hing seinen Mantel an der Garderobe auf und stellte die leere Sporttasche ab.

An der Wohnraumtür schaltete er die Beleuchtung ein und die in der Decke eingebauten Halogenleuchten warfen Lichtkegel auf den Marmorboden.

Der Lichtsensor hatte bei Einbruch der Dunkelheit die Rollladen heruntergefahren und versperrten ihm den Blick in den Garten. Er fühlte sich eingesperrt. Wie in einem Gefängnis. Er drückte die Schalter und fuhr die Rollladen im Wohnraum wieder hoch. Die grauen Wolken hatten sich verzogen und ein klarer Nachthimmel lag über dem parkähnlichen Garten. Sterne funkelten am Nachthimmel und der Halbmond warf ein milchiges Licht auf die Felder hinter seinem Haus.

Zander ging zur Bar, holte sich ein Bier aus dem Kühlschrank und setzte sich in seinen Sessel. Das leere Haus wirkte bedrückend auf ihn. Wirkte so verlassen, wie er sich fühlte. Seine Frau Evelyn war mit ihrer Freundin am Morgen in das Ferienhaus an der Nordsee gefahren. Seine Frau hatte in der letzten Zeit zwar kaum mit ihm gesprochen, aber ihre Anwesenheit hatte ihm wenigstens das Gefühl vermittelt, nicht so alleine zu sein.

Das Telefon klingelte und er nahm das Schnurlostelefon vom Tisch. Seine Frau rief an.

»Wir sind gut angekommen«, sagte sie.

Sie rief immer an, um ihm zu sagen, dass sie gut angekommen war. Auch wenn sie nur in die Nachbarstadt zu ihrer Freundin fuhr.

»Hast du das Haus in letzter Zeit vermietet?« fragte sie.

»Nein, warum fragst du?«

»Es sieht hier so aus, als ob das Haus benutzt worden war.« Sie machte eine Pause. »Na, auch egal. Ich bin jedenfalls gut angekommen.«

Auf der Rückfahrt aus dem Münsterland hatte er an einem McDonald´s angehalten und einen Burger gegessen, den er jetzt aufstieß. Er holte sich einen Whiskey von der Bar und trank einen Schluck. Langsam ließ der Druck in seinem Magen nach.

Während der Fahrt hatte er seine innere Ruhe wiedergefunden. Nach den wirren Gedanken, die nach dem Gespräch mit Kortkamp unaufhörlich in seinem Kopf kreisten, hatte er jetzt eine Entscheidung getroffen. Er hatte sich immer erleichtert und voller Elan gefühlt, wenn er eine schwere Entscheidung gefällt hatte. Wenn er wusste, wie es weitergehen würde. Und ein zufriedenes Grinsen huschte über sein Gesicht. Er würde es allen zeigen. Er würde es allen heimzahlen. Nein, er war noch nicht tot.

Zander trank den restlichen Whiskey und sah in den Garten. Die kleinen Lichter in der Rasenfläche, die sich bei Dunkelheit einschalteten, wirkten aufhellend auf ihn, strahlten so etwas wie Wärme und Geborgenheit aus.

Aber sofort keimten die Wut und der Zorn wieder auf, als er an das Gespräch mit Kortkamp dachte.

Was bildete der Fatzke sich eigentlich ein. Er, Zander, hatte Kortkamp groß gemacht. Er hatte Kortkamp zum Bankdirektor gemacht.

Zander spürte, wie sein Blutdruck stieg. Seine Hände zitterten, als er die Bierflasche zum Mund führte. Er trank einen kräftigen Schluck und spürte die Kälte, die in seiner Kehle herunterrann.

Kortkamp wollte sich nicht mehr mit ihm zeigen. Der Banker hatte ihn eiskalt abserviert. Dieser Dreckskerl.

Zander knallte die Bierflasche auf den Tisch.

Zweieinhalb Millionen hatte er Kortkamp auf das Schweizer Konto überwiesen.

Es war sein Geld.

Geld, das Zander dem Banker für die verbilligten Kredite gezahlt hatte. Damit hätte Kortkamp ihm locker wieder liquide machen können.

Der Banker wollte nicht in seine schmutzigen Geschäfte hineingezogen werden, hatte Kortkamp gesagt. Außerdem brauche er das Geld als Startkapital für die berufliche Zukunft seines Sohnes.

Er, Zander, solle endlich begreifen, dass sich hier ihre Wege trennen würden.

Sein Sohn.

Der beendete gerade erst sein BWL-Studium. Dieser Besserwisser mit dem Aufkleber an der Beifahrerscheibe seines alten Golfs, auf dem Stand *Ich bin kein Klugscheißer, ich weiß es wirklich besser.*

Das Blut schoss ihm in den Kopf.

Kortkamp hatte ihn eiskalt fallengelassen. Nach all den Jahren. Er hatte Kortkamp zu dem gemacht, was er heute war. Er hatte ihm zweieinhalb Millionen an Schmiergeldern gezahlt. Der Mann war ihm was schuldig.

Er biss die Zähne zusammen bis die Wagenknochen hervortraten.

Nicht mit mir. Nicht mit Wolfgang Zander.

Er hatte viel zu hart am Aufbau seines Unternehmens gearbeitet. Er würde seinen Söhnen das Unternehmen übergeben. Aber zu einem Zeitpunkt den er bestimmte. Wenn sie ihr Studium beendet hatten. Ein gesundes Unternehmen.

Er trank das restliche Bier in einem Schluck aus und sah auf die leere Flasche in seiner Hand.

Ich bin noch nicht am Ende.

Er hatte alles gut geplant. Er hatte es in die Wege geleitet. Und er würde das jetzt durchziehen.

Kapitel 44

Reiner Quill stand am Fenster der Dienststelle und sah in den saphirblauen Himmel. Die grauen Wolken vom Vortag hatten sich verzogen. Dafür pfiff ein kalter Wind um das Gebäude.

Er ärgerte sich immer noch, dass er am Vortag so ausgetrickst worden war. Zander hatte die Tranquilizer von Amoneit bekommen, die Büttner so dringend benötigte. Zander musste wissen, wo Büttner sich versteckte.

Quill hatte am Vortag nach der Rückkehr in die Dienststelle die Observierung von Zander organisiert. Ein Zivilfahrzeug vor Zanders Büro und ein Fahrzeug vor Zanders Haus.

Zander war am Vorabend in sein Haus zurückgekehrt und der Wagen vor Zanders Büro wurde wieder abgezogen. Zander hatte sein Haus heute noch nicht verlassen. Sonst war er um diese Zeit schon im Büro.

In Gedanken ging er nochmal das Gespräch mit dem Psychiater in der Klinik durch. Der Oberarzt hatte zwar immer von traumatisierten Patienten gesprochen, aber Quill glaubte, dass sich die Ausführungen des Psychiaters auf Büttner bezogen hatten.

Der Psychiater hatte von Schwierigkeiten gesprochen, ins frühere Leben zurückzufinden. Von Depressionen, Persönlichkeitsveränderungen, aggressiven Verhaltensmustern und Wutausbrüchen. Eine erhöhte Schreckhaftigkeit. Dann handeln diese Menschen so, als ob das traumatisierende Ereignis wiederkehrt. Der Oberarzt hatte von einer Extrembelastung gesprochen, und einer ständigen Alarmstimmung, wenn sie durch Kleinigkeiten oder Manipulation an das Trauma erinnert werden.

Fühlte Büttner sich noch im Krieg? War er unkontrollierbar geworden? Oder konnte ihn jemand, dem er vertraute, ihn gezielt zu Handlungen manipulieren?

Brambach kam ins Zimmer. »Zander hat gerade das Haus verlassen.«

*

Die Mittagssonne am hellblauen und wolkenlosen Himmel konnte die Luft kaum aufwärmen. Der kalte Wind fuhr Georg ins Gesicht als er aus dem Audi stieg. Er beeilte sich, schnell in das schützende Ladenlokal zu kommen.

Georg hatte am Vortag viel geschlafen, oder auf dem Sofa liegend in einem Buch gelesen. Erst da war er sich richtig bewusst geworden, wie sehr er diesen Ruhetag gebraucht hatte. Er fühlte sich heute frischer, ausgeruhter.

Als er den Verkaufsraum betrat, stieg die Anspannung jedoch wieder. Der große, langgezogene Raum war gesäubert und gefegt. Er ging weiter in den Lagerraum. Die Decke war fertig. Die Monteure arbeiteten im Sozialraum. Nur im Hausanschlussraum klaffte noch ein dunkles Loch an der Decke. Die Elektriker arbeiteten an der Verkabelung des Verteilerschranks.

Helmut Wissing hatte das Handy zwischen Kinn und Schulter geklemmt. »Geht es?« fragte er in das Handy.

Im Verkaufsraum flackerte eine Reihe der Neonlampen auf.

»O.k., jetzt die nächste Reihe.«

»Geht nicht«, rief ein Monteur aus dem Laden.

»Moment«, sagte Wissing und steckte zwei Kabel in eine andere Klemme. »Jetzt?«

Im Laden leuchtete die zweite Reihe Neonlampen auf.

Georg quetschte sich an Wissing vorbei zu den Monteuren der Klimaanlage, die weiter hinten im Raum am Schaltkasten hantierten.

»Wie sieht´s aus?« fragte Georg.

Einer der Monteure setzte sich auf eine Werkzeugkiste und seufzte. »Zwei Tage brauchen wir bestimmt noch.«

Georg blies die Wangen auf und verließ den Raum wieder. Die Monteure hatten wirklich alles gegeben. Es brachte nichts, ihnen jetzt Vorhaltungen zu machen. Im Sozialraum strichen die Maler die Wände und über ihnen arbeiteten die Akustiker an der Decke.

Als Georg in den Verkaufsraum zurückkehrte, kam Neuhaus zum Ein-gang herein und schüttelte sich.

»Ist das eine Kälte.« Neuhaus gab Georg die Hand. Er sah sich um und legte die Stirn in Falten. »Wir haben alles getan, um rechtzeitig fertig zu werden.« Er hob traurig die Schulter und wandte sich ab.

Georg wollte dem jungen Architekten ein paar tröstende Worte sagen, ließ es dann aber, als er sah, dass Holger von Mühlen mit Verch und Derksen das Ladenlokal betraten.

Georg bemerkte den hilfesuchenden Blick, den Holger von Mühlen ihm zuwarf. Der Hüne hatte sich neben ihn gestellt und sah auf Georg herab. Georg verzog den Mund zu einem aufgesetzten Lächeln. Trotz der Heizung, die bereits in Betrieb genommen worden war, fröstelte ihm. Georg hatte es nicht geschafft, die Arbeiten rechtzeitig zur Übernahme fertigzustellen. Er fühlte wieder die Schwere, die sich in seinem Körper breitmachte.

Georgs Blick wanderte zu Derksen. Der Blick des Architekten von LEDO wanderte prüfend durch den Raum. Dann sah er Georg aus ernsten Augen an.

»Wollen wir dann?« fragte der Architekt.

Georg nickte ihm zu.

Neuhaus machte Anstalten sie zu begleiten.

»Bleiben Sie mal bei den Herren hier. Vielleicht hat Herr Verch noch Fragen«, hielt Georg ihn zurück. Er wollte die Abnahme mit Derksen alleine durchführen. In den vielen Jahren ihrer Zusammenarbeit hatte sich so etwas wie ein Vertrauensverhältnis zwischen ihnen aufgebaut. Sie schätzten sich und ihre Arbeit. Georg hegte die Hoffnung, Derksen vielleicht noch zu einer Nachfrist überreden zu können.

Georg ging mit Derksen weiter in den Verkaufsraum.

»Sieht ja nicht so gut aus«, sagte Derksen und zog das Klemmbrett unter seinen Arm heraus. Er zeigte zur Decke. »Da liegen einige Deckenplatten verkantet in der Halterung.« Er zog einen Stift heraus und notierte es auf dem Abnahmeprotokoll auf dem Klemmbrett.

Sie gingen weiter. Derksen blieb vor der Wand stehen und zog an einer Steckdose. »Die ist locker.« Wieder notierte er den Mangel auf dem Protokoll. Derksen bückte sich und zog an einer Sockelleiste. Sie löste sich von der Wand. Derksen legte die Sockelleiste auf den Terrazzoboden, richtete sich wieder auf und notierte den Mangel.

Als sie den Verkaufsraum verließen und ins Lager gingen, hatte Derksen bereits zwölf Mängel notiert. Alles Kleinkram. Warum war Derksen heute so pingelig? Georgs Nervosität wuchs.

Derksen sah sich um und zog die Mundwinkel nach unten. Er ging ein paar Schritte weiter, blieb stehen und trat mit dem Fuß auf eine Bodenplatte.

»Die klingt hohl.« Wieder notierte er den Mangel.

Sie gingen weiter in den Kühlraum. Wenigstens der war ohne Mängel. In der Tür zum Sozialraum blieb Derksen stehen, sah zu den Akustikern und Malern, die noch bei der Arbeit waren, und schrieb wieder etwas in das Abnahmeprotokoll.

Georgs Hoffnungen schwanden fast gänzlich, als Derksen die Handwerker im Hausanschlussraum befragte. Zwei Tage, hatte der Monteur der Klimafirma ihm gesagt.

Wortlos stapfte Derksen zurück in den Verkaufsraum. Georg folgte ihm. Derksen drehte sich zu ihm um und bat ihn mit einem Handzeichen zu warten.

Der Architekt von LEDO ging ein paar Schritte weiter, blieb stehen und sah sich im Verkaufsraum um. Er hob das Klemmbrett vor die Brust und starrte lange darauf.

Georg spürte die Erregung, die in ihm aufstieg. War die ganze Arbeit umsonst gewesen? Hatten er und Neuhaus sich umsonst so gequält? Er dachte an Holger von Mühlen. Wie würde die Zukunft seines Freundes aussehen, wenn LEDO vom Vertrag zurücktrat?

Derksen kritzelte ein Kreuz in das Abnahmeprotokoll. Dann schrieb er noch etwas darunter und unterschrieb das Abnahmeprotokoll.

Mit einem tiefen Seufzer kehrte er zu Georg zurück und hielt ihm das Klemmbrett entgegen. »Sie müssen auch noch unterschreiben.« Ein aufgesetztes Lächeln huschte über Derksens Gesicht.

Zögerlich nahm Georg Derksen das Klemmbrett aus der Hand. Langsam schaute Georg auf das Protokoll. Vierundzwanzig Punkte hatte Derksen notiert. Weiter unten hatte Derksen das Kreuz in einem Kästchen gemacht. Georg erschauerte. Emotionen stiegen in ihm hoch.

Das Kreuz war in dem Kästchen für *Das Ladenlokal wird abgenommen.*

Darunter hatte Derksen notiert: *Die oben aufgeführten Mängel und Restarbeiten sind während der Einrichtungsarbeiten von LEDO bis zum ... zu erledigen.*

Zwei Wochen. Das würden sie locker schaffen.

*

Derksen und Verch mussten nach der Übergabe zurück in den Konzern. Dringende Arbeiten hieß es. Das Weihnachtsgeschäft lief schon, Instandhaltungsarbeiten waren hier und da notwendig geworden und Verch arbeitete an dem Mietvertrag für ein Ladenlokal an der Scherlebecker Straße. Ein Herr Kortkamp wollte den SB-Markt jetzt bauen, hatte Verch erzählt.

Kaum hatten die Beiden ihren Wagen bestiegen und waren die Einfahrt hinuntergefahren, hatte Holger Georg in den Arm genommen. Freudentränen standen in den Augen des Hünen. »Wie hast du das bloß hingekriegt«, fragte er immer wieder.

Neuhaus hüpfte um sie herum, wie ein kleines Kind. Als sich die Nachricht unter den Handwerkern herumgesprochen hatte, brach lauter Jubel aus.

In seiner Euphorie hatte Holger von Mühlen alle zum Essen eingeladen. In der Loemühle. Er wollte es richtig krachen lassen.

Georg hatte ihn gebremst. Ein Umtrunk würde es auch tun. Vielleicht etwas Fingerfood dazu. Holger bestand aber auf der Loemühle und Georg rief den Geschäftsführer des Hotelrestaurants an und fragte, ob sie die Kornkammer für den Nachmittag haben könnten. Die kleine Bar in einem Nebengebäude der denkmalgeschützten Anlage, wurde sonst erst am Abend geöffnet. Und mit den schmutzigen Arbeitsanzügen wollte Georg die Handwerker nicht in das feine Restaurant führen.

Georg parkte den Audi auf dem Parkplatz hinter dem Hotel und stieg aus. Der Himmel hatte sich mit hellgrauen Wolken bezogen und die Luft roch nach Schnee.

Als alle Wagen eingetroffen waren, ging er voran durch die halbrunde Toröffnung. Ein paar Schritte weiter lag das kleine Fachwerkhaus am Rande eines Teiches. Im Obergeschoss des kleinen Hauses befand sich die Bar. Er stieg die Treppe hinauf und trat in die wohlige Wärme des kleinen Raumes. Ein Kellner stand hinter der Bar und trocknete Gläser ab.

Er nickte Georg grüßend zu. »Die Speisen werden gleich aus der Küche herübergebracht.«

Laut schnatternd kamen die Handwerker herein und drängten sich an die Theke. Bier und Schnaps wurde bestellt. Georg wählte ein Glas Rotwein und ein Mineralwasser und setzte sich an einen Ecktisch neben der Tür. Einer der Handwerker brachte ihm den Wein und das Mineralwasser an den Tisch. Der Kellner hatte alle Hände voll zu tun, um das Bier zu zapfen.

Georg ließ sich von der ausgelassenen Stimmung in der kleinen Bar mitreißen. Erst jetzt war ihm richtig bewusst geworden, was da im LEDO-Markt abgelaufen war. Welche zentnerschwere Last von seinen Schultern genommen worden war. Aber in dem Moment, als er spürte, wie sein Körper sich entspannte, stieg eine tiefe Erschöpfung in ihm auf. Er hatte das Gefühl, im freien Fall in ein tiefes Loch zu fallen. Er trank einen Schluck Wasser, um die Trockenheit aus seinem Mund zu spülen, nahm das Weinglas in die Hand und stand auf.

»Ich glaube, mittlerweile haben alle was zu trinken.« Er sah in die Runde. »Ich bin mächtig stolz auf euch. Ihr habt phantastische Arbeit geleistet.« Er hob sein Glas. »Danke an alle.«

Applaus brandete auf. Dann klirrten die Gläser und die lautstarken und ausgelassenen Gespräche gingen weiter.

Holger und Neuhaus lösten sich aus dem Pulk an der Theke und setzten sich mit ihrem Bier zu ihm an den Tisch.

»Ich kann es immer noch nicht so richtig glauben«, strahlte Holger ihn an.

»Der Expansionsleiter von LEDO ist ja ein interessanter Mann. Was der alles schon erlebt hat?« sagte Neuhaus.

»Hat er Ihnen von seinen Geheimdienstaufträgen erzählt?« fragte Georg. Ein Schmunzeln huschte über sein müdes Gesicht. Er schüttelte den Kopf. »Die habe ich schon so oft gehört.« Er dachte kurz darüber nach, Neuhaus über den Wahrheitsgehalt der Geschichten aufzuklären, ließ es dann aber. Sollte der junge Architekt weiterhin Bewunderung für Verch hegen. Der Expansionsleiter sonnte sich in seinen Geschichten und labte sich an der Zuneigung der Leute, die ihm bewundernd zuhörten.

Das Fingerfood wurde aus der Küche hereingebracht und auf einem Tisch neben der kleinen Theke gruppiert. Als Holger lautstark das Büfett freigegeben hatte, wurde der Tisch gleich umlagert.

Georg verspürte keinen Hunger. Er trank noch einen kräftigen Schluck Wasser und nippte an seinem Wein. Er sah die leuchtenden Augen in Neuhaus Gesicht, der sich aufgekratzt mit Holger unterhielt. So etwas wie Genugtuung stieg in ihm auf. Er hatte Neuhaus richtig eingeschätzt. Der junge Architekt musste nur in die richtige Richtung geschubst werden.

Georg hob das Weinglas. »Vielen Dank auch Ihnen. Sie haben tolle Arbeit geleistet.« Er stieß mit Neuhaus an und trank einen Schluck. »Ich bin stolz, dass sie mein Büro weiterführen.« Georg trank einen Schluck Wein, um die Rührung herunter zu spülen, die ihn zu ergreifen drohte.

Neuhaus schien gerührt nach den richtigen Worten zu suchen und setzte mehrere Male an. Georg hob die Hand und gebot ihm Einhalt. »Schon gut.«

Georgs Handy brummte in der Tasche und er zog es heraus.

»Thomas«, hörte er durch den Lärm der Gespräche hindurch.

Georg stand auf und ging hinaus auf den Treppenabsatz. »So, jetzt höre ich dich besser.«

»Wo bist du?« fragte Thomas. »Und was ist das für ein Lärm?«

»Wir feiern gerade mit den Handwerkern die Übergabe an LEDO.«

»Ach Mist«, hörte er Thomas fluchen.

»Was ist los?« fragte Georg.

»Ach ich hänge noch hier in Bochum im Büro fest. Gerade hat Stephanie angerufen. Sie hat noch eine Abteilungsleiterbesprechung im Betrieb. Und Klara muss doch von ihrer Probe für das Weihnachtsstück abgeholt werden.«

Georg überlegte kurz. Doris kam nicht aus der Praxis heraus. »Gut, ich hole sie ab. Wann ist die Probe zu Ende?«

»Um sechs. Danke Georg.«

Georg steckte das Handy wieder in die Tasche und ging zurück an den Tisch. »Ich muss euch leider gleich verlassen«, erklärte er.

Holger wedelte mit dem Finger. »Das kommt gar nicht in Frage.«

»Ich muss meine Enkelin von einer Theaterprobe abholen.«

Neuhaus beugte sich über den Tisch zu ihm. »Von der Grundschule an der Wilhelmstraße?«

Georg nickte. »Warum fragen Sie?«

»Mein Sohn Roman ist auch in der Theatergruppe«, berichtete Neuhaus. »Meine Frau kann die Kleine doch nach Hause fahren.«

Bevor Georg etwas sagen konnte, hatte Neuhaus schon das Handy am Ohr.

*

Valerie Neuhaus hatte ihr schiefes Schmunzeln im Gesicht, als sie den Kindern auf der kleinen Bühne zusah. Die Kleinen waren mit viel Eifer bei der Sache. Die Lehrerin schien zufrieden zu sein. Die Probe des Krippenspiels war gut gelaufen.

Die Lehrerin klatschte in die Hände. »So Kinder, Schluss für heute. Das war schon sehr gut.«

Rings um Valerie Neuhaus herum standen die Eltern auf und warteten schwatzend auf ihre Kinder, die die zwei Stufen von der Bühne sprangen und in ihren Kostümen zu ihren Eltern liefen.

Roman kam im Laufschritt zu ihr. »Wie waren wir?« fragte er und hüpfte in seinem Hirtenkostüm vor ihr herum.

»Ganz toll habt ihr gespielt«, lächelte Valerie Neuhaus und nahm ihren Sohn an die Hand. »Wir sollen Klara Melzer mitnehmen«, sagte sie und blickte sich um.

»Au ja«, rief Roman. Er löste sich aus ihrer Hand und lief zu einem blonden Mädchen in einem Engelkostüm, das sich suchend umsah.

Valerie Neuhaus ging zu der Lehrerin und informierte sie, dass sie Klara Melzer nach Hause fahren würde.

Der Saal hatte sich fast geleert. Die meisten Eltern waren schon mit ihren Kindern gegangen. Roman kam mit Klara Melzer an der Hand zu ihr.

»Deine Eltern haben angerufen. Sie schaffen es nicht rechtzeitig. Du kannst mit uns mitfahren«, erklärte Valerie Neuhaus der Kleinen.

Klara zog das Kinn hoch und formte mit den Lippen einen Schmollmund. Dann nickte das blonde Mädchen und ein aufgesetztes Lächeln trat in ihr Gesicht.

Valerie Neuhaus ging mit den beiden Kindern in den Vorraum zur Garderobe und nahm Klara die Flügel von dem Schultern und den Heiligenschein vom Kopf. »Wo ist dein Mantel?« fragte sie.

Sie half Roman in seine dicke Winterjacke und zog den Reißverschluss hoch. Klara hatte ihren Mantel geholt und zog ihn sich über. Als Valerie ihr den Mantel zuknöpfen wollte, lehnte Klara ab. »Ich bin doch kein Baby mehr«, protestierte sie.

Als Valerie mit den Kindern aus dem Schulgebäude trat, schlug ihr ein kalter Wind ins Gesicht. Schneeregen fiel auf den nur leicht beleuchteten Schulhof. Im trüben Schein der Straßenbeleuchtung erkannte sie zwei Elternpaare aus der Schulklasse ihres Sohnes, die neben einem Wagen standen und sich unterhielten.

»Igitt«, rief Klara und eilte ein paar Schritte voraus. Roman lief ihr nach.

»Nicht so schnell Kinder.«, rief Valerie Neuhaus den beiden nach. Sie spürte die Glätte unter ihren Stiefeln. Mit der glatten Ledersohle und den hohen Absätzen fand sie kaum Halt auf dem glatten Asphalt des Schulhofes.

Als sie den Gehweg erreicht hatte, stiegen die beiden Elternpaare gerade in ihre Wagen. Valerie rief ihnen noch schnell ein Tschüss zu, bevor sich die Wagentüren schlossen. Der Wind trieb ihr die feuchten und feinen Schneeflocken ins Gesicht, als sie zwei Schritte hinter den Kindern den Gehweg entlang stapfte. Sie kniff die Augen zusammen, um sie vor dem Schnee zu schützen. Kurz vor ihrem Wagen stand ein dunkler Geländewagen auf dem Parkstreifen zwischen dem Gehweg und der Straße. Hinten aus dem Auspuff stieg heller Qualm auf. Als die Kinder sich dem Wagen näherten, stieg ein Mann aus, drehte sich von Valerie weg und öffnete die Hintertür des Geländewagens. Er zog eine schwarze Wollmütze ins Gesicht.

Klara und Roman hatten den Wagen gerade erreicht, als der Mann plötzlich Klaras Arm ergriff und sie herumschleuderte.

Klara schrie, während der Mann versuchte, sie durch die geöffnete Tür ins Auto zu heben.

Roman fasste Klaras Mantel und hielt sie fest.

»Lassen Sie das Mädchen los«, schrie Valerie und lief auf dem glitschigen Pflaster zu dem Mann.

Plötzlich drehte der Mann sich schwungvoll um. Ein Faustschlag traf Valerie im Gesicht. Verzweifelt versuchte sie sich am Türrahmen des Geländewagens festzuhalten, rutschte aber ab. Die Beine unten ihr rutschten weg und sie fiel der Länge nach hin. Sie hörte die schrillen

Angstschreie von Klara und Roman. Dann knallte ihr Hinterkopf auf das Pflaster und es wurde dunkel um sie.

Kapitel 45

Georg Heffner beschleunigte den Audi Avant Quattro auf siebzig Stundenkilometer und raste durch die Tempo Dreißig Zone der unbeleuchteten Allee. Die Bäume am Straßenrand huschten in der Dunkelheit nur so an ihm vorbei.

»Was genau hat Ihre Frau gesagt?« fragte er Neuhaus, der neben ihm auf dem Beifahrersitz saß. Der junge Architekt hatte in der Kornkammer zu viel getrunken und war nicht mehr fahrtauglich.

»Sie war völlig durcheinander«, antwortete Neuhaus mit glasigen Augen. Er fasste sich mit beiden Händen an den Kopf und starrte mit angstverzerrtem Blick auf die in der Dunkelheit liegende Straße. »Das Einzige, was ich richtig verstanden habe, ist, dass Ihre Enkelin und mein Sohn entführt worden sind.«

Georg spürte, wie ein eiserner Ring seine Brust zuschnürte. Wirre unkoordinierte Gedanken schossen durch seinen Kopf. Er bog in die Langehegge ein und beschleunigte sofort wieder. Trotz der feuchten Fahrbahn hielt der Wagen die Spur. Er steckte das Handy in die Halterung der Freisprechanlage und wählte Stephanies Nummer. Sofort sprang die Mailbox an. Sie wird noch in der Besprechung sein.

Am Ende der Straße bog er nach rechts und wählte die Nummer seines Schwiegersohns. Fahrgeräusche drangen aus dem Lautsprecher, als Thomas sich meldete.

»Wo steckst du?« fragte Georg.

»Auf der A 43 auf der Rückfahrt von Bochum. Warum fragst du?«

»Komm sofort zur Grundschule. Klara ist entführt worden.«

Es dauerte einen Moment, bis Thomas sich wieder meldete. »Entführt? Aber…«

»Thomas, ich weiß auch nicht mehr. Komm einfach hin.« Georg räusperte sich. »Ich habe Stephanie nicht erreichen können.«

»Ich übernehme das«, sagte Thomas noch, dann war das Gespräch beendet.

Georg bog an der Ampel in die Hertener Straße und folgte der unbeleuchteten Straße bis zum Ortseingang. Das Schneetreiben war heftiger geworden und er stellte die Scheibenwischer eine Stufe höher.

»Ich begreife das nicht.« Neuhaus Stimme war nicht mehr als ein Flüstern, in das sich Angst und Verzweiflung mischte. »Warum?«

Georg wusste es ja selber nicht. Die Angst um seine Enkelin ließ ihn das Gaspedal weiter durchtreten. Ohne die Geschwindigkeit zu drosseln, bog er rechts in die Langenbochumer Straße und hielt dann ein Stück weiter an der Grundschule.

Er sprang aus dem Wagen und kämpfte sich durch die Sträucher, die den Schulhof vom Gehweg trennten. Als er zwischen den Sträuchern auf den schneebedeckten Schulhof trat, sah er einen Krankenwagen vor dem Schuleingang stehen. Zwei Polizeiwagen, an denen noch das Blaulicht rotierte, standen daneben. Neuhaus lief an Georg vorbei diagonal über den Platz. Georg keuchte ihm hinterher. Die kalte Luft schmerzte bei jedem Atemzug in seiner Lunge und er spürte, wie ihn die Kräfte verließen. Der eisige Schneeregen mischte sich mit den Schweißtropfen auf seiner Stirn. Er verlangsamte seine Schritte und torkelte ins Gebäude. Der Eingangsbereich war hell erleuchtet und aus dem ersten Klassenzimmer drangen ihm Stimmen entgegen. Tief keuchend ging er zu der geöffneten Tür und stützte sich mit der Hand an den Türrahmen.

Ralf Neuhaus kniete neben einem Stuhl, auf dem seine Frau saß. Zwei Sanitäter behandelten sie am Hinterkopf. Die Haare waren blutverschmiert. Ihre Unterlippe war aufgeplatzt und die Wange war angeschwollen. Vier Streifenpolizisten befragten ein Ehepaar ein paar Schritte weiter.

Georg spürte, wie die Schlaffheit wieder aus seinen Beinen wich. Immer noch nach Atem ringend, ging er auf wackeligen Füßen zu Valerie Neuhaus, die mit ihrem Mann sprach.

»Der Mann hat versucht Klara in das Auto zu heben. Roman hat sie noch am Mantel festgehalten. Dann hat mich der Mann mit der Faust ins Gesicht geschlagen und ich bin hingefallen. Als ich wieder aufwachte, standen die Braukempers über mir«, schluchzte Valerie Neuhaus und zeigte auf das Ehepaar, das bei den Polizeibeamten stand. Dann schluchzte sie und brach in Tränen aus. »Der Mann ist mit den Kindern einfach weggefahren.«

*

Georg hielt Doris auf dem zweisitzigen Sofa im Arm. Ihr Kopf lag wie ein schwerer Stein an seiner Schulter. Ihr Make-up war verwischt und ein schwarzer Strich zog sich von ihrem Auge bis auf die Wange. Hinter Georgs Augen hämmerte ein dumpfer Kopfschmerz. Sein Blick wanderte zu seiner Tochter, die ihm gegenüber auf dem Sofa saß und Jonas im Arm hielt. Georgs Enkel weinte. Thomas, der neben Jonas auf dem Sofa saß, strich ihm übers Haar.

»Wenn ich Klara doch nur selbst abgeholt hätte…« schluchzte Stephanie.

Hauptkommissar Quill schüttelte den Kopf. »Machen Sie sich keine Vorwürfe. Sie hätten die Entführung nicht verhindern können.«

»Aber ich«, sagte Thomas. »Wenn ich Klara abgeholt hätte.« Sein Mund zuckte und er presste die Lippen zusammen.

»Wir müssen jetzt nach vorne schauen«, beschwichtigte Quill mit warmer Stimme.

Als Quill mit Brambach an der Grundschule eintraf, hatte der Schneeregen schon alle Spuren verwischt. Sie hatten weder die

Reifenspuren des Entführungsfahrzeugs noch die Fußabdrücke des Entführers sichern können. Brambach war mit Ralf und Valerie Neuhaus zu deren Haus gefahren, um auf eine Nachricht des Entführers zu warten. Eigentlich hatten die Sanitäter Valerie Neuhaus zu weiteren Untersuchungen ins Krankenhaus bringen wollen, aber sie hatte sich strikt dagegen gewehrt. Quill hatte Georg und Thomas begleitet.

Drei Zivilbeamte waren vor ein paar Minuten eingetroffen und installierten die Technik, um Anrufe des Entführers aufzeichnen und zurückverfolgen zu können.

»Das Ehepaar Braukemper hatte auf der Straße gedreht und im Vorbeifahren gesehen, wie der Mann Frau Neuhaus niedergeschlagen hat«, berichtete Quill über die Zeugenaussage, die die Streifenbeamten aufgenommen hatten. »Herr Braukemper hat seinen Wagen sofort gestoppt und war Frau Neuhaus zu Hilfe geeilt. Aber da war der Wagen schon in die andere Richtung weggefahren.« Quill seufzte. »Auf das Kennzeichen hat er in der Aufregung nicht geachtet. Er hat nur erkennen können, dass es sich um einen dunkelgrünen Nissan Geländewagen gehandelt hat.«

»Hat Frau Neuhaus oder Herr Braukemper den Mann beschreiben können?« fragte Thomas.

Quill schüttelte den Kopf. »Er war ganz in Schwarz gekleidet und trug eine Skimütze mit Sehschlitzen auf dem Kopf.«

Helga Schmadtke kam aus der Küche und stellte ein Tablett mit Kaffee und Tassen auf den Tisch.

»Komm Jonas, wir gehen in dein Zimmer«, sagte sie und streckte dem Jungen eine Hand entgegen.

Jonas sah auf zu seiner Mutter. Stephanie strich ihm übers Haar. »Geh mit Frau Schmadtke hoch«, nickte sie ihm mit einem traurigen Lächeln zu.

Langsam rutschte Jonas vom Sofa und folgte Helga Schmadtke aus dem Wohnraum.

Stephanie beugte sich vor, stützte die Ellbogen auf ihre Beine und legte den Kopf in beide Hände. »Warum? Wegen Geld?« Ihre Stimme zitterte und sie hatte Tränen in den Augen. »So viel haben wir doch auch nicht, dass sich eine Entführung lohnt.«

Doris löste sich aus Georgs Armen, ging zum Sofa und quetschte sich neben Stephanie. »Wir werden Klara schon wiederbekommen«, versuchte sie ihre Tochter zu trösten. Sie legte einen Arm um die Schulter von Stephanie.

Georgs Tochter richtete sich auf und vergrub das Gesicht in beide Hände. »Was ist, wenn es gar nicht um Geld geht. Wenn es sich dabei um einen Kinderschänder handelt«, schluchzte sie und brach sofort in Tränen aus.

Georgs Gehirn schwappte hin und her und ein leichter Schwindel erfasste ihn. Ihm wurde übel. Sein Mund war trocken. Er stand auf. Sein Gehirn wurde zusammengepresst wie ein Schwamm, der sich gleich wieder weitete. Dann spürte er ein Kribbeln im Gehirn, das sich durch seinen Arm bis in die Fingerspitzen ausweitete.

Er ging zum Fenster und schaute hinaus in die Dunkelheit. Über dem Rasen hatte sich ein weißer Teppich gelegt. Schneeflocken tanzten in der Dunkelheit. Die Gespräche im Hintergrund nahm er nur noch als ein dumpfes unverständliches Geräusch wahr.

Stumm stand er da und starrte hinaus. Wenn er Klara nicht unversehrt zurückbekäme, würde das immer wie ein bleibender Schmerz auf seiner Seele ruhen. Seine Gedanken kreisten und kreisten. Trotzdem bekam er den Gedanken an Zander nicht aus dem Kopf. Steckte der Immobilienhai dahinter? Wollte er ihn bestrafen, weil er trotz aller Drohungen und Gewaltanwendungen die Arbeit am Einkaufscenter fortgeführt hatte. Georg spürte den Stich in seiner Brust.

Oder wollte Zander sich an Thomas rächen, weil der Staatsanwalt ihn so unnachgiebig verfolgt und seine Straftaten aufgedeckt hatte?

Es gibt nichts, was einen auf eine solche Situation vorbereitet. Alle Sicherheit verschwindet. Wenn einem das geschehen kann, dann kann einfach alles passieren. Als verlöre man den Halt, mit dem man in der Wirklichkeit verankert ist.

Lodernde Wut verzehrte ihn. Alles rationale Denken wurde plötzlich von einem einzigen Wunsch verdrängt, der ihn einfach nicht mehr losließ. Wenn er sein Leben opfern, oder den Rest seines Lebens im Gefängnis verbringen müsste, dann würde er das tun. Wenn Klara etwas zustoßen sollte, dann würde er den Täter umbringen. Ja, er würde Zander umbringen.

*

Als Georg ins Wohnzimmer kam, saß Doris schon am Esstisch und hatte Kaffee aufgebrüht. Die Rollladen waren hochgefahren. Der Garten lag noch in Dunkelheit gehüllt, nur der weiße Schneeteppich im Garten reflektierte etwas Licht.

Doris sah aus tiefliegenden Augen zu ihm auf. »Ich werde später in der Praxis anrufen. Ich kann heute nicht arbeiten.«

Georg strich ihr mit der Hand über den Rücken und hauchte ihr einen Kuss auf die Stirn. Sie hatten beide nicht schlafen können.

Du brauchst den Schlaf, hatte er sich immer wieder einzureden versucht. Du musst diesen Nebel aus deinen Kopf bekommen. Aber er war immer nur kurz eingenickt und gleich wieder wachgeworden.

Georg fuhr sich mit der Hand durchs Gesicht und rieb sich die müden Augen. Er setzte sich an den Tisch, goss sich Kaffee ein und trank einen Schluck. Das heiße Getränk floss durch seine Kehle und wühlte in seinem Magen.

Er stellte die Tasse ab und stand auf. »Ich gehe rüber zu den Kindern.«

Doris stand ebenfalls auf. »Ich komme mit.«

Sie gingen über die verschneite Terrasse und durch den Garten hinüber zu Stephanies Haus. Der Schnee knirschte unter seinen Füßen. Die Terrassentür stand einen Spalt auf und Zigarettenqualm drang heraus.

Stephanie saß auf dem Sofa, eine brennende Zigarette in der Hand. Ihre dunklen Augen hatten einen gequälten Ausdruck, die zu sagen schienen: *Ich weiß nicht, wie ich das durchstehen soll.*

Doris ging zu ihrer Tochter und legte ihr die flache Hand auf die Schulter. Georg sah, wie sich Stephanies Schultern schwer hoben und senkten. Doris setzte sich neben ihre Tochter und nahm sie in den Arm.

Georg ging zu Thomas, der mit Anklam und Schlöder am Esstisch saß. Er begnügte sich mit einem traurigen Nicken.

»Schon was Neues gehört?« fragte er Thomas.

Sein Schwiegersohn schüttelte den Kopf. »Auch bei Neuhaus ist noch keine Nachricht eingegangen.« Thomas trank einen Schluck Kaffee. »Diese Warterei und diese Ungewissheit machen einen mürbe.« Er atmete tief aus. Tiefe Sorgenfalten lagen auf seiner Stirn. »Quill ist in die Dienststelle gefahren um die Soko einzurichten.« Er sah zu den beiden Hauptkommissaren am Tisch. »Ich habe Quill gebeten, die Beiden in der Soko mitarbeiten zu lassen.«

Georg nickte den beiden Hauptkommissaren zu. »Und was gedenken Sie zu unternehmen?«

Schlöder warf ihm einen kurzen Blick zu. »Weder Neuhaus, noch Ihr Schwiegersohn, sind so vermögend, dass sich eine Entführung lohnen würde. Wir werden uns die Akten vornehmen, von den Fällen, die Thomas bearbeitet hat.«

Georg lehnte sich im Stuhl zurück. »Sie sollten sich auf Zander konzentrieren. Wenn einer ein Motiv hat, dann er.«

Anklam richtete sich auf. »Quill lässt Zander schon seit zwei Tagen observieren. Zander hat sich zur Tatzeit in seinem Büro aufgehalten.«

Georg schüttelte fast unmerklich den Kopf. »Er wird die Tat wohl kaum selbst ausgeführt haben. Dafür hat er seine Leute.«

»Das ist richtig«, sagte Schlöder. »Aber das ist nur eine Vermutung. Und wenn wir ihn deshalb befragen, schrecken wir den Entführer nur auf.« Der Hauptkommissar schüttelte den Kopf. »Wir müssen den oder die Entführer in Sicherheit wiegen.«

Georg stand auf. »Ich will euch nicht von der Arbeit abhalten.« Er schluckte. »Und eine große Hilfe bin ich euch auch nicht.«

Thomas sah ihn aus den Augenwinkeln an. »Was hast du vor?« fragte er.

Der Junge kennt mich viel zu gut, dachte Georg. »Ich kann hier nicht einfach herumsitzen. Das macht mich krank. Ich muss etwas tun.«

Thomas sah ihn lange an. »Georg. Bitte mach jetzt nichts unüberlegtes, was Klara gefährden könnte.«

Kapitel 46

Georg fuhr den Audi rechts in die Parkbucht neben der Allee. Die Straße war noch nicht geräumt worden und der Schnee knirschte dumpf unter den Rädern. Lange sah er auf das verschneite Feld neben der Straße. Am Morgen hatte es aufgehört zu schneien. Die Sonne zeigte sich zaghaft am Himmel und tauchte den Acker in ein glitzerndes Weiß.

Er war zum Einkaufscenter gefahren und hatte Holger von Mühlen über die Entführung seiner Enkelin und dem Sohn von Neuhaus informiert. Er hatte Holger zum Schweigen verdonnert, aber irgendjemand musste sich ja um die Arbeiten an der Baustelle kümmern. Die Handwerker wussten, welche Arbeiten noch zu erledigen waren. Trotzdem war ihm wohler, wenn jemand ein Auge darauf hatte. Und Holger nahm die Arbeit schon aus eigenem Interesse ernst.

Der Hüne war aufgebracht gewesen. Wollte zu Zander fahren, und den Aufenthaltsort von Klara und Roman aus dem Kerl herausprügeln. Georg hatte Holger nur schwer beruhigen können.

Georg sah zu den verschneiten Bäumen am Straßenrand. Wenn er nicht so voller Leid gewesen wäre, hätte er sich an der winterlichen Landschaft erfreuen können. Er spürte, wie die Kälte langsam in den aufgeheizten Wagen drang.

Er hatte selbst das Verlangen verspürt, zu Zander zu fahren. Ihn sich vorzuknöpfen. Die Wahrheit aus ihm herauszuschlagen. Aber Schlöder und auch Thomas hatten Recht. Er würde Zander und seinen Helfer nur auf-scheuchen. Und wenn sie in Panik gerieten, dann…

Nein, das war der falsche Weg. Sie wussten ja nicht einmal, was diese Leute mit der Entführung bezweckten.

Vielleicht war es doch ein Triebtäter.

Um Gottes Willen nein. Daran durfte er überhaupt nicht denken.

Zander steckte dahinter.

Er bekam es einfach nicht aus dem Kopf.

Dann war ihm der Gedanke gekommen, mit Neuhaus in den Golfclub zu fahren. Vielleicht hätten sie dort erfahren können, wo Zander seine Enkelin versteckt haben könnte. Aber auch das hatte er wieder verworfen. Welchen Grund hätte Georg anführen können, wenn er sich danach erkundigen würde. Die Entführung durfte noch nicht publik werden.

Georg rieb seine Schläfe. Welche Möglichkeiten gab es noch, zermarterte er sein Gehirn.

Dann machte es plötzlich Klick.

Die Hölle kannte keinen größeren Zorn als den einer benutzten und verlassenen Frau.

*

Georg parkte den Wagen an der Papst-Johannes-Straße und ging den vom Schnee befreiten Gehweg zu Renate Schülers Haus. Kurz nach seinem Klingeln ertönte die Stimme der beurlaubten Baudezernentin aus der Gegensprechanlage.

»Ja bitte?«

»Heffner. Guten Morgen Frau Schüler. Kann ich Sie einen Moment sprechen?« bat Georg freundlich.

Es dauerte ein paar Sekunden, dann hörte er den Brummton des Türöffners.

Georg drückte die Haustür auf und trat in das Treppenhaus. Renate Schüler stand in der Tür ihrer Erdgeschosswohnung. Die dunkelblaue Baumwollhose und der beigefarbene Strickpullover verliehen ihr ein jugendliches Aussehen. Ihr langes blondes Haar hing ihr glatt und glänzend bis über die Schulter. Sie sah gut aus, trotz ihrer verhärmten Gesichtszüge.

»Danke, dass Sie sich Zeit für mich nehmen«, sagte Georg.

Renate Schüler bat ihn mit einer Handbewegung herein. »Ich habe ja reichlich davon.«

Georg folgte ihr ins Wohnzimmer. Das große Fenster prägte den Raum und schien den verschneiten Garten mit in den Raum einzubeziehen. Renate Schüler setzte sich auf das beigefarbene Sofa und bat ihn, in dem Sessel ihr gegenüber Platz zu nehmen.

Mit gemischten Gefühlen setzte er sich. Georg fühlte den samtweichen Stoffbezug, als er eine Hand auf die Lehne legte. Wie soll ich anfangen?

»Wie geht es Ihnen?« fragte er.

Sie sah ihn aus offenen Augen an. »Die Arbeit fehlt mir.«

Georg nickte. »Das kann ich verstehen. Ich bedaure es sehr, dass Sie nicht mehr im Amt sind.« Georg empfand Mitleid für die Frau. Bis auf ihre Kehrtwendung bei der Genehmigung des Einkaufscenters war er mit Renate Schüler immer gut ausgekommen.

Sie knetete die Hände auf ihrem Schoß. »So lange ich beurlaubt bin, kann ich ja nichts Neues anfangen.«

»Und sonst?« fragte Georg. »Privat, meine ich?«

Ein leichter Schleier legte sich auf Renate Schülers Augen. »Zum Einkaufen fahre ich nach Buer. Die neugierigen Blicke und das Tuscheln hinter meinem Rücken ertrage ich einfach nicht.«

Sie schluckte. »Richtige Freunde hatte ich ja nie. Und die Bekannten haben sich seit meiner Verhaftung nicht mehr blicken lassen.« Sie stieß ein sarkastisches Lachen aus. »Früher hatten Sie sich ja einen Nutzen aus der Bekanntschaft mit mir erhofft. Aber jetzt?«

Georg nickte wieder. »Was haben Sie denn beruflich vor?«

Renate Schüler hob die Schulter. »Einen Behördenjob werde ich wohl nicht mehr bekommen.« Sie sah hinaus in den Garten. »Ich hoffe, nach dem Strafprozess in den offenen Vollzug zu kommen. Dann könnte ich zusammen mit Friedrich von Stetten ein Architekturbüro eröffnen.«

»Hört sich gut an«, sagte Georg. »Sie werden sicherlich erfolgreich sein.«

Sie wandte abrupt den Kopf und sah Georg an. »Aber Sie sind doch sicherlich nicht hier, um sich nach meinem Befinden zu erkundigen.«

»Sie haben Recht. Das war nicht der vordringliche Grund, obwohl ich mir schon Sorgen um Sie gemacht habe.«

Wenn Georg Informationen von Renate Schüler haben wollte, dann musste er ihr von der Entführung erzählen. Die Entführung würde sicher bald an die Öffentlichkeit gelangen. Die Lehrerin, das Ehepaar Braukemper, die Sanitäter und die Streifenpolizisten, wussten davon. Irgendjemand würde darüber reden, und dann war die Entführung publik.

Georg faltete die Hände und sah sie an. »Es ist etwas Schreckliches passiert und ich hoffe, dass Sie mir vielleicht helfen können«, begann er.

Renate Schüler sah ihn mit hängenden Schultern wortlos an.

»Meine Enkelin und der Sohn von Neuhaus sind entführt worden.«

Renate Schüler sah ihn mit geweiteten Augen und leicht geöffnetem Mund an.

»Ich habe über alle erdenklichen Gründe für die Entführung nachgedacht und lande immer wieder bei Zander«, erklärte Georg.

Renate Schüler zog die Stirn in Falten und sah ihn ungläubig an. »Wolfgang?« Sie schüttelte den Kopf. »Er hat zwar einen mächtigen Zorn auf Sie, aus welchen Gründen auch immer.« Sie schluckte. »Aber eine Entführung? Nein, das glaube ich einfach nicht.«

Georg fuhr sich mit dem Finger über die Augenbrauen. »Die Polizei tappt noch völlig im Dunkeln und wartet darauf, dass sich der Entführer meldet.« Georg seufzte. »Irgendwie werde ich das Gefühl nicht los, dass Zander dahinter steckt.«

Er sah sie aus den Augenwinkeln an. »Ich kann nicht einfach so herumsitzen, während die beiden Kinder irgendwo in der Kälte festgehalten werden.«

»Das verstehe ich«, antwortete Renate Schüler. »Aber warum kommen Sie da zu mir?«

»Ich habe die Hoffnung, dass Sie vielleicht eine Idee haben, wo Wolfgang Zander die Kinder versteckt halten könnte.«

Renate Schüler sah ihn lange an und schüttelte dann den Kopf.

»Ich weiß, dass Sie Zweifel an der Tatbeteiligung von Wolfgang Zander haben. Aber unterstellen wir doch einfach mal, dass er daran beteiligt ist.« Georg warf ihr einen bittenden Blick zu. »Wo könnte er die Kinder versteckt haben?«

Renate Schüler wandte den Blick ab und schaute in den Garten.

»Es geht hier um das Leben zweier unschuldiger Kinder«, bedrängte er sie weiter.

Renate Schüler rührte sich nicht.

»Ich kann mir denken, dass Sie nicht gerade gut auf meinen Schwiegersohn zu sprechen sind«, fuhr er fort.

Renate Schüler sah ihn wieder an. Ihre Augen waren ausdruckslos.

»Er wird Ihnen mehr als dankbar sein, wenn Sie uns bei der Suche nach den Kindern behilflich sind.« Georg sah ihr direkt in die Augen. »Denken Sie an die Strafmaßbemessung und an die Überstellung in den offenen Vollzug.«

Georg sah die Verunsicherung in ihren Augen. »Wolfgang Zander kann Ihnen nicht mehr helfen. Mein Schwiegersohn sehr wohl.«

Renate Schüler stand auf und ging langsam ans Fenster. Lange sah sie in den winterlichen Garten. Dann drehte sie sich um.

»Wolfgang Zander hat eine Jagdhütte in der Hohen Mark. Südlich von Granat.«

*

Georg sah schon von weitem die Gestalten, die vor dem Haus von Thomas herumlungerten. Einige rauchten, andere hatten Kameras um den Hals, einer stampfte mit den Füßen auf, wohl um sich warm zu halten.

Presseleute.

Die Entführung der Kinder hatte sich wohl herumgesprochen. Er fuhr den Wagen in die Einfahrt und stellte den Audi vor der Garage ab. Als er ums Haus zum Eingang ging, kamen zwei Pressevertreter herübergelaufen. Georg winkte heftig ab und verschwand schnell im Haus. Doris saß mit Jonas im Wohnzimmer und der Fernseher lief. Sie sah eigentlich sehr selten fern, aber irgendwie musste sie Jonas ja ablenken. Als sie Georg sah, kam sie in die Küche.

Sie blieb vor ihm stehen und schlang die Arme um ihren Körper. »Noch keine Nachricht von den Entführern«, berichtete sie. Ihr blasses und niedergedrücktes Gesicht mit den traurigen Augen zeugten davon, dass sie vor Kummer nicht mehr sie selbst war. Georg spürte, wie sich das Bild unerbittlich in sein Gedächtnis einbrannte.

Er nahm seine Frau in den Arm und drückte sie fest an sich. »Wir bekommen Klara wieder«, flüsterte er ihr ins Ohr. Er löste sich wieder. »Ich gehe kurz rüber«, sagte er und strich Doris zärtlich über die Wange.

Georg nahm die Pfeifentasche von der Arbeitsplatte, klemmte sie sich unter den Arm und ging hinaus auf die Terrasse. Sein Atem bildete kleine Dampfwolken in der eiskalten Luft, als er durch den Garten ging. An der Straße vor dem Haus warteten die Presseleute, denen er nicht in den Arm laufen wollte. Er trat sich den Schnee von den Schuhen und schob die Terrassentür zum Wohnraum auf.

Thomas und Stephanie saßen am Esstisch. Vor dem seitlichen Fenster des Vorbaus, in dem der Esstisch stand, hatten die Zivilbeamten den Tisch mit ihren Geräten aufgebaut.

Georg knöpfte den Mantel auf und suchte nach dem Feuerzeug in der Jackentasche. Er sah in Thomas` rotunterlaufenen Augen und bemerkte die Bartstoppeln in seinem Gesicht.

Thomas beantwortete Georgs ungestellte Frage mit einen resignierenden Kopfschütteln.

Georg zog den Mantel aus, legte ihn über die Stuhllehne und setzte sich. Er nahm eine gestopfte Pfeife aus der Tasche und zündete sie an.

»Zander besitzt eine abgelegene Jagdhütte in der Hohen Mark«, berichtete er, während er dicke Qualmwolken an die Decke blies.

Thomas sah ihn aus müden Augen an. »Du glaubst immer noch daran, dass Zander hinter der Entführung steckt?«

Georg drückte den Stopfer in die Pfeife. »Hast du eine andere Spur.«

Thomas senkte den Kopf und schloss die Augen.

Georg hielt die Flamme des Feuerzeugs erneut in die Pfeife und zog ein paar Mal daran. »Es kann doch nicht schaden, der Spur nachzugehen.«

Thomas sah auf. »Woher hast du die Information?«

Georg hob die Schulter. »Ich war bei Renate Schüler.«

Thomas ließ die Schultern hängen. »Du sollst dich doch da raushalten.«

Georg nahm die Pfeife aus dem Mund und drehte sie in der Hand. »Es dürfte deinen Kommissaren doch nicht schwerfallen, herauszufinden, wo genau die Jagdhütte liegt.«

Thomas hob müde die Augenbrauen. »Mein Kollege Sechtin, der für die Entführung zuständig ist, wird mir sagen, dass es keinen Grund gibt, gegen Zander zu ermitteln. Der wird wegen Büttner weiter observiert und pendelt den ganzen Tag zwischen Büro und seiner Villa hin und her.«

Georg lehnte sich zurück und seufzte. Er spürte, wie niedergeschlagen und kraftlos sein Schwiegersohn war. »Ich meine nicht Sechtins Ermittler, sondern deine.«

Stephanie rang die Hände. Dann griff sie nach der Packung und zündete sich eine Zigarette an. »Papa hat Recht. Was kann es schaden, der Spur nachzugehen. Wir haben doch sonst keine.«

*

Anklam schaute zu Schlöder, der an seinem Schreibtisch saß und telefonierte. Weit zurückgelehnt wippte er mit seinen Stuhl und blätterte in einer Akte.

»Das bringt doch alles nichts«, fluchte er, klappte sie zu und warf sie auf den Tisch. »Alles nur Geld- oder Bewährungsstrafen. Dafür entführt man doch keine Kinder.« Er stand auf und tigerte durch den Raum.

Schlöder hatte sein Telefonat beendet und legte den Hörer auf. »Das war die Steuerfahndung. Das Konto in der Schweiz, auf das die Gelder von Zanders Konto auf Jersey weiterüberwiesen wurden, gehört Herbert Kortkamp.«

Anklam blieb stehen. »Dem Sparkassendirektor?«

Schlöder nickte. »Genau dem.« Er kratze sich am Kopf. »Ich werde der Sache mal nachgehen.«

Anklam starrte Schlöder an. »Thomas` Tochter ist entführt worden und du denkst an Kortkamp?« Er schnaufte. »Darum sollten wir uns kümmern.« Anklam lief wieder auf und ab.

»Es gibt bislang keinerlei Hinweise.« Schlöder kramte die Akten auf dem Tisch zusammen und stapelte sie auf. »Wir müssen warten, bis sich die Entführer melden.« Er stand auf und legte den Aktenberg auf den Rollwagen neben dem Schreibtisch. »Die Soko um Quill wird uns schon informieren, wenn sie unsere Mithilfe braucht.«

Anklam schüttelte heftig den Kopf. »Ich kann hier nicht rumsitzen und Akten wälzen. Ich muss was tun.«

Schlöder blies die Luft aus. »Du mit deinem Aktionismus.« Er kramte ein paar Notizzettel zusammen und steckte sie in seine Aktentasche.

»Ich glaube, Georg Heffner liegt mit seiner Vermutung richtig.« Anklam ging zu seinem Schreibtisch und setzte sich wieder. »Nur Zander macht Sinn.«

Schlöder winkte ab. »Zander steht doch viel zu sehr im Fokus. Was hätte er denn von einer Entführung.«

Anklam stützte den Ellbogen auf den Tisch und legte die Wange auf seine Faust. »Das weiß ich noch nicht. Aber besser eine vage Spur als gar keine.«

»Tue, was du nicht lassen kannst«, seufzte Schlöder. »Ich fahre zu Frau Meisner. Sie war schließlich Kortkamps Sekretärin. Vielleicht komme ich ja da ein Stück weiter.«

Anklam sah Schlöder hinterher, als der das Büro verließ und die Tür hinter sich schloss. Zander wurde von den Kollegen observiert, der sie irgendwann zu Büttner führen konnte. Das hoffte Quill jedenfalls. Anklam raufte sich das Haar. Wo sollte er ansetzen?

Er schüttelte den Kopf. Er hatte nichts, aber auch gar nichts, dem er nachgehen konnte. Das war das verdammte an Entführungen, wenn noch keine Forderung eingegangen war.

Das Telefon holte ihn aus seiner Lethargie.

»Anklam«, meldete er sich.

»Horst, hier ist Thomas«, hörte er die brüchige Stimme des Staatsanwalts. »Mein Schwiegervater hat herausgefunden, dass Zander eine Jagdhütte in der Hohen Mark besitzt. Soll in der Nähe von Granat liegen. Kannst du bitte herausfinden, wo genau die Hütte liegt?«

*

»Müssen wir diese Presseleute da draußen ertragen?« fragte Doris und löffelte lustlos in der Suppe, die Frau Schmadtke zubereitet hatte. Doris war mit Jonas zum Essen herüber gekommen.

»Solange sie das Grundstück nicht betreten, hat die Polizei keine Handhabe«, erklärte Thomas und pustete auf den Löffel mit Suppe in seiner Hand.

Georg sah in die teils ernsten, teils traurigen und müden Gesichter am Tisch. Die beiden Zivilbeamten und auch Helga Schmadtke hatten sich dazu gesetzt. Wenigstens die drei schlurften die heiße Suppe.

Die bedrückende Stille, die wieder einkehrte, war fast zum Greifen nahe. Georg wartete, dass sich die Rindfleischsuppe etwas abkühlte. Der Duft, der in seine Nase stieg, erinnerte ihn daran, dass er heute noch nichts gegessen hatte. Nur einen Kaffee hatte er am Morgen getrunken und sein Blutzucker rebellierte in seinem Körper.

Diese schier endlose Warterei und die nagenden Ungewissheit hatten die Nerven aller gespannt wie Klaviersaiten. In der Post war kein Schreiben der Entführer gewesen.

Während er auf seinen Teller sah, meinte er, das Gesicht von Zander in der goldgelben Flüssigkeit zu sehen. Die leicht gebräunte Haut. Die schwarzen zurückgekämmten Haare. Die lange, gebogene Nase zwischen zwei stechende grüne Augen. Er schien ihm einen verächtlichen Blick zuzuwerfen. Georgs Atem ging schneller und er rührte in der Suppe bis das Gesicht verschwand. Ein Pink schreckte ihn auf.

Thomas stand auf und lief zu seinem Notebook, das auf dem niedrigen Tisch inmitten der Sitzgruppe stand. Er tippte auf der Tastatur und starrte auf das Display.

»Was ist? Haben sich die Entführer gemeldet?«, rief Stephanie und eilte zur Sitzgruppe.

Wie versteinert saß Thomas da, den Blick immer noch auf das Notebook gerichtet. Als Stephanie sich neben ihr setzte, drehte er das Notebook zu ihr. Georg eilte ebenfalls hinüber und quetschte sich neben Stephanie auf das Sofa.

Wir haben ihre Tochter. Es geht ihr gut. Halten sie eine Million Euro bereit. Sie haben drei Tage Zeit. Weitere Anweisungen folgen.

Kapitel 47

Gerd Schlöder sah auf Birgitt Meisners Hände, die den breiten Kaffeepott umklammerten. Ihre Kinder waren noch in der Schule und sie war mit dem Mittagessen beschäftigt gewesen, als Schlöder bei ihr eintraf.

»Ich habe die Hoffnung schon aufgegeben, dass Sie jemals den Mörder meines Mannes finden.« Sie sah in den Pott, als ob sie dort eine Lösung finden würde.

»Meine Kollegen und ich werden nicht eher ruhen, bis wir den Mord an Ihrem Mann aufgeklärt haben«, versprach Schlöder ihr. Die Frau wirkte ruhiger und ausgeglichener als noch vor ein paar Wochen.

»Wir sind bei unseren Ermittlungen noch auf ein paar Punkte gestoßen, zu denen ich Sie gerne noch befragen möchte«, begann Schlöder das Gespräch.

Birgitt Meisner nickte.

»Sie waren viele Jahre die Sekretärin von Herrn Kortkamp. Können Sie mir etwas über seine Beziehung zu Wolfgang Zander sagen?«

Birgitt Meisner hob nur kurz die Schulter. »Sie waren befreundet.«

»Was wissen Sie über zinsgünstige Kredite, die Zander gewährt wurden«, fuhr Schlöder fort.

Birgitt Meisner trank einen Schluck Kaffee. Dann stellte sie die Tasse ab. »Ich bin ja nicht mehr bei der Sparkasse«, begann sie. »Aber zu meiner Zeit hat es mich schon etwas gewundert«, fuhr sie fort. »Eigentlich war es ja Aufgabe der Kreditabteilung, aber die Kreditverträge für Zander musste immer ich schreiben.«

Schlöder nahm die Notizen aus seiner Aktentasche. »Wussten Sie, dass Herr Kortkamp ein Konto in der Schweiz hat?« fragte er ganz beiläufig.

Birgitt Meisner zog die Mundwinkel nach unten. »Welcher deutsche Geschäftsmann hat das nicht.« Sie zuckte die Achseln. »Ich habe die

Kontoauszüge mal gesehen, als ich Kortkamp eine Arbeitsmappe aus seinem Schreibtisch in eine Besprechung bringen musste.«

Schlöder kritzelte etwas auf die Notizzettel. Ohne aufzusehen fragte er: »Haben Sie mal mit Ihrem Mann darüber gesprochen?«

Sie nickte und legte den Kopf dabei zur Seite. »Warum fragen Sie?« Plötzlich warf sie ihm einen durchdringenden Blick zu. »Hat das etwas mit dem Mord an meinem Mann zu tun?«

Schlöder zuckte nur wortlos die Achseln und steckte die Notizzettel wieder in seine Aktentasche. »Danke, Frau Meisner. Sie haben mir sehr geholfen.«

Er machte Anstalten aufzustehen, blieb aber sitzen. Ein Gedanke war ihm durch den Kopf geschossen.

»Eine Frage habe ich doch noch. Sagt Ihnen der Name Bernd Büttner etwas?«

Birgitt Meisner nickte. »Das ist das Patenkind von Kortkamp. Ich habe ein paar Mal Geburtstagsgeschenke für ihn besorgen müssen.«

*

»Eine Million«, schluchzte Stephanie und vergrub den Kopf in den Händen. »Wo sollen wir die hernehmen. Wir haben nicht annähernd so viel.«

Georg nahm seine Tochter in den Arm. »Wir werden das Geld schon zusammenkriegen«, versuchte er seine Tochter zu trösten. »Ich fahre gleich zu meiner Bank und werde das regeln.«

Doris nickte ihm fast unmerklich zu. Ein trauriges und gleichzeitig dankbares Lächeln huschte ganz kurz durch ihr Gesicht.

Georg ging hinüber in die Essecke, wo Thomas bei den beiden Zivilbeamten stand.

»Ich schicke euch jetzt die E-Mail mit der Lösegeldforderung«, sprach einer der Beamten ins Telefon. »Versucht den Absender herauszufinden.«

Thomas stützte sich mit der Hand auf eine Stuhllehne und sah geistesabwesend durch ihn hindurch. Georg konnte sich denken, was im Kopf seines Schwiegersohns ablief.

Kein Kinderschänder.

Es ging um ein Lösegeld.

Georg legte ihm eine Hand auf die Schulter. »Wir werden Klara zurück-bekommen.«

Georgs Handy klingelte. Neuhaus rief an.

»Wir haben gerade per E-Mail eine Lösegeldforderung bekommen«, hörte Georg die brüchige Stimme des jungen Architekten. »Zweihunderttausend fordert der Entführer.«

Georg hörte das heftige Atmen. »Er schreibt, dass alle weiteren Anweisungen nur noch über Ihren Schwiegersohn laufen.«

Das machte Sinn, dachte Georg und überlegte einen Moment.

»Packen Sie ein paar Sachen zusammen und kommen mit Ihrer Familie zu mir.«

*

Horst Anklam öffnete die PDF-Datei und scrollte durch die Pläne, die ihm die Frau von der Gemeinde Reken zugeschickt hatte. Die Jagdhütte glich eher einem Ferienhaus. Im Erdgeschoss befanden sich ein Wohnraum, eine Küche, ein WC und ein Abstellraum. Im Dachgeschoss gab es zwei Schlafzimmer und ein Bad. Er klickte *Drucken* an und lehnte sich zurück.

Anklam hatte sich im Internetportal des Amtsgerichts in das Grundbuchamt eingeloggt und das Grundbuch von Zanders Jagdhütte gefunden. Mit den Angaben der Flurbezeichnung und der Flurstücksnummer hatte er auf der Internetseite des Katasteramtes das Grundstück gefunden und eine Flurkarte und einen Übersichtsplan ausgedruckt. Die Jagdhütte lag völlig abseits mitten im Wald und war nur über einen schmalen Forstweg zu erreichen.

Er nahm die Grundrisszeichnungen aus dem Drucker und legte sie zu den ausgedruckten Landkarten. Jetzt bei diesen Schnee und Matsch wird sich kein Fußgänger so weit in den Wald bewegen. Ein ideales Versteck.

Schlöder kam ins Büro, zog den Mantel aus und schüttelte den Schnee herunter.

»Ist das ein Wetter«, fluchte er und hängte den Mantel an den Garderobenständer. Er hob die Aktentasche auf, die er auf den Boden gestellt hatte und ging zum Schreibtisch.

»Ich glaube, ich habe das was ganz Interessantes.«, sagte er und setzte sich.

Anklam kippte mit der Sitzfläche des Drehstuhls nach hinten. »Frau Meisner wusste von dem Konto in der Schweiz. Und sie wusste von den verbilligten Darlehen, die Kortkamp Zander gewährt hatte.«

Anklam verschränkte die Arme vor der Brust. »Vorteilsnahme im Amt und Steuerhinterziehung«, brummte er. »Die läuft uns nicht weg.«

»Aber Frau Meisner hat mit ihrem Mann darüber gesprochen«, hielt Schlöder dagegen.

Anklam kniff die Augen zusammen. »Und was folgerst du daraus?«

»Denk doch mal nach«, sagte Schlöder und hob die Brauen. »Meisner wusste von den verbilligten Krediten. Und er wusste von Kortkamps Konto in der Schweiz.« Schlöder wiegte den Kopf hin und her. »Kortkamp hat die Einkünfte aus seinem Direktorengehalt versteuern müssen. Warum brauchte er da ein Konto in der Schweiz? Doch nur um Schwarzgeld zu bunkern.«

Anklam nahm die Arme herunter und setzte sich auf. »Du meist, Meisner hat die gleiche Schlussfolgerung gezogen?«

Schlöder hob beide Hände, die Handflächen nach oben. »Mit dem Wissen hätte Meisner auch Kortkamp erpressen können.«

Anklam nickte. »Und damit hätte auch Kortkamp ein Motiv für den Mord an Meisner.« Er runzelte die Stirn. »Aber wen… ?«

»Bernd Büttner«, unterbrach ihn Schlöder. »Er ist das Patenkind von Kortkamp.«

*

Knapp eine halbe Stunde nach Neuhaus Anruf klingelte der junge Architekt mit seiner Frau und seiner Tochter an Georgs Haustür.

Georg hatte sich in sein Arbeitszimmer zurückgezogen und den Filialdirektor seiner Bank angerufen. Für sechzehn Uhr hatte er einen Termin bekommen. Der Filialdirektor hatte schon von der Entführung seiner Enkelin gehört. In der Stadt sprach sich so etwas sehr schnell herum. Und Radio Vest hatte auch schon darüber berichtet.

»Setzen wir uns kurz ins Wohnzimmer«, bat Georg die Familie herein.

Neuhaus stellte eine Reisetasche in der Diele ab und die Drei folgten Georg ins Wohnzimmer. Valerie Neuhaus blieb nach wenigen Schritten stehen und sah ihn aus tiefliegenden Augen an. Ein Mundwinkel hing herunter, als ob sie gleich in Tränen ausbrechen würde. Baldacci kam gemächlichen Schrittes von seinem Ausguck am Fenster und schnupperte an Mandy Neuhaus´ Hosenbein.

»Bitte«, bat Georg und zeigte auf die Sitzgruppe.

Valerie rang die herabhängenden Hände vor ihrem Schoss, ging zögerlich zum Sofa und setzte sich. Mandy kraulte mit abwesendem Blick den Hund, ließ dann von ihm ab und setzte sich neben ihre

Mutter. Als Ralf Neuhaus auf dem zweisitzigen Sofa Platz genommen hatte, setzte sich Georg in den Sessel.

Diese beklemmende Stille bedrückte ihn. Er sah hinüber zu Valerie Neuhaus, die wieder ihre Hände rang. Er wandte den Blick ab, um dem Flehen, das er in ihren Augen sah, auszuweichen. Die Frau machte sich wahrscheinlich Vorwürfe, dass sie die Entführung nicht verhindert hatte.

»Meine Tochter, mein Schwiegersohn und ich machen uns Vorwürfe, weil wir Klara nicht von der Theaterprobe abgeholt haben«, begann er. Er schüttelte den Kopf. »Aber wir hätten die Entführung sicher auch nicht verhindern können.«

Valerie nickte. Ihre Augen hellten sich kurz auf und wichen dann wieder einer tiefen Traurigkeit.

Georg hegte ein großes Mitgefühl. Der Entführer hatte es wahrscheinlich nur auf Klara abgesehen. Roman hatte sich so fest an Klaras Mantel geklammert, dass der Entführer ihn wohl kurzerhand mit ins Auto geschoben hatte.

Er fühlte sich schuldig. Wenn er Klara abgeholt hätte, dann wäre das nicht passiert. Dann wäre Valerie Neuhaus mit ihren Sohn ins Auto gestiegen und unbehelligt nach Hause gefahren.

»Das Lösegeld könnte ich aus dem Kaufpreis für das Wochenendhaus aufbringen«, holte Ralf Neuhaus ihn aus seinen Gedanken. »Aber die Piaydas haben noch nicht überwiesen.«

*

Georg stellte den Audi in der Einfahrt ab und ging ins Haus. Doris wartete in der Diele auf ihn.

»Ich habe das Gästezimmer für Ralf und Valerie Neuhaus hergerichtet«, berichtete sie. »Die kleine Mandy kann drüben bei Jonas schlafen.«

Georg zog den Mantel aus und hängte ihn auf die Garderobe.

»Wie ist es bei der Bank gelaufen?« fragte Doris.

Georg ging in die Küche, nahm eine Cola light aus dem Kühlschrank und goss sich ein Glas ein. Er lehnte sich mit dem Rücken gegen die Arbeitsplatte und trank einen kräftigen Schluck, um die Trockenheit zu vertreiben.

»Dieser Heuchler«, schnaufte er. »Wir bekommen das Geld, aber ich habe alles verpfänden müssen.« Ihm kam die Galle hoch, als er an das Gespräch dachte.

»Dreihunderttausend hatten wir noch auf unserem Festgeldkonto«, sagte er und trank noch einen Schluck. »Die restlichen siebenhunderttausend gibt die Bank uns als Darlehen.«

Georg schnaufte. »Eine Hypothek auf das Haus, unsere beiden Autos, deine Praxiseinrichtung und meine Lebensversicherung, die als Altersabsicherung gedacht war, musste ich verpfänden.« Er schüttelte den Kopf. »Wir haben nichts mehr.«

Georg hatte es immer vermieden, mit Krediten zu arbeiten. Er hatte es geradezu gehasst, von einer Bank abhängig zu sein. Auch das Haus hatte er aus seinen Ersparnissen gebaut. Und von Aktien und Immobilienfonds hatte er immer die Finger gelassen. Das war ihm viel zu suspekt und risikoreich gewesen. Jetzt im Alter, gerade als er sich zur Ruhe gesetzt hatte, musste er sich in diese Abhängigkeit begeben.

Stephanie und Thomas hatten alle ihre Ersparnisse in ihr Haus gesteckt. Georg war glücklich gewesen, als er den Beiden das Haus neben dem seinen hatte bauen können. Die Familie so nah beieinander. Jetzt Zeit haben für die Enkel. Dabei sein und sehen wie sie aufwuchsen. Und jetzt hatte man ihm Klara genommen.

Doris kam zu ihm und nahm ihn in den Arm. »Das Wichtigste ist Klara.«

Er spürte ihre Wärme an seinem Körper. Sah die Träne, die an ihrer Wange herunter lief.

»Wir haben doch uns. Das zählt mehr als alles Geld der Welt«, sagte sie und drückte ihren Kopf gegen seine Schulter.

Georg verdrückte sich eine Träne. Er hatte es immer gewusst. Er hatte es immer gespürt. Aber jetzt, in dieser schweren Stunde, war ihm bewusst, richtig bewusst, wie sehr Doris ihn liebte.

Kapitel 48

»Wir werden nichts unternehmen, was das Leben der Kinder gefährden könnte«, sagte Hauptkommissar Quill zu Neuhaus, als Georg mit Doris in Stephanies Wohnung traten.

Stephanie und Valerie Neuhaus saßen auf dem Sofa. Während Doris sich zu den Frauen setzte, ging Georg zur Essecke.

»Aber wir müssen die Geldübergabe überwachen, nur so finden wir das Versteck der beiden Kinder«, erklärte Quill.

Anklam und Brambach stimmten ihm zu, während Schlöder an seinem Kaffee schlürfte.

Thomas warf seinem Kollegen Sechtin einen fragenden Blick zu.

»So weh das auch tut«, erklärte Sechtin. »Aber woher wissen wir, ob der Entführer die Kinder nach der Geldübergabe auch freilässt.« Sechtin lehnte sich an die Wand. »Nur wenn wir dem Entführer unbemerkt folgen, haben wir die Chance, das Versteck zu finden.«

»Habt Ihr den Absender der E-Mail ermitteln können?« fragte Georg und ging zur Essecke.

Quill schüttelte den Kopf. »Die Mail ist mehrfach weitergeleitet worden und kam ursprünglich aus England. Wahrscheinlich aus Jersey.«

Georg trat neben Anklam an den Tisch. Der Hauptkommissar hatte die Beine weit unter den Tisch gestreckt und die Arme vor der Brust verschränkt. Auf dem Tisch lagen Pläne und Landkarten.

»Was sind das für Zeichnungen?« fragte Georg Anklam.

Der Hauptkommissar blickte zu ihm auf. »Von Zanders Jagdhütte«, erklärte Anklam. »Ich würde sie mir ja mal ansehen, aber die Kollegen sind da anderer Meinung.«

»Haben Sie noch Kopien davon?« fragte Georg.

Anklam nickte und griff zu seiner Aktentasche auf dem Boden neben seinem Stuhl.

»Georg«, sagte Thomas und warf ihm einen mahnenden Blick zu.

»Ich bin Architekt«, entgegnete Georg. »Ich interessiere mich halt für Zeichnungen.«

Anklam nahm vier Blätter aus der Tasche und gab sie Georg. Er warf gerade einen neugierigen Blick auf die Pläne, als Neuhaus zu ihm trat.

»Haben Sie schon mit Piayda telefonieren können?«

Georg sah auf die Uhr. »Sie werden jetzt wohl zu Hause sein.«

Er ging in Thomas´ Arbeitszimmer, setzte sich auf einen Stuhl und wählte Piaydas Nummer auf seinem Handy.

»Piayda«, meldete sich Gaby.

»Georg hier. Gaby…«

»Ich wollte dich auch gerade anrufen«, unterbrach Gaby ihn. »Kennst du einen guten Scheidungsanwalt?«

Georg stutzte. »Scheidungsanwalt?«

»Er hat es schon wieder getan«, hörte er die tränenerstickte Stimme von Gaby.

»Wer hat was getan?« fragte er etwas ungehalten.

»Helmut«, schluchzte sie. »Er hat eine Freundin. Schon seit ein paar Monaten.« Sie weinte hemmungslos. »Und da kauft er ein Haus mit mir. Das muss man sich mal vorstellen.«

Georg wurde übel. Sein Magen drehte sich um.

»Er hat mich schon mal betrogen«, weinte sie. »Damals habe ich ihm verziehen, weil er mir versprochen hatte, dass so etwas nie wieder vorkommen wird«, plapperte sie unaufhörlich weiter. »Die Frau ruft hier auch noch ungeniert an und will Helmut sprechen. Eine Unterhose von Helmut hat sie mir schon vor die Haustür gelegt.«

Georg hörte schon nicht mehr zu. Was wird jetzt aus dem Haus. Was aus dem Kaufpreis. Neuhaus braucht das Geld.

»...erst hat er Dienstreisen vorgeschoben. Jetzt macht er gar kein Geheimnis mehr daraus. Gerade eben ist er wieder zu ihr gefahren.«

»Was ist mit dem Kaufpreis für das Haus«, unterbrach Georg sie.

Es dauerte einen Moment, bis sie sich wieder meldete. »Ich kann doch jetzt kein Haus kaufen. Wie soll ich das bezahlen? Die Vorsteherin des Finanzamtes will mich wegen meiner Krankheit in den vorgezogenen Ruhestand schicken. Von der kleinen Pension weiß ich sowieso nicht, wie ich da über die Runden kommen soll«, schwoll es aus ihr heraus.

»Und was ist mit Helmut?« fragte Georg dazwischen.

»Der hat kein Interesse mehr an dem Haus.« Sie schluchzte wieder. »Georg, was soll ich bloß tun? Ich liebe ihn doch.«

Georg zog es die Kehle zu. Sein Herz pochte bis an den Hals. »Such dir einen Anwalt«, beendete er das Gespräch.

*

Georg wälzte sich unruhig hin und her. Er fand einfach nicht in den Schlaf. Die Gedanken in seinem Kopf kreisten und kreisten. Neben sich hörte er die unregelmäßigen Schlafgeräusche seiner Frau.

Er hatte Ralf Neuhaus angelogen. Er konnte ihm einfach nicht die Wahrheit sagen, als er in die hoffnungsvollen Augen des jungen Kollegen sah. Es hätte sich niemand gemeldet. Helmut Piayda war sicher bei einem Automobilzulieferer und würde Morgen zurück sein. Gaby Piayda fuhr dann oft zu ihrer Mutter, weil sie nicht gerne alleine im Haus wäre. Nein, den Namen der Mutter und deren Telefonnummer kannte er nicht.

Wenn Zander hinter der Entführung steckte, und davon war Georg überzeugt, dann hatte er Neuhaus ungewollt in die Auseinandersetzung mit hineingezogen. Oder wenn Zanders Hass sich auf Thomas bezog, der Zander wegen Bestechung angeklagt hatte, dann war Neuhaus Sohn nur deshalb entführt worden, weil er, Stephanie oder Thomas Klara nicht von der Probe abgeholt hatten.

Nach dem Telefonat mit Gaby Piayda war klar, dass sie den Kaufpreis weder zahlen wollte noch konnte. Allein würde sie die Finanzierung nicht stemmen können.

Georg spürte die Nässe auf seinem Körper. Sein Schlafanzug war durchgeschwitzt und auch das Laken und die Bettdecke fühlten sich feucht an. Er wälzte sich auf die andere Seite. Das dämmerige Licht der Straßenlaterne schräg gegenüber auf der anderen Straßenseite drang durch die Ritzen des Rollladens herein. Ein kalter Luftzug zog durch das gekippte Fenster und den Schlitzen zwischen den Rollladen. Er schlug die Bettdecke bis zu Brust zurück und spürte die Kälte auf seiner feuchten Haut.

Neuhaus bekam das Lösegeld nicht zusammen. Und Georgs finanzielle Möglichkeiten waren ausgeschöpft. Er fluchte leise. Die Banker würden ihm keinen Cent mehr geben. Sie hatten alles genommen was er hatte.

Ein Stich fuhr ihm durchs Herz. Was ist, wenn Klara nicht mehr lebte. Das lebhafte Kind könnte dem Entführer Schwierigkeiten gemacht haben. Und wenn der Entführer mit dem Lösegeld entkam und nicht gefasst wurde, dann hatte er Klara und sein Geld verloren.

Er hatte sein Leben lang hart gearbeitet. Und jetzt sollte er in seinem Ruhestand mit leeren Händen dastehen. Geld, das wahrscheinlich in Zanders Taschen wanderte.

Zander. Immer wieder Zander. Er war schon paranoid, weil er den Namen einfach nicht aus dem Kopf bekam.

Nein, schoss es ihm durch den Kopf. Er würde dem Mistkerl sein Geld nicht in den Rachen werfen. Nicht, wenn er es verhindern konnte.

*

Leise zog Georg die Haustür hinter sich zu und stieg in seinen Wagen. Er startete den Motor und ließ den Audi im Leerlauf rückwärts auf die Straße rollen. Die Sackgasse lag noch in völliger Dunkelheit. Nur die matten Straßenlaternen warfen ein milchiges Licht auf den schneebedeckten Gehweg. Er legte den ersten Gang ein und fuhr langsam vorwärts bis zur Kreuzung, setzte den Blinker und gab Gas, als ob er vor etwas fliehen wollte.

Er hatte einfach nicht in den Schlaf gefunden. Morgens um halb sechs hatte er seine Entscheidung getroffen. Er war leise aufgestanden, hatte sich im Bad gewaschen und rasiert, war in warme Sache geschlüpft und aus dem Haus gegangen. Er hatte noch daran gedacht, einen Kaffee zu kochen, aber die Maschine würde zu viel Lärm machen.

Die Bäckerei gleich um die Ecke öffnete morgens um sechs. Er kaufte sich ein belegtes Brötchen und einen Kaffee To Go und fuhr weiter über die Scherlebecker Straße zum Autobahnzubringer. Nur wenige Leute waren auf dem Gehweg zu den Bushaltestellen unterwegs. Er überquerte die Westerholter Straße und bog sofort in die halbrunde Auffahrt zum Zubringer. Zwei Kilometer weiter nahm er die Auffahrt auf die A 43 in Richtung Münster.

Erste Zweifel kamen in ihm auf, ob er das Richtige tat. Aber er hatte sich nun mal entschlossen. Irgendetwas in seinem Inneren trieb ihn vorwärts.

Die ersten Pendler füllten die Autobahn in Richtung Münster. Auf der Gegenspur war deutlich mehr Verkehr, überwiegend Handwerker, die aus dem Münsterland zu ihrer Arbeit ins Ruhrgebiet fuhren.

An der Anschlussstelle Haltern-Lavesum verließ er die Autobahn und folgte der Sythener Straße, die in Lavesum zur Rekener Straße wurde. Dann tauchte er in den Wald der Hohen Mark ein. Die Straße war geräumt worden und am Straßenrand türmte sich der beiseitegeschobene Schnee zu kleinen langen Hügeln.

Georg drosselte das Tempo. Die vom Schnee bedeckten Äste der Bäume hingen schwer herab. Die Landstraße endete vor der Granatstraße. Er bog rechts ab und fuhr wenig später auf einen Parkplatz rechts der Straße.

Georg nahm seine Winterjacke vom Beifahrersitz und holte die Übersichtskarte aus der Jackentasche, die er am Vorabend Anklam abgeschwatzt hatte. Etwa fünf Kilometer tief im Wald musste die Jagdhütte liegen. Das hatte er am Vorabend mit seinem Maßstab abgegriffen.

Er steckte die Karte wieder zurück in die Jacke und stieg aus. Während er sich in der Dunkelheit umsah, zog er die Jacke über seinen Wollpullover und zog den Reißverschluss hoch bis zum Kinn. Dann nahm er die schwarze Wollmütze aus der Tasche und zog sie sich über den Kopf.

Eine verstörende Stille lag über dem Wald. Er überquerte die Landstraße, ging an einer verschneiten Wiese vorbei und erreichte den Weg, der tief in den Wald führte. Ein Schlagbaum versperrte den Weg. Ein Durchfahrt Verboten Schild stand neben dem Schlagbaum. Darunter stand *Nur für Forstfahrzeuge.*

Georg zog das Handy aus der Tasche und schaltete es aus. Doris würde sicher bald anrufen und fragen, wo er wäre. Er wollte nicht riskieren, dass das Klingeln oder Brummen des Handys jemanden auf ihn aufmerksam machen würde. Er schlängelte sich an der Schranke vorbei und folgte dem Forstweg in den Wald. Die Dunkelheit unter den Bäumen hüllte ihn ein. Ein beängstigendes Gefühl ergriff ihn. Der Boden wurde morastiger. Seine Schuhe sackten bis über die Sohlen ein. Mit einem schmatzenden Geräusch lösten sie sich aus dem Schlamm.

Georg ging an den Rand des Weges, wo die Blätter unter dem Schnee ihm mehr Halt gaben. Seine Waden und Schienbeine begannen zu schmerzen. Das wird gleich aufhören. Das kannte er schon von den Spaziergängen mit Baldacci. Langsamer und gleichmäßiger gehen, schalt er sich.

Nach zwei Kilometern hatten sich die Schmerzen in seinen Beinen gelegt, dafür spürte er, wie er unter der Winterjacke zu schwitzen begann. Das kommt nur von der ungewohnten Anstrengung. Von dem klebrigen Schnee, der an seinem Sohlen pappte, beruhigte er sich.

Er war schon mehr als eine Stunde marschiert. Am Horizont zeigte sich ein heller Streifen, der vom Schnee reflektiert wurde. Die Dunkelheit wich langsam einer Dämmerung. Der Weg machte eine Rechtskurve und führte an einer kleinen Lichtung vorbei.

Georg blieb stehen und drückte sich hinter einen Baum. Hinter einer Baumreihe sah er die Firstspitze eines Daches. Aus dem Schornstein stieg dunkler Rauch in den dämmerigen Himmel. Er folgte dem Weg noch ein Stück und schlich über den Weg zu einer Hecke, die sich vor den Bäumen herzog.

Georg hockte sich hinter die Hecke und wischte den Schnee von den blattlosen Ästen, bis er einen guten Blick auf die Jagdhütte hatte.

Alles war still. Nirgendwo rührte sich was. Er konnte Fußspuren im Schnee erkennen, die von der Jagdhütte zu einem Holzschuppen neben dem Haus führten.

Jetzt einfach nur warten, redete er mit sich selbst. Irgendwann wird sich jemand zeigen. Es stieg Rauch aus dem Kamin. Es gab Fußspuren. Es musste jemand in der Hütte sein.

Er spürte das Kribbeln in seinem Fingern und zog seine Handschuhe an. Sein Blick klebte wie gebannt an dem Holzhaus. Nach einer Weile spürte er die Kälte auf seiner verschwitzten Haut. Aber er rührte sich nicht von der Stelle.

Der helle Streifen am Himmel war breiter geworden und vertrieb mehr und mehr die Dämmerung.

Die Haustür ging auf und ein Mann trat heraus. Georg drückte sein Gesicht in die Öffnung in der Hecke. Der Mann war ganz in schwarz gekleidet und hatte die Wollmütze tief in die Stirn gezogen. Er stapfte durch den Schnee zu dem Holzschuppen und zog die Tür auf und verschwand im Schuppen. Die Front eines dunkelgrünen Geländewagens war zu sehen. Dann kam der Mann mit Holzscheiten unter dem Arm wieder heraus. Er schloss die Tür wieder und sah herüber zur Lichtung. Genau in die Richtung von Georg.

Bernd Büttner.

Kapitel 49

Georg wartete bis Büttner wieder in der Jagdhütte verschwand und überlegte was er tun konnte. Er war unbewaffnet und dem jungen Mann körperlich unterlegen. Büttner würde ihn überwältigen und dann mit den Kindern in ein anderes Versteck verschwinden. Nein, er alleine konnte nichts ausrichten. Das war viel zu riskant. Bis zur Lösegeldübergabe waren es noch etwas mehr als achtundvierzig Stunden. Büttner würde sicher so lange hier in der Jagdhütte bleiben.

Georg lief in gebückter Haltung über den Forstweg in den Wald und schlängelte sich durch die dichtstehenden Bäume. Er hielt sich links bis er wieder auf dem rechtwinklig verlaufenden Weg war, der ihn zurück zum Parkplatz führte. Sich immer wieder umblickend marschierte er den Weg zurück. Das Laufen strengte ihn an. Die Sohlen seiner Schuhe klebten im Schnee und seine Schritte wurden immer schwerer. Er spürte noch die Anstrengungen des Hinweges in seinen Knochen.

Nach ein paar hundert Metern blieb er stehen und beugte sich keuchend vor. Die Waden und die Schienbeine schmerzten und er bekam kaum noch Luft. Er zog die Wollmütze vom Kopf und steckte sie in die Tasche der Windjacke. Sofort spürte er die Kälte auf seinen feuchten Haaren und seiner Stirn. Nach einer Weile ging sein Atem regelmäßiger. Er richtete sich auf und lehnte sich an einen Baum am Wegrand. Er zog sein Handy aus der Tasche und schaltete es ein. Er sah auf das Display. Er hatte nur ein sehr schwaches Signal.

Georg raffte sich auf und stapfte durch den Schnee weiter. Nach einigen hundert Meter blieb er wieder stehen, fand einen Baumstumpf, wischte den Schnee herunter und setzte sich. Ganz außer Atem kramte er das Handy hervor. Zwei Striche zeigte das Empfangszeichen auf dem Display an. Das müsste reichen.

Er scrollte durch die gespeicherten Rufnummern. Quills Handynummer musste dort noch gespeichert sein. Aus der Zeit, als er Quills Haus gebaut hatte. Endlich fand er sie und drückte die Wähltaste. Es dauerte eine Weile, dann meldete sich der Hauptkommissar.

»Heffner hier«, meldete er sich immer noch heftig atmend. »Ich habe Bernd Büttner gefunden. Er ist in Zanders Jagdhütte in der Hohen Mark«, stieß er stoßweise heraus. »In einem Holzschuppen neben der Hütte steht ein dunkelgrüner Geländewagen. So einer, wie ihn der Entführer gefahren hat.«

Es dauerte eine Weile bis sich der Hauptkommissar wieder meldete. »Wo sind Sie genau.«

»Ein paar Hundert Meter von der Hütte entfernt.«

»Halten Sie sich von der Hütte fern. Wo steht Ihr Wagen?«

»Ein paar Kilometer weiter auf einem Parkplatz an der Granatstraße.«

»Gehen Sie zurück zu Ihrem Wagen und unternehmen Sie nichts. Wir kommen so schnell es geht.«

»Anklam hat die Karten. Er weiß, wo die Hütte liegt«, sagte Georg noch, dann war das Gespräch beendet.

*

Georg rutschte auf den Fahrersitz und zog die Wagentür zu. Er hatte mehr als eine Stunde für den Rückweg gebraucht. Der teils matschige, teils schneebedeckte Boden hatte ihm das Laufen erschwert. Aber wenigstens schmerzten seine Beine nicht. Er zog die Winterjacke aus und warf sie neben sich auf den Beifahrersitz. Sein Hemd klebte an seinem Körper. Auch der Wollpullover war durchnässt. In den mehr als zwei Stunden seiner Abwesenheit, hatte sich das Wageninnere abgekühlt.

Er nahm das Handy aus der Winterjacke und rief Doris an.

»Georg, wo bist du?« fragte sie sorgenvoll.

»Mir geht es gut«, antwortete er immer noch etwas außer Atem. »Ich glaube, ich habe das Versteck von Klara gefunden.« Er spürte den leichten Schwindel in seinem Kopf, der sich jetzt nach der Anstrengung einstellte.

»Thomas hat es mir erzählt. Er ist schon unterwegs zur Polizeidienststelle«, sagte Doris aufgeregt. »Bring dich jetzt nicht in Gefahr. Überlass alles Weitere der Polizei.«

»Ja, ja. Ich pass schon auf mich auf. Ich wollte dir nur sagen, dass es mir gut geht«, beruhigte er seine Frau. »Dann bis später«, beendete er das Gespräch.

Ihn fröstelte. Er nahm eine Decke vom Rücksitz, die Doris dort mal platziert hatte. *Falls du mal in der Kälte im Stau stehst,* hatte sie gesagt. Damals hatte er geschmunzelt, jetzt war er froh, dass er die Decke hatte. Er nahm sie vom Rücksitz und legte sie sich über die Schulter.

Vor einem der vier Häuser hinter dem Parkplatz stand ein älterer Mann vor der Tür, rauchte eine Zigarette und sah neugierig zu ihm herüber. Ein orangeroter Streifen lag über den Bäumen am Horizont. Die kleinen Schäfchenwolken am stahlblauen Himmel waren rosa gefärbt.

Rosa.

Klaras Lieblingsfarbe.

Georg startete den Motor, fuhr ein Stück rückwärts und dann vorwärts in die gegenüberliegende Parkbucht, so dass er die Straße direkt im Blick hatte. Nur vereinzelt fuhr ein Fahrzeug an ihm vorbei. Er sah auf die Uhr. Mehr als zwei Stunden waren seit seinem Anruf bei Quill vergangen.

Er nahm die Wolldecke von der Schulter und warf sie auf den Rücksitz. Dampfwolken stiegen aus seinem Pullover in die kalte Luft im Inneren des Audis. Er zog die Winterjacke über ohne den Blick von der Straße zu nehmen. Weiter hinten sah er die Lichter einer Fahrzeugkolonne sich nähern. Georg stieg aus und stellte sich neben seinen Wagen. Die Fahrzeuge fuhren auf den Parkplatz. Im ersten Wagen erkannte er Anklam und Schlöder. Thomas saß auf dem Rücksitz. Ihr Wagen parkte direkt neben ihm. Die übrigen Wagen verteilten sich auf dem Parkplatz.

»Georg«, kam Thomas auf ihn zu und nahm ihn in den Arm.

Anklam legte Karten auf die Motorhaube.

Quill und Brambach stiegen aus ihrem Wagen und kamen mit einem ganz in weiß gekleideten Beamten zu ihnen.

Quill nickte Georg zu. »Das ist Hauptkommissar Lehmann, der Leiter des SEK«, stellte er den weiß gekleideten Beamten vor. »Zeigen Sie ihm bitte auf der Karte, welchen Weg Sie gegangen sind und beschreiben Sie bitte, wie es in der Umgebung der Jagdhütte aussieht.«

Georg beugte sich über die Karte. »Diesen Weg bin ich etwa fünf Kilometer gefolgt. Am Ende knickt er rechtwinklig ab. Etwa fünfzig Meter weiter auf einer kleinen Lichtung steht die Jagdhütte.«

Der SEK-Leiter zeigte auf die Karte. »Dann hat Büttner zwei Fluchtwege zur Verfügung.« Er sah Georg an. »Den Weg, den sie gegangen sind, und der rechtwinklig abknickende Weg, der wieder aus dem Waldgebiet heraus führt.«

Georg nickte.

»Dann müssen wir uns aufteilen«, sagte Lehmann. »Und wie sieht es rund um die Hütte aus?« fragte er Georg.

Georg drehte die Karte um und zog einen Stift aus der Brusttasche seines Hemdes. »Das ist die Jagdhütte«, sagte er während er ein Rechteck zeichnete. »Hier ist der Holzschuppen, in dem der Geländewagen steht. Entlang des Weges ist eine mannshohe, dichte Hecke, die in der Mitte durch ein hüfthohes Tor unterbrochen ist.«

Er zeichnete ein paar Kreise. »Hinter dem Haus habe ich hohe Bäume erkennen können. Und hinter der Hecke ebenfalls eine dichte Reihe Bäume.« Er richtete sich wieder auf und steckte den Stift zurück. »Von der Hecke bis zur Jagdhütte sind es ungefähr zehn bis zwölf Meter. Wie es hinter der Hütte aussieht, kann ich nicht sagen.«

»Danke, Sie haben uns sehr geholfen.« Lehmann wandte sich an Thomas und den Hauptkommissaren. »Sie folgen dem Haupttrupp, der dem Weg folgt, den Herr Heffner gegangen ist. Aber Sie halten sich im Hintergrund«, betonte er mit ernster Miene. »Ein kleinerer Trupp nimmt den anderen Weg und sichert das Gelände hinter der Hütte.«

Georg nickte und drehte sich zu seinem Wagen.

»Sie nicht«, befahl Quill. »Sie bleiben hier und warten.«

Georg sog die kalte Luft durch die Nase ein. »Auf gar keinen Fall. Ich will dabei sein.«

Quill wollte etwas erwidern, aber Thomas legte seine Hand auf Quills Brust.

»Das hat keinen Sinn. Er wird uns sowieso folgen. Dann lieber unter unserer Aufsicht«, entschied Thomas.

*

Die Wagen kamen nur langsam auf dem teils gefrorenen und teils matschigen Boden vorwärts. Im ersten Wagen fuhr der SEK-Leiter Lehmann, gefolgt von den Wagen des Sondereinsatzkommandos. Am Schluss folgte der Wagen mit Anklam am Steuer.

Thomas saß neben Georg auf dem Rücksitz und sah in sich gesunken nach vor. »Du glaubst wirklich, die Kinder könnten in der Jagdhütte festgehalten werden?«

»Büttner ist in der Jagdhütte, der grüne Geländewagen steht in dem Holzschuppen.« Der Wagen holperte über den Forstweg. Georg hielt sich am Türgriff fest. »Es deutet doch alles darauf hin.«

Schweigen trat wieder ein. Georg spürte die Anspannung die sich breit gemacht hatte. Georg hatte die Kinder nicht gesehen. Er konnte mit seiner Annahme auch völlig falsch liegen. Aber sein Baugefühl sagte ihm, dass die Kinder in der Jagdhütte sein müssen.

Schon mehr als zwanzig Minuten waren sie dem Forstweg gefolgt. Dann stoppte der erste Wagen. Die anderen Wagen folgten und stellten die Fahr-zeuge versetzt zu einander hinter dem ersten Wagen ab. Der Forstweg war vollständig blockiert.

SEK-Leiter Lehmann gruppierte seine Leute um sich und gab leise Anweisungen. Die SEK-Leute verschwanden blitzschnell im Wald.

Anklam und Schlöder stiegen aus. Anklam beugte sich noch einmal in den Wagen. »Sie halten sich zurück«, sagte er zu Georg und Thomas.

Thomas stieg ebenfalls aus. »Wir werden nicht im Weg stehen«, ver-sprach er. »Aber wir wollen wenigstens Sichtkontakt halten.«

»O.k.«. sagte Anklam. »Aber halten Sie Abstand.« Dann folgte er Schlöder in den Wald und verschwand zwischen den dichtstehenden Bäumen.

Georg zog den Reißverschluss seiner Jacke hoch. »Komm«, sagte er zu Thomas. »Wir müssen hier schräg durch den Wald.«

Geduckt unter den tiefhängenden Ästen schlängelte sich Georg durch das Unterholz. Der herabfallende Schnee fiel ihm auf den Kopf und in den Nacken. Thomas folgte ihm. Nach ein paar Schritten standen die Bäume so weit auseinander, dass sie wieder aufrecht gehen konnten. Sie folgten den Fußspuren im Schnee und nach wenigen Minuten hatten sie den Rand des Weges erreicht, der zwischen dem Wald und der Lichtung mit der Jagdhütte lag.

Sie verharrten hinter dem wildwuchernden Strauchwerk und starrten hinüber zu der Jagdhütte. Die Hecke und die Baumreihe versperrte ihnen die Sicht auf die Jagdhütte.

»Nach rechts«, flüsterte Georg und stapfte vorsichtig parallel zum Forstweg ein Stück weiter, bis er über das hüfthohe Tor in der Hecke freien Blick auf die Jagdhütte hatte.

Das Gestrüpp zwischen den Bäumen war hier brusthoch. Er lehnte sich mit der Schulter an einen Baum. Thomas ging zwei Schritte weiter zum nächsten Baum.

Hinter der Hecke am Rande des Grundstückes der Jagdhütte kauerten SEK-Leute. Zwei Beamten huschten in gebückter Haltung über den Forstweg zur Giebelseite. Der zweite Trupp hatte die andere Giebelseite gesichert und einige SEK-Leute verschwanden hinter das Gebäude.

Absolute Stille lag über dem Wald. Georg sah zu Thomas, der hinter seinem Baum stand und auf die Jagdhütte starrte. Weiter hinter sah er Anklam und Lehmann mit zwei weiteren SEK-Beamten, die ebenfalls das Gebäude im Auge behielten.

»Oh Gott«, hörte Georg Thomas stöhnen und sah zur Jagdhütte.

Kapitel 50

Georg blieb das Herz fast stehen.

Büttner stand in der Haustür.

Im linken Arm hielt er Klara vor seiner Brust. Mit der rechten Hand drückte Büttner Klara eine Pistole an die Schläfe. Leblos wie eine Puppe hing Klara in Büttners Arm und starrte aus angsterfüllten Augen zum Tor.

»Macht das Tor auf«, schrie Büttner. »Und dann verschwindet ihr.«

Büttner ging zwei Schritte rückwärts und schob mit dem Fuß die Haustür zu.

Thomas lief gebückt zu Anklam und Lehmann. Georg folgte seinem Schwiegersohn. Aus der anderen Richtung kämpfte sich Quill durch das schneebedeckte Unterholz zu der Gruppe.

»Was haben Sie jetzt vor?« fragte Thomas leicht außer Atem.

»Wir warten erst einmal«, antwortete der SEK-Leiter.

»Aber meine Tochter«, stammelte Thomas und zeigte zur Hütte.

»Büttner wird ihr nichts tun«, beruhigte Lehmann ihn. »Sie ist seine Lebensversicherung.«

Lehmann wandte sich an Quill, der sich den Schnee von der Winterjacke streifte. »Was wissen wir über den Mann?«

Quill richtete sich auf. »Er war Soldat im Balkankrieg. Scharfschützenausbildung. Leidet unter Posttraumatische Belastungsstörungen.« Quill atmete tief aus. Der weiße Schwaden seines Atems stieg vor seinem Gesicht auf.

»Er wähnt sich im Krieg. Die Uniformen der SEK-Leute suggerieren ihm das. Er fühlt sich eingekesselt und in die Enge getrieben.«

Anklam nickte. »Er denkt und handelt jetzt wie ein Soldat.«

Thomas atmete heftig aus. »Und was schließt ihr daraus?«

»Er wird versuchen, sich aus dieser Situation zu befreien«, erklärte Lehmann. »Er weiß, dass er auf sich selbst gestellt ist, dass keine Kameraden kommen werden, um ihn hier heraus zu hauen.«

Der SEK-Leiter sah nachdenklich zur Hütte. »Er hat beide Kinder als Schutzschild und als Faustpfand und er wird auch von seiner Schusswaffe Gebrauch machen, um sich den Weg freizuschießen.«

Lehmann seufzte. »Büttner ist jetzt wieder Soldat in einer für ihn fast aussichtslosen Situation.«

Ein Schuss krachte in die Stille.

Georg zuckte zusammen und sah hinüber zur Jagdhütte. Ein kleines Fenster über der Haustür war einen Spalt geöffnet worden.

»Ihr sollt das Tor aufmachen«, brüllte Büttner.

»Was hat er vor?« fragte Quill.

»Der will mit dem Geländewagen fliehen«, schnaubte Anklam.

»Tun Sie doch was er sagt«, flehte Thomas. »Der Mann dreht sonst noch durch.«

Lehmann atmete tief durch. Dann sprach er in sein Headset und gab den beiden SEK-Leuten die hinter der Hecke hockten, die Anweisung, das Tor zu öffnen.

Georg beobachtete, wie die beiden SEK-Leute geduckt zum Tor krochen und die beiden Flügel aufstießen. Sofort huschten sie wieder zurück hinter die Hecke.

»Und jetzt verschwindet ihr vom Weg«, schrie Büttner aus dem Haus.

»Kommt zurück in den Wald«, befahl Lehmann den Beamten.

Sofort zogen sich die beiden SEK-Leute zurück in den dichten Wald.

»Wie sieht es bei euch hinter der Hütte aus?« erkundigte sich Lehmann über das Headset.

»Dichter Wald«, kam die direkte Antwort. »Mit dem Wagen kommt er hier nicht weg.«

Anklam zog ein paar Karten aus der Jackentasche und faltete sie auseinander. Georg schaute Anklam über die Schulter. Der Hauptkommissar hatte eine Luftaufnahme in der Hand.

»Die Baumkronen sind so dicht, dass man die Forstwege nicht erkennen kann.« Anklam zog eine Flurkarte nach oben. »Es gibt nur die beiden Forstwege zu der Hütte.«

Anklam zeigte auf die Stelle, wo der zweite Trupp mit den Einsatzwagen den Weg blockiert hatte. »Wenn er mit dem Wagen aus dem Tor kommt, muss er nach links fahren. Dann sieht er die Einsatzwagen, die weiter hinten den Weg blockieren.«

Anklam sah zu Lehmann, der sich über die Karte gebeugt hatte.

»Er wird dann dort drüben nach rechts in den Forstweg abbiegen, den wir mit unseren Wagen blockiert haben.« Anklam fuhr mit dem Finger auf der Karte den Weg entlang. »Unsere Wagen stehen hinter dieser Biegung. Er kann sie nicht sehen, wenn er in den Weg einbiegt.«

Anklam tippte mit dem Finger auf die Stelle, wo die Wagen standen. »Er kann sie erst sehen, wenn er um die Biegung kommt.«

Lehmann nickte. »Da kommt er mit dem Wagen nicht weiter. Der Wald ist viel zu dicht.« Der Einsatzleiter schaute in die Runde. »Da muss er raus aus dem Wagen und zu Fuß weiter.«

»Was habt ihr vor?« fragte Thomas.

Lehmann ignorierte die Frage und wandte sich an seine Leute. »Ihr geht zurück zu den Einsatzwagen. Nehmt den Weg durch den Wald. Jeweils vier Leute rechts und links des Weges. Wenn Büttner anhält und aussteigen will, dann schlagt ihr zu.«

Die Beamten nickten und verschwanden lautlos im Wald. Georg sah, wie Anklam sich ihnen anschloss.

»Da tut sich was«, flüsterte Quill und deutete mit dem Kopf zur Hütte.

Georg schaute hinüber. Seine Atmung schien einen Moment auszusetzen.

Büttner stand in der Haustür. Er hielt Klara im linken Arm vor der Brust und spähte in alle Richtungen. Seine Lippen bewegten sich, als ob er Klara etwas zuflüstern würde. Georgs Enkelin nickte. Georg sah die Angst in ihren Augen, mit der sie herüber auf das offene Tor sah.

Langsam, Schritt für Schritt, ging Büttner seitwärts, die Pistole in der rechten Hand auf die Hecke vor der Hütte gerichtet. Langsam näherte er sich dem Holzschuppen. Als er den Schuppen erreicht hatte, spähte er wieder zum Wald herüber. Er drückte mit der Pistole in der Hand die Klinke der Holztür herunter, zog sie einen Spalt auf und verschwand durch den Spalt ins Innere. Im nächsten Moment flog erst der eine, dann der andere Torflügel auf. Von Büttner war nichts zu sehen. Dann heulte ein Motor auf. Im nächsten Moment schoss der Nissan aus dem Holzschuppen und raste auf das Tor zu.

Georg stockte der Atem.

Klara saß vor Büttner auf dessen Schoß.

*

Horst Anklam hatte sich durch das Unterholz gekämpft und lief aus dem Wald heraus auf den Forstweg, auf dem der Haupttrupp die Fahrzeuge hinter einer Biegung abgestellt hatte.

So schnell er konnte lief er den Weg zurück zu den Fahrzeugen. Die SEK-Beamten waren direkt vor ihm. Als er die Biegung erreicht hatte, hinter der die Fahrzeuge den Weg blockierten, sah er wie die SEK-Leute sich rechts und links in den dichten Wald schlugen. Er hielt sich links und hockte sich hinter ein Gestrüpp direkt neben dem Weg. Ein

SEK-Beamter war direkt neben ihm und nickte ihm zu. Sein Atem ging heftig und bildete weiße Wölkchen in der kalten Luft. Er schloss den Mund und atmete durch die Nase.

Büttner musste hier halten. Mit dem Geländewagen kam er nicht weiter. Büttner musste sich zu Fuß mit Klara durch den Wald schlagen. Angespannt lauschte er. Dann hörte er die sich nähernden Motorengeräuschen. Wenige Sekunden später sah er, wie der Wagen auf die Biegung zufuhr. Der Nissan war ein altes Model, das Zander wohl benutzte, um hier im Wald herumzufahren.

Der Schnee knirschte unter den Reifen. Der Wagen fuhr um die Biegung. Dann rutschte er ein paar Meter weiter, als Büttner auf die Bremse trat, und kam direkt neben Anklam zum Stehen.

Durch die schneebedeckten Äste sah er den angespannten Blick, mit dem Büttner rechts und links in den Wald spähte. Das Weiß in den Augen des Entführers war zum Greifen nahe.

Anklam hielt die Luft an, als Büttners Blick ihn streifte. Unweigerlich zog Anklam den Kopf ein. Aus den Augenwinkeln sah er, wieder der SEK-Beamte ganz leicht den Kopf schüttelte.

Warten.

Noch nicht.

*

Georg stürzte aus dem Wald, als der Geländewagen nach rechts in den Forstweg abgebogen war. Thomas war verschwunden. Er hatte ihn aus den Augen verloren., als er wie gebannt auf den Nissan gestarrt hatte, in dem Klara mit Büttner saß.

So schnell er konnte rannte er bis zur Abbiegung und lief in den Forst-weg. Weit vorne hörte er das Motorengeräusch des Nissan, der an der Biegung hinter den dichten Bäumen verschwunden war.

Georg rannte weiter. Seine Lungen rasselten und keuchten. Die Beine wurden schwerer und schwerer und seine Knie weicher und weicher. Er biss die Zähne zusammen und mobilisierte seine letzten Kräfte. Du musst durchhalten, spornte er sich an. Du musst zu Klara.

Er schaffte es kaum noch, die Beine anzuheben. Sie schleiften mehr über den Boden, als das sie liefen. Sein Blick trübte sich mehr und mehr. Nur verschwommen nahm er den schneebedeckten Weg vor sich wahr. Vor seinen Augen drehte sich alles. Sein Fuß stieß gegen etwas Hartem am Boden. Er stolperte. Der andere Fuß verlor den Halt auf dem eisigen Boden. Er stürzte vorwärts und fiel der Länge nach in den Schnee.

*

Büttner öffnete die Fahrertür und hievte das linke Bein aus dem Wagen. Mit dem linken Arm hob er Klara umständlich zur Wagentür.

Anklam hockte gespannt wie eine Sprungfeder hinter dem Gebüsch. Er warf einen Blick zu dem neben ihm hockenden SEK-Beamten, der sein Gewicht auf die Fußballen verlagert hatte.

Der Mann nickte ihm zu.

Jetzt.

Büttner stellte Klaras Füße in den Schnee und rutschte über den Sitz zur Tür.

Anklam sprang vorwärts, fasste Klara um die Hüfte und fiel vorwärts mit ihr in den Schnee. Erschrocken schrie das Mädchen auf. Anklam begrub Klara unter seinen Körper um sie zu schützen. Aus den Augenwinkeln sah er hoch.

Der SEK-Mann sprang fast zeitgleich mit ihm aus dem Gebüsch. Büttner riss die rechte Hand mit der Waffe aus dem Wagen.

Blitzschnell hatte der SEK-Mann den Arm von Büttner ergriffen, machte sich Büttners Schwung zu Nutze und riss den Entführer aus dem Wagen. Er drehte Büttners Arm nach hinten, zog den Arm hoch und drückte dem Entführer den Schuh in den Rücken.

Anklam hörte das Knacken und den tierischen Schrei von Büttner, als dessen Schulter aus der Pfanne sprang. Der Arm war ausgekugelt. Anklams Gesicht lag nur wenige Zentimeter von dem in den Schnee gedrückten Gesicht von Büttner entfernt. Schmerz, Wut und Zorn wechselten in Sekundenschnelle in Büttners Augen.

Die anderen SEK-Leute waren fast gleichzeitig aus der Deckung gestürmt, hatten Büttner umstellt und ihre Waffen auf ihn gerichtet.

In Büttners fast senkrecht aufragendem Arm hing die Pistole, der Abzugsring nach oben, am schlaffen Zeigefinger der gekrümmten Hand.

*

»Sicher. Sicher. Sicher«, hörte Quill die Rufe der vier SEK-Beamten die das Haus durchsuchten. Dann ging er, gefolgt von Brambach und Schlöder in die Jagdhütte. Die SEK-Leute stiegen mit gezückten Waffen vorsichtig die Treppe hoch, die vom Wohnraum und der offenen Küche in das Dachgeschoss führte.

»Sicher«, drang ein Ruf von oben herunter.

»Hier«, rief einer der Beamten.

Quill stürzte die Treppe hoch. In einem der beiden Schlafräume saß Roman Neuhaus. Die Hände auf dem Rücken mit Kabelbinder verschnürt. Die Beine waren mit Klebeband zusammengebunden und über dem Mund hatte er ebenfalls einen Klebeband. Seine Augen gingen ängstlich hin und her.

Brambach eilte herbei und kniete sich neben den Jungen. »Du brauchst keine Angst zu haben. Wir sind von der Polizei und bringen dich jetzt nach Hause«, beruhigte er den Jungen.

Quill zog sein Klappmesser aus der Tasche und zerschnitt mühsam den Kabelbinder an Romans Handgelenken.

»Gott sei Dank«, seufzte Schlöder, der hinter Quill in der Tür stand.

Brambach hob den weinenden Jungen vom Bett und drückte ihn an sich. »Es ist alles gut.« Langsam trug Brambach den Jungen die Treppe hinunter.

Quill blieb mit Schlöder zurück und sah sich in dem Raum um. Wasserflaschen, Milchtüten, eine Packung Cornflakes, zwei Dosen Ravioli standen auf dem Boden. Benutzte Plastikschalen, Plastikteller und Plastiklöffel lagen herum. Der Raum wirkte stickig. Das Fenster war geschlossen und die Klappläden aus Holz verdunkelten den Raum.

Quill ging mit Schlöder in den anderen Schlafraum. Das Bett war zerwühlt. Auf dem Boden lag ein Rucksack aus dem Wäsche heraushing. Schlöder drängte sich an ihm vorbei und ging um das Bett herum zu der Nachtkonsole neben dem Bett. Eine Flasche Wasser stand darauf und daneben lag eine Packung mit Tabletten.

Schlöder beugte sich vor und nahm die Packung von der Konsole. »Was haben wir denn hier?« Er warf einen Blick auf die Packung und hielt sie dann hoch. »Tranquilizer.«

Kapitel 51

Thomas beobachtete seinen Schwiegervater, der ihm gegenüber am Esstisch saß. Georg würgte das Brot mehr herunter, als dass er es aß. Doris hatte sich sofort um ihren Mann gekümmert, als sie wieder zu Hause waren. Die schlaflosen Nächte, die langen Fußmärsche im Wald, die Aufregung bei der Befreiung von Klara hatten seinen Schwiegervater geschwächt. Er hatte heute noch nichts gegessen und dazu noch vergessen, seine Medikamente einzunehmen. Er war unterzuckert gewesen, als er auf dem Forstweg zusammengebrochen war. Zum Glück wusste Thomas, dass Georg immer Traubenzucker in seiner Hosentasche hatte. Nach zwei Stück Traubenzucker war Georg wieder soweit auf den Beinen, dass sie ihn nach Hause bringen konnten.

Thomas blickte hinüber zur Sitzgruppe in die glücklichen Augen seiner Frau. Stephanie saß im Sessel und hatte Klara im Arm. Doris hockte neben dem Sessel und strich Klara übers Haar, die den Kopf an die Brust ihrer Mutter gedrückt hatte.

Neuhaus und seine Frau hatten auf dem Sofa Roman in ihre Mitte genommen, während Jonas und Mandy sich auf dem zweisitzigen Sofa lümmelten.

Thomas spürte die Erleichterung im Raum. Die Anspannung der letzten beiden Tage waren verflogen. Die beiden Zivilbeamten bauten die Aufnahmegeräte ab. Quill, Brambach und Anklam saßen am anderen Ende des Esstisches.

»Zander ist in seinem Büro«, sagte Quill, als er das Handy vom Ohr nahm. »Das Observationsteam wartet vor Zanders Büro, bis die Streifenbeamten zu ihnen stoßen um Zander zum Verhör in die Dienststelle zu bringen.«

Thomas hörte nur mit halbem Ohr zu. Die Erleichterung über die Befreiung der Kinder behielt die Oberhand über die aufsteigende Müdigkeit, die langsam in ihm aufstieg.

»Die Tranquilizer konnte nur Zander Büttner gebracht haben. Und Büttner war in Zanders Jagdhütte.« Quill schnaufte. »Da kann Zander sich nur schwer herausreden.«

Anklam hatte Georgs Wagen gefahren. Thomas, der mit den Kindern auf dem Rücksitz saß, hatte immer wieder zu Georg gesehen. Wie apathisch hatte Georg auf dem Beifahrersitz gesessen und in kurzen Zügen geatmet. *Es geht schon wieder,* hatte Georg auf Thomas´ wiederholte Fragen geantwortet.

So langsam ordneten sich Thomas Gedanken wieder. Klara war wieder unversehrt zu Hause, und auch Roman war wieder bei seinen Eltern. Das war das Wichtigste. Und auch Georg würde sich wieder erholen, hatte Doris ihm versichert. Aber keine Aufregungen mehr, kein Stress, keine Arbeit. Darauf würde sie bestehen.

»Wir fahren jetzt in die Dienststelle«, holte ihn Quill wieder aus seinen Gedanken. »Mal hören, was Büttner uns zu sagen hat.«

Thomas brachte die beiden Kommissare zur Tür. Als er zurückkehrte, blieb er hinter Georgs Stuhl stehen, beugte sich herab und schlang die Arme um Georgs Brust.

»Eigentlich sollte ich ja mit dir schimpfen«, flüsterte er Georg ins Ohr. »Aber ich kann nicht.«

»Bedanke dich bei Herrn Anklam«, erwiderte Georg, als Thomas sich wieder von ihm gelöst hatte. »Wenn er nicht die Karten besorgt hätte, dann hätte ich die Hütte nie gefunden.«

Thomas Augen hellten sich auf. Er schüttelte mit einem Lächeln den Kopf. »Ihr beiden seid vom gleichen Kaliber. Wenn ihr euch etwas in den Kopf gesetzt habt, dann kann man euch nicht davon abhalten.«

Anklam richtete sich auf. »Ich weiß, dass du jetzt andere Dinge im Kopf hast. Aber wir brauchen einen Durchsuchungsbeschluss und einen Haftbefehl für Herbert Kortkamp.«

*

Quill parkte den Dienstwagen vor der Adler-Apotheke gegenüber von Zanders Büro. Die Beamten hatten Zander bereits in Gewahrsam genommen und dessen Anwalt Charly Bischoff darüber informiert.

Quill stieg aus und ging mit Brambach in die Apotheke. Sie mussten eine Weile warten, bis die Apothekerin die Kunden vor ihnen bedient hatte.

Quill trat an den niedrigen Tresen und zeigte seinen Dienstausweis. Er holte die Packung mit den Tranquilizern aus der Tasche, die Schlöder in der Jagdhütte gefunden hatte und gab sie der Apothekerin.

»Können Sie feststellen, ob dieses Medikament bei Ihnen gekauft wurde?« fragte er.

Die Apothekerin drehte das Päckchen in der Hand und nickte. Sie nahm einen Scanner, der neben der Kasse lag und hielt ihn an den Strichcode der Packung. Dann sah sie auf einen kleinen Monitor und nickte. »Ja, die Tranquilizer sind hier gekauft worden.«

»Können Sie die Herausgabe einem bestimmten Patienten zuordnen?« fragte Quill und nahm die Packung wieder an sich.

Die Apothekerin hob langsam die Schulter. »Nicht direkt. Ich kann nur feststellen, welche Kunden an diesem Tag dieses Medikament bekommen haben.«

»Würden Sie das bitte tun?« bat Quill.

»Reicht Ihnen das, wenn ich das heute Abend mache?« Sie zeigte auf die wartenden Kunden hinter Quill. »Sie sehen ja, was hier los ist.«

*

Quill rieb sich die müden Augen. Die Befragung von Büttner hatte ihn nicht weitergebracht. Büttners Anwalt Frederik Bischoff hatte stets die Fragen für seinen Mandanten beantwortet. *Mein Mandant wird sich nicht dazu äußern.* Büttner hatte nur geistesabwesend zugehört und war unruhig auf seinem Stuhl hin und her gerutscht. Nachdem der Arzt Büttners Schulter wieder eingerenkt und den Arm mit einer Schlinge stabilisiert hatte, hatte man Büttner in den Vernehmungsraum gebracht.

Quill tröstete sich damit, dass sie die Kinder unversehrt befreien konnten und der Täter in Haft war. Büttner würde schon reden. Irgendwann würde er ihn schon dazu bringen. Und er hatte den Schläger festgesetzt, der Georg Heffner so übel zugerichtet hatte. Mit dem Video von Frau Wissing konnte er Büttners Aussage über den Hergang der Tat entkräften.

»Gehen wir rein?« fragte Brambach und deutete mit dem Kopf auf die Glasscheibe des Vernehmungsraumes.

Quill warf noch einen Blick durch die Glasscheibe. Zander redete aufgebracht auf Charly Bischoff ein. Dann atmete er noch einmal tief durch, nahm einen kleinen Karton vom Tisch neben dem Fenster und ging mit Brambach in den Vernehmungsraum.

Quill legte den Karton auf den Tisch und setzte sich. »Wir haben Sie vorläufig festgenommen, weil sie im Verdacht stehen, an der Entführung der beiden Kinder Klara Melzer und Roman Neuhaus beteiligt gewesen zu sein.«

»Das ist doch ein Witz«, schnaubte Zander. Röte war in seine gebräunte Gesichtshaut gestiegen.

»Welches Motiv sollte mein Mandant denn haben?« fragte der alte Anwalt. »Geld hat mein Mandant genug.«

Quill ging nicht auf die Frage des Anwalts ein. »Büttner war mit den Kindern in Ihrer Jagdhütte und hat bei der Entführung Ihren Geländewagen benutzt.«

Zander warf ihm einen kurzen verächtlichen Blick zu. »Das beweist doch gar nichts«, erwiderte er mit unverhohlener Geringschätzung. »Der Schlüssel zur Jagdhütte lag immer unter einem Steintopf neben der Haustür. Und der Schlüssel des Geländewagens lag in der Jagdhütte.« Zander schnaufte und verschränkte die Arme vor der Brust. »Büttner wusste das. Er war häufig als Jagdhelfer eingesetzt.«

»Sie haben Büttner mit der Entführung der Kinder beauftragt«, warf Brambach ein. »Sie haben Büttner kurz vor der Entführung ein Medikament in die Jagdhütte gebracht.«

»Haben Sie Beweise dafür?« schaltete sich der Anwalt ein.

Quill öffnete den kleinen Karton, zog zwei Plastiktüten heraus und legte sie auf den Tisch. Er schob eine der beiden Plastiktüten etwas vor. »Das ist das Prepaid Handy, das wir Büttner abgenommen haben.« Er schob die zweite Plastiktüte etwas vor. »Und das ist das Prepaid Handy, dass wir Ihrem Mandanten abgenommen haben.«

Bischoff hob die Schulter. »Und?« fragte er.

Quill sah dem Anwalt direkt in die Augen. »Die Gespräche auf beiden Handys beginnen zwei Tage vor der Entführung. Und von beiden Handys wurden nur Telefonate mit dem jeweils anderem Handy geführt.«

*

Die Dunkelheit hatte sich schon über die Rappaportstraße gelegt. Vor der Ampel an der Kreuzung zur Bergstraße hatte sich ein langer Stau gebildet. Die Angestellten des Chemiewerkes fuhren von ihrer Arbeit nach Hause. Reiner Quill sah auf die hellen Scheinwerfer und roten Rücklichter vor der Ampel.

Zander würde sein Beteiligung an der Entführung nie zugeben, das war ihm nach der Vernehmung klar geworden. Und der gewiefte Anwalt würde das Weitere tun, um Zander aus der Sache herauszuhauen. Sie hatten Indizien, aber keine Beweise.

Büttner war sehr unruhig gewesen und auch seine glasigen Augen deuteten darauf hin, dass er unter Entzug litt. Er brauchte seine Tranquilizer. Quill dachte wieder an das Gespräch mit dem Psychiater in der Klinik. *Traumatisierte Menschen hassten die Enge. Traumatisierte Menschen waren manipulierbar.*

Büttner war nur ein Werkzeug gewesen, der Zanders Anweisungen befolgt hatte. Ein Krieger und Scharfschütze. Vom Balkankrieg geprägt. Das Gewehr, mit dem Meisner erschossen wurde, gehörte Meisner. Er hatte es aus Bosnien herausgeschmuggelt.

Die Enge in der Zelle wird ihm zusetzen. Im Grunde war der Mann mehr Opfer als Täter. Derjenige der ihn manipuliert und benutzt hatte, war der eigentliche Täter. Der hatte Büttner als seine Waffe benutzt.

Quill wandte sich vom Fenster ab und ging zu dem Tisch gegenüber den Schreibtischen. Die Spurensicherung hatte die in der Jagdhütte befindlichen Sachen sichergestellt und untersucht. Brambach kramte in den Kleidungsstücken und Lebensmitteln herum, die die Spurensicherung vorbeigebracht hatte.

»Nichts was uns weiterbringt«, brummte Brambach. Er nahm die leere Einkaufstüte aus Plastik und sah hinein. Dann griff er in die Tüte und zog einen Streifen Papier heraus.

»Ein Einkaufsbeleg«, murmelte er vor sich hin.

Er verglich die Ware auf dem Beleg mit den restlichen Lebensmitteln auf dem Tisch.

Dann schaute er auf. »Das ist der Beleg von diesem Einkauf«, deutete er mit der Hand zu den Lebensmitteln auf dem Tisch. »Im NETTO-Markt an der Langenbochumer Straße gekauft.«

Quill schüttelte gelangweilt den Kopf. »Und wie hilft uns das weiter?«

Brambach schwenkte den Beleg in seiner Hand. »Hier ist das Datum und die Uhrzeit des Einkaufs vermerkt.« Brambach stand auf. »Die haben Überwachungskameras an der Kasse.« Brambach sah auf die Uhr. »Die haben noch geöffnet.«

Kapitel 52

Gerd Schlöder legte die Handakte auf den Tisch im Vernehmungsraum und setzte sich Herbert Kortkamp gegenüber.

Es war noch dämmerig gewesen, als er kurz nach acht an der Haustür des Bankdirektors geklingelt hatte. Schlöder hatte Kortkamp den Durchsuchungsbeschluss gezeigt und ihn dann von zwei Streifenbeamten in die Dienststelle bringen lassen. Er hatte sich im Haus kurz umgesehen und war dann wieder ins Büro gefahren. Schlöders Kollegen und die anderen Streifenbeamten konnten die Hausdurchsuchung alleine durchführen.

Anklam war mit einigen Beamten zur Sparkasse gefahren, die um halb neun öffnete. Anklam wollte nach den Kontoauszügen der Schweizer Bank im Schreibtisch suchen und dann wieder in die Dienststelle kommen.

»Warum bin ich hier?« fragte Kortkamp. Der Sparkassendirektor maß ihn mit einem abschätzenden Blick, der sich kurz mit Verunsicherung paarte.

Schlöder sah auf die Uhr. Anklam müsste eigentlich jeden Moment kommen. Er beugte sich vor und legte die Arme auf den Tisch. »Bei der Sichtung der beschlagnahmten Akten aus Wolfgang Zanders Büro, sind wir auch auf die Kreditverträge gestoßen, die Zander mit Ihrer Sparkasse geschlossen hat.«

Der Sparkassendirektor hob die Schulter. »Und was ist mit den Verträgen?« fragte er.

Die Tür ging auf und Anklam kam herein. Er nickte Schlöder zu und legte einen Briefumschlag auf den Tisch.

»Das ist Hauptkommissar Anklam«, stellte Schlöder seinen Kollegen vor. Er räusperte sich. »Wir haben die Zander bewilligten

Zinsen mit den zur Zeit der Gewährung üblichen Zinsen Ihres Hauses verglichen und sind dabei auf Ungereimtheiten gestoßen.«

Schlöder hob die Brauen. »Die Zander gewährten Zinsen waren deutlich niedriger.«

Ein verlegenes Lächeln umspielte Kortkamps Lippen. »Zander war ein guter und sicherer Kunde unseres Hauses. Da gewähren wir schon mal Sonderkonditionen.«

Anklam lehnte sich zurück und verschränkte die Arme vor der Brust. »Wenn das alles seine Richtigkeit hatte, warum hat dann nicht Ihre Kreditabteilung die Verträge aufgesetzt, sondern Frau Meisner?«

Kortkamp wandte sich. »Bei Zander musste immer alles sehr schnell gehen.«

»Hören Sie auf mit diesen Ausflüchten«, schnaubte Anklam und zog die Kontoauszüge aus dem Umschlag. »Zander hat Sie dafür bezahlt.«

Er warf die Kontoauszüge aus Kortkamps Schreibtisch auf den Tisch. »Zweieinhalb Millionen haben Sie auf dem Konto in der Schweiz angesammelt.«

»Das sind Bestechungsgelder«, fügte Schlöder hinzu. »Schwarzgeld. Am Finanzamt vorbei.«

Kortkamp starrte auf die Kontoauszüge. Er machte Anstalten danach zu greifen, ließ es dann aber und legte die Hand auf den Tisch. Sie zitterte leicht.

»Zander hat das Konto in der Schweiz auf meinen Namen eröffnet. Ich wollte das Geld gar nicht«, stammelte er.

Anklam nahm die Arme herunter und beugte sich vor. »Und das sollen wir Ihnen glauben? Warum haben Sie das Geld dann nicht abgelehnt. Sie hätten es doch zurücküberweisen können.«

Die warme Luft des aufgeheizten Raumes schien Kortkamp zuzusetzen. Ein feuchter Schleier lag auf seiner Stirn. »Das wollte ich damals ja. Aber da hat Zander es noch abgelehnt.«

Schlöder stieß ein sarkastisches Lachen aus. »Ihre Geschichte wird ja immer unglaubwürdiger.«

Kortkamps Augen huschten unruhig hin und her. Er wischte sich mit einem Taschentuch den Schweiß von der Stirn. »Jetzt brauchte Zander das Geld. Er hat verlangt, dass ich es ihm zurückzahle. Seine freien Mittel waren blockiert und weitere Darlehen konnten wir ihm nicht bewilligen.«

Schlöder war für einen Moment irritiert. Was erzählte Kortkamp da? Wollte er von sich ablenken? Aber der Ansatz war interessant, also nahm er das Thema auf. »Zander hätte doch Immobilien verkaufen können.«

»Er hat ja auch ein Grundstück verkauft. Aber der Kaufpreis reichte gerade, um das Darlehen auf seinem Haus zurückzuzahlen, dass wir ihm gekündigt hatten.« Kortkamp verstaute umständlich das Taschentuch in seiner Hosentasche. »Aber dadurch wurde er nicht liquide.«

Anklam seufzte und schüttelte den Kopf. »Und was ist mit dem Einkaufscentern und den Bürogebäuden?«

Kortkamp wischte sich mit der Hand über den Ärmel. »So große Immobilien lassen sich nicht so schnell verkaufen. Und in zwei Monaten wäre er zahlungsunfähig gewesen.«

Schlöder hob die Brauen und lehnte sich zurück. Interessant. Sehr interessant.

Anklam stützte die Arme auf den Tisch. Dann stand er auf. »Wir kommen vom Thema ab.« Er sah auf Kortkamp herunter. »Fakt ist, dass Sie von Zander bestochen wurden.« Er nickte ein paar Mal. »Zweieinhalb Millionen sind nun mal kein Pappenstiel.«

Anklam ging ein paar Schritte durch den Raum. »Frau Meisner wusste von den verbilligten Krediten. Und sie wusste von den Konto in der Schweiz.«

Kortkamp sah zu Schöder.

»Sie hat die Auszüge in ihrem Schreibtisch gesehen«, nickte Schlöder.

Anklam blieb stehen. »Frau Meisner hat ihrem Mann davon erzählt. Und Detlef Meisner hat Sie mit seinem Wissen erpresst.«

Anklam stützte die Arme auf den Tisch und beugte sich vor. »Und da haben Sie ihr Patenkind Bernd Büttner beauftragt, Detlef Meisner zum Schweigen zu bringen.«

*

Thomas Melzer hatte sich eine Woche frei genommen um bei Klara zu sein. Auch Stephanie hatte Urlaub bekommen. Klara war immer noch traumatisiert. Seine sonst so lebhafte Tochter war in sich gekehrt, sprach kaum noch ein Wort. Es würde seine Zeit brauchen, bis sie die Entführung verarbeitet hätte, hatte die Psychologin gesagt.

Thomas hatte die Ermittler gebeten, ihn über die Ergebnisse der Vernehmungen auf dem Laufenden zu halten. Als Schlöder ihn anrief und berichtete, dass sie am späten Vormittag eine Besprechung mit Quill, Brambach und Thomas´ Kollegen Sechtin in der Dienststelle hätten, war er in die Dienststelle nach Marl gefahren. Die Wirtschaftsstraftaten und die Entführung der Kinder und der Mord an Meisner hätten doch eine Menge Überschneidungen, hatte Schlöder gesagt.

»Kortkamp hat ein umfassendes Geständnis abgelegt«, berichtete Schlöder.

»Hat er keinen Anwalt gewollt?« fragte Thomas und lehnte sich gegen die Fensterbank im Besprechungsraum.

»Wir haben ihn dreimal gefragt«, grummelte Anklam. »Für den Prozess würde er sich einen Anwalt nehmen, hat er gesagt.«

»Er hofft wohl auf Strafmilderung«, fügte Schlöder hinzu. »Aber mit dem Mord an Meisner will er nichts zu tun haben. Er bestreitet auch, dass Meisner versucht hat, ihn zu erpressen.«

»Dann bleibt uns nur noch Zander als Auftraggeber des Mordes«, nickte Staatsanwalt Sechtin, der neben Quill am Tisch saß.

Brambach räusperte sich. »Aus der Entführung kann sich Zander kaum noch herausreden.« Er ging zum Fernseher in der Ecke und startete ihn.

Der Bildschirm flackerte auf und dann sah Thomas ein Standbild mit Wolfgang Zander an der Kasse eines Lebensmittelmarktes. Brambach ließ das Überwachungsband laufen. Zander packte Lebensmittel in eine Plastiktüte. Dann bezahlte er und verschwand aus dem Bild.

Brambach stoppte das Band. »Den Einkaufsbeleg mit Datum und Uhrzeit des Einkaufs haben wir in der Jagdhütte gefunden. Und ebenso die restlichen Lebensmittel.«

Thomas blies die Luft durch die Nase. Also steckte tatsächlich Zander hinter der Entführung. »Aber warum Zander«, fragte Thomas. »Er hat doch Geld genug.«

Anklam lehnte sich zurück und verzog die Lippen zu einem höhnischen Lächeln. »Eben nicht. Kortkamp hat uns erzählt, dass Zander in zwei Monaten zahlungsunfähig gewesen wäre.«

*

Anklam betrat mit Quill den Vernehmungsraum. Zander war noch während der Besprechung mit den beiden Staatsanwälten in den Vernehmungsraum gebracht worden und wartete dort mit seinem Anwalt Charly Bischoff.

»Mein Kollege, Hauptkommissar Anklam, wird an diesem Verhör teilnehmen«, erklärte Quill. »Es hat sich ein weiterer Tatbestand der Bestechung ergeben.« Er zog einen Stuhl vor und setzte sich.

»Würden sie uns bitte aufklären«, bat der Anwalt und sah von Quill zu Anklam.

»Ganz einfach«, antwortete Anklam und setzte sich neben Quill. »Ihr Mandant hat den Sparkassendirektor Kortkamp bestochen.«

Zander fuhr hoch.

Anklam stoppte ihn mit einer Handbewegung. »Bevor Sie uns hier wieder Märchen auftischen«, sagte er. »Kortkamp hat bereits gestanden.«

Zander ließ sich im Stuhl zurückfallen und biss die Zähne zusammen.»Dieses Arschloch«, zischte er.

Anklam grinste breit. »Nur ein Arschloch erkennt ein Arschloch«, hielt er dagegen. Anklam hatte sich vorgenommen, Zander zu provozieren. Der Mann war ein Choleriker. Er hatte keine Lust auf ein langes Geplänkel. Vielleicht brachte er Zander ja aus der Fassung.

Zander schoss mit dem Oberkörper nach vorne. Bischoff drückte ihn zurück. »Mein Mandant wird sich dazu nicht äußern.«

Den Spruch kennen wir schon, sagte Anklam still und fixierte Zander mit seinen Augen. »Und den Mordauftrag an Meisner werden wir Ihnen auch noch nachweisen.«

Zander schüttelte den Kopf und runzelte die Stirn. »Mord an Meisner? Was soll der Scheiß? Damit habe ich nichts zu tun.«

Anklam lehnte sich zurück und verschränkte wieder mal die Arme vor der Brust. »Meisner hat Ihnen die rechtswidrige Baugenehmigung für Ihre Villa in der Ried erteilt. Dreißigtausend haben Sie ihm dafür bezahlt. Und ihre Bauunternehmung hat Meisners Rohbau zu Sonderkonditionen erstellt.« Anklam grinste breit. »Und als Meisner Sie um weiteres Geld angegangen ist, haben Sie ihn von Bernd Büttner ermorden lassen.«

Zander lachte schallend auf. »Das ist doch Bullschitt.«

»Kommen wir zu der Entführung der beiden Kinder«, ging Quill dazwischen und warf Anklam einen vorwurfsvollen Blick zu. »Wir wissen, dass Sie hinter der Entführung stecken.«

Zander lehnte sich zurück. Seine Augen funkelten vor Zorn. Anklam spürte, dass es in dem Immobilienmogul kochte.

»Es war Ihre Jagdhütte, es war Ihr Wagen, der bei der Entführung benutzt wurde«, fuhr Quill fort.

»Herr Quill, das hatten wir doch schon alles«, unterbrach der Anwalt ihn.

»Die Tranquilizer, die wir in der Jagdhütte gefunden haben, haben Sie Büttner gebracht.« Quill kramte in seinen Unterlagen. »Klaus Amoneit hat das Rezept in der Adler Apotheke eingelöst und anschließend das Medikament zu Ihnen gebracht.« Quill schaute auf. »Wir haben die Aussage von Amoneit und von der Apothekerin.«

Quill kramte weiter in seinen Unterlagen. »Sie haben vor und nach der Entführung über die beiden Prepaid Handys mit Büttner telefoniert.«

Quill wartete einen Augenblick und zeigte mit dem Finger auf Zander. »Sie haben auch die Lebensmittel gekauft, die wir in der Jagdhütte gefunden haben.«

Anklam bemerkte die Röte in Zanders Gesicht. Mit zusammengebissenen Zähnen warf er Quill einen stechenden Blick zu. Der Mann hatte sich kaum noch in der Gewalt.

»Wir haben den Einkaufsbeleg der Lebensmittel in der Jagdhütte gefunden, die Sie im Netto-Markt an der Lagenbochumer Straße gekauft haben. Mit Datum und Uhrzeit.«

Quill beugte sich weit vor. »Dort sind Überwachungskameras angebracht. Die zeigen Sie beim Einkauf. Mit Datum und Uhrzeit.«

»Es gab eine Lösegeldforderung«, schaltete sich Charly Bischoff ein. »Mein Mandant ist sehr vermögend. Welches Motiv sollte er für eine Entführung mit Lösegeldforderung haben?«

Anklam stand auf und sah kurz zum Spiegel an der Wand zum Nebenraum. Er wusste, dass die beiden Staatsanwälte mit Schlöder und Brambach dort das Verhör verfolgten. Er nickte kurz in Richtung des Spiegels und drehte sich um.

»Herbert Kortkamp hat uns einiges über Ihre Vermögensverhältnisse erzählt«, begann er. Anklam trat an den Tisch. Ein verächtliches Grinsen lag auf seinem Mund. »Sie sind pleite, Zander. Sie werden Ihre Firma verlieren. Mit der Entführung der beiden Kinder wollten Sie sich wieder Geld beschaffen, um Ihre Firma zu retten.« Er beugte sich über den Tisch und warf Zander einen stechenden Blick zu. »Und Sie wollten sich an den Leuten rächen, die Sie dafür verantwortlich machen.«

Zander sprang auf. Seine Augen sprangen wild hin und her. »Melzer hat meine Konten blockiert«, schrie er. Speichel bildete sich in seinen Mundwinkeln.

Bischoff zog Zander am Arm. »Seien Sie still«, rief er energisch.

Zander riss sich los. »Er ist schuld, dass mein Unternehmen in Schwierigkeiten steckt und dass ich meine Villa abreißen muss«, schrie er mit geweiteten Augen. »Ich wollte mir nur das zurückholen, was er mir genommen hat.«

Kapitel 53

Thomas starrte durch die Glasscheibe in das Vernehmungszimmer. Zander tobte weiter. Gegen ihn, den Staatsanwalt. Verfluchte Georg, seinen Schwiegervater. Hass und Paranoia sah Thomas in Zanders Augen.

Anklam wies den uniformierten Beamten an, Zander in seine Zelle zu bringen und ließ sich tief durchatmend auf seinen Stuhl fallen.

Thomas drehte sich um und lehnte sich gegen die Scheibe. Zanders Gier hatte den Immobilienhai zu Fall gebracht. Auch wenn er jetzt die Schuld am Niedergang seines Unternehmens Georg Heffner und ihm zuzuschieben versuchte.

Zander hatte sich mit seinem Schwiegervater angelegt. Aber Zander hatte sich an diesem westfälischen Sturkopf die Zähne ausgebissen. Zander hatte sich immer tiefer in seine Gier nach Holger von Mühlens Einkaufscenter hinein gesteigert und dabei Fehler gemacht. Fehler, die es Thomas ermöglicht hatten, Zander der Bestechung und der Entführung der beiden Kinder zu überführen. Der Immobilieninvestor würde für viele Jahre im Gefängnis verschwinden.

»Fahr nach Hause zu deiner Tochter«, sprach Sechtin ihn an. »Du hast den Sumpf der Korruption in der Stadt trocken gelegt.«

Thomas sah ihn aus leeren Augen an.

»Es ist nur noch der Mord an Meisner aufzuklären«, nickte Sechtin ihm mit einem warmen Lächeln zu. »Und das ist meine Aufgabe.«

Thomas atmete tief durch und nickte Sechtin und den beiden Kommissaren zu. Ja, er würde nach Hause fahren.

Zu Klara.

Und zu Georg, um den er sich große Sorgen machte.

*

Hauptkommissar Quill musterte Bernd Büttner eine Weile. Die tiefliegenden Augen des Entführers, unter denen sich dunkle Ringe abzeichneten, wanderten unruhig hin und her. Auf seinem Schädel sprießten kleine Stoppeln und der Dreitagebart hob seine vollen Lippen in dem kantigen Gesicht hervor. Unruhig knete er seine Hände und rutschte auf dem Stuhl herum.

»Wie geht es Ihnen?« fragte Quill mit freundlicher Stimme.

Büttners Augen wanderten weiter unruhig hin und her.

»Wir wissen, dass Zander Sie mit dem Überfall auf Georg Heffner und auch mit der Entführung der Kinder beauftragt hat«, fuhr Quill fort. »Es war nicht Ihre Idee. Sie wollten Ihrem Chef nur einen Gefallen tun.«

Er wartete einen Augenblick. »Das ist doch richtig, oder?«

Büttner nickte. Er knete wieder seine Hände und schien Mühe zu haben, dem Gespräch zu folgen.

Der Entzug der Tranquilizer und die Enge seiner Zelle setzten ihm zu, dachte Quill. Er legte die Arme auf den Tisch und faltete die Hände. »Wir wissen, dass Sie Detlef Meisner erschossen haben.«

Büttner senkte den Kopf, der dabei leicht hin und her schwankte.

»Sie hatten kein Motiv«, fuhr Quill fort. »Wer hat Sie um diesen Gefallen gebeten?«

Frederik Bischoff beugte sich zu seinem Mandanten. »Sind Sie o.k.?« fragte er.

Büttner nickte.

Quill beugte sich noch weiter vor und sah Büttner in die Augen. »Die Enge Ihrer Zelle setzt Ihnen zu, nicht wahr?«

Büttner blickte nur aus den Augenwinkeln auf.

»Und Ihre Medikamente fehlen Ihnen.«

Büttner rührte sich nicht.

»Sie leiden unter Ihren Kriegserlebnissen in Bosnien.« Quill hob die Brauen. »Man kann Ihnen helfen.«

Büttner sah ihn wieder aus den Augenwinkeln an.

Quill lehnte sich etwas zurück. »Es kommen nur drei Personen in Frage, die Sie um diesen Gefallen gebeten haben. Wolfgang Zander, Klaus Amoneit und Herbert Kortkamp. Sagen Sie mir doch einfach wer es war.«

Quill spürte, wie Büttner mit sich rang. Seine Hand wippte auf dem Tisch.

Quill neigte den Kopf und sah Büttner dabei an. »Was halten Sie von einem schönen wohnlichen Zimmer in einer netten Psychiatrie. Sie bekommen professionelle Hilfe, Medikamente, und haben gute Aussichten, wieder in Ihr altes Leben zurückzufinden. Dort können Sie Ihre traumatisierten Kriegserlebnisse verarbeiten.« Quill neigte den Kopf noch weiter. »Oder ziehen Sie die Enge Ihrer Zelle vor?«

Endlich rührte sich etwas in Büttner. Er richtete sich auf und sah Quill an. Die Leere in seinen Augen war gewichen.

»Sagen Sie uns, wer Sie darum gebeten hat«, hakte Quill noch einmal nach. »Dann verlegen wir Sie in die Psychiatrie.«

»Meisner war ein Feind«, zischte Büttner. »Er wollte das Leben meines Patenonkels zerstören.«

Quill lehnte sich tief atmend zurück.

Kortkamp.

Der Sparkassendirektor hatte ihm den Auftrag gegeben.

*

Georg Heffner hatte sich auf das Sofa gelegt. Er war unendlich müde und schlapp. Für einen Moment schlug sein Herz stotternd schneller. Er kannte das schon. Immer wenn er sich hinlegte, stotterte sein Herz. Nach ein paar Minuten würde es wieder gleichmäßig schlagen.

Doris war nebenan bei Stephanie und Klara. Seine Frau hatte ihm am Morgen den Blutdruck und den Blutzucker gemessen. Der Blutdruck war etwas höher als sonst, aber noch im vertretbaren Rahmen. Nur der Blutzuckerwert war deutlich zu hoch. Sie würde jetzt selbst jeden Tag die Werte überprüfen, hatte Doris ihm angedroht, und auch die Einnahme der Medikamente wollte sie überwachen.

Georg war am Vormittag noch einmal zum Einkaufscenter gefahren. Zum letzten Mal, wie er Doris versprochen hatte. Die Einrichtungsfirma von LEDO hatte die Regale und die Kühltheken montiert. Seine Handwerker hatten die beanstandeten Mängel beseitigt. Nur der Schwiegervater von Neuhaus war noch an der Baustelle und hatte den Filialleiter in die Steuerung der Klimaanlage eingewiesen.

Georg schloss die Augen und schob eine Hand unter das Kopfkissen, das auf der Lehne des Sofas lag. Sein Herz schlug wieder gleichmäßig und er spürte eine leichte Kälte auf seiner Haut.

Die Überwachung der Arbeiten an den anderen Gebäuden konnte er beruhigt Neuhaus überlassen. Der junge Architekt hatte begriffen, worauf es bei seiner Arbeit ankam.

Neuhaus hatte ihn gefragt, wie er sich bei der Abwicklung des Kaufvertrages mit Piayda verhalten sollte. Jetzt, wo sich die beiden scheiden lassen wollten.

Georg hatte ihm geraten, den Kaufpreis einzufordern. Neuhaus hatte Piaydas großen Wunsch entsprochen, hatte die Kaufpreiszahlung hinausgeschoben und die Nutzungsänderung für das Haus beschafft. Die privaten Probleme der Piaydas gingen ihn nichts an, hatte er Neuhaus gesagt. Damit mussten die Piaydas selber klar kommen.

Georg fiel in einen leichten Dämmerschlaf. Er hatte erkannt, dass er sich endlich zur Ruhe setzen musste. Ein freudiger Schauer fuhr durch seinen Körper. Er freute sich jetzt auf seinen Ruhestand. Lesen, mit Baldacci spazieren gehen, mit Doris und dem Hund in den Urlaub an die Ostsee fahren. Er stellte sich das schön vor. Kein Stress. Keine Sorgen.

Er hörte leise tippelnde Schritte auf dem Holzboden. Dann setzte sich jemand auf die Kante des Sofas vor seiner Brust. Georg öffnete die Augen.

Klara.

Seine Enkelin streichelte ihm mit ihren kleinen Händen über die Wange.

»Bist du wieder gesund, Opa?« fragte sie.

Georg nickte. Er nahm Klara fest in die Arme und drückte sie an sich.

In eigener Sache

Hat Ihnen der Roman gefallen?

Dann empfehlen Sie ihn doch bitte weiter.

Vielen Dank für Ihre Unterstützung.

Manfred Recker

Danksagung

Mein Dank gilt allen, die mich mit ihren Ideen und Anregungen inspiriert haben, dieses Buch zu schreiben. Auch bei den ungenannt bleiben wollenden Beratern aus den Kreisen der Ermittlungs- und Strafverfolgungsbehörden möchte ich mich bedanken.

Meinen Freunden und Verwandten schulde ich Dank, dass sie so viel Verständnis aufgebracht haben, dass ich mich so rar gemacht habe.

Mein Freund Karl-Friedrich, Vorsitzender Richter am Landgericht, hat seine Freizeit geopfert, um mich mit seinem juristischen und literarischen Wissen zu unterstützen.

Dr. Christine Eckelmann, eine begeisterte Leserin guter Bücher, hat mir als Psychiaterin ihr Wissen zur Verfügung gestellt, um die Charakteren der wichtigsten Personen glaubhaft und nachvollziehbar darzustellen.

Und ebenso gilt mein Dank Dr. Mechthild und Eberhard Bause, die als Fachärzte für Neurologie und Psychiatrie nicht nur auf meine Gesundheit geachtet haben.

Auch Cousine Lilli danke ich, die ihr redaktionelles Wissen eingebracht hat.

Meiner Tochter Nicole danke ich, die in ihrem Urlaub mein Manuskript gelesen hat und mir anregende Hinweise geben konnte.

Auch meinem Hund Baldacci danke ich, der mich von meinem Schreibtisch an die frische Luft geführt hat, und mich mit seinem erfrischenden Wesen inspiriert hat.

Mein große Dank gebührt dir, Regina. Immer wenn ich in Gedanken in die Vergangenheit gereist bin und Altes neu erlebt habe, war es umso schöner, in die Gegenwart zurückzukehren.

Denn da bist du.

DER KONGRESS
Kriminalroman
MANFRED RECKER
Verlag read & relax

Thriller
mg
Manfred Recker
Architekt Frank Reuter glaubt sich am Ziel seiner
Träume, als er mit seiner Frau und seinen edlen
Rennpferden das Rittergut bezieht. Doch dann
geraät er in einen Strudel von Intrigen und Gewalt.
Ein mörderischer Kampf um das Rittergut beginnt.
read.relaxe@t-online.de
Schatten auf der Seele
Nach einer wahren Begebenheit